19

到十九号房间去

［英］多丽丝·莱辛 —— 著　杨振同 —— 译

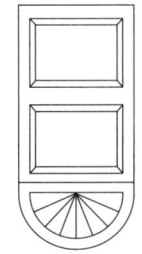

Doris Lessing

人民文学出版社

著作权合同登记号　图字 01-2016-5964

To Room Nineteen
Copyright © 1983 by Doris Lessing
This edition arranged with Jonathan Clowes Ltd.
through Andrew Nurnberg Associates International Limited;
Nobel Lecture of Doris Lessing © The Nobel Foundation
Presentation Speech of Per Wästberg © The Nobel Foundation;
Simplified Chinese translation copyright © People's Literature
Publishing House, 2020
All rights reserved.

图书在版编目（CIP）数据

到十九号房间去/（英）多丽丝·莱辛著；杨振同译. —北京：人民文学出版社,2020（2022.3重印）
ISBN 978-7-02-016196-6

Ⅰ.①到… Ⅱ.①多…②杨… Ⅲ.①短篇小说—小说集—英国—现代 Ⅳ.①I561.45

中国版本图书馆 CIP 数据核字（2020）第 063689 号

责任编辑	张海香
装帧设计	刘　远
责任印制	任　祎

出版发行	人民文学出版社
社　　址	北京市朝内大街 166 号
邮政编码	100705

印　　刷	北京盛通印刷股份有限公司
经　　销	全国新华书店等

字　　数	344 千字
开　　本	850 毫米×1168 毫米　1/32
印　　张	17.375　插页 2
印　　数	6001—9000
版　　次	2020 年 9 月北京第 1 版
印　　次	2022 年 3 月第 2 次印刷

书　　号	978-7-02-016196-6
定　　价	65.00 元

如有印装质量问题，请与本社图书销售中心调换。电话：010-65233595

译 者 序

英国著名作家多丽丝·莱辛(Doris Lessing,1919—2013)是一位横跨二十世纪和二十一世纪的文学巨匠,2007年10月获得诺贝尔文学奖。瑞典学院在颁奖词中称赞她为"女性经验史诗的抒写者,以怀疑、激情和远见审视了一个分裂的文明"。

莱辛一生著述甚丰,以二十多部优秀的长篇小说闻名于世,达到了相当高的艺术水平。她的主要作品《野草在歌唱》《金色笔记》《又来了,爱情》《天黑前的夏天》等多部长篇小说早已翻译成中文出版,对这些作品的研究也取得了丰硕的成果;而实际上,短篇小说也是多丽丝·莱辛创作的一个重要方面,不仅数量多,而且取得了极高的艺术成就,在国际上享有盛誉。早在2002年,英国哈珀·柯林斯出版公司旗下的弗拉明哥(Flamingo)出版公司就曾出版过她的短篇小说选集,分上下册,收入她横跨四十年短篇小说创作的名篇佳构。上册以她的经典短篇《到十九号房间去》为题,收入十九篇作品,已有定评的经典小说如《恋爱的习惯》《另外那个女人》《楼顶上的女人》《到十九号房间去》等都收入了这个集子;下册题为《对杰克·奥克尼的考验》,收小说十九篇,《一位老妇人和她的猫》等名篇尽数收入。可以说,这是比较全面反映多丽丝·莱辛短篇小说创作成就的较为完备的一个选本。

2013年11月17日,多丽丝·莱辛走完了她九十四年辉煌而艰难的人生,她的逝世不仅在英美等国家引起巨大反响,各大媒体纷纷报道,我国媒体也对她的逝世进行了充分报道,不少报纸的书评版发表多丽丝·莱辛作品的书评。美国著名女作家乔伊斯·卡罗尔·欧茨在接受英国《卫报》的采访时说:"可以说,多丽丝·莱辛就像是沃尔特·惠特曼①吹嘘自己那样:'我是广阔无边的,我包容着万事万物。'对许多人来说,莱辛是二十世纪文学革命性的女性主义的声音——尽管她强力地抵制这样的分门别类。而对别的一些人来说,莱辛是一个'太空小说'预言家,使用异想天开的手法和语汇解决人类进化和环境问题。"欧茨不仅对她的长篇小说推崇备至,还特别提到对多丽丝·莱辛短篇小说的喜爱。她说:"她众多的长篇小说中,我最喜爱的是《金色笔记》;她许许多多美妙无比的短篇小说中,我最喜爱的是她最著名的——《到十九号房间去》。"

多丽丝·莱辛的短篇小说国内虽然有零星的翻译和介绍,但不系统,不全面。于是,2015年我向人民文学出版社推荐弗拉明哥出版公司的多丽丝·莱辛短篇小说选集,希望能

---

① 沃尔特·惠特曼(Walt Whitman,1819—1892),美国著名诗人、人文主义者,创造了自由诗体(Free Verse),其代表作品是诗集《草叶集》(*Leaves of Grass*)。

全面引进介绍,承蒙厚爱,从而有了这次愉快的合作,我翻译了这个集子的上册《到十九号房间去》,下册《对杰克·奥克尼的考验》由著名翻译家、上海大学教授裘因翻译。

简单说说这本书的一些作品吧。上文提到的那些经典名篇原来就有人译过,评论也不算少,这里就不再饶舌了,只说几篇我个人比较偏爱,大家可能不怎么熟悉的作品。

《目击证人》中的男主人公布鲁克先生是个小人物,属于在单位里可有可无之人。他费尽心机想引起同事的注意,却无人愿意多看他一眼。然而一个偶然的机会他"目击"了一幕他最不该"目击"到的场面——老板和女职员调情,最后倒霉的不是无良老板和女职员,而是这位"目击证人":他不得不灰溜溜地走人。这是他的悲剧,其实也是时代的悲剧,在英国如此,在中国恐怕也如此。作品很幽默,也有些苦涩。

两个年逾花甲的老头子,在瑞士一家旅馆里为一个年轻漂亮的女服务员争风吃醋,斗智斗勇,到头来却发现,两人都曾有过在这家旅馆和一个女人春风一度的经历。这就是《女人》,写得真的很幽默,读完似乎也给我们留下了一些值得思索的东西。不多,但是有。

《他》似乎有些一言难尽,莱辛的很多作品都倡导女权主义、女性独立,但真正独立似乎是很艰难的。作品中的女主人公对自己的丈夫很不满意,但最后还是不得不让丈夫回到自己身边,或者说她不得不回到丈夫的身边。作品似乎告诉我们,女性独立,谈何容易?

读上面三个作品,我们可以欣赏到莱辛那独特的幽默风格,也可以给我们留下很多思考,关于女性的、人性的、社会的、环境的……

作为一个女性作家,莱辛更多关注的还是爱情、婚姻、家庭,以及女性,尤其是女性地位。《酒》和《二十年》都是爱情小说,都是爱之深才恨之切的那种让人刻骨铭心、终身难忘的爱情故事。有些伤感,却是我们每一个人都可能经历过的。只不过我们许多人随着岁月的流逝,当年"要恨死的那个人"在我们的记忆中模糊了,淡忘了,变成可以作为笑谈的一段陈年往事。二十年后还要把那个人恨得要死,那是什么样的爱啊?!《最终,我是如何丢掉了我的心》是篇爱情小说,却有些残忍。当一个人被爱情伤害,把心挖出来,看看那鲜血淋漓的惨状,看看那累累的伤痕,不忍看,终难忘,把心丢掉,轻装前行,没有他法,这是女主人公"我"唯一的选择。惨了点儿,但是表现手法却是独一无二的。

任何一个作家都想要自己的房间,一片属于自己的独立的天地,哪怕是陋室一间。读了莱辛的《一个房间》,会不会想到弗吉尼亚·吴尔夫的《一间自己的房间》呢?这一篇,若不是收到了小说集里面,我一定认为它是一篇散文,很抒情的散文。人物,似乎就是作者本人,没有故事,没有情节,怎么看都不像是小说。小说散文化,似乎是英语小说的一个倾向?

《英格兰对英格兰》的英文原题为"England versus England"。其实,我很不愿意翻译成这个题目,苦思冥想很久,江郎才尽,只好照字面直译,效果真的像是一场球赛,某某队对某某队。不过,小说的确表现的是英国不同阶级或阶层之间的对抗。故事中穷苦人家出生的孩子靠聪明勤奋考上了英国最高学府,是光宗耀祖的事,但也给他带来无限烦恼,阶级差异使得他上不上,下不下,回到家里寻求精神的平静,却发现精神的家园没有了,回不去了;回牛津那座象牙塔,似乎那也不是他的天地,往前看,一个文科生,前途渺茫,事事都不如人……很有点我当年从农村考上大学,荣耀与自卑集于一身,这一矛盾体一直跟随我到年过半百。

莱辛的作品很好看,却不好译。翻译《天堂里上帝的眼睛》可谓吃尽了苦头。这篇作品反映二战结束后,英国人在德国所见所闻的德国人对英国人或明或暗的敌视。描写十分生动,许多情节触目惊心。读的时候很欣赏,然而译的时候,就不那么赏心悦目了。文中大量复杂的长句子、分裂句,处理起来相当棘手。刚开始试译了几次,都不顺手,只好搁下来,过些时日再译,仍不顺手,只好放到了最后才翻译。即使如此,第一稿也不算成功,修改时发现很多地方理解得不到位,甚至是错的,只好推翻重译。几经修改,才译成现在的模样。还是个"丑媳妇",但必须"见公婆"了,再不"见"交稿就太晚了。其他作品也往往是交稿后发现不满意,一改再改,希望能拿出一个让读者满意的译本,但因译者水平所限,错讹之处仍在所难免,诚恳欢迎读者对拙译多提意见,译者一概表示感谢。

2019年10月22日是多丽丝·莱辛一百周年诞辰,英国在东英吉利大学英国文学翻译中心举行了大型国际学术研讨会,予以隆重纪念。各国学术界也掀起了一股新的多丽丝·莱辛研究热潮,出版界也在出版莱辛作品的多语种版本。我国在这个时刻出版她的中短篇小说集毫无疑问是对这位文学大师最好的纪念。

本人申报的"多丽丝·莱辛小说集《到十九号房间去》的翻译及研究"(项目编号:19-006A)获广东外语外贸大学南国商学院2019年年度校级重点课题立项。本书系该项目的成果之一。特作说明。

杨振同

2019 年 11 月第一稿

2020 年 1 月 22 日再改于南国商学院英文学院

目　录

前言　　　　　　　　　　　　　1

恋爱的习惯　　　　　　　　　　1
女人　　　　　　　　　　　　　36
穿过岩洞　　　　　　　　　　　54
快乐　　　　　　　　　　　　　68
酒　　　　　　　　　　　　　　89
他　　　　　　　　　　　　　　97
另外那个女人　　　　　　　　　108
天堂里上帝的眼睛　　　　　　　189
不愿意上短名单的女人　　　　　270
楼顶上的女人　　　　　　　　　308
最终，我是如何丢掉了我的心　　322
一个男人和两个女人　　　　　　338
一个房间　　　　　　　　　　　366
英格兰对英格兰　　　　　　　　373
两个陶匠　　　　　　　　　　　402
男人之间　　　　　　　　　　　422

目击证人	441
二十年	458
到十九号房间去	467

说明	515
2007年诺贝尔文学奖颁奖词	516
论没有获得诺贝尔文学奖	
——多丽丝·莱辛2007年诺贝尔文学奖受奖词	521

前　言

　　自从我把所有这些故事写出来以后,它们都过着生龙活虎、独立自主的生活,因为这些故事以英文和其他语言多次得到印行。没有哪一篇像《穿过岩洞》那样收入到那么多的作品集中,大多是儿童文学作品集。我经常收到儿童的来信,谈这篇作品,还收到青少年的来信,好像在海底岩石下面那次吓人的游泳表达了他们的处境,或者像是一场入伙仪式。我写这个故事是因为我在法国南部,看过一个九岁的男孩渴望得到一群大孩子(都是法国男孩)的接纳,然而他们拒绝了他,然后他就给自己设定挑战项目,为的是配得上他们。然而蹊跷之处在于,几天后那一群男孩再次出现的时候,英国男孩对自己感到非常满意的是,他证明不再需要他们了。我写这个短篇的初衷并不是要写一个儿童故事,但这提出了专门为孩子们写小说的整个问题。另一篇小说,或者说是小长篇吧,孩子们也很喜欢,是《第五个孩子》。从意大利全国各地的学校里遴选出来的青少年们从世界各地的书籍中选中它,给它颁发了一个奖。谁会想到那个阴郁的故事会赢得孩子们的喜爱呢?

《恋爱的习惯》拍成了一部一小时长的电视电影,由埃里克·波特曼①主演。写这个短篇的缘由是我——那时候四十来岁的样子——爱上了一个英俊的小伙子,而一个上了年纪的著名演员爱着我。这种从生活到小说的性别和场景的置换,对那些喜欢心理侦探作品的人来说不啻为一项有趣的锻炼。

《不愿意上短名单的女人》赢得了女性读者的喜爱,很有意思的是,也赢得了男性读者的喜爱。我把这个故事和六十年代联系起来,写这个故事的时候,对越来越多的人来说,那十年在我看来似乎是一个性态度的喜剧,还有别的。没有一个人知道该如何行事;也根本没有规则。这是第一次吗?我写这个小说的时候很生气,然而现在,回忆起那个时代我就笑。芭芭拉·科尔斯对引诱她的格雷厄姆说:可是你甚至都没有觉得我很迷人?——这句话就道出了比她自己的处境多得多的东西,大多数的性舞蹈与权力游戏有关,与高人一等、高高在上有关,和魅力毫无关系,更不要说爱情,甜蜜的爱情了。

《到十九号房间去》是另一篇译本颇多的小说。最近在香港中文大学讲授这篇作品的教授要我给他的学生——很显然也是给他——讲讲这篇小说的主旨,在他看来,小说的主旨就是一个女人太需要私密的空间了,就为之殒命了。他说,这

---

① 埃里克·波特曼(Eric Portman,1901—1969),英国舞台剧演员、电影演员,二十世纪四十年代曾红极一时。

种对私密空间的需要,对他们的文化来说是陌生的。(不过或许不会长久如此:北京的一位女作家受弗吉尼亚·吴尔夫的《一间自己的房间》影响,最近写了一部颇受欢迎的长篇小说。)在这次讨论中,这一著名的文化鸿沟证明是不可逾越的。我本人就从来都没有搞明白过这篇小说。我从来没有一刻相信过苏珊·罗林斯知道她想要的是什么。她是受到了驱使,但是受到了什么东西的驱使呢?她爱上了死亡,这是确定无疑的,然而,既然是任何一个有理智的人想要的一切她都有了,那她为什么还要自寻短见呢?柏林的几个德国学生问过,这些智力过人而又有社会责任感的人为什么不去找一个婚姻咨询师咨询咨询呢。讲故事的人机敏地回答:那样的话,就没有哪个故事会像这样的故事那样使我或者他们感到毫无价值了。是的,他们所提出的文学问题比他们似乎意识到的更为根本。然而,这个故事不仅仅是来自于我内心的某个隐秘之处,也来自于我们那个时代很多女性的隐秘之处,否则就不会受到她们的青睐。我联想到的是托马斯·哈代的长篇小说《无名的裘德》中的女主人公苏·布莱德黑德,她说这样一个时代即将到来,那就是人们会选择不活下去;或者联想到奥利芙·施赖纳①的女主人公,她说:"我对它厌倦透了,未来还没有到来,我就已经对它厌倦了。"一种道德的倦怠。我相信我们对这些感情的波澜的来由并不像我们认为的那样理解。有

---

① 奥利芙·施赖纳(Olive Schreiner,1855—1920),一译席莱纳,南非作家和女权主义者。其主要作品为《一座非洲农场的故事》(1883)、《妇女和劳动》(1911)。

时候我想搞明白,我们那聪明的控制生育的方法是不是还没有深深地触及男人和女人对自身的信仰——其所触及的领域在理性可以理解的层面,远不够深入和原始。

《天堂里上帝的眼睛》充满着欧洲二战后那段悲哀而令人恐惧的时代氛围。我当时在德国,走进那个故事中的人物和地点我都见过,跟那些人打过交道,到那些地方去过。我参观过一家精神病院,就像我描写的那家——医院里的一间病房后来成了《第五个孩子》中的一个场景。但若说背景是设置在德国,那一点儿也不是小说的关键所在。它讲的是欧洲阴暗的灵魂,阴暗的一面,战争、杀戮以及曲解都在这阴暗面中滋生。

《英格兰对英格兰》经常在国外的杂志上刊登,收入到作品集中。他人看着我们,看到我写这篇小说时所看到的现象:我们的阶级体系的崩溃。我在唐卡斯特附近一个采矿村里的一个矿工家中待了一个星期,看到了大量的作品中所描写到的东西。

《男人之间》拍成了一部很搞笑的半小时长的电视电影。电视公司那时候冒的风险比现在要多。

《楼顶上的女人》很多年轻人都喜欢。该篇将拍成半小时长的电影,快要拍完了。

《最终,我是如何丢掉了我的心》是我最喜欢的作品之一,但不一定是别人最喜爱的一个作品。

《两个陶匠》从来都不是我最受喜爱的故事之一,然而作者必须使自己适应有不招人待见的最喜欢的作品。另一个故事——这一次是一部长篇小说,也有一系列的梦作为基础或主题——《天黑前的夏天》——由于我们自身那隐藏着的方方面面,两个作品之于我都有那种吸引力和奇妙之处。广阔无垠、风沙弥漫的大平原上那持续不断的梦境,那弱不禁风而终将毁于一旦的小泥屋加上那位老陶匠,存在了十年左右,对我来说就跟一个深受人们喜爱的古老的故事一样有意思。就跟我们到一个非常了解然后离开的国家去访问一样有意思。

《一个房间》对于我有着同样的性质——讲的是一个和我们白天的世界一样真实的世界,在这个世界里,时光悠悠,转瞬即逝,我们从未见过的人就像老朋友一样熟悉。

《酒》是一篇很短的小说,是从一个四年之久的爱情故事中提炼出来的。

《他》有时候把女权主义者惹恼了,但我认为这个故事道出了许多女性对男性所怀有的真实感受。

多丽丝·莱辛

1994 年

恋爱的习惯

1947年,乔治又给麦拉写了一封信,说现在战争都结束这么久了,她应该回国和他结婚。她在澳大利亚有亲戚,1943年就带着孩子们去了那儿。她回信说,她觉得他们已经疏远了;她不再肯定她就想嫁给乔治。他并没有让自己垮下来。他拍电报给她汇去了买飞机票的钱,请她过来看看他。她来了,待了两个星期,因为她不能离开孩子更长的时间。她说她喜欢澳大利亚,她喜欢那儿的气候;她不再喜欢英国的气候了;她以为英国很有可能给耗干了。她已经习惯于思念伦敦了。或许,也已经习惯于思念乔治·塔尔博特了。

对乔治来说,这是非常痛苦的两个星期。他相信对麦拉来说也很痛苦。他们二人1938年相识,一起生活了五年,互通书信四年,写的是时运不济而天各一方的有情人写的那些情书。麦拉肯定是他一生的最爱。他一直到现在都相信他也是她一生的最爱。麦拉是一个颇具吸引力的女人,澳大利亚的阳光和海滩把她造就成了一个美女。她在机场挥手道别,眼里噙满了泪花。

乔治开车离开机场,眼睛是干的。如果一个人全心全意真心真意地爱着另一个人,那么,当他生死不渝的伴侣泪眼婆娑地说完再见,转身离去的时候,轰然倒塌的不仅仅是爱情。乔治早早下了出租车,步行穿过圣詹姆斯公园。这个公园在他看来似乎太小了,他就又走到绿色公园。接着他走进海德公园,又穿过肯辛顿公园。天黑了下来,他们关了公园大门,他就乘出租车回家。他住在大理石拱门附近的一个住宅区。有五年麦拉都和他住在那里,就是在这里他期望再和她生活下去。现在,他搬到了考文特花园附近的一套新房子里。此后不久,他给麦拉写了一封非常痛苦的信。他突然想到,他原来经常收到这样的信,但从来没有写过一封这样的信。他想到,他完全低估了他一生中肯定造成过多么巨大的痛苦。然而,麦拉给他回了一封表示可以理解的信,于是他告诉自己,现在他必须最后打消思念麦拉的念头。

因此,他最近跟过去相比,工作上变得不那么吊儿郎当,他同意给一个朋友写的一部新戏当制作人。乔治·塔尔博特是个搞戏剧的。他至今已经有很多年没有演过戏了;但他写文章,他有时候当一部戏的制作人,在重要场合发表演讲,所以大家都认识他。他走进一家餐馆,人们都想方设法捕捉他的眼神,而他常常不知道他们是谁。麦拉离开后的四年当中,他和戏剧圈的和绕着戏剧圈转的好几个年轻女人发生过风流韵事,因为他很寂寞。他给麦拉写信,曾一五一十地讲了这些风流韵事,但她在信中对这些事却只字不提。现在他忙了好几个月了,很少在家;他挣了很多钱。他又和几个女人发生了风流韵事,因为这几个女人喜欢有人看见她们和他一起公开露面。他非常想念麦拉，但没有再给她写信，她也没有再给他写，尽管他们两个都一致认为，他们永远都会是好朋友。

一天晚上在一家剧院的休息室，他看见一个他一直都很仰慕的老朋友，就对跟他在一起的那个年轻女人讲，那个男人是他那一代人当中最难以抵挡的男人——没有哪个女人能拒绝得了他。那年轻的女人朝休息室另一端看了一眼，说："不见得吧？"

那天夜里乔治·塔尔博特回到家，感到无比孤独，就老老实实地在镜子里看自己。他六十岁了，但看上去不像。过去不管是什么东西把女人吸引到他身边，却从来都不是他的外表，而且他变化不大：身材魁梧，身板儿笔直，头发花白，梳得仔细，衣着考究。自从很多年前他不再当演员以来，他一直都没有在自己的这张脸上费过心思；但此刻，他有一种和他性格不相符的虚荣心，想起来麦拉很喜欢他的嘴巴，而他的妻子爱他的眼睛。他渐渐养成了一个习惯：每到装有镜子的剧院休息室或餐馆，都会对着镜子瞥上一眼；他看到，自己没有变。不过，他感觉到那自信老到的外表和他所感受到的东西之间还是有差异的。在他的肋骨下面，他的心肿胀起来，变得柔软、痛苦，一大片同情心在和他原来的模样为敌。人们说笑话的时候，他常常笑不出来；他说话往往是轻描淡写、含沙射影、干干巴巴的，说话的方式一定是变了，因为老朋友们不止一次问他是不是感到抑郁，而且他讲故事的时候，他们不再会意地微笑了。他猜想他跟别人在一起不再令人心情舒畅了。他弄明白了，他或许是生病了吧，于是就去看了医生。医生说，他的心脏什么毛病都没有,他还能活上三十年,并且还满怀敬意地补充了一句,此乃英国戏剧事业的一大幸事。

乔治渐渐地懂得了,"心痛"这个词的意思就是,一个人可以带着一颗疼痛的心,不分昼夜走到哪儿带到哪儿,就他这种情况,一疼就是几个月。现在已经快一年了。由于胸口疼痛的重压,他常常在夜里醒来;清晨,他往往在忧伤的重压之下醒来。这种疼痛似乎是遥遥无尽期;这种想法促使他干了两件事。第一,他给麦拉写了一封情意绵绵、措辞谨慎的信,回忆他们相爱的岁月。没过多久,他收到一封情意绵绵、措辞谨慎的复信。然后他去见他的妻子。他跟她是好朋友,许多年来一直都是好朋友。他们经常见面,不过现在不怎么经常见面了,因为孩子们都已长大成人了;一年大概见一两次面吧,而且从不吵架。

他们离婚后,妻子又结了婚,现在是个寡妇。她第二任丈夫生前是国会议员,她为工党效力,还是一家医院顾问委员会的顾问,兼任一所进步学校理事会的理事。她五十岁了,但看上去一点儿都不像。这天下午,她穿一件修身的灰色西服,脚穿一双灰色皮鞋,她发色是灰的,前额有一卷白色的波浪使她看上去与众不同。她充满活力,很高兴见到乔治。她谈到他们医院顾问委员会的某一个死脑筋,在某个改革问题上和进步的少数派意见不一。他们始终有着一致的政治立场,在工党里居中偏左一些。第一次世界大战期间她对他成为一个反战人士表示同情——他曾因此一度被捕入狱;他也同情过她那激进的女权主义观点。两个人都帮助过1926年的罢工人员。三十年代,在他们离婚之后,他随一个剧团巡回各地,给领取政府失业救济金的人上演莎士比亚的戏剧的时候,或者参加绝食游行的时候,她曾出资帮助过他。

麦拉对政治一点都不感兴趣,她只对自己的孩子感兴趣。当然了,还对乔治感兴趣。

乔治求他的第一任妻子和他复婚,她吓了一大跳,夹糖块儿的夹子都掉了,砸碎了一个托盘。她问,麦拉出什么事了,乔治说:"唉,亲爱的,我想,麦拉在澳大利亚那些年把我给忘了。不管怎么说,她现在不要我了。"当他听见自己说这番话的时候,语气是可怜兮兮的,他感到害怕,因为他想不起来曾经苦苦哀求过一个女人。除了麦拉。

他妻子打量着他,轻快地说:"你是寂寞了,乔治。唉,我们两个人谁都不再年轻了。"

"你难道不认为,你要是有我在身边,就不会那么寂寞了吗?"

她从椅子上站起身来,以便可以背对着他做些什么事情,她说她打算不久就要再婚了。和她结婚的这个男人年龄比她小得多,是个医生,在她那家医院属于进步的少数派。从她的口气乔治听得出来,她对这桩婚事是既骄傲又羞愧,怪不得她躲躲闪闪的不让他看见她的脸。他向她表示祝贺,并问她,是不是或许对他来说还有一线机会?"亲爱的,我们当初在一起的时候毕竟是幸福的,对不对?我从来都没有真正搞明白,那场婚姻怎么就破裂了。想毁掉这桩婚姻的可是你啊。"

"我看不出,扒拉这些陈芝麻烂谷子的还有什么意义。"

她说,口气很是决绝;说完回到了他对面的椅子上。他非常嫉妒她,看上去那么年轻,脸蛋儿红扑扑的,在那一缕勇敢地故意染白的头发下面,几乎没有一丝皱纹。

"可是亲爱的,我还是希望你告诉我。现在已经没有什么害处了,是吧?而且我总是百思不得其解……我常常思考这件事,总是想不明白。"他在他那声音里又听到了哀怜的腔调,但他不知道如何才能改变这种腔调。

"你是不明白。"她说,"你那时候不是跟麦拉打得火热嘛。"

"可是我们离婚的时候我还不认识麦拉呢。"

"你认识菲丽帕、乔治娜、珍妮特呀,天知道还有谁。"

"可是我并不喜欢她们呐。"

她坐着,一双能干的手放在膝盖上,脸上是一副他记得的表情,是当初她告诉他,她要和他离婚时他见到的表情。那是痛苦的、很受伤的表情。"你也不喜欢我。"她说。

"可是我们是幸福的呀。唉,我是幸福的……"他的声音低了下去,凭着他对女人所有的了解,感到无比可怜。因为就在他坐在那里的时候,他昔日那颗浪荡子的心在告诉他,假如他能找到她们,那就必须有合适的言语,合适的语调。可是不管他说什么话,都是以这种无望的老狗的声音说出来,而且他知道,这种声音永远也无法击败那位英勇善战、正义在手的年轻医生。"我真的是喜欢你。我有时候觉得,你是我生命中唯一的女人。"

听到这儿,她哈哈大笑起来。"噢,乔治,求求你,这会儿别搞得这么自怨自怜好不好。"

"啊,亲爱的,是有麦拉。可是,当你把我扔到那儿的时候,那就注定会有麦拉的,是不是?有两个女人,你,然后是麦拉。而且我从来都没有搞明白,我们似乎是那么幸福,可你为什么偏偏就把这桩婚姻毁掉了。"

"你并不在意我。"她又说了一遍,"当初如果你在意我,你压根儿就不会从菲丽帕、乔治娜、珍妮特或是别的什么人那儿跑回家,像没事人似的说,你刚刚跟她们在布赖顿①或者管他是什么地方了,就好像这事儿对我来说根本就无所谓似的。"

"可是假如我在意她们的话,我压根儿就不会告诉你了。"

她以不敢相信的目光看着他,脸红了。红什么呢?是生气吗?乔治不得而知。

"我记得还很自豪呢。"他可怜兮兮地说,"我们把婚姻以及所有的那种事情都解决得那么好。我们的婚姻是那么美满,有一点点拈花惹草也是没有大碍的。而且我一直都以为,一个人应该能讲真话。我一直都是对你讲真话的,是不是?"

"亲爱的乔治啊,你真浪漫。"她干巴巴地说;过了没多久,他站起来,爱怜地亲了亲她的脸颊,走开了。

他穿过一座又一座公园,双手背在笔直的背后,走了很长一段时间,他能感觉到他的心在身体的一侧肿了,疼痛不已。

---

① 英国英格兰南部旅游城市,临英吉利海峡。

7

公园大门关了,他穿行于亮起路灯的一条条他生活了五十年的街道上,满脑子想的都是麦拉和莫莉,就好像她们是一个女人,融合到了一起,以一副温馨怡人的亲密模样,一副幸福的模样走在他身边。他走进一家熟悉的小餐馆,里面有一个姑娘,这姑娘认识他,她听他讲过一次课,讲的是英国戏剧的现状。他努力地想从她脸上看到麦拉和莫莉的样子,可是没有看到,他替她付了咖啡钱,也付了自己的钱,就独自一人回家了。可是他的房子空荡荡的,空得让人受不了,于是他就离开家,沿着泰晤士河的河堤漫步了好几个小时,让自己走累了,肯定是刮着寒风,刮得比他所知道的还冷,因为第二天他胸口一阵疼痛,把他疼醒了,这种疼痛他不可能误认为是心痛。

他得了流感,咳嗽得厉害,他就一个人在床上躺着,直到第四天他都感到头晕了才给医生打电话。医生说他必须马上住院。

可是他不愿意去住院。于是医生说,那就必须有日夜照顾他的护士。话说到这一步他只好顺从了,可是那些快活的护士对他十分友好,这又使他感到悲哀,直到悲哀得难以忍受。他叫医生给他妻子打电话,他妻子会找到一个照看他的人,而这个人会有同情心的。他内心希望莫莉会亲自来照顾他,可是她来了,他却不愿意提这档子事儿了,因为她在忙着为自己的新婚做准备。她答应给他找一个不穿白大褂,不说笑话的人。他们自然有很多共同的朋友,她给剧院里他原来打得火热的老情人打电话,她说她认识一个姑娘,正在找一份秘书工作来帮助度过这一段没有工作的时光,不过要是就几个星期的话,干什么工作她倒真的也不介意。

就这样,波比·蒂皮特把那几个护士打发走,就在他的书房给自己支起了一张床。第一天,她坐在乔治床边做针线活。她身穿一袭黑色长裙,上身穿一件得体的印花衬衫,腕处绣着短短的褶边,乔治看着她缝补的样子,就已经感觉好多了。她个头儿小小的,身材瘦瘦的,肤色黑黑的,可能是犹太人,一双黑眼睛流露出忧郁。她有办法让她缝补的衣裳松松地搭在膝盖上,两只手软塌塌地放在上面,两眼呆望着,一朵自省的黑色之花就嫣然绽放。每当这时,她就静静地坐着,宛如一尊一个姑娘在做针线活的瓷像。在护理乔治或者请他众多的来访者进屋的时候,她就摆出一副冷峻甚至是倦怠的模样,那是一副无所用心好到极致的礼节,刚开始乔治感到不寒而栗;不过很快他就看穿了这种姿态;因为不管波比·蒂皮特出生于哪一个世界,他都认为这些举止不属于英国的阶层。问到有关她自己的问题,她回答总是一个字"是"或"不";他推测她父母已经不在了,但她有一个已经成家的姐姐,她有时候去看看她。其他时间她都在伦敦近郊住,而且是一个人住,这样住了十多年了。他问她,大多数时间一个人住有没有感到很孤独,她拖长声调说:"哪里,一点儿都不孤独,我不在意独处。"然而他把她看作一个弱小却勇敢的孩子,一个漂泊在伦敦的流浪儿,想到此他感动了。

他不想摆出一副戏剧界大腕的架子,他害怕引发那种非个人的仰慕,而他对这种仰慕已经习以为常了;可是过了没多久他就问起她的工作,希望这大概就是她的热情之所在。然而她只是轻描淡写地谈到她演过的小角色,干的零零碎碎的活儿,画布景,当候补演员之类,说起来完全是剧团小演员那种快快乐乐的口气;而且他看得出来,他一点儿都没有跟她走得更近一些。所以,到了最后,他做了他一直尽力避免做的事,像个评委或是剧院经理的样子,靠着枕头坐了起来,说:"亲爱的,给我演点儿什么吧。让我看看你。"她像个乖孩子一样走到隔壁,回来的时候穿着一条黑色紧身裤,但上身还是穿着那件得体的小衬衣,站在他面前的地毯上,开始表演一小段歌舞剧。演得还不赖。他以前见过一百个演得更糟的。但他很受触动,现在他尤其把她看作小顽童、流浪儿、假小子,是那么无助。十足地令人怦然心动。"事实上,"她说,"这只是表演的一半。我总是有别人跟我一起表演。"

这间幽暗的大房间一头的墙上有一面镜子,几乎把整堵墙都遮住了。乔治在镜子里能看到自己的模样:一个上了年纪的老头儿,身子靠枕头坐着,在观看这个小玩偶似的人儿站在他面前的地毯上。只见她扭过头看着那面幽暗的镜子里自己的身影,端详着,然后开始和自己的身影一起翩翩起舞,好像是对着它跳起舞来。乔治的房间里就有两个轻盈的小人儿在舞蹈了;这里面有些异乎寻常的东西。她开始唱了,用舞台上的伦敦土话唱了一首短歌,唱得断断续续,乔治觉得,她是在期望镜子里的那个人和她一起歌唱;她对着镜子歌唱,仿佛期望着有人应和。

"这很好,亲爱的。"他很快就打断了她,因为他感到不安,尽管他也不知道为什么感到不安,"的确是很好。"她停下来,从镜子那儿走开,她那怪异的身影就也走开了,他这才感到松了一口气。

"你要不要我跟谁替你说说话,亲爱的?说不定会管用。你知道戏剧圈儿是怎么回事。"他语带歉意地说。

"那就谢谢了。"她用舞台上演出的伦敦土话说;有一阵子她的脸闪回到一种嘲讽不安、娇小调皮的模样。"或许我最好还是换上我的裙子?"她建议道,"这对一个护士来说更自然些,您说是不是?"

但是他说,他喜欢她穿黑色紧身裤的样子,现在她就总穿着,还有那些整洁的小衬衣;她像一个魅力十足的女性化的男孩子一样在屋子里走来走去,絮絮叨叨地跟他聊她演过小角色的那些戏,聊她说过话的男女明星大腕及大制作人。当然了,这些人都是乔治的朋友,或者至少是和他地位相同的人。乔治坐起来,靠着枕头,就那么听着,看着,心里隐隐作痛。都没有必要在床上待着了,他还是赖在床上,因为他不想让她走。他把自己挪到一张大椅子上的时候,他说:"亲爱的,要是有别的地方你愿意去的话,你没必要以为你必须待在这儿。"听到这话,她那双黑色的眼睛睁大了,闪着光,说:"可是我在休息呀,亲爱的,休息。我自己没有什么更好的事情要做。"她转念一想说,"噢,我是不是很不好哇,说了不该说的话?"

"不过你真的喜欢在这儿吗?你不介意跟我待在这儿吗,亲爱的?"他坚持问道。

她简短地顿了顿,说:"是的,也够奇怪了,我真的很喜欢。"说"也够奇怪了"这句话的时候,她飞快地半是笑着,半是暗送秋波的样子瞥了他一眼。很多个月来,萦绕在乔治心头那沉重的孤独感头一回倏然减轻了。

现在,这之于他已经成为一种幸福了,因为当戏剧界或文学界那些著名的女士们和先生们来看他的时候,波比就变成一个冷静温柔的小女主人,而他们一走,她就变回顽皮淘气的样子。这是他们关系亲密的一个证明。他有时候带她出去吃饭,或去看戏。当她打扮起来的时候,她就穿大胆、时髦的衣服,走路带着时装模特那目中无人的样子。乔治走在她身边,爱怜地笑着,等待着这样一刻:那双鲁莽、强盗般的黑眼睛会从那个女人倦怠的凝视中闪露出来,流露出钦佩之情,用眼神与他交流这个世界的乐趣;并且答应他,不一会儿,等他们回到家,只有他们两个人的时候,她就会变成那个可爱的小姑娘,或者是那个殷勤备至、魅力无穷的流浪儿。

有时候,夜里他坐在幽暗的房间里,就会让自己的手落在她肩膀那瘦削的一点上;有时候他们互道晚安的时候,他附身吻她,她就会垂下头,这样,他的嘴唇就会碰到她那谦逊的、心甘情愿的额头。

乔治暗自思忖,她还没有被唤醒。这个说法只是过去十几个温馨的发现的前奏。他暗想,她有可能成为什么样的人,她是一无所知。她好像结过婚——她有一次透露过这个情况,是在讲戏剧圈儿的一件逸闻趣事的过程中无意说出来的;然而乔治认识许多女人,她们虽然结婚好几年了,却还一直没有被唤醒。乔治要她嫁给他,她抬起她那光洁的小脑袋,像一只小动物受惊了一样转过脸,问:"你为什么想娶我呢?"

"因为我喜欢跟你在一起,亲爱的。我爱和你在一起。"

"啊,我喜欢跟你在一起。"这句话听起来有疑问的口气。她是在问自己吗?"奇怪啊,"她用伦敦土话说着,大笑起来,"奇怪,但却是真实的。"

后来的婚礼规模并不大,但是报纸上却大肆报道。最近乔治那一代的好几个男人都娶了年轻女人。其中一个都七十岁了,却当了一个儿子的父亲。乔治被报纸吹捧得晕晕乎乎,就给波比讲了以前没有想起来的往事。比方说,他说,他认为他那一代人整体来看,在爱情和性方面要比现今这一代人做得成功。他说:"就以我儿子为例吧。在他这个年龄,我已经有过很多风流韵事了,对女人了如指掌;可看看他,都快三十岁了,他曾经和一个想要结婚的姑娘在这儿住过,我敢肯定他们同床共枕了一个星期,却什么事儿都没有发生。这事儿是那个姑娘跟我讲的。所有这一切在我看来都很奇怪。但对她来说却不奇怪。现在他跟另一个小伙子住在一起,听他那播放很长时间的唱片之类的玩意儿,而且他跟一个姑娘订了婚,他像个小学生似的,每周带她出去两次。还有我女儿,她结婚一年之后来找我了,她的婚姻弄了个乱七八糟,真是乱七八糟……在我看来,你这一代人好像很怕结婚。我不知道为什么。"

"为什么是我这一代人?"她带着那倾听着的姿态迅速扭过头来,问,"不是我这一代人。"

"可是,你只不过是一个小屁孩儿而已。"他爱怜地说。

她此刻盯着他,他无法破解她那双哀伤的、瞪圆了的黑眼睛后面有什么东西;她穿着那条亮面的黑裤子,跷着二郎腿,坐在壁炉旁,宛如一尊小玩偶。然而,他内心里被警报的弹簧碰了一下,没再说下去了。

"都三十五岁了,我是在世的最小的小屁孩儿。"她唱道,扭过肩膀快速地给了他嘲讽的一瞥。不过那声音却是快乐的。

他没有再跟她谈他那一代人的成就。

婚礼过后,他带她去了法国诺曼底地区一个村庄,那个村庄他去过一次,那是很多年以前,跟一个名叫伊芙的姑娘去的。他没有对她讲,他以前去过那个地方。

时值春天,樱桃树正开着花。头一天傍晚,他用胳膊搂着她纤细的腰肢,和她漫步在最后一抹夕阳中白色花朵盛开的树枝下面,恍惚觉得他就要穿过那失去的幸福之门,走回去了。

他们租到一个非常舒适的大房间,透过窗户往下看去,能看到樱桃树,屋子里有一张双人床。那个农民的妻子克吕绍太太带他们看了房间,那双精明的眼睛不发表任何评论;她说,她总是很高兴给度蜜月的夫妇提供住处,并祝他们晚安。

乔治和波比做爱,她闭上眼睛,他发现她一点儿都不难为情。他们完事儿以后,他把她揽在怀里,就是在这个时候,他怀着一颗倏然放松的心——难以令人置信的敬畏之心——回到了一种幸福之中——一种他人生这么多年来一直认为是理所当然的幸福之中——而他回到了幸福之中,此刻似乎并没有对此感恩戴德,简直难以置信。他把她那百依百顺的玉体揽在怀里,心里想,他居然能独自一人,孤独寂寞了这么长时间,这是不可能的。这份孤独寂寞令人难以忍受。他抱着她那静静呼吸着的肉体,拍拍她的脊背和大腿,他的双手记起了将近五十年来的恋爱情感。他能感受到他人生中难以忘怀的种种情感洪水般涌过他的躯体,他心中充溢着快乐,这种快乐仿佛是他从来没有体验过的,因为那是集十几次爱情于一体的快乐。

他终于快要拥有这些往事的回忆了,然而此时,她猛然间转过身,坐起来,说:"我想吸根烟。你想不想?"

"嗯,想呀,亲爱的,你要是想的话。"

他们抽烟。烟抽完了,她就仰面躺下,两只胳膊交叉放在胸前,说:"我困了。"说着就闭上了眼睛。等确信她已经睡着了,他就用胳膊肘撑着身子,看着她。灯还亮着,她脸颊的曲线像孩子的脸颊一样饱满而柔和。他用手掌边儿碰了碰她的脸颊,她在熟睡中缩到一边,但像个拳头一样,身子缩成一团;她的手也像孩子的手那样白皙,那样小小的,攥成一个拳头,放在脸前的枕头上。

乔治设法把她拥入怀里,而她却一翻身,翻到了床的边边上。她睡得很沉,而她的睡眠别人无法分享。乔治受不了了。他离开床铺,伫立在窗前,一任这春夜寒气袭人,凝视着那一株株白色的樱桃树在皎洁的月光下亭亭玉立,想着那个在床上熟睡的冰冷的姑娘。他站在寒冷的月光下,一直站到曙色降临;到了上午,他就咳嗽得很厉害,爬不起来了。波比是那么可人、尽心、快乐。"还是跟原来一样,我护理你。"她说着,还故意转了转黑色的眼珠。她向克吕绍太太另外要了一张床,放到房间的一角,乔治觉得,她不想传染上他的感冒,道理上是说得过去的;因为他不想让自己回想起他过去的时光,那时得了相当严重的病也没有成为两人分享黑暗的障碍;他决定忘掉疲累的感觉,忘掉发烧的感觉,忘掉难以入眠的极端的感觉。他甚至开始觉得羞愧难言了。

两个星期,那法国女人都一日两次,端上来美味的饭食,乔治和波比喝了大量的红葡萄酒和苹果白兰地,跟克吕绍太太说着度蜜月生病的笑话。他们比原先的安排要早一些离开诺曼底地区回国。波比说,这对乔治来说会更好些,在家待着,他的朋友就能过来看他了。再者说了,这大好的春光,给关在屋里也叫人怪难受的;而且他们两个人吃得又那么多。

他们回到住所的第一个晚上,乔治等着看看她是不是要去书房里睡,但她穿着睡衣,来到了大床上,他第二次把她搂在怀里,为卿卿我我制造了空间。接着,她在床上坐起来抽烟,那模样看着那么疲惫,那么娇小,乔治心想,她是那么年轻,那么惹人爱怜。他那天夜里没有睡觉。他不敢下床,怕打扰了她,他也害怕睡着了,害怕他的手脚记得他一生都有的习惯,伸手去摸她的手脚。清晨她醒来,微微笑着,他伸出胳膊搂住她,但她只是温柔地吻了吻他,就跳下床去了。

那天,她说她必须去看看她姐姐。在以后的几个星期她常看她,并且不断建议,乔治应该多会会朋友。乔治问,姐姐干吗不来这儿,到这套房子里来看她呢?于是一天下午,她就来喝茶了。乔治在婚礼上短暂地见过她一面,并不喜欢她,然而此刻,他第一次对这桩婚姻本身产生了一阵厌恶感。这个姐姐很吓人——是从某个郊区来的一个相貌平平的中年妇女。她长着一张棱角分明的黑脸庞,这边瞅瞅,那边看看,这套房子的角角落落都探寻了一遍,给家具估价格,一只探寻的瘦鼻子弯向一侧。她以她最好的姿态坐着,在茶杯前坐了两个小时,穿着一件男人气的海军蓝西服,戴着一顶严肃的黑檐帽,她那双穿着布洛克鞋的脚坚定地并排放在前面;那只瘦鼻子似乎在和她妹妹进行一场无声的讽刺的谈话,谈的就是乔治。波比很淡定,举止很优雅,一如有客人来的时候她总是那副样子,仿佛是有意厌倦人生,但乔治肯定只是因为他的缘故。姐姐一走,乔治就说起了她的不是;可是波比哈哈大笑起来,说,当然了,她原来就知道乔治不会喜欢罗莎的;她是很令人反感;可是话说回来了,是谁建议邀请她的呢?于是,罗莎就没有再来过,波比出去和她见面,去看看电影呀,或者去逛逛商场。与此同时,乔治一个人坐着,不自在地想着波比,或者去看他的老朋友。他们从诺曼底回来几个月后,有人暗示乔治,他大概是病了。这句话使乔治想了起来,他意识到他离生病已经不远了。这是因为他睡不着觉。一夜又一夜,在她快乐地、满是爱意地委身于他之后,他都躺在波比身边;他看着枕头上她脸颊那柔和的曲线,看着那长长的黑睫毛挨得那么近,那么平。他一生中从来还没有什么东西像那张孩童般的脸蛋儿,那睫毛的阴影,如此深深地打动着他。脸蛋儿的一边有一条小细纹,在他看来都是感情的印记;那一缕漆黑光亮的秀发落在前额上,此情此景让他喉头一紧,眼里盈满了泪水。他的夜晚都是对那锁闭的温柔长久的守候。

后来有一天夜里她醒来,看见他在看她。

"怎么了?"她吓了一大跳,就问,"你睡不着吗?"

"我只是在看你,亲爱的。"他不抱希望地说。

她蜷曲着身子躺在他身边,拳头放在身旁枕头上,放在他和她之间。"你为什么不高兴呢?"她突然问;乔治突然带着苦涩的讽刺哈哈大笑起来,她就坐起身,胳膊搂着双膝,准备从实际的角度考虑这个问题了。

"这不是婚姻,这不是爱情。"他说。他在她身边坐起来。他不知道他以前从来没有对她使用过这种口气。他如今是一个发福的男人,那苍老的脸上满是忧愁,他说话的时候有一阵子把她忘了,眼神越过她,她复活了他的过去,让他回到了往昔。他有着负责任的经验,温暖地回忆着自己的一生,感到很有尊严。他的双眼是沉重的,讽刺的,责备的。她一骨碌爬起来靠着他,微微一笑说:"那么,给我看看,乔治。"

"给你看看?"他说着,几乎是结巴起来,"给你看看?"但他搂着她,那个乖巧的孩子,他的脸贴着她的脸,直到她睡着;后来,他的肩膀压着她的肩膀,压得太重了,她就一缩身,躲开他退缩到床边去了。

第二天早上,她以古怪的目光看着他,怀着一点点敬意,那点敬意也是古怪而忧伤的,她说:"你知道吗,乔治,你刚刚养成了恋爱的习惯。"

"亲爱的,你这是什么意思?"

她一骨碌爬下床,站在床边,顿时成了一个身着白色睡衣的流浪儿,黑色的秀发乱蓬蓬的。她眼珠冲他转了转,微微一笑。"你只是想在怀里搂个什么东西,就这么回事。你一个人的时候干什么呀?搂着一个枕头吗?"

他什么都没有说;他心上给砍了一刀。

"我丈夫原来也是一样。"她乐呵呵地说,"可笑的事情是,他根本就不在意我。"她站着仔细端详着他,满含嘲讽地微笑着。"很奇怪,对不对?"她说了一句就走开去浴室了。这是她第二次提到她丈夫。

"恋爱的习惯",这句话在乔治内心翻江倒海。说得对,他想。由于他自身,由于他的皮肤贴着她的皮肤,皮肤一动那直觉的反应,压到一个乳房,这都使他感到震惊。他似乎在以很新的眼光看波比了。他以前真的并不怎么了解她。那个快快乐乐的小姑娘消失了,他看到的是一个历经磨难和失败而坚强起来,并变得小心警觉的年轻女人,而他从来都没有停下来想过她的磨难和失败。他看到藏在那双黑眼睛后面的哀伤全是动情的哀伤;他看见她那光滑的秀发上泛起第一缕灰白的亮光;他看见她脸颊上那饱满的曲线开始变得柔和,正在进入中年。他对以自我为中心感到震惊。现在,他想,他会真正地了解她了,而她也会对此做出反应,开始爱他了。

突然间,乔治在他内心深处发现了一个男孩子,这个男孩子的存在他已经完全给忘记了。他已经回到青春年少的时代。偶然触碰到她的手,他就倏然感到一阵快意;她蓦然转身,裙裾飘起,他就会闭上眼睛,幸福无比。他通过一个爱妒忌的男孩子的眼光看她,开始对她的过去刨根问底,感觉他慢慢地就要完完全全地拥有她了。她话音一低下来,他就在等着一个情爱的暗示,那双饱满、热烈的黑眼睛旁边的皮肤一皱,他就等着一份爱的表白。到了夜里,他就又成了一个男孩,那份爱慕之情使他变得呆头呆脑。乔治身体的情欲原来已经被生生地扼杀了。一个月前,他还是这样一个男人,一个朝气蓬勃,一切回忆都收藏心中,烂熟于胸的男人,一个长期使用肉体的男人。如今,他躺在这个女人身边,难以入睡,渴望着——渴望着的不是过去,因为那个过去已经离他而去,而是梦想着未来。当他像个男孩似的盘问她,而她躲避他的时候,他只是把这看成是这个姑娘锁闭着的少女之心,这颗少女之心会对他已经变成的那个令人爱慕的男孩子做出响应,觉醒起来的。

然而,她依然蜷缩在她的城堡里睡觉,一只拳头放在脸前。

后来有一天夜里,她被他的某个响动惊觉,又醒了过来。"这会儿又是怎么啦,乔治?"她气鼓鼓地问。

在接下来的一阵沉默中,乔治心里那个复活的男孩痛苦地死去了。

"没什么。"他说,"什么事儿都没有。"他转身背对她,感到无比挫败。

他本人离开大床,换到书房那张窄床上去睡了。她带着严厉而又悲哀的微笑说:"烦我了吗,乔治?唉,你知道,我也是没办法。我本来就不是很喜欢躺在某一个人身边睡觉。"

乔治最近本来已经退出了工作,但又开始担任另一部戏剧的制作人,又是非常繁忙;他给一家大报写戏剧评论,忙着参加社会活动,出席所有的首场演出。有时候波比跟他在一起,穿着令人惊艳的漂亮衣服,跟他一起对一直这么时髦这整件事感到很逗乐。有时候她待在家里。她有一个人一连待几个小时的本事,很显然是什么事情都不做。乔治常常离开某一群人或者出席完某个聚会回到家,发现她跷着二郎腿坐在壁炉前,穿着那条紧身裤,手托着腮,独自一人神游到某个地方,某个他现在害怕涉足,害怕跟过去的地方。他受不了再将自己置于那种境地,即可能听到那冷淡的、犀利的话语,这些话表明她对他所感受的东西从来不能感同身受,因为这不符合她的天性。他会很晚回到家,她就给他们两个人都泡一杯茶,他们就手挽手坐在壁炉前,他的肉体和记忆都很平静。死了,他心想。然而他心痛。他已经非常习惯胸中那沉甸甸的孤独的重负,以至于他和一个老朋友交谈,哪怕是短短的几句话,他都会变成那个从来没有认识过波比的乔治·塔尔博特,他的心就会轻松起来,他那份郁闷之情就会倏然消逝,他会茫然四顾,无比震惊,仿佛丢掉了什么东西。没有了孤独的痛苦,他几乎感到头晕。

他问波比,一月又一月地这么无所事事,她是不是感到无聊,而他又是这么忙。她说没有啊,什么都不做,她很高兴。她并不想重操旧业。

"我本来演得就不好,是不是?"她问。

"你要是愿意,亲爱的,我可以替你跟谁说句话。"

她冲壁炉皱了皱眉,但什么话也没说。后来他又提这件事,她粲然一笑,说:"嗯,那就谢谢了……"

于是他就跟一个老朋友说了,波比回归了戏剧舞台,在一部暧昧的时事讽刺小戏里饰演一个小角色。她已经找到了一个人,她说,一个在她那部戏里演另一半的人。乔治在忙《罗密欧与朱丽叶》的制作,没有时间看她排练,但是在《非正统活报剧》首演那天晚上他在场。他到得很晚,坐在那座粗制滥造的小剧场后排,剧场里密密麻麻排满了一摇三晃的小椅子。一切东西都很小,那些衣冠楚楚的观众看上去倒像是太大了,仿佛是块头儿特大的人给塞进了一个盒子里。那个小舞台上光溜溜的,什么都没有,零零星星的只有几张白纸黑字写的海报到处胡乱贴着。还有一架钢琴。钢琴师很不错,是一个年轻人,一头黑发软塌塌地落到脸上,他弹奏着,仿佛对这整个东西感到厌倦。不过他弹得很好。乔治乃戏剧界人士,听了第一首曲子,为的是抓住情绪,他想,啊,天哪,可别再这么弹了。那是第一次世界大战期间的一首歌,他无法忍受那曲子引发的奔涌而出的简单的感情。他拒绝去感受。接着他意识到,不管怎么样,感情是锁闭着的;钢琴在嘲弄这首歌;《有一条长长的小路》①演奏得就像五指操;接下来演奏的是《让家里的炉火不断燃烧》和《蒂珀雷里》,演奏的是同一风格,就好像钢琴厌倦了一样。人们开始咯咯发笑,他们抓住了

---

① 一战期间的一首流行歌曲,歌词作者为斯托达德·金(Stoddard King),曲作者为阿朗索·"佐"·埃利奥特(Alonzo "Zo" Elliott),二人均为耶鲁大学四年级学生。这首歌于1914年在伦敦发表。

那种情绪。一个长着八字须、穿着1914年军装的金发小伙子走上台,唱了几首歌的片段,像一具僵尸一样在歌唱;接着乔治就明白了,他应该是那场战争中的一个死者在歌唱。乔治觉得他所有的反应都给堵塞了,首先是因为他自己一点儿都无法使自己感受到那个时代的任何感情——那太痛苦了;其次是因为那五指操的风格,这种风格和一切,所有的痛苦或反抗,都是矛盾的,什么东西都没有留下,只留下一片空白。演出继续进行;贯穿整个二十年代,演奏的是那个时代几首流行歌曲的片段,一首关于大罢工的歌曲,这首歌使得整个事件降低到毫无感情的木偶戏的规模,然后接着进入三十年代。乔治看得出来,这是一种浓缩的历史,就像是——恶搞了诺埃尔·考沃德①那个时代错误的英雄史观。但是它甚至连这个都不是。没有感情,什么感情都没有。乔治不知道他应该有什么样的感受。他好奇地看着周围人们的脸,看出来上了年纪的人都是一脸的惶惑,一脸被冒犯了的表情,就好像这场演出对他们是一种侮辱。然而,年纪较轻的人们沉浸在演出的情绪之中。然而是什么情绪呢?是一种对恶搞的恶搞。第二次世界大战是由《跑吧,兔子,跑吧》这首歌引入的,这首歌弹奏得就像是《罗恩格林》,那首歌演奏着,穿着二战时期军装的士兵们从死亡的另一面嘲弄着他们那轻描淡写的英雄主义,这时候乔治忍受不了了。他根本就不看舞台了。他在等

---

① 诺埃尔·考沃德(Sir Noël Peirce Coward,1899—1973),英国剧作家、演员和作曲家,擅长写风俗喜剧,作品有剧作《旋涡》《欢乐的心灵》,轻歌剧《又苦又甜》及歌曲、音乐剧等。

着波比上台,这样他就可以说,他已经看过她了。与此同时他抽着烟,观察着他附近一个很年轻的小伙子的脸;那是一张苍白、沉重、松弛的脸,但那张脸有反应,似乎是出于一种深仇大恨的习惯,对舞台上演出的每一个细节都有反应。突然,那张年轻的脸猛地一亮,洋溢出讽刺的兴奋之情,乔治朝舞台上看去。舞台上是两个淘气鬼,他们长得好像一模一样,都穿着亮面黑色紧身裤、修身挺括的白色衬衣。二人都留着黑色短发,整洁的小脚并排放着。他们站在一起,手在腰前松松垮垮地交叉在一起,等着音乐开始。钢琴旁的那个男子嘴角叼着一根烟,开始演奏一首非常伤感的曲子。他停下来,以讽刺的探究眼神看着那两个淘气鬼。他们还是没有动。他们耸耸肩,冲他翻了个白眼。他弹了一首进行曲,声音很大,很虚夸。那两个淘气鬼扭动了一下,又不动了。接着,钢琴突然开始演奏一首激荡的爵士乐,速度非常之快。舞台上那两个木偶激烈地动起来,四肢随着音乐互相碰撞,直到他们摆出一个个无助绝望的姿势,而音乐却弹得更响,更绝望。他们又试着旋转身躯,狂乱地企图跟上音乐。然后,他们这两个流浪儿把他们那两张苍白、忧伤的小脸转过来,看着对方,郑重地点点头,每人从那已经从他们身边掠过、洪水般快速的声音中选取只言片语,抓住它,开始唱了起来。波比唱她那糟糕的舞台伦敦土话词句,毫无意义,混乱不堪,平平淡淡,没有希望;而另一个流浪儿则从其时上层社会的用语中选些词句,拖长音调无精打采地唱着。他们看着对方,似乎在互相提词,看看这些歌词能不能被接受。与此同时,那生硬、残忍、伤人的音乐还在演奏着。那两个人又变得四肢无力，束手无策，无人需要，无人接受。乔治变得怒不可遏，他受到了伤害，他再一次问自己：我感受到什么了？我应该有什么样的感受呢？因为那首疯狂、虚无的音乐要求一些反对意见，一些予以肯定的意见，但那两个流浪儿，一个假小子，一个女子气，长得非常相像，就像是一对双胞胎（乔治必须仔细看波比，才不致把她和"她演出的另一半"搞混），他们甚至都不试图抵抗那音乐。后来，经历了一段漫长而忧伤的静止不动之后，他们交换了角色。波比扮演那个无精打采、蠕动着下巴的瘸腿小伙儿，而另一个流浪儿则残忍地模仿女声，唱上一句半句假模假式的伦敦土话。那是对恶搞进行的恶搞。乔治紧张地站着，等着一个结局。他的性情要求就现在，而且很快，因为这一转折那软绵绵的忧伤是令人难以忍受的，那两个假模假式的流浪儿应该闪现出某种反叛。然而什么都没有。爵士乐继续演奏着，像是敲锤子；整个剧场都晃动着——舞台、墙壁、天花板——似乎剧场里的人都在轻轻地、无助地蹦跳。台上的两个孩子扭动着四肢，变成了对舞台常规的故意嘲讽，最后并排站着，手软塌塌地耷拉着，脑袋谦卑地低垂着，随着音乐上升到最后一个撕裂般的不和谐乐音，灯光暗下去，两人的身体又稍稍扭动了下。乔治无法鼓掌。他看到身旁的那个一脸沮丧的小伙子在拼命地鼓掌，而他那稀疏的头发全散落到脸上。乔治看到上了年纪的人跟他一样，都感到迷惑不解，感觉受到了侮辱。

演出结束，乔治走到后台去接波比。她跟"表演的另一半"在一起，那是一个相当好看的男孩子，二十来岁的样子，对波比这位大名鼎鼎的丈夫毕恭毕敬。乔治对她说："你演得很好,亲爱的,的确演得很好。"她微微笑看着他,笑中半是嘲讽,但他并不知道她此刻在嘲讽的究竟是什么。她是演得不错。但他再也不想重看一遍了。

这场活报剧获得了成功,一连演了好几个月才搬到一个更大的剧场。乔治完成了《罗密欧与朱丽叶》的制作,评论家们如是说,这是伦敦多年来看到的最好的一部戏。他不再接别的戏了。他眼下不需要钱了,再说,他最近一直没怎么见到过波比。

不过,当然了,她现在在工作。她一周排演好几次,每天晚上都不在家。但乔治再也没有去过她的剧院。他不想看那两个忧伤的、不抗拒的孩子和着残忍的音乐痉挛般地扭动身体。

波比好像很开心。她在他面前所扮演的几个小角色——淘气鬼、标致的女主人、可爱的小孩子——都被吸收到那个勤快的女性身上,她给他做饭,照顾他,在他脸颊上亲吻一下就到她的剧院去了。他们之间的关系算是相当愉快,相当和美。乔治生活在这个好朋友、好妻子波比的身边,尽管她以各种方式给他带来了这么多荣誉,然而他一直还是感到孤独寂寞,心痛难忍。

一天,他正在沿着查令十字街漫步,边走边看一家家书店的橱窗,这时,他看见波比和她演出的另一半杰基徜徉在马路对面。她那表情他好像从来都没有见过:她那黧黑的面孔洋溢着活力,杰基看着她的脸,哈哈大笑着。乔治觉得那男孩很英俊。他的头发、眼睛都洋溢着一种温暖的青春光泽;他有着一只小动物那样的轻盈、敏捷的表情。

乔治一点都不嫉妒。夜里波比回到家,快乐而活泼,他知道,这一切都是因为杰基,并没有往心里去。他甚至感激他。波比对"演出的另一半"所拥有的温情向他滚滚涌来;几个月来麦拉和妻子的形象在他脑子里都挥之不去,他看得见她们,感觉到她们,两个爱人,两个爱过乔治的年轻女人,此刻被杰基和波比之间的感情催生。且不管那是什么样的感情。

《非正统活报剧》演了将近一年,然后要接近尾声了,波比和杰基在排演另一出戏。乔治不知道那出戏是什么。他觉得波比需要休息休息了,但他不喜欢说这样的话。她最近一直很疲惫,晚上回到家的时候,在她快乐的表面下有紧张的感觉。有一次,他夜里醒来看见她站在他床边。"抱抱我吧,乔治。"她哀求道。他张开双臂,她就钻到他怀里了。他躺着,搂着她,非常宁静。他是向那个忧伤的流浪儿张开了双臂,但躺在他怀里的却是一个不快乐的女人。他能感到她的睫毛在他的肩膀上抖动,她的泪水弄湿了他的肩膀。

他很长时间都没有躺在她身边了——似乎有很多年似的。她没有再到他身边来过。

"亲爱的,你不觉得你工作太辛苦了吗?"有一次,他看着她绷紧的脸,问她;可是她却轻快地说:"不辛苦,我得有点事儿做,受不了无所事事的样子。"

一天晚上,雨下得很大,那天波比感觉身体不舒服,她没有在通常的时间到家。乔治不放心,就乘出租车去了剧院,问看大门的她是不是还在里面。她好像离开有段时间了。"先生,我看她好像气色不太好啊。"看大门的主动说。乔治在出租车里坐了片刻,努力使自己不担心。然后他把杰基的地址给了司机;他本意是想问问,他知不知道波比在哪里。他四肢无力地坐在出租车后座,感受着四肢的沉重,想着波比生病的模样。

那地方在一个原来做马厩的马车房,他离开出租车,走在那粗糙的鹅卵石上,走到一扇原本是马厩门的门前。他按了按门铃,一个他不认识的小伙子把他让进来,一边说着,没错,杰基·迪克森是在里面。乔治缓慢地爬上那狭窄、陡峭的木楼梯,感受着身体的重量,心怦怦地跳着。他站在楼梯的最上面,在黑暗中喘口气,黑暗中弥漫着画布、油彩和松脂的气味。一扇门下面亮着一道光;他走过去,敲了敲,没有听到应声,就打开了门。那场景是一个高高的、空荡荡的画室那种地方,光线很暗,到处是油画、画框,各种各样的废物。杰基,那个面庞黝黑、闪着光泽的青春少年,盘腿坐在壁炉旁,抬起脸对波比说着什么话,脸上笑盈盈的。波比坐在一把椅子上,低头看着他。她穿着一身正式的黑色连衣裙,戴着珠宝,胳膊和脖子都裸露着,白白的。她很美丽,乔治心想,他朝她脸上瞥了一眼,接着很快就把目光移开了;因为他在那张脸上看到了一种他不愿意看出来的感情。那种场景凝滞了片刻,他们才意识到他来了,就转过头,做出了受到惊扰的动物一样的动作,看见他站在门口。两张脸都僵在那儿。波比很快地看看那小伙子,他处在某种恐惧之中。杰基绷着脸,一脸的不高兴。

"我来接你了,亲爱的。"乔治对妻子说,"雨下得很大,看大门的说你好像是不舒服。"

"你真好。"她说着,从椅子上站起来,把手正式地递给杰基,杰基并不大度地冲乔治点了点头。

出租车停在黑暗的、闪着粼粼的光的雨中,乔治和波比钻进车里,并排坐下,出租车哗的一声就冲进了大街,溅起一路水花。

"那件事有没有做错,亲爱的?"她一句话都不说,乔治就问开了。

"没有。"她说。

"我真的以为你或许是不舒服了。"

她哈哈一笑:"我或许现在就不舒服了。"

"怎么回事,我亲爱的? 是什么事儿? 他生气了,对不对? 是因为我来了?"

"他觉得你是嫉妒了。"她简短地说。

"嘿,或许我是非常嫉妒的。"乔治说。

她没有说话。

"我很抱歉,亲爱的,我真的很抱歉。我不是有意要坏你的事儿。"

"哼,事情已经那样了。"她说,话里带着怒气,不知道是冲谁来的。

"为什么? 为什么会那样呢?"

"他不喜欢——别人打听他的事。"她说。他就再不说话,坐车回家了。

她走上楼,回到那套烧了壁炉、舒舒服服的旧房子里,站在壁炉前,他给她端来一杯酒。她很快地抽着烟,怒气冲冲的样子,两眼盯着炉火。

"请原谅我,亲爱的。"他终于说话了,"是怎么回事?你爱他吗?你是想离开我吗?你要是想离开我,当然你就一定要离开。年轻人应该待在一起。"

她转过身,盯着他,眼神里的沮丧和异常他熟悉得很。

"乔治。"她说,"我都快四十岁了。"

"可是,亲爱的,你还是个孩子呢。至少在我看来是。"

"而他,"她接着说,"到下个月才满二十二岁。我的年龄足以做他的母亲了。"她大笑起来,笑得非常痛苦,"非常地痛苦,母亲般的爱意……或者说像是这么回事……可是话说回来了,我怎么会知道?"她张开裸露的胳臂,看着它。然后,一只手的手指顺着那条裸露的胳臂的皮肤捋下来,一直捋到手腕那儿,那老化的皮肤就起了一道道细纹,一道道皱褶。接着,她放下酒杯,烟卷叼在那紧绷绷的、又好气又好笑的两片嘴唇之间,两个肩膀一扭,就从连衣裙里扭了出来,连衣裙就滑落到腰部,她低头看着她那两个软塌塌的、没有用过的小乳房。"非常地痛苦啊,亲爱的乔治。"她说,一耸肩,又很快把连衣裙穿上去,就又变成了那个穿着正式、面对世人的女人,"他并不爱我。他一点儿都不爱我。他为什么要爱我呢?"她说着唱了起来:

他并不爱我
怀着真诚的爱情……

然后她用舞台上的伦敦土话说:"我再说一遍;我本来可以做他的母亲的,明白了吗?"她那黑眼珠嘲弄地骨碌一转,冲乔治笑了笑。

乔治只是在想这个姑娘,他亲爱的人儿,在经受他所经受过的痛苦,他是无法忍受的。她经受这种痛苦经受了多久了?可是她和那个男孩子一起工作将近两年了。她一直生活在他乔治身边,而他对她的不快乐却毫不知情。他朝她走过去,用胳膊把她搂在怀里,她脑袋靠在他的肩头,就那么站着,嘤嘤啜泣。乔治头一回想到,他们是厮守在一起的。那天晚上他们在壁炉边,坐了很长时间,喝着酒,抽着烟,她的头放在他的膝盖上,他抚摸着她的头,心想,现在她终于被接纳到情感的世界,他们可以学会真真正正地长相厮守了。他能感觉到他的力量沿着四肢在为她激荡。毕竟,他还是一个男人。

第二天,她说她不想继续演那出新戏了。她要告诉杰基,他必须另找一个搭档。再说,那出新戏真的并不怎么好。"我这一辈子都在演一部小戏。"她笑着说,"有时候融进戏里去了,有时候融不进去。"

"那出新戏是什么?是讲什么的?"他问她。

她并不看他。"噢,啥都不是。那是杰基的创意,真的……"接着她哈哈一笑,"真的是很好,我想……"

"但它是什么戏呢?"

"呃,你知道……"他又有这么一个印象:她不想看他,"讲的是一对恋人。我们嘲弄……要是不演的话,就很难解释清楚。"

"你们嘲弄爱情?"他问。

"嗯,你知道,所有的态度……人们说的事情。这出戏是一个男人和一个女人——当然了,还带音乐。你能想到的所有音乐,都不是用正统的方式演奏的。我们穿的服装和原来那一出戏的服装一个样。然后我们做所有的动作……戏是相当的搞笑,真的……"她声音低了下来,看着乔治的脸,有点喘不过气来。"嘿,"她突然间变得非常蛮不讲理,说,"这戏要是他妈的都不那么搞笑,那它还是什么呢?"她转身去拿一根烟。

"说到底,你大概还是想继续演这出戏吧?"他嘲讽地问。

"不想。我不能演了。我真的是受不了了。我再也不能忍受了,乔治。"她说。从她的话音里他明白了,就痛苦而言,她从他那儿什么都了解不到。

他提议他们两个都需要度假,于是他们就去了意大利。他们从一个地方到另一个地方,不管是到哪个地方,停留的时间从来都不超过一天,因为乔治知道,从任何一个地方她都想逃开,免得围绕着这个地方日久生情。到了夜里他就跟她做爱,但她都闭上眼睛,心里想着她戏里的另一半;对此乔治心知肚明,但他并不在意。然而,他此刻所感受到的东西,对他那衰老的肉体来说太强大了;他能感受到一生的情感都在通过四肢左奔右突,使他的大脑嘣嘣直跳,跳得生疼。

他们假没有度完,就又回到了伦敦那套舒适的老房子里。

他们回来的第一个早上,她就说:"乔治,你知道,你干这种事儿呀,年纪太老了——对你没有好处;看你的脸色,多难看哪。"

"可是,亲爱的,为什么呢?我现在活着,还为了别的什么呢?"

"人们会说,我要把你杀了。"她说着,黑眼珠半是生气,半是逗乐,严厉地瞥了他一眼。

"可是,亲爱的,相信我……"

他能看见他们两个人在镜子里的模样;他呢,一个大腹便便、老态龙钟的男人,脑袋阴郁地低垂着,想抬都抬不起来;她呢……然而他看不懂她的脸。

"我兴许是变得太老了?"她突然说。

有好几天她都乐呵呵的,想挖苦人就挖苦人,然后突然间就柔情似水。她挑逗他,用她那双眼睛取笑他;然后她会故意打个哈欠,说:"我要睡觉了。晚安,乔治。"

"呃,当然了,亲爱的。要是你累了就睡。"

一天早上,她宣布她要举行一个生日聚会。很快她就要过四十岁生日了。她说这话的样子使乔治感到惴惴不安。

在她生日的那天早上,她端着他的早餐托盘,走进了他睡觉的书房。他在枕头上支起身子,两眼盯着她,感到震惊了。有一阵子,他想象这一定是另一个女人。她穿上了一件严肃的海军蓝西装,剪裁风格颇像男人式样;脚上是沉重的黑色系带皮鞋;她已经把那一缕缕的黑发从脸上捋走,用发卡绾成一种笨拙的髻。她突然之间就是一个中年妇女了。

"可是,我亲爱的,"他说,"我亲爱的,你怎么把自己收拾成这个样子了?"

"我都四十岁了,"她说,"到了该长大的时候了。"

"可是,亲爱的,我真的很爱你穿上漂亮衣服的样子。我真的很爱你穿上可爱的衣服,漂漂亮亮的样子。"

她哈哈一笑,把早餐托盘放在床边,脚上穿着沉重的鞋子,腾腾腾地走了出去。

那天上午,她站在厨房里,站在一个很大的蛋糕旁边,蛋糕上仔仔细细地插着四十支粉红色的小蜡烛。然而,似乎只邀请了那位姐姐参加生日聚会,因为那天下午,他们三个人围着蛋糕坐着,你看看我,我看看你。乔治看看那个姐姐罗莎,她穿着她那件丑陋、直挺的厚西装;再看看他亲爱的波比,她所有的典雅和魅力都融入那件厚重的粗花呢西装里,她的秀发向后梳过去,脸上不施粉黛。她们就是两个中年妇女,谈着吃的,谈着买东西的事。

乔治什么都没有说。他浑身都跳荡着一种失落感。

那个不讨人喜欢的罗莎在用她那犀利的眼睛扫视这套昂贵的房子,然后看看乔治,再看看自己的妹妹。

"波比,你已经是啥都不管不顾了,是不是?"她终于说话了。听那口气,她好像很喜欢这一点。

波比大胆地看了乔治一眼。"我不再有时间弄那些乱七八糟的事儿了。"她说,"我只是没有时间了。我们大家现在相处得不是挺好嘛,是不是?"

乔治看见两个女人都在看他。他觉得,在她们那棱角分明的鼻子上头,都长着一样的黑眼睛,有着一样凌厉的、探寻的眼神。他说不出话来。他的舌头很不灵活。血液通过周身跳荡着。他的心似乎在肿胀,要填满他整个身躯了,一阵温柔的剧痛在增长。他听不见,因为血液充溢着两只耳朵,发出轰鸣。血液撞击着他的眼睛,但他闭上了双眼,为的是不看见那两个女人。

女 人

那两个上了年纪的先生同一时刻出现在旅馆露台上。他们收住脚步,愣了愣神,那意思是他们都想退回去。他们那极不自愿的一瞥是吃惊,甚至是麻烦。此刻,他们让自己的眼睛长时间地、正式地盯着对方,眼里冒着仇恨的火焰,然后才故意避开对方。

他们的目光扫视一遍露台。有一个问题!太阳底下只有一张桌子还没有人坐。他们僵硬地朝桌子走过去,拉出椅子,就那么坐了下来。他们立即打开报纸,把报纸竖起来,像是两道屏风。

一个标致的女招待袅袅婷婷地走过来,要他们点东西。两张报纸一动不动。绕着一张报纸的边,朔尔茨先生要了杯温酒;而从另一张报纸挡着的地方,英国人福斯特上尉点了茶——加牛奶。

她端着这些喝的东西回来,整整齐齐地放在类似的金属托盘上,两堵报纸墙稍稍放下来一点点。福斯特上尉用他那双不自然的蓝眼睛朝他的敌手咄咄逼人地眨了眨,说,这是一个美好的夜晚。朔尔茨先生会心地、温和地说,在这么一个夜晚,这么漂亮的一个女孩子居然在忙活,实在是遗憾。朔尔茨先生那神气似乎是认为他胜利了,因为他看那英国人的眼神是得意扬扬的。然而,罗莎对两个人说的话都报以嫣然一笑,但同样也是敷衍的一笑。她轻盈地走开,走到栏杆那儿,慵懒地靠在栏杆上,背对着他们。

有那僵硬的报纸碍手碍脚,不管是往茶杯里倒糖,还是啜饮美酒琼浆,都很困难。刚开始是朔尔茨先生,接着是福斯特上尉,把报纸折叠起来,放到了桌子上。他们都躲开对方的眼睛,朝山峦望去,然而,有罗莎挡着,山峦也看不完全。

她身穿一件白色衬衣,领口很低,露出双肩;穿一条黑裙子,围着一条白色的小围裙;脚蹬一双漂亮的红鞋子。这两位先生目不转睛地看着的,是她的肩膀。他们咳嗽着,手指啪啪敲着桌子,两眼眯缝着,满含感情地欣赏着山景,再看一眼罗莎。时不时地,他们的眼睛差不多要相遇了,就很快地闪开。既然他们不能打斗,文明的规则就要求他们应该说话。是的,交谈似乎显得刻不容缓了。

早在一个礼拜以前,他们在同一个上午抵达,被安排在一条长走廊尽头两间对门的房间。旅游旺季快要结束了,旅馆一半的房间都空着。因此,罗莎有充分的时间全心全意照顾朔尔茨先生,而朔尔茨先生也要求这么做:他要更大的毛巾,要不同的枕头,要一杯清水。可是过了没多大一会儿,走廊的另一边就铃声大作,她说声抱歉,就匆匆忙忙地赶到福斯特上尉那儿,他对现有的安排也不满意,也觉得不舒服。他这边还没有安排停当呢,朔尔茨先生那边的铃声又响了起来。罗莎在两位先生之间来回穿梭,忙个不停,一直忙到吃午饭的时候,而她言谈举止间连一次也没有流露出她在这个世界上有其他任何的欲望,她就是要重新调好福斯特先生的台灯,或者是给朔尔茨先生送烟,送报纸。

那天下午,福斯特上尉恰巧打开房门,就发现他能清清楚楚地看到对面的房间里,罗莎站在窗户边,正对着朔尔茨先生笑呢,那种笑在他看来就是风情万种的俯首帖耳,朔尔茨先生伸出一只手,正要去摸她的胳膊肘。那只手落了下来。朔尔茨先生生气地瞪大眼睛,走过房间,愤怒地把门关上了,仿佛门开着是上尉的错似的……上尉那痛苦的嫉妒之心几乎顷刻之间得到了疏解,因为罗莎从那扇门里面出来,完全是无动于衷地微笑着,并祝他日安。

那天夜里,很晚了,走廊的地板上响起了快走的脚步声。两扇门在同一时刻轻轻地打开;罗莎处在他们两个中间,先是冲朔尔茨先生温和地笑笑,然后又对上尉笑笑,她过去后,两位先生鄙视地看对方一眼。两个人都砰的一声关上了门。

第二天,朔尔茨先生问她,她下午不上班的时候介意不介意跟他一起去坐上山的缆车,然而不幸的是,她已经有约了。又过了一天,福斯特上尉提出了同样的建议。

终于,早些时候发生过的事情又发生了一次。深夜,罗莎顺着走廊经过,要去睡觉。这时候,那两扇门都小心翼翼地打开了,露出两张迫不及待的脸孔。这一次她停下来,礼貌地笑笑,祝他们晚安。然后她打了个哈欠。那只是一个细微的举动,但时间拿捏得恰到好处。两位先生都得到了自我安慰,以为这哈欠一定是冲对方来的；朔尔茨先生认为上尉交际方面笨得可笑；而上尉觉得，朔尔茨先生对罗莎的态度太自以为是、高高在上、令人恶心。因此，他们两个回到床上，各自怀揣着各自的说辞。

打那以后，有人看见朔尔茨先生跟一个保养得很好的五十岁寡妇交谈。不幸的是，由于健康原因，这位寡妇每天晚上九点钟必须回自己的房间，因而不能去和他跳舞，而他却渴望和她跳。福斯特上尉每天下午在一间咖啡馆吃茶点，那里有一个迷人的女招待，说不定就是罗莎的妹妹。

两位先生在餐厅里检视着对方，要是在大街上看到对方走近了，就都走过马路到对面去。他们脸上有一种表情，说明他们大概在想，瑞士——不管怎么说，到了旅游旺季这么晚的时候——跟它原来的样子不太一样。

然而，他们两个依然骁勇善战；有人不断见到他们带着深谙此道之人的不动声色的权威性，在观察着社交场合的打情骂俏、情场失意和春风得意，因为他们长期浸淫其间，因而能够做出估计和判断。他们是重量级人物；是举足轻重的人物；是期望得到敬重的人物。

可是……他们坐在这儿，在夕阳最后一抹余晖里，在那张桌子的两边相对而坐，周围山峦起伏，山间泉水融化，星星点点散落着白色、棕色和绿色，温暖的夕阳在他们四周渐渐收起那沁人心脾而又捉摸不定的胳臂——他们一定会心安理得地感到愤愤不平了？福斯特上尉——一个身材瘦削、高大的军人，肤色晒得恰到好处，打扮得整整齐齐，头发梳得纹丝不乱——依然英俊潇洒,这是毫无疑问的。而朔尔茨先生呢——块头很大,胖乎乎的,和蔼可亲,阅尽沧桑——其价值肯定不只是趁喝茶的工夫赢得一个五十岁寡妇的芳心吧?

在这样一个美好的春夜,人却到了六十岁,实在是不公平;尤其是罗莎就在十步开外的地方,穿着一件低胸的绣花衬衣耸着肩膀,那就更是使人难熬了。

她简直像从这份残酷中自得其乐似的,突然不哼唱了,把身子向前倾,斜过栏杆。她朝下面的大街上又是挥手,又是喊叫,带着什么样的高涨情绪啊!而同时楼下有一个相貌堂堂的年轻人,也挥挥手,喊叫着。罗莎看着他大步流星地走远了,然后才叹了口气,转过身来,做梦似的微笑着。

朔尔茨先生和福斯特上尉坐在那里,以饥渴幽怨的欣赏目光凝望着她。

罗莎恼怒地眯缝起眼睛,嘴巴绷得紧紧的,一脸冰霜,和顷刻之前的如水柔情形成灾难性的对照。她愤愤地瞪这个先生一眼,再瞪那个先生一眼,然后又打了个哈欠。这一次打的是一个大大的、鄙视的、加长了的哈欠;她用手背拍拍嘴以示强调,用一声长长的降调音符呼出一口气,呼了个半截却戛然而止,仿佛要说她真的没有时间浪费在这种小小的演示说明上面。接着,她扭身从他们身边经过,上了浆的印花布裙沙沙作响,鞋跟踢踢踏踏。她进里面去了。

露台上空荡荡的。油漆得赏心悦目的桌子,带条纹的椅子,画着花儿的遮阳伞——所有的东西都处在冷冰冰的阴影里,除了那个小小的角落,有两位先生坐着。他们在同一时刻,出于同样的冲动,站起身,把桌子向前推,推进那最后一抹金色的夕阳里。此刻,他们直勾勾地看着对方,坦坦荡荡地哈哈大笑。

"你要不要喝上一杯?"朔尔茨先生用英语问,他那自觉的禁欲观使他无法敞开了胸怀乐呵呵地笑上一回,实在令人惋惜。踌躇片刻,福斯特上尉说:"要的——要的。谢谢。我就喝上一杯吧。"踌躇之际,福斯特上尉似乎在思索,有了这种禁欲观,就是承认失败了,但也太早了吧。

朔尔茨先生尖厉地提高嗓门儿,罗莎从里面出来,随时准备说上几句为自己辩护的话。然而此刻,朔尔茨先生已经不再是一个求人的人。而是主人对仆人,是一个习惯性地支使别人的人,他要了酒,连看都不看她一眼。而福斯特上尉呢,却是一副温文尔雅的君子之相。

当她端着酒再次出现的时候,他们的关系已经好得不得了,他们或许在高声大嗓地说着,男人之间这么好的友谊,仅仅是由于女人那愚蠢的魅力就给搅和了,甚至给搅和了一个礼拜,这是多傻的事儿呀。他们讲了个什么笑话,在开怀大笑。或者,准确地说,是朔尔茨先生在开怀大笑,那是一阵从极乐深处发出的、痛快淋漓的捧腹大笑。福斯特上尉笑得有点拘谨,他的笑是从喉咙后面发出来的,说明朔尔茨先生那热情的巴伐利亚人的和蔼可亲真的很好,但也说明,不管是什么样的关系,总有一些保留。

没多久话就说透了:战争期间——一定要弄明白了啊,是第一次世界大战期间——他们二人曾在同一时间,同一个前线为敌。朔尔茨先生胳膊上还受过伤。他现在露出胳膊,把胳膊伸到上尉的鼻子底下,给他看那条长长的白色伤疤。三十五年前,是不是就是这个上尉打的那一枪呢——当然了,可能是间接地打的那一枪,谁知道呢?这还不算完。第二次世界大战期间,福斯特上尉差一点儿就被派往北非战场,要是派了过去,那么,他一定就会有幸和朔尔茨先生——当时已是中校的朔尔茨先生——大战一场了。碰巧,战争阴差阳错地把他派到了印度。说到了这些快乐的巧合,双方都相谈甚欢;如果说上尉往往跟着朔尔茨先生笑,笑得只是晚那么一小会儿的话,那很容易说明,这是由那些不可避免的性情差异所致。半个钟头还没有过完,他们就叫罗莎又送来一瓶深红色的美酒佳酿。

她端着酒回来,如此这般放好酒杯,如此这般放好酒瓶,正要转身离去,这时她瞥了上尉一眼,立即就被吸引住了。他脸上的表情肯定会让人说三道四。朔尔茨先生刚才带着那熟悉的和蔼可亲的笑容在说,"历史事件"——上尉听到这个短语,脸色不经意间绷紧了些——过去居然使他们必须成为敌人,他感到无比地遗憾。将来,他希望,他们将肩并肩,手拉手,和彼此唯一可能的敌人作战……然而这会儿,朔尔茨先生停下来不说了,他迅速地瞥了上尉一眼,经过极其短暂的停顿,他口气也不改,就接着说道,至于他自己呢,他是个爱好和平之人,热爱创造之人:他使无数支牙膏到达了他那个国家的洗手间,他一生中别无所求,只求允许他继续这样子干下去。再者说了,他难道没有放弃掉他的战争荣誉——中校军衔,以证明他基本的平民属性吗?

这时,由于罗莎依然站在他们面前,仔细地打量着他们,脸上的神情只能说是含义模糊,朔尔茨先生就口气和缓地问她怎么了。但罗莎说她没怎么。在问过这是不是她能为两位先生所做的一切后,她就穿过去,走到露台的尽头,身子斜靠在那里的栏杆上,低头朝大街上看去,兴许那个英俊的年轻人会从大街上走过去呢。

此刻出现了停顿。两个男人的目光都被痛苦地吸引到了她的身上。同样痛苦的是,努力把目光撤回来。接着,仿佛有人提醒了他们,任何人和人之间的差异都远比民族差异危险得多,于是他们就毅然决然地陷入对往事堂而皇之的追忆之中去。多么惬意啊,那个充满阳刚之气的开怀大笑表明——坐在这温馨快乐的小小的瑞士之国,舒舒服服、轻松自在地享受着友谊,而且是在经历了这样的战斗、这么显而易见是毫无意义的敌对之后,是多么愉悦啊!他们现在是世界公民,不折不扣的世界公民,是在平等地享受着文明友谊的人类。朔尔茨先生或者上尉每一次害上那要命的相思病,朝露台尽头送去一瞥的时候,两人都会赶忙把目光撤回来,然后可以说成是咬咬牙,再次估量一下桌子对面的那份友谊。

然而,命运并不打算让这一和谐的氛围继续下去。

非常残忍地,刀刃又转了过来。那个年轻人在底下的大街上出现了,笑容满面,朝罗莎招手。罗莎身子向前倾,胳膊放在栏杆上,显出一副羞涩地卖弄风情的模样,一只脚后跟在身后跷起、放下,还把头发甩到前头,以遮掩她真情流露的窘态。

哪怕在他走后,她依然站在那儿,轻声地自顾自地哼唱着小曲儿,凝望着他身后。搭在胳膊上的那条清爽的白色餐巾在阳光下熠熠生辉;她那明亮的白色围裙闪闪发亮;她那满头的金色发卷闪着光泽。她伫立在那里,伫立在夕阳最后的余晖里,凝望着别处,陷入自己的心事中,旁若无人地轻声哼唱着。

可以肯定,她已经完全忘记了朔尔茨先生和福斯特上尉的存在。

上尉和前中校很显然已经结束了怀旧。一个清了清嗓子;另一个呢,朔尔茨先生,用他的图章戒指急躁地敲着桌面。

上尉打了个寒噤。"天要冷了。"他说。他们此刻处在傍晚那蓝色的阴影之中。他动了动身子,仿佛要起身。

"是的。"朔尔茨先生说。然而他却没有挪窝。他用戒指敲了一会儿桌面;上尉咬着牙勉强忍受这砰砰的敲击声。朔尔茨先生在微微笑。这种笑容宣示着这出戏要有新的走向了。很明显。很明显,新走向还没有开始,上尉就不赞成。一个厚颜无耻的东西,他心里在想。简直是聒噪不已,粗俗不堪。他的目光不耐烦地朝内室瞟了过去,到了里面就暖和了,就安静了。

朔尔茨先生说:"我一直非常喜欢到这个地方来。我总是来这里。"

"是吗?"上尉问,尽管他自己并不耐烦,但还是接过了他的话头。他不明白朔尔茨先生怎么突然就说起了德语。朔尔茨先生英语讲得很棒,他的英语是第二次世界大战后期在英国关押期间学会的。福斯特上尉已经就此恭维了他一番。福斯特上尉的德语可没有这么流利,没有。

然而,朔尔茨先生为了他自己的缘故,自顾讲他自己的语言;讲得声音很大,有人可能会这么认为。福斯特上尉看着他,心里想弄个明白,注意地听着。

"我到这一处度假胜地来,特别地高兴。"朔尔茨先生说话还是高门大嗓的,就好像在对内心一个耳聋得厉害的倾听者说话,"因为我对它有着幸福的回忆。"

"真的吗?"上尉问,他紧张兮兮地注意听着。然而,朔尔茨先生说得相当缓慢,仿佛是出于对他的考虑。

"真的。"朔尔茨先生说,"当然了,战争期间,我们两个都是不能来这里的,不过现在……"

上尉突然打断他:"实际上,这地方我自己非常喜欢。我每年都到这儿来,我是能办到的。"

朔尔茨先生点点头,表示承认福斯特上尉对此地拥有平等的权利,这是不容争辩的,就接着说:"我跟这个地方发生的关系,有着我最回味无穷的记忆——或许你会乐意……"

"肯定乐意。"上尉赶紧说。他不自觉地朝罗莎的方向瞥了一眼——朔尔茨先生一边说话,眼睛却盯着罗莎的后背。罗莎这会儿没有再哼唱。这一情景,福斯特上尉看在眼里,心领神会,立即就变脸了。他不满地朝朔尔茨先生瞥了瞥。但已经太晚了。

"我那时候十八岁。"朔尔茨先生说,声音很大,"十八岁啊。"他停了一下,看他那略带遗憾的回忆往事的笑容,他是有可能复活他那快乐的、天真的、跳荡的青春年华,那时候他肯定是十八岁,"我父母头一回允许我一个人去度假。这是违反我母亲的意愿的;可是另一方面呢,我父亲……"

听到这儿,福斯特上尉笑了笑,这是必须的,这一笑就说明对这一普天之下的现象的认可:母亲那甜蜜的嫉妒之心。

"于是我就到了这儿,过了十天的假期,只有我自己——想象一下吧!"

福斯特上尉只好想象这件事,然而几乎是马上就打断了:"奇怪啊,我有着同样的经历。只不过我当时是二十五岁。"

朔尔茨先生惊叹道:"二十五岁!"他截断了自己的话头,掩饰住自己惊讶的表情,耸了耸肩,好像是要说:呵,人一定要留有余地。他立即对着罗莎那正在倾听的后背,继续说道:"我就在这一家旅馆。冬天。过寒假。有一个女人……"他顿了顿,微微一笑,"我该怎么形容她呢?"

可是,上尉好像并没有准备帮他形容。他正非常不舒服地冲着罗莎皱眉。他的表情明明白白地在说:真的吗?你一定要形容吗?

朔尔茨先生似乎没有注意到这一点。"我,哪怕是在那个年头,也并不落后,你明白吗?"上尉动了动肩头,那意思是说,十八岁的时候事事占先并不是一件值得庆贺的事,而到了二十五岁……

"她很漂亮——很漂亮。"朔尔茨先生满怀热情地说了下去,"很显然,她非常有钱,一个见多识广的女人;她的衣服……"

"可不是嘛。"上尉说。

"她是孤身一人。她对我说,她到这儿来是因为身体不好。不幸的是,她丈夫因为要做生意,抽不开身。而我呢,也是孤身一人。"

"可不是嘛。"上尉说。

"我那时候哪怕只有十八岁,对世事的变故也不怎么感到意外。一个三十岁的女人……丈夫比她本人大那么多……而她又是那么漂亮……那么聪明……啊,可是她是高贵的!"这句话他几乎是大喊出来的,他把杯里的酒一饮而尽,脸朝着罗莎的背影陷入往事的回忆之中。"啊……"他倒吸一口气,"现在我必须告诉你。所有那一切都好得不能再好了,可是现在甚至还有更好的。听着。一个礼拜过去了。那是什么样的一个礼拜啊!我爱她,从来没有这么爱过谁……"

"可不是嘛。"上尉说着,心里烦躁不安。

但朔尔茨先生自顾自滔滔不绝地说了下去:"然后,一天早上我醒来,只剩下了我一个人。"朔尔茨先生耸耸肩,呻吟了一声。

上尉观察到,朔尔茨先生完全沉浸在自己的愉悦之中而不可自拔。这个故事到了现在只有一半是为了罗莎的缘故。那一声丰富的、具有戏剧性的呻吟啊——朔尔茨先生不妨去演戏,上尉满怀不悦地想。

"可是有一封信,而且当我看那封信的时候……"

"一封信?"上尉突然插话。

"是的,一封信。她对我表示感谢,眼泪一下子就涌进了眼眶。我哭了。"

谁都可以信誓旦旦地肯定,这个德国人那双多情的眼睛满含着泪水,上尉把目光移开了。目光移开后,他紧张地问:"信上都写了些什么?"

"她说,她是多么憎恨她的丈夫。她当初嫁给他,是违背自己的意愿的——是为了让父母高兴。在那些年头,这种事经常发生。她对自己发过一个毒誓:永远也不要他的孩子。可是她想要一个孩子……"

"什么?"上尉惊叫。现在,他身子隔着桌子朝前倾着,每一个字都听得真真切切。

这种感情朔尔茨先生好像并不欢迎,他温和地说:"是的,事情就是这样。那是我的好福气,我的朋友。"

"那是什么时候的事?"上尉迫不及待地问。

"嗯?"

"那是什么时候的事?哪一年?"

"哪一年?这很重要吗?她对我说,她安排这个小假期,理由是身体欠佳;这样一来,她就可以一个人前来,好找一个男人,一个她想让他当她孩子父亲的男人。她选择了我。我是她的选择。现在她对我表示感谢,就回到丈夫身边了。"朔尔茨先生说完了,说得踌躇满志,两眼看着罗莎。罗莎一动不动。她肯定一字不漏,全部都听进去了。然后他看了看上尉。但上尉满脸通红,非常地激动。

"她叫什么名字?"上尉大吼。

"什么名字?"朔尔茨先生顿了顿,"嗨,她很显然用的是一个假名字吧?"他反问道。上尉没有反应,他就坚定地说:"这一定是明摆着的,我的朋友。而且我不知道她的地址。"朔尔茨先生缓缓地喝一口酒,又喝了一口。他心事重重地盯着上尉看了一阵,仿佛要弄明白是不是可以相信他会按照规矩行事,然后才接着说:"我跑去问旅馆经理——没有,什么情况都没有。那个女人那天一大早就离开了,谁都没有料到。没有地址。我疯了。你想象得到。我想冲上去追她,找到她,把她丈夫杀了,娶她!"朔尔茨先生沉浸在滑稽有趣又遗憾惋惜的回忆中,对自己的年少轻狂哈哈大笑。

"你一定记得是哪一年。"上尉催促道。

"可是,我的朋友……"朔尔茨先生非常恼火,顿了顿才开口说,"这一点说到底有那么重要吗?"

福斯特上尉僵硬地瞥了罗莎一眼,用英语说:"巧了,同样的事也发生在我的身上。"

"就在这儿?"朔尔茨先生礼貌地问。

"就在这儿。"

"在这条山谷里?"

"就在这家旅馆。"

"唉,"朔尔茨先生耸耸肩,把声音抬得甚至更高,"唉,女人啊——女人,你懂的。十八岁,当然了——说不定哪怕是在二十五岁的时候"——说到这儿,他宽容地朝他的对手点了点头——"说不定哪怕是在二十五岁的时候,有人还是会把这样的事儿当成是只发生在自己身上的奇迹。可是到了我们这把年纪——?"

他停了下来,仿佛不抱什么希望,但还是希望上尉会恢复镇定。

然而,上尉却一言不发。

"我跟你讲,我的朋友。"朔尔茨先生说了下去,愉快地享受着这个故事,"我跟你讲,我疯了;我觉得我就要发疯了。我想开枪杀了我自己;我每到一个城市,就大街小巷乱冲乱撞,朝每一张脸上看。我看报纸上的照片——女演员啦,上流社会的女性啦;我那时候在大街上瞥见一个女人,就常常跟在她后头,心里想着,这个大概终于就是她了吧。可是不是。"朔尔茨先生不无夸张地说,把手放到桌子上,戒指就又当地响了一下,"不是,从来都不是,我从来都没有找到过她!"

"她长什么模样?"上尉激动地用英语问,他那焦急的眼睛搜寻着至此已经异常激动的朔尔茨先生的眼睛。

朔尔茨先生把自己椅子向后稍稍挪了挪,朝罗莎看了看,然后用德语大声说:"唉,她很漂亮,我跟你讲过了。"他停了停,想了一下,"还有,她是个贵族。"

"没错儿,没错儿。"上尉迫不及待地说。

"她高挑个儿,身材苗条,身体很漂亮——很漂亮！她长着那么黑的头发,你知道,那么黑,那么黑！一双黑眼睛,美丽的牙齿。"他满是鄙夷地冲着罗莎的方向,声音很大地又加上一句,"她可不是那种乡巴佬类型,一点儿都不是。人啊,得有些品位。"

上尉极端地不舒服,他朝身材丰满的村姑罗莎瞥了过去。

即使到了这最后阶段,他还特意用英语说:"我的那位很美。又高又美。一个可爱的姑娘。很可爱啊!"他两眼冒火,坚称,"或许是一个英国姑娘。"

"这完全跟她对得上号。"朔尔茨先生说,脸上挂着笑。

"那是在 1913 年。"上尉口气坚决地说,然后补充道,"你说她有一头黑头发?"

"那是自然,黑头发。在那种场合——不过那可不是我最后一次摊上这种事儿。"他哈哈一笑,"我跟我老婆生了三个孩子,一个漂亮的女人哪——她现在死了,不幸啊。"毫无疑问,眼泪又充满了他的双眼。见此情景,上尉的怒火噌噌往上升。然而朔尔茨先生已经恢复了平静,又在说话了:"可是我问自己,除了这三个孩子,我还有多少个孩子呢?我有时候在大街上看见一个长得有点儿像我的年轻人,就问自己:他也许是我的儿子?是的,是的,我的朋友,这个问题,有时候,每个男人都一定会问自己的,你说是不是?"他脑袋朝后一仰,尽情地哈哈大笑起来,潜在的感情里尽管带着深深的遗憾。

有好一阵子上尉没有说话。然后他开腔了,用的是英语:"这故事讲得全都很好,可是它的确发生在我身上了——的确是发生了。"他那口气听起来像是个桀骜不驯的小学生,朔尔茨先生耸了耸肩。

"这事儿就发生在我身上。就在这家旅馆。"

朔尔茨先生压住怒火,瞥了罗莎一眼,自打这次令人遗憾的遭遇开始以来头一次把嗓门降低到一个合理的音调,说起了英语。"唉,"他语气里带着坦率的嘲讽,温和地微微一笑,默默地耸了耸肩,说,"唉,或许,我们要是实话实说的话,我们必须说,这是一件每一个男人都碰得上的事情?或者更准确地说,假如这种事儿不存在的话,就有必要编出来一个?"

此刻,他的眼神冲着上尉说:此刻,看在上帝的分上!——看在体面正派、男人同心同德的分上,看在我们在那边那个姑娘眼中的尊严的分上,那个姑娘把我们两个可是都伤得不轻啊——振作起来吧,我的朋友,想想你说的话吧!

然而上尉却浑然不觉,自顾自沉浸在回忆之中。"不。"他坚持说,"不。也就是你这么说。这事儿的确发生过。就在这儿。"他顿了一下,吃力地说了出来:"我从来没有结过婚。"

朔尔茨先生终于耸了耸肩,不说话了。俄而,他大声叫道:"小姐,小姐——我可以结账了吗?"这件事该有个了结了。

罗莎并没有立即转过身来。她拍了拍脑后的头发。她抻平围裙。她从一只胳膊上拿下餐巾,优美地搭到另一只胳膊上。然后她才转过身,笑盈盈地朝他们走来。这立即就看得出来,她是有意让他们注意到她的笑容。

"您希望结账吗?"她问朔尔茨先生。她说话语气平和,而且故意用英语;上尉吃了一惊,显得极端地不舒服。不过,朔尔茨先生立即调整了自己,用英语说:"是的,我要结账了。"

他递过来一张钞票,她接过来,从围裙下面那个小钱包里数出来找零。在把最后一枚必须要找的硬币摆放到桌子上之后,她大大方方地站在他们面前,低头冲他们两个一样微笑着,两只手在身前合拢。终于,当他们充分地领受了她那有趣的、母爱般的微笑之后,她用英语说:"那位女士说不定改变了头发的颜色,为的是迎合你们两个都最喜爱的东西了呢。"说完她放声大笑。她脑袋向后仰着,笑得是那么地全身心,那么地尽兴。

朔尔茨先生心平气和地接受了失败,带着欣赏的目光温和地微微笑着。

上尉僵硬地坐在椅子上,两眼满含敌意,热辣辣地看着他们两个,紧紧地抓着他自己的、那真实的回忆。

然而,罗莎却嘲笑他,直到她最后沙沙甩动衣裙,咔嗒咔嗒从他们两个人身旁经过,离开了露台。

穿过岩洞

假期的第一个上午,那个英国小男孩朝海边走着走着,在一个拐弯处停了下来,朝下面一处荒凉的怪石嶙峋的海湾看去,然后看看那拥挤的海滩。这片海滩他几年前就来过,很熟悉。他妈妈在他前面继续走,她一手拿着一个明晃晃的条纹手提包。她的另一只胳臂轻松地摇摆着,在阳光的照射下非常白皙。男孩看看那条裸露着的白皙的胳臂,把目光转向海湾,然后又转回到妈妈身上,暗暗地皱了皱眉。当她感觉到他没有和她在一起的时候,她猛地转过身。"啊,杰里,你还在那里啊!"她说。她显得不耐烦,但接着微微一笑:"哎,宝贝儿,你是不是根本就不想跟我来呀?你是不是宁肯——"她皱皱眉,打心眼儿里担心他又在悄悄地渴望找什么好玩的东西了。她太忙了,或者是太粗心大意了,想象不出他想玩什么。他很熟悉那种焦虑而又感到歉意的微笑。他感到后悔,跑着朝她追了过去。然而,他一边跑,一边扭头朝那片荒凉的海湾看;整个上午,他在这片安全的海滩上玩的时候,都在想那片海湾。

第二天上午,照例是到了游泳和晒日光浴的时间,他妈妈说:"杰里,你在这片普通的海滩上是不是玩腻了？你是不是想去别的地方啊？"

"啊,不!"他很快地说着,冲她微微一笑,内心有一种抑制不住的懊悔的冲动——是一种骑士精神吧。然而,他和她正在路上走着时,他脱口说道:"我想去看看那下边的那些石头。"

她注意到了他的想法。那是一个看上去很荒凉的地方,那里没有一个人;不过她还是说:"当然可以了,杰里。等你玩儿够了,就到这个大海滩上来。或者,你要是愿意的话,直接回别墅也行。"她说完就走开了,那只裸露的胳臂摆动着。昨天太阳晒了一天,那只胳臂现在微微有些发红。他几乎又要跑着去追她了,她居然一个人走了,他感到有些受不了,然而他没有去追。

她在想,他当然已经长大了,没有我他也没事儿。我是不是把他看得太紧了？他没必要觉得他应该和我在一起。我得小心了。

他是独生子,十一岁了。她是个寡妇。她下定决心,对他既不太溺爱,也不会缺少关爱。她忧心忡忡地朝海滩走去。

至于杰里呢,他一看到妈妈到了海滩,就沿着陡峭的山崖朝海湾走下来。从他所处的地方看,在高高的红棕色的岩石之间,海湾像一把铲子,蓝中泛绿的海水涌动着,四周泛起白色的浪花。他走到更低的地方,看到那一湾海水在一个个小海岬和由粗糙、锋利的岩石构成的小水湾之间,碧波荡漾的海面呈现出一片片紫色和深蓝色。终于剩下最后几码的距离,他连滑带蹭地跑着下去了,他看见白色的波浪拍打着海岸,浅浅的发光的海水在白色的沙滩上涌动着,而远处是纯粹而浓重的蓝色。

他径直跑到水里,开始游了起来。他很会游泳。他很快游到那闪闪发光的沙子上面,到了中区,岩石像是掉了颜色的怪兽一样,躺在水下面,接着他游到了真正的大海里——一片温暖的海水,偶尔,一股来自深水区的寒冷海流涌来,使他的四肢打个寒战。

他游得很远了,朝后面看看,不仅看得到那小小的海湾,而且游过了小海湾和那一大片海滩夹着的海岬,他在海面上轻快地漂浮着,还一边寻找他的妈妈。她在那儿呢,成了一把伞下面的一个黄点儿,远远看去就像是一块橙子皮。他游回岸上,等确信她还在那里,他放心了,但立即感到非常孤单。

在离海岬不远的地方,有一个小海角,标志着海湾到边儿了,在海角的边上,稀稀疏疏地散落着一些礁石。在这些礁石上,几个男孩子在脱光衣服。他们光着身子,朝下面的礁石跑过来。那个英国男孩儿朝他们游了过去,但保持着一箭之遥的距离。他们是沿海这一带的人;身子都晒成了滑溜溜的深棕色,说的话,他听不懂。和他们在一起,成为他们当中的一员,这一强烈的愿望充斥着他的整个身体。他游得更近了些;他们转过身,眯着警觉的黑眼睛打量他。接着,一个男孩子笑了笑,招了招手。这就够了。不到一分钟,他就游到了,上到了岩石上,站在他们身边,脸上带着绝望、紧张的恳求表情微笑着。他们快乐地大声喊叫着招呼他;然而,他听不懂,脸上还挂着那紧张的笑容,他们明白了,他是个外国人,从他自己的海滩上走失了,他们继续玩儿,把他给忘了。不过,他是快乐的。他和他们在一起啊。

他们开始一次又一次从一个高处跳进粗糙、尖利的岩石之间一湾蓝色的海水里。他们跳进去再游上来后,就转着圈游,拖着身子爬上去,等着轮到自己的时候再跳。他们都是大孩子——在杰里看来,是男子汉了。他跳水,他们就看他;等他游一圈站到他的位置,他们就给他腾地方。他感到他已经被接纳了,他又跳进水里,小心翼翼地,对自己感到自豪。

不一会儿,那个个头儿最大的男孩儿摆好架势,一头扎进水里,没有游上来。别的男孩子们都四处站着,看着。杰里等着那个光溜溜的棕色的脑袋冒出来,等了一会儿就发出一声警告的叫声。他们懒洋洋地看了他一眼,然后把视线转回到水面上。过了很长时间,那个男孩儿才从很大一块黑乎乎的岩石另一侧钻了上来,呼哧呼哧喘着气,把气从肺里排出来,发出胜利的喊叫声。其余的孩子们立即跳了进去。一会儿,这个上午似乎到处是孩子们喊喊喳喳的说话声;过了一会儿,空气中和水面上就空荡荡的了。然而,透过那片深蓝色,可以看见黑色的身形在游动,在摸索。

杰里跳进水里,猛地从那帮在水下游泳的男孩子们身边冲过去,他看见一堵黑黑的大石墙横亘在面前,他摸了摸,立即跃上水面,挡在面前的这堵墙很低,他的视线可以越过去。他看不见一个人影;在他身下面,在水里,那些在游泳的孩子们那影影绰绰的身形已经消失了。接着,一个又一个孩子,远远地从横挡着的大岩石的另一侧钻了出来,他明白了,他们是从大岩石里的某个缺口或洞里游了过去。他扑通一声又跳下去。透过把眼睛刺得生疼的咸涩的海水,他什么都看不到,只看到空空的岩石。等他游上来,那些男孩子们都在那块跳水用的大石头上,准备再享受一次钻洞的壮举。此刻他感到一阵失败的惊恐,就用英语大声叫道:"看看我!看看!"他像一条傻乎乎的狗一样,在水里又是拍打,又是踢腾。

他们板着脸朝下看着,眉头皱得紧紧的。这种皱眉,他太熟悉了。在他像小丑一样朝妈妈做怪相引起她的注意却没有成功的时候,她赏给他的就是这么板着脸,神情尴尬地看着他。他感到脸上热辣辣的,羞死了,觉得脸上那哀求的笑容就像一块伤疤,他怎么抹也抹不掉。他仰起脸,看着大石头上的那帮晒成了棕红色的大男孩们,大声喊道:"Bonjour! Merci! Au revoir! Monsieur, monsieur!"①他一边喊,一边把手指放在耳后,轻轻摇动。

海水灌进了他嘴里,他呛了口水,沉了一下,又游了上来。那块大石头上刚才压着孩子们的重量,他们的重量一移开,大石头似乎噌的一下从水里钻了出来。现在,他们正从他身边飞也似的跳下来,跃入水中;空中到处是正在落下来的身体。然后,炎热的阳光下,大石头上就空空的,没有一个人了。他数着一、二、三……

数到五十,他害怕了。他们一定是都淹死在他下面那个

---

① 原文为法语,意思是:你们好!谢谢!再见!先生,先生!

灌满水的岩洞里了！数到一百,他朝四周空无一人的山坡看看,想着是不是该大声喊救命了。他越数越快,越数越快,好让他们赶快出来,赶快把他们带出水面,赶快把他们淹死——怎么着都行,只要不是让他对着上午这湛蓝色的空荡荡,惊恐万状地不停地数啊数的,就行。后来,数到一百六十,大石头那边的水面上到处都是男孩子们,喷着水,像棕色的鲸鱼一样。他们连看他一眼都不看,就游回了岸上。

他爬回到那块跳水的大石头上,坐下来,大腿挨着粗糙的石面,觉得滚烫滚烫的。那些男孩子们收拾好他们那零零碎碎的衣服,沿着海岸朝另一个海岬跑过去。他们离开这里,就是要甩掉他。他用拳头捂着眼睛,不管不顾地哭了起来。反正没有人看见他,他就哭个痛快吧。

在他看来很长时间过去了,他朝海里游去,游到他看得见妈妈的地方。是的,她还在那里,一把橘黄色的遮阳伞下面的一个黄点。他游回那块大石头边儿,爬了上去,跳进那片被尖利而恐怖的巨石包围起来的湛蓝色海水里。他潜下去,直到摸到那块墙壁一样的大石头。然而,海盐把他的眼睛刺得生疼,他什么也看不见。

他回到水面,游到岸上,回到那栋别墅里,等他的妈妈。不一会儿,她缓缓地走上那条路,她那个条纹手提包晃动着,那条晒得红红的、裸露着的胳臂在身边摆动着。"我要一副泳镜。"他气喘吁吁地说,语气里既有反抗,又有恳求。

她颇有耐性,用探询的目光看了他一眼,随随便便地说:"啊,当然可以了,宝贝儿。"

可是现在就要,现在,现在!他现在就要有,而不是别的时间。他软磨硬泡,死缠烂打,直到她跟他去了一家商店。她刚刚买到泳镜,他就一把从她手里夺了过来,仿佛她要据为己有似的,他立即跑开了,顺着那条陡峭的山路朝海湾跑过去。

杰里朝那块像屏障似的巨岩石游了过去,他调了调泳镜,跳了下去。海水的压力冲破了橡胶密封的真空,泳镜松了。他明白,他必须从水面游到岩石的底部。他把泳镜系紧,系牢,肺里吸满空气,脸朝下,漂浮在水面。他现在看得见了。他就像有了一双不同的眼睛一样——一双鱼的眼睛,一切东西显得清楚精巧,在明亮的水里摇来荡去。

在他身下六七英尺的地方,是一片干净极了的闪闪发光的白色沙地,被潮流涌起的波纹冲刷得既结实,又坚硬。两个灰蒙蒙的形状在那里游弋,宛若长长的、圆圆的木片或石片。它们是鱼。他看见这些鱼鼻子对着鼻子,一动不动,猛地向前冲去,突然朝一边转向,又在周围游来游去。这简直是水中舞蹈。鱼群上面几英寸的地方,水花四溅,仿佛无数的圆形小光片纷纷溅落。又是鱼——无数的小鱼,像他的手指甲那么长,在水中游过,不一会儿,他感觉到无数的小鱼轻轻地擦着他的胳膊腿儿。这像是在一块块银片里游泳。那些男孩子们游泳穿过去的那块大石头从白色的沙地突兀而起——黑乎乎的,一绺一绺绿色的海草轻轻地荡漾。他在大石头上看不出有缺口。他就游到了石头底部。

他一次又一次地升上来,胸腔里吸满空气,就又扎下去。他把大石头的表面摸索了一遍又一遍,摸它,他急于找到入口,几乎要抱住这块大石头了。后来,有一次,他在抓着黑乎乎的石壁,膝盖向上,两只脚猛地向前蹬去,居然没有碰到障碍。他找到那个洞了。

他游到水面,那块像屏障似的大石头上散落着许多石块,他在这些石块上艰难地爬过来,爬过去,直到找到一块大的,抱在怀里,在大石头边沉下水去。带着这重物,他直接沉到了海底的沙土上。他紧紧抓住那块可以当作铁锚的石块,侧身躺着,他的脚原先伸进去的那个地方下面有一个黑色的洞,他朝里面看去。他看见那个洞了。那是一个不规则的、黑黢黢的缺口;但是他往深处看却什么也看不到。他松开当铁锚的那块石头,用手抓住洞口的边缘,试图把自己推进洞去。

他把头伸进去,发现肩膀给卡住了,他侧身移动肩膀,但也只能伸到腰部。前面他什么都看不见。一种软绵绵、湿漉漉的东西碰到了他的嘴;他看见一片黑乎乎的蕨菜叶正冲着灰蒙蒙的石头移动,他立即感到惊慌失措。他想到章鱼,想到了缠人的海草。他推着自己的身体退出来,就在他后退时,他一眼瞥见海草那并不伤人的触须,正在隧道入口飘来荡去。不过这已经够了。他游到阳光下,又游到岸上,躺在那块当作跳台的大石头上。他朝下看着那一湾湛蓝色的海水。他知道,不管那是个洞穴,还是个坑洞,或是个岩洞,他都要找到一条道儿穿过去,从另一侧游出来。

他想,首先,他必须学会控制呼吸。他怀里又抱着一块大石头,把自己坠了下去,这样他就可以毫不费力地躺在海底了。他数着数。一、二、三。他匀速数着。他听得到胸腔里血液的流动。五十一、五十二……他的胸口疼了。他松开石块，游到水面上。他看见太阳很低了。他冲到别墅里，发现妈妈在吃晚餐。她只说了句："你玩得开心吗？"他说："开心。"

这孩子一整夜梦到的都是那块石头里灌满水的洞穴。第二天一吃过早饭，他就朝海湾走去。

那天夜里，他的鼻子流血流得很厉害。他在水下面待了几个小时，学习憋气。现在，他感到身体虚弱，脑袋昏昏沉沉的。他妈妈说："宝贝儿，我要是你的话，我做事情就不会做过火。"

那一天和第二天，杰里锻炼肺部，就好像是一切，他的整个生命，他将来要成为的一切，统统都靠它了。夜里，他的鼻子又流血了，他妈妈坚持让他第二天和她一起来。浪费掉一天，不认真自我训练，在他看来简直是一种折磨，不过他还是和她待在另外一片海滩上。这片海滩现在似乎只是个供小孩子玩耍的地方了，是一个他妈妈可以平平安安地躺着晒太阳的地方。这不是属于他的海滩。

第二天，他没有征得妈妈的同意，就去了他的海滩。他妈妈还没有来得及考虑这个纷繁复杂的问题的对与错，他就走了。他发现，经过一天的休整，他数的数增加了十个。那些大男孩子们游过通道时他数到了一百六十。他当时处于恐惧状态，数得很快。现在他要是试一试的话，没准儿会游过那条长长的岩洞呢，但是他现在还不想试。他很好奇，但能坚持得住，这很不像孩子所为；他没有耐性，但还控制得了，所以他要等一等。与此同时，他躺在水下面那片白色的沙地上，现在沙地上散落着他从上面带下来的石块,他仔细研究那岩洞的入口。只要是眼力能达到的地方,岩洞里的每块突起和每一个犄角旮旯,他都了如指掌。他仿佛已经感觉到肩膀四周那尖利的岩石了。

他妈妈不在身边的时候,他就坐在别墅里的钟表旁,检测他憋气的时间。他不肯轻信自己,但后来很自豪地发现,他可以毫无压力地憋气憋上两分钟了。"两分钟"这三个字是钟表权威发布的,它把对他来说必不可少的这次历险拉得更近了。

又过了四天,那天早上,他妈妈随便说了一句,他们必须回家了。在他们离开的前一天,他就要做这件事了。他挑衅似的对自己说,哪怕是把命搭进去,他也要做。然而,就在他们即将离开的前两天——这是胜利的一天,他数的数目增加了十五个——他流鼻血流得特别厉害,他感到头晕目眩,看着那黏稠、殷红的血流到大石头上,一滴一滴缓缓地滴到海里,软塌塌地躺在那块大石头上,像一根海草。他吓坏了。他要是在岩洞里发起晕可怎么办?假如他被卡住,死在里面可怎么办呢?假如——在炙热的阳光下,他感到天旋地转,几乎要放弃了。他想,他要回到屋子里,躺下,也许到了第二年夏天,他又长一岁了——那时他就会从那个洞里游过去。

然而即便在他做出决定,或者他觉得他已经做出了决定之后,他发现自己从大石头上坐了起来,朝下面的水里看去;他知道,现在,此时此刻,尽管他的鼻子刚刚止住血,他的头还在痛,还在发涨——但他一试身手的时刻到来了。如果他现在不做,他就永远也做不了了。一想到他有可能游不成了,他就害怕得发抖;一想到海底那块大石头下面长长的岩洞,他就恐怖得发抖。即使在这开阔的太阳底下,这块屏障似的巨石也似乎很宽,很重;数吨重的岩石压在他要去的那个地方。他要是在那个地方死了,他就会躺在那里,直到有一天——或许等不到明年吧——那些大男孩们就会游进洞里,发现洞给堵死了。

他戴上泳镜,戴紧了,测试一下真空。他的手抖个不停。接着,他选了他能搬得动的最大一块石头,顺着石头边滑下去,直到他半个身子在凉爽的、围着他的水里,半截身子还在炙热的阳光下。他抬头看了一眼空阔的天空,往肺里吸气,一次,两次,然后抱着石块迅速沉到了海底。他松开石头,开始数数。他双手抓住洞的边缘,把自己拉了进去,肩膀侧着身扭动着,因为他记得他必须这么做,两只脚踢腾着游动。

不一会儿,他毫无疑问是到了里面。他到了一个灌满水的洞里,周围全是岩石,水是灰黄的颜色。水把他推到洞顶。洞顶很尖利,扎疼了他的背。他用手拖着身子往前游——很快,很快——用腿做杠杆。他的脑袋碰到了什么东西;一阵钻心的疼痛使他眩晕。五十、五十一、五十二……他周身没有光亮,水似乎用整个岩石的重量压在他身上。七十一、七十二……他的肺部没有感到压力。他感觉像是一个充满气的气球,他的肺是那么轻盈,那么舒适,但他的脑袋在嘣嘣发涨。

他不断碰到尖利的洞顶,感觉既黏糊又尖利。他又想到了章鱼,想到这岩洞里会不会塞满了海草,把他缠住。他惊慌地、痉挛地向前踢了一下,把脑袋没入水中,游了起来。他的脚和手都行动自如,好像在开阔的水域游泳一样。洞一定是向外变宽了。他想,他一定游得很快,如果岩洞变窄了,他害怕碰到脑袋。

一百、一百零一……水的颜色变浅了。他感到胜利在望。他的肺部开始疼了。再划几下,他就出去了。他拼命地数数;他数到一百一十五,过了很长时间以后,又数到一百一十五。他周围的水是宝石一样的绿色。突然,他看见,在他头顶上,有一个缺口直透过岩石。阳光透过缺口照射进来,照见了岩洞里那干干净净但又黑黢黢的岩石,还照见一只贻贝壳和前面的黑暗。

他能做到的都快做完了。他抬头看看那个缺口,仿佛那里面充满的是空气而不是水,仿佛他可以把嘴伸过去吸进空气一样。一百一十五……他听见自己在脑子里自言自语——可是他很早以前就说过了。他必须继续朝前面的黑暗游过去,否则就会淹死。他脑袋发涨,肺部要炸裂了。一百一十五,一百一十五从他的脑袋里敲击过去,他软弱无力地抓住黑暗中的岩石,把自己往前拖,把那狭小的阳光照得到的水域抛在后面。他觉得他就要死了。他不再有意识。在时而恢复意识的瞬间他在黑暗中挣扎着游。他脑袋感到一阵肿胀的剧痛,突然,一片绿色的光猛然间炸碎了黑暗。他的手向前摸索着,什么都没有碰到;他的脚一直在向后踢,把他推到开阔的海面上来了。

他漂浮到水面,脸朝上对着天空。他像鱼一样大口喘着气。此刻,他感觉他就要沉下去,淹死了;离大石头还剩几英尺,他游不动了。接着,他抓住石头,把自己拉到了石头上。他面朝下趴着,大口喘着气。他什么都看不到,只看到一片凝固的带着红色脉纹的黑暗。他的眼睛一定是爆裂了,他想;里面充满了血。他扯掉泳镜,一股鲜血流进大海里。他的鼻子在流血,泳镜里全是血。

他从那凉凉的、咸咸的海里用手掬起一捧又一捧的水,洒到脸上,他不知道尝到的是血水还是盐水。过了一段时间,他的心平静下来,他的眼睛也看清楚了,他坐了起来。他可以看见那些当地的男孩子们在半英里外的地方跳水,玩耍。他不想要他们了。他什么都不想要,只想回家躺下来。

过了一小会儿,杰里就游到岸上,沿着那条小路爬上去,回到别墅里。他一头扎到床上,倒头便睡,听到外面小路上传来了脚步声,他才醒来。他妈妈就要回来了。他冲进浴室,心想她一定不能看到他脸上有血迹或者有泪痕。他从浴室里走出来,她走进别墅,满脸笑容,眼睛闪闪发亮,他向她迎了过去。

"上午玩得开心吗?"她把手放在他那晒成了棕色的肩膀上,问。

"啊,开心,谢谢您。"他说。

"你脸色有些苍白。"突然她尖声而焦虑地说,"你脑袋怎么碰着了?"

"啊,只是碰了一下。"他对她说。

她仔细地看着他。他紧张了,两眼看上去呆呆的。她担心起来。但接着,她对自己说:不要大惊小怪!什么事儿也不会发生。他游泳好得跟鱼似的。

他们坐下来一起吃午餐。

"妈妈,"他说,"我可以在水下面待上两分钟——至少三分钟。"这句话他突然想到了,就脱口而出。

"是吗,宝贝儿?"她说,"哎,我不该大惊小怪。我认为你今天不能再去游泳了。"

她原打算就意愿的问题来一场唇枪舌剑的,但他立即就让步了。到那片海湾去这件事儿,已经根本就不再重要了。

快 乐

玛丽·罗杰斯的一年当中有两件大事,或者说有两个转折点。圣诞节的装饰刚刚摘下来,她就开始准备第二件大事了。今年,她本来正在翻阅一本时尚杂志,她丈夫说:"老太婆,在幻想阳光了?"

"我看不出来为什么不幻想。"她话语中带着很受伤的意味,"毕竟都四年了。"

"我真的看不出来我们怎样才能花得起这笔钱。"

看她脸上那副神情,他一下子就明白了。

她的朋友巴克斯特太太,也就是那位经理的夫人,也看了那本杂志,说:"现在是你的女儿不再需要你了,所以我猜想,你今年又要出门儿,到法国南部去了。"她又说了一句话,这句话本身就说明了一切:"我料想,我们还是要老老实实地待在布赖顿的。"

玛丽·罗杰斯呢,还是那一套说辞,她说:"既然花一样多的钱就能到欧洲大陆去,我想象不出来在英国度假有个什么劲。"

四年了,她一直都是和女儿、外孙女一道去康沃尔。这话一听就像是家庭祭坛上的牺牲品,她就是这么对朋友说的。不过今年呢,外孙女要去苏格兰奶奶家了,这件事每一个人都知道。每一个人。也就是巴克斯特太太、贾斯汀-史密斯太太,还有琼斯太太。

玛丽·罗杰斯买了块鲜亮的棉布,铺在客厅里。屋外,二月份的天气淫雨霏霏,笼罩着英国中部地区的这座小镇,小镇在雨中瑟瑟发抖。雨滴扫过窗玻璃。汤米·罗杰斯看见了那块棉布,一句话也不说。然而一周后,她在镜子前试穿一件白色的亚麻日光浴装,这时候他说:"我说啊,老太婆,你看看,这件衣服腿露得有点儿多……"

那时候已经确认,他们应该是到法国南部走走。再者说了,四年了,各个方面都会有所不同的。玛丽·罗杰斯悄悄地在镜子前审视着自己的大腿和肩膀,心想,大腿和肩膀露出来也无妨。但她做的衣服却是不算招摇但很漂亮的那种。三月、四月、五月、六月,这几个月的晚上她坚定不移地缝制这几件衣服。她针线活儿做得很好。而且,在结婚前的几个月,她曾快活地跑到伦敦去学习时装设计。那可是个不同的天地。现如今跟她那个圈子里的女人们——巴克斯特太太啦,贾斯汀-史密斯太太啦,还有琼斯太太——说话的时候,话音里还透着些与众不同。巴克斯特太太会一如既往地善解人意地说:"哎呀,年轻那会儿,我们谁也不知道未来给我们准备了什么。"

他们准备七月底出发。离出发还有一周,汤米·罗杰斯掏出一张纸,上面列出了某些数字。这些数字可比以往任何时候的都要低。"啊,我们将就一下就过去了。"玛丽含含糊糊地说。她的心思已经飘到碧海蓝天之间了。

"或许我们最好还是在广场酒店订个房间。"

"啊,肯定没必要。到了那儿,他们跟我们还不熟嘛。"

他们动身的头一天晚上,大家聚在巴克斯特家,为这对要去旅游的夫妇打了一通桥牌。她说:"现在坐飞机都这么便宜了,我真的不明白为什么……"这时候,大家看到汤米·罗杰斯瞥了她一眼。

因为当然了,他们照例订的是火车票。

他们顺利通过英吉利海峡,在巴黎一家旅馆住一晚,然后正好赶上合适的那班火车。

过不了几个钟头,他们就会看到海上的那座小村庄了。二十五年前,他们度蜜月的时候头一回到那里。他们之所以选择那个村子,是因为玛丽·希尔在她所钟爱的那些个艺术圈子里(哎呀,就是钟爱的时间那么短),曾经遇到过某个著名的舞台设计师,而这位设计师在那儿有一栋别墅。在那一个月的蜜月里,他们曾在那栋别墅里度过一个愉快的下午。

火车快要到站了,她本以为会看到那栋别墅孤零零地坐落在海上的那座小山上。不过,现在这座山上密密麻麻到处都是白色的小别墅,绿色的百叶窗、红色的屋顶掩映在南方温暖的葱茏之中。

"这地方好像变化挺大。"汤米说。火车站也扩建了。现在有一条长长的站台,还有一座像模像样的车站大楼。低头朝大海望去,只见店铺林立,娱乐场和咖啡馆鳞次栉比。就在四年前,还只有一家商店,一家餐馆,还有为数不多的几家旅馆而已。

"哎,"玛丽尖刻地说,"这地方如果到处都是游客的话,那就一点儿也不一样了。"

然而,阳光明媚,海面水波荡漾,波光粼粼,棕榈树立在白色的海滩沿岸。他们提着行李箱,沿着下坡的山道向广场酒店走去,感觉就像到家了一样。

到了广场酒店外面,他们互相看了对方一眼。原来只是一座不起眼的建筑,而今却亮丽逼人,周围到处都是色彩艳丽的凉棚和带条纹的遮阳伞。"老雅克扩大地盘儿了。"汤米说。他们沿着那铺着整齐砾石的小道来到酒店大堂,四处张望着寻找雅克。雅克都接待过他们那么多次了。

在大堂里,玛丽用她那生硬但正确的法语打听雅克先生。接待员微微一笑,抱歉地说,雅克先生三年前就已经离开他们了。"他跟我们很熟。"玛丽说,她声音刺耳,话音里透着愤愤不平,"他总是在这儿给我们留房间的。"

不过肯定有夫人的一个房间。非常肯定。侍应生立即过来,赶忙帮他们拿行李箱。

"别着急。"汤米说,"等一下。问问现在要花多少钱。"

玛丽就问了,问得非常随意,现在的价码是多少。她一接收到信息,沉重的下巴就拉长了,并且很快就将信息传递给了汤米。他尴尬地瞥了一眼接待员,接待员一看这阵势,就巧妙地转过身去看一个分类账本,准备忙自己的事情,以便这一对上了年纪的英国夫妇能够商量商量。

他们商量了,商量得很快,声音压得很低,义愤填膺的。

"玛丽,我们不能。这没用。我们过完一个礼拜就得回去。"

"可是我们一直都是住这儿的……"

她终于转身面向接待员,接待员的注意力马上转过来,玛丽僵硬地微微一笑说:"由于外汇规定,情况对我们不利。"她说话用的是英语,因为她已经心烦意乱了;他愉快地回答,用的也是英语:"太太,我完全理解。或许您可以到马路对面的美景酒店去试试。那里有很多英国人。"

罗杰斯夫妇灰溜溜地提起行李箱,离开了,沿着整齐的砾石铺就的小径走下去,穿过那五颜六色的餐桌,人们已经坐在那里吃晚饭了。太阳已经落山了。对面,美景酒店一片灯火辉煌。玛丽从酒店门口经过连看都不看一眼,汤米·罗杰斯一点都不觉得意外。多年住在广场酒店,他们觉得比美景酒店有一种优越感。还有啊,那个接待员刚才不是说了吗?美景酒店住满了英国人。

由于这是法国,而且是旅游旺季,旅行社这会儿当然还开门。一位妩媚的小姐不无遗憾地说,他们没有早点儿预订房间。

"二十五年了,我们一直都在这儿住来着。"玛丽说。过去那四年只字未提,孩子小的时候那另外五年也忽略不计,不过这都说得过去。"我们以前从来都不需要预订房间的。"

哎呀呀,哎呀呀,那位小姐用她的双肩和两只眼睛暗示道,很遗憾哪,圣尼绍勒已经是这么热门,这么具有吸引力了。

没有什么事实比这一点更令她感到遗憾的了。她建议到美景酒店去。

罗杰斯夫妇往回走了一百码的距离,回到美景酒店,感觉是在向命运做最后的让步了,然而却发现,美景酒店的房间都订完了。回到旅行社,他们被告知,还不错,山坡上一栋别墅里还有一个房间空着。有人把他们送到那栋别墅。这会儿轮到那位美丽的小姐自顾忙碌了,忙的倒不是账簿,而是忙着观看璀璨的星空那美丽的景色,欣赏驶过海湾的轮船上那移动的灯光,而罗杰斯夫妇则在一旁商量着。现在,他们的声音不仅仅是愤愤不平,而是高声大气地表示不满。因为这个房间——一个极小的房间,在一栋大别墅的底层,石头地面,没有铺地毯,只有一张大床,玛丽始终觉得这是那种法国床;倒是有一个衣柜,可是根本算不上是衣柜,因为里面塞满了搁架;还有一个盥洗池和一个小煤气炉——按规定,他们老两口要交一笔钱,这使他们心里充满了不信任感。他们若是想要热水(英国人常常都是要热水的),就得把一个平底锅放到火炉上烧。

不过,那位小姐把那观赏异国夜景的目光收回来,指出,他们能自己做饭,这可是一个大优势。

"我建议回广场酒店去,舒服一个礼拜强过在这儿待三个礼拜。"玛丽说。他们回到广场酒店,却发现那个房间已经给订了,一个房间也没有了。

这会儿已经快十点了,那位极为乐于助人的小姐把他们送回那栋别墅的小房间,就这么个房间,他们同意花比四年前他们住广场酒店享受那份舒适、美食、热水更多的钱。另外,他们还要交一笔十多英镑的押金,万一他们夜里带着大床、衣柜或者锡汤勺跑了呢,或者万一他们拒绝支付电费、煤气费和水费呢。

奔波加上失望,罗杰斯夫妇搞得精疲力竭,立即就上床睡觉了。

早上,玛丽宣布,度假的日子,她无意做饭,于是他们就到一家小餐馆里吃早餐。买了两小杯咖啡,两个面包卷,就花了相当于十二先令的钱,于是他们改变主意了。他们将不得不在房间里做饭。

他们努力地保持着好心情,买了做午饭用的冷冻食品,放在房间里,就准备出去逍遥自在了。因为大海湛蓝湛蓝的,波光粼粼。阳光明媚,一片金黄。这到底还是法国南部,欧洲最美丽的地方,他们早就这么认为。而据《每日电讯报》报道,英格兰这会儿正下瓢泼大雨呢。

到了海滩上,他们有一阵子也不太高兴。在半英里长的银色海滩上,从这边到那边展开去,全是遮阳伞。一个个身体四仰八叉伸展开去,在阳光下炙烤,一英亩的地面上躺着几百号人,真是一张烤得红里透黑的肉体的大床。

"他们把这个地方给毁了,毁了!"玛丽一边审视那不整洁的景观,一边大叫。不过,她还是迈着沉重的脚步向下面的沙滩走去,解开了连衣裙的扣子。里面露出一件沉闷的黑色泳衣;丈夫解脱般地瞥了她一眼,恰好让她逮了个正着。她觉得这很不公平。他站在那儿,个子高高的,瘦瘦的,很帅气的一个男人,穿着一件怪诞的游泳短裤,很是气度不凡,那件短裤只是一条六英寸宽的布条,用一条细线绷在他臀部上。她也在那儿,一个身体结实笨重的女人,肌肤白皙——然而已是人到中年,而且穿着一件黑色泳衣。

她四处看看。两英尺开外,就是一堆乱七八糟纠缠在一起的黑里透红的四肢,那是五六个男孩儿和女孩儿的四肢,女孩子们除了穿五颜六色的文胸和短裤,什么都没穿。她见汤米也在看她们。接着她注意到,另一边离她十八英寸的地方,有一个身宽体胖、满头银发的女人,穿着一件白色棉布海滩装,令人生腻的苍白的肉鼓出来。玛丽快乐地看了她一眼,有一种优越感,然后平躺到沙子上,为自己感到庆幸。

这一对英国夫妇一上午都躺在那里,像一对烤着的鲱鱼一样翻过来,转过去,因为他们觉得他们那苍白的皮肤是一种耻辱,是丢人现眼。等他们回到房间吃午饭的时候,发现一群一群黑色的小蚂蚁爬在他们的冻肉上。他们也无法太过介意,很显然,他们晒日光浴晒过头了。两个人身体都红得发亮,眼睛生疼。他们躺在阴凉的屋子里,觉得傻乎乎的,太业余了——他们,他们应该更懂才对!那天下午他们就躺在床上,第二天也是……几天就这么过去了。偶尔当饥饿感向他们袭来的时候,玛丽就畏畏缩缩地去村子里买些冷冻食品——因为有蚂蚁,在房间里存放吃食是不可能的。吃过以后,她就匆匆忙忙在盥洗池这洗净,他们也在盥洗池这儿洗澡。每天两次她用平底锅烧开的水把自己的肌肤一英寸一英寸都搓洗一遍,这时候汤米就极不情愿地到外面去。然后她出去,他在屋里洗。在做完这必要的卫生措施之后,他们就到那张过于狭窄的床上去,缩着身子,避开任何碰到对方的机会。

房间不舒服,加上肌肤也快好了,他们终于又向前进了,穿着更加谨慎,来到了海滩上。皮肤一条一条从他们身上脱落。然而,过了一个礼拜,他们的皮肤就变得黑里透红,闪闪发亮了,能够在别的那些黑里透红、熠熠闪光的身体当中占一席之地而毫无愧色了。那一具具的躯体遍布海滩,就像那许多条搁浅的鱼一样。

一天又一天,罗杰斯夫妇吃过一顿开心的火腿加鸡蛋英国早餐后,都沿着那条陡峭的小径,下到海滩上,整个上午都待在那里。整个上午他们都躺着,然后整个下午也躺着,但和英国人扎堆儿的地方保持相当一段距离。英国人扎堆儿的地方也是井水不犯河水,在几百码开外的地方。

他们看着这些孩子们在这一成不变的蓝色海浪中又是尖叫,又是大笑。他们看着那一群群的法国青少年在沙滩上互相调笑,翻滚到对方的身上,那架势,在玛丽看来,至少是开放得令人目瞪口呆。谢天谢地,她的女儿年纪轻轻就结婚成家了,保险不会受到这种毒害了!说什么都不会让玛丽·罗杰斯相信这些个青少年是极为体面的。她怀疑他们所有的人都有令人震惊而又复杂的恶习。真是不可思议啊,过不了几年,某种力量强大而又令人舒适的社会过程会把他们都训练成为这一对对举止文雅、营养充足的法国夫妻,每一个人都急不可耐地享受到一个或者两个小孩子的社会福利。

他们也不无艳羡地看着那些经得起考验的游泳者,戴上面罩、呼吸管,穿上脚蹼,劈波斩浪,向防波堤以外的海域游去。

他们感到心满意足。

他们到这儿来,为的就是这个。海岸线上所有这成百上千的人来到这里,为的也是这个——躺在沙滩上,接受太阳照在他们越来越热的身体上;一点一滴地接受那温热、湛蓝的海水,海水沾到他们身上,黏黏的,很快就干了。海水很咸,闻上去暖烘烘的——闻到的不仅仅是盐味儿、海草味儿,因为在防波堤以外,这个小镇下水道的水溢出到海里,把丰富的沉积物冲回到这个内海湾里,那些沉积物冲到那些喷了香水、抹了防晒油的快乐的游泳者身上,很快就干了。

他们来到这儿,为的就是这个。

然而,毫无疑问,在广场酒店里,情况就很不相同。在那里,一个人会很晚才起床,喝咖啡,吃面包卷,一吃就是半天;然后下到海滩上,也可以不下到海滩上,进行几个小时的太阳崇拜;回去吃一顿长长的午餐;睡觉,再次沐浴,享受一顿甚至更长的晚餐。那可也叫作海边度假。现在,海滩实际上是唯一可去的地方。从九点到一点,再从两点到七点,罗杰斯夫妇都在海滩上。那是怀着复仇的心理在海边度假。

大约到了第十天头上,他们意识到,时间已经过半了;汤米表现出了焦躁不安的情绪,觉得不应该仅仅是这些,还应该有点别的什么,他钻进一家新开的、贵得吓人的商店,出来时拿着一个面罩、一双脚蹼和一根呼吸管。他抱歉地对玛丽说,他要离开她,就一头扎进海湾里去了,那样子就像是——要么是她相当尖酸刻薄地说——一本儿童画报里面的太空人。有几个小时他都没有回来。

"老婆子,这可是比什么都好,你应该试试才对。"他说着,从海里走了出来,脸上洋溢着激动的表情。那天下午,她独自一人在海滩上度过,两只眼睛使劲儿看着水里上上下下的潜水镜,看看哪个是他的。

她正这么忙着呢,突然听到有人用英语跟自己说话:"我总是说,我也是一个水下的寡妇。"她转过头,看见一个身材纤细的女孩,很显然是英国人,一头相当漂亮的卷发,一身整洁的蓝色泳衣,一双美丽的蓝眼睛,两条漂亮的腿向外伸展开来,伸进暖烘烘的沙子里。一个英国女孩儿。不过她的嗓音还说得过去,玛丽心想,尽管咯咯笑起来叫人相当地起腻。虽然说她有一条原则,到法国去,绝不和英国人掺和在一起,但她还是发了慈悲,说:"你丈夫也在那儿吗?"

"噢,不到吃饭的时间我是见不着他人影儿的。"那女孩快乐地说着,又躺回沙滩上去。

玛丽觉得这个女孩儿跟她那个年龄的时候很相似——只是,当然喽,她已经懂得如何最好地利用自己了。她们交谈着,声音陶醉在大海和阳光之中,一直谈到刚开始是汤米·罗杰斯,接着是那女孩儿的丈夫,从海里走出来。那小伙子扛着一条大鱼,他用一种三叉戟把鱼的后背戳穿了。他们四个人都很激动,围在一平方码的沙地上待了几分钟,小心翼翼地说着寒暄的话。

第二天,汤米·罗杰斯一定要妻子也戴上面罩,穿上脚蹼,尝试一下这项新的运动。她像一艘轮船一样,在两个男人和年轻的贝蒂·克拉克的护送下,游进了海湾。玛丽·罗杰斯不喜欢面罩压着鼻子那令人窒息的感觉。脚蹼一蹬,速度加快,她就紧张,因为游泳并不是她的强项。不过,有那个年轻的女孩儿就在前面轻松自在地游着,她可不想表现出懦弱的样子。

海湾的外面有一座小岛,只不过是一连串棕红色的温热的礁石,从那活蹦乱跳的白色海浪里升起。小岛周围,离水面几英尺的地方,就有淹没在水下的礁石;礁石的上面漂浮着新的蛙人族,面朝下,紧抓着三叉戟,观察着突然游到那里的鱼儿。玛丽透过泳镜朝海岸望去,海岸似乎很遥远,也很平常,搭着带条纹的遮阳伞,懒洋洋地躺着的晒成棕色的身体,还有在蹚水的孩子。那是别样的海。而这的确是一种不同的东西。这里是冒险家和探险家们的大海,他们对安全的海滩不屑一顾。

玛丽放松地躺在水面上,向下看去。好大啊,这个海底世界,沟壑纵横,乱石遍地,在阳光照耀下,水里呈现朵朵光斑,一切都摇曳生姿,一片翠绿。在一块耀眼的白色沙地上——好像在下面二十英尺的地方——蹿长出来的绿草那么鲜亮,宛如长在阳光下的海岸上一般。如果她把手伸下去,简直能够着。更远的地方,长长的海草叶子摇来荡去,简直是一片叶子的森林。玛丽从叶子上面游过,感觉到叶子那轻柔、拖拽的触碰,它们向上伸去,碰到她的膝盖和肩膀,她感到厌恶。现在在她身下的是一片岩石海底,上面盖着厚厚的生物。浅灰绿色的形状,膨胀如气球,或者摇曳似纸带;棕里透白的曼妙的花儿和海星,吐着银白的泡泡;海草叶上柔软的、鼓胀的乳房或膀胱似的气囊表面是层精致的白色薄膜,它们在海底缓慢的移动中摇动着,漂浮着。玛丽被迷住了——一个新的世界,这可是。但也感到了格格不入。在她的耳际,除了海浪那哗啦哗啦、咔嚓咔嚓的响声,什么声响都没有;而透过那海浪声,人的声音听起来是在很远的地方。现在,岩石就在她下面很近的地方。突然间,就在她身下,一条瘦瘦的黑红色的胳膊向下伸去,在一块黑乎乎的石沟里摸索,拉出来一团扭来扭去的带着灰色亮斑的肉。玛丽艰难地向上游去,滑到岩石上,刮得生疼。她不知不觉已经游到离小岛很近的地方了;在她上面的岩石上,站着一群半裸的晒成古铜色的男孩子,他们激动得又是喊,又是叫,因为他们刚刚抓到一条章鱼,照着一块石头摔了又摔,就把章鱼摔死了。他们要把它——玛丽听到他们这么说——当晚饭吃了。不,这可是太过分了。她感到一阵慌乱。那个可憎的东西刚才一定就在她身下六英寸的地方——她大概碰到过它!她爬上岩石,寻找汤米,汤米在五十英尺开外的一块石头上躺着,手指着石头下面的什么东西,而弗朗西斯·克拉克潜入水底去找,然后昨日重现了。她看见他手里抓着一条带条纹的小鱼,冒了出来,汤米和贝蒂激动地喊叫着。

然而,她看了看那章鱼,如今就像是一块软塌塌的、带着毛边的灰色破布,铺在一块石头上;她叫丈夫把泳镜、脚蹼和呼吸管递给她,就慢慢地游回岸上了。

她就在那里待着。不管什么都不能引诱她再到外面的海上去了。

那天,汤米买了一杆水下鱼枪。玛丽发现自己刚开始想,花上五英镑多的钱买这个古里古怪的玩意儿也挺好的;又转念一想,他们要是就这样子下去的话,过圣诞节的时候就没有什么乐趣了。

又是几天过去了。玛丽整天都是孤身一人。贝蒂·克拉克很显然只有在适合她的时候,才是个海滩上的寡妇,因为她非常喜欢那红石头小岛,而不喜欢陪玛丽待着。话说回来了,她有时候的确会花上半个小时和玛丽聊聊,但猛然间,她就会连声地说抱歉啊,就噔地跳进大海,游过蓝色的海浪,去找那两个男人了。

没过多久,玛丽不经意间对汤米说:"只剩下三天就要走了。"

"我要是早点儿试试这种设备就好了。"他说,"明年我就更懂了。"

然而不知什么原因,明年的想法对玛丽没有吸引力。"我觉得我们不应该再到这儿来了。"她说,"这地方现在全给糟蹋了,弄得太时髦了。"

"哦,哎——不管到哪儿,只要有石头,有鱼,都这样。"

第二天,两个男人和贝蒂·克拉克从早上七点钟直到吃午饭的时间都在那座岩石小岛上,他们吃午饭只勉强用了十分钟,因为吃饱了游泳是很危险的。他们吃完就又走了,直到夜幕降临到海面上。所有这段时间,玛丽·罗杰斯都躺在海滩上的浴巾上,在太阳底下翻过来,转过去。她现在全身都是温暖的金红色了。她想象着巴克斯特太太会怎么说:"你把自己晒得很不错啊!"接着她会不可避免地说:"在这儿你是保持不了多长时间的,对吧?"玛丽发现自己毫无缘由地快要落泪了。汤米在这些人身上看到了什么呢?她问自己。至于那个小伙子,弗朗西斯——她没有哪一次听见他说的话,是不和鱼的重量、种类、鱼的怪异多变有关的!

那天夜里,汤米说他已经邀请那对年轻的夫妇去广场酒店吃饭了。

"有点儿草率啊,你说是不是?"

"啊,嗯,我们吃一顿像样的饭吧,就吃一顿。只剩下两天了。"

玛丽没有接"像样的饭"的茬儿,而是说:"我本来就不该以为,他们是我们可以交朋友的那种人。"

一股怒容僵在他脸上。"他们怎么啦?"

"在英国,我不认为……"

"啊,玛丽,得了吧你!"

四年前,他们在广场酒店的大花园里,名正言顺地每天吃三餐饭;而今他们发现自己只是在这里离大海不远的地方围着一张小桌子。有一个乐队,服务员似乎比客人还要多,或者看上去是这样。贝蒂·克拉克是第一次没有穿泳衣,看着活脱脱一个美丽的俏佳人。她那瘦削的棕色肩膀从一袭白色的长裙里露出,玛丽不得不承认这样子还挺好看的;那双蓝色的大眼睛在她那张小麦色的俏脸上无比明亮。玛丽又一次想到:我要是年轻二十岁——哈,二十五岁吧,他们就会把我们当成姐妹俩呢。

至于汤米,他看上去和这对年轻的夫妇一样年轻——这简直是不公平的,玛丽心想。他们谈论着在水下判断距离及各种类型的设备的优点,她就那么坐着,听着。

他们设法把她拉进来;可她就那么坐着,一言不发,正襟危坐。她觉得,弗朗西斯·克拉克穿上西装那样子很死板,很一般,完全不是那个海滩上年轻帅气的海神了。那女孩儿呢,她咯咯一笑玛丽就很不高兴。

他们觉得不舒服了。贝蒂提到伦敦,三个人都自觉地谈到伦敦,而玛丽呢,只说是或不是。

很显然,这对年轻的夫妻住在克拉珀姆①;他们每个月去伦敦看一次演出。

"现在有一场非常精彩的演出。"贝蒂说,"在公主剧院演的那场。"

"我们这些日子从来不去看演出。"汤米说,"要坐五个小时的火车呢。不管怎么说,这也不是我的爱好。"

"只管说你自己啊。"玛丽说。

"我知道只要可以,你能在午后场中演出。"

她生气地瞪了他一眼,克拉克夫妇不自觉地交换了一下眼神;贝蒂打圆场说:"我喜欢去看戏;它能给你一些能谈论

---

① 英国伦敦西南部一地区。

的东西。"

玛丽还是一声不吭。

"我老婆,"汤米说,"对戏院的事儿懂得很多。她原来就在一家戏院工作来着——所有那种事儿她都知道。"

"噢,太有意思了!"贝蒂迫不及待地说。

玛丽使劲儿抵御诱惑,但还是失败了。"给公主剧院那场演出搞舞台设计的那个人,过去在这儿有一栋别墅。我们拜访过他很多次。"

汤米瞪了妻子一眼,眼神里满是惊惧和警告,他说:"我向上帝祈愿,他们不要放这么多大蒜。"

"到法国这儿来没有多大的用处,"玛丽说,"你要是很挑食的话。"

"你在家可是从来不做法国菜的。"汤米突然说,"既然你这么喜欢法国菜,干吗不做呢?"

"我怎么做啊?我要是做了,你就该说,你可不喜欢把吃的东西都搅和在一起。"

"我也不喜欢大蒜。"贝蒂说,那架势就像是承认犯了罪,"我必须说,我很高兴回家,弄点儿简单可口的东西吃。"

汤米此刻以焦虑的目光哀求地看着妻子,但她还是问道:"你们干吗不去布赖顿或者别的什么地方呢?"

"布赖顿,让我什么时间去都行。"弗朗西斯·克拉克说,"或者是康沃尔。在康沃尔的海边儿上钓鱼可是爽极了。可是贝蒂把我拽这儿来了。人们给法国的评价过高了,我就是这话。"

"你待在家里好像真的会更好。"

但玛丽·罗杰斯对他的揶揄,他根本就没有听进去。"法国人呢,"他咄咄逼人地说,"他们什么都不想,就想他们的肚子。他们不吃饭的时候,说的还是吃。他们要是把花在吃上的一半儿时间用在值当的事情上,他们就能干出些名堂来了,我就是这话。"

"比方说——钓鱼?"

"嘿,钓鱼有什么不对吗?或者……比方说……"他把这个问题认真地考虑了一下,"哎,比方说他们的那个政府。他们对这事儿可以采取一些措施。"

贝蒂那晒黑的面孔这会儿涨得通红,她转了转眼珠,高声哈哈笑了起来,笑得莫名其妙。"哦,喂,你得考虑考虑人们会怎么说。法国人民可是怒火中烧了啊。"

一阵沉默。大家都希望尴尬的时刻过去了。可是没有;因为弗朗西斯好像在思考需要说清楚的问题。他心中涌起一股恭维他妻子的冲动,说道:"对于与人相处,她可是不遗余力。"

"嘿,"贝蒂叫道,"那能给人留下好印象,这一点你得承认。当比克先生——比克先生是他的老板,"她对玛丽解释说,"在打惠斯特纸牌的时候,你对比克先生说,你要到法国南部去,就给他留下印象了,随你怎么说吧。"

汤米冲妻子笑了笑,那十足是言不由衷、充满讽刺的笑。

"女人应该为丈夫的前程着想。"贝蒂说,"这话不假,对不对?我知道,我就帮了弗朗西斯的大忙。我相信,要不是留下了好印象,他就不会得到加薪。另外,你遇到了那么好的人。去年,我和住在伊灵的几个人交上了朋友——呃,你要是喜欢,也可以说结识了他们。否则我们是没办法认识他们的。他是搞电影的。"

"他是摄影师。"弗朗西斯说,力求准确。

"嘿,那可是搞电影的呀,是不是?他们就请我们参加一个聚会。你想谁去那儿了?"

"是比克先生?"玛丽优雅地问。

"你是怎么猜的呀?嘿,他们很会看,是不是?弗朗西斯当不上采购员,我不会感到意外的,而如今呢,他们都知道他已经很习惯和外国人打交道了。我跟他讲,他应该学法语。"

"一个词儿也不会说。"弗朗西斯说,"不管怎么都受不了——嘟嘟噜噜,嘟嘟噜噜,嘟嘟噜噜。"

"啊,可是罗杰斯太太说法语就说得很漂亮。"贝蒂大声说。

"她疯了。"弗朗西斯点点头,指的是他的妻子,心情愉快地说,"她一年当中半年都在做衣服,为的就是这三个礼拜在海边度假。然后另一半的时间是用零零碎碎的东西做圣诞节礼物。她所做的全部事情就是这些。"

"啊,可是送人礼物带点儿那种个人气质很好啊。"贝蒂说。

"你要是想浪费你的时间,我是不会拦着你的。"弗朗西斯说,"我是不会拦着你的。那是你的事儿。"

"我们给他们做了事儿,他们还不领情。"贝蒂说着,使劲儿不让眼泪流出来,还设法把这位上了年纪的女人引为同盟,"我要是不卖力气的话,我们结交的那些朋友哪会结交得上……"

然而玛丽·罗杰斯已经从座位上站起身来。"我想我要去睡了。"她说,"晚安,克拉克太太。晚安,克拉克先生。"她连看都不看自己的丈夫一眼,就走开了。

汤米慌忙站起来,埋了单,很尴尬地向这对年轻夫妇道了晚安,匆匆忙忙追他妻子去了。他在通向他们别墅的那条陡路的转弯处赶上了她。头顶上星光灿烂;棕榈树在温柔的和风里迷人地摇曳。"我说,"他生气地说,"你那样子可是不太好啊。"

"我对那种事情是没有任何耐心的。"玛丽说。她声音很高,满含着哭腔。他吃惊地看着她,不作声了。

然而第二天,他去钓鱼了。对玛丽来说,假期已经结束了。她在打点行装,没去海边。

那天晚上,他说:"他们回请我们吃饭了。"

"你去。我累了。"

"我去就去。"他轻蔑地说完就走了。他直到很晚才回来。

第二天早上,他们要赶火车。在那个小站,他们提着行李箱,站在一群人中,人们遗憾假期就这么完了。但玛丽没有什么可遗憾的。火车一来她就上去了,留下汤米跟一群一群的英国人握手,这些人很显然是他头天夜里才遇到的。在最后一分钟,克拉克夫妇穿着泳衣跑过来道别。她朝车窗外僵硬地点点头,就接着整理行李了。这时火车开动了,她丈夫走了进来。

车厢里到处都是人,不说话就有了借口。然而,接下来仍然不说话。不久汤米就忧心忡忡地看着她,谈起了天气,而他们越是往北走,天气就越糟糕。

在巴黎,他们有五个小时的时间可以打发。

他们在河边散步,临着一个露天市场,这时她在一个卖陶器的摊位前停了下来。

"那个大碗。"她高声叫着,声音里重新充满了活力,"那个红色的大碗,那儿——装在圣诞树上正合适。"

"是正合适。去把它买了吧,老婆子。"他立即就同意了,心里感到无限安慰。

酒

一个男人和一个女人从一条小巷上的一家小旅馆走出来,向林荫大道走过去。

树上还没有叶子,黑乎乎,冷冰冰的;然而细小的枝条已经在向着春天膨胀着,所以,抬头望去,就会怀有对第一抹绿色的期待。不过,一切都还是悄无声息的,天空是沉静的、经典的蓝色。

这一对男女沿街道缓缓而行。懒散了好几天之后,再使劲儿似乎是不可能了;而且他们几乎立即就踅进一家小餐馆,一屁股在一面玻璃墙边坐了下来,仿佛是累得精疲力竭了似的,这么一个空间向前一戳,一下子就给戳到了大街上。

这地方空荡荡的。人们在餐馆里找中午饭吃呢。也不是所有的人:那天上午,一群一群的人都一直在示威,一支游行队伍刚刚过去,落在队伍后头的人还能看得见呢。暴力的声音,喊口号的声音和唱歌的声音,已经不再吸收巴黎车水马龙的声音了;可是,正是这些声音把这对男女从睡梦中吵醒了。

一位侍者靠在门上,看着人群的背影,极不情愿地接受了咖啡点单。

男的打了个哈欠;女的受到感染,也打了个哈欠;他们装作罪恶感的样子哈哈大笑,眼神了无遗憾地交换了一下,又分开了。咖啡端过来了,就那么放着,谁也不碰一下。两个人谁都不说话。过了一会儿,女的又打了个哈欠;这一次男的转身,以批评的眼光看看她,而她也看看他。欲望睡着了,他们就那么看着。一直是这种状态:驱赶他们的一切都睡着了,他们从对方那里接受了一种悲哀的嘲讽;他们可以不带幻想,眼睛死死地盯着对方看。

接着,不可避免地,她内心深处的忧伤加深了,直到她有意识地抵制它,而他的眼神里却闪现出一丝残忍。

"你应该去补补妆。"他说。

"你需要找一个替罪羊。"她说。

然而,他却总不愿意感到忧伤。她耸耸肩,然后由他去,就扭头朝外面看去。他也朝外面看去。在林荫大道遥远的尽头,隐隐约约有一阵骚动,就像是一群乱作一团的蚂蚁,她听见他喃喃地说:"是的,还在继续……"

她嘲弄地说:"什么都没有变,一切都还是老样子……"

但是他的脸突然红了。"我记得……"他开始讲了,用的是一种不同的语气。他停住,她也不催他,因为他脸上带着痛苦的怀旧情绪,在凝视着那远去的示威人群。

外面徘徊着恋人、夫妻、学生、老人。那里是光秃秃的树木,那里是静静的、湛蓝的天空。一个月以后,树木就会一片绿意盎然;阳光就会把热量倾倒下来,人们会晒得黑里透红,哈哈大笑,裸露着胳膊和腿。不,不,她暗自思忖,这充满活力的景象。静静的忧伤还更好些。蓦地,忧伤之情涌上了心头,嗓子有些哽咽,她回到了十五年前在另一个国度的情景。她站在亮得耀眼的热带月光下,张开双臂去拥抱一片除了宁静一无所有的景色。然后,她沿着一条小径向下跑去,小径上的小石子在脚下闪闪发光,十分尖利。直到最后,她跑到一大片熠熠生辉的青草地上,跑得精疲力竭。十五年了。

就在这一时刻,男的突然转过身喊侍者,要点酒。

"什么?"她幽默地说,"这就已经喝上了?"

"干吗不呢?"

此刻,她一心一意地爱着他,像母亲一样爱着他,直到她压抑住那虚假的形象,看他坐立不安的样子,等着酒上来,倒酒,然后把两只玻璃杯挨着还是满满当当的咖啡杯,放在他们面前。然而,她又在回想那个夜晚,嫉妒那个对月光欣喜若狂的女孩儿,她疯狂地从树林里跑过,带着无人可以分享的欲望,想要——但那才是要紧的。

"你在想什么呢?"他问,依然有些残忍的样子。

"噢噢噢。"她幽默地表示抗议。

"这就是问题了,这就是问题了。"他举起酒杯,瞥了她一眼,又放下来了,"你难道不想喝吗?"

"还不想。"

他就这么让酒杯放着,没有碰它一下,开始抽起烟来。

这样的时刻需要某种表示——做些轻微的,甚至是随意的动作,但还是对那两个人彼此区分的承认;其中一个看上去像一只温柔地凝望着、从来不闭合的眼睛,怀着疲惫的同情之心观察着,一直在观察着;而另一个人呢,是一个暴力之形,在欲望和休息、创作和成就的圈子里挣扎前行。

他把酒杯递给她。他们的眼睛又一次在严厉的嘲讽中相遇,而后他把目光移开,手指烦躁地敲击着桌面;她也转过脸,注意到那黑色的树枝汁液颤动。

"我记得……"他开口了,她又一次抗议地说了声:"噢噢噢!"

他克制住自己。"亲爱的,"他冷淡地说,"你是我唯一爱过的女人。"说完,他们都哈哈笑了起来。

"当时一定是这条大街。说不定就是这家餐馆——只有它们才这样变化。我昨天回来看我每年夏天都来的那个地方,那是一家法式蛋糕店,那个女人已经把我忘了。我们整整一大群人呢——我们常常是成群结队地到处转悠——我在这儿遇到了一个女孩儿,我想是第一次遇到一个女孩儿。有些地方还能够认得出来,是碰头的地方;从维也纳来的人,或者从布拉格来的人,不管是从哪儿来的,都知道这些个地方——但不大可能是这家餐馆,除非他们把它装修一新了。我们当时是没有钱享受这皮和铬的装修的。"

"嗯,说下去。"

"因为某种原因,我一直记得她。很多年都没有想到她了。她那时候有十六岁的样子,我想。长得很美丽——不,你说的不对。我们常常一起学习。她经常拿着她的书来我的房间。我喜欢她,但是我有女朋友了,只是我女朋友在学别的什么东西,是什么东西我忘了。"他再次停下来,脸再一次扭曲着,陷入对往事的追忆之中,她不自觉地扭头朝大街上望去。游行的队伍已经完全消失了;连唱歌和喊叫的声音都听不到了。

"我记得她是因为……"一阵满腹心事的沉默之后,"或许这始终就是处女的命运吧:她过来,赤身裸体地投怀送抱,结果却被拒绝。"

"什么!"她吓了一大跳,大声喊道。而且她胸中的怒火在升腾。她注意到了这一点,就叹了口气:"说下去。"

"我压根儿就没有和她做过爱。我们整个暑假都在一起学习。后来有一个周末,我们大伙儿就成群结队地出去玩了。当然了,我们大家谁也没有钱,我们常常是站在人行道上,求人家开车捎我们一程,然后在某个村子再相聚。我那时候跟我的女朋友在一起,不过呢,那天晚上我们在帮助农民收水果,酬劳就是我们用他的仓库,在里面睡觉,我就发现这个女孩儿玛丽在我的身边。那天晚上有月光,是个美好的夜晚,我们大家都在唱歌,打情骂俏。我亲吻了她,但也就是这么多。那天夜里她来找我了。我跟另一个家伙在阁楼上睡觉。他睡着了。我送她下楼,送到别人那里去。他们大家伙儿都在一起,睡在干草堆里。我对她说,她太小了。可是她的年龄并不比我的女朋友小。"他停了下来,经过这么多年了,他脸上还是略带遗憾、困惑不解的表情。"我不知道,"他说,"我不知道我为什么把她送回去了。"然后他哈哈大笑,"我猜想,那一点不重要吧。"

"不要脸的小荡妇。"她说。此刻的火气更大了,"你亲吻了她,是不是?"

他耸耸肩。"可是我们大家都在胡来。那是一个辉煌的夜晚——摘着苹果,那个农场主吼我们、骂我们,因为我们更多是在调情,而不是在干活,还在唱歌、喝酒。另外,那是这样一个时代:青年运动的时代。我们把忠诚啊、嫉妒啊,以及所有那种东西都视作资产阶级道德余毒。"他又哈哈大笑起来,笑得很痛苦,"我亲吻了她。她就在那儿,在我身边,而且她知道我的女朋友那个周末就跟我在一起。"

"你亲吻了她。"她满含责备地说。

他用手指敲了敲酒杯的杯脚,在桌子这头看向她,嘿嘿一笑。"是的,亲爱的。"他几乎是对她柔声低语了,"我是亲吻了她。"

她牙齿咬得咯咯响,怒气冲冲地说:"有一个女孩儿已经为爱情做好了准备。你利用她来学习。然后你亲吻她。你心里非常清楚……"

"我心里非常清楚什么?"

"做那样的事是很残忍的。"

"我自己那时候还是个孩子呢……"

"那不重要。"她非常不舒服地注意到,她几乎要哭了,"跟她一起学习。跟一个十六岁的女孩子一起学习,而且整整一个暑假!"

"可是我们大家都认真学习了。她后来去了维也纳,成了一名医生。纳粹来的时候她设法逃了出去,可是……"

她不耐烦地说:"然后你就亲吻了她,在那个晚上。想象一下她吧,一直等到别的人都睡着了,然后就爬梯子到阁楼上去,害怕另外那个男生可能会醒来,然后她就那么站着,看着你睡觉,然后就慢慢地脱下连衣裙和……"

"啊,我没有睡着。我假装睡着了。她是穿着衣裳来的。穿着短裤和毛衣——我们的女同学是不穿连衣裙,不抹口红的——那更多是资产阶级道德观。我看着她脱得一丝不挂。阁楼里溢满了月光。她把手放在我嘴上,在我身边躺了下来。"他脸上又满是略带遗憾的惊奇,"天知道,我自己都不理解这件事儿。她是一个漂亮的女孩子。我不知道我为什么记得这件事。过去这几天,这件事儿总是往我脑子里钻。"他停顿了一下,慢慢转动着酒杯,"我很多方面都很失败,但并不是不能……"他很快拿起她的手,吻了吻,真诚地说:"我不知道现在我为什么记起这件事了,这会儿……"他们的目光相遇,两人都叹了口气。

她把手放在他手中,缓缓地说:"就这样,你把她打发走了。"

他哈哈一笑。"第二天早上她不愿意跟我说话。她跟我最要好的朋友好上了——实际上,就是那天夜里在阁楼上睡在我旁边的那个家伙。她恨透我了,而且我觉得她恨得对。"

"想想她吧。想想她在那一刻的处境。她抓起衣服,几乎不敢看你……"

"实际上,她是勃然大怒。她用能想得到的所有的恶名骂我;我只好不断地要她闭嘴,她会把整个一大帮子人都吵醒的。"

"她摸着黑爬下楼梯,又穿上衣服。然后她就走出仓库,无法回到其他人的身边。她走进了果园。那里依旧是月光皎洁。一切都静默而空寂,她想起你们原来一直在唱歌、大笑、打情骂俏的样子。她走到你曾经亲吻她的那棵树下。月光正照在苹果上。她永远都不会忘记,永远不会,永远不会!"

他好奇地看着她。泪水顺着她的脸庞唰唰地流下。

"糟糕啊。"她说,"糟糕。什么东西都无法弥补那件事。什么东西都弥补不了,只要她活着。哪怕一切都十分完美,她一生都十分完美,她也会蓦然间想起那个夜晚,独自一人站着,哪儿都没有一个人,连绵数英里都是该死的空荡荡的月光……"

他狡黠地看着她。然后,他带着一种幽默的、自嘲的微笑,俯过身子,吻了吻她,然后说:"亲爱的,那并不是我的错;那就不是我的错。"

"是。"她说。

他把酒杯放进她手里;她举起酒杯,看了看那一小杯温热的深红色液体,和他一起喝了起来。

他

"天哪！你吓死我啦,玛丽……"

玛丽·布鲁克在火炉边静静地织毛衣。"原先就想着我来串个门儿的。"她说。

安妮·布莱克把帽子拉下来,把一网兜面包和蔬菜扑通一声扔到桌子上,同时两眼在焦急不安地看着她的厨房:洗碗池里有一只还没来得及洗的盘子,一把椅子上搭着一块布。"一切都是乱七八糟的。"她生气地说。

玛丽·布鲁克眼睛紧紧盯着她编织的毛衣,说:"哎,坐下吧。干净得够可以的啦。"

安妮犹豫了一阵子以后,一屁股坐在椅子上,闭上眼睛。"那楼梯……"她喘了口气,然后说,"要不要喝一杯茶,玛丽?"

玛丽赶紧把她正在打的毛衣推到一边,说:"你就安安生生地坐着。我来弄吧。"她抬起她那硕大、疲惫的身躯,从水龙头那儿接了一壶水,坐在炉火上。然后,顺着朋友那焦急不安的眼光,她把洗碗布放在该放的地方,关上门。厨房非常干净、整洁,简直可以去展览了。她坐下来,伸手去拿在打的毛线活儿,也不看就打了起来,眼睛凝视着房间对面的墙壁。"昨天晚上,他还是那样子大喊大叫了。"她说。

安妮低垂的眼睑突然睁开,轻盈的身体直了起来。"是吗?"她随口低声说。她的脸绷得紧紧的。

"遇到那种人,你能指望怎么样呢?晚饭前,她也不把床铺好。灰尘到处都是。他吵她就对了。邋遢女人,他这么叫她。"

"她可不会像我那样子给他干活,那是肯定的。"安妮苦涩地说。

"又是喊,又是摔打东西,一直折腾到大清早——我们大家都听到了。"她数起反针、平针、反针,又说,"长久不了的,对不对?六个月了,他现在跟她在一起?"

"他从来不抬手打我,那是肯定的。"安妮扬扬自得地说,"从来不打我。我是有尊严的,如果别人没有的话。"

"这话不假,亲爱的。两个反针。一个平针。"

"他脾气是很不好。我那时候不管是夏天还是冬天,常常是早上四点钟就起床,打扫那些办公室,一直打扫到十点钟,然后是给林德太太打扫卫生,一直打扫到吃晚饭的时间。然后,他要是到了家,发现晚饭还没有做好,他就开始吼,大吵大闹——唉,我就说,你要是连五分钟都等不得,那就回家自己做饭,我就说。我挣的钱和你一样多,对不对?但他连一根手指头都懒得动。懒到骨子里去了。男人都是一样的德行。"

玛丽给朋友迅速的、探寻的一瞥,然后低声说:"哎,你不能跟我讲……"

"我照看孩子,打扫卫生,做饭,还要整天工作——有时候他失业了吧,就全靠我挣钱了……他甚至连把水壶坐到火上这样的活儿都不愿意给我做。女人的活儿,他老是说。"

"两个反针,一个平针。"然而,玛丽那友善的脸上似乎暗示,她在等着说别的什么话,"我们大家都知道是怎么回事。"她终于耐心地表示同意。

安妮轻轻起身,把吱吱叫着的水壶从火上拉开,伸手去拿茶壶。从背后看,她看上去像二十岁,身材苗条,身板儿笔直。她提着冒热气的茶壶转身的时候,瞥了一眼自己;她放下茶壶,走到镜子前面。她站着,焦虑不安地摸着自己的脸。"看看我!"她把一缕长长的、松弛的卷发捋好,然后耸了耸肩,"唉,谁还会关心我长什么模样呢?"

她开始摆放茶杯。她面庞瘦削,因常年操劳而棱角分明,一双蓝眼睛小小的,很犀利。她坐下来,紧张地摸摸头发。"我必须用卷发夹固定头发了。"她喃喃低语。

"孩子们有消息吗?"

安妮的手垂落下来,在桌子上攥紧了拳头。"几个月了,查理连一个字儿都没有寄过来。他们不认为……某一个晴朗的日子他就会冒出来,希望他的职位都安排停当了,如果我还了解我的查理的话。汤米在曼彻斯特找工作,托马斯太太说的。不过,我收到迪克一封信,写得很好……"她脸色柔和起来,眼神温柔,陷入了回忆之中,"他写信谈到他的父亲。他要是回来的话,就会在那老东西面前替我说话,他说。我回信说,不能这样子说他的父亲。他应该尊敬他,我说,不管他做了什么事。以他的身份是不能批评他的父亲的,我说。"

"你有这么好的孩子,还是很有福气的,安妮。"

"他们都是很好的工人,谁也不能说他们不是。而且他们从来不做他们不应该做的事。他们没有跟着他们的爸爸学,那是肯定的。"

说到这儿,玛丽的眼睛流露出某些厌倦的嘲讽。"哎,安妮——可是我们大家都做不应该做的事儿呀。"痛苦的安妮对此没有反应,她就谨慎地补充了一句,"我今天早上在大街上看见他了。"

安妮的茶杯当啷一声放到茶杯托上。"他是一个人吗?"

"不是。不过他把我拉到旁边——他说,我要是从你这儿经过,就给你捎个信儿——他有可能今天晚上过来给你送钱,不是明天晚上,他说。礼拜四晚上她回娘家——我琢磨着他是想趁那小母猫不在家的时候⋯⋯"

安妮一阵惊慌,已经站起身来。她让自己又坐下来,搅拌着茶。她的手颤抖着,勺子碰到杯沿儿,碰得叮当作响。"不管怎么说,他能定时送钱。"她沉重地说,"我不必把他告到法庭。他都是主动送来的。我觉得,现在孩子们都已经出去能养活自己了,他就没必要再送钱了。"

"他心里还是有你的,安妮⋯⋯"玛丽身子朝前倾着,直率诚恳地说,"真的,他的的确确心里有你。"

"他心里除了他自己,谁都没有。"安妮干脆地说,"从来都没有。"

玛丽忍不住叹了口气。"噢,唉……"她喃喃地说,"哎,我要过去做晚饭了。"她把打着的毛线活儿装进包里,安慰她说:"你很有福气啊。你要是想坐一会儿,没有人在屁股后面催着。你是谁的心都不用操,除了操心你自己……"

"啊,千万不要以为我在为他白白地流泪。我这一生中头一回不用操心劳神。你一辈子都为你的男人和孩子们当牛作马。他们呢,说走就走了,连句感谢的话都没有。我现在能自得其乐了。"

"我要是处在你这个位置上,并不会介意的。"玛丽实实在在地说。到了门口,她很显然是随便那么一说:"你的地板真干净,你都能把它吃掉了。"

玛丽刚一离开,安妮就赶忙系上围裙,开始打扫起来。她跪下来擦地板,接着脱下连衣裙,在洗脸池边擦洗身子。她把那一缕缕耷拉下来的浅颜色头发梳好,把每一缕头发都用卡子向上别整齐了,直到脸颊两边都是围成一圈的一根根小香肠了才满意。她把连衣裙穿上,在桌子旁坐下。偏巧,门开了,罗布·布莱克站在那里。

他是一个身材消瘦、严重驼背的人,带着一副抱歉的架势,客气地说:"忙着呢,安妮?"

"坐下。"她严厉地说。他在门口松松垮垮地弯着腰,待了一阵子,然后朝前走来,注意着脚下。即便是这样,当她看见那油光可鉴的油地毡上留下的尘土印的时候,还是不悦地皱起了眉头。"别紧张。"他带着善意嘲讽的口气说,"我每礼拜就带一次灰尘过来,你能受得了的,对不对?"

她僵硬地微微一笑,那双蓝眼睛焦虑不安地死死盯在他身上;而他呢,则拉出一把椅子,坐了下来。"还好吗,安妮?"

对这句和解的开场白,她没有做出反应。过了一会儿,她说:"我收到迪克一封信。他在考虑结婚成家的事儿了。"

"要结婚成家了,现在? 那样的话,咱们俩可就要给晾到一边了,是不是呀?"

"依我看呐,你是不会给晾到一边的。"她声色俱厉地说。

"我说,安妮……"他恳求地微笑着表示不满。她没有流露出任何缓和的迹象。看到她脸色不变,他的笑意也收回去了,从口袋里掏出一个信封,推了过去。

"谢谢。"她说,几乎看都不看信封一眼。这时,那份可怕的愤愤不平涌了上来,他听见这几个字:"要是你能从她身上省出来的话。"

他让那句话过去,没有接茬;他定定地看着妻子,仿佛在寻找一条穿过那副怒气盔甲的路径。他观察着她,紧张兮兮地把舌头尖伸到了嘴唇外面。

"有些女人呢,懂得如何让自己逃避孩子和责任。她们只是做做这个,做做那个,高兴找谁就找谁。啥脏活她们都不会干的。"

他叹口气,眼看就要站起身了,这时候她问道:"要不要喝杯茶?"

"喝一杯就喝一杯。"他又让自己坐了下来。

她在炉子边儿忙活的时候,背对着他,他就四处看看厨房;他的脸上现出疲惫、失望的嘲讽。作为一个越来越上年纪的男人,他肩膀上还放着沉重的负担。他在努力找合适的话,就说:"安妮,你现在没那么多活儿可以干了。"

然而,她没有回答。她端着两杯茶回来,给他往杯子里放糖。这一妻子般的举动使他来了劲头。"安妮,"他开口了,"安妮——我们难道不能谈谈……"他在笨手笨脚地搅着茶,没有看茶,身子朝前倾着。茶杯倒了。"噢,看看你干的好事儿。"她大声叫了出来,"你看看这个乱啊。"她一把抓过一块抹布,擦起桌子来。

"那只不过是一滴茶嘛,安妮。"他终于抗议了,看她那火气十足的样子,他往回缩了一点点。

"只不过是一滴茶——我又是擦,又是洗,能忙活半天,然后不到一分钟,这地方就像个猪圈了。"

他想起以往生过的气,脸色阴沉下来。

"是的,我听说了,"她以责备的口气继续说,"她直到吃晚饭的时候还不铺床。那地方一礼拜一礼拜地不打扫。"

"她起码关心我,胜过关心干净的地板!"他吼了起来。现在他们仇恨地怒视着对方。

就在这微妙的时刻,传来一声喊叫:"罗布!罗布!"

她愤怒地哈哈大笑起来。"她只要想找到你,到哪儿都找得到——伺候你,盯你的梢,现在她在你屁股后面跟过来了。"

"罗布!你在吗,罗布?"那是一个很大、很有信心的女人的声音。

"她那嗓门儿就像她本人,是个恰如其分的——"

"闭嘴。"他打断她的话,呼哧呼哧喘着粗气,"现在,你让你那舌头消停一会儿。"

她两眼满含着泪水,然而眼里的蓝光却射出来,明亮而有复仇的欲望。"'罗布,罗布'——她那么一叫你就像一只小狗儿那样,呱嗒呱嗒就走了。"

一声很响的敲门声从门口传来,他沉重地从桌旁站了起来。

安妮受到了这样的侮辱,嘴角微微颤抖。他的第一直觉是站在她身边——这一点她看得出来。他抱歉地看了她一眼,然后走到门口,拉开一条细缝,愤愤地低声说:"现在你不要干那个事儿了。我说的话你听到了没有!"他砰地关上门,靠在门上,面对着安妮,"安妮。"他又一次笨拙地恳求着说,"安妮……"

然而,她坐在桌旁,两只手在身前颤抖地挽成一个结,脸绷得紧紧的,就是不给他一个笑脸。

"噢,那好吧!"他很生气,终于绝望地说,"你干什么事情都总是对的,是不是?这对你来说才是最重要的——就你是对的。你这道貌岸然的圣人。"他快步走了出去。

她静静地坐着,听着,直到一切都安静了下来。这时,她深深地吸了一口气,把两个拳头贴在脸颊上,仿佛要使拳头安静下来。她就这么坐着,这时玛丽·布鲁克走了进来。"你让他走了?"她不敢相信地说。

"走了心里也就干净了。"

玛丽耸耸肩。接着她勇敢地建议:"你不应该对他这么苛刻,安妮——给他一个机会嘛。"

"我倒想先看到他死了。"安妮嘴唇哆嗦着说。然后她说:"我都四十五岁了,我倒不如躺倒在尘土堆里算了。"接着顿了顿,她用一种遥远、冰冷的口气说:"我们在一起过日子过了二十五年。有三个孩子。然后他说走就走了,跟那个……跟那个……"

"是你不要人家的啊,这是一个事实。"玛丽立即说。

"是的,是我不要他的,我知道……"安妮在椅子上摇来摇去。她铁青着脸,然而眼泪却一滴一滴往下滚落,从鼻子到下巴一路流下来。泪水滚落下来,溅在她白色的衣领上。

"安妮,"她的朋友恳求她,"安妮……"

安妮的脸哆嗦着,玛丽从房间那头走过去,把她搂在怀里。"好了啊,亲爱的。好了,好了。亲爱的。"她低声细语地说。

"我也不知道是什么东西钻进我脑子里了。"安妮啜泣着,她的声音从玛丽那宽大的肩膀那儿传出来,闷闷的,"我不能让自己这条鬼舌头安静下来。他烦透了,非常讨厌那样子——那副母老虎的样子,我把他赶走了。我也是情不自禁啊。我不知道什么东西钻进我脑子里了。"

"不说了啊,宝贝儿,不说了,宝贝儿。"那个胖乎乎的、令人舒服的大块头女人摇晃着娇弱的安妮,像摇晃一个婴儿,"别往心里去啊,宝贝儿。他会回来的,你会看到。"

"你觉得他会吗?"安妮问,抬起脸看看自己的朋友是不是为了安慰她而在撒谎。

"你想不想让我去看看我现在能不能给你把他接回来?"

她尽管在渴望着,但还是犹豫不决。"你觉得这样子做对吗?"她疑虑重重地问。

"趁她不在家的时候我就去,给他递个话儿。"

"你会那样做吗,玛丽?"

玛丽站起来,拍拍她那皱巴巴的裙子。"你就在这儿等着吧,亲爱的。"她恳求地说。她朝门口走去,一边往外走,一边说:"好了,别往心里去,安妮。给他一个机会。"

"我在他屁股后面追着他,求他回来?"安妮一声痛哭,道出了她内心的自尊。

"你倒是想让他回来,还是不想让他回来呀?"玛丽质问道,她的耐性到了最后,尽管此时隐隐含着一股火气。安妮什么话都没说,于是玛丽就跑出门去。

安妮静静地坐着,紧张地盯着那扇门。然而,隐隐约约的、反抗的、愤怒的思绪像万马奔腾,搅得她心绪不宁:我要是想让他回来,我就不能想说什么就说什么。我就不能说真心话——在他看来我什么都不是,只不过是用着方便而已,可我要是这么说了,他会站起来就走……

但这也不全是事实;她记得他脸上的爱意,有一阵子,痛苦消失了。接着,她又想起她那长久艰难的生活,没完没了地干活儿,干活儿,干活儿——她立马全都想起来了,仿佛她现在就在感受着那样,想起了孩子们小的时候,她背痛的样子;她能看见他在床上躺着看报纸,而她累得几乎都拖不动身子了……这一切都很好嘛,她冲自己喊了出来,这是不对的,这就是不对的……一种可怕的不公的感情在攫住她;她要是想要他的话,必须按捺下去的就是这种感情。必须按捺在下面。因为她终于懂得了——这比别的任何情绪都更强烈——没有他,她的生活就一点儿意义也没有了。

另外那个女人

　　罗丝的母亲一天早上过马路去买东西的时候被撞死了。有人把罗丝从工作单位找回来,一个年轻的警察笨嘴拙舌的,说不好同情的话,问了几个问题,最后说:"你应该告诉你爸爸,小姐,他应该知道。"他蓦然间觉得奇怪,她居然没有主动提出来,而是表现出好像一切责任理所当然都必须是她的。他觉得罗丝镇静得有些不自然。她嘴唇绷得紧紧的,眼里流露出紧张的神情。他坚持叫她爸爸来;罗丝就给她父亲捎了个口信;但他一回来,她就给了他一杯茶,直接让他躺床上去了。约翰逊先生是一个矮矮胖胖的小老头,玫瑰红色的头皮上稀稀拉拉搭着几缕浅色的头发,一双蓝蓝的眼睛透着率直和信任。然后她回到厨房,言谈举止都让那个警察觉得,她希望他离开。走到门口,他怯生生地说:"唉,我很抱歉,小姐,我真的很抱歉。一件可怕的事啊——你不能责备那个卡车司机,而你妈妈——也不是她的过错。"罗丝那张苍白、吃惊的脸转向他,那双冷冰冰、亮闪闪的眼睛看着他,刻薄地说:"抱歉也补不好碎了的骨头。"这最后几个字似乎把她吓了一跳,她咧咧嘴,脸颊蠕动着,似乎泪水要滚滚落下,然后又咬紧了牙关。"他们那些个卡车,"她狠狠地说,"他们那些个机器,它们应该受到制止,我就是这个想法。"这番不理智的话反倒鼓励了那位警察:快要落泪了,他觉得那种感情对她会有好处。他鼓励地说:"说得是啊,小姐,可是没有了机器我们就没辙,您说我们现在是不是这样?"罗丝脸色没变。她礼貌地说:"是吗?"那意思是怀疑,是不予理会;那最后两个字的意思是:"你保留你的意见,我保留我的意见。"这两个字把整个机器时代给审查了,一笔勾销了。那个年轻的警察犹犹豫豫还在履行职责,就问道:"难道就没有什么人来陪您坐坐吗?您脸色看上去可是不好啊,小姐,我说的是真话。"

"什么人都没有。"罗丝简短地说,说完又加了一句,"我没事儿。"她那口气有些不高兴,于是他就离开了。她在桌边坐下,对自己刚才居然说了那样的话感到震惊。她想:我应该告诉乔治……但她却没有挪窝。她茫然环顾整个厨房,心里围绕着好几个想法,七上八下,模模糊糊地转来转去。一个想法是,她父亲受打击很大,她光忙活他就腾不出手来。另一个想法,那个警察,那些个当官儿的——他们都爱管闲事,他们知道对每个人来说什么是最好的。她发现自己盯着墙上的某一幅画看个不停,心里想着:现在,我可以把那幅画取下来了。现在她走了,我喜欢干什么就干什么。她觉得有些愧疚,但她几乎立即就麻利地站起身,把那幅画取了下来。画上是暴风雨中大海上漂荡的一艘战舰,她讨厌这幅画。她把画放进旁边一个橱柜里。然后,看到墙上那个空荡荡的白色四方块,她心里觉得不安,就换上了一份画有黄玫瑰的日历。接着她给自己沏了一杯茶,开始给父亲做晚饭,心里还在想着:我待会儿叫醒他,让他吃点儿东西,吃上口热乎乎的东西对他有好处。

吃晚饭的时候,父亲问:"乔治在哪儿呢?"她的脸离他很近,带着怒气,她说:"不知道。"他感到意外,也感到震惊,他不满地说:"可是罗西①,你应该告诉他,只有这样做才对。"现在,明明知道这样做才对,她却一整天都武装着自己,跟这种想法作对;然而她知道,她迟早都必须告诉乔治,所以,她洗完锅碗,就从梳妆台的抽屉里拿出一张信纸,坐下来写信。她和父亲一样感到意外:她为什么不想告诉乔治呢?父亲带着他那种性格的人特有的不温不火的口气表示不满:"可是罗西,你干吗不往厂里给他打个电话呢?他们会把信儿捎给他的。"罗丝假装没听见。她写完信,在手提包里找到几个买邮票用的铜板,就出去把信寄走了。事后,她不禁想到乔治老大不情愿地过来的样子,不情愿才配得上恐惧的名分。她自己也弄不明白自己,很快就上床了,为的是在睡眠之中迷失自己。她梦见了撞死母亲的那辆卡车;也梦到一台庞然大物般黑乎乎的机器,毫不留情地晃动着它那巨大的臂膀,晃来晃去,晃来晃去,对罗丝构成巨大的威胁。

乔治是第二天晚上下班回来后才发现那封信的。他的第一个念头是:她怎么是现在给撞死的?干吗不等到下个礼拜,我们结了婚以后再撞死呢?这么残酷自私的念头把他吓了一

---

① 即 Rosie,是 Rose(罗丝)的昵称。

大跳。可是话说回来了,他和罗丝如今已经好了三年了,他不禁觉得,这起可怕的毫无意义的死亡事件给他们的婚礼罩上了一层阴云,这是残酷的命运啊。他本就不喜欢罗丝的母亲:他觉得她是一个大惊小怪、十分霸道的女人;可是就那样给撞死了,死得那样突然,还是精力充沛的五十多岁——他突然想到:可怜的小罗西,她会急坏了,还有她爸爸,他就像是一个大婴儿;我最好尽快赶到她身边。他正要把信塞进衣兜,突然想到:她干吗要写信呢?她干吗不往厂里打个电话?他看看信,才发现约翰逊太太早在昨天上午就给撞死了。他先是太吃惊了,生不起气来;接着就气得不得了。"什么!"他咕哝着,"真他妈见鬼——她这是在干吗?"他是这个家庭的成员,不是吗?——或者说差不多就是了。而她却给他写死板的短信,开头称呼为"亲爱的乔治",结尾落款为"罗丝"——没有"爱你的"三个字,连"你忠实的"这几个字都没有。然而盛怒之下,他感到深深的不安。他想起来了,她最近一直都心神不宁,对什么都无动于衷的样子,这几乎可以被认为是冷漠。比方说,他带她去看要做他们新房的那两间屋子,她并没有像他那样喜滋滋的,而是提出种种反对意见。"看看所有那些个楼梯,"她说,"这么高。"如此种种,不一而足。你简直会以为,她对和他结婚成家并不怎么热心——可是这种想法是没有根据的,他立即就放掉了。他记得最开始的时候,三年前,她曾再三恳求要他们立即结婚呢,她并不介意冒冒险,她当时说;很多人还没有他们钱多,但照样结婚了。然而他是个慎重的人,就说服她等一等,等到有某种保障再说。他犯的错误就在这个地方;他现在打定主意,他当初应该完全相信她的话,和她立即结婚才对,然后……他匆匆地走了半个伦敦城去安慰罗丝;他满脑子一直想的都是她那焦虑不安、悲痛欲绝的模样;他感到忧心忡忡,宛如一个迷路的孩子。

当他进了厨房,他心里并不清楚会看到什么;但他发现她就在桌边,坐在她往常坐的位置,两手交叉放在胸前,脸色苍白,眼睑凝重,然而却相当地镇定自若。这倒是他意想不到的。厨房纤尘不染,散发着肥皂水的气味,还有一种干净温馨的气息。很显然,这地方刚刚进行过一番彻底的擦洗。

罗丝沉重的眼神转向他,说:"乔治,你过来了真好。"

他原来一直想要给她一个安慰的吻的,但这句话使他感到吃惊。他恼怒的感觉加深了。"喂,"他责备地说,"这都是咋回事,罗丝?你干吗不让我知道?"

她脸色有些不安,但却轻描淡写地说:"事情很快就过去了,他们把她弄走了——让你也受到打扰,好像没有什么意义了。"

乔治拉出来一把椅子,在她对面坐下。他原以为,都三年了,对罗丝没什么新的东西要了解了。然而此时,他瞟了她一眼又一眼,每一眼都满含着忧虑和不安;她好像是一个陌生人。从外表看,她小小的,黑黑的,太瘦了。她那张脸苍白,轮廓分明,有着不规则的美。她通常穿一条黑色裙子,着白色衬衣。她常常深更半夜了还不睡,那件衬衣又是洗,又是熨的,所以一直是洁净如新的。这份洁净如新、整整齐齐是她最显著的特点。"你那样子就好像要是有人拉着你从树篱那儿穿过再穿出,你头发还是纹丝不乱。"他曾经这样取笑她。对此她可能回答:"别逗我笑啊。我怎么能办到?"她一直都不苟言笑,在这样的时候,他就会很幽默地叹口气,承认她没有幽默感。不过,他真的很喜欢她那股严肃劲儿,她那沉静的实用精神。他靠的就是她这样。这时他很是无助地说:"别难过啊,罗西,一切都会好起来的。"

"我没有难过。"她毫无必要地回答,她静静地看着他,或者确切地说,她透过他在看,带着一份耐心等待的样子透过他在看。他此时与其说是生气,倒不如说是忧虑不安。"你爸爸怎么样?"他问。

"我让他喝了一杯香茶,打发他上床睡了。"

"这事儿他怎么承受啊?"

她似乎耸了耸肩。"啊,他很伤心,但这会儿他伤心劲儿快过去了。"

此刻,他长这么大了,却想不出一句话要说。钟表的嘀嗒声似乎很响,他两只脚换过来换过去,弄出很大的声音。很长一阵沉默之后,他口气很冲地说:"这件事对我们不会有任何影响,下个礼拜不会有问题吧,罗西?"

他知道有问题,因为当时她顿了顿,眼睛转向他,睁得大大的,幽幽地、迷茫地凝视着他,说:"哦,唉,我不知道……"

"你什么意思啊?"他立即表示不满,朝她探过身子,气势逼人,这样她或许就不得不做出回应:"你什么意思,罗西?咱们现在就办了。"

"唉,还有爸爸呢。"她回答,依然是那份令人发疯的含糊。

"你的意思是说我们不结婚了?"他生气地喊道,"三年了,罗西……"她依然缄口不语。"你爸爸可以跟我们一起过。或者他可以再娶个老婆——什么的。"

她突然哈哈大笑起来,他咧咧嘴;有时候她那粗粝的幽默总是使他感到窘迫。与此同时,每到这时候他都感到痛苦,因为这些时候她都显得很不留情面。"你的意思是说,"她笨拙地开着玩笑,说,"你的意思是,你希望他再婚,哪怕别人谁都没有想到这一层。"但她眼里却噙满泪水。那是孤独、不需要别人的泪水。他缓缓地坐回椅子上,让双手松松地垂下来。这件事他简直是弄不明白。他也不明白她。他脑子里蓦然间冒出一个念头:她根本就没有打算跟他结婚,但这个念头太过荒唐了,他安慰自己:"她明天就没事儿了,是震惊,就这么回事。她喜欢她妈妈,真的,尽管她们俩像两只猫似的互掐。"他正要开口说:"嗳,我要是什么都做不了,我就走吧,明天再来看你。"就在这时,她赔着小心问他:"你要不要喝杯茶?"她仿佛是做了巨大的努力才把注意力集中到他身上。

"罗丝!"他凄惨地大叫。

"什么?"她那口气也不高兴,但很坚决;她是高不可攀的,和他疏远了,身后就是一道屏障——一道什么屏障?他不得而知。"啊,真他妈见鬼。"他咕哝了一句,起身腾腾走出了厨房。走到门口,他哀求地看了她一眼,但她并没有在看他。他使劲摔门而去。之后他愧疚地想:她正难过呢,而我却对她不好。

然而,他走了以后罗丝并没有想他。她还是在老地方坐着,坐了片刻,茫然地看着有黄玫瑰的那份日历。然后她站起身,洗洗手,像往常一样,把围裙挂到门后的挂钩上,然后就上床睡觉了。"这算是完了。"她喃喃自语,指的是乔治。她哭了起来。她知道她不会嫁给他了——或者确切地说,不能嫁给他了。她不知道为什么这件事是不可能的,也不知道她为什么哭:她弄不明白自己的行为。还没有几个钟头呢,直到那时,她一直都是要和乔治结婚的,和他住在那一套小房子里:一切都确定了下来。然而,从她听到外面大街上那受到惊吓的声音说:"约翰逊太太死了,她给撞死了"那一刻起——从那一刻起,或者现在看来像是这样,就再也不可能和乔治结婚了。前一天他对她还意味着一切,他代表着她的未来;而第二天,他就什么都不是了。意识到这一点之于她是不可思议的;她对自己最感自豪的就是自己是个理智的人;她对别人最大的赞扬就是:"你有理智",或者"我喜欢人做事妥当,不把事情弄得乱七八糟"。而她所感觉到的并不理智,因此,她无法仔细把这件事想明白了。她哭了很长时间,她父亲就隔着一堵墙躺着,她压抑着一阵阵的啜泣,父亲才不会听见。后来,她躺着,睡不着,两眼呆呆地望着那片正方形的亮光,透过这片亮光,看到那一根根烟囱管,看到多雨的伦敦的一个黎明中那渐渐散去的浅黄色的云,她鄙视地骂自己:哭有什么用?她擦掉眼泪,可是眼泪还是源源不断地从眼睑下汩汩冒出来,顺着脸颊流下去,落到已经湿了的枕头上。

第二天早上吃早餐时,父亲隔着杯盘问道:"罗西,关于乔治你打算怎么办?"她平静地说:"没事呀,他昨天晚上来了,我对他说过了。"

"你对他说什么了?"他谨慎地问。他那圆圆的、稚气的脸庞透着忧虑,那双清澈的、孩童般湛蓝色的眼睛并没有流露出完全赞许的神色。工友们都了解他是一个开朗、幽默的人,很爱开怀大笑,笑得很是热情,对生活和政治有着根深蒂固的观点。在家里,他为人随和,对什么都不评头论足。他结婚二十五年了,跟他过的这个女人从表面看,让他爱做什么就做什么,却把所有的责任都揽在自己身上。对此他心知肚明。他过去常常这样说他的老婆:"她一旦把一个想法弄到脑子里去了,你不妨就冲着墙头吹口哨吧!"现在,他就像当初看母亲那样看着女儿。他不知道她已经计划了什么,但他知道,他说什么话都起不了任何作用。

"一切都好好的,爸爸。"罗丝平静地说。

很可能,他想;但这都是怎么回事呢?他问:"你脑子里可不能有不打算结婚的念头。我的事儿好办。"她不看他,就给他斟上满满一杯他喜爱的浓浓的、甜甜的红茶,又说了一遍:"都好好的。"他又叮嘱道:"罗西,现在你可不要犯错误啊,你很难过,你得给自己些时间把事情好好儿想想。"

对此她根本就没有作答。他叹了口气,拿着报纸到壁炉那儿去了。今天是礼拜天。罗丝正在煮饭,乔治进来了。父亲杰姆冲乔治点了点头,转过身背对着他们二人,这样就表明,就他来说,他们算是单独在一起了。他心里在想:乔治可是个好小伙儿,她要是不要他,那才是个傻瓜。

"喂,罗西?"乔治挑战性地说,整夜未眠的痛苦从他身上喷薄而出。

"喂,什么?"罗丝在擦盘子,就敷衍了一句。她低垂着头,脸色苍白、凝重。这样对峙着,加上乔治一脸的不高兴,她的决心似乎有些动摇。她想哭。当着他的面,她现在可不能哭啊。她走到窗前,转过身去,这样就可以背对着他了。这是一间很深的地下室,她抬头望着那只垃圾桶和一道道栏杆,在对面那一幢幢潮湿灰暗的房子的衬托下,一切显得脏兮兮、黑乎乎的。自打她记事以来,这就一直是她所看到的世界。她听见乔治吞吞吐吐地说:"按我们定好的日子,礼拜三你和我结婚,你爸爸会好好的;他可以住在这儿,也可以和我们住,你爱怎么办就怎么办。"

"对不起。"罗丝顿了顿说。

"可是为什么,罗西,为什么呀?"

沉默。"我不知道。"她喃喃地说。她口气固执但不高兴。他抓住她内心软弱的这一刻,把手放在她肩膀上,哀求道:"罗西小姑娘,你很难过,就是这么回事。"然而,她紧缩了一下肩膀,然后由于他的手还放在那儿,就猛的一下撤开身子,生气地说:"对不起。没有用的。我一直都在跟你说。"

"三年了。"他缓缓地说,怒气冲冲、惊讶地瞪着她,"三年了!现在你说把我甩了就把我甩了。"

她没有立即回答。她能看到她在做的这件事有多么残忍,但她管不住自己。她那时爱过他。而今他只会使她生气。"我没有把你甩了。"她辩解道。

"你说没有就没有!"他嘲弄地叫道,又是痛苦,又是愤怒,脸都扭曲了,"那你在干什么?"

"我不知道。"她无助地说。

他瞪她一眼,突然间从牙缝里骂了一声,走到门口:"我再也不会回来了。"他说,"你只是在愚弄我,罗西。你不应该这样子对我。搁谁谁都受不了,我是不会忍受的。"罗丝没有发出一点声音,于是他就走了出去。

杰姆缓缓地放下报纸,说:"你要想想你在做的事儿,罗西。"

她没有回答。泪水顺着脸庞唰唰流下,但她不耐烦地擦掉泪水,弯腰朝向火炉。那天晚些时候,杰姆透过报纸的上面偷偷地观察她。梳妆台旁有一个毛巾架。她在把它拆下来,移到另一个位置。她把梳妆台推到对面那个角落,然后把各种各样的装饰品都挪到壁炉台上。杰姆记得,就这些东西的每一件她都和她母亲拌过嘴:梳妆台放哪儿最好啦,毛巾架该放多高啦,这些问题母女两个都说不到一块儿。所以现在,罗丝是在照自己的方式行事,杰姆暗想,看到女儿那张平静却坚定的面庞,他感到惊讶。她母亲才刚刚去世,她就搬动东西,以适合她自己的心意……后来,她沏了茶,在他对面坐下,坐在她母亲的椅子上。女人啊,杰姆心想,半是幽默,半是震惊于对她们对事物的坚持。这么好端端的,这么体面的小伙子她说甩就甩了,仅仅是因为——因为什么呢?最后他经过斗争,接受了这件事;他知道她会我行我素。而且从内心深处,他也很高兴。他压根儿就不会给她施加任何压力,要她放弃这桩婚事,但他也很高兴他不用搬家,他可以不受干扰地保留自己的老习惯。她还年轻,他自我安慰;她要嫁人,有的是时间。

一个月后,他们听说乔治和别人结婚了。罗丝心里一痛,有一阵悔意,但那是一种对某种不可避免的事情感到的悔意,而不可能是别的悔意。他们在大街上遇见的时候,她跟他打招呼:"你好,乔治。"他只是简单地生硬地点点头。她甚至觉得有点儿受到了伤害,因为他不愿意让过去的事情过去;他觉得他必须把这份怨恨藏在心里。假如她可以作为朋友,友好地跟他打招呼,那么他对她冷冰冰的,就不够意思了……她悄悄地满怀兴趣地打量那个做了他妻子的姑娘,等着她打招呼;可是那姑娘扭过脸,冷冷地朝别处看去。她知道罗丝;她知道她是在乔治极度沮丧的情况下得到他的。

这是1938年。关于战争的种种谣言,对战争的恐惧,更多都还只是人们心中涌动的暗流,而不是他们考虑的一部分。罗丝和父亲模模糊糊地希望,一切都将照老样子继续下去。她母亲死过大约四个月以后,杰姆有一天说:"你干吗不辞掉你的工作呢?假如我们仔细些的话,没有你挣的那份工资,也能将就过去。"

"是吗?"那怀疑的口气已经告诉他了,他的请求是白费。"你做的太多了,"他固执地说,"又是清扫,又是做饭的,然后还要到外面上一整天的班。"

"男人啊。"她只说了这几个字,哼了一声,很是温和,但却不以为然。

"这样子是没有意义的。"他明明知道他是在白费口舌,但还是表示不同意。他老婆就是一直坚持工作,直到罗丝十六岁,能顶替她了才作罢。"女人应该独立。"她那时候总是说。而今罗丝挂在嘴边的话就是:"我喜欢独立。"

杰姆说:"女人啊。他们说,女人想要的就是一个能养活她的男人,可是你跟你妈,我一说你们不能上班,你们照上不误,就好像是我在设法从你们那儿拿走什么东西似的。"

"您张口女人闭口女人。"罗丝说,"我不懂女人。我所懂的就是我所想的。"

杰姆是那种老派的工党成员,在工会运动当中成长起来。他每个礼拜去参加一两次会议,有时候他的朋友们过来喝杯茶,争论一番。有好几年他都一直对他老婆说:"他们要是给你的工资还行的话,那就不同了。你一天干十个钟头,全是给老板干的。"现在他把这番话用在罗丝身上,她就说:"哦,政治,我不感兴趣。"她父亲说:"你跟你妈一个样,都固执得像头骡子。"

"那我就算是固执了。"罗丝和气地说。她本来想说她跟她妈妈"合不来";她不得不斗争,才从那个麻利而霸气的女人那儿获得了独立。然而,在这方面她倒是和母亲看法一致:女人必须自个儿照顾自个儿,这种观念自打她能记事以来就已经灌输给她了。和她母亲一样,她对工会的会议是宽容的,仿佛这些会议就是一种应该允许男人参加的孩子气的娱乐似的;她像母亲过去那样子,投工党的票,为的是讨老父亲欢心。她父亲每次求她辞掉面包店的那份工作,她都毫不动摇地说:

"谁知道会发生什么呢？不小心着点，那才叫傻呢。"所以，她依然是早早起床，打扫地下室的厨房，打扫厨房上头那两个当作他们的家的小房间；然后做早餐，出去买东西。然后，她去面包店上班，六点钟回来给父亲做晚饭。到周末，她把整个地方来一次大扫除，做布丁和糕点。晚上大多数时间，他们到了九点钟就上床睡觉。他们从来不出去。他们一边吃饭一边听收音机，他们看报纸。生活很艰难，但罗丝并不觉得艰难。如果她曾经用过"幸福"这样的词语的话，她就会说她是幸福的。有时候她会神往地想，不是想乔治，而是想他老婆要生的那个小婴儿。或许，她毕竟是错走了一步路？接着，她就把这个想法按捺下去，并安慰自己：有的是时间，不着急，我现在可不能丢下爸爸不管。

战争开始的时候，她宿命般地接受了战争，而她父亲却感到深深的忧虑。他对未来的展望一直都是老式的社会主义的那种：一切都会慢慢地变得越来越好；总有一天，工人阶级将会通过通情达理的自动规劝而上台掌权，然后——但他对那个时候的图景并不十分清晰。他模模糊糊地想到一幢带一个小花园的房子，想到每年到海边度一次假。这一家人还从来没有花得起钱过一个像模像样的假期呢。然而，这场战争把这一愿景给打破了。

"那么，您期望什么呢？"罗丝讽刺地问。

"你什么意思啊？"他咄咄逼人地说，"要是工党掌了权，这种事儿就不会发生。"

"或许对，也或许不对。"

"你就跟你妈一个样。"他又抱怨起来,"你们什么逻辑性都没有。"

"嗳,您倒是一年又一年地参加会议,做出决议,发表讲话,可是还不照样爆发了一场战争。"她觉得这样一来就没话说了。她觉得,尽管她从来都无法把这种感觉用语言表达出来,但她觉得有一种深深的基本的不安全感,觉得生活本身就是一个敌人,要抚慰它,哄它开心,它随时都有可能跟她作对,或者跟她这样的人作对,让他们一贫如洗,或者命丧无常。能做的唯一理智的事情就是把挣来的每一便士都积攒起来,好好地存起来。母亲活着的时候,她总是把她每个礼拜挣的两英镑拿出三十先令供家庭开销。现在,那三十先令直接就存到邮局去了。当报纸上、广播里整天叫嚣着战争和恐惧,她就想到那笔钱,心里就踏实些。这笔钱没多少,但要是出了什么事……这什么事可能是什么,她知道得也不清楚。然而,生活是可怕的,是没有公正可言的——她自己的母亲一生中有二十五年天天都过那条马路,那天难道不是让那辆穿过马路的卡车给撞死了吗……那件事恰恰就证明了这一论断。现在发生了战争,各式各样的人都会受到伤害,毫无来由地受到伤害——这也证明了这个论断,假如这个论断需要证明的话。生活是很吓人,很危险的——因此,往邮局里存钱吧;保住你的差事、工作,还有——往邮局里存钱。

她父亲坐在无线电旁边,买了报纸,跟他那一帮朋友们争论着,努力想弄明白那复杂的、损人利己的权力政治运动,而熟悉的生活模式化作了战争的口号和叫嚣,大街上到处都是穿军装的人,谣言满天飞。"这都是希特勒闹的。"他没好气地冲罗丝说。

"或许是,或许不是。"

"哼,这都是他挑起来的,不是吗?"

"是谁挑起来的,我对这个问题不感兴趣。我所知道的是,老百姓不想要战争。可是战争却连绵不断。您要是想知道的话,他们使我感到恶心——你们男人也使我感到恶心。您要是足够年轻的话,您也会跟他们其他人一样上前线。"她满含责备地说。

"可是罗西,"他真的感到震惊,就说,"必须制止希特勒,难道不对吗?"

"希特勒,"她鄙夷地说,"希特勒还有丘吉尔还有斯大林还有罗斯福——他们都让我恶心,如果您想知道的话。您的那位工党头头儿艾德礼①也一样叫人恶心。"

"女人真是没有任何逻辑可言。"他绝望地说。

于是,他们到头来根本就不再讨论那场战争了,他们只是遭受战争的痛苦。慢慢地,罗丝跟别的每个人一样,也渐渐地使用起同样的词语和口号了;跟别的每个人一样,深深地、悲哀地意识到,这都只是空谈,而这个世界上真正在发生的事情却是广阔的、可怕的事情,是她所无法理解的;或许这也很好,假如她只是知道——然而永远也无法希望弄明白了。最好是

---

① 艾德礼(Clement Richard Attlee,1883—1967),英国政治家,于1945年至1951年任首相,1935年至1955年任工党领袖。

有这么一份工作凑合着干,尽自己所能地活下去,尽量不要害怕,还有——往邮局里存钱。

不久,她换了一份工作,到一家兵工厂上班了。她觉得她应该为这场战争做些什么,而且她挣的工资也比面包店多得多。她还做防火警戒工作。她经常是凌晨三四点了还没有睡觉,然后五六点钟就醒来打扫卫生,做早饭。她父亲还是当他的泥瓦匠,每个礼拜有三四个晚上值班做防火警戒的工作。他们两个人一直都疲惫不堪,无比悲哀。战争是打了一月又一月,打了一年又一年,粮食不够吃,取暖很困难,一架架探照灯横扫过伦敦黑暗而荒凉的夜空,炸弹呼啸着落下来,而停电就像是一块石头,压在人们心头和精神上。他们听新闻,看报纸,脸上那神情表现出同样惶惑而有耐心的勇气;仿佛这场战争就是一条漫长、黑暗、令人厌烦的隧道,他们永远都走不出去。

到了第三个年头,在一个冷飕飕、雾蒙蒙的上午,杰姆从一架梯子上摔下来,伤了脊背。"没事儿,罗丝。"他说,"我会好好儿地回去上班的。"

"您不能再上班了。"她语气平静地说,"您都六十七岁了。现在干得够了啊,您从十四岁就一直在上班。"

"那每个礼拜家里的进项就不够了。"

"不够吗?"她以胜利的口吻说,"您过去老反对我上班。难道您现在不高兴? 有您那一点儿退休金,加上我挣的钱,我要是紧一紧,每个礼拜还能存上一点儿呢。"她若有所思,不无幽默地说:"真是好笑的事儿啊:和平的时候每个礼拜两英镑,我就该对这俩钱儿感恩戴德了。现如今战争来了,他们给你发工资就像你是个女王似的。现在不管怎样吧,我每个礼拜挣七英镑。所以,您尽管放心,如果我发现您回去上班了,您的脊背都这样了,您还有风湿病,我可没有好话说啊,我可告诉您。"

"这又是打仗又是啥的,我坐在家里不落忍啊。"他不安地说。

"喂,这仗是您打起来的吗?不是!您现在要有些理智。"

现在,情况对罗丝来说不那么艰难了,因为杰姆能下床的时候,他就替她打扫房间;她晚上回来,总有一杯茶在等着她。然而,她内心总是有一种空虚,而她也无法对自己假装没有空虚。一天,她在大街上看到乔治的老婆带着一个大约四岁的小女孩儿,就拦住了她。那小女孩儿满脸的敌意,但罗丝赶忙说:"我一直想知道,乔治怎么样了?"那女人很不情愿地回答:"他还好,到目前是这样,他现在在北非。"她说话的时候把孩子搂到身边,仿佛是为了得到安慰,眼泪涌入了罗丝的眼眶。两个女人在人行道上站着,踌躇不定;接着罗丝恳切地说:"你日子过得一定很艰难吧。""唉,总有一天会过去的——等他们不再当兵了。"这是很令人沮丧的回答;听到这话,罗丝同情地微微一笑,两个女人突然相互之间感到友好了。"你要是愿意的话,有时间就过来吧。"乔治的老婆缓缓地说;罗丝赶忙说:"我非常愿意。"

于是,罗丝养成了这样一个习惯:每礼拜一次到那几个原本是为她本人准备好的房间里去。她去那里是因为那个小女孩儿吉尔。她现在在偷偷地问自己：我那时候是不是错走了一步路？我是不是应该嫁给乔治呢？然而即便是她在问这个问题的当口，她也知道这是毫无用处的：她当初不可能以别的方式行事；那是那些个很不理智、很情绪化的事情之一，看似微不足道，毫无意义，实则却影响巨大。然而，岁月不饶人啊，她都快三十岁了，当她对镜自照，她就感到害怕。她现在很瘦，只不过是一个面色苍白、瘦得像个虾米似的老姑娘，长着一头稀疏的、倦怠的、线一样细的黑头发。她那双忧郁的黑眼睛透过深陷下来、瘦成了骨头架子的脸颊，焦虑不安地回望着她。"这是因为我工作太辛苦了。"她安慰自己，"睡不成觉，就是这么回事，吃得又不好，还有工厂里那些化学药品……战争过后就会好一些。"这是一个忍耐力的问题；不管怎么样，她得熬过战争，然后一切都会好起来。过了没多久，她整个礼拜都盼着礼拜天晚上，她会过去看乔治的老婆，给吉尔带个小礼物。夜里，她躺在床上难以入眠的时候，她想到的不是乔治，不是她在工厂里遇到，有可能对她感兴趣的男人们，而是孩子们。她有时候担心，由于战乱，所有的男人都给杀死了，也许太晚了。等到他们自己把自己都杀光了，就不会有什么男人留下来了。然而，假如她父亲以前还能顾得了自己的话，那么他现在可是不行了；他是真正依靠她了。所以，她总是把恐惧和渴望推开，心里想着："等战争结束了，我们就又能吃，又能睡了，然后我的气色就会好，然后说不定……"

就在战争结束前不久，一天晚上罗丝很晚才回家，疲惫不堪地拖着两只脚沿着黑暗的人行道踽踽独行,心里想着自己忘了买点儿东西做晚饭了。她转到她那条大街,总觉得有什么东西不对劲儿,心里感到惴惴不安,低头朝她住的那座房子望去,猛然间停住了。一堆堆冒着青烟的瓦砾堆,衬托着那熊熊燃烧的大火。刚开始她以为:"停着电,黑灯瞎火的,我一定是走错街道了。"接着,她回过神来,拔腿就朝她的家跑去,一手紧紧拽着手提包,一手在下巴下面抓紧围巾。大街的边上是一个很深的弹坑。她差点掉了进去,但她让自己站直了,在炸弹的废墟和乱作一团的电线之间跌跌撞撞地走着。到了她家门口所在的地方,她停住了脚步。一群人正站在那儿。"我父亲呢?"她愤怒地问,"他在哪儿呢?"一个小伙子走过来,说:"别紧张,小姐。"他把一只手放到她肩膀上,"你在这儿住?我想你爸爸是一个不幸的人。"这番话还是不能使她相信,她两眼瞪着他,眉头紧皱。"你们把他怎么样了?"她以责备的口吻问。"他们把他抬走了,小姐。"她消极地站着,然后沉重地抬起头,朝四下看了看。这条大街这一带的房子全没了。她推开人群走过去,站在那里,低头看着通到地下室的门的那些台阶。门松松垮垮地挂在门框上,不过窗玻璃还是完整的。"没事儿。"她说,声音不高也不低。她从手提包里掏出一把钥匙,慢慢地跨过碎砖头,沿着台阶走下去。"小姐,小姐,"那个小伙子叫道,"你可不能到那下面去。"她没有应声,只是把钥匙伸进门的锁孔,设法转动。钥匙转不动,她就推门,门还挂在一个合页上转动,她就进了屋里面。这地方还是原来的老样子,只是壁炉台上的装饰品给震到了地板上。

上面大街上熊熊燃烧的房子的火光把这里照得半明半暗。她慢慢地拾起装饰品,放回去,这时一只手放到了她胳臂上。"小姐,"一个同情的声音说,"你不能在这下面待了。"

"我干吗不能?"她反驳道,语气里闪过一丝固执。

她朝上面看了看。天花板上有一道裂缝,尘土还在空气中纷纷落下。不过,一只水壶还在炉子上烧开着。"没事。"她说,"看看,煤气还通着。如果煤气还能用,那么情况就不那么糟糕。这是明摆着的事,你说是不是?"

"整个房子的重量都压在那个天花板上呢。"那个人将信将疑地说。

"那座房子一直都蠢立在天花板上,对不对?"她说,那倦怠的幽默使他感到吃惊。他看不出来什么东西这么好笑,但她说了这个笑话,沉重地咧着嘴笑了笑。"所以嘛,什么都没有变。"她说得很轻巧。然而,她脸上有一种表情使他很是担心,她在颤抖,尽管她在控制着,但很难控制,仿佛她的肌肉很僵硬地贴附在她那柔弱的肉体上。突然,一阵痉挛性的颤抖传遍全身,然后她使劲咬紧牙关止住颤抖。"这儿不安全哪。"他再次表示反对,她顺从地凝视四周。那只水壶,那几口锅,自从她记事时就摆放在那儿,现在依然放在那里。餐桌上那块桌布还是她母亲绣的呢,透过有裂缝的窗户她能看到那个垃圾桶黑乎乎的坚固的形状,尽管再往远处看,已经没有那一幢幢灰蒙蒙的房子的剪影了,只有灰蒙蒙的天空喷着红色的火舌。"我认为没事儿。"她淡漠地说。她真是这么认为的。她觉得是安全的。这是她的家。她提起水壶,开始沏茶。

"来一杯吗?"她礼貌地问。他不知道该怎么办。她端着杯子来到餐桌旁,吹掉厚厚的尘土,开始加糖搅拌。她的手抖个不停,勺子碰到杯子叮当作响。

"我这就回来。"他突然说,就出去了,目的是要找到一个知道怎样跟她说话的人。可是外面一个人都没有。他们全都到那些燃烧着的房子那儿去了;犹疑片刻后他想:我待会儿再回来,她眼下还没有危险。他在上头那些房子那儿和其他的人一起救火,一直干到很晚,就在回家的路上他突然想起来了:那个孩子,她在干什么呢?他差不多都要直接回家了。他好几个晚上都没有脱衣服,身上又黑又脏,然而他加把劲儿,还是回到了那堆瓦砾下面的地下室。废墟下面有一片昏黄的亮光,低头瞥过去,他看见桌子上点着两支蜡烛,一个瘦小的身影坐在烛光下做针线活。唉,我这就……他想着,走了进去。她在缝补袜子。他走到她身边,说:"我过来看看你有没有问题。"罗丝在忙着缝补袜子,就平静地说:"是呀,我当然没有问题,不过还是谢谢你过来看我。"她两只眼睛很大,带着癫狂的神情,她的嘴像个老女人那样哆嗦个不停。"你在干什么呢?"他茫然地问。"你觉得呢?"她尖刻地反问。然后她吃惊地看着那只摊在手掌心上的袜子,哆嗦了一下。"你爸爸的袜子?"他赔着小心问;她愤愤地瞟了他一眼,哭了起来。这还更好些,他想,就走过去,让她斜靠着他,他大声地说着:"别难过,别难过,小姐。"不过她哭的时间并不长。她几乎是立即就把他推开了,说:"唉,没必要让这双袜子浪费掉。有人可以穿的。"

"你说得对,小姐。"他犹豫不决地站在她身边,过了片刻,她抬起头看他。她头一次看清了他。他是个身形瘦削的男人,中等身材,似乎是因了那张开朗、坦诚的面孔,看着很年轻,尽管他的头发已经开始灰白了。他那双愉悦的灰色的目光满怀同情地落在她身上,他的微笑暖暖的。"这双袜子也许你会喜欢的。"她说,"还有他的衣服——他没有什么特别的东西——可他总把自己的东西照看好。"她又开始哭了。这次哭的声音更低,是小声的、哆哆嗦嗦的啜泣。他轻轻地坐在她身边,拍着她放在桌子上的手,不断地说着:"别难过,小姐,别难过,没事的。"他说话的声音抚慰着她,不久她就止住了哭泣,擦干泪眼,以一本正经的口气说:"好了,我只是在犯傻,哭有什么用呢?"她说完站起身,挪动一下蜡烛,这样蜡油就不会流到桌布上了。她说:"我们不妨喝杯茶吧。"她给他倒了一杯,他们坐着,默默地喝着。他好奇地打量着她,她身上有某种东西牵动着他的想象力。她是这样不可战胜的小人儿,就像一个流浪儿,在她家的那片废墟下面,坐在那里,哀伤、倦怠的双眸凝望着。她算不上美丽,他心想,看着她那张小小的、瘦削的面孔,看着那一绺一绺的黑头发整洁地待在脸的两边。他对她感到一股柔情;也叫她弄得忧心忡忡。和每一个在战争期间一直都在大城市里居住的人一样,他听说过大量的神经紧张、惊吓的事情;他无法把他所知道的东西用语言表达出来,但他感觉到,罗丝还是有某方面出了问题;然而从外表看,她似乎还是理智的,于是他建议:"你最好让自己好好睡一觉。很快就到早晨了。"

"我得赶过去上班。我上的是早班。"

他说:"如果你愿意就行。"他心想,她去上班或许还会更好一些。所以他就离开她,回家去睡上一觉。

第二天晚上,他来了,希望发现她已经搬走了,可是依然看见她坐在桌子旁,在昏黄的烛光下,两只手无所事事地放在面前,两眼盯着墙壁发呆。一切都很整洁,尘土已经清除。但天花板上的裂缝明显更宽了。"难道没有什么人过来看你吗?"他小心翼翼地问。她含糊其词地说:"哦,几个爱管闲事的老家伙来了,他们说我不能在这儿住。""你跟他们怎么说?"她犹豫了一下,然后说,"我说我不会在这儿住的,我跟几个朋友在一起。"他挠挠头,凄然一笑:他能想象得出那场面。"这些个爱管闲事的老家伙,"她厌恶地说下去,"干扰他人,总是告诉人们该怎么做。"

"你知道,小姐,我认为他们说得对,你应该搬出去。"

"我就要在这儿住下去,"她信誓旦旦地说,带着明显的恐惧感,"什么东西都不能把我弄出去。哪怕是国王所有的马匹也拉不走我。"

"我倒不希望他们会动用国王的马匹。"他说着,想把她逗笑了;然而她考虑之后,回答得非常严肃:"啊,哪怕他们会动用。"他对她的不幽默头脑报以温柔的微笑,凭一时的冲动提议说:"来跟我去看电影吧,干坐着闷闷不乐的,没有任何好处。"

"我倒是想去,可是今天是礼拜天啊,明白吗?"

"礼拜天又怎么啦?"

"我每个礼拜天都去看望一个朋友,她有一个小姑娘……"她开始解释;突然间她停了下来,脸色变得煞白。她急忙站起来,说:"噢,噢,我根本就没想到……"

"怎么啦,出什么事了?"

"说不定那颗炸弹也炸到她们了,她们也住这条大街——噢,天呐,噢,天呐,我根本就没有想到——我真是罪过,我真的就是……"她已经拿起手提包,急急忙忙地往头上裹围巾。

"这样,小姐,别匆匆忙忙地走开——我可以帮你弄清楚,说不定我知道呢——她叫什么名字?"

她告诉了他。他犹豫了片刻,才说:"你运气不好,我说的是真话。她也是在那个时间给炸死的。"

"她?"罗丝急忙问。

"母亲给炸死了,那孩子没事儿,她当时正在另一个房间玩耍。"

罗丝慢慢地坐下,在深深地思索着,她的手还在下巴那儿抓着围巾。然后她说:"我要收养她,我要这么做。"

他很吃惊,她对那个女人,她的朋友的死,并没有流露出什么感情。"这个孩子难道没有爸爸吗?"他问。"他现在在北非呢。"她说。"啊,战争结束后他就会回来的,他说不定不想让你收养那孩子呢。"但她一言不发,一脸的凝重,下了决心。"干吗就要这个孩子呢?"他问,"有一天你会有你自己的孩子的。"

她闪烁其词地说:"她是个好孩子,你应该见见她。"他不说了。他能看得出来,那里有某种东西,太深了,他抓不住。他再次提议:"去看电影吧,把那些事儿都抛到脑后边去。"她乖乖地站起来,好像是在任由他支配。她沿着一条条街道走着,每次碰到他的手都转向这边,或者转向那边,然而在精神上,她并没有跟他在一起。"她状态非常糟糕,"他毫无办法地自言自语,"她到了必须快刀斩乱麻,立即从坏情绪中摆脱出来的时候了。"

然而,罗丝满脑子想的只有吉尔。她现在整个身心都集中在那个小姑娘身上了。明天她就去打听清楚她在哪儿。一定是某些爱管闲事的家伙把她弄走了——这是肯定无疑的;他们总是对别人吆五喝六的。她要把吉尔从他们那儿带走,照看她——她们可以住在这个地下室,直到房子重新建起来为止……罗丝一夜未眠,梦里想的都是吉尔;第二天她没有上班,她去寻找那孩子了。她发现她奶奶把她带走了。她还从来没有想到过那个奶奶,这一发现大大出乎她的意料,她回到地下室,不知道怎么走回来的,也不知道她做了什么。她不能收养这孩子,这一事实似乎比别的任何事情都更加可怕;仿佛她是被恶毒地剥夺了她有权得到的某种东西一样;有人从她那里夺走了某种东西——这就是她的感受。

吉米那天晚上来了。他在问自己为什么一趟又一趟地回来,这样子会有什么结果;然而他还是无法不来。罗丝,那个沉默寡言、惊恐万状的小姑娘的形象——这就是他所看到的她的模样——一整天都挥之不去。当他走进地下室的时候,她还是像往常那样坐在烛光下,两眼呆呆地盯着前面。他惊愕地看到,她并没有下功夫打扫这地方,头发也脏兮兮的。这最后一个事实比什么东西都更糟糕。

跟往常一样,他坐到她旁边,努力想办法使她"立即从坏情绪中走出来"。他终于说道:"你应该做好搬家的打算,罗丝。"听到这话,她不悦地耸了耸肩。她巴望着他别再拿这种事情纠缠她。与此同时,她又很高兴有他在那里。她倒是很想让他默默地守候在她身边;他那温暖的友情宛如一条毛毯裹在她周围,然而她却永远也无法在这条毛毯里面放松,因为她脑子里有一部分对他还是很警惕的,怕他说出什么话来。

她很害怕,真的,很害怕他会谈到她父亲。她原来就不止一次让自己想到这件事——她父亲的死,而且父亲一定是死了。她对自己说着这些话:我父亲死了,正如她曾经对自己说:我母亲死了。但她从来都不让这些话语形成死亡的形象。他们两个如果是普通的死亡,人们可以理解的死亡,情况就不一样了。人们得病死了,年老死了,死在床上;然后邻居们过来,然后举行葬礼——这都是可以理解的,情况也就会不一样。但不是一颗黑乎乎的炸弹从天而降,由一个很帅气的小伙子在飞机上投下来,这种毫无意义的死;不是一辆卡车从人身上碾过去这种傻事儿——不,她简直不敢想下去了。生活的表面之下是一个黑洞洞的海沟,到处都是毫无意义的恐怖。白天在工厂里(她在那里帮助制造别的炸弹)或者晚上在地下室里,她都做着通常的动作,说着大家都期望听的事情,但从来不允许自己想到死亡。她说:"我父亲已经被炸死了。"说这话时,她的口气很平淡,很平常,不让死亡的画面出现在脑子里。

现在吉米来到了这里,正是在她最需要他的温暖和支持的时候,他走进了她的生活;但即使这一点也有其两面性,因为正是这同一个吉米说了这番话,逼着她去想……她不愿意想,她拒绝做出反应。吉米注意到,每当他不管以任何方式说到和未来相关的话,甚至是和战争相关的话,她脸上都会现出紧张茫然的表情,她都会把脸扭开。他不知道该怎么办。那天晚上他不说这话了,可是到了第二天晚上就会旧话重提。这是爆炸过后第六天了,他看到天花板上那条裂缝让它上面的重量压得都已经在严重地向下鼓出来了;一辆汽车开过去,片片灰泥墙皮像一阵白色的细雨一样纷纷落下。真的是很危险了。他必须采取行动。她依然坐在那儿,两手松松垮垮地放在前面,眼睛盯着墙壁。他决定要来个残忍的。想到他要做的事情,他心里害怕得像有锤子敲打一样怦怦直跳;但他大声而快乐地说:"罗丝,你父亲死了,他不会回来了。"

她茫然地转过脸对着他;那样子仿佛她一点儿都没有听到。然而,他现在必须说下去了。"你爸爸没了。"他明确地说,"他遭了难了。他的死是确凿无疑的,待在这里是没有用处的。"

"你怎么知道?"她弱弱地说,"有时候是会出错的。有时候人们就回来了,对不对?"

这可是比他原先想的还要糟糕。"他不会回来了。我亲眼看见他了。"

"不对。"她不同意,突然倒吸一口气。

"噢,没错,我看到了。他当时就躺在人行道上,给炸成了肉酱。"他在等着她的脸色变化。到目前为止,她的脸是固执的,但她两只眼睛死死地盯着他,宛如一只受了惊吓的兔子。"什么都没有留下。"他满有把握地说,"他的两条腿都没了——什么东西都没有了,脑袋也没了……"

这时,罗丝突然间愤怒地一动,噌地站起来,双眼又小又黑。"你……"她开口道。她嘴唇抖动着。吉米依然坐着。他在努力装出很随意,甚至很轻松的样子。他在逼着自己面带笑容。而他内心却十分害怕。假如这样做是错了怎么办?假如她彻底发疯了……假如……他的舌头迅速地舔着嘴唇,瞥她一眼,看看她情况如何。她还在盯着他。不过,这会儿她似乎是恨他了。他吓得想笑出声来。但他站起身,显得故意粗鲁地说:"是的,罗西小姑娘,事情就是这个样子,你爸爸现在只不过是一具流着血的尸体而已——这是真话,真的!"现在,他想,我把这件事算是做完了!"你——"罗丝又开口了,她的脸满含仇恨地抽搐着。"你——"一连串肮脏的骂人话从她嘴里脱口而出,使他大吃一惊。他原先料到她会哭,会垮下来。她冲他喊叫着,咆哮着,举起拳头砸他的胸膛。他轻轻把她推开,自言自语,给自己鼓起勇气:"嚷,嚷,罗丝,我的小姑娘,这叫什么话呀,脏话,脏话!"他大声说出口,还不自然地打趣道,"嗨,别激动,现在这可不是我的错了……"他很吃惊于她的力气。这个文静、沉着、整洁的小罗丝变成了一个尖叫着的丑巫婆,又是抓,又是踢,又是挠的。"滚出去,你——"她说着,抓起一个烛台,朝他砸过去。他举起胳膊挡住脸,退到门口,用脚后跟踢了一下门,就出去了。他站在那儿,等着,脸上挂着半是懊悔,半是担心的笑容,倾听着。他在用手绢擦脸上的刮痕。起先是鸦雀无声,接着就是号啕大哭了。他慢慢地直起身子。他想,我那样子说话,也许把她伤得太重了;她也许永远都缓不过劲儿来。但他感到坦然;凭直觉,他知道他做得没有错。他听了一会儿那持续不断的哭声,然后暗想:是啊,可是我现在干什么呢?我是应该现在再回去呢,还是等一下?比这些糟心事儿更加持久的是另一件事:接下来该怎么办呢?我现在若是回去,我就是自投罗网惹麻烦,这肯定是毫无疑问的。他慢慢地从罗丝的门口离开,沿着满目疮痍的大街走着,来到街角的一个小酒馆,这个小酒馆没有被炸弹击中。一定要喝一杯,想一想……在小酒馆里,他静静地斜靠在柜台上,玻璃杯端在手里,一双灰色的眼睛幽幽的,满是忧虑。他听见有人说:"哎呀,帅哥,愁什么呢?"他微笑着抬头看去,看见是珀尔。他认识珀尔有一段时间了——算不上正经八百地认识;他到小酒馆来的时候,相互打个招呼,隔着柜台说上几句话。他喜欢珀尔,可是现在他只想一个人待着。她踌躇了一下,又说:"你老婆怎么样啊?"他很快皱了皱眉,没有应声。她咧嘴笑笑,好像是要说:嘻,你要是不想社交,我也不想逼迫你!不过,她仍站在原地,关切地看着他。他心里在想:我本来就不应该开这个头。我本来就不应该招惹她。她出什么事跟我没有任何关系……后来,他下意识地挺直身体,凄惨地微微一笑,那也是胜利的笑容:"你又摊上事儿了,伙计,你现在可是自找的!"珀尔没好气地说:"你最好把你那张脸收拾收拾——跟人打架了?"他抬起手往脸上一放,上面还真是沾着血。"是呀,"他说着,咧嘴笑笑,"跟一个脾气火暴的女人。"她哈哈笑了起来,他也跟着她笑。这几个字以一种新的方式向他描绘出了罗丝的形象。十足的脾气火暴的小女人,他自言自语着,摸了摸脸颊。谁会想到罗丝内心有那么大的火呢?接着,他放下酒杯,抻直领带,用手绢擦了擦脸颊,满面笑容地冲珀尔点点头,走了出去。他现在不再犹豫了。他径直回到了那间地下室。

罗丝正在盥洗池边洗衣服。她哭得脸都肿了,满脸的泪痕,不过她梳头了。她一见到他,脸腾地就红了,她想设法迎着他的目光,却无法迎上去。他直接朝她走过去,一下子把她搂进怀里。"好了,罗西,现在不要再那么激动了。""对不起。"她说着,试图笑笑,却还是那么一本正经地紧张。她两眼哀求着说:"我都不知道我中了什么邪,我真的不知道。"

"我告诉你,没关系的。"

但现在,她是羞愧地哭:"我从来不用那种字眼。从来都不用。我都不知道我知道那些个字眼。我不是那样子的。现在你会以为……"他把她揽过去,感到她的双肩在颤抖。"嗳,别再浪费时间想这件事了。你太激动了——啊,我想让你激动来着。我是故意这么做的,难道你看不出来吗,罗西?你不能再这样继续下去了,装得跟没事人一样。"他吻她没有在他肩膀上藏起来的那半边脸。"对不起。我实在是很对不起。"她哭了,但听起来好多了。

他紧紧地抱着她,说着安慰的话。与此同时,他有一种感觉,一种一个男人滑向一座很危险的山的边缘的感觉。然而,他如今已经无法阻止自己了。已经太晚了。她小声说:"你说得对,我知道你说得对。可是我只要想想就受不了。我除了爸爸没有别的亲人了。这么多年来都是他和我相依为命。我没有一个亲人了……"这个想法刚进入到她脑子里就消失了:乔治的小女儿。她理应属于我。

吉米愠怒地说:"你爸爸——我可不是说他的坏话啊,可是把你拴在这儿照顾他是不对的。你应该出去,给自己找个好丈夫,有自己的孩子。"他不明白为什么她的身体僵硬了一下,拒绝了他。然后她放松了,温顺地说:"你可不能说我爸爸的任何坏话。"

"是不能。"他温和地表示同意,"我不会了。"她似乎在等待着。"我现在什么都没有了。"她说着,抬起脸看着他。"你有我呀。"他终于说出来了,纯粹是出于紧张,他咧了咧嘴。她脸色缓和了,两眼搜寻着他的眼,她依然在等着。接下来是一阵沉默,而他在和情理做斗争。那是一阵太长的沉默,过分长了,她已经心存责备了,他才说:"你跟我来吧,罗西,我会照顾你。"

现在她又扑进他的怀里,哭了:"你真的爱我,是不是?你真的爱我吗?"他搂着她,说:"是的,我当然爱你。"啊,这是足够真诚的爱。他真的爱她。他不知道为什么,这里面没有道理可言,她连漂亮都算不上,然而他却爱她。她后来说:"我把我的东西收拾收拾,就到你住的地方去。"

他踌躇了一下,焦虑地瞥了一眼那险象丛生的天花板:

"你在这儿待一会儿,我先把东西弄好了再说。"

"我为什么不能现在就去呢?"她朝四下里看看地下室,眼里满是恐惧和困在笼子里那种神情,仿佛她迫不及待要逃离这个地方——她呀,刚刚还固执己见,要守着她的安身之所呢。

"你现在要相信我,罗西。做个乖孩子,你现在就收拾东西。我待会儿就回来接你。"她一把抓住他的肩膀,瞅着他的脸,哀求道:"别把我留在这儿太长时间——那个天花板——它会塌的。"仿佛她只是刚刚注意到似的。他安慰她,一边劝说一边把她推开,又说了一遍他半个钟头就会回来的话。他留下她提心吊胆、匆匆忙忙地整理东西,她的两眼老是盯着天花板。

他现在要干什么呢?他心里没底。房子——这么多人都被疏散走了,房子倒是不难找;是的,可是这会儿都过了十一点了,他甚至连第一个礼拜的房租都还没有着落呢。再说了,他明天必须给妻子一些钱。他两手插在衣兜里,在沉沉的夜色中缓缓地走着,穿过一条条满目疮痍的街道,心里想着:你现在可是掉泥坑里了,吉米伙计,你可是真的掉进泥坑里了。

大约一个小时后,他拖着双脚回来了。罗丝坐在桌边,桌上放着两个纸箱和一个小行李箱——她的衣服。她两手交叉着放在胸前。

"都弄好了吗?"她已经站起身,问道。

"唉,罗西,事情是这样的——"他坐下来,想着合适的词句,"我本应该告诉你才对。实际上我没有地方。"

"你连个睡觉的地方都没有?"她满腹狐疑地问。他躲开她的眼光,咕咕哝哝地说:"唉,一言难尽哪。"他一眼瞥见她的脸,在那里看到了——怜悯!这使他想骂人。他妈的,这简直一团糟,他该怎么办呢?然而,她脸上那忧伤的温情使他怦然心动,他几乎不知道自己在做什么,就让她两只胳膊搂住了,他说:"我上个礼拜给炸得没地方住了。"

"你一直在照顾我,自己却连个地方都没有了?"她温柔地埋怨他。

"我们会好起来的。明天上午我们就找一个地方。"他说。

"对,我们会有自己的地方——我们能不能很快结婚呀?"她羞涩地问,满脸绯红。

听到这话,他把脸贴着她的脸,这样她就不会看他了,然后他说:"我们先找个地方,然后一切都会安顿好的。"

她心里在想。"你是不是也没有钱?"终于,她还是怯生生地问出来了。"有啊,但不是现金。现金以后会有的。"他又在暗暗叫苦:你十足是掉进泥汤里了,吉米,掉进泥——汤——里了!

"我在邮局存有二百英镑。"她主动说,带着羞涩的骄傲微笑着,一边还抚弄着他的头发,"还有这儿的家具——炸弹一点儿都没有炸到。我们可以布置得漂漂亮亮的。"

"我回头把钱还给你。"他急切地说。

"等你有钱了再说吧。再者说了,我的钱现在就是你的钱了。"她温柔地冲他笑着说,"我们的。"她甜蜜地品味着这三个字,也邀请他分享她这话的快乐。

实际上,吉米是个认识人很多、到处走动、八面玲珑、左右逢源的人;到了第二天下午,他就已经找到一套房子。两个房间,一个厨房,一个放煤的橱柜,冷热水都有,和楼下一家共用一个洗手间。也很便宜。这套房子在一幢旧楼的顶层,他很高兴透过对面几幢大楼的楼顶,可以看见巴特西公园里的树。罗丝会喜欢的,他想。他现在高兴了。昨天一整夜他都在那间废墟般的地下室,躺在她身边的地板上,上面就是那摇摇欲坠的天花板,满腹心事,疑虑重重;现在这些疑虑都烟消云散了,他很乐观。不过,罗丝带着行李沿楼梯上来,径直走到窗户边,似乎往后一缩。"你难道不喜欢吗,罗丝?""喜欢,我喜欢它,可是……"很快,她就哈哈大笑起来,抱歉地说:"我一直都在下面住——我意思是说,我不习惯一下子住这么高。"他吻了吻她,取笑她,她也哈哈笑了起来。不过有好几次,他都注意到,她从窗户那儿不高兴地朝下一看,很快就走开了,迅速地、不安地环视一下空荡荡的房间。她长这么大一直都住在地下室,公共汽车、小汽车都在视线以上轰隆轰隆地疾驰而过,那幢偌大的旧房子沉重地压在她头上,宛如一个保护她的承诺。而今,她高高地住在大街和房子的上面,觉得很不安全。别犯傻了,她对自己说。你会习惯的。然后她就让自己沉浸在归置家具,整理东西的快乐之中去了。她从邮局取了一百英镑,买东西——但她主要是给他买。一个箱子装他的衣服:她原来取笑过他,因为他有那么多衣服;一台小无线电;

最后还买了一张供他学习用的书桌,他说过他在攻读某个工科学位。他问她,为何什么东西都没有给自己买,她辩解说,她的东西足够用了。她把这套新房子布置得像她原来的家。桌子还是老样子摆放着,那个有黄色玫瑰花的日历挂在墙上,她在火炉边快乐地干着活,还是像几年前那样子行动着;橱柜、晾衣绳子和滴水板都严格按照原来"在家里"的样子安装好。她还是无意识地使用了这三个字眼。"这儿,"他不满地说,"难道这儿现在不是家吗?"她一本正经地说:"是,可是我没办法习惯这个家。""那你最好习惯这个家。"他抱怨道,然后亲了她一下,以补偿他那番不满的话。这种事发生了好几次之后,他说出来了:"不管怎么说,那间地下室已经塌了。我今天经过,里面填满了砖头和乱七八糟的东西。"他本来不打算告诉她的。她避开他,脸色变得煞白。"嗳,你知道它支撑不了多长时间的。"他说。她受到了严重的惊吓。她想都不敢想她原来的家居然没有了;她能想象得到那粗大的横梁斜倒进去,里面满是脏水——她想象过这种惨状,但是永永远远地把这种惨象排除在外了。她那天一句话都没有,坐立不安的样子,直到他对她发起火来。他经常发火。她给他买东西他抗议。"你难道不喜欢吗?"她问,一脸的迷惑。"喜欢,我喜欢,挺好的,可是……"后来她就觉得受到了伤害,因为他似乎不愿意用那个箱子和书桌。

还有几点他们互相也不理解。他们搬进去后大约四个礼拜,她说:"你不太是一个能在家待得住的人,对吧?"他真的是大吃一惊,说:"你什么意思啊?我整天黏在这儿,就像是……"他住口,往嘴里塞了根烟,代替要说的话。从他的观点看,他已经翻过新的一页;他是这样一个人:讨厌被束缚,讨厌每天晚上都过得一个样;而今,他大多数夜晚一下班直接就到罗丝这儿来,跟她吃晚饭,真心诚意地夸她饭菜做得美味可口,再者说了——啊,他有足够的理由来呀,他要是不来那才是傻瓜呢!他暗暗地对她感到自豪。可爱的罗丝啊,像她那样的姑娘,这些年来一直都和老头子生活,像是一个被关进修道院的姑娘,或者说好不到哪儿去——一个大姑娘家,到了三十岁才弄到一个男人跟她上床,你会以为她是哪儿出了毛病!可是,罗丝什么毛病都没有。上班的时候他会想到他们度过的良宵,怀着深深的满足感开怀大笑。她是正常的,这个罗丝姑娘。然而慢慢地,一种疑虑开始把那份自豪吞噬了。那么多年她都是独身一人,这是不合常情的。再说,她长得挺好看的。他想起来他刚开始觉得她很丑,就不禁笑起来。由于她很幸福,住在她自己的家里,沐浴在爱情的温馨之中,她真的很美。她面色柔和了,瘦削的脸颊泛起了微妙的红晕,双眸深深的,充满柔情蜜意。这就像是回家,回到一只小猫的身边,喵喵叫着,千依百顺。他带她去看电影,走在她身边,感觉到别的男人瞟她的目光,他倍觉自豪。他是第一个感觉出她可能是什么样的人的男人吗?不大可能,这是没有道理的嘛。

他跟罗丝谈话,突然间,那只小猫就露出了它那尖利而令人不快的利爪。"你想知道什么?"在他笨嘴拙舌地说了几句话后,她冷冷地问。"呃,罗西——是乔治那家伙,你说过,你要跟他结婚的时候,还是个小姑娘?"

"那怎么啦?"她说着,冷冷地瞥了他一眼。

"你们在一起很长时间吧?"

"三年。"她淡淡地说。

"三年啊!"他惊叫。他还从来没有想过任何如此严肃的事情。"三年可是很长的时间呐!"

她以恳求而又责备的目光看着他,但他完全弄不明白她的责备。就她而言,吉米给予她的快乐完全抵消了她以前所知道的任何东西。乔治连一个记忆都算不上。当她对自己说,吉米是她爱过的第一个男人的时候,是发自内心的真情实意,因为那是她的真实感受。他现在对这份真情表示质问,对他自己表示怀疑,这就减弱了这份快乐,使她不仅对他没有了把握,而且对自己也没了信心。他怎么能这样子毁掉他们的幸福呢!随责备而来的是蔑视。她以极度挑剔的目光看着他;吉米强烈地感到迷乱、惊愕——她居然能那样子看我!——那么,这就证明了,她说他是第一个的时候她是在撒谎——她如果是这么说……"可是,罗西,"他气势汹汹地说,"这是明摆着的。订婚三年,而你却对我说……"

"我压根儿就什么都没有对你说过行了吧。"她说着,从桌旁腾地站起身,开始把那些准备洗的盘子摞起来。

"喂,我有权知道,难道我没有吗?"他很不高兴,叫了出来。

然而,这却是大错特错了。"权利?"她以严肃而鄙视的口气反问。她不再是罗丝了,而是年龄要大得多的一个人。她似乎听见她母亲在说话。"谁在谈论权利呢?"她把盘子整整齐齐地丢进冒着肥皂泡的热水里,说,"男人哪!你在我之前都做过什么,我可是从来都没有问过你。我也不感兴趣,你要是想知道的话。如果我做过什么的话,我做过的事情你也不该感兴趣。"说到这儿,她打开水龙头,这下子哗啦啦的流水声形成了另一个障碍。她耳朵里满是流水声,她想:男人,他们总是把一切都破坏了。她早就把乔治忘了,他不存在了。而现在,吉米却使他复生,使她想到了他。现在她被迫想:我那时候一样地爱他吗?是不是和这个一个样?假如她和乔治的幸福和现在跟吉米在一起的幸福一样巨大,那么这个事实似乎就减弱了爱情本身,使它变得没有价值,没有确定性。就好像吉米故意这么做,就是要气她似的。不管怎么说,她就是这样感觉的。

然而,透过哗啦啦的流水声,吉米大喊道:"这么说,我就不该有兴趣,对不对?"

"对,你最好不要有兴趣。"她两眼死死盯着眼前,斩钉截铁地说,而两只手仍在滑溜溜的热盘子中间忙活。"这么说,就是这么回事了吗?"他又火冒三丈地大喊了一声。

对这话她没有应声。他身子依旧斜靠着餐桌,低声骂着罗丝,但与此同时也意识到了迷乱状态。他感觉,他所有的男子汉的霸气都被激怒了,遭到了蔑视;然而,毫无疑问,她跟他一样,也觉得受到了不公的对待。由于她没有动恻隐之心,他就朝她走过去,伸出手臂搂住了她。他有必要毁掉这个孤傲的、一脸受到伤害的神情的女人,把她变回那个温情脉脉、乖巧可人的女人。他开始取笑:"火暴脾气啊,小猫咪,你就是这种人。"他拉她的头发,把她的胳膊搂在身体两侧,这样她就不能擦干盘子了。她依然没有反应。接着,他看见泪水顺着她那一动不动、冥顽不化的脸颊流淌下来,在一阵胜利的惊喜中,他一把抱起她,朝床走过去。这种事儿毕竟还是轻而易举的。

不过,也许并不是那么轻而易举,因为那天夜里很晚的时候,罗丝用故意冷淡的口气,在他身边从黑暗之中问:"我们准备什么时间结婚呢?"他一愣。他把这一茬儿全忘了——或者说是差不多忘了。见鬼,难道她还不满意吗?难道他没有所有的夜晚都在这里度过吗?他看到她对他的期望,不妨结婚得了。"罗西,你还信不过我吗?"他最后问。"信得过,我信得过你。"她说,但口气却相当地怀疑,她等着。"我只是现在还不能跟你结婚,是有原因的。"她保持沉默,然而,她的沉默宛若一个问号,悬在黑暗中,横亘于他们中间。他没有回答,但翻过身来,吻了吻她。"我爱你,罗西,这你是知道的,对吧?"是的,这她是知道的;然而,一个礼拜后,一天早上他离开她时,说:"罗西,我今晚不能回来了。这次考试我得下点功夫。"他看见她瞟了一眼她给他买的那张桌子,但他却从来没有用过。"我明天照常来。"他很快说完,只想逃离那双满含幽怨、探询的眼睛。

她突然问:"你老婆生你的气了?"

他倒抽了一口冷气,两眼盯着她:"谁告诉你的?"她嘲讽地嘿嘿一笑。"喂,谁告诉你的?"

"谁也没告诉我。"她鄙夷地说。

"那我一定是在睡梦中说的了。"他咕咕哝哝地说,口气里透着焦虑。

她朗声大笑起来:"'有人告诉我的。''在睡梦中说的。'——你肯定觉得我是个傻瓜。"然后她以那熟悉的、令人发狂的姿势一转身,抓起一条洗碗布。

"别再弄那些个盘子了,怎么说它们都是干干净净的了。"他大叫道。

"不要那样子冲我吼。"

"罗丝,"过了一会儿他哀求道,"我一直都打算告诉你的,我这是没办法告诉你——我经常设法告诉你来着。"

"是吗?"她只说了两个字。她说的"是吗"这两个字总是使他发火。那就像是一句坚如磐石的不相信,对他本人和整个男人世界的冷淡。就仿佛她说:只有一个人我可以依靠——我自己。

"罗西,她不愿意和我离婚,她不愿意给我自由。"这几句戏剧性的话是他头一个礼拜看一部电影时记住的台词,直接就从嘴里秃噜出来了。他为自己感到羞愧。然而,她脸色却变过来了。"你应该告诉我才对。"她说;由于她的怜悯口气,他再次感到不安。她凭直觉以保护的动作转向他。她两只胳膊搂住他,他让自己的脑袋垂落到她肩膀上,带着那种旧有的感觉:他要被扫地出门了,对他做过的事,说过的话,他根本无法控制。真他妈的见鬼,他暗想,尽管是他用热心换来了她的柔情:让它都他妈统统见鬼去吧。我从来都不是有意要让我和罗西蹚这浑水。与此同时,她抚慰地搂着他,把脸贴在他头发上,不过,她的姿势有一点僵硬,这告诉他她依然在等待。最后她说:"我想要孩子。我已经不再年轻了。"他胳膊搂着她的腰,搂得更紧了,心里想着:这一点我从来没有想过。因为他有两个自己的孩子了。接着他想:她说得对。她应该有孩子。记得她对闪电战中另外那个孩子是多么地牵肠挂肚吗?女人是需要有孩子的。想到她要生他的孩子了,自豪之感油然而生。他意识到,她要是怀孕了他会非常高兴,甚至会感到更加茫然无措。罗丝说:"再求求她吧,吉米。让她和你离婚。我了解女人会故意气你,就是不跟你离婚,不过你要是好好儿跟她说——"他凄凄哀哀地答应他会好好地谈谈。"你今天晚上就去求她吧?"她坚持道。"呃……"实际情况是,他今天晚上根本就没有打算回家去。他想自己过一个晚上——到小酒馆坐坐,见见他的几个老伙计,甚至学习一两个钟头。"你今天晚上不想回家吗?"她看着他的脸色,满腹狐疑地问。"不是,我另有打算。我想干些活儿。我得参加这次考试呀,罗西。我知道,假如我稍微努把力,我就能考过去。然后我就够资格了。就现在看,我什么都不是。"她叹口气,接受了这一点,接着哀求道:"那么就明天回家去求她。"

"可是明天我想来看你,罗西,你不想要我吗?"她又叹了口气,不知道她是需要他的,她微微一笑,说:"你简直就是个小孩儿,吉米。"他开始撒娇:"得了啊,好一点儿嘛,罗西,亲我一下。"他觉得他急需让她温和起来,放松了,柔情蜜意的,然后他才能心平气和地离开她。她是这样了——但不全是。她额头上有一道愁思的皱纹,她的嘴是严肃而哀伤的。啊,见他的鬼去吧,他心里想着,走了出去。让他们通通都见鬼去吧。

第二天晚上,他满怀焦虑地去罗丝那里。而前一天晚上,他在小酒馆喝了个不亦乐乎,跟珀尔调了一会儿情,冷嘲热讽地谈了女人,谈了婚姻,最后回家睡觉去。他和他的一家人一起吃了早餐,躲避着妻子那嘲讽的眼光,然后带着宿醉去上班了。在工厂里和往常一样,他非常专注于他手头在做的事情。那是一个制造精密仪器的小厂。他技术精湛,但在地位上,他只是一个普通工人。他知道,而且已经知道很长时间了,他只要稍微努力一下,轻而易举就能通过一场考试,这样就收入而言,他就能步入中产阶级的行列。他所关心的是钱,而不是社会地位。有好几年,他老婆都在唠叨,要他提高,而他回答得却很不耐烦,因为对她而言,重要的是要比他们的邻居过得好。这一点他是瞧不上的。她说的是不错,可是理由却是错误的。那是一个要把一年的夜晚都耗在学习上的问题。人一生中的一年算什么呢?屁都不算。而且他始终认为考试并不难。那天在工厂里,他已经打定主意要告诉罗丝,她将来不会那么频繁见他了。他生气地暗自咒骂说,她必须明白,一个男人有他自己的职责。他毕竟才四十岁……然而即便是在信誓旦旦地对自己说,对想象中的罗丝说话的当儿,他脑子里还是出现了那张书桌的画面,那是她给他买的,一直摆放在那套房子的客厅里,从来都没有用过。"喂,谁拦着你不让你学习了?"她会问,表现得一脸困惑。真的是一脸困惑。可是他在那套房子里无法学习,这一点他心知肚明;尽管在他遇到罗丝的前两个月里,他晚上一直都雷打不动地在用功。那天他在诅咒命运把他和罗丝连在了一起,但到了晚上,他就匆匆忙忙地朝她赶过去,仿佛他要是到了吃晚饭的时间还没有赶到那儿,就会发生什么可怕的事情。他原本预料她会冷冰冰的,拒人于千里之外,但她却一下子就扑进他怀里,仿佛他离开了好几个礼拜一样。"我想你了。"她说,抱着他不放手,"没有你在身边,我孤独得不得了。"

"只不过是一个晚上嘛。"他快乐地说,已经感到放心了。

"你上个礼拜可是去了两个晚上的。"她忧伤地说。他立即就感到有点冒火。"我不知道你是数了日子的。"他说,勉强笑出来。她似乎为自己说了这样的话而感到不好意思。"我只是感到孤独嘛。"她说着,愧疚地吻着他,"毕竟……"

"毕竟什么?"他口气有些咄咄逼人。

"对你来说不一样。"她为自己辩解,"你有——别的东西嘛。"说到这儿,她避开他的眼神。"可是我去上班,然后回到家,等你。除了盼着你,什么都没有。"她说得很快,就像是怕惹恼他似的,然后她两只胳膊搂着他的脖子,哄劝般地吻他一下,说:"我给你做了你喜欢吃的东西——你闻出来了吗?"她是他想让她成为的那个温柔深情的女人了。后来他说:"听着,罗西小姑娘,我有些事儿要告诉你。那场考试——我必须开始做准备工作了。"她立即兴奋地说:"可是我已经跟你讲过了,你可以就在这儿,在那张书桌那儿学习,你学习的时候我做针线活儿,那会是多么温馨啊。"这个想法似乎使她很高兴,但他的心却为此不寒而栗。她居然不在乎他学习,她居然能提出做针线活儿这样平淡无奇的建议——就像个妻子那样,似乎在他看来,这对他们浪漫的爱情简直是侮辱。接下来的几个晚上,他都和她一起度过,重新进入恋爱状态,一心一意被她吸引着。当她匆匆地提议——因为她害怕遭到断然拒绝——"吉米,你今天晚上要是想学习的话,我不介意",他感觉受了伤害。他哈哈大笑,说:"去他妈的学习吧。我想的活儿只有你。"她受宠若惊,然而那条满腹心事的皱纹深深地出现在她的额头上。在提到他妻子的大约两个礼拜后,她小心翼翼地问:"你问过她离婚的事儿了没有?"

他转过脸去,躲躲闪闪地说:"她现在就是听不进去。"他没有看着她,但他能感觉到她盯在他身上那沉重的、询问的目光。他火气很大,费了好大的劲才按捺下去。他也感到愧疚,但和火气相比,他所理解的愧疚没有那么强烈。他很快就变得高兴起来,以至于他的情绪感染了她,他们两个像孩子一样,咯咯咯咯,嘻嘻哈哈,笑个不停。"你就是很传统,你就是这么一个人。"他说着,扯了扯她的头发。"传统?"她怀疑地品味着这个大词儿。"女人总是想结婚。你想结婚为的是什么呢?难道我们不幸福吗?难道我们不相爱吗?结婚只会毁掉这一切。"然而,像这样理论上的说法,总是使她感到困惑。她往往要把它们一个个思考一番,带着满脸愁绪,对提出这些说法的聪明脑瓜儿满怀敬意。在她思考这些说法的时候,她感情的潮水稳稳地流淌着,流淌得很深,和言辞没有任何关联。从她深陷其中的爱情海湾里,她深情地低声说:"哦,你呀——你就只会说啊说。""男人多妻。"他快活地说,"这是事实,科学家们这么说的。""那么女人呢?"她依然兴致勃勃地问。"女人不多夫。"她依照她的方式,认真地想了想这一点,然后怀疑地说:"是吗?""见鬼。"他半是严肃,半是玩笑地训诫道,"你是不是在告诉我,你想多夫呀?"然而罗丝嘿嘿一笑,不自然地躲开了他。把一个像"一妻多夫"这样臭气熏天的词儿和她本人联系起来,对她来说要求得太过分了。这个词儿就像那些"爱管闲事的人"一样臭不可闻,她觉得他们就是她生活中主要的敌人。沉默。"你在想乔治。"他突然醋意大发,大喊起来。"我根本就没有想到这样的事儿。"她生气地说。她一真的生气,他就很着急。她一严肃,他就总是很厌烦。就他而言,他一直是在逗她玩儿呢——他想。

有一次她说:"我说出我对某件事的想法的时候,你为什么总是脸色不好看呢?"这一问让他感到大吃一惊——难道她不总是说出她的想法吗?"我并没有脸色不好看,罗西,不过,你不管什么事儿怎么都那么当真呢?"对此,她在黑暗中沉默不语。他能看见那张愁绪遍布的小脸儿扭了过去,从窗户那儿照过来的暗淡的灯光照在她脸上。那遍布的愁绪在他看来似乎是一种责备。他喜欢她孩子气、反应灵敏的样子。"我难道没有让你幸福吗,罗丝?"他听起来凄凄惨惨的。"幸福?"她说,揣摩着这两个字。接着她出乎意料地哈哈大笑起来,说:"你有时候说话很好笑,你都把我逗乐了。""我看不出来有什么好笑的,你没有幽默感,你的毛病就出在这儿。"她没有对他那嘲弄的声音做出反应,而是思考了片刻,严肃地说:"是这样,我笑有些东西,是不是? 那么,我一定是在笑什么东西了。我爸爸常说我没有任何幽默感。我就对他说：'您怎么知道,我所笑的东西和您所笑的东西不是一样好笑呢?'"过了一会儿,他苦笑一下,说:"你笑的时候就好像你根本就没有笑,这是很讨厌的。""我不懂你的意思。""我问你是不是幸福,你就笑——说幸福不幸福,这有什么好笑的?"他现在真的是厌烦了。她又没有反应,而是沉思起来,而他原本希望她回以哈哈一笑,或者说些他让她快乐极了这类信誓旦旦的话。"这是明摆着的事。"她得出结论说,"谈论幸福或不幸福的人们,然后是很长的词儿——还有你说的那些个东西,女人是这样子的,男人又是那样子的,以及一夫多妻和别的啥啥啥——哎呀……""哎呀啥?"他质问。"哎呀,这对我来说就是好笑的。"她说得很没有说服力。因为对于她所感受到的东西,即生活的危险与悲哀这样深奥的知识,她根本就找不出词语来表达。炸弹落到老人的头上,卡车撞死人,战争打个没完没了。他没到她身边的那一个个夜晚,她独坐灯下,一哭就是好几个钟头,不知道自己为什么哭,还从高楼的窗户朝下遥望那黑魆魆的、饱受战火蹂躏的大街——一座笼罩在战争阴影下的黑暗的城市。

在他们最初相爱的日子里,吉米非常喜欢那温柔缱绻、漫无目的、无关紧要的谈天说地的时光。但现在,她似乎总是异常严肃。她总是没完没了地缠着他问他的生活、他的童年。"你为什么想知道呢?"他就问她,但并不愿意回答。然后她就受伤害了。"你爱一个人,就想知道这些东西,这是不言自明的事情。"于是他就简单地回答她的问题,只说事实,没有用心,而她想要的恰恰是用心。"你妈妈对你好吗?"她会很焦虑地问。"她做的饭好吃不好吃?"她想让他谈谈他原来感受到的事情;但他只是简短地回答:"是"或者"不赖"。

"你为什么不想告诉我呢?"她就会问,一脸的迷惑。

他又说了一遍,说他不介意告诉她;但他还是讨厌这样。在他看来,好像他们之间只要有一阵长时间的沉默,可以默默相伴了,问题就又开始了。"你当初为什么没有入伍参战呢?"有一次她问。"他们不要我呗,为什么,就为这。""你真幸运。"她激烈地说。"幸运个屁,我试了一次又一次。我是想参军的。"

然后,针对她那顽固的沉默,他说:"你好奇怪啊。你那脑袋瓜里装着各种各样的想法。你说话就像一个反战主义者。现在战争正进行着呢,你说这话是不对的。"

"反战主义者!"她愤怒地叫道,"你干吗要用所有那些个傻词呢? 我什么都不是。"

"罗西,你要小心了,你要是继续那么说,再被人听见的话,他们会认为你是反对战争的,你就惹下麻烦了。"

"嘿,我就是反对战争,我从来都没有说过我不反对。"

"可是罗西——"

"噢,把嘴闭上吧。你叫我恶心。你们大家都叫我恶心。每个人都只会说啊说啊,那些个胖乎乎的老家伙某某某在国会里夸夸其谈,他们只是说话,这样他们就听不到自己心里想什么了。大家谁都是啥都不懂,但他们都装作什么都懂。让我一个人待着,我不想听。"他沉默了。对这个罗丝,他无话可说。她之于他是个陌生人。他也感到震惊：他喜欢从报纸上和书上寻章摘句，然后用在一个语言游戏当中，他是这样一个能说会道的人。而她呢，不会用词语，又极不善于表达思想感情，但有她自己的思想，并且坚持这些思想。由于他用词不假思索，还因为她觉得自己知识欠缺，她出于对他的爱，就设法变成他那个国度的公民。她也会拿张报纸坐在窗边，认认真真地去看，一行一行地看；报纸上充斥着暴力和仇恨的语言，凭本能看了这些语言就想退缩，她首先就克服了这种退缩情绪。然而战争的新闻、标语，只会使她感到疲惫不堪，焦虑不安。她就转向更加个人化的东西。她就会读到："战争毁掉婚姻""战争破坏家园"。然后她就把报纸丢下，坐着，两眼呆呆地盯着眼前，眉毛皱起来，困惑不解。那条新闻标题说的是她，罗丝。接着她又会看离婚的新闻；某位法官宣称："这个没有节操的女人毁掉了一桩幸福的婚姻……"报纸又落下来，罗丝皱起额头，又想心事。这条新闻指的就是她。她就是那些坏女人当中的一员。她就是"另外那个女人"。她甚至有可能就是那个丑陋的东西，"一个通奸犯"……可是她并没有那样的感觉啊。这是说不通的。于是她就不再看报纸；既然使劲儿理解也还是理解不了，那就索性放弃，不去理解了。

她觉得她和吉米不在一个智力层面上，于是凭本能她又开始依靠她那女性的武器——这使他大大松了口气。她立即就变得非常快乐，而他也很容易就陷入这种情绪。他们两个一度都不提他的妻子。那是他们最幸福的时光。做过爱以后，他们躺在黑暗中，海阔天空漫无目的地谈天说地，望着天空云卷云舒,山雨欲来,光影变幻,望着那一架架探照灯。他们没有注意空袭和危险。战争快结束了,他们交谈着,仿佛战争已经结束了似的。一天夜里,炸弹轰炸得特别厉害。"假如我们现在给炸死了,我也不会介意的。"她说,说得一本正经。他说:"我们是不会给炸死的,他们炸不着我们。"说话那口气就像是简单陈述一个事实:他们的爱情和幸福就是抵挡任何灾难的证明。可她还是认认真真地又说:"即使我们给炸死了,也不会有关系。我看不出来之后还会有什么东西会有现在这么美好。"

"啊,罗西,别总是这么一本正经的好不好。"

没过多久他们就又吵起来了——因为她总是这么地一本正经。她就他的过去又问起问题来。她在设法弄清楚部队为什么不愿意要他。他根本就不想告诉她。后来,一天夜里,他不耐烦地说:"喂,你要是一定要知道的话,我有溃疡……哎呀,看在上帝的分儿上,罗西,别大惊小怪的了,你这么大惊小怪的我受不了。"因为之前她哭了一会儿,正紧紧地抓着他。"你过去怎么不告诉我呢?我给你做的吃的,一直都不合适。"

"罗丝,你真是岂有此理,别说下去了。"

"可是,你要是有溃疡,你吃的东西就必须对路,这是明摆着的事。"第二天晚上,她给他端上来一些牛奶布丁,忧心忡忡地说着:"这就不会伤到你的胃了。"这时候他火气噌一下就上来了,他说:"我跟你说过了,罗西,我不想让你这么娇我宠我。"她脸上满是爱意和固执,说道:"可是你是没道理的……"

"我最后说一遍,我是不会忍受这样的事的。"

她转过脸,嘴唇哆嗦着,他朝她走过去,急切地说:"好了别生气了,罗西,你这样做是好意,可是我不喜欢呐,这就是为什么我以前没有告诉你。明白了吗?"她不安地对他做出了回应,而他发现自己在生气地想:我有两个老婆,不是一个……他们两个都很沮丧,闷闷不乐,因为他们的幸福是那么地脆弱,仅仅因为像溃疡或牛奶布丁这样的一件小事,就会在一夜之间消失得无影无踪。

几天后,他在沉重的沉默之中吃她给他做的晚饭,突然间,他就冒出了冷嘲热讽的话:"喂,罗丝,你已经打定主意要迁就我了,就是这么回事。"晚饭有蒸鱼、烤面包,还有很清淡的茶,都是他很讨厌的。她看上去不太舒服,但还是固执地说:"我到一个朋友那儿去,他就在附近当药剂师,他跟我说,你这样吃才是对的。"他不自觉腾地站起来,脸色愠怒得铁青。他犹豫了一下,然后砰的一声摔上门,走了出去。

他闷闷不乐地站在小酒馆里,喝着酒。珀尔走过来,说:"今天晚上愁什么呀?"她语调是轻松的,但眼神却满是同情。这种同情激怒了他。他用沙哑的声音说:"女人啊!"他砰的一声放下酒杯,转身就走。"礼貌点儿不会花费你一分钱。"她尖酸地说。他回敬道:"离我远点儿也不会花费你一分钱。"到了外面,他犹豫了一阵子,心里感到愧疚。珀尔这么长时间以来一直都是朋友,她对他有点儿好感——而且,关于他老婆,关于罗丝,她都知道,却不予置评,似乎也没责备。她是个好姑娘,珀尔真的是好姑娘——他走回去,匆匆地说:"对不起啊,珀尔,不是有意的。"说完连回答都不等,他就又离开了,这次离开是回家去。

那个他称之为老婆的女人在做针线活,她抬头看见他,简短地问:"你现在想要什么?"

"什么都不想要。"他坐下来,拿起一张报纸假装要看,感觉到她瞥过来的目光。她的目光已经不是敌视的了。那目光早就过了那个阶段。罗丝对他有着无休无止、温柔缱绻的好奇心——他不由自主地想,这好奇心宛若白嫩的充满爱的手指掐住他的脖子。相比之下,她几乎对他没有兴趣,这倒是一种解脱。"想要吃点儿什么东西吗?"她终于问。

"你有什么东西呢?"他想起罗丝刚刚给他准备的没滋没味的蒸鱼和烤面包,小心翼翼地问。

"自己拿去吧。"她回答,于是他走到楼梯平台上放着的橱柜那里,装了一盘面包、芥末咸菜和奶酪,然后回到她所在的那个房间。她瞥了一眼他的盘子,但没有做任何评论。过了一会儿,他嘲讽地问:"难道你不想告诉我,我不能吃咸菜吗?"

"才不管呢。"她心平气和地说,"你要是想糟践自己,那是你的事。"听到这话他朗声大笑,她也跟着他笑起来。后来她问:"要在这儿过夜吗?"

"你不介意的话。"她鼻子哼了一声,发出嘲弄的大笑,站起身,说:"好了,我要去睡了。你不能睡沙发,因为孩子们有一个朋友,他已经占了。你得在地板上铺条毛毯,放块垫子睡了。"

"谢谢。"他淡淡地说,"孩子们怎么样?"他过了一会儿想起来了,就问。

"挺好的——你要是还感兴趣的话。"

"我问了,是不是?"他也不温不火地回应道。这种交谈从头至尾进行得安安静静,不咸不淡的,那潜在的感情几乎是友好的。一个外人会说他们相互之间几乎不认识。她一走,他就从抽屉里拿出一条毛毯,用它裹住腿,让自己在一把椅子上安顿下来。他本来是要思考一下他自己和罗丝的,可是他立即就睡着了。他早早就离开了,还没有人醒来。在工厂里他一整天都在想:关于罗丝,我对罗丝得做什么?下班后,他鬼使神差地去了小酒馆。珀尔静静地站在柜台后,她的举止表明,昨天晚上针对他的坏情绪此时不见了。他本打算喝上一杯就走,但他喝了三杯。他喜欢珀尔乐呵呵的脾性。她告诉他,她那个男友在和另一个姑娘鬼混,说完就好像几乎跟她无关似的,又加了一句:"毕竟海里边儿的鱼多得是。"

"说得对。"他含含糊糊地说。

"唉,我们都有本难念的经啊。"她说着,有点儿情绪化地叹了口气。

"是啊——他们都是活该。"说到这儿,他心里猛地一痛,感到愧疚,因为他心里一直在想着罗丝。珀尔在热切地看着他。然后她说:"我没说他不活该。可是现在另外那个姑娘占尽了好处……"她说到这儿,凄然一笑。

他喜欢这种乐呵呵的人生观,就禁不住说道:"他背叛了你,太没眼光了。"他赞赏地看着她头顶上那亮闪闪的黄色发卷,看着她丰腴的身材。她眼睛一亮,他赶忙说了晚安,就离开了。他现在一定不能和珀尔搅和在一起,他心里想着。

时间已经过了八点。通常,他都是到了七点钟就和罗丝在一起的。他沿着街道缓缓地走着,心里想着应该对她说些什么话,然而进了屋脑子还是一片空白。不知怎么的,他很累。罗丝一个人已经吃过了,餐桌也清理过了,现在她坐在桌旁,对着一张报纸皱眉。"你在看什么呢?"他问,他这是没话找话,要打破尴尬。他从她肩膀凑过去,看见她在一个专栏上面标了记号,题目是《多余的女人给教会带来问题》。他感到大吃一惊。

"说的就是我,一个多余的女人。"她说完,突然之间哈哈大笑起来,笑得让人料想不到。

"有什么好笑的?"他问,心里很不舒服。

"我想笑就笑,我有权笑。"她反驳道,"不管怎么说,总比哭强吧。"

"啊,罗丝,"他无助地说,"啊,罗丝,得了吧……"她眼泪夺眶而出,一下子抱住了他。但这还不算完,他也知道。后来那天夜里,她说:"我想跟你说件事儿……"他就想:现在我要接招了——不管说的是什么。

"你昨天晚上回家了,对吧?"

"是的。"他警觉地说。

顿了一下,然后她问:"她怎么说?"

"说什么?"他没有立即明白她的意思,这倒是事实。"吉米……"她满腹狐疑,低声地说。他说:"罗西,没用,这话我以前就跟你说过。"

她没有立即应声,但当她说话的时候,那声音是苦涩的:"唉,我现在明白是怎么一回事了。"

"你一点儿都不明白。"他嘲讽地说。

"嗯,那么你告诉我?"他不语。她的沉默就像是一个永恒的问题。他再次感到似乎那温暖、柔软的手指缠上了他。他感到窒息。"没有什么好解释的。我只是不由自主。"一阵停顿,然后她用他讨厌的平淡而简短的方式来了一句:"是吗?"再也无话。至少,到目前是如此。一个礼拜以后,她沉静地说:"我今天去见吉尔的奶奶了。"

他的心一颤,心想:又要干什么?"怎么了?"他问。

"乔治上个月阵亡了。在意大利。"

他感到胜利了,接着他不好意思地说:"那太遗憾了。"她摆摆手不提这茬儿,说:"我对吉尔的奶奶说我想收养她。"

"可是罗西……"这时他看见她的脸色,就胆怯了。

"我想要孩子。"她说得很激烈。他垂下了目光。

"她奶奶不会丢下她不管。"

"我说不准。刚开始她拒绝了,后来她把这事儿想了想。她现在年纪很大了——明年就八十岁了。她想,吉尔跟我在一起或许会更好些。"

"你想养这个孩子,就在这儿?"他还是不相信,就问道。

"我为什么不应该?你整天都在上班。"她沉默了;他看看她——慢慢地脸红了。

"听我说一句,"她开了口,是劝说式的——口气一点儿也不难听,但是每一个字都伤到吉米,"这地儿是我布置的。用的是我的家具,我的钱。我在邮局还存有一百英镑,以备不时之需——我会用到它的;现在战争结束了,我们不会挣那么多钱了,如果我没说错的话。到目前为止,我一直都还没有……"但是,说到这儿她那直觉的敏感攫住了她,她说不下去。她想说的是,饭钱是她出的,一切都是她出钱。最近连房租都是她出钱。有个礼拜,他说,当时还带着歉意,说他没有现金,说她可否交这一次房租——而今这成了常事。

"你想让我给你钱,你好跟那个孩子待在这儿?"他赔着小心问。她尴尬得脸腾地就红了。"不,不。"她赶忙说,"你听啊。如果你好歹管交房租——那就够了。我可以找一份兼职,只在上午上班的。吉尔现在上学了,我怎么都能凑合。"

他默默地体会着这番话。他在想,想想都难以置信:她想在这儿养一个孩子,一个孩子总是碍手碍脚的——这就意味着她不再爱我了。他慢慢地说:"好吧,罗西,假如这就是你想要的,去办就是了。"

她脸色转晴,喜上眉梢,像往常一样跑着扑进他怀里,吻着他,说:"哦,吉米;哦,吉米……"他抱着她,苦涩地想:所有这快乐都不是因为他;她所关心的就是那个孩子——女人啊!但他内心深处另有两个想法:第一,他不知道他怎样才能找到交房租的钱,除非他很快通过那个考试;另一个想法是,当局根本就不会让罗丝收养吉尔。

第二天晚上,罗丝非常沮丧。"你去见那些当官儿的了吗?"他终于问。

"去了。"她不愿意看他。她无助地从窗口向下呆望着。

"没有一点儿用吗?"

"他们说我必须证明我自己是个健康、合适的人。于是我说我就是。我对他们说,自打吉尔出生我就认识她。我说,我认识她妈妈、她爸爸。"

"这话足够真实了。"他禁不住插话,心中不无嫉妒。她冷冷地瞪他一眼,说:"现在别找碴儿。我告诉他们说,她奶奶年纪太大了,我很容易就能照顾她。"

"那么后来呢?"

她不说话了;接着,她不自觉地扭着手,哭了出来:"他们很不好,他们对我一点儿都不好。他们有两个人。一个女的,一个男的。他们说:我怎么能养活吉尔呢? 我说我能挣钱。他们说,我必须拿出文件之类的东西给他们看……"现在她在默默地哭泣,但并没有朝他走来。她就站在窗边,背过身去,让他无法看见她的忧伤。"他们问我,一个上班的女孩子怎么能照看一个孩子,我说我轻而易举就可以,他们就问,我有没有丈夫……"说到这儿,她脑袋靠着墙,凄楚地抽泣。过了一会儿,他说:"哎,罗西,看样子我好像对你没有什么用处。或许你最好别要我,给自己找个正经八百的丈夫吧。"听到这话,她猛地抬起头,以不敢相信的眼神看着他,大叫道:"吉米,我怎么舍得不要你呀……"他朝她走去,心里松了口气,想:她毕竟更爱我。他的意思是:跟那个孩子相比。

罗丝似乎已经接受了失败。有好几天她都一脸忧戚地谈市政府里那些个"爱管闲事的人"。她甚至来了几句幽默话,尽管那种方式的幽默使他感到不自在。"我要去找他们。"她冷笑着说,"我去了就说:我成了一个多余的女人,也是身不由己。别怪我,要怪就怪这场战争,他们在愚蠢的战争中不断地杀男人,把男人都杀光了……这不能算我的错。"

这时他妒火中烧,忍无可忍,就说:"你爱我,可你更爱吉尔。"她惊讶地哈哈大笑,说:"吉米,你真是个小孩子。""哼,一定是这样。看你那样子吧,说起那个孩子就没完没了。你满脑子想的都是她。"

"你嫉妒吉尔,是完全没有道理的。"

"嫉妒?"他粗暴地说,"谁说我嫉妒了?"

"喂,你不是嫉妒了,是什么?"

"噢,见鬼去吧。见鬼去吧。"他喃喃地低声说着,举起胳膊搂住了她,还大声说,"得了,罗西小姑娘,得了,别再这样子了;还跟过去一个样儿,好吗?"

"我没有什么不一样。"她耐着性子说着,叹了口气,勉强接受了他的爱抚。

"这么说,你没有什么不一样。"他愠怒地说。然后他艰难地克制住自己,哄劝道:"罗西,罗西,爱我一点点好不好……"

实际情况是,他对罗丝的变化耿耿于怀。他不断地想她,想她过去的样子。就像梦想着另外一个女人,她现在变化这么大。上班的时候,忙着干活,需要他全神贯注,他往往就像是给蜜蜂蜇了一下那样,开始喃喃地说:"罗丝——啊,让她见鬼去吧!"他不无痛苦地回想着,想当初她是怎样从房间这头跑到那头去迎接他,她是怎样地风情万种、温情脉脉。他想到她现在耐着性子对他好,就想骂娘。他一下班就直接回那套公寓房里去,甚至她还没到,他就到了。屋里黑灯瞎火,冰冷冰冷的,像是在提醒他罗丝发生了多么大的变化。她走进来时,一脸的倦容,手里提着好几个抽绳袋,发现他坐在桌子旁,盯着她看,两眼幽幽的,满是妒意。"这鬼地方冷得就像个大街的拐角。"他会生气地说。她看看他,叹口气,然后理智地说:"可是吉米,你看啊,开煤气用的六便士我就放在这儿了——你干吗不把火打开呢?"然后,他就会朝她走过去,一边吻着她,一边把她的胳膊放下,她就说,"吉米,放开我,只要一会儿啊。我必须把土豆放到火上,要不就没有晚饭吃了。"

"土豆难道不能等一会儿吗?"

"吉米,放开我的胳膊啊。"她小心翼翼地从他紧抓着的压力下伸出胳膊,再把抽绳袋放到桌子上。接着,她转过身来吻他。他注意到,她在焦虑地瞟着窗帘,瞟着垃圾桶。窗帘还没有拉上,垃圾桶还没有倒掉。"你总不能等到把所有的家务活都干完了再来吻我吧。"他阴郁地大声说,"那好吧,等你有点儿空了,不介意我吻你了,就给我使个眼色。"

听了这话,她无精打采却耐着性子说:"吉米,我下班直接就回家了,什么东西都还没弄好,你以前回家可没有这么早。"

"这么说,你是埋怨我直接到这儿来了。以前你埋怨可是因为我先找个地方喝上一杯的。"

"我可从来没有埋怨过。"

"就算你没有埋怨,你生闷气了。"

"我说,吉米,"她削着土豆皮,幽怨地顿了顿,说,"我要是跟一个男的去喝酒,你也不会喜欢的。"

"你说的是珀尔吧,我猜想。不管怎么说,那是很不一样的。"

"有什么不同?"她理智地问,"我不喜欢一个人去小酒馆,可我要是想去,我看不出来为什么不能去;我不明白为什么男人能做一件事,而女人就应该做另一件。"

她突然间变得很小女人气,这总让他困惑不解。这种变化似乎和她的性格很不一致。他撇开这一点,说:"你是嫉妒珀尔了,就是这么回事。"

当然了,他想让她哈哈一笑,或者甚至跟他吵上几句,然后亲吻一通,这事儿也就烟消云散了,然而,她想了想,满怀心事的样子,然后说:"你要是爱一个人,你禁不住就要嫉妒人。"

"珀尔!"他哼了一声,"我认识她好几年了。再者说了,谁告诉你的?"

"你总以为没有人会注意到事情。"她忧伤地说,"你总是感到那么意外。"

"喂,你是怎么知道的?"

"总会有人告诉你事情。"

"而你相信他们。"

顿了顿。然后她说:"噢,吉米,我可不想一直这么吵下去,没有任何意义。"她那副忧伤、无助的样子使他很受用,他一把把她搂进他温暖的怀抱。"我也不是成心想吵架。"他喃喃地说。

然而,他们还是不断地争吵。似乎每次交谈最后的落脚点都落在珀尔,或者乔治身上。要么他们的缱绻温情转化为倦怠的沉默,他会看到她把目光静静地从他身上移开,心有所想。"罗西,你现在怎么总是一副严肃的样子呢?""我在想吉尔的事儿。她奶奶太老了。她整天都被关在厨房里——就想想吧,那些个爱管闲事的老家伙们说,我不是收养吉尔的合适人选,可是起码礼拜天我可以带她出去溜达溜达……"

"你想要吉尔,是因为乔治。"他从牙缝里挤出这句话来,两手把她抓得紧紧的,她不得不把胳膊挣脱开来。"啊,别说了,吉米,别说了。"

"哼,这是真话。"

"你要是那么想,我也拦不住你。"接着就是完全隔膜的沉默。

这件事过去几个礼拜以后,一天晚上他回到那家小酒馆去。"哎哟,这是谁呀?我都不认识了。"珀尔说。她两只眼睛大老远就放着光,迎接着他。

"不是这事儿,就是那事儿,我一直很忙嘛。"他说。

"那敢情是。"她酸溜溜地说,两眼火辣辣地盯着他。

他抗拒不了这样的眼神。"女人哪,"他说,"女人。"他端起一杯酒,一饮而尽。

"别那样子跟我说话。"她嘿嘿笑了笑,说,"我男朋友刚刚结婚了。他连个请帖都没有给我送,都没有邀请我参加他的婚礼。"

"他不懂得什么对他好。"

她那双蓝幽幽的大眼睛朝四周瞟了瞟,目光斜了斜,落在他身上,然后才双目低垂,落在她正在清洗的玻璃杯上。"或许还有别的人也不懂。"

他犹豫了一下,说:"或许懂,或许不懂吧。"他谨小慎微,就退缩了。然而,他们快乐地打情骂俏这么长时间了,纯粹是出于好脾气。这一新的犹豫本身就很危险,为他们之间随意的交谈增添了深度。他暗自告诫自己:小心啊,吉米,我的老伙计,你要是不小心就又要出轨啦。他打定主意要去另一家小酒馆。然而,他还是回来了,每天晚上都回来,因为他盼望着这样一刻:他站在门口,然后她看见他,她两眼对他充满热情,然后轻轻地说:"你好,帅哥,你今天又让自己惹上什么麻烦了?"他原来一般都只待半个小时,如今养成了待一个小时或更长时间的习惯。他静静地斜靠着吧台,衣领竖得高高的,遮起脸的下部,同时他那双灰色的眼睛目不转睛地盯着珀尔,欣赏着她的姿容。有时候她感到不好意思,就说:"你的眼睛需要休息一下啦。"他就淡淡地回答:"你要是不想让人看你,最好给自己另外买一件针织套衫。"他会怀着不忠的感觉想:罗西干吗不给自己买一件那样的衣服呢?可是罗丝总是穿她那条朴素的黑裙子,穿她那件整洁的衬衣,在领口那儿别上一枚饰针。

之后他爬上楼梯,回到那套公寓房,急切地想:或许她今天就会像过去那样了吧?他满怀期待地打开门,心想:或许她看见我的时候就会微笑,跑着过来……

然而,她就坐在火炉边,或者坐在桌子边等着,她一脸倦容,颇有耐心地冲他笑笑,把晚饭端上桌子。他很是失望,兴致也就更加低落,但他逼自己说:"对不起,我回来晚了,罗西。"他做好了受一顿责备的思想准备,然而根本就没有责备,尽管她目光焦虑不安地在他身上搜寻,然后低垂下来,仿佛害怕他在她眼里看到责备的神色似的。

"没关系。"她回答,回答得很小心,说着放下饭菜,给他拉出椅子。

他总是禁不住要看看,看她是不是还在对吃的东西"瞎紧张"。然而,她却不辞劳苦,把她采取的谨慎措施隐藏起来,理性地给他做饭。有时候,他不无讥讽地挑衅:"我琢磨着,你那位当药剂师的朋友说过,吃豌豆对治溃疡有好处吧——罗西,弄点儿炒洋葱怎么样?"

"我明天就给你做点儿。"她回答。他把咸菜瓶子朝自己拉过去,在鱼上面堆满了腌芥菜,这时候她就把目光移开,仿佛是在畏缩。"这辈子只活一次。"他滑稽地调侃道。

"对呀。"然后,她用一种准备好的声音说,"毕竟是你自己的肚子。"

"我总说的就是这话。"他对自己说:可能就要变成我那该死的老婆了。因为他老婆到了最后就是这番话:"肚子是你的,你要是想早死十年……"

在吃了满满一盘子炒洋葱,或者涂满番茄酱的薯条之后,他到了夜里肚子疼得很厉害,僵硬地躺在她身边,瞒着她,他原来跟他老婆也是这样。女人都喋喋不休!喋喋不休的女人啊!

他不断地问自己为什么还不一刀两断。有十几次了,他都对自己说:现在受够了,这没好处,不管怎么说,她不爱我。然而到了晚上,他还是回到那家小酒馆,试探性地和珀尔调情,直到他再也不能拖延了的时候。然后他回到罗丝身边,就像给拖回去的一样。他也闹不明白。他举止很糟糕——他无法控制自己;他这时候应该在学习,准备考试——他却无法让自己静下心来学习;很容易就能使罗丝高兴——他却走不出这决定性的一步;他应该下定决心,晚上不再回到珀尔身边去,而他却无法抽身。这究竟算是怎么回事?人为什么只是一味地做事情,就好像给拖着拽着,违背着自己的意愿,甚至不惜牺牲快乐?

一个礼拜六的晚上,罗丝说:"我明天不在家。"

他一把抓住她的手,质问道:"为什么不在家?你要去哪儿?"

"我要带吉尔出去一整天,然后跟她奶奶一起吃晚饭。"

他呼吸急促,嘴唇绷得紧紧的,脱口说了句:"再也没有时间给我了,是不是?"

"啊,吉米,有点儿理性吧。"

第二天早上,他躺在床上,看着她穿好衣服准备出门。她笑盈盈的,脸色柔和,洋溢着快乐。她离家前安慰性地吻了吻他,说:"只是礼拜天会这样,吉米。"

这样一来,就会是每一个礼拜天了,他想,心里很凄惨。

晚上他去小酒馆。珀尔那天晚上不上班。他本想请她一道去看电影的,但他不知道她在哪儿住。他就去了自己的家。孩子们都睡了,妻子去一个邻居家串门了。他觉得仿佛每个人都使他大失所望。最后,他回到公寓房等罗丝。她回来的时候,他闷闷不乐地坐着,脸上露出一丝生气的笑容,而她却眉飞色舞地谈吉尔。上了床,他转过身去,背对着她躺着,两眼盯着窗口灰蒙蒙的灯光。再也不能这样下去了,他想;这有什么意思呢?然而第二天晚上,他还是一如既往,回到这里。

第二个礼拜天,她要他跟她一块儿去看吉尔。

"去个鬼啊!"他愤愤不平地说。

她受到了伤害。"为什么不呢,吉米?她是那么可爱。她是这么好的一个小姑娘。她长着长长的金色鬈发。"

"我猜想,乔治也是长着长长的金色鬈发吧。"他夹枪带棒地说。

她茫然地看了他一眼,耸耸肩,不再说话。她走了以后,他去了珀尔的家——他已经打听到了她的地址——带她去看电影。他们互相之间,说话谨慎,彬彬有礼。她偷偷地观察他:他脸绷得紧紧的,满是忧郁;他在想罗丝跟那个小丫头片子在一起的样子——她跟吉尔在一起就很快乐,而对他,却连一丝笑意都不给!当他说完晚安,珀尔拖着长腔、慢悠悠地说:"这电影叫什么名儿,你怕是都不知道吧?"

他不舒服地哈哈一笑,说:"对不起,珀尔,我一肚子心事。"

"谢谢你告诉我。"然而,她并没有敌意;那口气听着满含同情。他很感激她的善解人意。他匆匆地吻了吻她的脸颊,说:"你是个好姑娘,珀尔。"她脸一红,赶忙搂住他的脖子,又吻了吻他。之后他不自在地想:我只消抬抬我的小指头,就能把她弄到手。

回到家,罗丝跟他说话很是小心,直到他提起吉尔,她才提。她害怕他。他看出来了,这使他懊丧得快要发疯。任谁都会以为他对她太狠心了!"我的天哪,罗丝,"他哀求道,"你怎么了?你为什么不能对我好点儿呢?"

听了这话她叹口气,以干巴巴的、疲倦的口气问:"我猜想,珀尔对你不错吧?"

"见鬼,罗西,你不在的时候,我总得做点什么吧。"

"我叫你跟我一起去了,对不对?"

他们现在处于某种危机的边缘;两个人都心知肚明,有好几天,他们待对方简直像待陌生人,怕的就是爆发争吵。他们几乎都不敢四目相对。

在接下来的那个礼拜六晚上,罗丝问:"跟珀尔约好了明天约会吗?"

他正要否认,她却不依不饶地说了下去:"事情不能这样继续下去了,吉米。"他沉默,然后她突然问:"吉米,你有没有要求你老婆跟你离婚?"

他一下子火了:"见鬼,罗西,你现在又要回到那件事上了?"

"我琢磨着,你是在想这不是我的事儿,我是在多管闲事。"她说,带着她那出人意料的、阴郁的幽默哈哈一笑。

那天上午罗丝跟他再也没说一句话,就去看吉尔了。至于他呢,去找了珀尔。那姑娘对他很温柔:"你要是不想看电影,没必要一定带我去看。"她同情地说。于是他们就去了一家咖啡馆,他冷不丁地冒出一句:"你知道,珀尔,喜欢上我是没什么好的;女人对我了解得多了,就会觉得我是毒药。"他凶狠地咧嘴笑笑,两只手攥得紧紧的。她伸出手,抓住他的一只手,说:"我想要什么,我说了算,对不对?"

"不要说我没有警告过你啊。"他随便说了一句,就用胳膊搂住了她,他觉得,他说了这番话,就免除了他对珀尔所有的责任。他心里想的是罗丝。她这会儿该回到家了。算了,在家里找不到他,对她会有好处。她只是把他当成理所当然的,这是一个事实。然而,心神不宁地待了五分钟之后,他说:"我最好还是走吧。"临别之际,珀尔说:"我爱你,吉米,别忘了这一点。我愿意为你做任何事情,任何事情……"她跑进屋里,他看见她在哭。不管怎么说,她是爱我的,他想,心里生气地想着罗丝。他慢慢地爬上那长长的、黑咕隆咚的楼梯。他又是疲惫不堪了。我必须睡上一觉,他暗想;这种局面不能再继续下去了,它会把一个男人拖垮的,我要直接上床,睡觉。

然而,他打开门,屋里却是灯火通明;她已经在屋里了,坐在桌子边。她还穿着她最好的衣服:一件整洁的灰色西装,白衬衣,饰针。她的头发看上去像是刚刚梳过。引起他注意的是她那张脸:她神色凝重,嘴唇紧绷,意志坚定,甚至有些胜券在握。怎么了？他想。

"不要立即就上床。"她说——因为他在脱鞋子和外套了,"我们有些事儿要做。"

"最好是顶重要的事儿。"他说,"我累得都站不稳了。"

"就这一回,你最好站得稳当一些。"这种蛮不讲理的口气从罗丝口中说出,还是新鲜的,令人震惊的。

"有什么事儿？"

"待会儿你就知道了。"

他差不多要不理她,就上床了；然而,他最后还是做了妥协,把枕头推到墙边,靠了上去。"等谜底揭开的时候,叫醒我。"他说完,倒头便睡。

罗丝态度生硬,依然坐在桌边,看着门,倾听着。头一天她做出一个决定。或者准确地说,有个决定为她准备好了。是这个决定跑到她脑子里来的：为什么不写封信问一问呢？她会知道的……刚开始这个想法把她吓了一跳。这不是一件好事儿,是和她所认为的正确的行为方式背道而驰的。然而,自从这个想法进入她头脑的那一刻,它就积聚力量,直到除此之外,她什么都想不了。她终于坐下来,写道：

亲爱的皮尔森太太：

我给您写信是为了一桩事关你我二人的私事,我希望不致冒犯您,因为我写信不是本着那种态度。我叫罗丝·约翰逊,自打战争还没有结束的时候,您丈夫就一直在追求我,已经有两年了。他说你们二人分居了,您不愿意跟他离婚。我现在想把这些捋顺了,摆平了,我一直在想如果我们谈一谈,或许事情就会捋顺了。如蒙您同意,吉米明晚在家,十点钟左右,我们三个人可以谈谈。相信我,我无意惹麻烦,更无意冒犯。

这封信她亲自送到了她家,从信箱缝隙丢了进去。之后她并没有走开。她怀着罪恶感沿街道走过去,然后再走过来,两眼盯着那些窗户。那就是她住的地方。她心情沉重,满怀嫉妒的爱,她的双脚仿佛灌了铅那样沉重。那就是吉米和她住过的地方。那就是他的孩子们住的地方。她希望看上他们一眼,打量着一些在大街上玩耍的孩子们,试图在他们的脸上找到他的眼睛、他的相貌特征。有一个小男孩儿,她觉得可能是他的儿子,她禁不住冲这孩子笑笑,眼里噙满了泪水。她终于从那幢房子前走过,心想:要是能有个了结就好了,我再也受不了了,我受不了了……

有脚步声了,罗丝刚要起身去开门,脚步声又过去了。后来,在她就要不抱希望的时候,又有脚步声了,而且就在门口停下。现在,这一刻来了。罗丝焦虑得快要晕过去了,几乎无法从地板上走过去。她想:我一定不能吵醒吉米,他太累了。她打开门,凭本能地朝那个酣睡着的男人指了指。皮尔森太太瞥了他一眼,紧绷着嘴唇笑笑,走了进来,鞋跟敲打地板,咔咔作响。罗丝曾给自己描绘过许多个吉米妻子——这个叫人嫉妒的女人的形象。不知道为什么,她把她想象成柔美、娇弱、标致的模样——就像珀尔,她在大街上见过珀尔一面。然而她一点儿都不是那个样子。她块头很大,体格壮实,脚步声重。她长着一张四方脸,神情愉快,一双棕色的眼睛沉静而率直。她的黑头发已现点点银丝,发卷细密,她五官那么大,那头黑发在脑袋四周,显得贴得太紧。"哟,"她愉快地朝罗丝点点头,用正常声量说,"这囚犯在执行死刑之前还在睡觉哪。"

"啊,不是。"罗丝不安地倒抽一口凉气,"根本不是那么回事儿。"

皮尔森太太好奇地打量她,耸耸肩,把包放在桌子上。"谢谢你的来信。"她说,"差不多是该让你弄个明白了。"

"弄明白什么?"罗丝赶忙问。

吉米打了个激灵,茫然地看着这两个女人,然后手忙脚乱地站了起来。"这到底是要干什么?"他不由得问。接着,他发起火来:"你把鼻子伸这么老长,要打探什么事情?"

"她请我来的。"他妻子说,话语很是平静。她坐下来。"来,坐下,吉米,我们把话说开了吧。"

他一脸困惑。接着他也耸了耸肩,点着一根烟,来到桌子边。"好吧,把话说开了吧。"他爽快地说。他以不可思议的目光瞥了罗丝一眼。她居然会对他做出这种事来,他想,一直伤到人骨头里——而她居然说她爱我……他恨死了罗丝,恨死了自己的妻子……她们爱怎么样就怎么样吧。

"听着,吉米,"他妻子说,那口气理性得就像是跟一个孩子说话,"看样子你跟这个可怜的孩子撒了很多谎呀。"他紧绷地坐着,一言不发。她等了等,然后接着说了下去,眼光看着罗丝:"实际情况是这样的。我们结婚十年了。我们有两个孩子。我们一开始是幸福的——嗯,没什么不同寻常。然后他厌倦了。那也没有什么不同寻常。不管怎么说,他不是那种对事能专心一意的人。我也生气过,但后来就习惯了。我想:好吧,我们无法改变我们的本性。吉米并没有恶意,他只是什么东西都能陷进去。后来战争开始了,你知道是怎么个情况。我当时上夜班,他也是,他的厂子里有一个姑娘,他们就混到了一起。"她停顿了一下,就像个主审法官一样看着吉米,可是他却一句话都不说。他只是抽烟,脸上略带笑意,生气地低头看着桌子。"我烦了,说我们最好分开吧。然后他就跑回来,说这种事儿再也不会发生了,他真的不想离婚。"吉米一激灵,张了张嘴要说什么,却又闭上了。"你是要说话吗?"他妻子愉快地问,"没事儿,说吧,尽情地说吧。"

"难道说的不对吗?"

他耸耸肩,她等了等,然后接着说:"就这样,风平浪静了一个月左右。他就又跟那个姑娘勾搭上了……"

"是珀尔吗?"罗丝突然问。

他嘲讽地哼了一声:"珀尔,她能想到的就只有珀尔。"

"谁是珀尔?"皮尔森太太警觉地问,"她我是头一回听说。"

"没事儿。"罗丝说,"说下去。"

"可是这一次我受够了。我说,有我没她,有她没我。"她冲罗丝说话,把吉米排除在外,她说,"如果说有一件事儿他做不到的话,那就是对事儿拿个正主意。"

"就是。"罗丝不由得表示同意。接着她脸一红,愧疚地看了吉米一眼。

"说下去吧,你们就自娱自乐吧。"他说,语气满含讽刺。

"我们并没有在自娱自乐,是你在自娱自乐。"

"那是你的想法。"

"啊,随便你吧。你总是这样。可是我这会儿在跟罗丝说话。我说,有她没我,有我没她,这时候他进入了一种真实的状态。问题的根源在于,我们两个他都想要。男人天生都是想多要几个老婆的,他说。"

"就是。"罗丝又说,说得很快。

"啊,真是岂有此理,你们两个难道听不懂笑话吗?那就是个笑话。你们以为呢?我想同时娶两个女人?一个就够够的了。"

"你一直是同时跟两个女人结婚的。"他妻子严厉地说,"不管你喜欢还是不喜欢。总之差不多是这么回事。"两个女人互看一眼,冷冷地笑笑。吉米瞥了她们一眼,站起身,走到窗边。"等你们说完了告诉我。"他说。

罗丝一冲动朝他走过去。"啊,坐下来,你的毛病就是你对他太温柔了。我当初也是。"

吉米从窗户那儿丢过来一句话:"温柔得跟混凝土似的。"他冲罗丝做了个手势,指着他妻子说:"快看她一眼,看看她有多温柔。"罗丝看了一眼,脸红了,说:"吉米,我不是有意要让你难堪。"

"你不是?"那口气透着不屑。

"算了。"皮尔森太太说,她声音很大,打断了他们俩的谈话,"最后我一气之下把他给蹬了,跟他离了婚。"

罗丝倒抽了一口气。她的目光狂乱。"你离婚了?"她盯着吉米,等着他矢口否认,但他依旧背对着她,"吉米,这不是真的,对不对?"

皮尔森太太带着粗鲁的好意说:"现在不要着急,罗丝。啥事是啥事你该知道了。我们三年前就离婚了。孩子归我,他必须每个礼拜给我交两英镑的抚养费。可是话说回来了,如果别的姑娘以为他会娶她,那她就大错特错了。他追我都追了三年了,然后我不得不一跺脚,拿定主意。他说没有我他就活不下去,可是到了婚姻登记处,他看上去就像个要被执行死刑的犯人。"

吉米口气冷冷的,带着火气说:"你要是想知道实情,她不愿意嫁给我,她嫁给了别人。"

"那敢情。她学会了一些理智,我想。你从来没跟她讲过你是结了婚的,当她发现的时候,吓得都灵魂出窍了。"

"说下去。"罗丝说,"我想听到这件事的结局。"

"什么结局都没有,问题就在这儿。离婚之后,吉米还是进进出出,就好像他还是这个家的成员似的。'喂,'我跟他说,'我觉得我们是离了婚的。'可他要是没地儿睡觉了,或者想另找地儿看书了,或者溃疡发作了,他就拐进来吃顿饭,或躺躺沙发。他现在还是这样。"她的话说完了。

此刻罗丝哭了。"吉米,你为什么对我撒谎呢?"她凝视着他一动不动的脊背,凄凄哀哀地说,"为什么?你没必要对我撒谎啊。"

他惨兮兮地说:"有什么用呢,罗丝?我每个礼拜要交给她两英镑。我做不到也这样对你,也没办法给你一个像样的家。"

罗丝做了个无助的手势,默默地坐着,眼泪唰唰地流个不停。皮尔森太太友善地看着她。"哭有什么用呢?"她问,"他对你没好处。而且你说他已经另有女人了!这个珀尔是谁?"

罗丝说:"他带她去看电影,她要嫁给他。"

"你他妈是怎么知道的?"他问,说着转过身来,终于面对着她们。

罗丝以哀求的目光瞟了他一眼,温柔地说:"可是吉米,大家都知道啊。"

"我琢磨着,你一定是去跟珀尔谈过了。"他不屑地说,"女人啊!"

"我当然没有。"她感到震惊,"我是不会做出这样的事来的。可是,这件事大家都知道啊。"

"这一次,大家都是谁?"

"啊,大街拐角那家商店有我的朋友,他给我保留着一点余钱,万一有饼干了什么的好买。他对我说,珀尔迷上了你,他还说人们说了,你要跟她结婚。"

"耶稣啊,"他只说了一句,坐到了床沿上,"女人!"

"他就是这种人。"皮尔森太太一本正经地说,"他是觉得他是个隐身人。他在光天化日之下尽管行事,干什么都没有人会注意到。当有人注意到了,他就会感到意外。当初他跟另外那个姑娘出去都好几个月了,这件事儿全厂的人都知道,可是我跟他提起这件事的时候,他居然以为我雇了个私人侦探跟踪他。"

"唉,"罗丝最终无助地说,"我不知道,我真的不知道。"

皮尔森太太带着她那粗犷的热情又说:"喂,罗西,你也别太往心里去。相信我,你从这件事走出来了。"

罗丝的嘴唇又哆嗦起来。皮尔森太太站起身,站到她身边,拍拍她的肩膀。"好了,"她说,因为罗丝支撑不住了,"好了,别激动。好了,好了啊。"她一边劝慰,一别越过罗丝的头顶,狠狠地瞪了她丈夫一眼。吉米坐在床沿上,抽着烟,惊慌不已。他心里在想的是:这个该死的罗丝居然给我来这一手——她怎么能对我这样?

"我什么都没有了。"罗丝痛哭起来,"我什么东西都没有,任哪儿也没有亲人。"

皮尔森太太还在拍着她的肩膀。她满脸心事。她发出劝慰人的声音,然后她毫无征兆地突然冒出一句:"听着,罗丝,你过来跟我住怎么样?"

罗丝吓了一大跳,停止了哭泣,抬起脸说:"您说什么?"

"我料想你是给吓着了。"皮尔森太太也被自己说的话吓了一跳,"我刚刚想到的——我下个月要开一家蛋糕店。战争期间我省下一点钱。我正找人帮我呢。你要是愿意,你可以住在我那地方。那儿只有三个房间和一间厨房,不过我们能凑合着住。"

"那座房子不是您的?"

皮尔森太太哈哈一笑,说:"我猜想我的房东跟你说过,那整座大楼都是他的吧？你一辈子都挣不到一幢大楼的。我租的是地下室。"

"地下室。"罗丝热切地说。

"啊,地下室暖和、干燥,还完整无缺,对大多数地下室来说,这间地下室还是很不错的。"

"也更安全。"罗丝缓缓地说。

"更安全?"

"要是有轰炸什么的。"

"我想是这样。"皮尔森太太说,对她这句话摸不着头脑。罗丝渴望地盯着她的脸。"您有孩子。"罗丝缓缓地说。

"他们不是问题,真的。他们都上学了。"

"我不是这个意思——我能不能有个孩子——不,听我说,我要是去您那儿住,我就想收养一个孩子。我要是跟您一起生活了,我就会成为一个适合、恰当的人,那些个爱管闲事的人就会让我收养她了。"

"你想收养一个孩子?"皮尔森太太说,她很不高兴。她瞥了吉米一眼。吉米说:"你说我的事儿——可是你看看她吧。她当初跟一个男的订了婚,他战死了,她满脑子想的就是他的孩子。"

"吉米……"罗丝表示抗议地开口说道。但皮尔森太太问:"这个孩子没有妈妈吗?"

"闪电战。"罗丝只说了这三个字。

皮尔森太太顿了顿,体谅地说:"我觉得那就没有理由不收养了。"

罗丝一下子容光焕发。"皮尔森太太。"罗丝祈求道,"皮尔森太太——我要是能收养吉尔,我要是能收养吉尔……"

皮尔森太太正色道:"我见不得把自己弄得乱七八糟,如果我没必要这么做的话。如果我再有机会,你不会看到我再结婚生孩子的。不过呢,世界之大,无奇不有啊。"

"这么说就没问题了?"

皮尔森太太犹豫了一下:"没问题,干吗要有问题?"

吉米呵呵一笑。"女人啊。"他说,"女人。"

"亏你还有脸说别人。"他妻子说。

罗丝羞涩地看着他。"你现在打算怎么办?"她问。

"我认为,他是不会跟珀尔结婚的。"他妻子说。

罗丝缓缓地说:"你知道,你应该跟珀尔结婚,吉米。你真的应该和珀尔结婚。不这样做是不对的。你不应该像对我一样,让她伤心。"

吉米站在她们面前,两手插在衣兜里,努力做出淡然的样子。他缓缓地点着头,仿佛他最糟糕的疑虑就要得到证实了。"这么说,你们这是打定主意要我和别人结婚了。"他凶巴巴地说。

"我说,吉米,"罗丝说,"她爱你,这大家都知道,你一直在带她出去,让她胡思乱想——还有——还有——你现在可以住这套房子,我不要它了。不管怎么说,你最好还是要;现在战争结束了,房子可不那么好找了。你和珀尔可以住在这儿。"她说话那口气就像在给她自己求情。

"岂有此理。"吉米说着,两眼盯着她,感到震惊。

皮尔森太太精明地看着他。"你知道,吉米,这不是个坏主意,罗丝说得对。"

"什、什——么?你也这么看?"

"你差不多该收收心,不要再乱来了。你在这儿跟罗丝乱来,我是一而再再而三地告诉过你,你应该要么跟她结婚,要么就离开人家,我说过。"

"你原来就知道我的事儿?"罗丝恍惚地问。

"哈,这也没什么坏处。"皮尔森太太不耐烦地说,"成熟点儿,罗丝。我当然知道了。他回家的时候,我经常跟他说:别亏待了那个可怜的姑娘。你不能只希望她苦苦地等着,失去机会,只为给你一个安逸的生活,给你晚上寻欢作乐提供一个好地方。"

"我跟罗丝说过,"他突然间说,"我跟她说过很多次了,我说我对她不够合适。"

"我相信你说过。"他妻子简短地说。

"我跟你说过没有,罗丝?"他问她。

罗丝无语。然后她耸耸肩。"我只是不明白。"她最后说。接着,停顿了一下:"我猜想你天生就是这个德行吧。"接着,一阵更长的停顿之后:"可是你现在应该跟珀尔结婚。"

"只为了讨你欢心,我想!"他挑衅地转身对他妻子说,"我想,还有你。你们想看着我安安稳稳地跟某个人捆绑在一起,是不是?"

"我带着两个孩子,是不会有人跟我结婚的。"他妻子说,"我看不出来你为什么不该给捆绑起来,如果我们这样子看问题的话。"

"你看不出来我为什么不应该和珀尔结婚吗？我每个礼拜要给你交两英镑的钱呐。"

皮尔森太太一冲动，说："你要是跟珀尔结婚了，我就免除你那两英镑。我开了那家蛋糕店之后，会挣不少钱的，我料想，我就不差你那一星半点儿的。"

"可我要是不跟她结婚，那我就必须继续给你交那两英镑喽？"

"公平至极。"她平静地说。

"敲竹杠。"他愤愤不平地说，"敲竹杠啊，你这就是敲竹杠。"

"你爱叫它啥就叫啥吧。"她站起身从桌子上拿起包。"对了，罗丝，"她说，"所有这一切都很突然，都是一时兴起的那种东西。或许你想要考虑一下。我一般情况下，也不是那种匆匆忙忙做出决定的人。我可不想你来了，过后又后悔了。"

罗丝不自觉地站起来，站在她身边。"如果没什么问题，我现在就跟你走。东西我明天再来拿。今天夜里我不想在这儿待了。"她瞥一眼吉米，然后把脸扭向一边。

"她害怕跟我待在这儿。"吉米以尖刻的扬扬得意的口吻说。

"说得很对。我了解你。"她模仿着他的口气，"别背弃我，罗丝，你难道还信不过我吗？"

罗丝咧咧嘴，低声说："别这样。"

"啊,我了解他,我了解他。你必须把锁链套在他身上,拽着他去婚姻登记处。并不是说他不想跟你结婚。我料想,说到底他是想跟你结婚的。可是要让他下定决心,那就像是要杀了他。"

"罗西,想留下来跟我在一起吗?"吉米突然问——这个赌徒抛出他最后一张牌。他观察着她那明亮的双眼,等着,对他让她留下来的能力差不多是有把握的。

罗丝伤心地把目光从他身上移到皮尔森太太身上。

皮尔森太太看着她,略带笑意,那微笑似乎要说:我可不想牵扯进去,这事儿要你自己解决,这对我没有丝毫影响。然而她却大声说:"罗西,你要是留下来,你就是个傻瓜。"

"让她做决定嘛。"吉米轻声说。他在想:她如果在乎什么东西,那她就会留下来,跟着我,就会站在我这边。罗丝可怜地凝视着他,犹疑不决。她脑子里蓦地掠过一个想法:他只是在设法向他的妻子证明一件什么事,实际上他一点儿都不想要我。然而她却无法把目光移开。他在那儿坐着,身板儿笔直,神态自若,额头那儿的头发有点儿凌乱,他那双英俊的灰色眼睛看着她。她狂乱地想:他干吗只是在那儿坐着等呢?他要是爱我,他就会走过来,用胳膊搂着我,好言好语地求我留下来,我就会留下来——他只要那样做……

然而他依然静静地坐着,挑战着要她行动;慢慢地,紧张的气氛消失了,罗丝叹口气,佝偻着身子从他身边走开。她朝皮尔森太太走过去。他不可能真的爱她,否则就不会只是在那儿干坐着——这就是她的感受。

"我跟您走。"她沉重地说。

"这才是个明事理的姑娘,罗丝。"

罗丝拖着沉重的步子,跟在这位年纪大一些的女人身后走了。

"你不会后悔的。"皮尔森太太说,"男人呐——说到底带来的麻烦比他们创造的价值更多。这年头儿,女人得自己照顾自己,如果她们不自己照顾自己,那就没有人照顾她们了。"

"我也这么认为。"罗丝不大情愿地说。她站在门口,仍在犹豫不决,两眼满含希望地看着吉米。即使是现在——她想——即使是现在,如果他说一句话,她就会向他跑回去,跟他待在一起的。

可是他依然一动不动,嘴角带着那一丝苦涩的笑意。

"走吧,罗丝,"皮尔森太太说,"走吧,你要是想走的话。要不我们就赶不上地铁了。"

罗丝就跟她走了。她脑子里在想:我要收养吉尔了,这是很要紧的事儿。等到她长大了,或许就没有战争,没有炸弹那些个东西了,人们也不会再干傻事了吧。

天堂里上帝的眼睛

巴伐利亚阿尔卑斯山区的O——是一个迷人的小村庄。然而,它并不比一万个其他的村子更加迷人,尽管知道这个村子的人数量惊人,这些人当中有的实际上去过那个村子,有的只是在想象中品味过它的种种迷人之处。休闲胜地就像电影明星和皇家成员——或者是有人这么希望——他们在从来没有见过他们的人的想象中雕刻出种种形象,而这些形象一定会使他们感到尴尬。O——村的历史是引人入胜的,因为每个村子的历史都引人入胜。其地理位置占尽优势,尤其它离边境线很近,当你终于在地图上找出它的位置的时候,这村子在那些热情洋溢的度假人的臆想之中,似乎只要从村子里扔过去一块石头,就能扔到奥地利去。当然了,实际情况并非如此,因为一座座高山犹如墙壁一般形成一道天然的屏障,使任何这样的历险都不可能实现;此外,O——村以及山谷里这个村子上面那十个或十二个村子所有的供给由于这道天然的屏障,都必须从德国运来。这些高墙似的崇山峻岭实际上就说明了O——村为什么是德国的,而且一直都是德国的,尽管这个村子的村民都坚信奥地利才是他们的精神家园,并且从中得到安慰。从村民们一有机会就给夏天和冬天来度假的游客们唱的歌曲和讲的故事中来看,似乎是这么回事。所以,那些到那里去度假的游客们,原本希望在此发现两个国家的迷人之处,并非大错特错。还有的人去那儿是因为村子的名字,很家常,很简单,很顺口,不会产生那么多联想,联想到比方说贝希特斯加登①,在这样一个地方你可能也会感到无拘无束,如果你愿意有这种感觉的话。O——村从来都没有出过名,历史的聚光灯从来都没有照到过这个村庄。它一直都不是一个与苦痛相连的地方,不像那些直到人们痛苦的回忆被唤起了才听说过的地方,比如像汉城②、比基尼岛③,或者说到这个问题了,还有那个贝希特斯加登,尽管要是想找不自在,那里倒是真的很近。

好几百个冬天度假胜地都吵嚷着等待游客的光临,但这两位游客却从中选择了O——村,他们那天傍晚到了那里,正站在上街区的一条大街上。那一座座迷人的小木屋上面落着厚厚的积雪,一条条赏心悦目的小街道是那么狭窄,却又那么庄严,反倒使那些亮光闪闪的大汽车都显得假模假式、不合时宜。上了年纪的村民穿着黑色羊绒长裙,脚蹬笨重的木底鞋,甚至会有一架雪橇由一匹佩带绶带的马拉着,上面坐满了度

---

① 位于德国巴伐利亚州东南部的阿尔卑斯山脚下,距奥地利萨尔茨堡二十公里,以希特勒的"鹰巢"而著称。
② 这是韩国首都过去的译法,现译为"首尔"。这里用过去的译法是为了体现作品的创作年代。
③ 太平洋马绍尔群岛北端的一座珊瑚岛,1946年起美国曾在该岛多次进行核武器试验,轰动全世界。

假的游客——所有这一切都令人神往,而且无可否认,这也是他们到此一游的目的;尤其是适合滑雪的一道道山坡朝每个侧面延展开去。然而也不能否认,他们有很沉重的心事,他们觉得不自在。这种东西是什么则无须猜测,因为自从他们到来以后嘴还没有停下来,总在喋喋不休地说这件事。

这是一个游乐胜地,它纯粹为游客而存在。冬天,白雪皑皑,荡漾着俯冲而下的滑雪人的喊叫声;夏天,这里花团锦簇,到处响彻着牛铃的叮当之声——它总是那个样子:夏衣和冬装只不过是一种遮掩这一事实的面具,即这个村子除了蜂拥而至的游客,是没有存在感的,它给这些游客提供吃食、用品,是通过那唯一的一辆摇摇晃晃的小火车,车从巴伐利亚的低地开到上面来,然后是游客们大把大把地花钱,买木头鞋子、彩色雕花木瓶子、铁器、绣花围裙、滑雪裤、滑雪毛衣和那些细长弯曲的滑雪板,那些滑雪板本身能让一千个在地面上沉重行走的人在有雪的那几个月插上双翼,翱翔于那些陡坡险沟之间。

实际上,要有真正的乐趣,一处游乐胜地里应该除了本地合法居民、你本人,或许还有你的几个朋友外,不该有一个外人。这个道理人人都懂,人人都感受得到,然而这却是旅游业无法解决的矛盾;而等到整个欧洲没有一座小镇,没有一个村子,按术语说的,未得到开发,或许整幢大厦就会坍塌。你再也不可能开着车进得山来,寻找那尚未遭到破坏的村庄,寻找小溪旁那座旧式欧洲客栈。因为你一到,差不多肯定会有一位职业化的主人匆匆迎出来,给你提供专业的友好接待。那怎么办？难道要大家都在家里待着吗？

那么，一穷二白、给战乱剥削得精光的欧洲呢？这里的居民们依然活在夏季和冬季游客们的目光下，或许活得有些凄惨，那些眼神有可能在寻找某些他们自身不具备的特质，某些闪光点，否则他们为什么这么大老远地跑到这儿来，好观看别人的生活呢？

这些就是我们这两位游客正在交流的想法。必须承认，这种种想法几乎是陈旧得不能再陈旧了。

他们站在那儿，一个路边小亭子或者叫带篷子的小店旁，店里卖的不是雕花瓶子和皮围裙，而是真正的蔬菜、黄油和奶酪。正在买这些东西的是一群美国军人的妻子，她们随丈夫驻扎在这里，是占领军的一部分。或者准确地说，她们的丈夫是军队机器的一部分，这部机器确保驻扎在美国所有占领区的美国士兵都能够在欧洲更加迷人的地方愉快地度假。

涂着绿色油漆的小房子之间，雪落在坑坑洼洼、凹凸不平的窄街道上，街上踏雪的足迹冒着热气，衬得雪熠熠生辉。有的地方是一堆堆黄不黄黑不黑的马粪雪，尿液那刺鼻的气味和越冬甘蓝那新鲜的气味混合在一起，使人进一步想到汽车比马车高人一等——甚至也许使人想到，宽阔的大街道比狭窄的小街巷优越，因为这两位游客随时都要走下狭小的人行道，躲到气味浓烈的雪地里，好让那一群群快乐的滑雪的人们过去；不得不又往后站，给汽车让路，那些汽车在设法开出一条道，向大旅馆驶去，美国士兵们正在那些大旅馆里和妻子或女朋友度假呢。

有这么多辆马力强大的汽车,摇摇晃晃、险象环生地在滑溜溜的雪地里嚓地开过去,所以就很难保留一座未被破坏的山村的幻象。于是,这两位抬眼朝四周的森林和山巅望去。太阳已经滑到山后面去了,但为山间的雪地染上了粉红色和金黄色,一片片松树林宛若哨兵般守卫着群山,由于光线已经离开,树木显得黑魆魆、阴森森的,让人不可避免地联想到狼、巫师,以及一个逝去的时代里其他的生灵——然而,只是一种联想,一种带有反高潮色彩的联想,因为很显然,那些威力无穷的、创造出马力巨大的机器的人们肯定不会重视狼和巫师。光滑的坡道闪着暮色,树林黑得沉静,这景象竭力将村庄置于永恒之中,不受缆车笼子上齿轮和机械装置的干扰,这些缆车笼子高高地挂在山间的峡谷上空,通向一座山的平台处,上面另有一座旅馆,还有文明带来的诸多便利设施。尽管那些机器设施给人以宾至如归、舒适安逸之感,然而,把目光落在那些森林里,落在那座座山脉上,或许是一种解脱吧,因为森林和山脉那原始的模样似乎是那么纯真无邪。那是1951年,尽管村民们近乎狂热地想展现一个无忧无虑、魅力无穷的景象,虽说他们尽了种种努力,但是一眼就让人印象深刻的事实是,街上大多数人都穿着六年前那场战争中的军装,无意间最经常听到的是美国话。然而不能总站在那儿,在人行道上不断地这样躲,那样避,时而上来,时而下去,两眼还定定地观赏大自然的美景,特别是光线消逝得很快,此刻,房屋、商店和旅馆都蒙上了夜色,白色的灯光从每一扇门、每一扇窗里溢出,发出温暖的承诺,某种快乐的承诺。群山聚集在一起,在明亮天空的映衬下,黑乎乎的。生机已经离开了它们,此刻正集中在这座村子里。一群群滑雪的人从各处匆匆赶来,回家过夜,从各处来的滑雪者当中,那些立即就能说明自己身份的人,那些第一眼即能看出来的人,都是美国人。为什么呢?我们那两位站在那儿,朝这张脸看看,再朝下一张脸看看,试图搞明白是什么东西使他们和其他人区别开了。一群帅气的人啊,这些新的欧洲警察。吃得好,穿得好……或许使他们鹤立鸡群的关键因素是他们那份自信!要么,这闹闹哄哄、快乐无比的样子,只不过是内心罪恶的表达?因为当警察,维持秩序的任务而挣来了如此美妙的假期。如果是这样的话,那也是他们应得的,而不是别的什么东西。

那四个军人的妻子在蔬菜和奶制品摊讨价还价完,沿着陡峭的街道走上来,由于她们的篮子里装得满满的,走路走得很吃力,她们穿着剪裁得体的裤子、光鲜亮丽的夹克衫,此时就这样成了一道抢眼的风景,而那几个卖土特产和本地货的当地人反倒显得无足轻重了,她们就像一部电影中一场有群演参与的戏里那些心甘情愿的临时演员一样,一直在耐心地等着这四个人买完东西。电影的名字或许就叫《阿尔卑斯山之恋》或《他们在雪中相逢》。

在这些德国人心中——他们就是德国人,尽管奥地利就近在咫尺,不过一个巨人扔块石头的距离——六年就足以抚平所有失败的痛苦了吗?不管是哪国人选择来访,他们都很乐意提供一个舒适的、风景如画的背景,哪怕大多数是美国人,很多是英国人——我们这两位很认真地加了上去,并不设法撇开他们的责任,尽管他们很强烈地感觉到,他们国家的代表生来就太谦虚、有分寸,而不会仅凭他们在风景之中这一事实而抢镜。

很难相信;了解到有种隐秘的怒火——或者至多是种具有讽刺意味的忍耐——一定在他们的主人,即O——村的好人们胸中燃烧着,就加深了一种不安情绪,这情绪几乎成了(而这肯定是不理智的)一种罪恶感,在心安理得度假的情感中,罪恶感肯定不该占有一席之地。

对什么有罪恶感呢?这简直荒谬。

然而,从他们到达边境线那一刻起——他们两个仍自然而然地想到"罪恶感"这个词——就看到用德文写的招牌;听到他们周围的人都讲那种语言;经过一座座城镇,这些城镇的名字曾和一条条表现出残忍的仇恨和恐怖的新闻标题联系在一起,长达十年之久——从那一刻起,他们两个人的内心就开始感到五味杂陈,惴惴不安,并因此感到羞愧。他们两个谁都没有向对方承认这一点,但两个人都后悔到这个地方来了。两个人都暗自思忖,我们是在度假,天知道还要过多长时间才能花得起钱再过一个假期!这是何苦呢?何苦要让自己来忍受一件注定是不快的事情呢?我们为什么不干脆说,在我们看来,德国受到了毒害,说完便再也不跟它有任何瓜葛?我们再也不想踏上这块土地,听人讲这种语言,看见一块用德文写的招牌。我们干脆就不想思考这件事;如果说我们是不公正的,是缺乏人情味儿、理性和良知的——为什么不行呢?你总不能指望一个人对每一件东西都有理性吧。

然而,他们到这里了。

沉默良久,那男的才说:"我上次到这儿来的时候,根本就没有那种东西。"

大街的另一侧走来一群穿着本地农民衣服的姑娘,她们五个给挤到了墙边,躲避一辆开过来的大汽车。这些姑娘一整天都穿着欧洲任何一个地方的姑娘都会穿的衣服,在柜台后面或者餐馆里提供服务。现在,她们个人的面目都缩到那上了浆的白色大头巾后面。她们的身体不过是撑着那长袖、长裙摆且与众不同的黑裙子的架子而已。全身服装容易让人想起某些修道会的修女们穿得一本正经的样子。她们在雪地上艰难地走着,一副逆来顺受的模样——因为这样做毕竟得到了高工资——走向其中一家大旅馆,她们在那里唱民歌,为游客们提供娱乐,然后就会溜回家去,及时换上自己的衣服,跟自己的情郎共度一个小时左右的时光。

"啊,没关系,我想,有人的确喜欢看?"女的把胳膊伸进男的肘弯里。

"哦,我想是这样吧。干吗不呢?"

他们沿街道走去,身体互相靠着,因为车辙碾得凹凸不平的雪地滑溜溜的。

尚无法确定他们两个不是这个人就是那个人,会不会有可能说这样的话:假如我们大家都不来了呢?假如根本就没有游客了呢?或许这些姑娘干脆就不复存在了?就像演员,完全投入到表演之中了,就没有给自己的生活投注感情,而是继续活在他们所扮演的不管是什么角色之中……

然而他们两个谁都没有说话。他们转身走进村子的主街道，街上有几家大旅馆和餐馆。

他们当中的一位本可以带着一种咕咕哝哝很幽默的口气，很轻巧地对另一位说：我们在说的有关游客的所有这些个东西，都很好哇，可是我们自己不就是游客吗？

得了，得了，另一位就会回答，很显然我们是比大多数游客层次高得多的游客。

说完他们两个都会朗声大笑。

然而他们突然间停了下来，看着某个一蹦一跳的古怪身影在光线昏暗的雪地上沿人行道走来。一时间要看清楚这巨大的蹦蹦跳跳的黑色物体是什么，是不可能的，这个物体正在雪地上快速地朝他们走来。后来他们看清了，那是一个男人，他的两条腿给锯断了，就在雪地上像只青蛙一样一蹦一跳，他的身体晃来晃去，在沉重的胳膊之间猛然移动，恰似某种虫子的身体。

这两位看见这个男人从他们身边蹦过去时，抬眼瞪了他们一下。

那天在汽车站，他们刚到的时候，有两个男人让战争惨无人道地砍手、断肢，一个没了双臂，两条腿从膝盖以下给截掉了；一个人脸上全是疤痕，没了眼睛，神情空洞，两人在向刚刚下车来度假的人行乞。

"看在上帝的分儿上，"男的突然说，仿佛不过是接着他们正在说的话继续说似的，"看在上帝的分儿上，我们离开这儿吧。"

"噢,好的。"她立即同意。他们互相看了一眼,微微一笑,他们那天所有没说的话都在这一笑之中得到了承认。

"我们回去吧。让我们在法国找个地方。"

"我们就不该来。"

他们看那瘸子费力地爬上一处长门阶,把身体借助胳膊拽上前,用树桩似的身躯做支撑,然后伸出长长的胳膊去按门铃。

"那钱怎么办?"她问。

"钱花完了我们就回家。"

"那好,我们明天就回去。"

他们立即就高兴起来;他们明天就要离开了。

他们沿街道而行,看着旅馆外的菜单。他说:"我们就进这家吧。是很贵,可这是最后一晚了。"

那是一家很大、看上去很棒的棕褐色旅馆,名叫"狮头旅馆"。那老式镀金招牌上是一头巨大的金色狮子,在朝他们低头怒吼。

里面是一个门厅,门边装着闪闪发亮的黑木;靠墙放着黑色的高背长椅和硕大的黄铜花盆,花盆里花团锦簇。玻璃门打开,直通餐厅。这是一个长长的房间,装着同样闪闪发亮的黑木,每个角落都摆放着更大的黄铜花盆,里面装满了鲜花。桌布是厚重的白色锦缎;各色刀具和玻璃杯熠熠闪光。这完全是一个中产阶层享受的地方。一个侍者把他们领到一边的一张空桌旁。菜单放在了他们两个人中间。他们互相冲对方做了个鬼脸,因为这个地方对他们来说太贵了,特别是眼下,他们下决心要把这么多钱花在别的开销上,要离开德国,到法国去——到了那个国家,他们就丝毫不会感到要对游客和旅游业发表毁谤性的、冷嘲热讽的议论了。

点完菜,他们在等菜的当口儿,坐着仔细观察其他的食客。美国人是不来这儿的。他们的旅馆很大,很新,很现代,在村子的高处。这里的客人清一色是德国人。这两位英国游客又暗暗地感到一种半是羞愧的不安。他们看看这张面孔,再看看另一张面孔,心里暗想:六年前你在干什么呢?你呢——还有你呢?那时候我们是死敌;而现在,我们却同坐一室,一起用餐。你们是战败者。

这最后一句是说给他们自己的,是一个提醒,因为没有人看着比这两位更像战败者了。无法想象出一群更坚定、更健康、穿得更好、更加安逸的人了。他们在吃饭,吃得那样从容,那样满足,就像那些压根儿想象不到自己会吃不上饭的人。然而就在六年前……

侍者端上来两盘汤,很大的盘子,盘子上镂刻着花押字母,有狮头的标志,盘子满当当的,他们叫他把盘子撤走,把其中一份给他们两个人分分就行。因为他们看到,这里的任何一道菜,就一份(都是盛在硕大的金属盘子里端上来的)填饱这两个英国人的肚子都绰绰有余。并非是他们不愿意跟他们周围这些人——这些战败者——那样放开了肚皮胡吃海塞,这些周围人的食量似乎真是大得不可思议。而是,在这样一个有着开心食客的国度里,一天时间没有把他们的胃撑到德国人那么大;而且既然他们就要离开了,最迟不过明天,也来不及了。

他们喝完各自那半份味道浓烈、满是蔬菜的肉汤,就互相指给对方说,即便如此,他们盘子盛的量也是他们在英国会有的两倍;然后继续向其他食客抛去满心好奇、半是愧疚的一瞥。

六年前,这些人生活在废墟中、地窖里,躲在任何一座砖石结构建筑的残垣断壁后面苟且偷生。他们半饥半饱,破衣烂衫。整整一代年轻人都死了。六年啊。一个不得了的国家,毫无疑问。

罐焖兔肉来了,他们有滋有味地吃了。

他们还点了奶油蛋糕;可是哎呀,在吃蛋糕之前,他们不得不喝杯浓咖啡恢复精力。

回到法国,他们对自己说,也对对方说,他们会觉得自由自在,吃得舒服,精神也放松。到了明天这个时间,他们就到法国了。现在,最后一餐饭已经吃完,只剩下付账单了,大致估算余下旅程所需花销的时刻到了,很快就估算出来了,事实上,是在一个信封背面匆匆算出来的。

乘火车,坐三等车厢,回到法国阿尔卑斯山区最近的适合的地方,将花掉他们一半的现钱;面临的选择是:要么在外面待整整三个礼拜,每天吃一顿饭——而且是一顿极简餐——要么待一个礼拜,然后回家。

当他们估算出这个令人沮丧的最后结论时,并没有互相看对方一眼。当然他们在思索:居然想离去,他们简直是疯了。如果说到德国来,是某种精神上的堂吉诃德那样不切实际的行为所造成的结果的话，那么，再离开简直就是思想脆弱。这种不切实际的行为是一种只适合自由理想主义者的道德上的泛爱症。人们让他俩觉得他俩瞧不起这些自由理想主义者。实际上，他们目前情绪低落，有可能是由于疲劳过度，他们连着两夜都坐在硬邦邦的火车木座上，就靠着对方的肩膀醒一阵睡一阵的。

他们将不得不待下去。他们现在得出了这个结论，两人心头又蒙上了忧郁的阴云，他们看着那些包围着他们的有钱的德国人，这些人怀着阴郁的仇恨，要在他们心境好些的时候，也许会对此完全否认的。

就在这时，侍者走上前来，身后跟着一个精神抖擞、迈着大步的小伙子，小伙子很显然是滑了一天雪，刚刚回来，因为他那头凌乱的沙褐色毛发下面，是一张红扑扑的脸庞。他们并不想让他坐在他们这张桌子，但餐馆这时已经坐得很满了。侍者把他们的账单留在桌布上，他们在这个年轻的运动健将饶有兴趣的目光检视之下，忙着找合适的零钱。这个年轻人似乎很想就钱币、小费的问题给他们提建议。他们很厌恶他这么多事，就打定主意慢条斯理地找。然而过了很长时间侍者也没过来，他在周围的餐桌旁忙得不可开交；他们看到新来了一帮子人，这些人在附近一张为他们预留好的桌旁坐下。首先到来的是一个刚到中年的美妇人，她解开一件看上去很结实的粗毛皮外套，是冬天做室外运动或坏天气时到外面去穿的那种。她打开外套，挂在椅子上，做了个窝，然后坐进去，用外套把双腿裹得严严实实。她穿一件黑色毛料长裙，长及脚踝,绣着色彩鲜亮的花边,使人一眼看去就能想到一种农家女的单纯。把自己安顿好了,她仰起脸微笑着迎接她的家人,那笑容似乎是嘲笑、责备他们过了这么长时间才跟上来。那是一张俊俏的脸蛋:她是一个好看的女人,一头美丽的鬈发,由于冬季很多个礼拜都做户外运动,风吹日晒,又涂了油,皮肤呈深古铜色。接着来了一位小伙子,一眼就看出是她的儿子,一个个子高高的、长得很好看的、很有魅力的年轻人,他开始取笑她匆匆赶过来,赶过来就吃。他冲她亮出那洁白结实的牙齿,忽闪那双年轻的蓝眼睛,直到她抓住他的胳膊,摇晃着他,逗他玩。他挣脱开。接着,想到这是公开场合,两个人就都带着嘲笑的表情停下来,放低声音,坐着哈哈笑起来;这时,女儿和父亲在两把空椅子上坐了下来。女儿十五岁左右,是个讨喜的漂亮姑娘;父亲是个身材魁梧、脾气很好的绅士。一家人到齐了。侍者对他们点的东西很是上心,他们还没有点菜,甚至都还没有想到点菜,就先点了四大杯啤酒,而且坚持现在就喝。侍者赶忙离开去取啤酒,他们则安下心来研究菜单。可以肯定这一家子吃饭肯定不会有半份之说,不管是出于金钱的原因,还是胃口所限吃不了那么多。

看着这一家子,这对英国人想到,他们所厌恶的极可能是这些人及时行乐的本事。因为跟所有他们这一类英国人一样,他们花费大量的感情上的精力抱怨国人不会享受快乐、享受富贵,他们暗想他们所感受到的既是粗略的,也是不一致的。女人对男人说话,口气是安抚性的,带着歉意的,几乎是顺从的:"他们一家人真的不是一般的漂亮。"

他嘲讽地咧嘴笑笑,算是对这句话的回应,然后注意力就又转到那家人身上。

母亲、父亲和儿子说了个笑话在哈哈大笑,而那小姑娘呢,一只瘦瘦的手晒得黑黑的,拇指和食指之间转动着一个长长的圆锥形酒杯,杯里盛满啤酒;这样一来,凝结的水珠就闪闪发光,来回转动。她朝家人以外的人们凝视着,有那么一刻沉迷于此,这少女有一头美丽的、梦幻的鬈发,长着一张不对称的小瓜子脸。她的目光逡巡于餐桌旁的人们,和我们那对男女的目光相遇,并在坦率温和的好奇中停留。那是率真的、毫不羞怯的、几乎是天真无邪的目光,一个受到保护的孩子的目光,这孩子知道她不会由于个人的原因而干傻事,因为即使她干出傻事来,其结果也有家人替她顶着呢。然而,就在这时,她选择摆脱这一家人;或者至少她的目光向家人以外凝视,就像一个人透过一扇开着的门向外张望那样。她那双浅褐色美丽的眼睛盯着那对英国男女,想吸收到他们的什么东西就吸收什么东西,然后把目光懒洋洋地转向别的食客;她的手指一直在啤酒杯那细长冰冷的外壁上上下滑动。那女人在这个少女身上发现一种诗意的气质,那种整个餐厅里那些不动感情的人们完全缺乏的气质,她指着那少女对男人说:"她真迷人。"他又是咧嘴笑笑,仿佛说:每一个少女都有诗意的气质。而且:十年后她就是她妈妈的样子。

此话不假。她家的人已经注意到这孩子,他们家最小的成员,神游集体外的样子;那位俊俏的母亲靠在女儿身上,把她从如梦般的神游中叫回来,用断然绝对、半是爱抚的小声感叹,叫她回过神来。那位健壮、善良的父亲把他那只能干的棕褐色的手放到那少女白色羊毛衣盖着的小臂上,满心关怀地向她俯过身去,仿佛她病了。那男孩子叉起一大块肉放到嘴里,有滋有味地吃着,并坏笑着看向妹妹。接着,他低声说了句话,很显然是他们之间争执时的一句老话,因为她生气地朝他一扬下巴,说了句半是责备、半是怨恨的话。哥哥照样笑嘻嘻的,爱护备至,但又带着冷嘲热讽;父亲和母亲因为兄妹之间的争吵只是温和地朝对方笑了笑。

不,很显然,这个少女没有机会逃出她家人那温馨的监牢;过不了几年,她就会是一个能干的、俊俏的、性感的女人,嫁给她父亲精心给她挑选的某个生产商。那就是说,她有可能会这样,除非另一场战争或经济灾难干扰,把她所有的家人都逼到灾难的边缘、忍饥挨饿的境地,而他们才刚刚从那种境地冒出头来。尽管他们看样子一点都不像……

这男人和女人的目光转了一大圈,回到对这一家子那复杂而毫无理性的厌恶情绪上,他们嘲讽地互相看看,男人只说了这四个字:"金发畜生。"

这两个人属于人类的另一家族,跟餐馆里的大多数人都不一样。

男的是苏格兰人,身材矮小,神情紧张,精力充沛,长着很蓬松的黑头发,有着带雀斑的白皮肤,深眼窝里一双蓝眼睛骨碌乱转。他喜欢讥讽英格兰人,当然了,他一生大多数时间是在英格兰人当中度过的。他忙忙碌碌,工作勤奋,本质上讲求实际,脚踏实地,心地善良。然而在所有这些令人敬仰的素质之外,还有一些别的东西,在他那富有个性、尖酸刻薄、冷嘲热讽的咧嘴一笑之中表现出来,仿佛他在说:唔,是的,那又怎么了?

至于她呢,个头矮小,肤色较黑,目光警觉,外表像犹太人,而血统是有争议的,因为有一个犹太人曾祖母,上个世纪从有大屠杀的波兰逃出来,嫁给了一个英国人。比曾祖母更有力的事实是:她的未婚夫,一个医学专业的学生,也是奥地利难民,在第二次世界大战早期乘飞机飞越这个国家的上空时遇难了,而他们现在就在这同一个国家坐着、度假。玛丽·帕里什这类人只是在希特勒使他们注意到他们可能有一些犹太血统的时候,才意识到他们的犹太人身份。

她现在坐着,思考着这家漂亮的德国人,暗想:十年前……她那时候把他们看作刽子手。

至于这个男人,他的名字哈米什当初是从一连串可能的名字中选的,其中一些是英格兰名;由于另一种民族自豪感,他在一个调查团中发挥专业特长,担任医生,这些调查团在战后试图拯救那场战争在整个欧洲留下来的肢体残缺的人。

他在这个调查团中效力,并非偶然。1939年初,他和一个德国姑娘,或者确切地说是一个犹太姑娘结婚,这个姑娘当时在英国留学。那年7月,她做出一个勇敢却莽撞的举动,企图营救到目前为止已经逃出集中营的一些家人,但自此后便音讯皆无。她完完全全消失了。哈米什所知道的就是,她还在某个地方活着。她说不定就在这个O——村里。自打昨天上午他们进入德国,玛丽就一直在观察哈米什那双焦虑、愤怒、急不可耐的眼睛,它们心事重重地从一个女人的脸上移到另一个女人脸上:年老的女人,年少的女人;汽车上、火车上、月台上的女人;在街头巷尾瞥见的女人;一个在窗口的女人。而且她能感觉到他在想:唉,假如我真的看见了她,也认不出来了。

然后他的目光会回来和她的目光相遇;她就笑笑;他则咧嘴一笑,笑得勉强、苦涩、讥讽。

他们两位都是医生,两个人都工作勤奋,认真负责,两个人都很累,因为尽管在英国生活有很多补贴,但那毕竟是很辛苦的工作,要维持体面的生活水平,有足够多的休闲时间,去实现使生活物有所值的种种追求。或者起码对有教养的人来说,是很辛苦的工作。他们都是有教养的人,而且下决心要一直当有教养的人。他们或许首先是疲惫的人。

他们很累,很需要休息。这会儿是他们的假期。他们在这儿坐着,心里完全清楚他们在把精力倾注于完全无用、完全无关,特别是完全不公的情感之中。

"不公"这个词他们两个使用的时候没带讽刺。

她说:"在法国待一个礼拜胜过在这儿待三个礼拜。我们走吧。我真的认为我们应该走。"

他说:"我们顺着山谷往高处走吧,在那里找一个小山村。那些村子有可能只是普通的山村,不像这个地方,装饰得花里胡哨的。"

"那我们明天就走。"她松了一口气,表示同意。

说到这儿,他们两个人都对一件事警觉起来:刚才跟他们拼桌的年轻人此时正在观察他们,他一边开心地嚼着一大口饭,一边寻找着插话的时机。他是个令人不快的人。他个头高高的,有一种不协调的、瘦骨嶙峋的表情,他那双蓝眼睛预感到了他们对他可能会有的种种反应,一道警觉的怀疑的目光从那张丑陋不堪的脸上射过来,死死地盯着人看;那张脸皮有一种红红的特别粗糙的质地。我们那对男女的目光一次又一次回到这张引人注目的红脸膛上,连他们自己也不知道,他们脑子里在进行一些专业性思考:在高山上这个反光如此强烈的地方,把自己暴晒成这个样子,真是个傻瓜。

现在,这两位医生同时意识到,他的脸是植皮而成的;那张颜色高度饱和、亮光闪闪、拼凑而成的脸,尽管是靠高超的技术重新构建出来的,却只不过是个面具而已,这张脸原来是什么样子得靠猜测。他们还看出来,他并不是一个年轻人,而是像他们自己一样,刚刚人到中年。他们既怜悯他,又凭直觉非常不喜欢他,两种感情立即斗争起来。他们提醒自己,那双蓝眼睛射出的咄咄逼人的目光恰恰表现出一个受了伤的人要维护自己的那可怜的必要性。

他英语说得生硬,但很好,或者准确地说,说的是美式英语:"我很抱歉打断你们的谈话,请允许我做一个自我介绍,我是施罗德医生,很希望为二位效劳。这条山谷我熟得很,可以向二位推荐其他村子里的旅馆。"

他一直在看着哈米什,从他开始说话的时候就一直在看他;尽管在玛丽·帕里什做自我介绍的时候他稍稍鞠了个躬,但随即又把注意力集中在这个男人身上。

这一对英国男女都感到不舒服;但是很难说这是不是由于这个男人要博得他们的怜悯,还是由于他们出于职业习惯对他感兴趣(这一点他们必须隐瞒),或者是由于他态度上那不讲礼貌的一味坚持。

"您太好了。"哈米什说,玛丽也低声跟着说了句您太好了。他们不知道他是不是听到了哈米什那句"金发畜生"。他们也弄不清楚他们是不是还说了其他不合时宜的话。

"也是碰巧了,"施罗德医生说,"我有一个很要好的朋友,她在这条山谷的顶上开了一家小旅馆。我今天上午还到那上面去了,她有一间很漂亮的屋子要出租。"

他们又说了一遍,他真好。

"假如对你们来说时间没有太早的话,我明天要乘9:30那班公共汽车顺山谷上去,滑上一天的雪,我将很乐意帮助你们。"

话说到了这个份儿上,就有必要表明立场了,要选这种方式还是那种方式。玛丽和哈米什以征询的目光互相看了一眼,看得出来,施罗德医生更紧张了,他赶忙说:"你们知道,这个季节的这个时候,是很难找到住处的。"他停顿了一下,迅速地看了一眼他们的装束和整体风格,似乎是要弄清楚他们的状况,就又补充了一句,"除非你们住得起哪家大旅馆——这话说回来了,那些个旅馆可是不便宜。"

"实际上,"玛丽试图要说明白他肯定听到她说过的话了,就随口说了一句似是而非的问话,"实际上,我们在考虑要不要回到法国去呢?我们两个人都很喜欢法国。"

但是施罗德医生并没有准备接着他们的话往下说。"假如只是个滑雪的问题,那么天气预报今天说,法国阿尔卑斯山区那边的雪可没有我们这边好。而且,当然了,法国的东西要贵得多。"

他们同意,是这么回事;他接着说,如果他们租他朋友的那家小旅馆的空房间,那要比租一处德国公寓花的钱少得多,更不要说比租一处法国公寓了。他又看看他们的衣服,说:"当然了,你们的旅行经费有这么不幸的限制,日子一定过得很艰难。是的,这一定很令人恼火。对有一份高工资、有地位的人来说,这一定很令人恼火。"

对这两个人来说,旅行经费的限制只是确认了一个事实:在任何情况下,高出经费限额,他们都负担不起。他们意识到,施罗德医生无法判断他们是那种有钱但性情古怪的英国人,出了名地放着新衣服不穿,更喜欢旧衣服,还是那种有钱却故意显得穷的人,抑或是真穷人。如果是前两种情况,他们或许会渴望和他做些外汇交易?他想要的是什么呢?

看样子像是这么回事;因为他马上说,他会很乐意借给他们一笔数目不大的钱,他打算不久就去伦敦,那时候他们如果也能借给他一笔钱作为回报的话,他将会非常高兴。他那双火辣辣的眼睛死死地盯着他们的脸——或者准确地说,是盯着哈米什的脸——说:"当然了,我很乐意处处提供保障。"他接着就这么做了。他是S——镇某家医院的医生,收入稳定。如果他们要做独立咨询的话,欢迎他们进行咨询。

说到这儿,哈米什打断他,明确地说他们这次度假,超出旅行经费一个便士他们都承担不起。有很长一阵子施罗德医生都不相信他。后来他又看了看他们的衣服,毫不掩饰地点了点头。

这下子,这个人大概要走开了吧?

根本不是这么回事。他继续高谈阔论,讲起他很敬仰英国的话题。说他热爱整个不列颠民族,说他们的风俗习惯、他们美好的品位、他们的体育精神、他们对公平竞争的热爱、他们的历史和他们的艺术是他此生最有激情的事情。他这样侃侃而谈了好几分钟,而这对英国男女在想着要不要承认他们跟他是同行。可他们要是承认了,就极有可能会使他更加亲近。他们靠着一百种细微的表明老熟人之间已然充分交流的迹象,表达出他们非常强烈地厌恶这个人,只希望他走开。

可是就在这时,施罗德医生直截了当问起了他的新朋友安德森先生从事的是什么职业;当他听说他们两个人都是医生,而且他们工作的医院名称他也知道时,他的表情变了。不过变得非常微妙。那不是吃惊的表情,而是一个公诉人的表情,此人一直在盘问证人,并终于得到了他想得到的东西。

这对英国男女开始明白施罗德医生想从他们那里得到什么东西了。他很严肃很激愤地谈他在德国当医生的地位和前景。他说,对专业人士来说,德国不是一个好国家。对生意人来说——很好。对手艺人来说——很好。这年头儿,工人都是百万富翁,是的,先生!当个水暖工或者电工,都比当医生强得多。他这一生最大的梦想就是到英国去,到那里成为一位受人尊敬的——假如您能理解的话——工资很高的业内人士。

听到这儿,安德森医生和帕里什医生指出,外国医生在英国是不允许行医的。他们可以讲学;他们可以搞研究;但他们不可以行医。除非——帕里什医生补充说,她此举可能是在回击这一事实:这个男人连一次都没有对她表现出哪怕是最低限度的礼貌,直到他意识到她和哈米什都是医生,因此有可能对他有用——除非他们是难民,即便如此,他们也必须参加英国的考试。

听到"难民"这个词,施罗德医生没有反应。

他回过头来仔细盘问他们的工资收入和前景,先是问玛丽,然后是问哈米什,问得更加细致。他们警告他,在英国当医生要比他想的困难得多。最后为了回应这一警告,他回答说,在这个世界上,什么事儿都是个拉关系的问题。简而言之,他们应该给他拉关系。这天晚上他巧遇他们二位,这是他一生中最幸运的大事件,最是幸福,最是恰逢其时……

听到这儿,这对英国男女心生疑虑,就互相看了一眼。十分钟后在谈话中事情搞清楚了,他认识他们已经订好房间的那家旅馆的女房东,因此他有可能从她那儿听说了,她的一个房客是位英国医生。很可能他让侍者安排好了,让他坐他们的桌子。因为他肯定跟村子里的人很熟:他每到冬天就来O——村度假,从他还是个小孩子的时候就这样——施罗德医生在桌子下面伸出手,来比画他多么小。是的,那些年每到冬天,施罗德医生都到O——村来,除了战争那几年,他当时在外为国效力。

餐馆里有一阵小小的骚动。那一家人在起身,收拾他们的外衣,要离开了。先是那个女人,她那件粗毛棕褐色外套披在漂亮的肩膀上,在搜寻可能忘掉的东西时,她那殷红的下嘴唇碰到了那口洁白的牙齿。接着她嫣然一笑,雪白的牙齿衬托出无瑕的棕褐色皮肤,她等着儿子抓住她的肩膀推她,同时还大笑着,反抗着,向门口走去。到了门口,门一打开,她开玩笑地打了个冷战,尽管他们只是到了前厅门口。她身后来了那位美丽的、相当无精打采的少女,然后是壮实的、说一不二的父亲,他领着他们一家人走开,来到外面冰冷的雪地里。那一家人消失了,他们的桌子上留下一堆乱七八糟的空玻璃杯、盘子、掰开的面包、芝士、水果、葡萄酒。侍者收拾桌子,那表情就像收拾桌子是他的特权似的。

这对英国男女也站起身,对施罗德医生说,他们会考虑他的建议,或许第二天早上会让他知道。他那张皮肤薄、亮光闪闪的脸斜仰着,看着他们,变成了一个受到侮辱的面具,他站起来说:"可是我以为一切都是安排好了的。"

他们是如何使自己落到这一地步的?他们怎样才能在不使这个极端讨人嫌的男人难过的情况下,行使他们那简单的自由选择权呢?不过他们知道是如何落到了这一地步。这是由于他是个受过伤的人,是个残疾人;因为他们知道,他那死盯着人的逼人架势是他那值得赞美的决心的一部分,绝不让那张新移植的脸使他沦落到自怨自怜、与世隔绝的地步。他们是医生,他们首先是在应对一个残疾人的人格。当他们说他们累了,想早点上床睡觉的时候,他感到受到了侮辱,立马说他会很乐意陪他们去某个非常令人愉悦的娱乐场所,他们知道,他们只能说他们花不起那个钱,别的话则无法说出口。

他们知道,他会立即提出请客。他真的提出来了,而他们则礼貌地拒绝了,就像拒绝一个普通的熟人那样,但这个男人却回答说,他无法容忍拒绝,因为他一旦接受了一次拒绝,那么他就是在向自己承认,他这张脸把他置于简单的人与人之间的交往之外了。

施罗德医生长这么大,每年冬天的假期都在这条山谷里度过,因此他自然认识他提议带他们去的那家旅馆老板;他信誓旦旦地说,他们会度过一个愉快、放松的夜晚,说着他两眼死死地盯着他们,眼里放射着怀疑而仇恨的光。

他们一起走在一座座房子那积雪的屋檐下,走在近百辆美国大汽车压出一道道车辙的雪地上,那天白天这些汽车摇摇晃晃开过去,走到那条街道的尽头,那里有一家旅馆,他们那天早些时候审视过这家旅馆的外观,就排斥了,理由是里面的任何东西对他们来说一定都贵得离谱。就在旅馆外面,在被压实的雪地上,坐着那个他们早先见过的失去双腿的男人。确切地说,他是站着,他的脑袋和他们的屁股齐平,看着就好像被埋进了雪里,埋到屁股那里,他在向他们展示一顶布帽子。他两眼和施罗德医生一样,有着同样大胆、警觉的目光。

施罗德医生说:"居然允许这些人做出这样的行为,简直是耻辱。这会给我们的游客留下不好的印象。"他一脸愤怒的表情,带着这一对英国男女从那个残疾人身旁经过。

里面是一个很长的房间,两侧是玻璃墙,可以看到室外的雪花透过黄光照亮的区域旋转而下,那房间、房间里的温暖、嘈杂和人群在一片茫茫黑暗之中,占据着这片明亮。走进这个大房间,是极度地心旷神怡,大家都忙着寻欢作乐;雪花只有在一扇扇大窗的灯光前飘过时,人们才会看见,此景真是赏心悦目,仿佛那山谷的荒野只是到目前为止才被接纳,客人们会看到那一片荒野正是飘飘洒洒从天而降的白色雪花的背景,并从荒野与美的对比中得到愉悦。

有一支小乐队,由钢琴、单簧管和鼓组成,演奏着那种令人愉快的跳动节奏的爵士乐,就像谈话中血液流动的节拍。

那一家人从餐馆里的桌前转移到了这里的桌边,跟先前一样紧紧地挨坐在一起。这一对英国男女在离他们不远的地方找到一张空桌子。那张桌子正合施罗德医生的意。侍者一来,他们就知道他们原来猜对了——酒水非常昂贵,这可不是一个叫上一杯酒慢慢小酌就能打发一个晚上的地方,而更有钱的人却能放开了酒量随便喝。到这儿来,就是期望你来喝酒的,人们在喝着酒,尽管小小一杯啤酒就要花将近十先令。施罗德医生原来吹嘘他是这家旅馆老板的朋友,所以在这儿会受到优待;他们现在也看出来了,他这话根本不是真的。他在这里的通行证跟在其他每一个地方一样,就是他那张新移植上去、闪闪发亮的脸。店老板在各桌中间热情地穿过的时候,朝他瞥了一眼,他点点头,微微一笑,但那一笑过分友善,带有一种克制着的敌意。他的目光在那对英国男女身上略作停留,经他这一看,他们才被迫感到,这个地方的其他所有人都是德国人。美国人在他们自己奢华的宾馆里;穷困潦倒的英国人住在廉价的小旅馆里；这个地方是供有钱的德国人消遣的。这对英国男女在纳闷，施罗德医生坚持要把他们带到这儿到底是为了什么。难道他真的相信，他在店老板的心中有着一个特殊的地位？是的，是有这种可能的；店老板那肥胖的身躯转了过去，他还不停地冲着他的背又是微笑，又是点头，仿佛在说：你们看见了吧，他认识我；然后冲他们笑笑，对自己的成就很是自豪。为此他愿意付出沉重的代价，要花上一大笔真金白银。他跟侍者逐一核对酒水的价格，小零头都令人痛苦地小心算好，两人都很在行。他们有可能给这个人什么样的回报呢？他急于想要的究竟是什么呢？难道他真的仅仅是想去英国居住和工作吗？

施罗德医生又开始谈起来，又谈到他对他们国家的敬仰，谈的时候，他俯身在桌子上，盯着他们的脸，仿佛这条信息对他们两人都具有无法估量的重要性。

他的话被单簧管乐手打断了，只见他站起来，从音乐那有规律的震天动地的跳动节奏中选取一个音符，并开始从中发展出一个他自己的主题。一对对男女走到一片没放桌子、地板锃亮的小区域，这片区域不时有侍者端着酒水托盘穿梭其中。他们在跳舞，这些人不是为了动的乐趣，而是为了身体接触的乐趣。一二十个男男女女很显然受到他们周围坐着的客人的压力，挺直着腰杆，懒洋洋地搂在一起，松松垮垮地连在一起，微笑着，疑心重重，心情愉快，练习着快乐。

舞会马上就被冲散了，因为那群民歌歌手从那扇巨大的玻璃门进来了。她们穿着素净的修道院服装，此刻站在乐队旁边,等着。

邻桌的那个女人快乐地夸张地耸耸肩,说:"这是第五次了。这是我第五个家乡的夜晚。"人们听到"家乡的夜晚"①这几个字,都扭头冲她笑笑,对这位俊俏的女人以及她那影响大家欣赏歌曲的表情表示宽容。其中一位民歌歌手已经穿梭于各张桌子之间收钱了,价钱可是不低;那位阔绰的爸爸朝那个姑娘扔了一堆钱,还摇摇头拒绝了找零的事儿——不过,她似乎一点儿都不急于给他找零。当她来到我们这对男女和施罗德医生坐的那张桌子的时候,哈米什给了钱,出手并不大方。毕竟这里的价钱不算上不得不多交钱听民歌就已经够高了,况且这些民歌有人本就不一定想听。

那姑娘转了一圈,收了钱,回到歌唱队里,队员自动站到一起,在乐队旁唱了起来,一首接着一首,都是山谷里的民歌,歌中约德尔②时常出现,歌声嘹亮,赢得热烈掌声。

很显然,施罗德医生带着几乎是怀旧的表情在听歌唱团唱歌,根本就没有觉得突然唱起民歌让人恼火。他的表情表明,民歌他听一整夜都可以。他经常鼓掌,还瞥瞥他的客人,鼓动他们跟他一样动情地欣赏。

歌唱团终于离开了,单簧管的乐音把跳舞的人又召集到那一小块地板上,施罗德医生又恢复了他热爱英国的赞美诗。悲剧啊,他在说了一遍又一遍赞美的话题之后——说,悲剧

---

① 原文为德文。
② 一种流行于瑞士和奥地利山间的民歌,特点是真假音之间迅速转换,声音高亢明亮。

啊,这两个国家居然不得不开战。悲剧啊,天然盟友居然被利益和罪恶集团的种种阴谋分裂开来。这对英国男女听出来那没有说出的词语"国际犹太民族",眼神嘲讽地对视了一下,用这样的词语甚至是有意识地卖弄学问,假如这么说不算不公平的话。然而施罗德医生不相信那没有说出来的话。他说,是国际犹太民族把欧洲的两大盟主——德国和英国分裂开来;他满怀激情地相信,将来这两个国家为了欧洲的福祉,很显然也是为了整个世界的福祉,应该携手前进。施罗德医生原来有过很好的朋友,几乎是亲兄弟般的朋友,他们在英国军队和德国军队被人操纵而反目成仇的前线阵亡了,即便是现在,他依然为他们感到难过,就像人们为牺牲的受害者难过一样。

施罗德医生顿了顿,两眼火辣辣地盯着他们,说:"我想告诉二位,我也受了伤。或许你们还没有注意到。我在俄国前线受的伤。我当时对活下去已经绝望了。但是我被我们的医生那精湛的医术救活了。我整张脸就是我们德国医生那精湛医术的见证。"

这对英国男女赶忙表达他们的意外和祝贺。施罗德医生居然相信他的脸几乎是正常的,正常到人们注意不到的地步,倒是十分荒诞,也令人感动,说来也怪,他们感到对施罗德医生同情的义务减少了几分。他说,当初一辆坦克在他身边爆炸成了碎片,油落了他一身,他那张脸皮全给烧掉了。他跟着他的国家那支光荣的军队征战整个乌克兰,战斗了三年。他说话那口气就像是一个从拿破仑一世的大军团手下幸存的人给仰慕"敌方"的同伴讲话,要人庆贺,期待着人家饶有兴趣地表示祝贺。"那些俄国佬,"他说,"都是些野人。是野蛮人。没有人会相信他们所犯下的暴行。除非你亲眼所见,否则你不会相信俄国人能干出那么暴虐的行径。"

这对英国男女此时已压抑得一句话也不说了,甚至都没让他们的眼神嘲讽地相遇,以互相支持,他们坐着观看那些无精打采地旋转着的舞者。

施罗德医生还是一味地说下去:"你们知道吗?我们的士兵从一个村子的街道经过,那些俄国人就朝他们开枪。一个普通的俄国农民,如果他逮住机会,就会屠杀我们的一个士兵。甚至女人——俄国的女人在假装跟我们的士兵交朋友之后,就把他们杀掉。这样的事例我可以跟你们讲很多。"

玛丽和哈米什依旧一言不发,心里纳闷施罗德医生是如何向自己阐述德国军队在俄国进行集体大屠杀,施行绞刑,以及犯下其他种种暴行的。他们没有纳闷很长时间,因为他说:"我们是被迫自卫。是的,我可以告诉你们二位,针对那些人的野蛮行径,我们不得不进行自卫。那些俄国人都是魔鬼。"

玛丽·帕里什忍不住说:"不是那样的魔鬼吧,或许跟犹太人相比?"她试图用自己的眼睛捕捉住并盯着他们的主人那狂热的目光。他说:"啊,是的,我们是有很多敌人。"他的目光迅速地从哈米什的脸上移到玛丽的脸上,略作停顿,犹疑不决。他或许想到,他们跟他的看法并不完全一致。一瞬间他那张丑陋的、冒着水疱的嘴或许在犹疑之中抽搐了一下。

他礼貌地说:"当然了,我们的元首①在反对我们的敌人的过程中,热情过于高涨了。可是,他懂得我们国家的需要。"

"伟人的命运都是这样。"哈米什说,语调快速而讽刺,是他能达到的最接近表达怒气的声音,"总是受到小肚鸡肠之辈的误解。"

此刻,施罗德医生明白无误地陷入怀疑了。他沉默不语,用眼睛仔细察看他们的脸,他那张满是疤痕的脸上所有的表情全都集中在他们的脸上。他们痛苦地感到内心的低落和困惑,那种一个人视为生命之基的信仰遭到攻击的时候才会有的低落和困惑。他们半信半疑地以为这是疯狂的声音。他们心里在想,在他们认识的所有英国人里,没有一人会对此给出别的解释。他们在想,他们两个本质上下意识地都属于他们国家里那种致力于不与世隔绝,不落入骄傲自满的错误之中的人;他们此刻感受到某种绝望的东西,像他们这样的人在十年前、十五年前所感受到的那种绝望的东西,这些人眼看着疯狂的浪潮风起云涌,而那些理智的人和体面的人则把眼神移开。与此同时,他们无法否认,两人都感到十分不愿面对这样一个事实:施罗德医生或许代表的不仅仅是他自己。不对,他们说服自己,这个不幸的人只不过是个残疾人而已,肉体和心灵都留有伤疤,有点儿像从上一场战争中抢救出来的东西。

就在这时,音乐又停了下来,整个房间响起了不合常规的掌声;显然要有一个转折,一个那里的人们都知道并且期待的

---

① 此处指希特勒,下同。

转折。

钢琴旁站着一个笑容满面的矮个子男人,他向客人们点头致意。此人皮肤黧黑,眼神锐利,面相随和,这对英国男女凭直觉就把他描绘为"文明人"。他冲钢琴师点点头,钢琴师就配合他的表演开始了一段即兴伴奏;他在半唱半说一首关于某位将军的歌或者民谣中的诗句,这位将军的名字这对英国男女都不熟悉。伴奏是段坚定的、听着像砰砰的军乐的声音,同时右手编织进《德意志高于一切》①和《霍斯特·维塞尔之歌》②的片段。副歌是:"而现在他就坐镇波恩。"

接下来的那首歌词歌颂的是位海军上将,现在也坐镇波恩。

这对英国男女听懂了,这首歌由十二位死心塌地的德国军国主义者的历史故事组成,他们过分狂热地忠诚于他们的元首;已经被盟军的正义法庭或是判了刑期不等的监禁,或者是判了死刑;"而现在他们就坐镇波恩"。

所有这一切就足够合理了。那歌曲听起来就像是对盟军对德政策的讽刺。这一政策——正如这两个有良知的人所知道并且哀叹的那样——往往是对过去纳粹政权的刽子手们太过慷慨大度。还有什么能比发现他们自己的观点在这里得到表达,在这个舒适的德国有钱人消遣的地方得到表达,更令人

---

① 指代二战时期德国国歌《德意志之歌》。"德意志高于一切"非官方称呼,为该歌曲首句。
② 又称《旗帜高扬》,是纳粹党的党歌,从 1933 年到 1945 年,也是纳粹德国的第二国歌。

振奋的呢？还有什么能比这更令人感到吃惊的呢？

他们看看施罗德医生，看见他两眼放着快乐的光。他们回头看看那位温文尔雅、冷嘲热讽的小个子歌手，他在表演，带着那种知道自己和观众完美地融为一体的人才有的自信，而且明白这是那种机敏地发展出来的民谣，满足了一个被占领区人民就在一个征服者的眼皮底下被迫表达自己情绪的需求。诚然，今天晚上美国军队没有在这儿，没有在这间屋子里；但是即便他们在这儿，他们对这首歌的歌词能有什么不满之词呢？

那是一首很长的民谣，唱完了，只有稀稀拉拉的掌声。歌手和听众小心谨慎地互相交流着会意的微笑，那小个子歌手左右鞠躬致意。然后他直起身子，看着那对英国男女，给他们鞠了个躬。一时间仿佛全屋子的人都屏住了呼吸。施罗德医生的脸上流露出一个孩子在老师背后把大拇指放在鼻尖上，做出嗤之以鼻的怪相才会有的那种恶意的快乐。他们只有看他那张脸的时候才明白了，那一躬表现出一种什么样的愤怒的蔑视。他们心一沉，明白了愤怒的一雪前耻的深意，这使得那一极其微小的动作最大限度地满足了这些有钱的德国贵人。他们只消对坐在他们中间的这两个征服者偷偷地瞥上一眼，清浅地笑一笑——这两个征服者穿的比他们破旧得多，破烂得多，人也疲惫得多——然后转过身去，交换一下心满意足的眼神，面向那一套又一套熠熠闪光的酒杯，杯杯盛满葡萄酒和啤酒。

现在，玛丽和哈米什感觉到，这种示威施罗德医生可能也有份儿,或许甚至就是他招惹来的,这解除了他们对他所负有的任何义务;他们看了他一眼,毫不掩饰对他的厌恶,明确表示他们希望离开。

此外,那个侍者站在他们身边,公开表现出傲慢无礼,那个俊俏的贵妇人和她的丈夫、儿子都把这一情形看在眼里,并十分赞赏;那个少女和平常一样,做着她自己的梦,并不特别看某个人。侍者朝他们弯下腰,把手放在他们还剩下半杯的酒杯上,问他们想要什么。

哈米什和玛丽很快把杯子里剩下的啤酒喝完,站起身来。施罗德医生跟他们一起站起来。他整个丑陋多节的身体表现出激动和不安。他们不会要走吧?肯定不会,夜晚才刚刚开始嘛,他们很快会再次有幸聆听那位才华横溢的歌手唱歌,这位歌手刚刚退下,只是稍作休息。他们有没有意识到,他是一位来自M——地的著名艺术家?此人每天夜里对着人头攒动的观众席演唱,唉,他是受这家旅馆老板的聘请,在冬季只进行短短两个礼拜的演出。

这要么是最为高明的傲慢无礼,要么就是施罗德医生又一次表现出的疯狂。有么一刻,这对英国男女怀疑他们是不是弄错了,是不是误解了歌手的意思。但只消朝周围附近桌旁人们的脸膛上一眼就足够了:每张脸上都表现出偷偷隐藏着的、心满意足的微笑,笑敌人的一蹶不振——由那位歌手、那名侍者给这两人造成的一蹶不振。他们这位心甘情愿的奴才这时候正和那位俊俏的贵妇人肆无忌惮地交换着快乐的笑容。

施罗德医生疯了,这件事说到底就是这么回事。他既从表现出一点点敌意之中获得乐趣,还以他自己某种复杂的方式想让他们也从中获得乐趣——可能是出于对他兄弟般的爱吧。现在他们要走了,他真的很是焦虑不安,受到了伤害。

这对英国男女经过笑容满面的乐队,经过那名别有用心的侍者,走了出去,施罗德医生跟在后面。他们走下旅馆那冰雪覆盖的台阶,被那个没有腿的男子拦住了,他像一棵植物一样依然扎在雪地中,哈米什把所有的零钱都给了他,这些零钱加起来够再喝上一轮的价钱了,假如他们还在那个温暖的大屋子里待着的话。

施罗德医生看着这一切,立即带着生气的责备的口气说:"你不应该这么做。没有人希望你这么做。这样的人应该给关起来。"他所有的怀疑又回来了;很显然他们一定很有钱,原来他们一直都在对他撒谎。

玛丽和哈米什一句话都不说,就沿着大街在松软的雪地上走起来,穿过淡淡飘落的白色雪花;施罗德医生在他身后大步流星地跟着,呼哧呼哧喘着粗气。等他们到了他们订有房间的那个小屋门口,他跑着绕过他们,站在他们面前,匆匆地说:"说定了啊,我明天在车站恭候你们二位,上午九点半。"

"我们会跟你联系的。"哈米什礼貌地说,由于他们不知道他的住址,也没问过,所以这就等于是对他不予理睬了。

施罗德医生朝他们探探身子,用他那双闪闪发亮、满是怀疑的眼睛仔细打量着他们的脸。他说:"明天上午我会为二位效劳。"说完就离开了他们。

他们走进去,上了那几级矮矮的木头台阶,悄无声息地进了他们的房间。屋子很低,很舒服,打磨得很好的木头闪着亮光。洗漱台上有一个老式的带玫瑰图案的水罐和脸盆,一张很大的床上铺着厚厚的鸭绒被。一个大大的、闪着亮光、镶着蓝色瓷砖的炉子占据了半堵墙。他们的女房东留下一张字条,用别针别在了一个很松软的枕头上,上面礼貌地要求他们也给她留一张字条,贴在门外,说明他们希望她几点钟把早餐放托盘上送来。她是牧师的遗孀,现在依靠把这间房子租给夏天和冬天来的游客为生。她知道这对男女没有结婚,因为她按规定记下了他们护照上的详细情况。她也许感觉到什么不痛快,但她什么话都没有说。不管她个人持有任何成见,旅游业的诸位神仙是不能得罪的;作为一位神职人员的遗孀,她理所当然得有成见吧,哪怕是对这样一对显然如此令人尊敬的男女?

玛丽说:"我倒是想,她会在道德力量的驱使下,一怒之下把我们赶出门去。我甘愿某个人会对某件事发一通道德上的怒气,而不是把一切都闷着,在背地里生闷气。"

他带着一个讲求实际的男人的那份沉静,回应这番话:"我们要起个大早,在我们的法西斯医生朋友看见我们之前就离开这个山谷。哪怕跟他再多讲一句话,我想我都受不了。"他给这位牧师的遗孀写了张短短的字条,要求七点钟用早餐;然后把字条贴到门外;这样子安排停当,就请玛丽到床上来,叫她别再担心。

他们上了床,并排躺着。这一夜,他们不能再舒舒服服地互相挽着胳膊睡了。这一夜,他们不再是一对儿,而是两个人。他们死去的亲人跟他们一起,就在这间屋子里——如果可以说他的妻子利兹已经死了。他们怎么能知道呢?最重要的是,战争会滋生出疯子才会有的奇思妙想,他们两个谁都不会听到那种非同一般、毫无可能的逃跑、巧合,而后死里逃生的故事,除非想到:说不定利兹就在某个地方还活着。哈米什那死去的妻子还有可能活着,那么,那个非常年轻的医学专业的学生的形象就也还活着,由于他是学医的,所以他本没有权利到空中去拿自己的生命冒险;但是实际上由于纳粹的暴行,他出于愤怒的痛苦和怒火驾机飞行,一年后飞机在一片火光中爆炸。这两个人,美丽活泼的利兹和那位英勇善战的空军战士,站在这张硕大无比、压着厚厚的鸭绒被的大床边,轻声地说:你们一定要把我们包括在内,你们一定要把我们包括在内。

就这样,玛丽和哈米什过了很久很久才睡着。

两个人夜里又醒了,注意到玻璃窗上那荧荧的雪光,倾听着那个硕大的瓷炉发出的柔和声响,听起来就像是屋子里有一只心满意足的动物在他们身边呼吸着。他们现在想着,他们要离开这个山谷,是出于他们两个人身上很显然都固有的性格上的某种弱点。他们把自己置于这样一种境地,如果他们要在山谷的更高处找一个房间的话,那就一定得施罗德医生给他们挑选一个房间,他们不忍心让自己最终对他粗鲁起来,因为他那张脸满是疤痕。

不,他们倒是宁肯得出这样的结论,施罗德医生以他的性格和人品,把他们在这个国家所痛恨的一切都总结了出来,这个国家就是德国,欧洲巨大的催化剂和一面巨大的镜子:把这一切都总结出来,直截了当、毫不含糊地展示给他们,这种方式他们要么必须接受,要么必须拒绝。

然而他们该怎么选择呢?因为要和施罗德医生见面,那么这两个严肃认真、被良知驱使的人不可避免就要躺着难以入睡,并且思考:一个民族跟另一个民族本并不是非常不同……(因为假如一个人在这种假设下不采取立场,那他会如何终其一生呢?)因此接着他们就必须思考:英国有什么东西和施罗德医生是相通的呢?在这一刻,有什么令人不快的力量正在我们民族灵魂的阴沟里酝酿着呢?这些力量有可能突然爆炸,碎成施罗德医生那样的形状。啊,然后呢?我们两个人身上得有多深的令人哀叹的自满情绪,以至于我们觉得比施罗德医生高人一等——以至于我们只希望,他就像满满一屋子活人中的一具尸体,应该把他推出去,推到某个地方去,眼不见,心不烦;或者像一股臭味给遮盖住;或者像一个恶鬼给驱除出去?

他们是不是在度假?他们是在度假,那么因此,从度假的定义上说,他们就不用躺着睡不着觉,思考上一场战争的事情;就不用躺着睡不着觉,担心有可能发生下一场战争的事情;就不用躺着睡不着觉,要搞清楚是什么一意孤行的受虐狂把他们带到了这么个鬼地方。

四点钟,到处都是死一样的沉寂,村子里不管是哪儿都没有一丝亮光,他们两个都醒着,在那张硕大的铺着鸭绒被的床上并排躺着,深入地讨论着施罗德医生。他们从政治的角度、心理的角度以及医学的角度分析他——特别是从医学的角度——分析了那么长时间,以至于女仆端着他们的早餐进来的时候,他们极不愿意醒来。但他们逼着自己醒来,吃饭,穿好衣服,然后下楼,他们的女房东正在厨房里喝咖啡。他们向她摆出了他们的问题。他们昨天还同意在她这儿住一个礼拜呢。今天却想离开了。由于现在是旺季,她很可能今天就把房间租出去吧?如果不能的话,他们将很乐意补偿他们从道义上必须补偿的差价。

施托尔太太撇开补偿的话题不谈,认为这是无关紧要的。一年中这个时候,她的门铃一天要响上十几次,都是那些刚刚到了车站的人,询问有没有房屋出租的,他们希望,通常是过分乐观地希望,在这个村子里能找到空房子。施托尔太太感到不安的是,她的两个客人居然希望离开。他们不舒服吗?给他们服务不周到吗?

他们赶忙向她保证说,这个地方正是他们想要的一切。此时此刻他们觉得正是如此。在一夜的良心拷问之后,见到施托尔太太是最大的赏心乐事。她是个瘦瘦的、上了年纪的妇人,她的白发向后梳拢成一个紧紧的发髻,用几乎是毛衣针大小的硬发卡给固定住。她面色严厉,但平和、友善。她穿一条长长的黑色毛料裙子,可能是从当地农民服饰中那种很大的毛料裙子传承下来的实用款。她上身穿一件长袖条纹毛料衬衫,喉咙那儿用一枚金饰针别住。

他们发现头天刚到,第二天就想离开这话很难说出口。这位可敬的老妇人品行端正,说这话就非常困难了。所以他们说,他们已经决定在山谷里靠上面更远的地方租一个房间,那里规划出来用于滑雪的山坡会离那些村子更近些。因为最重要的是,他们不想伤害到施托尔太太的民族感情;他们打算悄悄地溜到车站去,乘第一班火车离开这个地方,离开德国,出了德国到法国去。

施托尔太太马上就同意了。她一直都认为,正经八百来滑雪的人到山谷上头更远的地方找个人家会更合适。不过,有的人到这个冬季运动场所来并不是为了运动,而是为了运动的氛围。至于她自己,她看年轻人在雪上玩的种种花样,从来都看不厌。当然了,她当姑娘的时候,滑雪根本就不是一个玩花样的问题;滑雪只是一种迅速从一个地方到另一个地方去的手段……而今,当然了,所有那一切都变了,像她这种简直是踩着滑雪板出生的人,还有这条山谷里所有的孩子们,发现站在滑雪板上面不蹦蹦跳跳、腾挪旋转地炫技,会很尴尬。当然了,到了她这把年纪,她很少离开家了,因此也就不必暴露她的缺陷了。然而她的两位客人既然都是正经八百滑雪的人,既然知道了所有那些长滑雪道,知道了那硕大的滑雪缆车都在山谷的最上端,他们一定感到心急如焚。所幸她认识这条山谷最后一个村子里的一个妇人,她有一间空房子,正好是接待他们的合适人选。

说到这儿她提到那个妇人的名字,头天晚上施罗德医生也推荐过。这个名字昨天还和种种不愉快联系在一起,而今却变得如此有魅力,如此让人放心,仅仅因为这个名字是从施托尔太太嘴里说出来的,多么不可思议啊!

玛丽和哈米什交换了一下眼神,没有交谈就做出来一个决定。在大清早那清亮的光中,所有那些反对离开那条峡谷的振振有词的理由又都回来了。施罗德医生毕竟是住在O——村,而不是住在这条山谷三十英里开外上面的那个村子。最糟糕的不过是他会来看他们而已。

施托尔太太主动提出给朗格太太打电话,朗格太太可是个好女人,而且是个不幸的女人。她丈夫在上一场战争中送了命。说到这里施托尔太太以文明人那温柔的容忍力冲他们笑笑,文明人都会理所当然地认为,国家之间的战争没必要毁掉他们共同的人性和理解。是的,是的,只要男人们还这么愚蠢,就会有战争,而战后,就会有可怜的朗格太太这样的寡妇,她不仅失去了丈夫,还失去了两个儿子,而今独自一人带着女儿,靠出租房屋过活。

施托尔太太和这对英国男女在国际人道主义的良知这一点上达成了体面的共识,他们互相冲对方笑笑,满怀同情地想到了朗格太太。然后,施托尔太太走到电话机前,代表她的两个客人订了房间,并且非常乐意亲自为他们做担保。然后他们结了账,互相致谢,就分手了——玛丽和哈米什手里提着行李箱,肩上扛着滑雪板,朝汽车站走去,施托尔太太则到她那间暖烘烘的大厨房里去织毛衣,喝她那杯咖啡。

那是一个晴朗的早晨,太阳闪耀着粉红色的光芒,照在白雪皑皑的山坡上,那里松树林立,直挺挺的,黑黝黝的。那天的头一班公共汽车就要发车了,他们在车上找到位置。他们坐在两个梳着辫子、头发金黄的小姑娘后面,她们两个在汽车上旁若无人,拉着手,用清亮的嗓音小声地一首接着一首唱民歌。车上的每一个人都扭过头,爱怜宽容地冲她们微笑。汽车沿着积雪覆盖的山谷边缘,缓慢地往上爬呀爬;随着那些能滑雪的村子一个接一个映入眼帘,汽车停下来,有的乘客下车,有的上车,但总是满满的;往上爬呀爬,两个小姑娘则手拉着手唱着,认真地看着对方的脸,好确保她们两个合上节拍,而且从来都不重复一首歌。

这对英国男女心想,他们在自己的国家是不太可能发现两个小姑娘一路坐着汽车,结结实实唱上两个小时,且不重复自己的,哪怕他们英国人的笨嘴拙舌允许他们自己在公众场合开口唱歌。这两个唱着歌的孩子使玛丽和哈米什得到了极大的安慰。这才是真正的德国——相当地老式,有一点点伤感,热情,单纯,友善。施罗德医生及其所代表的那些东西是一种不幸的、并不非常重要的现象。他们昨天所感受到的一切东西都是过分劳累的结果。此刻他们仔细端详那些令人愉快的村庄,满怀期待地从村子里穿过,希望他们所心仪的那个村庄将会同样到处是不起眼的小木屋,放眼一看都是价钱不贵的餐馆。

的确如此。山谷的尽头有一个小村庄,它和所有其他村庄一样迷人。那里,高山的屏障高耸入云,坚不可摧,山的那边就是因斯布鲁克市①。朗格太太的家就在这个村子的某个地方。他们在一家旅馆打听,有人给他们指了路。一条小径从位于松林中的山上村庄岔开,通往大约一英里以外的一座小房子。这座房子与世隔绝,自然而然就很对这两个英国人的脾胃,他们在亮闪闪的积雪中深一脚浅一脚地朝小房子走过去,心里感激着施托尔太太。小径很窄,他们不得不经常站到一边去,因为身穿鲜亮衣服的滑雪的人从他们身边嗖嗖地滑过,大笑着,招着手。滑雪场上那些被太阳晒成古铜色的男神和女神们高超的滑雪水平很让玛丽和哈米什失去信心,或许这座与世隔绝的小房子一半的吸引力就是,他们可以在比较私密的状态下平顺地在雪地上飞驰。

  房子方方正正的,很小,是木头的;建在一座白雪皑皑的低土丘上,周围是松树林。朗格太太笑吟吟地在前门等着他们。不知道是什么原因,他们把她想象成施托尔太太的形象,而她比施托尔太太年轻整整二十岁,是一个精力充沛、长着一头稻草色头发、面色红润的女人,上身穿一件猩红色紧身毛衣,下身穿一条鲜亮的蓝色紧身裙子。她身后是一个女孩儿,显然是她的女儿,一个健康的,有着棕色皮肤和亚麻色头发的女孩儿。就在他们走过雪地,朝她们的房子走过来的那段时间,她们母女两个以毫不避讳的目光仔细打量着她们的新客人。给他们住的房间在房子的前面,对着一条小山谷,看不到山上的村庄。房间跟他们在施托尔太太家只住了一夜的那个

---

① 奥地利西部城市。

房间很相像:矮矮的,空间很大,打了蜡的木头熠熠生辉,一个大型的镶瓷砖的炉子把屋子里烤得暖烘烘的。朗格太太接过他们的护照,把详细情况记录下来。她还给他们时,态度有了变化,这一变化使玛丽·帕里什和哈米什·安德森知道,他们的女主人已经心照不宣地接纳了他们。她一边用那双毫不掩饰的粗鄙的蓝眼睛继续仔细地打量着他们和他们的东西,一边说她那亲爱的姨妈施托尔太太替他们说过话了。她实际上并不真的是她的姨妈,而只是一个远方表亲,叫她姨妈是出于对她的年纪和她作为牧师遗孀这一地位的尊敬。她还说,从她那个地方推荐过来的人她都一百个信得过。而且她还从亲爱的施罗德医生那儿得到信儿了,他可是个老朋友了,一个多年的朋友,啊——一个多么勇敢的人哪。他们注意到他的脸了吗?肯定注意到了吧?他们知不知道,有两年他都是躺在医院里,医生给他做了新的脸模子,从他大腿上取皮,覆盖到了他的脸上?可怜的人啊。是的,施罗德医生的脸给弄成这个样子,都是那些俄国人造的孽。说到这儿她夸张地叹了口气,耸耸肩,就离开了他们。

他们提醒自己,他们在宝贵的假期里已经有三个晚上没怎么睡觉了,这毫无疑问就说明了他们为什么现在对穿上滑雪板缺乏热情了。他们去睡觉了,一睡就是一整天;那天晚上,朗格太太在客厅里亲自服务他们吃了一顿丰盛的晚餐,她站着跟他们聊天,直到他们请她坐下。她坐了下来,继续询问他们有关英国皇家的事情。要夸大皇家在朗格太太身上激发出来的热情的程度是不可能的。她通过十几份带插图的报纸跟踪皇家任何一个成员的每一个行踪。她知道他们都吃些什么,他们希望食物怎么做,怎么上桌。她知道女王最喜爱的胸衣是哪种款式,侍候她的医生叫什么名字,为皇家子女计划好的教育方式,两位伊丽莎白和一位玛格丽特这三位皇室成员最喜爱的颜色。

这两位英国男女从性情上说是拥护共和体制的,假如"共和体制"这个词语在那个时候还不算相当"陈旧"①的话,倒是愿意把自己描绘成这样的人。他们两个获得了大量有关"他们的"皇家的情况,可感觉还是不够,因为她的问题他们一个都回答不上来。

为了躲开朗格太太,他们回房间去了。他们发现,这座房子一点儿都不像白天从表面看上去那样与世隔绝,白天,那些松树把往山上走更远一些的那条小山谷里的建筑遮挡住了。灯光在树间闪烁,在不到半英里的地方,好像至少有两幢大宾馆。音乐跨过黑暗的雪地朝他们流淌过来。

到了早上,他们发现有两幢美国人的宾馆,就是说,专门供美国军队休闲的宾馆。朗格太太使用"美国人的"这个词语时,艳羡和仇恨两种感情混合在一起。她理所当然地认为,他们应该和她一样有这种感情,因为他们毕竟和美国人(当然还有俄国人)在监管战败国这一事务中是合伙人。这是因为他们和她朗格太太一样,都不是有钱人家。

"啊,"她说着,假模假式但又很开心地耸了耸肩,声音里

---

① 原文为法文。

带着虚假的谦卑,"这是件很糟糕的事情,他们到这儿来的那架势、那行为,就好像他们拥有我们的国家似的。"她站在窗前,而这对英国人一边吃着早餐,一边观看那些美国士兵和他们的妻子、女朋友向山坡下猛冲而去;她脸上是一种苦涩的羡慕,一种艳羡的怨恨,仿佛她脑子里在想着:是吗?那么等着瞧!

还是那一天,他们后来看见她女儿站在门前的台阶上,显摆她那条剪裁得很漂亮的滑雪裤和那件毛衣,像是海报上的女郎一样,她看着那些美国兵。每次有一个美国男人过去,他们都会听到她喊叫:"美国佬。"那美国兵就会抬眼看看,招招手;她就也招手,大喊着:"我爱你,帅哥。"终于有一个走了过来,这两个人就踏着滑雪板走开,到下面的村子里去了。

朗格太太看见他们在观察,就说:"哎呀,这些年轻的姑娘们呀,我自己年轻的时候也这样。"她等着,直到他们不谋而合宽容地笑笑——她这种等法让他们觉得他们只得从命,看出来他们的护照证明了他们无权持不同的标准;她说:"是啊,一个人年轻的时候是懵懵懂懂的。我记得我那时候见一个男人爱上一个。啊,是的,我就是那样。我当姑娘的时候,住在慕尼黑。是的,青年人是没有辨别力的。我爱上了我们的元首,是的,这是真话。在那之前,爱上的是住在我们那条街上的一个共产党的领导人。而今呢,我告诉我的莉莉,她爱上美国军人是件很幸运的事,因为她爱上的是民主制度啊。"朗格太太咯咯笑了两声,叹了口气。

她侍候他们吃每一顿丰盛的饭菜——香肠和酸泡菜加土豆；酸泡菜、土豆和炖牛肉——她都站在他们身边，说个不停，或者谦恭地坐在那打得油光发亮的木桌子的另一端，一只丰满的小臂放在胸前，一只手抚弄着、梳理着她那亮黄色头发，就那样说啊，说啊。他们吃着饭，她则给他们讲她的人生经历。她母亲在第一次世界大战当中饿死了。她父亲是个木匠。她哥哥热衷于政治；他是个社会民主党党员，于是她也曾经是一个社会民主党党员。后来他当上了共产党，于是她就投共产党的票，上帝宽恕她。再后来就来了元首；她哥哥对她说他是个好人，于是她就变成了一个纳粹党人。当然了，那些个年头儿，她很年轻，也是懵懵懂懂的。她咯咯笑着，告诉他们，元首讲话的时候，她是如何站在那人山人海之中，热情洋溢地尖叫着。"因为我哥哥穿着军装，是的，他是那么地帅气，你们根本就不会相信他会那么帅。"

这对英国男女想起来在收音机里听到那些狂热入迷的人群吼叫着，喊叫着，对那个全身心投入的、歇斯底里、像是打着鼓点的声音表示支持的情景；他们看着朗格太太，想象着她当姑娘时候的模样，满头大汗，满脸通红，和成千上万的人一起叫喊着，和她的闺蜜挽着胳膊，那个闺蜜当然是爱上了那个身着军装的哥哥。之后她在咖啡馆灌啤酒，来让那喊疼了的嗓子冷却下来，回想起那陶醉的时刻，她或许就跟这个闺蜜咯咯笑了起来。也说不定她没有咯咯笑。不管怎么说，她嫁了人，来到这里的山区，生了三个孩子。

如今她男人死了，是在斯大林格勒附近的前线阵亡的。

一个儿子死在了北非,另一个死在了法国的阿夫朗什①。当她的莉莉把身子伸出窗户,冲一个路过的美国兵咯咯笑,挥手的时候,她就咯咯一笑,瞥这对英国男女一眼,说:"我们很幸运没有在俄国人聚集区,假如是那样的话,莉莉说不定爱的就是一个俄国佬了。"莉莉呵呵一笑,身子往窗户外面伸得更远,挥挥手,叫道:"帅哥,我爱你。"

朗格太太或许意识到了,她的英国客人一直保持着礼貌,并不一定意味着同意,于是有时候就挺起胸膛,摆出一本正经自以为是的模样,垂下羞怯的眼睑,看着面前,以一种震惊的正义感喃喃低语:"是的,莉莉,你爱怎么说就怎么说吧。不过我们这次很幸运,有两位英国人当我们的客人。他们是跟我们一样的人,也在这场可怕的战争中受了不少罪。他们回国后会告诉他们的朋友们,我们遭受了怎样的痛苦,因为我们的国家分裂了。因为很显然他们感到震惊了。他们过去可是不懂得我们不得不遭受的屈辱的。"

听到这里,玛丽·帕里什和哈米什·安德森什么话都不说,只是礼貌地互相递盐或饺子,之后不久就借故回房间去了。他们大量的时间都在睡觉,因为他们毕竟很长时间都缺少睡眠。他们吃得即便不算好,但吃得也很开心。他们偶尔滑滑雪,经常在太阳底下躺着,晒上一层棕褐色,他们回到伦敦一个礼拜之内这层棕褐色就会消失。他们感觉得到了休

---

① 位于法国西北部下诺曼底大区芒什省的城镇、港口。1944年7月巴顿将军在此指挥美国第3军突破诺曼底包围圈。

息。他们身体上很满足,处于一种慵懒嗜睡的状态。他们听朗格太太唠叨,接受她的责备,因为他们对欧洲各国皇家的礼仪和习惯一无所知;他们看着那个女儿不是跟这个美国大兵,就是跟那个美国大兵走开。一天下午,施罗德医生到来,跟朗格太太喝咖啡,他们很高兴加入这次聚会。朗格太太原来就跟他们说过,到美国去一直是施罗德医生毕生的梦想。不幸的是,他所做的种种尝试都失败了。他们从伦敦给施罗德医生办理签证,或许会容易些吧?不容易?在那儿也很困难?哎呀,如果她是个年轻姑娘的话,她也想到美国去。那是个代表未来的国家,是不是?施罗德医生这么希望去那里,她并不怪他。假如她有能力帮他一把的话,她一定帮,他们一定要相信她,因为朋友之间总是应该互相帮助的嘛。

他们已经看准了,朗格太太的计划就是把莉莉嫁给这位医生。不过看样子莉莉似乎并没有这种想法,因为尽管她知道他要来,她那天晚上却没有露面。朗格太太大概也并不完全感到遗憾吧,因为虽说不能把"调情"这个词儿用到这样的一种关系上,但这种关系却是极度地亲密无间。朗格太太动不动就叹气,她那双傻乎乎的蓝眼睛紧紧地盯在她朋友那张可怖的闪闪发亮的脸部面具上,说着"哦,我的上帝,我的上帝,我的上帝"[①];而施罗德医生则受之如饴,俨然一个对阿谀奉承已经厌倦的电影明星,一边用一只手礼貌地做着谢绝的手势,一边用另一只手吃饭。他在这里过夜了,表面上看是躺

---

① 原文为德文。

在厨房里的那张旧沙发上。

第二天早上,他七点钟叫醒玛丽和哈米什,说:很不幸他要离开这条山谷了,因为他要去医院上班了,他很高兴为他们效劳,他希望他们安排好回国的行程,以便经过他那家医院所在的城市,并要他们保证一定经过那座城市。

施罗德医生这一走,倒是使他们彻底意识到,他们自己的假期一个礼拜后就要结束了,而且他们也厌倦了,或者说快要厌倦了。他们最好是打起精神,离开雪山,到下面的一个城市里去,租上一个廉价的房间,努力去见见某些普通人。所谓普通人,他们的意思既不是经常到这个山谷里来的阔绰的实业家;也不是像施托尔太太这样显而易见是从更老、更加太平的年代遗留下来的人;也不是像朗格太太和她女儿莉莉那样的人;也不是像施罗德医生那样的人。跟朗格太太道别几乎一点都不费劲,因为她立即说,从来没有一天过去了,却无人登门,要求租房子的。因为村子里的每一个人都知道:她收的钱让人物有所值。这话倒是真的:朗格太太天生就是做房东的料,她给他们提供的远远超出合同上规定的,时不时端来一杯咖啡,最重要的是,热络地一聊就是几个钟头。不过,她最后还是接受了他们的请求:他们想在职业的掩护下花一个礼拜的时间,到几个医院去看看,跟医生同行们接触接触。"那样的话,"她立即说,"你们认识施罗德医生,真是很幸运,因为不可能有更好的人选带你们去看你们需要看的一切东西了。"他们说,如果碰巧经过他那座城市的话,他们一到,就去拜望施罗德医生。说完这话就算道别了。

他们乘公共汽车沿着漫长的蜿蜒的山谷下山,来到主村O——村,赶上那列晃晃荡荡的小火车,肩并肩坐在硬硬的木头座位上,很不舒服地又过了一夜,终于到了Z——城,他们找到一家廉价的旅馆,要了一个小房间。他们现在发誓要接触普通人,开阔他们对当今德国的视野。他们不时散会儿步,穿过这座城市的大街小巷,那里到处是普通人,两人像游客那样看他们的脸,编他们的故事,跟他们进行简短的交谈,从这些交谈中进行大方向的概括。他们像每一个认真的游客一样,沉湎于种种幻想,幻想着他们如何在大街上拦住某个面相很顺眼的人,说:我们是普通人,完全代表我们国家的人。您很显然是个普通人,代表你们国家的人。请向我们敞开心扉,讲讲你们自己的故事吧,我们也会敞开心扉,讲讲我们的故事。

听到这话,这个面相很顺眼的人就会发出快乐的感叹,用拳头打下额头,说:可是我的朋友!没有任何东西比这个我更喜欢的了。说着,他就带他们到他住的楼房、寓所或房间里去;于是一段生死之交就开始了,这种友谊力量之强大,足以胜过国与国之间的任何误解、变故、事变、战争和其他双方国家的普通百姓都完全不希望有的现象。

他们没有联系施罗德医生,因为他们很小心地不选择他工作的那座城市。但他们也时不时地想,如果施罗德医生不是那么一个十足的令人讨厌的家伙,如果他像他们那样,是一个勤勤恳恳、兢兢业业、怀揣理想主义的医生,如果他能把他们介绍到德国的医学界,或者至少把他们介绍到一个城市的医学界，而根本不用将政治卷入他们的交往之中，那该是多么地令人愉快啊。

他们顺着这些思路想着，就想到了一个迥异于他们那羞怯的天性的行动方针。碰巧，大约一年前，安德森医生收到某个科勒尔医生的一封信，祝贺他最近有一篇学术论文发表，并附上一篇他自己的论文，论述的是一个关系很密切的研究领域。科勒尔医生就在Z——城郊外的一家医院工作。哈米什记得拜读过科勒尔医生的大作，把它判定为一篇典型的、上了年纪功成名就的医生抛出来的论文，这些医生不再有能力在医学这片田地里进行原创性耕作，但是由于他们不希望显得已经对原创性研究失去了兴趣，就时不时地抛出一篇不痛不痒的小文章，这种文章充其量是对别人作品彬彬有礼的评论而已。简而言之，安德森医生看不上这位德国同行寄给他的这篇文章，只是写了封简短的感谢信将此事了结。现在他想起了这件事，就跟玛丽·帕里什讲了，于是两个人就都想到，他们是不是可以给科勒尔医生打个电话，做一番自我介绍。他们一决定应该这么做，就有了一种确定的感觉：他们承认吃了败仗。现在他们要当专业人员了，再不会是别的什么人了。那些"普通人"使他们迷惑不解。跟三个工人（在公共汽车上）、两个家庭主妇（在咖啡馆）、一个生意人（在一列火车上）、两个女侍者和两个女服务员（在这家旅馆）交谈过后，他们很不满意。这些人当中没有一个人对现代德国给出一个他们所急需的那种最终的、精辟的、结论性的说法。事实上，他们谁也没有比他们在英国的同行们多说什么。他们当中的任何一个人所做的最接近一番政治评论的,是其中一个女服务员发的一通牢骚,她说挣的钱不够多,很想到英国去,她知道英国的工资高多了。

没错,跟那个真实的、老式的、健康的德国接触,就像跟公共汽车上唱歌的那两个小姑娘所象征的德国接触,使他们一无所获。但是,那个德国一定在那里。这是确定无疑的。对他们两人都了解的那些难民那相当令人厌倦的讽刺,对贝托尔特·布莱希特①的歌曲那苦涩的肯定,一个季米特洛夫②(当然了,尽管季米特洛夫不是一个德国人)那战斗的激情,那两个小姑娘的天真烂漫,贝多芬第五交响乐那非凡的弦乐,德国就是这些东西融合在一起的某个东西。这些特性在他们大脑里融合,转化成一个倦怠、怀疑、嘲讽却坚定的人物形象,一类温文尔雅的哲学家,随时准备拿起枪,为美好、正义和真理而战斗。然而他们还没有遇到任何一个略微像的人。至于在山谷里待的那两个礼拜,他们干脆就一笔勾销了。一条完全致力于追求快乐的山谷,成年累月都追求快乐的山谷,除了代表自身,难道还能代表别的什么吗?

他们倒是愿意干脆接受他们已经失败的事实,给科勒尔医生打电话,把他们假期剩下的几天花在获得医学信息上面。他们给科勒尔医生打了电话,使他们感到惊喜的是,科勒尔医

---

① 贝托尔特·布莱希特(Bertolt Brecht,1898—1956),德国诗人、剧作家。
② 指保加利亚共产党领导人格奥尔基·季米特洛夫(Georgi Dimitrov,1882—1949),第二次世界大战后任保加利亚总理,因1933年德国国会纵火案庭审中反对纳粹指控的辩护词而赢得世界声誉。

生记得他跟安德森医生进行过一次有趣的通信,并且邀请他们跟他一起度过第二天上午的时光。听那口气,他一点儿都不像忙忙碌碌的医院院长,反倒像一个主人。帕里什医生和安德森医生把这件事安排好,正要出去找一个便宜的餐馆——他们的钱真的是所剩无几了——就在这时,有人向他们通报说,施罗德医生来了。他从他的朋友朗格太太那儿听说,他们到这儿来了,那天下午就专程从S——镇赶了过来。换句话说,他一定给朗格太太打了电话,或者拍了电报。朗格太太知道他们的地址,因为她要给他们转寄信件;他对他们的需求是那么巨大,以至于竟大老远从S——镇赶了过来,他毫不犹豫地指出,那可是花了大价钱的。

这对英国男女再次面对施罗德医生那张疤痕累累的脸和毒辣的眼睛,又一次感到憎恶和同情混杂,勉强找了些借口,以说明为何选择在这个城市停留,而没有选择在S——镇。他们说,他们有可能花不起那么多钱,不能如他所想,在其中一家很贵的餐馆里度过那个晚上;也不愿意让他破费请客,因为他来跟他们见面,已经花了这么多钱了;他们最后做出妥协,同意跟他一起喝啤酒。于是他们就到各个啤酒馆喝酒,当年元首的支持者们就是在这些地方聚会的。施罗德医生告诉他们这一点的方式既可以理解为他仿佛是在指出一个旅游胜地,也可以理解为他好像在向他们提供一个机会,跟他一起哀叹一份逝去的荣光。他对他们的态度如今在敌意和自降身份的彬彬有礼之间波动。至于他们,还是保持着他们自己的彬彬有礼,喝着啤酒,偶尔捕捉一下对方的眼神,整个晚上都觉得不舒服,假如没有施罗德医生的话,这本该是一个非常愉快的夜晚。他时不时地把话题转移到他去英国工作的可能性上,他们则重复他们的警告,直到最后,尽管他还没有提到美国,他们还是解释说,即使得到签证,在世界上的那个地方生活,在英国生活,并不会比在这儿生活更加容易。当他们明确表示他们明白施罗德医生的真实目的,他也没有乱了阵脚。一点儿都没关系;他言谈举止之中显得他好像从一开始就告诉他们,美国才是他理想的国度。他仿佛从来就没有给英国唱过赞歌似的,现在贬损英国是欧洲的一部分,说它已经死了,完了,是附着在美国健康肌体上的一只寄生虫。显而易见,所有有远见的人都会到美国去——他估计,他们也看到了这一明显的真理,而且有可能已经制定出了他们的计划?当然了,他不会因为谁先顾自己而指责他,这是自然规律嘛;不过,朋友之间应该互相帮忙。谁知道呢?不过,他们一旦都到了美国,说不定施罗德医生还能帮助安德森医生和帕里什医生呢。机会的车轮很有可能会把这样的事情带过去的。没错,在这个世界上,事先计划好总是明智的。至于他自己,并不羞于承认这是他的首要原则;这就是他为什么今天晚上在Z——城坐着,为他们效劳的原因。这也是他为什么在自己工作的医院请一天假——这假可不是轻而易举说请就能请得了的,因为他度假两个礼拜,刚刚回来——目的就是要给他们当向导,到Z——城各大医院看看。

玛丽和哈米什在一阵惊诧的沉默之后,说他对他们的深情厚谊令他们深受感动。然而不幸的是,他们已经安排好了,明天要和某某医院的科勒尔医生一起度过。

施罗德医生的眼神突然间显示出狂暴的活力。他那张脸那闪亮的拉长的面具更红了,听到科勒尔这个姓氏,那双眼在闪烁了一阵狂乱愤怒的蓝光之后,终于镇定下来,变成了定定的、几乎是痛苦的询问的目光。

他们好像终于击中了让施罗德医生沉默的命门,尽管很偶然。

"科勒尔医生,"他说着,叹了口气,就像好一顿搜索后才找到钥匙的人那样,"科勒尔医生呀。我明白了。是。"

他终于弄清楚了他们的地位。貌似科勒尔医生的地位极高,因此,他们的地位估计也不会低,他是不可能奢望跟他们平起平坐的。他们既然是科勒尔医生的密友,那就没必要移民美国,一切就尽在情理之中了。他的态度变得痛苦、郁闷、恭敬起来,至多在暗示,将近三个礼拜之前,即在他们到达O——村的头一个晚上,要是明说他们是科勒尔医生的密友,就可以免去他所有这些痛苦、麻烦和花销了。

原来科勒尔医生是个荣誉和威望加身之人,他的事业也是如日中天。当然了,很不幸,这样一个人居然得受那种罪……

科勒尔医生得受哪种罪?

啊,他们不知道吗?他们一定知道的。科勒尔医生每年都要有六个月主动在他自己的医院里当病人——是的,此事令人敬佩,对不对?——一个如此卓越之人,在每年的某个时间点,居然会把钥匙交给他的下属,乖乖地看着一扇门把自己关在里头,正如另外六个月,他锁上门,把别人关在里头一样。这是很令人悲哀的,是的。不过当然了,所有这一切他们一定都非常了解,因为他们有幸获得科勒尔医生的友谊啊。

玛丽和哈米什不喜欢承认,他们原来并不知道科勒尔医生管理的是一家精神病医院。他们要是承认了,就会在施罗德医生面前失去优势。而此时,施罗德医生很显然已经把他们放上了更高的地位。与此同时,既然这个晚上已经浪费掉了,还有时间要打发,他就准备好交谈了。

他们在一家啤酒馆喝酒,周围都是巨大的木头啤酒桶,啤酒就是从酒桶里汲取,然后直接倒进那巨大的啤酒杯里——在所有的啤酒馆里,这种大啤酒杯可都是奉若神明的东西。到那个夜晚将结束的时候,他们已经形成了这样一幅形象:科勒尔医生是一个非常苍老的、像李尔王①一样的人,在体面地受罪时既骄傲,又痛苦;因为玛丽·帕里什主攻儿科,哈米什·安德森主攻老年病学,所以他们两个对精神病人的问题都毫无直接的兴趣,尽管如此,他们还是满怀同情地盼望着和这个勇气十足的老人会面。

那天夜晚结束的时候,由于科勒尔医生隐隐存在而没有任何的不快。施罗德医生把他们送回旅馆,跟他们握手,并预祝他们的假期快乐地结束。他人格上那狂暴的不和谐已经完全被那自卑的谦逊所吞噬,他已经退回到谦逊的状态,并以此自我安慰。他说,他到伦敦去的时候一定登门拜访,不过那仅

---

① 出自莎士比亚著名悲剧《李尔王》。

仅是礼节性的。他祝愿他们和科勒尔医生相聚愉快,然后就迈开大步走开了,走进寒风凛冽的黑夜,向火车站走去,靠那两条长长的瘦腿一颠一颠的,像一只披着黑披风的蚂蚱一样——一个戴着帽子、痛苦但又精力充沛的身影,被纷纷扬扬的白色细雪刮得东倒西歪,在街灯的照耀下,雪花宛如被吹动的盐或沙子闪着光。

第二天上午,雪依然在下。这对英国男女早早地离开旅馆,找到他们要乘车的汽车站,车站位于这个城市的另一端,在一处贫穷的郊区。雪花懒洋洋地从灰蒙蒙的低矮的天空落下,肮脏细碎的雪花稀稀拉拉落在黑色的大地上。最近这场战争中的炸弹已经把这里的街道炸得方圆数英里都成了平地。断断续续的轮廓勾画出街道的印迹,新近铺设的铁轨干干净净,闪着亮光,从这些街道中穿过。车站原来被炸掉了,有一间木头棚子临时充当车站,直到一座新车站建起来为止。一群意志顽强的人把黑衣服裹得严严实实,拥挤地站在汽车站周围。附近,一群工人正忙着建一幢新楼,这幢白色的大楼从方圆几英里的残垣断壁中间拔地而起,漂亮而干净。他们看着就像是一群精力充沛的黑色虫子一样,在那片光秃秃的白色墙壁的衬托下忙碌地工作着。这对英国男女跟那群德国人站在一起,他俩缩着冻僵的肩膀,捯换着冰冷的脚,看着那些建筑工人。他们想,造成了这场大劫难的正是他们国家的炸弹,想到他们国家的这场劫难正好是由这个国家的人扔的炸弹造成的,而这些人此时和他们肩并肩地站着,就慢慢地陷入了一种无精打采的郁闷情绪之中。公共汽车很长时间才来一趟。天气似乎更加寒冷。时不时有人经过,来到汽车站棚子的下面,也有人加到排队等车的队伍末尾,还有一个妇女提着一只购物篮走过去。在一座座变成废墟的大楼后面,升起了这座曾经被毁掉的城市的身影和轮廓,也升起了这座将会重建起来的城市的轮廓。他们仿佛是定定地站在死城的废墟和鬼魂中间,也站在尚未诞生的城市中间。哈米什的眼睛又在他们周围人的脸上逡巡起来,而后定在一个正在路过的戴着围巾的老妇人的面庞上;仿佛这群人跟这些大街一样,都变成了透明的,流动着的;因为他们身边,他们身后,他们当中都站着死去的人。这两次世界大战中死去的人们拥挤在这座废弃的广场上,推搡着活着的人们,一群被困在大风雪中默默无语的人们。

寂静锁定了空气。有一阵低沉的突突声,似乎是从地下传来的。那是一台机器在建筑工地作业时发出来的。那台机器在肮脏的雪地里低伏,它举起那黑色的臂膀,就像与人格斗的摔跤手,也像一个在祈祷的人;它劳作的声音像是一种通过冻土传过来的感觉,仿佛那土地在呼哧呼哧喘着粗气。工人们簇拥着机器,围绕着机器,在那座新楼陡峭的侧面工作。他们就像孩子在玩砖头。半个小时之前,一个穿黑色长筒靴的巨人一个大步从他们的积木大楼上迈过去,一不小心把积木踢倒了。如今那些孩子们在穿着黑靴子的巨人那参与竞走比赛的双腿下面,又建着这座积木大楼。随时都会有另外一双践踏下来的黑色的腿一步从楼上踏过去,大楼就会在霹雳和一阵阵闪电的伴奏下坍塌,就会成为废墟。在欧洲广袤而耐性十足的土地上,一次又一次浸染鲜血的土地上,一次又一次被愤怒的金属毁掉的土地上,那些小小的身影在劳作着,就在战争的炮弹和废墟上修建着他们明亮的新房子;他们眼中是那巨大的机器穿着黑色长筒靴的双脚迈着大步前进的暗影,他们每个人的身边,他们每一个人的身边,都有他们死去的亲人,那看不见的、成群结队的、难以忘记的死去的亲人。

那群人继续等待。机器依然喘着粗气轰鸣不止。时不时一辆破旧的公共汽车开过来,几个人上去,汽车开走,再有一些穿着黑衣服的人穿过稀稀落落的雪花加入这群人中,他们跟表情淡漠、纪律性强、很有耐性特质的英国人颇有相似之处。

终于,他们被告知要找的那路公共汽车来了,他们跟其他几个人上了车。车里有一半是空的。公共汽车几乎立即就把这座城市甩到了后头。科勒尔医生所在的那家医院和英国许多类似的医院一样,建在城市边界线的大外头,这样,那些不得不隐退到高墙后面的人的思想就不会干扰到健康人的生活了。前面黑乎乎的平原上点缀着积雪,这里一道,那里一片,那是一条笔直的窄路,路面很好,是最近才修好的。那悄无声息、没有一丝风的空中弥漫着细碎的雪粒,雪落得很慢很慢,似乎天要塌下来了,就仿佛是雪花那缓慢的重量拖拽着笼罩黑色平原的灰色向大地压了下来。他们在一个没有颜色的世界向前行进。

他们在平原上大老远就看到了科勒尔医生所在的那家医院。医院由十二三座大楼组成,大楼都是黑色的,直愣愣的,相互之间的角度都是固定的,就像战时集中营里那些棚屋的布局。的确,从远处看,这些大楼的布局和一座集中营那机械的排列极为相似;不过,等汽车开近了,大楼扩大展开成真正的大小,楼的四周都是形状一致的草坪和树丛。

他们在一扇沉重的大铁门外下了车,来到主楼大门口,大门四四方方的,很高。他们受到一位医生的热情欢迎,很显然他是代表科勒尔医生,科勒尔医生就在楼上,在迫不及待地恭候他们二位。他们向上走了好几级楼梯,穿过好多条走廊,不管这个地方从外面看给他们留下了多么荒凉的印象,但是大楼内部布置精细,使荒凉的印象一扫而光。墙上挂满了漂亮的画,现在他们无暇仔细观赏,快步跟在那位繁忙的向导身后;走廊的每一处转角都摆放着高高的花盆座,花盆里鲜花盛开,墙壁、天花板和木结构都油漆成清爽的白色和蓝色。他们在穿过这一条条人情味儿十足、令人心旷神怡的走廊的时候,满怀同情地想着这位他们行将拜会的被狂风暴雨驱赶着的李尔王,他们甚至在想,这家精神病院的院长在医院里住一段时间,就懂得住精神病院里的病人是什么滋味,有这么一个人当院长,说不定还是一件好事儿呢。然而他们的向导说:"这当然是行政楼兼医生办公区。待会儿,科勒尔医生将会很乐意带二位看看住院区。"

他说完这番话就跟他们握握手,点点头以示告别,然后就走开了,把他们留在一扇半开着的门外,门里看着就像是一个中产阶层人士的会客厅。

一个愉快的声音说他们得进去;于是他们走进一个两居

室的套房,两个房间由滑动玻璃板半隔开,室内灯光明亮,装修得赏心悦目,除了房间靠里面有一张小写字台外,屋内陈设根本不会令人联想到这里是办公室。写字台后坐着一个很英俊的中年男子,他正站起身迎接他们。他们过了半天才回过神来,这位肯定就是科勒尔医生,由于感到震惊,他们的寒暄远没有他的那么热情。他的寒暄怎么看都更像是主人的寒暄,而不是一个同行的寒暄。看得出来,他见到他们很是高兴,一边请他们坐下,一边给他们叫咖啡。他走到玻璃门隔壁那个房间的写字台上放着的电话跟前,打了个电话就把咖啡叫了;这两位互相看了一眼,交换惊奇的眼神,最后又交换了快乐的眼神。

首先,科勒尔医生的身世极为显赫,他们想起来施罗德医生头天夜里曾对他们说过的一番话,大致意思是他出身于一个古老的深受尊敬的家族;简而言之,他是一个贵族。当他们看着科勒尔医生本人的时候,就不得不相信这番话,尽管他们无法想象这番话是从施罗德医生那儿得来的。科勒尔医生个头相当高,并且把重量和瘦削结合得相得益彰,尽管打眼一看,你就会想这个人站到体重计上会有多重,但他并不算胖,甚至都算不上圆润。但他很重,他的面部有着结实而突出的颧骨,肌肉厚墩墩的,毛孔很大。然而,你会说,由于那白皙而饱满的前额,由于那硕大威严的鼻子,还由于那双深邃、灵动的黑眼睛,那是一张瘦脸。他的行动不似身体很重的人;他做着很快很急的手势,他那双漂亮的大手不停地移动。他去叫咖啡回来了,满脸笑容,在两位英国医生对面的一把安乐椅上坐下,继续以世界上最温文尔雅、最令人愉悦的方式招待他们。

他讲一口令人艳羡的英文,他对英国了解得很多,他现在满怀信心地讨论着英国当前的局势。

他对英国很是敬仰。这一次这对英国男女听着心里很舒服。这话和从那个吓人的施罗德医生口中听到的溢美之词很不一样。直到咖啡端过来,在喝咖啡期间,以及之后的半个小时,他们讨论着英国及其组织机构。这对英国人听到的有关英国的观点他们无法苟同,但也没有生气,因为像他这样一个人,秉持保守的思想是自然而然的事。科勒尔医生相信,一个权力有限的君主政体是防止动乱的最佳保障,事实上,也是众所周知英国人忍辱负重的原因,而这种忍辱负重正是他比其他任何素质都更加敬仰的素质。作为一个德国人讲话,因而尤其有资格讲无政府状态的种种危险,他倒愿意说,盟军能做的最好的事情本来是强加给德国一个皇室,如果必要的话,这个皇室可以从欧洲那很不幸在日益萎缩的各国皇室的残渣碎片中创造出来。他还进一步说,这件事本该在第一次世界大战结束的时候,在签订《凡尔赛条约》的时候就做。英国在这种事情上一般是那么地有远见卓识,却没有留下一个皇室的保障,就离开了德国,他们犯了他们历史上最严重的错误。因为一个皇室会强制推行良好的行为,对各个机构予以尊重,就不可能让希特勒这种暴发户兴风作浪。

听到这里,这对英国人的眼神又碰到一起,尽管只碰了一下。毫无疑问,听到他把希特勒形容为一个暴发户使他们又有了听施罗德医生和朗格太太说话时的一些感受。几秒钟后他们又听到他说希特勒是一个狗杂种暴发户,尽管从表面看,美味的咖啡使人心情舒畅,他们的主人也让人喜欢,然而一股不安的情绪还是不可压抑地冒了出来。

科勒尔医生就这个主题谈了一会儿,两只灵动睿智的眼睛不时地瞟他们一眼,又给他们添了咖啡,给他们让烟,要他们谈谈英国的公共医疗卫生服务机构是如何运作的。他理所当然地认为,他们两个人谁都不会赞成一个给人们一些东西却什么都不要的体制,他同情他们臣服于国家专制体制。他们夯着胆子向他指出他们感觉它有的某些优点;他终于点点头,承认一个像他们自己的国家那么稳定、那么井然有序的国家很可能有能力做出这么过火的实验,通过这些实验毁掉别的国家——比如他自己的国家。但当他看到他们的国家在向那帮子暴民步步退让时,真的感到很是不安。他一直认为他们的国家是欧洲国家中得体地反对社会主义的堡垒。

听到这儿,他们提出,他们不想占用他太多的时间,他一定很忙。这么大一家医院的院长是不大可能拿出这么多的时间接待每一位希望来医院参观考察的外国医生的吧?或者是不是由于他对英国如此倾心,才使得他这么心甘情愿拿出时间来陪他们?

不管怎么说,当他们提醒他他们的来意时,他似乎很是失望。他甚至叹了口气,呆呆地坐了一会儿,于是安德森医生出于礼貌提到他收到的那篇他写的论文,如果科勒尔医生愿意的话,他们可以讨论讨论他们的研究课题。可是,科勒尔医生只是又叹了口气,说这些日子里他几乎没什么时间搞原创性研究;这就是一个人接受行政管理工作的负担时所必须承受的处罚。他站起身,脸上神采奕奕的表情全都没有了,他请他们走进玻璃板那边那间屋子,他到那间屋子里去拿钥匙。于是,他们三个人走进里面那间会客室,因为放着电话和写字台,因而算是一间办公室;在那儿,玛丽·帕里什的注意力被挂在写字台上方墙壁上的那张油画吸引住了。离油画六英尺或八英尺的距离看,那是一幅明艳愉悦的油画,画上是一片从根部视角,或者说田鼠视角看到的玉米地。一束束玉米拔地而起,生气勃勃,强健有力,和矢车菊、红罂粟相混杂,就像是一个人蹲在一片玉米地的正中央似的。但如果朝油画走过去,这种景象就消失了,就变成了一片混杂的色彩鲜艳的颜料。这是一幅手指画。画布的表面粗糙得像是一片犁过的农田。玛丽·帕里什向油画走过去,走进那片明艳的颜料中去,又向后退几步,再退几步;看哪,这幅画又一次显现出来,那片玉米地强健而清纯,有着雷诺阿①画作中那种感性的清纯。她是如此地全神贯注,以至于当科勒尔医生把一只沉重的大手搭到她肩膀上,问她是否喜欢绘画时,她吓了一跳。她和哈米什立即肯定地对他说:他们喜欢绘画,对绘画满怀热情。

科勒尔医生把很大一串黑色的钥匙从他那张非常整洁的

---

① 雷诺阿(Pierre-Auguste Renoir,1841—1919),法国印象派画家,创作题材广泛,尤以人物画见长,主要作品有《包厢》《游船上的午餐》《浴女》等。

写字台——太整洁了,一个人禁不住要想这张写字台用过几回——上拿起来,又扔回去;他站在那幅玉米地画作前,双手在玛丽一侧的肩膀上。

他说:"这,才是我真正感兴趣的。是的,是的;你们二位一定会同意,这可比医学有意思多了。"

他们同意,他们刚刚回过神来,这位就是画家本人。科勒尔医生接着从嵌入墙壁内的一个橱柜里取出厚厚一大摞画,全都是手指画,全都涂着厚厚的颜料,表面粗糙得触目惊心,而相隔十步远,所有的画都自成一幅构图高度精细、原创性极高的绘画作品。

很快,两个房间就放满了绘画作品,它们斜靠着椅子,斜靠着桌子,斜靠着墙壁,沿滑动玻璃板排列。他们一张画接一张画看着,科勒尔医生则跟在他们身后。由于拿不准他们对他的画作可能会有的反应,科勒尔医生内心忐忑不安,那双精巧的手攥在一起。现在看清楚了,这些画自成两类。有些画就像那张玉米地的画,用非常鲜艳明亮的颜色绘出,格外新鲜,格外诗意。然后就是那些走近一看色调阴森、表面凹凸不平的画,上面有肮脏的黑色、灰色、白色、一种阴郁的绿色,还有——一而再再而三地出现的——一种颇具特色的阴郁的暗红色,一种幽暗、无光、像陈年血迹的那种铁锈般的红色。这些画都非常奇特,非常可怕,画的是墓地、骷髅和死尸,画的是战争场面、炸毁的大楼、惨叫的女人和着火的房屋,人们如蚂蚁般从燃烧着的窗户里掉进火海。仅仅数秒的时间内,这两个传统的、漂亮的房间就被这些画作变成了食尸鬼般阴森可怖的展览,特别是这些画面不断地全部消失,变成一片片厚厚的颜料,而这些都是由科勒尔医生那双秀美的手涂抹、刮擦、堆砌起来的,在画布上涂了约莫一英寸厚。站在离一幅画六英尺远的距离,这是观赏科勒尔医生的作品恰当的距离,那幅画他们五分钟前还在观看,现在一离开,它就失去了意义,化作一片表面混乱不堪、干成硬皮的颜色。他们在不断地向前走几步,或者向后退几步,不断从一片混乱刹那间变成一个个简洁、清晰,而又惊人的图像。他们禁不住想,科勒尔医生是不是生来就有一种特别的眼力,或许他的手指尖有一种眼力,在他面对画布站着,把那厚厚的颜料擦到画布上,涂到画布上的时候,这种眼力使他能够看见他的作品;他们甚至想象他是一个长着六英尺长的胳膊的怪物,站得离画布远远的,像一只攀爬的蜘蛛一样在画布上作画。这些画的质量是如此之高,他们在看这些画的时候,脑子里禁不住把他想象成一个怪物,一个狂人,或者一种有天赋的昆虫。然而,转过身去看科勒尔医生,他就在那儿站着,一个英俊的男子,从本质上讲对一切东西都持保守的、正确的且温文尔雅的观点。

至少玛丽是感到有些头晕眼花了。她找到同伴哈米什那双挣扎着的蓝眼睛,明白他的感受也一样。因为这是他们遭遇施罗德医生,满脸的伤疤要求同情这件事原原本本的重复。在对科勒尔医生说他们对其作品的感受的同时,他们必须记住,他们是在跟这样一个男人说话,此人大胆地、勇敢地主动把心智健康的钥匙交给一位下属,自己则一年当中有六个月退回到疯癫状态,这期间他有可能在画这些恐怖的画作,画的表面看上去宛然是割烂的肉体上那渗血的碎肉。

而与此同时,他就站在那里,站在他们身边,焦虑不安地在他们脸上搜寻着。

他们回应他的请求,说这很显然是一个真正的、厉害的才华。他们说,他的作品震撼人心,独具匠心。他们说,他们深深地受到了感染。

他站着,一句话也不说,也不怎么笑,可那双漂亮的眼睛却暗藏一种诧异的神情。他在对他们的话做出判断。他知道他们此时的感受,心里头在谴责他们,是以入行的人对外行的人表现宽容的那种方式在谴责他们。

安德森医生说,得承认这些画很有力量?并不符合每个人的口味,说不定?或许相当地野蛮?

科勒尔医生温文尔雅地笑笑,回答说生活有时候往往就是野蛮的。是的,那是他的经验。他笑意更浓了,指了指写字台后面的墙上挂的那幅玉米地,说他能看得出来,安德森医生更喜欢那样的画吗?

安德森医生站稳了立场,非常顽固地认为,比起他看到的其他任何画作,他更喜欢那一幅。

玛丽·帕里什走过去,站到安德森医生身边,跟他一起宣称,在她看来,这幅画完全比其他所有的画都好;她更喜欢那为数不多的几幅色彩鲜亮的画,对她来说,这些画跟其他画相比,似乎承载着一种纯粹的欢乐、一种感官的快乐这样的品质;而其他的画在她看来——假如他不介意她这么说的话——简直恐怖。

科勒尔医生那嘲讽的、幽暗的目光从这张脸移到另一张脸上,说:"这样啊。"他又看他们一眼,接受了他们品位低下:"这样啊。"

他说:"我容易犯阵发性抑郁症。我犯抑郁症的时候,我自然而然就画这些画。"他指指那些他发疯时画的黯淡无光的画。"等我又快乐了,我也有时间了——我说过,我忙极了——我就画这样的画……"他指向玉米地的手势是不耐烦的,几乎是不屑的。很显然,他把那幅欢快的玉米地挂在他的接待室墙上,是因为他料定他所有的客人或者来访的同行都品位低下,更喜欢这幅画。

"这样啊。"他又说了一遍,脸上挂着勉强的笑容。

听了这话,玛丽·帕里什——因为他在表达一种完全孤立的感受——赶忙说:"可是我们很感兴趣。如果您有时间的话,我们倒想再多看一些。"

他好像非常需要听到她说这句话。因为那冷嘲热讽的谴责离开了他的脸,继之以业余画家那令人同情的焦虑,渴望着因其作品而受到爱戴。他说,他举办过两次画展,那些评论家误解了他的画作,他并不看好的画评论家们却赞不绝口,所以他再也不公开展示自己给那些愚蠢的评论家们看了。他靠的是那些懂他画的少数派,要的是他们的同情,他们当中有些是碰巧到他的医院来参观的访客;有的甚至是——如果他们不介意他这样说的话——医院里的病友。既然有两位这样令人愉悦的英国人来访,他将非常乐意给他们再看一些他的作品。

说着,他邀请他们步入他办公室后面的一条通道。通道的墙上从地板到天花板都满是油画。紧接着的那条通道的墙上也是如此。

想想这个人"抑郁"的时候,一定会有的那种精力,简直吓人。一条接着一条走廊打开了,墙上都挂满了画布,上面涂抹着厚厚的、起了硬皮的颜料。有的走廊很窄,不可能向后站得足够远,让那些画自动显示出来。不过,科勒尔医生似乎能够看见他的手都画了什么东西,哪怕他是紧贴着画布。他会侧身进入一大片又厚又干的颜料,一截线条不连贯的树枝从中零散地冒出来,看样子像是一棵被炸弹炸掉的树,或者是冒出一小块炸裂的骨头,或者是一张饱受折磨的嘴,他会说:"我管这幅画叫《爱》。"或者叫《胜利》,或者叫《死亡》;因为他喜欢这类题目。"看见了吗?看见那里的那座房子了吗?看见我是怎么安置那座教堂了吗?"这两位客人茫然地凝望着那一片片脏兮兮的颜料,心想这块画布是不是有可能极致地代表了他的疯癫状态,这其中是否可能根本就没有形象。然而,假如他们尽力向后退,直退到对面的墙壁,再把脑袋后仰,好额外获得一英寸距离,他们就能看到有一座房子,或者一座教堂。这座房子也是一个头盖骨;教堂死一般灰色的墙壁汨汨地流着锈红的血,还往窗台上洒出一股血,门也喷出血,就像一个人的嘴咳血一样。

郁闷的感觉又一次沉甸甸地压在这两个人心头,科勒尔医生领着他们走进另一条挂满画的走廊,他们跟在他身后,看着他那威严的背,凭着本能寻找对方的手,寻找健康的肌肤那温暖的接触。

不久,他们的主人领着他们回到了办公室,他又给他们倒了些咖啡。他们礼貌地拒绝了,但要求看看医院。科勒尔医生敷衍地同意了。他的态度表明,他并不是不看重这家医院,而是既然这些难得有同情心的人来访,他有幸得见,他倒宁肯跟他们分享一下他那高雅得多的兴趣:他对他们国家的热爱,他对艺术的热爱。尽管如此,他还是会带他们在医院里到处走走的。

于是他又拿起那一大串黑色的钥匙,沿着他们刚开始进来的那条走廊,走在他们前面。他们现在看出来了,他们原先注意到的那些画都是出自他的手;这些都是他看不上眼的画,挂在那儿让大家看的。不过,在他们穿过一扇后门,进入一个院子的时候,他停了一下,举起钥匙,微微笑着,指了指门边的一幅小画。这幅画画的是那几把钥匙。从一团白灰色的颜料中,冒出来一大串叮当作响的钥匙,很黑,很硬,闪闪发光,这串钥匙看着也像铃铛,从某些角度看又像盯着看的眼睛。科勒尔医生跟他们一起笑笑,仿佛在说:一个有趣的东西吧?

这三位医生穿过一个院子,走进第一栋大楼,这栋大楼由两排并列的、很长的病房组成,每间病房里都放了整洁的白色小床,床边有一把椅子和一个储物柜。床上或坐,或靠,或躺着病人。除了他们一般都无精打采、目光呆滞外,这种病房和其他任何一家公立医院的病房并无二致。科勒尔医生和他的某些病人迅速地打招呼;他从一个老头身边经过,老头一把抓住他的胳膊,说他有一条重大新闻要告诉他,这条新闻是他当时通过他的私人无线电台听到的,影响整个历史的进程,科勒尔医生打断他的话;并满面笑容地穿过这栋大楼,进了下一栋大楼。这里并没有什么新东西。这栋大楼跟刚才那栋一样,在使几百人沦为相互之间完全相同的身份这方面达到了极致。科勒尔医生几乎是不耐烦地说,你们要是看过这其中的一间病房,那你们就把所有的病房都看过了,然后他突然改变想法,穿过一个院子,到了这些规则的、方方正正的建筑中的另一栋,里面住满了女人。这对英国人突然想到,院子另一边那两栋大楼里住的只有男人;于是他们就问科勒尔医生,他们是不是把男病人关在院子这一边的大楼里,把女病人关在另一边的大楼里——因为院子里有一道高高的铁丝网,铁丝网上有一扇门,他把门打开,又随手锁上了。"啊,是这么回事。"科勒尔医生淡然地说。

"男病人和女病人见面吗——或许在晚上?"

"见面?不。"

"在社交晚会上也不见面吗?或许在舞会上见面吧?在一周当中某些吃饭的时候见面吗?"

听到这儿,科勒尔医生转过身,冲他的客人宽容地笑笑。"我的朋友,"他说,"即使把他们关起来,性也是一种破坏力足够强大的力量。您该不是要说,在这样一个地方我们应该让男女病人混杂着住吧?在这里,让人们安安静静的,不激动,就已经够难的了。"

安德森医生说,英国进步的精神病院是尽可能让男病人和女病人混杂在一起的,这是一项政策。这些可怜的人犯什么罪了,要受到这样的惩罚?他激动地问,他们受到这样的对待,难道是发过誓要永远过独身生活了吗?

帕里什医生注意到,"进步"这个词在这种氛围里完全不起作用。科勒尔医生那保守的性格力量是如此强大,以至于"进步"一词听起来简直古怪。

"所以呢?"科勒尔医生说,"所以你们英国医院的行政管理人员是心甘情愿给自己弄来这么多不必要的麻烦喽?"

"男病人和女病人从来都不见面吗?"帕里什医生追问道。

科勒尔医生宽容地说,到了夜里,他们就像调皮捣蛋的小学生一样,通过铁丝网互相传纸条儿。

这对英国男女又恢复了他们那本性难改的彬彬有礼的样子,感到内心郁闷得像有一层雾。雪花还在穿过厚重的灰色云层轻轻地飘落。

他们看了三栋大楼,住的全是年龄各异的女病人,她们全是无所事事、无精打采的样子,躺的躺,坐的坐;他们两个人同意科勒尔医生的看法,是看够了;他们准备结束参观了。他说他们一定要跟他回去,再喝一杯咖啡,但是首先他不得不短暂地去下别的地方,或许他们会乐意陪他去。他带路来到另一栋大楼,这栋大楼跟其他大楼都隔得很远。他从那一大串钥匙里挑出来一把巨大的钥匙,把大门打开。他们刚一进门,立即就看明白了,这是栋儿童大楼。科勒尔医生沿着主通道大步走着,口中大声叫着某位管理员,此人就现身来听候指示。

玛丽·帕里什是儿科医生,她这时发现自己来到了一间敞开的病房门口,她朝里面看了看,也请安德森医生照做。那是一间很大的房间,非常干净,空气很新鲜,窗户上钉了铁条。屋里摆满了婴儿床和小床。屋子的正中央,一个五岁的孩子靠着一张小床上的铁条直直地站着。他两条胳膊被一件紧身衣束缚着,由于他无法防止自己倒下,就被人用绳子直上直下地捆到了铁条上。他怒气冲冲地环顾整个屋子,怒目而视,牙齿咬得咯嘣咯嘣响。玛丽还从来没有见过这样一个绝望、疯狂、遭罪的小东西。就在孩子的对面,坐着一个块头很大、浅黄色头发的女人,穿着粗条纹灰色面料的衣服,像是一件囚服,她仿佛是在自家厨房里一样,舒舒服服地打着毛衣。

看到这一景象,玛丽恐惧得说不出话来。她能感到哈米什在她身边身体僵硬,非常愤怒。

科勒尔医生顺着走廊回来,看见了他们,和蔼地说:"您感兴趣吧?是这样吧?当然了,帕里什医生,您说过您搞的是儿科。进来,进来呀。"他带路进了病房,刚一进门,那胖女人就恭恭敬敬地站了起来。他瞥了一眼那个穿着紧身衣的孩子,走过去来到对面的墙边,那里有一溜小床,头尾相连地放着。他掀开一床床被子,露出十几个年龄在一岁到六岁之间的孩子——没有胳膊的孩子,没有胳膊没有腿的孩子,长着奇形怪状的硕大的头颅的孩子,长着小脑袋大身体的孩子。他把被子一床接一床地拉开,玛丽·帕里什和哈米什·安德森刚看过他要他们看的东西,他就又盖回去,然后说:"现代药物是个恐怖的东西。现在是要这些吓人的东西活着。过去,他们得肺炎死掉。"

哈米什说:"我认为,理论上是,医学发展得这么快,哪怕显然是最没救的人,我们都应该让他们活着,万一我们发现了能救活他们的东西呢?"

科勒尔医生嘲讽地冲他们笑笑(这种笑容他们以前就见过),说:"是呀,是呀,是呀。理论上是这样。可是对我来说……"

玛丽·帕里什在观察那个被囚禁起来的小男孩儿,一张通红狂躁的脸发出狂怒的光,在那件厚厚的紧身衣里面,他的小胳膊小腿儿都伸展不开。她说:"英国几乎不用紧身衣。儿童肯定是不用的。"

"所以呢?"科勒尔医生说,"所以又怎么样呢?可是,这样做有时是为了病人自己好。"

他向前朝男孩儿走去,站在小床前的铁条前,看着他。那孩子怒目圆睁,像一头发疯的野兽一样盯着这个大个子医生的眼睛。"您要是走得离这家伙太近了,他就会咬人。"科勒尔医生说完,点点头,请他们跟他出去。

"是的,是的。"他说着,把那扇大门打开,然后在他们身后随手锁上,"有些东西我们在公开场合不好说,但是私下里我们都会认为,这个医院里有很多人哪怕毫无痛苦地速速死去,也更糟糕不到哪儿去。"

他又说了声失陪了,就大步走开,跟另一位医生说了几句话。那位医生身着白大褂,正穿过大院,手里拿着另外一大串黑色的钥匙。

哈米什说:"这个人跟我们说过,他当这个医院的院长有三十年了。"

"是的,我相信他说过。"

"这么说,在希特勒统治的时候他就在这儿了。"

"那个狗杂种暴发户,对。"

"除非他同意对犹太人、有严重精神疾病的人和共产党人实施绝育手术,否则他是保不住饭碗的。你记不记得?"

"不记得。我忘了。"

"我也忘了。"

他们沉默了片刻,心里想着他们刚刚是多么地喜欢这位科勒尔医生,而现在又喜欢他多少。

"任何一个犹太人、有精神疾病的人和共产党人,要是倒霉透顶,落在了科勒尔医生的手里,恐怕都会被强制施行绝育手术。那些病入膏肓的人当场就会被杀掉。"

"并不一定吧。"她弱弱地表示不同意,"不管怎么说,他也许拒绝过。说不定他力量足够强大,能够拒绝的。"

"或许是吧。"

"毕竟,即便是在最坏的政府的统治下,也总会有身居高位的人利用他们的影响,保护弱势的人。"

"或许是吧。"

"而他可能就是这样一个人吧。"

"我们是不是应该抱有开放的心态?"他问,语速很快,满含嘲讽。在那座灰色大院的一个角落里,在寒冷的雪天中,他们两人站得很近。二十步开外,在一堵堵墙壁后面,在一扇扇锁紧的大门后面,一个小男孩儿除了一件紧身衣,赤身裸体着,像一只动物一样被绑在铁条上,他牙齿咬得咯嘣咯嘣响,满眼怒火射向那个胖乎乎的在织毛衣的女看守。

玛丽·帕里什凄然说道:"毕竟我们不了解啊。我们在不了解的情况下,是不能谴责任何人的。就我们所了解的,他当时或许拯救了几百个人的生命呢。"

说到这儿,科勒尔医生晃着他那串钥匙回来了。

哈米什语气平和地问:"我们很想了解,希特勒的政权在职业上对您有没有影响。"

科勒尔医生一边在他们身边走,一边思考着这个问题。"在那一段时间,生活对谁都不易啊。"他说。

"可是关于医疗政策呢?"

科勒尔医生认真地思考过这个问题后,说:"不,他们没怎么干涉。当然了,在某些问题上,纳粹政权的先生们还是有合乎常理的思想的。"

"比方说?举个例子?"

"噢,卫生的各种问题吗?有人管这些叫作社会卫生问题。"他领着他们已经走到主楼的大门口了,这时他说,"我希望,你们离开前跟我一起到办公室再喝一杯咖啡吧?除非我能说服你们留下来,跟我们吃顿便饭?"

"我想我们得赶公共汽车,回城里去了。"哈米什说,他在代表他们两个人说话。科勒尔医生看看手表。"你们的公共汽车要再过二十分钟才能来。"于是他们就同他穿过挂着画的走廊,回到了他的办公室。

"你们来看我,我非常想送你们一件纪念品。"他冲着他们两个人微笑着说,"是的,我很想这么做。不,等一下啊,我想给你们看一样东西。"

他走到橱柜跟前,取出一件用一块红丝绸裹着的平平展展的东西。他解开丝绸,拿出另外一幅画。他把画靠写字台一边放着,请他们往后站站,看这幅画。他们遵嘱而行,已经做好欣赏的准备了,因为这是他没有犯抑郁症的一段时间画出来的。那是一幅很大的画,用清爽的蓝色和绿色画出,画的是一座森林——一座想象中的森林,林中清澈的溪水潺潺流过,美得无与伦比的鸟儿展翅飞翔,到处都是科勒尔医生脑子里创造出来的植物和树木。画很美,充满欢快、宁静和光明。然而在天空的正中央,有一只硕大的黑眼睛怒气冲冲。那是一只离画面其余部分非常遥远的眼睛,出现的这种情况很显然是科勒尔医生本来已经把他幻想中的森林画好了,之后在一段心情痛苦的时间看这幅画的时候,就把那只谴责的、在进行评判的黑眼睛画了进去。

玛丽·帕里什凝视着那只眼睛,说:"真美,这是一幅天堂的画。"她当着哈米什的面用"天堂"二字,觉得很不舒服,因为哈米什凭性情是对这样的字眼持批评态度的。

然而科勒尔医生高兴地笑笑,把他那只重重的大手放到她肩膀上,说:"您理解了。是的,您理解了。这幅画名叫《天堂里上帝的眼睛》。您喜欢这个名字吗?"

"非常喜欢。"她说,很害怕他把那幅画送给她。这么大一幅画,他们怎么可能一路运回英国?等她到了那儿,该怎么处置它呢?因为要是涂掉那只愤怒的黑眼睛就不厚道了:一个人即使不赞成一位艺术家的理念,也会自然而然地尊重他的理念。不管她多么喜欢这幅画的其余部分,她也怎么都无法容忍那只眼睛。

不过,看样子科勒尔医生没有要和这幅原画件分开的意思,只见他把画又用红丝绸包了起来,藏到橱柜里了。他从一个抽屉里拿出一张这幅画的照片,递给她,说:"您如果真的喜欢我的画——我能看得出来您是真喜欢,因为您有一种真实的感情,一种真正的理解——就请收下这个,作为这次愉快会面的纪念品吧。"

她谢谢他,然后她和哈米什两个人都怀着礼貌的感激之情看着照片。当然了,照片一点都显示不出原作的样子。那精妙的蓝色和绿色都不见了,连一点暗示都没有;甚至那轻摆的青草、树木、植物和叶子也都给抹掉了。除了复制出那一片片粗糙的、结了硬皮的厚厚颜料,什么都没有留下。那都是科勒尔医生的手指涂抹上去的,从中隐约现出一截树枝、一朵花。除了那只怒目而视的黑眼睛,一只愤怒的、要惩戒罪愆的上帝之眼,什么都没有留下。那是一张胡乱涂抹上去的眼睛的照片,就像一个孩子可以画的那样——就像,玛丽禁不住这样想,假如那个被人穿上紧身衣的不幸的小男孩儿被放开了胳膊,并且获准使用胳膊的话,他就会画出那只上帝的眼睛,或者科勒尔医生的眼睛。

想到那个小男孩儿,她感到心痛;哈米什礼貌地站在她身边,心里也依然很痛。她知道,他们一旦能离开这个地方,上了那条公共汽车经过的开阔的大路,那将是她一生中最快乐的时刻。

他们由衷地感谢科勒尔医生的盛情款待,坚持说他们害怕赶不上汽车了,说了声再会,答应互相通信,交流他们大家都感兴趣的医学论文——总之,承诺了友谊永存。

然后他们离开那幢大楼,离开了科勒尔医生,走进二月份那寒冷刺骨的户外。不久,汽车来了,他们上了车,回到那片平平展展的黑色平原,回到城里的汽车终点站。

汽车终点站还是四五个钟头之前那个样子。低垂的灰色天空下是黑色的冻土、街道的废墟、已经在变软的弹坑的形状,以及那座新建的闪闪发光的白色大楼,楼上到处是精神抖擞的工人的身影。汽车站那队人缩进厚厚的黑衣服里,依然在耐心地等车,而那薄薄的、奇冷无比的雪花向下飘啊,飘啊,动得不易察觉,仿佛天空本身在缓缓地塌下来一样。

玛丽·帕里什拿出那张照片,握在她那戴着手套的冰冷的手上。

那只愤怒的眼睛朝上瞪着他们。

"把它撕了。"他说。

"不。"她说。

"干吗不撕?保存着这个可恶的东西有什么用处?"

"撕了不厚道。"她严肃地说,把照片又放回手提包里。

"哼,厚道。"他尖刻地说着,不耐烦地耸了耸肩。

他们肩并着肩离开,去了汽车站,他们将在那儿乘一辆公共汽车回旅馆去。他们的脚踏在地上,咔哧咔哧发出尖利的声响。寂静,除了那盖了一半的大楼上干活的工人很小的喊声,除了那台机器的喘息声,到处是彻底的寂静。这队人和广场对面那队人一样,在雪中等着,永永远远地等着,拥挤在一起,默默无语,耐性十足;听着那份寂静,寂静之下,似乎从地球的深处涌动着正在行军的脚步声的回忆,那穿着沉重的黑色长筒靴、正在行军的脚步声的回忆。

不愿意上短名单的女人

数年前,他头一回见到芭芭拉·科尔斯的时候,他之所以注意到她,仅仅是因为有人说:"那是约翰逊的新女朋友。"他肯定没在她身上用他私下里那套判定性感与否的程序:对了,就是那一个。他甚至都搞不明白,约翰逊看上她什么了。"她跟他是不会长久的。"他记得他当时这么想,那时候他在观察约翰逊,那是个帅气的男子,但喝了酒之后红头涨脸的,在跟一个没有名气的姑娘打情骂俏,而同时,芭芭拉站在一堵墙边观看。他觉得她脸上的表情很不高兴。

她是个脸色苍白的姑娘,不算苗条,因为她的骨架很大;不过身材还算不错。她那一头直直的黄发朝一边分开,这种发式给他留下的突出印象是笨笨的。他没有注意到她穿什么衣服。不过,他记得她那双眼睛长得还挺好:大大的,清纯的绿色,由于眼角肌肉的某种小把戏,看上去有点四四方方的。祖母绿一样的大眼睛长在一个女学生或者一个年轻女教师的脸上,此人看着自己的恋人跟别人调情,然后就这件事闷闷不乐。

她的名字有时候突然出现在报纸上。她是个舞台布景师,一个设计师,大概是这类叫法吧。

后来,一家报纸的周日刊举办一场舞台设计比赛,她获奖了。芭芭拉·科尔斯就成了戏剧圈儿里的一个"名人",她的照片随处可见。表情总是一副严肃的样子。他记得原来一直都以为她是一副闷闷不乐的模样。

一天晚上,在一次聚会上,他在房间里远远地看见了她。她在跟一位名演员交谈。她的黄头发还是朝一边梳着,不过这会儿看着成熟些了。她右手上戴着一枚祖母绿戒指,似乎有意叫人跟她的眼睛做比较似的。他走过去,说:"我们以前见过,鄙人格雷厄姆·斯彭斯。"他注意到,他说话的口气很唐突,因而觉得很不舒服。"不好意思,我不记得。不过,幸会。"她微笑着说。说完就接着聊她的了。

他闲逛了一会儿,但是不久她就跟着一群人走了,她邀请他们去她家喝上一杯。她没有邀请格雷厄姆。她身上有着某种自信、不拘小节的东西,他看出来,这些是成功的印记。就是在这个时候,就在她嘻嘻哈哈跟朋友们一起离开的时候,他用上了那套程式:对了,就是那一个。然后他回家,回到妻子身边,怀着美好的期待,就好像他跟芭芭拉·科尔斯的约会已经安排好了一样。

他的婚姻有二十年了。刚开始是狂风暴雨,痛苦不堪,悲剧连连——充满了分手、背叛和甜蜜的和解。他过了至少十年才认识到,他在思想上和感情上历经巨变,才经受住的这桩婚姻,实际上没有任何与众不同。恰恰相反,他认识的大多数人,不管他们是头婚,还是二婚或三婚,他们的婚姻都毫无二致。他甚至跟一个姑娘动了真情,为了她差点跟妻子离婚——然而到了最后关头,他改变了主意,让那个姑娘失望了,这样他就必须觉得永远亏欠她(并非不乐意)。他弄明白了,这出戏一点儿都不是他原先想象的那样独一无二,想到这儿就觉得丢人现眼。那不过是他那个圈子里每个人都有过的经历。或许也是其他圈子里的每个人都经历过的?

不管怎么说,大约到了他结婚的第十个年头,他把很多事情都看清楚了,某种感情的历险从他的生活中消失了,婚姻本身发生了变化。

他妻子当初嫁给他的时候,他还是一个穷小子,只不过在作家之路上前途无量。为了那个前途有过牺牲,牺牲的主要是她,对这种种牺牲他并非浑然不觉,也没有毫不感恩,事实上他对此一辈子都感到内疚。他终于出版了一本书,还算成功,接着出第二本,而现在,感谢上帝,没有人记得这第二本了。他已转行上广播电台,上电视节目,写书评。

他明白,他不会有大的出息;他已经成了——不是雇佣文人,谁也不会那么叫他的——这样一群人当中的一员:他们靠那点儿聪明劲儿生活在艺术的边缘。这是他有一天午饭时分在离英国广播公司(BBC)不远的一家小酒馆里意识到的。他经常到那家小酒馆,去和他那样的人会面:他明白,他为什么去那里——他们都像他一样。正如那桩轰轰烈烈、大起大落的婚姻最后跟别人的婚姻毫无二致——除了这桩婚姻是和一个女人共有,而不是和两个或三个女人共有——他那独一无二的天才、他为当作家做出的种种奋斗到头来也不过如此,使他来到这里,来到这家小酒馆以及五六家类似的小酒馆,触目所及,所有男人都有着同样的经历。他们都写有小说、剧本、诗集,都曾一度声誉鹊起,备受赞誉。然而,他们现在到了这里,搞起了他们嗤之以鼻的电视节目(他们相互之间表达过这种嗤之以鼻,或许对自己的妻子也表达过),或者给别人的书写书评。不错,他目前就是沦落成了这个样子,成了他人才气的吹鼓手。看透自己的婚姻,看透自己的才能,这两个时刻几乎不谋而合。还(这可能不是巧合)和他妻子决定离他而去也不谋而合。她找了一个比他年轻的男人,她说他是剧作家,很有前途。唉,他总算把她说服了,别再三心二意。至于她呢,得明白他成不了我们这个时代的 T. S. 艾略特①和格雷厄姆·格林②——可是毕竟有多少人能成为他们那样的人呢?最后她必须理解这一点,因为他再也不能够忍受她那尖酸刻薄的话语了。至于他呢,再也不能早晨五点钟才醉醺醺地回家,每过六个月就来一段风流韵事,他对这些风流事非常认真,使她感到悲惨凄凉,因为这就意味着她有什么不足。总之,他必须做一个好丈夫。(他一直是个尽职尽责的父亲。)而她得做个好妻子。于是就成了这样子:照他们的说法,就是

---

① T. S. 艾略特(T. S. Eliot,1888—1965),英国诗人、剧作家和文学评论家,对二十世纪英美现代派文学和新批评派评论起了开拓作用,代表诗作有《荒原》《四个四重奏》等,还有诗集、批评文集等。1948 年获得诺贝尔文学奖。

② 格雷厄姆·格林(Graham Greene,1904—1991),英国小说家,主要作品有间谍小说《斯坦布尔列车》,"严肃小说"(格林语)代表作有《恋情的终结》《布赖顿硬糖》《第三个人》《权力和荣耀》《人性的因素》等。

婚姻稳定了。

那套程式：对了，就是那一个，不再暗示一定会有一场性关系。它以更成熟的形式，远远不再是他感到羞耻的东西。恰恰相反，它幽默地表达了对他的身份、他的才气和才华的尊重，虽然这些最后证明并非艺术天赋，而是和感情生活、好不容易得来的经历有关。它表达了一种具有讽刺意味的尊严，对他本人来说不仅证明了：我可以对自己诚实；而且还证明了：不管我何时想要，我都已经在那个领域赢得了最好的东西。

他观察着那个领域，寻找文艺界或政界的知名女性；留意寻找她们的照片，听她们的花边新闻。他特地要去看她们演出、跳舞或演说。他精心造就了她们的精明形象。他要么会悄悄地动用私人关系去会见一个女人，要么——这种更常有，因为在等待之中有一种赌徒般的快乐——耐心等待时机，直到在一系列的活动中和她自然相遇，这种事迟早一定会碰上。于是人们就会看见他跟她一起在公众场合露上几次面，这也是中规中矩的，因为他的工作意味着他必须讨名人的欢心，不管男女。这道理他妻子一直都懂，他跟她讲过。他或许会跟这个女人春风一度，但那经常只是表面上的春风一度。并不是他从别人的嫉妒那里没有得到乐趣——比方说，他会特意带这个女人进那些他的男同行们进的小酒馆。其实当他看到，她很吃惊地发现他对她了解得多么透彻时，他真正的快乐才会来。他享受他凭本事在他本人和一个聪明女性之间营造出的那种气氛：一种幽默的默契，其中很多东西都无以言说；

它几乎使性变得无关紧要。

就这样,芭芭拉·科尔斯上了他计划发展这种关系的女人的名单。不着急。下个礼拜,下个月,明年,他们就会在一场聚会上相遇。伦敦的名人圈子本身就不大。大鱼和小鱼,游来游去,互相闻闻味儿,用鱼鳍调调情,再扭扭身子游走。他和芭芭拉·科尔斯偶然相逢之日,就会是决定要不要和她睡觉之时。

同时他听着。但他没有发现多少东西。她有丈夫,有几个孩子,但丈夫似乎不引人注意。孩子们跟别人家的孩子一样,都很迷人,教养极好。他们说,她有过风流韵事,可是尽管他见到的几个男人说起话来显得跟她很熟,但很难断定他们跟她是不是上床睡过觉,因为他们没有一个人吹嘘过她。他们说起她,说的多是她的朋友,她的工作,她的房子,她举办的一次聚会,她给某个人找的一份工作。人们喜欢她,尊重她,格雷厄姆·斯彭斯的自尊心得到了满足,因为他选择了她。他盼望着用同样的口气说:"芭芭拉·科尔斯就这个布景征求过我的意见,我很坦率地告诉她……"

后来他偶然遇到一个年轻人,他倒是把芭芭拉·科尔斯吹嘘了一番;他声称跟她有过一段轰轰烈烈的婚外情,最近还吹这件事来着;他把这桩风流事当成人尽皆知的事情来说。格雷厄姆意识到他在想象中对她用情有多深了,因为就凭这个叫杰克·肯纳韦的德行,他现在感到多么烦恼不安啊。杰克·肯纳韦是个杂志编辑,最近变得名气很大——他这种年轻人在大城市里并不少见,他们功成名就,纯粹靠的是粗鲁无礼、厚颜无耻。他没什么才气,也没什么品位,然而他有着厚颜无耻的魅力。"是的,我要功成名就,因为我已经决定功成名就了;是的,我或许愚蠢,但还没有蠢到对自己的缺陷一无所知。是的,我要功成名就,因为你们这些要脸面,要这个那个的人,根本就不相信像我这种人有什么可能性。你们都太懦弱,根本就拦不住我。是的,我已经把你们看透了,我要功成名就,因为我有勇气既做得不择手段,又对此毫不讳言。再者说了,你们仰慕我;你们必须仰慕我,否则的话你就会拦住我……"瞧,这就是年轻的杰克·肯纳韦,他使格雷厄姆感到震惊。他是个个头高高、一脸苦相的年轻人,长相英俊,肤色略黑,惹人怜爱,很显然,他要么是个无性之人,要么就是个同性恋者。这个年轻人吹嘘说他深得芭芭拉·科尔斯之恩宠,实际上也吹嘘深得她的爱恋。她要么对神经病人感兴趣,自己就是个说胡话的神经病人;要么杰克·肯纳韦是个十足的撒谎大王;要么她是个人尽可夫的贱货。格雷厄姆的好奇心被勾起来了。他带杰克·肯纳韦去外面吃饭,为的就是要听他讲芭芭拉·科尔斯。毫无疑问,这两位走得很近——所有那些个饭局、剧场、到乡下度的周末——格雷厄姆·斯彭斯感觉他已经把手指搭到了芭芭拉·科尔斯秘密的脉搏上;他必须等时机见她,这使他感到难以忍受;他决定安排一场会面。

没必要了。她凭着一时间的侥幸,又成了新闻人物。她搞了一出历史剧,很成功,之后立即又搞了一出现代戏,然后又是一出热门音乐剧。所有这二出戏中,舞台设计都得到了好评。格雷厄姆在报纸上和电视上看到一些采访。所有这些采访都围绕她能够轻而易举驾驭这么多不同风格的戏剧作品;但真正的要点却是,当然了,她是个女人,这自然给整件事增添了刺激性。现在,英国广播公司要格雷厄姆找她做一个时长半小时的广播访谈。他精心策划了他要问她的问题,凭借的是人们对她的种种说法,但最重要的,是他跟女人打交道的直觉和经验。访谈节目将于晚上九点半播出;他六点钟要赶到她当时在工作的剧院接她,这样,照英国广播公司那封信上的说法,"您和科尔斯小姐就会有时间互相了解一下"。

六点钟他赶到后台入口,但科尔斯小姐传出话来,说她还没有准备好,问他能不能等一下。他转悠了一会儿,然后去对面的那家小酒馆很快喝了一杯,但依然不见科尔斯小姐的面。于是他循着话声、锤子的敲打声和嘻嘻哈哈的笑声,来到了后台。后台光线很暗,那群工作着的人没有看见他。导演詹姆斯·波因特把胳膊搭在芭芭拉的肩膀上。他最近才出名,是个不修边幅、长得很好看的年轻人,其聪明伶俐是出了名的。芭芭拉·科尔斯身穿一件深蓝色罩衫,平顺的头发落到脸上,她就不停地用那只戴着祖母绿戒指的手把头发往后拢。这两位并肩站着,挨得很近。三个年轻人是舞台置景人员,在一个支架的另一边,支架上放着草图和图样。他们在研究几张草图。芭芭拉带着温暖、有力的声音说:"啊,所以我想如果我们这样做这个东西——你明白吗,詹姆斯?你觉得怎么样,斯蒂文?""呃,宝贝儿,"那个她叫作斯蒂文的小伙子说,"我明白你的意思,不过我想是不是……""我认为你是对的,芭布丝①。"导演说。"看。"芭芭拉手里拿着其中一张草图朝斯蒂文走去,说:"看,我来跟你讲清楚。"他们都向前倾着身子,他们五个人,专心致志地看着。

格雷厄姆突然间受不了了。他明白,他给震撼到了灵魂深处。他走下舞台,背靠着通向化妆间的那条脏兮兮的过道的墙上,就那么站着。双眼盈满泪花。二十岁的时候他曾是个少不更事的自大狂,毛毛糙糙,不知妥协,令人钦佩,这时他看到他从那个自大狂到如今已经走过了多么漫长的路。那里的那群人——在工作着,开着玩笑,在争论着,是的,这是他多年都已经不熟悉的东西了。把他们绑在一起的,是他们相互之间对对方工作表示尊重的那份民主,对自身的一份自信,相互之间的一份信任。他们看着就像几个被集结在一起的人,跟一个他们——不,不是鄙视的世界,而是一个他们丈量过、理解了的世界战斗,而且愿意为此战斗到死,这是出于对他们所代表的东西的尊重,是为这个世界所代表的东西而战。他很长时间没有感觉参与这种平衡了。他明白了,他是在芭芭拉最本色的时候,在她跟一群工作伙伴自在相处的时候,看见了她。他眼睑上的泪花要干了,他觉得这是老泪纵横,满是嘲讽,正是在这个时候,他决定他要和芭芭拉·科尔斯睡觉。这已经是他必须做的事了。他穿过那扇门,回到舞台上,内心燃烧着这唯一的决心。

---

① 芭芭拉的昵称。

那五个人还在一起。芭芭拉手里拿着一根长长的、闪着蓝光的东西,她把它搭在舞台置景斯蒂文的肩头。他在转来转去,显摆着,大家在看效果。"你觉得怎么样,詹姆斯?"她问导演,"我们已经有了那种脏兮兮的绿色,我以为……""这个嘛,"詹姆斯心里一点把握都没有,就支支吾吾地说,"这个嘛,芭布丝,这个嘛……"

这时格雷厄姆走向前去,站在芭芭拉身边,说:"我是格雷厄姆·斯彭斯,我们以前见过面。"这一次她又应酬地笑笑,说:"噢,不好意思,我不记得。"格雷厄姆冲詹姆斯点点头。他认识詹姆斯,至少有好几年他们时不时会见上一面。可是很显然詹姆斯也不记得他。

"英国广播公司的。"格雷厄姆对芭芭拉说,口气听上去又是很唐突,跟他的意愿相左。"啊,对不起,对不起,我把这茬儿忘得一干二净。我是要接受采访的。"她对那几个人说,"斯彭斯先生是位记者。"格雷厄姆听到"记者"这个词儿,脸上露出略显嘲讽的笑容,但她并没有看他。她依然在进行她的工作。"我们今天晚上要决定下来。"她说,"斯蒂文说得对。""是。我说得对。"那个舞台置景说,"她的意见是对的,詹姆斯。我们在每一个地方都需要那种蓝色,再配上那种泥绿色。""詹姆斯,"芭芭拉说,"詹姆斯,这有什么问题呢?你还没说话呢。"她从格雷厄姆身边经过,朝詹姆斯走去。她突然间又想起了他,就懊恼不已。"很不好意思啊。"她说,"我们大家各执一词。呃,看——"她转向格雷厄姆——"您给我们提些意见吧,我们都是当局者迷……"詹姆斯听到这儿哈哈大笑起来,那几个舞台置景人员也都笑了。"不,芭布丝,"詹姆斯说,"斯彭斯先生当然无法提出意见。他刚刚进来这一小会儿。主意还得靠我们拿。呃,明天上午我给你反馈。该回家了,现在一定有六点了吧。"

"将近七点了。"格雷厄姆占据主动,说。

"不会吧!"芭芭拉夸张地说,"我的天,太糟了,简直吓死人了,我怎么能做出这样的事来……"她在嘲笑自己,"呵,斯彭斯先生,您这次可得原谅我,因为您别无选择了。"

他们又大笑起来;这很显然是他们之间共同的笑话。此时格雷厄姆抓住了他的机会。他口气坚定,仿佛他是她的导演,实际上是在模仿詹姆斯·波因特的做派:"不,科尔斯小姐,我是不会原谅您的。我踢着脚后跟走来走去,白白地等了差不多一个钟头。"她咧嘴笑笑,然后是哈哈大笑,接受了这种说法。詹姆斯说:"你看吧,芭布丝,你这是罪有应得。我们都把你给惯坏了。"他吻了吻她一侧的脸颊,她吻了他的双颊,那几个舞台置景人员走开了。"晚上玩开心了哈,芭布丝。"詹姆斯临走前说着,冲格雷厄姆点了点头。格雷厄姆站着,好不容易才掩饰住自己的欣喜之情。他知道,因为他有勇气对芭芭拉说话口气坚定,实际上是不容置辩,这样一来,他就能给自己省下来操控局面的几个小时了。喝上几杯酒,吃上一顿饭——或许要两三个晚上在一起喝酒,吃饭——这全都给省了,因为他现在跟芭芭拉·科尔斯的关系是这样一个基础,一个能这样说话的男人:不,我是不会原谅您的,您害得我苦等好一阵子。

她说:"我只是身不由己……"说着在他前面走了。在过道里,她把罩衫挂在一个挂钩上。她心思似乎还在别的事情上,但看见他在看她,她就随和地冲他笑笑:他不无得意地意识到,那是她会冲她手下的舞台置景人员露出的微笑,甚至是冲詹姆斯露出的那种微笑。她又说:"请稍等……"然后就进了后台入口管理办公室。她跟后台门岗交谈了几句。出了什么问题。格雷厄姆抓住了另一个机会,说:"有什么问题吗?我能不能帮得上忙?"——就好像他能帮得上忙似的,就好像他期望着能帮得上忙似的。"呃,这个……"她皱了皱眉,说。然后对那个人说:"不,没关系的。晚安。"她朝格雷厄姆走过来,说:"我们把自己弄得有点儿乱七八糟,有一半的布景在利物浦,一半在这儿——不过,事情总会理出个头绪的。"她站在那儿,从容自若,跟他聊着,就像同事间聊天那样。所有这一切都令人艳羡,他觉得;不过,等他们从剧院那特殊的氛围里出来,走到大街上,有一段时间会很糟糕。他又做出一个决定,牢牢抓住她的胳膊,说:"我们得先喝上一杯,然后再做别的事情,这外面的夜晚可是糟糕透顶啊。"她的胳膊有些反抗,但依然被他抓着,没挣脱。所幸外面在下雨。他引导着她,一副不容商量的样子:"不,不是那家小酒馆,离这儿不远有一家更好的。""噢,可是我喜欢这一家呀。"芭芭拉说,"我们总是来这一家的。"

"你当然来这家了。"他暗想。可是到了那一家酒馆,就会碰到那些舞台置景人员,说不定还会碰上詹姆斯呢,那样他就无缘跟她接触了。他就又会变成一位记者了。他牢牢地拽着她的胳膊,拐了两个街角,才走出险境,进了他随意挑选的一家酒馆。迅速朝四周看看——没有,他们不在那儿。至少,假若有剧院的人的话,她脸上也没有显出征兆。她要了一杯啤酒。他给她点了一大杯双人份的苏格兰威士忌,她接受了。然后,既然初战这十几轮他都连连告捷,他就有时间思考了。有件事情困扰着他——什么事呢?是的,是他在后台所看到的东西,芭芭拉和詹姆斯·波因特。她跟他有没有一腿?因为如果是这种情况,那么,事情就难办多了。他让自己看到他们两个在一起,就怀着一种意外强烈的妒意想:对了,就是它了。同时,他坐着看她,看到自己在看她,一个男人凝望着一个女人,静静地欣赏着:等着她感觉到这种欣赏并做出回应。她在打量着这家酒馆。她那身白色的料西装束着腰带,含有挑逗意味地让人想到这是一套职业装。她那一头平顺的黄头发并不整洁,下班后匆匆向后梳拢。她那白皙透亮的皮肤毫无血色,使她看上去一脸倦容。并不十分令人激动,这一刻并不让人怦然心动,格雷厄姆想,但仍然保持着欣赏的姿态,等她转过头,看到他这副姿态的那一瞬间。他知道她会看到什么:他不仅仅靠他凝视中那"温暖、友善的"的光,因为他知道他会留下那种印象,这样做只会增强那种印象。他长着一头黑发,有点泛白了。他衣着宽松,肥大——颇具男子气概。他的目光是幽默的,欣赏的。他不关心,也从来没有关心过,要减弱这种沉稳、可靠的印象:为人之夫,为人之父。相反,他知道,女人发现这一点给人以放心的感觉。

当她终于转过身来的时候,她几乎是带着抱歉的口气说:

"我们坐下来您不介意吧？我一整天都在拖拽着大物件四处走。"她盯上了一个角落里的两个空座。他也发现了，但不想去坐，因为桌旁坐着其他人。"当然可以了，我亲爱的。"他们坐到了椅子上，然后芭芭拉说："失陪片刻啊。"她想起来她需要化化妆。他看着她走开，对自己有些恼火。她累了，他本来是能够理解、能够保护、能够遮风挡雨的。他意识到，假如是在别的酒馆，有整天和她一起工作的人在场，她也许不会想到："我必须给自己化化妆，我必须做做样子。"那是针对外人的。在此之前，她一直没有把格雷厄姆当作一个外人，因为他不失时机地让自己显得似乎是剧院里那个工作团队里的一员；而现在，他已经把这个机会扔掉了。她回来了，全副武装的样子。她头发光鲜亮丽，不再是一副毫不设防的样子。她眼部也化了妆。她的眉毛没有描，那双明亮的绿眼睛上方是一缕缕浅金色的头发，睫毛涂得很黑。这种对比，挺好，他想。是的，他本来可以说：你知道吗，你脸颊上有一片脏？或者说——我可爱的姑娘——说着用一只兄长般的手把她的头发往后推推。可是，那一刻已经过去了。事实上，除非他小心，否则就会回到起点。

他说："这枚祖母绿戒指很漂亮。"说着，冲着她的眼睛微笑。

她礼貌地笑笑，说："它并不漂亮，这是阴差阳错的事，它原本是我奶奶的。"不过她的手还是突然轻轻地在脸上摩挲着，面带微笑着。以前有人奉承她时她也是这么做的，而且经常这么做。这全是应酬，她已经完全是一副交际应酬的样子了。她说:"您不是说九点半钟我们要录音吗?"

"我亲爱的芭芭拉,我们有两个钟头呢。我们要再喝上一两杯,然后我会问您几个问题,然后呢,我们就到录音室去,把这些问题过一遍,然后我们就去美美地吃上一顿晚餐。"

"我情愿现在就吃,您要是不介意的话。我没有吃午饭,我真的是饿了。"

"我亲爱的,当然可以了。"他很生气。正像他曾经因为对詹姆斯动了真正的妒意而感到吃惊那样,现在他让自己的怒火弄得失去了平衡:他原本一直指望着事后安静地慢慢地吃上一顿晚餐,靠这个建立起亲密的关系呢。"把你的酒喝了,然后我带你去诺特餐厅。"诺特餐厅很贵。他提到这家餐馆时,眼睛瞟着她,心里掂量着。她说:"不知道您知不知道有一家巴特勒餐厅?很好,而且就在附近。"巴特勒餐厅是很好,而且很便宜,冲她喜欢这家餐厅这一点,他就要给她打个高分。可是一定要去诺特餐厅。"我亲爱的,我们上一辆出租车,不一会儿就到诺特餐厅了,别担心。"

她乖乖地站起身来:她起身那样子使他明白了,他犯了个多么严重的错误。她自言自语着:很好,他就是那个样子,那好吧,他想怎么着,我就怎么做,把这事儿弄完了……

他把自己的酒一饮而尽,跟在她后边,在酒馆门口拉着她的胳膊。挎在他臂弯里才礼貌。外面下着毛毛细雨。没有出租车。他现在可是运气不佳。他们默默地走到街道的尽头。在那里,芭芭拉朝一条小街瞥了一眼,那里有一块招牌,上书:"巴特勒餐厅"。她为了不提醒他到了这家餐厅,而只是偷偷地瞥了一眼。她到了这儿,就完完全全任由他支配了;他们刚才在剧院里或许从来都没有过一刻同事的感觉。

他们步行半英里,来到了诺特餐厅。没有打上出租车。她无话找话:他看出来,这是为了掩饰他可能感受到的任何尴尬。因为她都那么累了,还要在雨中走半英里的路。她在谈一些跟戏剧、跟剧场设计相关的理论。他听见自己在说话,翻来覆去都是那两个字:"是的,是的,是的。"他脑子里想的是诺特餐厅。到了那儿,他把领班叫到一边,给了他一英镑,对他嘱咐了一番。他们被安排在一个角落。大杯的苏格兰威士忌上桌了。菜单给摊开了。"现在,我亲爱的,"他说,"我要向你道歉,我把你拉到了这儿,不过我希望你会觉得这样做值得。"

"哦,这里很漂亮呀,这家餐厅我一直都很喜欢,只是……"她说到这儿没有把下面的话说出来:要走这么远的路。她冲他笑笑,端起酒杯,说:"这是我最喜欢的餐馆之一,我很高兴你把我拉到这儿。"她说话声音平淡,透着倦意。所有这一切都令人震惊,他心里知道;他坐在那儿,心里想着如何恢复自己的地位。与此同时,她翻弄着菜单。领班拿到点单,但格雷厄姆做了个手势,意思是说:等一下。他想在她吃饭之前让酒劲儿上来。但是他一言不发地点菜,她都看在眼里,既不恼火,也不责备,而是向前倾了倾身子,说话的口气听起来很有耐性:"格雷厄姆,求求你,我得吃饭,你也不想等你采访我的时候,我喝得醉醺醺的,对不对?"

"他们上菜快得很。"他说,让这话听上去就像她很贪吃

285

似的。他既不看领班,也不看芭芭拉。他注意到,随着他跟她的联系已经滑得越来越远,一个冷冰冰的决定在他心里滋长——很显然,是决计要一意孤行——不管发生什么事情,哪怕耗上一整夜的时间,在明早之前他都要上她的床。此刻,他望着那张小巧苍白、长着一双大大的绿眼睛的脸,头一回想象她在他怀里的情景。尽管几个星期以前,他就说过这样的话:对,就是那一个;然而只有此时,他才从男欢女爱的角度想象她。现在他在想,想法十分强烈,强烈得他只能瞥她一眼,然后把目光转向那几个正在上菜的侍者。

"感谢上帝。"芭芭拉说,声音一下子就欢乐亲密起来,"谢天谢地。感谢每一种神力……"她在取笑自己那夸张的样子;他看出来了,那是因为在他很不礼貌地拖延上菜之后,她不想让他感到不好意思。(他看出来,她还没被骗到手,所以感到羞辱,不喜欢她。)"感谢诺特餐厅的诸位神仙,"她接着说,"因为如果五分钟之内我还没有吃到东西,我就会死,我告诉你。"说着她操起刀叉,开始吃起她那份牛排。他倒酒,跟她一起笑,心里想着这亲密的一刻他是不能扔掉的。他看着她吃饭那副毫不掩饰的饥饿相,暗想:性感——很奇怪,我原来怎么就没有想过她性不性感这回事儿呢。

"好了。"她说着,朝后一坐,这会儿不那么饥肠辘辘了,"我们开始工作吧。"

他说:"我非常仔细地考虑过了——如何呈现你。在我看来,似乎第一件事就是,我们必须避开那一套陈词滥调:科尔斯小姐,作为一个女性能在工作中成为多面手,是多么了不起……我想你会同意吧？"这是他的王牌。他原来在电视上看到她的时候，就注意到她那彬彬有礼的微笑，于是有了这种想法。(今天晚上他动不动就看到那种微笑。)这微笑分明在说：好吧，如果你一定要犯傻，我能有什么办法？

她此时哈哈一笑，说："真让人松了一口气。我刚才还害怕你要问的也是那老一套呢。"

"好，现在你吃，我说。"

在他那段精心准备的独白中，他谈到她表现出对不同风格戏剧的驾轻就熟，不过不是直说的：他在奉承她经验广泛，性格复杂，这些在她的作品中都得到了体现。她只管吃，脸上没有显出任何表情。最后她说："你原来是怎么计划介绍这一部分呢？"

他本打算把这一点作为一个惊喜抛给她的，类似这样子：科尔斯小姐，已经是硕果累累了，但却是一个年轻得令人吃惊的女性(她有三十岁？还是三十二岁？)而且还是一位风姿绰约的女性……"或许我可以向你们描述一下她的长相，如果我把她比作电影明星玛丽·卡丽塔……"那位卡丽塔是个健壮、粗俗的金发女郎，以才气横溢而著称。他此刻看出来，他不可能说这样的话：如果这么说了，他都能想象出她那冷峻的表情。她说："您介意我们避开所有那些东西吗？我多方面的才华，如此等等……"他感觉到自己很恼火，态度有些生硬，尤其因为这并不是一种责怪：他看出来她觉得他不配这一通责怪。她早就把他掂量透了：这位就是这样一种男人，用这种阿谀奉承，因此……更使他感到生气的是，她甚至都懒得说:你答应过你不会做的事,为什么恰恰做了?她一直表现得彬彬有礼,礼貌周全,试图掩饰她对他的愚蠢行为表现出的耐性。

"遇到什么戏,就设计什么。"她在说,"这毕竟是一名舞台设计师的工作。有谁会把,比方说,约翰尼·克兰摩尔(另一名舞台设计师)请到电台或者电视台上节目,说:'您真是一个多面手,上个月您做了那出关于佳娃的音乐剧的舞台设计,这个月又搞了一出关于爱尔兰劳工的现代戏?'"

他强压怒火:"我亲爱的芭芭拉,我很抱歉。我没有意识到,我说的话听起来就跟以前的一样像是混着来的。那么,我们该谈些什么呢?"

"我们进餐馆前我就说过的话:我们能不能避开那些个人的东西?"

此时他简直慌了。接着,感谢上帝,他紧张得笑了,因为她笑了笑,说:"我说的话您一个字也没听进去。"

"是,我是没听进去。您都这么累了,我又让您走这么远的路,我害怕您会很生气。"

他们一起笑了,回到了他们在剧院里的那个样子。他向前倾了倾身子,抓住她的手吻了吻。他说:"再给我说一遍。"他心想:该死,她这会儿是要一本正经,发挥才智了。

然而他明白他刚才很愚蠢。他忘了自己二十岁——或者说,就此事而论,三十岁的模样;忘记了一个人可以满怀热情,生活在一种思想,一套思想中。因为在就一部新戏、一种新的戏剧风格谈她的想法(也是跟她一起共事的人们的想法)的过程中,她就像刚才跟她的同事们在一起讨论那几张草图或者蓝色材料时那样。她从容不迫,不拘礼节,几乎是侃侃而谈。他想起来,一个人谈论某些思想时就是这个样子,这些思想是此人人生中不可或缺的精神支柱。他觉得,这些思想足够聪明睿智,他愿意认可这些思想,认可她的思想,假如他相信这些思想以一种方式或另一种方式有一丁点意义的话,假如这些热情有一丁点意义的话。不过现在,这把钥匙至少掌握在他手里;他知道怎么办了。谈了不过半个小时,他们就又是两个专业人士,谈论着他们共同拥有的思想了,因为他记得他自己曾经一度关心过所有这一切。什么时候的事了?是多少年前他曾经可以关心来着?

最后他说:"我亲爱的芭芭拉,您有没有意识到,您在把我置于一个不可能的境地?负责这个节目的玛格丽特·鲁茵下定决心要主谈您这个人;这个可怜的女人脑子里根本就没有一个严肃的思想。"

芭芭拉皱了皱眉。他把手放在她手上,为她皱眉的样子取笑她:"不,等等,相信我,我们要绕过她。"她笑了。实际上玛格丽特·鲁茵把节目全交给他了,关于科尔斯小姐的节目,她什么话都没有说。

"他们并不怎么高明——那些头头脑脑们。"他说,"嗨,没关系的:我们想怎么做,把它做出来就是了,做成一个既成事实。"

"谢谢您,真是大松一口气。把我交给您来采访,我真是幸运。"因为喝了威士忌酒,吃了饭,喝了葡萄酒,最重要的是由于刚刚合谋对付玛格丽特·鲁茵,她现在放松了。那将是轻而易举的事。他们喝着咖啡,想出来五六个问题,然后乘一辆出租车穿过雨幕,直奔电台播音室。他注意到,一定要把她弄到手,搞定她,征服她的想法,已经离他而去。他甚至看到,自己当天晚上做完节目,在她脸颊上一吻,然后回家,回到妻子身边的情景。这份志同道合的情谊极度地令人愉悦。直到那天晚上,他才知道之前他不得不接受人们称他为记者乃恰如其分时,他是很受伤的,而这种情谊是止痛良药。他觉得他可以永远谈戏剧界的状况、剧院的经济状况、政府的愚蠢行为、种种方面的庸俗不堪。

在录音室,他很小心地讲了个笑话,这样,他们就是大笑着走进去的。他很小心地让访谈不用跟玛格丽特·鲁茵交谈就立即开始;而且从绿灯亮的那一刻起,他就留神自己的嗓音让它不再有那份熟悉的从容。他确保访谈中不涉及任何个人因素。做完节目,玛格丽特·鲁茵很是高兴,还走上前来这么说了一句;但他把她拉到一边,说科尔斯小姐累了,需要立即被送回家去;因为他知道,此举在芭芭拉看来肯定就像是他在摆平一位一直期望着一个不同访谈的制作人。他拉起芭芭拉就走,她的手挨着他身体一侧,被紧紧地攥在他的手里。"啊,"他说,"我们做完了,我认为她根本就不知道是什么东西打动了她。"

"谢谢你。"她说,"能谈一回理性的东西,真的很快乐。"

他轻轻地吻了她的嘴。她满脸笑容,也回吻了一下。到了这时,他心里满有把握,这种情绪不需要再溜走了,他能把握住。

"我们有两件事可以做。"他说,"您可以到我俱乐部来喝上一杯。或者我可以开车送您回家,您可以给我一杯喝的。我得从您家经过。"

"您在哪儿住?"

"温布尔登。"实际上他住在海格特;而她住在富勒姆。他在利用另一个机会,但等她发现的时候,他们就会对这个小计谋哈哈大笑一番。

"好啊。"她说,"那样的话,您可以送我回家。我还得早点起床呢。"他没有接话。在出租车里,他拉着她的手;她的手在他手里,重重的,他问:"詹姆斯是不是像奴隶一样驱使您?"

"我没有想到您认识他——不是,他没有。"

"啊,我跟他关系不是很密切。跟他一起工作是什么样子?"

"很棒啊。"她立即说,"没有谁比他让我更喜欢与之一起共事的了。"

他顿时一股妒意涌上心头。他情不自禁地问道:"您是不是跟他在搞婚外恋?"

她看了一眼:这跟你有什么关系?但她说:"没有呀。"

"他很有魅力。"他说完,心怀鬼胎地咯咯笑了一声。她什么话都没说,他却穷追不舍:"我要是个女人的话,我就跟詹姆斯来一场婚外恋。"

看样子她一言不发也无妨。但她说:"他结婚了。"

他猛的一下来了精神。这是她说的第一句傻话。这话傻得能把人吓得走不稳路……他哼哼哈哈发出一声幽默的笑声,一把搂住她,说:"我亲爱的小芭布丝。"

她说:"怎么叫起芭布丝来了?"

"这难道只是詹姆斯的特权?只是那帮舞台置景人员的特权吗?"他忍不住又加上一句。

"只是在工作的时候他们才那么叫。"她在他怀里身体有些僵硬。

"那好,我亲爱的芭芭拉……"他等着她豁然开朗,解释一番,但她却什么话都没说。不一会儿,她借口点烟,离开了他的怀抱。他给她点上。他注意到,他那不惜一切代价要睡她的决心,又回来了。他们就在她家门外。他很快地说:"现在,芭芭拉,你可以给我弄一杯咖啡,请我喝一杯白兰地。"她踌躇间,他已经下了出租车,在付钱了,并且在给她开门。屋子里没有亮灯,他注意到。他说:"我们会轻轻的,不把孩子们吵醒。"

她缓缓地转过头,看着他。她口气平淡,回答着他真正的问题:"我丈夫不在家。孩子们呢,今天晚上去朋友家玩了。"这时她走在他前头,已经进了家门。那是一幢小楼,在一块平台上,台上建着狭小的、并不漂亮的楼群。在明亮舒适的门厅里,她说:"我去弄些咖啡。然后,我的朋友,您就必须回家了,因为我太累了。"

我的朋友这几个字深深地触动了他,因为在他们志同道合的关系中,他变得不堪一击。他急促地说:"你生我的气了——啊,请别生气。我很抱歉。"

她隔着一段冷峻的距离笑笑。在天花板上的那盏小灯下,他看见她那双与众不同的眼睛。"绿色"的眼睛实际上是透着黄褐色,带着绿色斑点的棕褐色,甚至是蓝色的。眼睛是有不同颜色方格图案的,是有缺陷的,是变幻莫测的。她的眼睛是纯粹的绿色,不过说实话,他以前从来没有见过任何像这双眼睛的东西。那双眼睛颇似深深的清泉,颇像——唉,颇像祖母绿宝石,或者夏日里一棵树冠的深处,那片绝对纯净的碧绿。此刻,在她几乎直接抬头对他微笑的时候,他看见一抹暗影掠上那双眼睛。暗影吞没了那片澄澈的绿色。她说:"我一点儿也没有生气。"她好像乏味地打了个哈欠,"现在我要把这些东西……放到那儿。"她朝一扇白色的门点点头,离开了他。他走进一间长长的、非常整洁的白房间,房间一个角落放着一张窄窄的床,一张桌子上摆满了图样、草图、铅笔。用图钉钉在墙上的是涂得五颜六色的东西的样品。一张矮矮的圆桌旁放了两把小椅子:工作间里一片舒适的区域。他在想:假如我妻子有这么一个房间,我就会不喜欢的。不知道芭芭拉的丈夫会怎么……?直到此时,他想到她,才把她跟她的丈夫,跟她的孩子们联系起来。很难想象她手里端着炒锅的模样,或者就这件事而言,她在双人床上怡然自得的样子。

外面一阵响动;他赶忙收回思绪,把一只胳膊斜靠在壁炉上。她走进来,端着一个小托盘,盘子上放着咖啡杯、玻璃杯、白兰地、咖啡壶。她看上去有些心不在焉。总的来说,这一幕让格雷厄姆感到受宠若惊:这可能意味着她在他面前无拘无束了。他意识到他有点紧张,而且相当疲惫。当然了,她也很疲惫;难怪她说话含含糊糊的。他想起来,那天晚上早些时候他没有利用她的疲惫,从而失去了一个机会。唔,现在,如果他聪明的话……她就要倒咖啡了。他坚决从她手里接过咖啡壶,冲一把椅子点了点头。她微笑着顺从地坐了下来。"这就更好了。"他说。他倒好咖啡,倒好白兰地,然后把桌子朝她那里拉过去。她看着他。然后他拉住她的手,吻了吻,拍了拍,轻轻放下。是的,他想,这件事我做得挺好。

现在,有一个问题。他想靠她近些,但她坐在一把该死的傻乎乎的、带扶手的小椅子上。他要是在地板上坐在她身边呢……?可是,不行,对他是不行的,他这么一个让人心安的大块头,是不能有随便的动作,也不能有非正式的姿态的。假如我把她从椅子上抱起来,放到床上呢?他边谋划,边喝咖啡。是的,他要把她抱上床去。但现在还不行。

"格雷厄姆……"她把杯子放下,说。他恼火地看到,她的表情是在忍耐。"格雷厄姆,大约半个小时以后我想上床睡觉。"

说这句话的时候,她就这一情景冲他露出饶有兴味的微笑——男人和女人之间斗智斗勇,绝妙的喜剧情景。他本人有一部分本来是可以分享这一笑意的。他几乎跟她一起微笑,一起大笑了。(直到几天后他才对自己惊叹:天哪,我犯了一个多大的错误啊!当时居然没有跟她分享那个笑话:就是在那个地方我犯了一个严重的错误。)然而他却笑不出来。他的脸冷若冰霜,带着严肃的骄傲。并非因为她一直在看着他谋划——他的谋划虽被识破,内心刺痛,但她这会儿冲他一笑,他就不那么痛了——而是因为他又一次下定决心,要一意孤行,要把她弄到手。他不要回家。但他觉得他有一串钥匙,却不知道要选哪一把。

他提起芭芭拉对面的另一把小椅子,为了这一目的把咖啡桌移开。他坐在这把椅子上,身子前倾,抓住她的两只手,说:"我亲爱的,先别让我回家,别,我求求你。"问题是,整个晚上还没有发生任何一件事情能使他说出这样的话,用这样的口气——有尊严、简单,是人类向人类求安慰的那种。他看见自己身子朝前倾着,他那双大手完全抓住她那双小手;他看见他的脸,热辣辣的,满含着祈求。而且他意识到他用的那些词句都是出自真心。那些词句只不过是他的感受而已。他想留下来跟她在一起,是因为她想要他这么做,是因为他是她的同道,是艺术上的同行。他迫切地需要这个。然而她却隔着一段距离,带着评判的眼光打量着他,与其说是意外,倒不如说是好奇。他听见自己说:"假如詹姆斯在这儿,我想知道你会怎么办?"他声音是愤愤不平的。他看到那突然的暗影掠过她的双眼,她说:"格雷厄姆,走之前,你想再喝点咖啡吗?"

他说:"我有好几年都一直想结识你。很多认识你的人我都认识。"

她身子前倾,给自己又倒了一点白兰地,坐回来,酒杯捧在手掌心,贴在胸口。一个古怪的动作:格雷厄姆觉得,她双手捧着、如此珍视的这个酒杯就是她自己。一个颇具耐性、长期受苦的动作。他想起来曾经提到过她的各色各样的男人。

他想到了杰克·肯纳韦,踌躇了一下,心里一阵慌乱,说:"比方说,杰克·肯纳韦。"

此刻,听到这个名字,一种情感点亮了她的双眼——它是什么呢?他接着说下去,故意探测着这种情感,就又补充了一句:"上个礼拜我跟他吃饭来着——哦,完全是碰巧!——他一直在谈论你。"

"是吗?"

他想起来,那些年以前,他一直以为她神情阴郁。而现在她似乎戒心很重,还皱了皱眉。他说:"事实上,那个晚上大多数时间他都在谈论你。"

她说话语句很短,有些上气不接下气,他意识到,这是由于她生气了:"我很容易就能想象得出他说了什么话。可是,你肯定不能以为我很喜欢你提醒我……"他看出来,她说不下去了,还对他恼恨不已,因为他把她压到一个她所鄙视的水准;但那也不是他的水准:这全是她的错,全是她的错!他想不起来这么多年跟女人打交道,有他控制不了的局面了。他又一次觉得像一个在一根钢丝上蹒跚而行的男人。他要设法好好利用杰克·肯纳韦,哪怕是时间很晚了,于是他说:"当然了,他是个很迷人的男孩儿,但根本就不是一个男人。"

她看着他,一言不发,用白兰地酒杯护着胸部。

"当然了,除非外表完全是骗人的东西。"他无法抵御刨根问底的欲望,尽管明知这将是致命的。

她什么话也没说。

"你知道吗,你应该和杰克·肯纳韦来上一场轰轰烈烈的恋爱?"他说,使这句话成为对那些能相信这句话的傻瓜的劝告。

"有人这么跟我说了。"她放下杯子,"现在……"她说着,站起身来要打发他走了。他昏了头,上前一步,一把把她搂进怀里,呻吟道:"芭芭拉!"

在他的亲吻之下,她脑袋扭向这边,扭向那边。他偷看她一眼,看看她是什么表情——那表情还是有耐性的。他把嘴唇贴到她脖子上,又呻吟了一声"芭芭拉",等着。她将不得不做些什么。挣脱,做出反应什么的。她什么动作都没有做。最后她说:"看在上帝的分上,格雷厄姆!"听她那声音像是给逗乐了:他又一次给人提供了乐子。然而假如他和她分享这一乐子的话,那么他把她弄到手的最后机会就泡汤了。他的嘴锁住她的嘴,让她发不出声来。她与其说是挣脱他,倒不如说是把他吹开。她的嘴对待他那攻击的嘴,就像一个女人在水里噗噗地吹开水浪,大笑着溅开水花那样,她把脑袋偏向一边。那是一个半是恼羞成怒,半是幽默迁就的样子。他穷追不舍地吻她,而她则在他的亲吻之下扭动着头和脸,仿佛那一个个吻就是在不停攻击的小波浪似的。

于是,他一生中最令人尴尬的经历开始了,这是他事后回头看这一情景时想到的。即使在当时,他也为自己的愚蠢而恨她。因为他就那样子搂着她,搂了肯定得有半个小时。她身量比他短得多,他不得不弓着腰,脖子都疼了。他把她搂得死死的,两条大腿夹在她身体两侧,她的胳膊在他紧紧的拥抱之下,给死死地夹住了。她除了脑袋,整个身子都动弹不得。

他的嘴巴把她的嘴巴拱开,他的舌头伸进去蠕动着,她依然是逆来顺受。他无法让自己停下来。即便他理智地观察着这一荒唐的场面,他还是下定决心要继续下去,因为她的肉体一定迟早会想要他的肉体,软下来。他无法停下来,还因为他无法面对他放开她,她看着他的那恐怖的一刻。他更恨她了,对她的仇恨每过一会儿就增加一分。瞥见她那双绿色的大眼睛在他眼睛下方大睁着、忧郁的样子,他就知道,他从来都没有像厌恶那双"宝石"眼睛那样厌恶过别的什么。在他看来,那双眼睛是可憎的。他终于想到,到了这会儿,哪怕是她想要他,他也不会知道,因为她身子根本就无法动弹。他小心翼翼地搂得松一些,以便她有一英寸左右的空当。她依然是逆来顺受的样子。他不无嘲讽地想到,就好像她读到过,或者有人告诉过她,激发被肉欲弄得神魂颠倒的男人的办法就是跟他们搏斗。他发现自己在想:蠢猪,这么说你想象着,我发现你很有吸引力咯,对不对?你竟有那份傲气那么想!

这种完全癫狂的想法闪过脑际,他张开双臂,松开大腿,把舌头从她嘴里抽了出来。她后退一步,用手背擦擦嘴,失魂落魄地站着,表现得不敢相信。那潜伏的等着他的那份尴尬几乎把他吞噬了,但他让怒气延迟了这份尴尬。即便是在这一刻,她说话还是带着明显的歉意,甚至带着幽默:"你疯了,格雷厄姆。你怎么回事呀,醉了?你看着不像醉的样子呀。你甚至不觉得我有吸引力。"

仇恨的血液涌上大脑,他又抓住了她。现在,她已经坚决地把脸扭开,他就够不到她的嘴了,他亲吻脸颊和脖子那些能够得到的地方,她就不停地继续扭来扭去;"格雷厄姆,放开我,你放开我呀,格雷厄姆。"她嘴里不停地说这句话;他则不停地挤压,揉搓,又是亲,又是舔。这种情景也许会进行一整夜:那完全是意志之争,别的什么都不是。他想:到了这会儿,这仅仅是一个真正的女汉子全然出于肉体的体面,而不愿意屈服!然而有一件事他是知道的:她会上那张床,躺在他怀里,而且会很快。他放开她,但说了句:"我今天晚上要跟你睡觉,这你是知道的,对不对?"

她用手斜靠着壁炉,让自己站稳了。她的脸没有了颜色,因为他已经把她化的妆全舔掉了。她似乎很不一样了:此时,那么娇小,那么无助,那张大嘴毫无血色,她那双晕妆的绿眼睛周边沾着金粉。此刻,他第一次感受到了他几个小时之前就应该感受到的东西(肯定她觉得他应该感受到的)。看着她脸上那一小片湿漉漉的肌肤,他对她感到一种亲情、一种亲密感,他感到肉体的亲密,感到对性爱的喜欢与畅享。他觉得她就是他的肉中肉,他的亲姐妹。他感觉到对她的欲望,而不是要把她弄到手的意志;正因为如此,他对自己一直在玩的这场闹剧感到羞愧。现在,他只渴望在他感官的影响之下带她上床。

她说:"我究竟该怎么办呢?打电话报警,还是干别的什么?"她依然在对那个把她折磨成一副闷闷不乐的冷淡模样的人讲话,这让他受到了伤害;她根本就不是在对他讲话。

她说:"还是尖叫,把邻居们招来,这是你想要的吗?"

那双沾金粉的眼睛由于蒙上了一层深深的厌倦暗影,几乎是黑的。她感到厌倦,感到乏味,乏味到了快要摔倒在地板上的地步,他能看得出来。

他说:"我要跟你睡觉。"

"但你怎么可能这么想呢?"——一句理性的、文明的质问,对一个(他看得出来)她相信会对此做出回应的男人发出的质问。她说:"你知道我不想,而且我知道,不管从哪个方面讲,你并不真的在意跟我睡觉。"

他像是挨了一针,给刺回成那个莽汉,因为她没有那份聪明劲儿看出来那个莽汉已经不复存在了;因为她看不出来,这个男人想要她,而且要她必须做出反应。

她站在那儿,用一只手支撑着身体,看上去是那么娇小、苍白、疲倦,完全不敢相信。她要转过身,从这种难以置信当中走出去,这一点他看得出来。"你以为我并非真心吗?"他问,这几个字他是咬着牙,从牙缝里挤出来的。她动了一下——她就要走开了。他的手出于意志力猛地伸出来,一把抓住她的手腕。她皱了皱眉。他的另一只手抓住她的另一只手腕。他的身体紧靠着她的身体向上一挺,又要开始新一轮的拥抱、挤压。还没抱好,她就说:"天哪,不,我不要再经受所有那一切了。那么,好吧。"

"你什么意思——那么,好吧?"他问。

她说:"你想跟我睡觉。好的。只要不再经受那一切,怎么样都行。我们要不要速战速决?"

他咧嘴笑笑,默默地说:"不,亲爱的,啊,不,你别那么说。我不在乎你用什么样的词句。我现在就要你,就这么简单。"

她耸耸肩。那份鄙视,那份倦怠,对他丝毫没有影响,因为此刻他恨透她了,要她就像是需要杀死什么东西或杀死什么人一样。

她脱掉衣服,就像要独自上床一样:脱掉外套、裙子、衬裙。她站着,穿着白色的内衣和内裤,一个身材相当结实的女子,经过夏天的日光浴,皮肤还是棕褐色的。她赤裸地站着,那头黄色的头发散开着,他蓦然间对这个棕褐色皮肤的女人动了心。她钻进被窝,躺在那儿,而那双绿色的眼睛以文明的祈求的目光看着他:你真的是要干这事儿吗?你一定要干吗?是的,他的眼神回答:我一定要。她把目光移向一边,移向墙壁,沉默地说:那好,你要是想在我这边毫无性欲的情况下要我,那就随便吧,只要你不感到羞耻。他并不感到羞耻,因为他心里一直燃烧着对她的仇恨,他心里清楚得很:这种仇恨就是横亘于他和羞耻之间的一切。他脱掉衣服,爬上床去,躺在她身边。他爬上去的时候,心里清楚,他把自己放在了强奸一个女人的位置,这个女人费尽心力地让他明白,她对他没有兴趣,想到此他的肉体完全松懈下来,他悲哀,满心自责,因为就在不久前,他的肉体伸展开,伸向他的姐妹,他本来是可以使她快乐的。他侧身躺在她身边,偷偷地自己动作,同时用胳膊肘撑着身体,趴在她身上,腾出一只手揉弄她的乳房。他看见,他一碰她,她就咬紧牙关。起码她无法知道,所有这一番折腾之后他并不是神勇无比的。

为了激发起自己的性欲,他又抓住了她。她感觉到他缩小了,就一骨碌挣脱他,坐起来,说:"躺下。"

她躺在那儿的当儿,脑子里一直在想:要速战速决,唯一的办法就是再一次把他弄大了,否则的话,我整夜都得忍受他的折腾。他对她的仇恨使他有了洞察力:他很清楚她脑子里想的什么。她已经放开了:下定决心要速战速决,带着一份性感的愉悦,一份耐心。他躺了下来。她蹲在他身旁,天花板上的灯光白花花地照在她那棕褐色的肩膀上,她那头平顺的头发垂下来,遮住了脸。但她不愿看他那张脸。她就像一个厌倦了的、技巧熟练的妻子;或者像一个妓女。她逗弄他,她下定决心要取悦于他。是的,他想,她是淫荡的,或者说她是可以淫荡的。与此同时,她成功地战胜了他肉体的不情愿,这是有可能对她燃起性欲的温柔标志,用的是冷漠的技巧,这是她对他鄙视的结果。正如他想好的:对,这就够了,现在我要正经八百地占有她了,她让他来了劲儿。让他匆匆来高潮,或者骗他上钩,这都不是本领;击败他的是她那坦率的想法:是的,他也就配这一套。

事成了,等了一会儿,她站起身,全身赤裸,她阴部周围和腋窝里的那片金色向他讲述着和她那双绿色的厌倦的双眼全然不同的语言。她看着他,心里的想法表现得一清二楚:他算是哪种男人……他看到她的肩膀稍微动了动:只是稍微检查是否没事地耸耸肩。她出了房间;然后是哗啦啦的流水声。不一会儿她身着白色睡袍回来了,手里拎着一条黄色的毛巾。她把毛巾递给他,他在擦的时候,她礼貌地朝别处看。"你现在要走了吧?"这会儿她仍抱着希望地问道。

"不,我不走。"他相信,现在,他一定要跟她再干一场了,但她在他身边躺下,并不碰他(他能感觉到她的肉体对他的肉体的厌恶),他就想:很好,我亲爱的,可是这一夜剩下的时间还多着呢。他大声说:"我今天夜里要好好地要你一回。"她什么话都没说,静静地躺着,打了个哈欠。接着她说了句安慰性质的话,纯粹出于惊讶,他本可以哈哈大笑出来的:"那些都不是对做爱有益的情形。"她居然在安慰他。为此他恨透了她。一个十足的小婊子:我逼着她上床,她不想要我,但她还得像个妓女一样,让我感到舒服。不过,哪怕在他恨她的当儿,他出于性方面大度的习惯,回应还是很友善的。"那是由于我对你的仰慕,因为……我毕竟是在怀抱着一千个女人当中的一个。"

停顿了一下。"一千个?"她小心地问。

"一千个特别的女人。"

"是在英国还是在全世界范围内?你选择女人是看重她们的大脑呢,还是她们的美貌——是什么呢?"

"不管是什么,只要是使她们变得杰出就行。"他说,对她说了句奉承的话。

"哦。"她终于开腔了,又给他提供了乐子,"我希望至少有一个短名单,仅仅是为了礼貌,你可以说我的名字算是上了榜。"

他没有答话,因为他明白,他瞌睡了。他还在告诉自己必须醒着,但当他慢慢醒来的时候,已经是早晨了。大约八点钟了。芭芭拉不在那儿。他想:我的天哪!我究竟该怎么跟我妻子讲啊？芭芭拉在哪儿呢？他想起来昨天夜里那荒唐的一幕幕情景，几乎要羞死了。接着他火气又起，心里想：要是昨晚她没在我身边睡下，我就永远也不原谅她……他坐起来，静悄悄地，决心穿过整个屋子，直到他找到她，找到了她，就要霸占她，门开了，她走了进来。她已经穿戴整齐，穿一件绿色西装，头发梳好了，眼睛化了妆。她端着一只托盘，托盘上放着杯咖啡，她把托盘放在床边。他对自己皮肤松垮、浑身体毛、半遮半露的硕大身躯感到不好意思。他暗想，他可不能就这么在床上躺着，一丝不挂，而她却穿戴得整整齐齐。他说："你有睡袍之类的东西没有？"她也不说话，递给他一条浴巾，然后说："洗手间在左边第二个门。"说完就出去了。他身上裹着浴巾，跟在她身后。屋子里的一切都是欢快的、温馨的，一点都不像她那干净利落的工作室。他想弄清楚她在哪儿睡的，就打开第一道门。那是厨房，她在里面，正把一只棕色的陶碟放进微波炉里。"隔壁。"她说。他赶紧经过第二道门，打开（他暗自希望）了第三道门。那是一个放满亚麻织物的橱柜。"这个门。"芭芭拉在他身后说。

"那么，好吧，你在哪儿睡的？"

"这跟你有什么关系？楼上，在我自己的床上。现在，你要是都准备好了，我就要说再见了，我想赶到剧院去。"

"我送你去。"他立马说。

他又一次看到她的眼睛动了动，在死一般的乏味中，那道暗影吞没了眼神里的光。"我送你去。"他坚持说。

"我倒是宁愿自己去。"她说，然后她笑笑，"不过，你可以送我。然后你就会特意走进去,詹姆斯和大家就都能看见了——那就是你想送我去的原因,对不对?"

他最后还是恨她,就因为她的聪明伶俐;他不管干什么事,一次都没有逃过她的眼睛,自从昨天他们一见面,她一直都在观察,观察他对她发起攻势时采取的每一个动作。然而,某种他无法控制的命运或冲动使他说出了这样动感情的话:"我亲爱的,你必须看出来,我起码是想送你去上班呀。"

"完全没有,算我错了。"她说,对他公然撒谎了。她从他身边经过,进了他睡觉的那个房间。"我十分钟后必须离开。"她说。

他很快冲了个澡。他回来的时候,工作间已经整理得清清爽爽,床铺得整整齐齐,昨夜的一切痕迹都不见了踪影。而且,她给他端过来的咖啡,也没有了丝毫的踪迹。他不想开口要杯咖啡,害怕被毫不客气地拒绝。再说了,她已经整装待发了,外套穿好了,手提包在胳膊下面夹着。他一句话也不说,朝前门走去,她默默地在后面跟着。

他能看出来,她身体的每一根纤维都释放出一个简单明了的信号:啊,上帝,这会儿总算能赶走这个粗鲁的家伙了!她什么都不是,就是个婊子,他想。

有辆出租车来了。在车里,她坐得离他能有多远,就有多远。他想起来应该跟妻子怎么说了。

到了剧院外面,她说:"你要是愿意,在这儿把我放下来就行了。"这话不是请求,她太骄傲了,说不出那种话来。"我要送你进去。"他说,而且看出了她的心思:那好吧,我要把这一切都走完,羞辱他一番。他打定了主意要送她进去,把她交给她的同事们,他害怕她会设法避开他。但她远没有要低调处理,而是似乎横下一条心,要照他的方式把这出戏演完。到了后台入口,她对看门人说:"汤姆,这位是斯彭斯先生——你记得吗,从昨天晚上就在的斯彭斯先生?""早上好,芭布丝。"那人说着,按她要求的那样礼貌地看着格雷厄姆。

芭芭拉朝后台入口走去,打开门,给他开开门。他先进去,然后给她开着门。他们一起走进那片洞穴似的、东西堆得乱七八糟的、光线昏暗的天地,她大喊:"詹姆斯,詹姆斯!"一个男人的声音从屋子的前面传来:"在这儿呢,芭布丝,你怎么来这么晚呀?"

大礼堂在他们面前打开了,有些昏暗,寂静无声,只有一个女清洁工一大早在忙忙碌碌。一台吸尘器在近处某个地方嗡嗡作响,声音有点小。几个舞台置景人员站着,抬头看一块背景布,上面设计着蓝绿色螺旋状的图案。詹姆斯站着,背对着大礼堂,嘴里吸着烟。"你迟到了,芭布丝。"他又说了一遍。他看见格雷厄姆在她身后,点了点头。芭芭拉和詹姆斯吻了吻。芭芭拉说,每一个音节都拉长了声音:"你记得斯彭斯先生吗?从昨天晚上就在这儿的。"詹姆斯点点头:你好。芭芭拉站在他身边,他们一起抬头看那块蓝绿色的背景。然后,芭芭拉又看了格雷厄姆一眼,无言地问:现在好了吧,这难道还不够吗?他能看到她那双眼,阴沉沉的,满是厌倦之色。

他说:"再见,芭布丝。再见,詹姆斯。我会给你打电话的,芭布丝。"没有应声,她不理他。他缓缓地走开,听着他们会说什么话。比如说:"芭布丝,看在上帝的分儿上,你跟他在做什么?"或者她或许会说:你对格雷厄姆·斯彭斯不好奇吗?让我给你解释解释。

格雷厄姆从那几个舞台置景人员身边走过,他可以发誓,他们没有认出他来。最后,他听见詹姆斯的声音对芭芭拉说:"这不好,芭布丝,我知道你是迷上了那种特别的蓝色阴影,可是你再看它一眼,你真是个好姑娘……"格雷厄姆离开后台,经过那间办公室,后台的看门人正在那儿坐着看报纸。他抬眼一看,点点头,就又看他的报纸了。格雷厄姆找了一辆出租车,心里想:我最好想出一些能让人信服的话,然后再给妻子打电话。

所幸他那天有借口不回家了,因为今天晚上,他要采访一个年轻人(电视访谈),谈他的长篇小说新作。

楼顶上的女人

时间是那年六月那一个赤日炎炎的星期。

三个男人在楼顶上干活儿，铅皮顶热得不得了，他们想出个主意，往上面倒水给楼顶降温。可是，水很快就变成水汽蒸发掉了，然后发出嘶啦嘶啦的声音；他们就开玩笑说，干脆从他们身下的公寓套房里找个女人，跟她要个鸡蛋，煮成荷包蛋当晚饭吃得了。到了两点钟，他们在更换的檐沟碰一下都烫手，他们就在琢磨在长年累月都炎热的国家工人们都干些什么。或许他们应该借一副厨房用的防烫棉手套，同时借一个鸡蛋？他们都有点晕晕乎乎，不习惯这份炎热；他们脱掉外套，并排站着，挤到一根烟囱投下的一英尺宽的一片阴凉里，小心翼翼地防止穿着厚袜子和靴子的脚晒到太阳。放眼望去，几英亩大的地方都是楼顶，蔚为壮观。不远的地方，有一个男人坐在一把轻便折叠躺椅上看报纸。然后他们就看到了她，就在林立的烟囱缝隙之间，离他们有五十码的样子。她面朝下趴在一条棕色毛毯上。他们能看见她的上半身：黑头发，一个泛着红光、结实的后背，两只胳膊摊开。

"她可是赤身裸体的呀。"斯坦利说，那口气听着像是给惹恼了。

哈利是年纪最大的,大约有四十五岁。他说:"看着像哦。"

小汤姆年纪轻轻,只有十七岁,什么话都没有说,却激动不已,咧嘴笑着。

斯坦利说:"她要是不注意,就会有人举报她。"

"她以为没有人看得见。"汤姆说着,使劲伸长脖子想多看一些。

就在这时,那个女人,依然趴着,把两只手伸到肩膀后头,捏住一条围巾的两端,在后背系住,然后坐了起来。她绕着乳房系着一条红围巾,下身仅穿着一条短得不能再短的红色比基尼短裤,这是她第一天晒日光浴,所以全身白皙,微微泛着红光。她坐着抽烟,斯坦利吹口哨挑逗她时也不抬头看一眼。哈利说:"小东西只能逗逗小脑子。"说完就朝他们那一部分楼顶走了回去,可是太阳毒辣辣的。哈利说:"等等,我去搭一个凉棚。"说着就从天窗那儿消失,钻到楼里去了。这会儿他不在了,斯坦利和汤姆就走到尽可能远的地方,偷看那女人去了。她挪了地方,他们所能看到的,就是两条粉红色的腿在毛毯上伸展开来。他们又是吹口哨,又是大喊大叫,可是那两条腿连动都不动。哈利拿着一条毛毯回来,喊道:"嘿,过来了。"他说话那口气似乎在生他们的气。他们爬回他身边,哈利对斯坦利说:"你老婆咋样了?"斯坦利刚刚成家,结婚大约有三个月了。斯坦利嘲笑地说:"我老婆咋样了?"——这样子保持着独立性。汤姆什么话都没有说,但满脑子想的都是那个近乎赤裸的女人。哈利那条毛毯是从楼下一个友善的女人那里借来的,他把毛毯从一根电视天线的杆子扯到一溜烟囱管帽上。这片阴凉正好遮住他们要更换的那块排水槽。然而阴凉在移动,他们就只好挪动毛毯,所以进展并不大。楼顶的热劲儿终于散去了一些,他们就干得很快,把失去的时间弥补过来。刚开始是斯坦利,然后是汤姆,跑到楼顶的尽头去看那个女人。"她脸朝上躺着呢。"斯坦利说完,又讲了一个笑话,把汤姆逗得偷偷直乐,而那个年纪大些的男人则宽容地微微笑着。汤姆回来说,她没有动身子,但他说的不是实话。他想把他所看到的据为己有:他正好看见她在把小红短裤顺屁股往下褪了一点点,这时候,小短裤只不过是一个小三角而已。她面朝上躺着,玉体横陈,浑身上下抹着防晒护肤油,油光闪闪。

第二天早上,他们刚一上去,就去看了。她已经在那儿了,脸朝下,胳膊展开,身上除了那条小红短裤,一丝不挂。经过那一夜,她的皮肤变成了深红色。她昨天还是一个白里透红的女人,今天就成了一个深红色的女人。斯坦利吹了一声口哨。她抬起头,给吓了一跳,仿佛原来一直在睡觉。她直直地盯着他们。太阳照着她的眼睛,她眨巴眨巴眼,瞪了一眼,就又垂下脑袋。看到这样无动于衷的姿态,他们三个人,斯坦利、汤姆和老哈利,都吹起口哨,喊叫起来。哈利吹口哨是学年轻人的样子,取笑着他们,不过他也很恼火。她居然对三个看她的男人全然无动于衷,他们三个人都十分恼火。

"臭婊子。"斯坦利说。

"她应该请我们过去。"汤姆说着,偷偷一乐。

哈利镇静了下来,提醒斯坦利:"她要是已婚了,她家老头子是不会喜欢那样子的。"

"天哪,"斯坦利在讲他的道德经,"要是我老婆那样子躺着,让每一个人都来看,我立马就去阻止她。"

哈利微微一笑,说:"你怎么会知道呢?保不齐就在这一会儿,她正在晒日光浴呢。"

"不可能,不会在我们家楼顶上。"斯坦利的妻子绝对不可能在晒日光浴,这一点使他心情畅快,他们就去干活儿了。可是今天比昨天还热;有好几次不是这个人就是那个人建议,他们有必要跟工头马修讲讲,要求离开楼顶,等热劲儿过去再说。可是他们没有离开楼顶。那幢公寓大楼地下室还有活儿要干呢,但是在这上头,处在一个和封闭在大街上和大楼里的普通人不同的层面上,他们感觉到无拘无束。那天,又有很多人来到外面的楼顶,中午的时候待上一个钟头。有几对夫妻并排坐在轻便折叠躺椅上,女人腿上不穿长筒袜,晒得红红的,男人们穿着背心,肩膀越晒越红。

那女人待在毛毯上,身子翻过来,转过去。不管他们做什么,她都不予理会。哈利走开,去再多拿几枚螺丝钉,斯坦利就说:"来呀。"她所在的楼顶属于一个不同的楼顶系统,在某一个地方和他们的楼顶隔开大约二十英尺。这就意味着,要从一层攀爬到另一层,沿着矮矮的护墙边上走,手抓着烟囱,而他们的大皮靴又光又滑;不过,他们终于还是站在了一片小小的突出来的正方形楼顶上,低头直勾勾地盯着她看,距离很近。她坐着一边抽烟,一边看一本书。她身后是蓝天,两条腿伸展开来;汤姆觉得她看上去像海报上的美女,或者杂志上的封面女郎。在她身后,一台巨大的起重机正在牛津街一座新大楼上作业,它挥动黑色的臂膀,在一个个楼顶上移动,画出一条巨大的弧线。汤姆想象自己在操纵那台起重机,调整着臂膀悠过来,把她抓起,再划过天空悠回去,把她放在他身边。

他们吹口哨。她抬头看看他们,冷漠而疏远,然后接着看她的书。他们又是火冒三丈。或者准确地说,是斯坦利火冒三丈了。随着一次又一次吹口哨,设法使她抬起头来,他那被太阳晒得黑红的脸膛扭成了一团怒火。年纪轻轻的汤姆不再吹口哨了。他站在斯坦利身边,激动不已,咧嘴笑着;但是他觉得他仿佛在对那女人说:可别把我和他牵扯在一起啊,因为他那微笑中带着歉意。昨天夜里,他在睡觉前想那不知姓名的女人了,她对他软语温存。就在斯坦利又是起哄,又是吹口哨的当儿,汤姆在他身边移动脚步,心里想着这份温存,观察着那个无动于衷、身体健康的棕色女人,她离他们仅数英尺之遥,那条街道却横亘于他们之间,形成一条鸿沟。汤姆觉得这挺浪漫的,就像是在两座高高的山巅之上。然而哈利一声吼叫,他们就艰难地爬了回去。斯坦利的脸阴沉着,真的很生气。那男孩儿不停地看他,不明白他为什么那么恨那个女人,因为此刻他是爱她的。

他们拿那条毛毯玩他们的小游戏,想办法圈住阴凉,好在下面干活儿;可是,还是那样,一直到将近四点钟,他们才得以正儿八经地干活,而他们已经是精疲力竭了,他们三个人都是这样。他们现在咕咕哝哝地埋怨天气。斯坦利的心情糟透了。在他们收拾好工具准备收工之前,他们照例走过去看那个女人,这时候她很显然是在熟睡,脸朝下,除了屁股上兜着的那条红色三角裤外,后背赤裸着。"我倒是真想把她报告给警察。"斯坦利说,而哈利说:"你哪根筋不对了?她妨碍到你什么了?"

"我告诉你,她如果是我老婆!"

"可是她不是你老婆呀,对不对?"汤姆知道,哈利跟他一样,对斯坦利的反应有些不舒服。他平时是一个很犀利的年轻人,干活麻利,说很多笑话,是个很好相处的人。

"大概明天就会凉快些吧。"哈利说。

可是并不凉快,如果说真有什么的话,那就是天更热了,而且天气预报说,好天气将持续下去。他们刚一上到楼顶,哈利就走过去看看那个女人是不是还在那里,而汤姆知道,这是为了防止斯坦利过去,为的是延迟他的坏心情。哈利的孩子都长大成人了,有个儿子年龄跟汤姆一样大,所以这些年轻人很信得过他,很高看他。

哈利回来说:"她不在那儿。"

"我敢打赌是她老头子坚决反对她那么干了。"斯坦利说。哈利和汤姆在这个结过婚的年轻人背后交换了一下眼神,会心地笑了。

哈利提议,他们应该获许在地下室干活,那一天他们就在地下室干活了。然而在收拾东西准备收工之前,斯坦利说:"咱们透透气,呼吸呼吸新鲜空气吧。"哈利和汤姆互相又是会心地一笑,然后他们就随着斯坦利上楼,到楼顶上来,汤姆虔诚地相信,他到那里是要保护那女人免受斯坦利骚扰的。时间大约是五点半,沉静的、充足的阳光落在一个个楼顶上。那台巨大的起重机依然挥动着它那黑色的臂膀,从牛津街晃到他们头顶上。她不在那儿。忽然,一堵护墙后面飘动起一片白色,她站了起来,穿着一件束有腰带的白色晨衣。有可能她一天都在那里,只不过是在一片不同的楼顶上,好躲开他们。斯坦利没有吹口哨;他什么话都没有说,只是看着她弯下腰收拾报纸、书籍、烟卷,然后把毛毯折叠起来搭在胳膊上。汤姆心里在想:他们要是不在这儿的话,我就走过去说……说些什么呢?不过,从他夜里梦到她的情况看,他知道她是善良的,友好的。她或许会请他下去,到她的公寓房里去?或许……他站着,看着她从天窗那儿消失了。就在她走开的时候,斯坦利发出一声尖厉刺耳、冷嘲热讽的喊叫;她吓了一跳,好像差一点摔倒了。她抓紧东西,才没有摔倒,他们能听到有东西掉了。她直直地瞪着他们,很是生气。哈利开玩笑说:"那梯子滑溜溜的,最好小心着点儿,宝贝儿。"汤姆知道,哈利说这话是为了使她免受斯坦利的侵扰,但她不可能知道这一层。她皱着眉,消失了。汤姆满心暗暗欢喜,因为他知道,她的怒气是冲着其他人,不是冲着他来的。

"但愿能下点儿雨。"斯坦利面带愁容,看着傍晚时分那瓦蓝瓦蓝的天空,说。

第二天万里无云,他们决定把地下室的活儿干完。他们被关在灰色的水泥地下室里安装管道,感觉和热浪滚滚中伦敦的节日气氛格格不入。到了午饭时间，他们到楼上透透气，虽说那些夫妻、穿长袖衬衣或穿背心的男人都在那里，她却不在那儿，既不在她平时躺的那片楼顶，也不在她昨天待的那个地方。他们三个人，甚至连哈利也是，都在烟囱管帽之间艰难地爬来爬去，翻过一道道护墙，滚烫的铅皮顶烫得他们的手指生疼。连她的影子都没有。他们脱掉衬衣和背心，裸露着胸膛，感觉脚在出汗，热得要命。他们都没有提那个女人。可是汤姆又感到孤寂了。昨天夜里她请他进了她的公寓房：房子很大，装上了白色地毯，放着一张装有白色皮革软垫床头的大床。她身穿一件黑色的薄如蝉翼的长睡袍，她对汤姆那样温柔，他一想起来喉咙就发紧。他觉得她没有在那儿，是背叛了他。

他们下班后又爬了上去，但还是不见她的踪影。斯坦利说了一遍又一遍，说明天如果还是这么热，他就不干活儿了，翻过来倒过去就这一句话。然而第二天他们都还是到了那里。到了十点钟，气温已经是华氏七十多度了，还远远不到正午，就达到了八十度。哈利找到工头，说那么热的天，在铅皮顶上是干不成活的；可是工头说他也没别的活给他们分派了，他们就得在楼顶上干。到了中午，他们站着，沉默着，看着她楼顶的天窗打开了，然后，她身着白色晨衣，怀抱一卷毛毯缓缓地出现了。她脸色阴沉地看了他们一眼，接着就走到她原来藏起来不让他们看见的那部分楼顶。汤姆很高兴。别的男人看不见她，那她就更是他一个人的。他们原本已经把衬衣和背心脱掉了，但现在又穿上了，因为他们感觉太阳在灼伤他们的皮肤。"她一定是生就一副犀牛皮。"斯坦利说着,使劲拽着檐沟,嘴里骂骂咧咧的。他们不再干活,坐在阴凉下,那阴凉在烟囱柱子后面来回移动。一个女人来给他们对面的黄色窗台花箱里的花木浇水。她人到中年,穿一件夏季花裙。斯坦利对她说:"我们可是比它们更需要喝水。"她微微一笑,说:"最好赶快到下面的小酒馆儿去吧,酒馆儿很快就要关门了。"他们互相打趣了几句,她笑一笑,挥挥手,就离开了他们。

"一点儿都不像赤身裸体穿街走巷的葛黛娃夫人①。"斯坦利说,"她能跟我们聊上几句,还冲我们笑笑。"

"你没有冲她吹口哨。"汤姆责怪地说。

"听听他说的哈。"斯坦利说,"那你没有吹呀?"

可是那男孩儿觉得自己好像没有吹过口哨,好像只有哈利和斯坦利吹了。他在心里盘算着,等到了收工的时间,他就落在后面,想办法过去找那个女人。天气预报说,高温期快要结束了,所以他得赶快行动。可是没有机会落在后面哪。另外那两位决定四点钟收工,他们已经累得不行了。他们刚一下去,他就很快爬上一段护墙,顺着一根烟囱爬上去,来到高处。他一眼就看见她仰面躺着,双膝向上,两眼紧闭,一个棕色女人懒洋洋地躺在太阳底下。他溜下来,哗嚓一声落到地

---

① 葛黛娃夫人是中世纪英国的一位贵族妇女,传说为使丈夫减免考文垂的苛捐杂税,她赤身裸体骑马从街上走过。裁缝汤姆偷看了一眼,顿时遭到双目失明的报应。"窥视者汤姆"一说由此而来。斯坦利在这里引用这个典故,指的是楼顶上晒日光浴的女人。

上，赶上斯坦利在搜寻信息。"她已经下去了。"他说。他觉得他刚才是保护她不受斯坦利的骚扰，她一定对他非常感激。他能感受到那女人和他自己之间的关系。

第二天，他们在楼顶下面的一个平台上围成一圈站着，不愿意爬到上面的大热天里去。那个曾借毛毯给哈利的女人出来，给他们每人端了一杯茶。他们接过来，表示感谢，还围坐在普利切特太太的厨房，聊了一个钟头左右。她嫁给了一位航空公司的飞行员。她是一个年约三十岁的风姿绰约的金发女郎，一眼就看上了帅气的、脸部轮廓分明的斯坦利。两个人互相挑逗，而哈利坐在一个角落，看着，由着他俩，尽管他的表情提醒斯坦利他已经是有家有口的人了。而小小年纪的汤姆对斯坦利谈笑风生应对自如的样子感到嫉妒，也觉得斯坦利要是跟普利切特太太勾搭上了，就让他和楼顶上那个女人的事情免遭破坏，不被打扰了。

"我原以为他们说过，这热浪滚滚的日子就要到头儿了。"斯坦利说这话的时候，阴沉着脸，因为时间到了，他们真的必须爬到楼顶上去，到太阳底下去。

"这么说，你是不喜欢高温了？"普利切特太太问。

"对有些人来说倒没什么。"斯坦利说，"没什么事儿可做，就是那么躺着，好像那上面是一片海滩似的。你到那上面去过吗？"

"我上去过一次。"普利切特太太说，"不过那是一个很脏的地方，而且太热。"

"说的也是。"斯坦利说。

说完,他们就离开那凉爽整洁的小公寓房,离开了那位友好的普利切特太太,到楼顶上去了。

他们一到上面,就看到了她。三个男人都看着她,她在这晒死人的大太阳底下居然怡然自得,他们都感到愤愤不平。这时,哈利看到斯坦利脸上的表情,就说:"喂,咱们起码得做出干活的样子嘛。"

他们只好把临着一段护墙的另一段檐沟从基座里扒出来,以换掉它。斯坦利把它抓在手里,拽了拽,骂了一句,站起身来。"去他妈的。"他说着,就在一根烟囱下坐了下来。他点着一根烟。"去他们的。"他说,"他们以为我们是什么,是蜥蜴吗？我两只手上到处是水疱。"然后他跳起来,爬到楼顶上,背对他们站着。他的手指放在嘴的两边,吹出一声尖厉的口哨。汤姆和哈利蹲着,没有互相看对方,而是看着他。他们只能看见那女人的头和一小点深红色的肩膀。斯坦利又吹了一声口哨。接着他开始跺脚,吹口哨,冲着那女人大喊大叫,喊得面色通红。他跺脚、吹口哨的当儿,似乎非常狂躁,而那女人却没动,肌肉都没动一下。

"傻呀。"汤姆说。

"就是。"哈利说,一脸不屑。

突然,这个上了年纪的男人做出一个决定。汤姆知道,那就是要免去某种因为那个女人引起的丑闻或真正的麻烦。哈利站起身,开始把工具装进一截油布里。"斯坦利。"他说,是命令的口气。起初斯坦利并没有注意,但哈利说:"斯坦利,我们要收拾东西收工了,我会告诉马修的。"

斯坦利回来了,脸色青一块儿白一块儿的,两眼冒着火。

"不能再这么继续下去了。"哈利说,"高温期过一两天就结束了。我要去对马修说,我们已经中暑了。他要是不爱听的话,那就太糟糕了。"甚至哈利说话的口气都愤愤不平了。汤姆注意到了。这个个子矮小、非常能干的男人,这个鬓发斑白的顾家的男人,从来都不会不知所措,但现在说话那口气听起来却真的搂不住火了。"走了。"他说,显得很生气。他把身子嵌进楼顶上那打开的四方口子,小心把脚踩到梯子上,走了下去。接着斯坦利也走了,没有冲那女人瞥一眼。然后是汤姆,嗓子眼儿激动得一阵阵发紧,他朝后面瞥了一眼,暗暗地向她发誓:等等我啊,等等,我这就来。

到了人行道上,斯坦利说:"我要回家了。"他这会儿面色苍白,所以或许真的是中暑了。哈利走开,找工头去了,他在这条街上的几座公寓房里安装水管。汤姆溜了回来,没有溜回他们原来干活的那幢大楼,而是进了那个女人躺的楼顶所在的那幢楼。他径直爬了上去,没有一个人拦着他。天窗大开着,有一把铁梯子通向上面。他在楼顶上离她几码的地方出现了。她坐起来,用两只手把头发往后拢了拢。从胸前过去的围巾把乳房勒得紧紧的,四周棕色的肌肉鼓了出来。她的腿是棕色的,光溜溜的。她一言不发地瞪着他。那男孩站着,咧嘴笑笑,傻乎乎的样子,准备领受他期待从她那儿得到的温柔。

"你要干吗?"她问。

"我……我来……认识你。"他结结巴巴地说,咧嘴笑着,一副讨好她的模样。

他们互相看着对方,那个满脸通红、激动不已的瘦弱男孩,那个一脸严肃、几乎全裸的女人。然后,她一句话也没有,就在她那条棕红色毛毯上躺了下来,理都不理他。

"你喜欢太阳,是不是?"他冲着她那油光发亮的后背问。

没有一句话。他感到慌乱,心里想着她曾怎样把他搂在怀里,抚摸着他的头发,他在她的床上高傲地坐着,她给他端来一杯他长这么大从来都没有尝过的某种很提神的酒。他觉得,他要是跪下来,摸摸她的肩膀、头发,她就会转过身,把他揽进怀里。

他说:"你晒太阳没事儿吧?"

她抬起头,下巴搁在两个小拳头上。"走开!"她说。他没有动。"听着。"她以缓慢的、理性的、强压着怒火的声音说;她看着他,脸上现出疲倦的怒气,"你要是看看穿比基尼的女人就能得到刺激的话,干吗不花六便士坐公共汽车到利多那种露天泳池去呢?你能看到几十个呢,用不着这样翻山越岭,大费周折。"

她还没有理解他呢。他觉得她对他不公平,这使他感到脸色苍白。他吞吞吐吐地说:"可是我喜欢你,我一直在看你,而且……"

"谢谢。"她说完,就又把脸耷下来,扭过去不看他了。

她在那儿躺着。他在那儿站着。她什么话都不说。她只是把他晾在一边儿了。他站着,有好几分钟,什么话都不说。他心想:只要我待着不动,她就不能不说些什么。可是几分钟过去了,她没有任何要说话的迹象,除了她那绷得紧紧的后背、大腿和胳膊——紧张地等着他走开。

他抬头看看天,天上的太阳似乎在炽热之中旋转着;再看看那一个个楼顶,他和他的伙伴们先前在那些地方待过。他能看到在他们干过活的地方,炽热在抖动。"他们要我们在这样的条件下工作!"他想着,不由得义愤填膺。那女人还是没动。一丝热风轻轻地吹动她那黑色的头发,头发闪闪发亮,泛着五彩的光。他想起来昨天夜里他是如何抚摸那头秀发的。

对她的恨意最终让他离开,爬下梯子,穿过大楼,走到大街上。后来,他喝醉了,因为他恨她。

第二天他醒来的时候,天空一片灰暗。他看看那湿漉漉、灰蒙蒙的天色,不怀好意地想:"嘿,这下可把你给收拾了吧,是不是?这下可把你收拾得服服帖帖了吧。"

三个男人早早地就在铅皮顶上干活儿了,四周是湿漉漉、细雨蒙蒙的楼顶,没有一个人来晒日光浴,黑乎乎的楼顶淌着雨水,滑滑的。由于现在凉快了,他们要是快点干,当天就能把活儿干完。

最终,我是如何丢掉了我的心

要说我操起一把刀,在肋骨一侧划开个口子,把我的心取出来,扔掉了,倒是轻巧,可不幸的是,这事儿没那么轻巧。并不是说我跟大家不一样,没有经常想那么做。不,这事儿来得不一样,也不是我期望的那样。

那是在我和一个男人吃了午饭,又跟另一个男人喝过茶之后的事。跟我吃午饭的那个主儿我跟他一起生活了(差不多是吧)四又十二分之七年。当他离开我另寻新的芳草地的时候,我有两年,或者是三年吧,都是半死不活的,我的心是一块石头,根本不可能带着四处周游,要考虑到其他所有的东西压在上面,重如大山。然后我才慢慢地,艰难地,挣脱开来,因为我的心对我的初恋怀有千般不舍——尽管从另一个观点讲,兴许可以把他描述为我第二个真爱(我父亲是初恋)或者第三个(我哥哥中间插了一杠子),这才合理。

正像是那首民歌里唱的:

> 我一生只爱过三个男人,
> 　我父亲,我哥哥,还有那个夺走我生命的男人。

但假如一个人要从外部看,不从内部看这件事儿,那他或许可以被看作(或许,我忘了)第十三个,可是假如要这样子看的话,那就意味着不顾及内心感情的真实情况了。我们大家都知道,那些夹杂在一次次严肃认真的恋爱之间的种种风流韵事或者感情纠葛,尽管论次数可能有很多,论时间可能跨越许多年,但都真的无所谓。

这样子看事情会惹得一大帮子人不高兴,因为众所周知,对我来说真正是无所谓的事,说不定对你就会很有所谓。然而,却没有办法克服这一困难,因为严肃认真的恋爱是人生中最重要的事,或者说差不多是最重要的事。不管怎么说,我们大多数人都铁了心要寻找它。即便我们实际上对一个人的的确确已经非常严肃认真了,我们还是会用八分之一的眼睛余光斜瞟过去,万一正好跟一个陌生人不期而遇,而他兴许正好是更加严肃认真的恋爱对象呢。我们大家都一致认为,在我们寻找真爱的路上,我们有权利遍尝千人,考验千个,啜饮千次,试吃千回。这样说不算太过分吧:在我们的圈子里,品尝和试吃有可能是第二重要的活动,第一重要的活动就是挣钱。或者换句话说,"如果你对这件事是严肃认真的,你就会不断地把每一个主动投怀送抱的人撂倒在床上,直到你咔嗒一声,怦然心动了,就走上正道了。"

现在已经扯远了,刚才在说那件事儿:我那时候把跟我吃午饭的那主儿(我们管他叫 A 君吧)当成我的初恋,现在还是这么认为,尽管有人持弗洛伊德的观点,坚持把我父亲当成 A 君,可能把我哥哥当成 B 君,这样就使得我的(正儿八经的)

初恋成了C君。尽管还有一些人,他们或许会问:那你的两任丈夫以及所有那些个风流韵事算怎么回事儿?

他们算怎么回事儿?我并没有真心爱过他们,不像我爱A君那样轰轰烈烈。

我跟他吃了午饭,接着,完全是阴差阳错,我跟B君喝了茶。我这里说的B君,指的是我第二个正经八百的爱,不是我哥哥,也不是五岁至十五岁之间我爱过的小男生们,假如我们把十五岁(很武断地)当作一个不归之点……这最后一个词语"不归之点"本身就是对世俗的裁决者相当勇敢的蔑视。

在A君和B君之间(我数数啊)有过很多次恋爱,或者尝试,但这些都不算数。我和B君来电了,我们之间像炸弹一样轰地就炸开了,尽管不像我和A君那样心有灵犀,因为我的心已经伤痕累累、愁肠百结、满腹狐疑了,就因为A君把我甩了。还有把我和A君紧紧绑在一起的所有那些纽带和联系,仍然需要一个一个慢慢松开。然而,我和B君的恋情一度就像一座房子着了火,接着我们就自食苦果了。我的心又一次如千钧重压沉重地压在我身体的一侧。

> 如果这是一块压在我身体一侧的石头,一块石头,
> 我可以把它摘出来,我就自由了……

先是跟A君一起吃了午饭,然后是跟B君喝茶,在这两个男人之间耗掉了我十年宝贵的年华(我没有算他们两个中间插进来的那些测试恋爱和试验恋爱),而且公平地说,在所有的欢乐(欢乐多多,欢乐无穷)和痛苦(啊,上帝,上帝啊)之

间取得了平衡——整整一个下午的光景,从一个人转到另一个人,亲切地聊这个,聊那个,而与此同时,我的心只是稍稍被旧情牵绊了一下,记忆的鱼儿在一条长长的、松松的鱼线那头……

总起来一句话,效果不错。

尤其因为那天晚上我期待着和 C 君会面,或者是和某一个说不定恰巧就是 C 君的男人会面,尽管我不想过分强调 C 君,实际情况是我几乎想不起来他长什么模样,但话说回来了,你不能指望一个人记住那些无足轻重的人吧,他们只是在这两个男人之间我啜饮一口,尝了一下的人嘛。但不管怎么说,他有可能恰巧就是 C 君,我们说不定会来电了,而且我正处于那种思维状态(我们常常处于那种思维状态):他说不定恰巧就是真命天子呢。(我在这儿故意使用一份妇女杂志上的一个说法,而不说:或许这次就会是严肃认真的吧。我本来会这么说的。)

于是我就站在那儿(我想把各种细节和气氛搞对了),站在窗前,朝一条大街上望去(实际上是大波特兰街),心里想着,虽然说我做梦都不会后悔跟 A 或者经历过那些过往(爱过了,然后又失去了总比完全没有爱过要强吧),但由于是和一个可能出现的 C 共度一晚,我心里的预期有某种不现实的感觉,因为毫无疑问,A 君和 B 君两个男人都给我造成了令人无法相信的痛苦。所以,我为什么还要盼望着 C 君呢? 相反,我应该跑开才对,能跑多快就跑多快。

我突然想到,我对这整个现象看得很不准确。我(或许允许我说我们?)看这件事的方式是,一个人必须寻找一个A君,或者一个B君,或者一个C君或者一个D君,而这些人应该有某种所渴望的或者合意的综合素质,这样,一个人才有可能过电,或者同步燃烧起来:或者换一种说法,一个人需要这样一个人,这个人就像一碟水,你可以从这个人身上漂走,就像换乘一样。但根本就不是这么回事。实际上,一个人身体的一侧插着一柄燃烧着的长矛,就这么走着,等着有人来把长矛拔出来;那是很疼的东西,好似一处溃疡或伤口,而你等不及和别人分享。

在一个真实的时刻,我把自己看得清清楚楚:我站在窗前(在四楼),A君和B君(只提一下我感情经历的两座巅峰吧)在我身后,如果可以这么说的话,我是个颇有姿色的女人,带着一份成熟——我会是第一个如此坦陈的人:成熟就是对年老色衰悲哀的预告——但显然是美人,因为这是我一生中大量试尝禁果,啜饮爱酒(我几乎写成"试尝禁酒"和"啜饮爱果")的明证……我站在那儿,梳好头,穿好衣服,涂上口红,抹上眼影,就等着与一个可能出现的C君共度良宵。在另一扇窗前就站着C君,从这个窗口往下望去(我想我这样说是对的)就是玛格丽特街。C君梳好了头,洗了澡,刮好脸,在微笑着:一个很有魅力的男人(我觉得),他在想着:或许她恰巧就是D女(或者是A妞,或者是3号,或者是什么,或者是百分之几,或者不管他用什么符号吧)。我们站着,当然被空间隔开,都处在愉快的犹疑不定和满怀期待的状态下,我们两个都把我们各自的心捧在手里,两颗心都是那么粉嘟嘟的,怦怦跳着,准备迎接欢乐和痛苦,而且我们都准备把自己的心朝对方的脸上扔过去,就像扔雪球或板球那样(怎么是这样?),或者更准确地说,就像扔鲜血淋漓的大伤口:"接住我的伤口吧。"因为在这种时候,一个人最不可能想说的就是:接住我的伤口吧,求你把我身体一侧的长矛拔出来吧。不,根本不是那么回事;一个人只是希望把自己的伤口扔掉,如此而已。

我打定主意,我必须到电话亭那儿去打个电话,说:C君!——你知道那个笑话吧,就是讲笑话的人不费心相互之间讲笑话,而只是说1号笑话,2号笑话,然后大家就哄堂大笑,或者偷笑,或者恰如其分地咯咯笑上几声……实际上,你可以把这个游戏反过来玩儿,依据一个人发出哪种笑声和那无声的思想相吻合,来猜测讲的是笑话 C(b),还是笑话 A(d)……喂,C 君(我想象自己说),这一类推就算给我们的说明书吧:让我们把整个事情当成是已经读过的,或者已经说过的。我们还是不要互舔伤口吧;我们还是各自保留着各自的心吧。因为 C 君啊,就想想这件事吧,我们各自站在各自的窗前,手里捧着我们各自怦怦直跳的心……这是多么荒谬不堪啊!

就在此刻,亲爱的读者,我被迫放下了电话,深感抱歉。因为我感觉我左手的五根手指头绕着一个很大、很轻又很滑的东西向外推着——很难描述这种感觉,真的。我的手并不大,而在我和 A 君一起吃了午餐,和 B 君喝了茶,接着又在盼望着 C 君之后……我的心一直处于膨胀状态。不管怎么说,我的手指头在拼命地向外扩展,要包住一个未知的、大大的、轻轻的东西,我对 C 君说:对不起,等一下。我朝下一看,我的心就在那里,在我手里。

我只好就此结束谈话。

一则,发现一个人取得了某种常常是渴望了许久的东西,得到得如此轻而易举,就令人惶惶不安。就像我一直就没有尽心竭力,仅仅靠阴差阳错得到想得到的某种东西——不,其中毫无快乐可言,丝毫没有成就感。所以,发现我心脏完好无损,或者更准确地说,发现心脏没了,或者不管怎么说吧,发现不为那该死的东西所累,而且是在如此尴尬的时刻,就在和一个有可能恰巧就是 C 君的男人进行一番想象中的电话通话当中——嘻,没有什么比这更令人恼火的了。

再则,一颗心,活生生的,血淋淋的,刚刚从一个人身体一侧挖出来,并不是一道最美的风景。我是不会不厌其详地描述它的。我感到无比震惊,无比尴尬:这就是那些年来一直在爱着,在跳荡着的那个东西,因为如果我还有一点点主意的话——嘻,这话真是说够了。

我的问题是如何摆脱它。

简单呀,您会说,把它丢进垃圾桶不就得了。

唉,我告诉您吧,这一招儿我试了。我把这东西仔仔细细打量了一番,都快要尴尬死了,就走过去,走到垃圾桶旁边,在那儿设法让它从我手里骨碌下去。可是它不骨碌呀。它还粘上了。我的心就在那儿,一个很大的、红色的、怦怦跳着的、血淋林的、讨人厌的东西,粘在我手指头上。我该怎么办呢?我坐下来,点燃一根烟(用一只手,火柴盒夹在膝盖中间),另一只手上粘着那颗心,我把那只手放在椅子边,这样,血水就会滴落到一个垃圾桶里,我心里思忖着。

> 如果这是一块石头在我手里,一块石头,
> 我就能把它朝一棵树扔过去……

我吸完那根烟,就小心翼翼地揭开一层锡纸,就是煮饭时用来包食物的那种锡纸,把它当外包装,裹住我的心。这绝对是必要的,而且是当务之急。首先,它疼得厉害。毕竟将近四十年里,它一直都有肌肉和肋骨的保护,空气让它受不了。其次,我总不能让一个张三李四王二麻子走进来看到它吧。再次,我自己看它的时间太长了也不行啊,它使我内心充满了羞愧。锡纸还真有效,实际上是相当地立竿见影。锡纸十分柔韧,这会儿似乎有一颗颇具艺术性的心平稳地放在我的掌心,宛如一个球体,在一个闪闪发光的银色的物件里。我几乎觉得我另一只手里需要一柄权杖来平衡它……可问题是,没有其他的言辞来形容它,品位非常低下呀。然后我在手上和包了锡纸的心上裹上一条围巾,这才感觉更安全些了。现在是假装把手弄伤了的问题了,直到我能想出一个办法把我的心彻底除掉,只要不是把我的手锯掉就成。

与此同时,我给C君打电话(真打,不是在想象中打),但他现在再也不能成为C君了。我能感觉到我的心,它在我手指上粘得牢牢的,我能感受到它的每一次跳动和震颤,一想到这一美好的经历现在永远泡汤了,就不禁感到悲从中来。我对他撒了谎,说是得了流感,这谎撒得简直白痴。唉,他一下

子全身僵直,怒火中烧,但却在温文尔雅地掩饰着,这事儿要搁我身上,我也会这么做,他开了个玩笑,就留下一个冷嘲热讽的小刺儿,在精心挑选的最后一句话里刺痛人心。然后我又坐下来,仔细考虑我的整个处境。

我在那里坐着。

我要做什么呢?

我在那里坐着。

我在这里要跳过去大约四天的时间,凭良心说这是生死攸关的,因为我真的不能照我一次一次的心跳把我的记忆都梳理一遍。很遗憾,因为我觉得这篇故事讲的就是这件事;不过简而言之:我拉上窗帘,把电话从挂钩上拿开,打开电灯,把围巾从那个闪闪发光的形状上拿开,然后揭开锡纸;然后仔仔细细地察看这颗心。有五分之二个世纪的经历要梳理,而第一夜还没有过完,我就处于一种难以描述的状态之中了⋯⋯

  或者如果我能把神经从皮肤上扯掉

  就有一张红色的网迅速拽过一片大海去捕鱼⋯⋯

到了第四天头上,我已经精疲力竭了。无论凭着何种意志、意图或渴望,我都无法动那颗心一丝一毫——恰恰相反,它不仅像一块儿吸上去煮化了的糖牢牢地粘到了我手指头上,还长到了我手指和手掌的肉上。

我再一次把它用锡纸和围巾包上,关了电灯,把百叶窗拉上去,打开窗帘。时间大约是上午十点,是伦敦一个普普通通的日子,既不冷也不热,既不晴也不阴,既不阴雨连绵也不阳光灿烂。大街上倒是很有意思,但却算不上美丽,所以呢,我与其说是在看街景,倒不如说是在等着什么东西引起我的注意,同时心里在想着别的什么事。

突然,我听到一阵嗒嗒嗒的响声,而且响声越来越大,尖厉而清晰,我还没有看见她,我就知道了,那是高跟鞋走在人行道上的声音,尽管说是锤子砸在石头上也没问题。她走在我窗户的对面,步履匆匆的,鞋跟敲击着人行道,敲的劲道很大,大街上所有的声音似乎都给吸进那单一的嗒嗒当当里了。她走到大波特兰街拐角的时候,伦敦的两只鸽子呼的一声顺对角线从天而降,速度之快,就像两颗子弹,目标就是要杀死她;接着,两只鸽子一看到她,又呼地飞上去,换个角度飞走了。与此同时她已经转过街角。所有这些写下来都是需要时间的,但正在发生的事情只花了几秒钟:那女人的身体通过鞋跟梆梆敲击着人行道,接着就猛一转身,呈直角转过了街角;而鸽子则以另一个锐角从她转角的地方掠过,呼啦一声迅疾而去。跟所有那些当然都毫无关系,毫无关系——她已经沿大街走了下去,鞋跟踢踢踏踏响个不停,鸽子落在我的窗台上,开始咕咕叫起来。一切都没了,一切都消失了,那声音和行动美妙而准确的协调,但它已经发生过了,它使我快乐过,使我兴奋过,我在这个世界上是没有问题的,我意识到,那颗紧紧粘在我手指上的心很松很松了。我还不能完全让它掉下来,尽管我在围巾和锡纸下面还拽着它,但差不多要掉了。

我明白了,坐着分析这四十年来我心脏的每一个行动,每一次律动或跳荡,是一个错误。我完完全全是走错了道儿:这才是把我那颗殷红的、苦涩的、快乐的心永永远远粘连到我肉上的办法……

> 哈！这么说你以为我完了！你以为……
> 看吧，我会一怒之下把我的心卷起来
> 像一只手球一样扔出去
> 扔到墙上、脸上、栏杆上、雨伞上和鸽子的背上……

不，所有这一切一点儿好处都没有，只能使事情更糟。我必须做的事情是让自己来一场意外的惊喜，可以这么说，就像那女人和鸽子以及鞋跟那尖厉的响声和丝绸般柔软的羽翼那样使我感到意外的惊喜一样。

我穿上外套，把我那鼓鼓囊囊罩着围巾的胳臂放到胸前，这样要是有人说：你的手怎么啦？我就会说：我手指头撞门上了。然后我就下楼到大街上去了。

走在这熙熙攘攘的人群中可是真不容易，我心里一直担心他们在想：那个女人把她的手怎么了？因为这样一来，就很难忘掉我自己。那颗心一直紧贴着我的手指，在刺痛着，跳动着，提醒着我。

我现在到了外面，我不知道该做什么。我应该去和某个人吃午饭呢，还是去公园里逛逛？还是给自己买一件裙子？我决定到圆池那儿去，一个人绕着池子走一圈。我四天四夜没有睡觉，累极了。我在牛津广场站走下去，上了地铁。中午。人一群一群的。我感到不好意思，不过当然了，是不用担心的。我发誓，你就是一丝不挂走在伦敦的大街上也不会有人回头看你一眼。

于是我乘扶梯下去,看着那些从另一侧上来打我面前经过的面孔(我总是这么看);心里纳闷(我心里总是纳闷),多奇怪啊,我和那些人以这样一种方式邂逅,而且奇怪的是,我们永远也不会再次遇见彼此,或者,即使再次见面我们也浑然不知。接着我走上拥挤不堪的站台,像往常一样看着那些面孔,而后进了地铁,车里人满为患,我找到一个座位。情况不像交通高峰期那么糟糕,但是所有的座位都坐满了。我朝后一靠,闭上眼睛,决定睡上一小会儿,太累了。我都快要眯着了,却听到一个女人的声音在嘟嘟囔囔,或者准确地说在慷慨陈词:

> 一个金烟盒,啊,那可是个好东西呀,对不对,我必须说,一个金盒,是的……

这个声音里的某种特质使我睁开了眼睛:在车厢另一侧,离我大约有八个人吧,坐着一个还不算老的女人,身穿一件廉价的绿色布外套,没有戴手套,脚穿一双棕色平跟鞋,一双莱尔线①长筒袜。她肯定相当穷——一个这样子穿着打扮的女人这年头儿可是很少见了。不过,真正吸引我的却是她的坐姿。她坐在座位上,半扭着身子,这样脑袋就扭到了左肩上,她在直勾勾地盯着她旁边一个上了年纪的男人的肚子看。但显然她并没有在看那肚子:她那双年轻的凝视的眼睛是没有光的,她是在朝心里看。

---

① 一种光滑坚韧的棉线,用以织袜子、手套等。

在这拥挤不堪的车厢里,她很显然是孤身一人,所以就不像有人做伴那样地叫人尴尬。我看看四周,人们天性使然,有的在微笑,有的互相交换眼神,有的在眨眼睛,还有人对她视而不见;然而她对我们大家伙儿却毫不注意。

她突然回过神来,转过身,这下子就在座位上坐直了,还将声音和目光都对着对面的座位:

> 哎,这么说这就是你想的,你是那么想的,你是那么想的,对不对,哎,你以为我只会在家里等你,但是你却给了她一个金烟盒,还……

她整个瘦小的身躯钟表发条般动了动,就把她那窄窄的、发色黯淡的脑袋转到左肩膀上,一双呆板空洞的眼睛又死死地盯上了那男人的肚子。他咧嘴笑笑,笑得很不舒服。我朝前倾了倾身子,看了看我坐的那排座位上的人们,她对面那个男人是个小伙子,脸上挂着一样不舒服的表情,但他打定主意要保持快乐。于是我们大家都看着她,看着那个年轻、消瘦、面色苍白的女人演她个人的悲苦戏,她对我们大家完全没有察觉,自顾自大声说话,说出自己的心思。接着,没有特别的征兆或缘由,在站与站之间,这么说并不是因为火车在邦德街站停靠,然后跳荡向前开去而惊扰了她的梦,她朝前扭了扭身子,冲着对面的座位说了起来(年轻的小伙子已经下车,一个派头十足、头发花白卷曲的妇人坐在那里):

> 唉,这事儿我现在全知道了,不是吗,你要是走进来满脸是笑,乐呵呵的,那我就知道了,是不是,你不必告诉

我,我知道,而且我跟她说过了,我说过了,我知道他给了你一个金烟盒……

说到这儿,她还是那样带着钟表发条一样的冲动,住口不讲了,或者是克制住自己,或者只是把话说完了,身子转过去一半,眼睛盯着那个肚子——还是那个肚子,那个中年男人还在那里。然而,我们在大理石拱门站停车,他走了出去,冲着整个车厢,而不是车厢里的人,宽容大度地微微一笑,那意思是说:我敢肯定,我希望你意识到,这个不幸的女人是个目不转睛的、十足的疯子……

他的座位一直空着。在大理石拱门站没有人上车,那两个等座位的人不想坐在她旁边让她盯着看。

我们大家都坐着,温和地看着我们的前面,对自己假装,也互相假装我们不知道这个可怜的女人发疯了,假装实际上我们应该做些什么。我甚至想弄清楚我应该说些什么:太太,您疯了——要不要我送您回家呢?或者:可怜的人儿,可别这样子了,您知道,这样是没有任何好处的——你离开他就是了,那样他就会回归理性了……

看哪,在那阵由她的内部机制调节的间歇过去之后,她转过身,冲着那位派头十足的妇人说了起来,此人以完美的自制力接受了这番指责的话语:

是的,我知道!哦,是的!那么我的鞋子呢,我的鞋子呢?一个金烟盒是她得到的东西,那个臭婊子,一个金烟盒……

住口。扭动身子。盯着看。看她身边那个空座位。

疯得可是非同一般啊。因为那是一份硬邦邦的痛苦,我应该怎么表达呢?一份没有激情的激情——我们在看不幸得到了表现;我们在看某出私人悲剧——或者准确地说,是人类悲剧——的实质。戏里面没有感情。她就像一位演员在演"控诉",或者"薄情"或者"不忠",而她则刚刚学会台词,现在只不过是把台词念对了,别的事儿管他呢。

不管她是半扭着身子坐着,她那一眨不眨的眼睛死死地盯着那绿绿的、毛茸茸的、难看的座罩,还是身子坐直了,把她那番指责的话语全抛向对面那位派头十足的妇人,她身上都有一种可怕的一动不动的东西——是的,这就是她吓坏我们的原因。因为显然,她很可能(假如内部机制出了毛病的话)保持沉默,永远都沉默下去,可能以身子扭曲的姿势,或者以坐直了的姿势,或者以介于两者坐姿之间的姿势——是的,我们大家都可以想象她,以某种任意的姿势身体永远地僵住。那就像我们看着某个女人的躯壳,在表演某种预先设定的动作。

因为她根本就没在那儿。什么东西在那儿,她是谁,都无从得知,尽管很容易想象她那瘦削、温柔的小脸蛋儿绽放出一笑,全然不记得她此刻表演的是什么。她不知道她在大理石拱门站和女王大道站之间的地铁列车上,也不知道她在大庭广众之下责骂她的丈夫或情人,更不知道我们大家都在看她。

我们大家看着她,感到一种尴尬和羞耻,而这一点儿也不是因为她的缘故……

突然间我觉得,在围巾和锡纸的下面,我的手指轻松了,我的心滚开了。

我急忙把它从掌心拿开,以防它再一次决定粘在那儿,我把围巾拿开,在我膝盖上四平八稳地放着一颗完美无缺、颇具艺术性的心,宛如情人节贺卡上的一颗银色的心,不过当然了,这颗心是三维立体的。这颗心倒是没有太大的妨害,不,用的不是这个词,没什么艺术性可言,而是像我说过的,品位非常低下。我能看到,地铁上的人们此刻都在看我和那颗心,没有再看那个可怜的疯女人,而且都对它非常高兴。

我站起身,走了四五步,走到她坐的地方,把那颗包裹在锡纸里的心放在座位上,为的是她能盯着它。

有一阵子她并没有反应,接着发出一声得到解脱,而且完全是戏剧性的悲哀的呻吟,她身子向前一倾,抓起那颗闪闪发亮的心,一把搂进怀里,拥抱它,前后摇晃着它,甚至把脸颊贴到心上去,同时目光从心的上头越过去,瞪着她丈夫,似乎在说:看看我得到了什么,我才不在乎你和你的烟盒呢,我有一颗银色的心。

我站起身,因为我们到诺丁山大门站了,我把人们那快乐的祝贺的点头和微笑留在身后,走出列车,来到站台上,上了扶梯,走到大街上,然后沿着大街走到了公园。

没有心。根本就没有心。多么幸福。多么自由……

> 听见那声音了吗?那是欢笑声,是的。
> 那是我在笑,是的,那是我。

一个男人和两个女人

斯特拉的朋友布拉德福德夫妇在埃塞克斯郡租了一座廉价的小木屋,在那里过夏天,她要去看望他们。她想去看他们来着,不过毫无疑问那间英格兰的小木屋里有一件事让人失望,对他们来说也是如此。去年夏天,斯特拉和丈夫去意大利到处游逛,在一家咖啡店的桌子旁遇见了这对英国夫妇,发现他们挺讨人喜欢。他们相互之间都有好感,于是这四个人就结伴到处走,走了几个礼拜,其间吃饭、住店和出行都共同承担。回到伦敦,他们之间的友谊并没有像预料的那样烟消云散。斯特拉的丈夫经常到国外去,这次他又到国外出差去了,斯特拉就一个人去看杰克和多萝西。她本来有很多人可以看望,但是她最经常去看的却是布拉德福德夫妇,一个星期会见上两三次,要么去他们家,要么是他们来她家。他们在一起相互之间无拘无束。为什么他们会这样呢?呃,其中一个原因是,他们都是搞艺术的——搞的行当不同。斯特拉设计墙纸和材料,算是小有名气了。

布拉德福德夫妇才是真正的艺术家。男的画油画,女的画铅笔画。他们大多数时间都不在英格兰居住,而是在地中海沿岸找便宜的地方住。两人都是英格兰北部的人,上艺术院校的时候相识,二十岁结婚,然后就逃离英格兰,需要英格兰了,就回来;然后又离开:循环往复,已经数年,过着他们那种人当中很多人都过着的生活节奏,需要英格兰,憎恨英格兰,热爱英格兰。有时候他们真的是穷困潦倒,他们就在马略卡岛①、西班牙南部、意大利、北非等地到处跑,靠意面、面包或大米过活,有葡萄美酒,有水果,有阳光,就能活下去。

一位法国评论家看过杰克的作品,突然间他就功成名就了。他在巴黎,然后在伦敦办画展,挣了钱,而今他一收就是好几百英镑,而差不多一年前,他还只能收十个或二十个畿尼呢。这就加深了他对市场价值的鄙视。有一段时间斯特拉以为这就是布拉德福德夫妇和她本人之间的契合点。他们跟她一样,同属于新一代的艺术家(还有诗人、剧作家和小说家),他们有一样东西是共通的,那就是对喧嚣的冷嘲热讽。他们(自以为)跟老一代的艺术家们很不一样,老一代艺术家们有他们的协会,有午餐会,有沙龙,有他们的小圈子:他们的氛围默许对功成名就趋炎附势的人。斯特拉也是靠一时的侥幸而获得成功的。这并不是说她觉得自己没有才华;而是其他和她一样才华横溢的人,却无人赞赏,却没有市场。她和布拉德福德夫妇以及其他趣味相投的艺术家们在一起的时候,他们就会谈到喧嚣,相互之间就会拿来当标尺,或者是当同道的良知,就会谈到让步要让多少,让什么,如何利用人而不被人利

---

① 西班牙东部巴利阿里群岛中最大的岛,首府帕尔马。

用,如何享受,而不会依赖上享受。

当然了,多萝西·布拉德福德可不能这样说,因为她还没有被"发现",她还没有"破茧而出"。有几个有鉴赏力的人买了那些非同寻常的精妙画作,这些画作有一股除非了解多萝西本人,否则难以理解的力量。不过,她可一点儿都不像杰克那样,算是个成功人士。这桩婚姻有一种紧张在这里,尽管一点儿不算严重;这种紧张因了他们都鄙视"喧嚣"那随心所欲的"奖赏"而得以控制。然而,这种紧张就摆在那儿。

斯特拉的丈夫说过:"嗯,这一点我能理解,就像是我和你——你是搞创作的,不管这创作是什么意思吧,而我呢,只是一个该死的电视记者。"这话里面不带刻薄。他是个很不错的记者,此外,有时候还逮住机会拍一部很好的小电影。都是一样的,他和她之间有那份紧张在,正如杰克和妻子之间有那份紧张一样。

过了一段时间,斯特拉在她和这对夫妻之间那情同手足的关系中看到了一些别的东西。那就是,布拉德福德夫妇关系亲密,这种亲密滋生于在异国他乡共度多年,由于穷困潦倒,他们能相依为命。他们的婚姻是真正的有爱的婚姻;只要看他们一眼就能看得出来。现在还是这样子。而斯特拉的婚姻是货真价实的婚姻。她明白,她喜欢跟布拉德福德夫妇在一起,是因为两对夫妻在这方面是旗鼓相当的。这两桩婚姻中的个人都很有实力,都激情澎湃,都才华横溢。他们夫妻之间有一种较量的特质,而这种特质加强了他们之间的关系,而不是削弱他们的关系。

斯特拉为什么过了这么长时间才弄明白这一层,其原因就是布拉德福德夫妇使她思考她自己的婚姻,她已经开始把这桩婚姻当成是理所当然的事了,有时候甚至发现这桩婚姻让人疲惫不堪。通过他们,她搞明白了,有他这样一个丈夫她是多么幸运;他们大家是多么幸运。没有婚姻的痛苦;丝毫没有婚姻的一方成为另一方的受害者(而在朋友们的婚姻中她已司空见惯),恨透了对方;没有外人声称自己是一场不平等较量中的同情者或同盟者。

他们原来计划他们四个人再次结伴出国去意大利或西班牙,可是后来斯特拉的丈夫出国了,多萝西怀孕了。于是就有了埃塞克斯郡的这座小木屋,一个很坏的第二选择,不过他们都觉得,在国内对付一个新生婴儿,至少在第一年里,要好得多。杰克给斯特拉打电话(他说是多萝西特别坚持要他打的),斯特拉就很主动,并接受这份同情心,毕竟只是住在埃塞克斯郡,不是住在马略卡岛或意大利嘛。她接受了这份同情,还因为她丈夫本来预计这个周末回国的,但他打电报说,他要再过一个月才能回来,有可能是这样——委内瑞拉有麻烦。斯特拉并不觉得孤苦伶仃;她并不在乎一个人生活,因为她知道,她的男人会回来的,想到这儿她总是能得到支持。再者说了,要是她自己得到了一个在委内瑞拉"麻烦"一个月的机会,她也不会犹豫的,所以那样子是不公平的……公平,这就是他们关系的特点。都一样的,她能到南方(或者北方)去看望布拉德福德夫妇,就很好。跟他们这样的人在一起,她总能够做她自己,不多,也不少。

她中午时分坐上火车离开伦敦,大包小包的,全是在埃塞克斯郡买不到的吃的东西:意大利香肠啦,奶酪啦,调味品啦,红酒啦。太阳照耀着,但不是特别暖和。她希望那座木屋里能有取暖设备,管它是不是七月份呢。

火车上空荡荡的。那个小站似乎是在一片绿草如茵的某个地方搁浅了似的。她下了车,大包小包的吃的把她弄得很不方便。一个搬运工和一个火车站站长看了看,就走过来帮忙。她是个个子高高的、漂亮的女人,身材丰满;她那柔软的秀发向后梳拢,却一绺一绺地逃离开来,她那一双蓝色的大眼睛流露出无助的神色。她穿的连衣裙是用她自己设计的一种布料做的。一片片硕大的绿叶遍及她整个身体,并且在膝盖处飘荡着。她站着笑盈盈的,习惯于男人们跑过来向她献殷勤,享受着他们欣赏她的样子。她跟他们走到栅栏处,杰克在那里等着,欣赏着这一幕。他个头小小的,精壮,黝黑。他身穿一件蓝绿色夏季的衬衣,抽着烟斗,满脸笑意,在看着。那两个男人把她交到这第三个男人的手里,就吹着口哨离开了,去履行他们各自的职责去了。

杰克和斯特拉吻了吻,然后把脸颊贴在一起。

"吃的呀。"他说,"吃的。"说着接过她拿的包裹。

"这儿情况怎么样,买东西怎么样?"

"买菜还可以吧,我想。"

在这方面杰克还是个北方汉子:在不熟悉的人看来,他显得粗鲁;他这人不扭捏,长这么大就是不喜言谈。此刻,他把胳膊往斯特拉的腰上搂了一下,说:"太棒了,斯特拉,太棒了。"他们继续走着,相互之间都很高兴。斯特拉和杰克之间,她丈夫和多萝西之间,都有过这样的时刻,他们相互之间不用言语就传达着:我要是没有和我丈夫结婚,你要是没有和你妻子结婚,那么,要是能和你结婚那该令人多么高兴啊。这样的时刻是这四边友谊中最快乐的时刻之一。

"你喜不喜欢在这儿住?"

"这是我们讨价还价的结果。"

这话与他平时的言简意赅相比,别有一番意味,她瞥了他一眼,发现他在皱眉。他们朝汽车走过去,车停在一棵树下。

"孩子怎么样?"

"小家伙从来都不睡觉;他都快把我们折腾死了,不过他很好。"

小宝宝六个星期大了。生这个孩子绝对是一大成就:平平安安地怀上,生下来,就花了好几年的时间。像多数独立女性一样,多萝西在要孩子的问题上想法多变。此外,她三十多岁了,她抱怨她各方面都已经定型了。所有这一切——种种困难,多萝西的犹豫不决——加在一起就形成了这样一种气氛,多萝西自己把这种气氛形容为"就像担心一匹该死的马要越过篱笆墙了"。多萝西怀孕期间,常常以轻柔的、断断续续的声音说:"或许我并不真的想要一个孩子?或许我并不适合做一个妈妈?或许……如果是这样……那么怎样才……?"

她说:"直到最近我和杰克都还跟很多人一样,理所当然地认为怀孕是一场灾难,而现在呢,突然间我们认识的所有人都有了小孩子,都有了保姆,而且……或许……如果……"

杰克说:"孩子生下来你就会感觉好些了。"

有一次,在多萝西自言自语唠唠叨叨说了很长时间苦恼不安的话以后,斯特拉听见他说:"好了,说够了,说够了啊,多萝西。"他让她安静下来,把责任全都揽了过去。

他们到了车跟前,钻了进去。车是最近才买的二手货。"他们"(说的是新闻媒体,一般来说是敌人)"等我们"(指的是挣了钱的艺术家或作家)"买招摇的汽车呢"。他们讨论过这件事,认为如果他们想买却不买一辆昂贵的汽车就会是让自己受人欺侮;但还是买了辆二手车。很显然,杰克不想让他们那么称心如意。

"实际上我们本来走路就行的。"他说,他们开车噌地蹿上了一条窄窄的小路,"不过,带着这么多杂七杂八的东西,那还是开车的好。"

"孩子让你们这么不省心,那就不大可能有很多时间做饭了。"多萝西饭菜做得很好。然而此刻空气中弥漫着某种东西,他说:"现在吃得肯定不太好了。斯特尔①,晚上你来做饭,我们就可以饱餐一顿了。"

多萝西不喜欢有任何人在她的厨房里,除非要做某些具体的活儿,除非是她丈夫;所以这话是出人意料的。

"实际情况是,多萝西给折腾坏了。"他接着说,现在斯特拉才明白他这是在警告她呢。

---

① 斯特拉的昵称。

"唉,是很累人。"斯特拉安慰说。

"你当时也是那样子吗?"

"是那样子"比只说"折腾坏了""累坏了"更能说明问题,斯特拉明白,杰克实际上是很不自在。她开玩笑地抱怨说:"你们俩总是希望我想起一百年前发生的事儿。让我想想啊……"

她十八岁就结婚了,马上就怀孕了。她丈夫离开了她。不久她嫁给了菲利普,他跟前妻也有一个小孩子。她女儿十七岁,他儿子二十岁,这两个孩子是一起长大的。

她记得自己那年十九岁,一个人孤苦伶仃的,还带着一个小婴儿。"唉,我孤苦伶仃的。"她说,"那件事对我影响很大。我记得我精疲力竭了。是的,我动不动就发火,蛮不讲理。"

"是啊。"杰克说着,不情愿地瞥了她一眼。

"好了,不用担心。"她说,像往常一样大声回答杰克没大声说出口的事。

"好的。"他说。

斯特拉想起来她在医院病房里看见多萝西跟这个新生儿在一起的情景。她在床上坐了起来,穿着一件漂亮的居家上衣,宝宝就在她身旁的一个摇篮里。他动来动去,没个消停。杰克站在摇篮和病床中间,一只大手放在儿子的肚子上。宝宝咕咕哝哝的,他就说道:"嘿,小家伙儿,你把嘴给我闭上。"接着,他把孩子抱起来,仿佛他一直都这样做一样,让他趴在他的肩膀上,多萝西伸出胳臂,杰克就把孩子放进她怀里去了。"这么说是想要妈妈了? 不怪你啊。"

那一幕,那份自然,父母两个人在一起的那个样子,在斯特拉看来,使得多萝西那几个月来的自我怀疑,都成了废话。至于多萝西本人呢,拙劣地模仿着说那意料之中的话,但却是真心话:"他是全世界最漂亮的小宝宝。我都无法想象我以前怎么就没要他呢。"

"小木屋就在那儿。"杰克说。他们前头就是一座农民劳作的小木屋,掩映在满目的绿树中,周围是绿油油的青草。木屋油漆成了白色,有四扇亮闪闪的窗户。木屋旁边是一座长棚或者结构,原来是花房。

"房主过去种西红柿。"杰克说,"如今是画室。"

汽车停在另一棵树下。

"我能不能这就到画室去看看?"

"请自便。"斯特拉走进那座长长的、玻璃顶的棚子。在伦敦,杰克和多萝西就共用一间画室。他们跑遍地中海沿岸,一直共用小屋、棚子,随便哪种能工作的建筑。他们总是并肩工作。多萝西那一头干净整洁,细腻雅致,杰克那一头则胡乱堆放着巨大的画布,他就在乱糟糟的东西当中工作。现在,斯特拉要看看这种友好的安排是不是延续着。但是,杰克在她身后走进来,说:"多萝西还没有调整好自己。我跟你说,我怀念她呀。"

花房还在部分起着作用:支架在花房的两头,上面摆放着花草。这里面花木茂盛,温度适宜。

"太阳真的照过来的时候,热得要死,不过也算有所收获。多萝西有时候抱保罗进来,这样他小小年纪就能适应一种宜人的气候。"

多萝西走进来,远远地站在那一头,没有抱孩子。她身材已经恢复了。她是个小巧玲珑、长着一头黑发的女子,四肢长得纤巧。她脸色很白,嘴唇红润,唇形不太规则。眉毛黑黑的,有光泽,眉形有点儿弯。所以,她虽说长得不算漂亮,却生性活泼,容貌动人。她和斯特拉有很多时候在一起,她们从她们之间那鲜明的对比之中获得乐趣,一个女人块头那么大,性情那么温柔,秀发是那么金黄,而另一个女人发色那么黑,那么活泼。

多萝西穿过一缕缕阳光走上前来,停下脚步,说:"斯特拉,你来了我真高兴。"然后又向前走,离他们有几步远,她站住看着他们。"你们俩在一起看着真好啊。"她边说边皱了皱眉。这两句话里都有一些沉重的、过分强调的东西,斯特拉说:"我想知道杰克都在忙着画什么。"

"很好,我觉得。"多萝西说着,走过来看那画架上的新画布。画的是阳光照着的岩石,棕色的,光溜溜的,还有湛蓝的天空,湛蓝的海水,人们在粼粼的波光中游泳。杰克在南方的时候,他画的画,用他妻子的话说就是"尘土、污垢和痛苦"——这也是他们两个用来形容他们共同的童年时代时用的词句。他在英格兰的时候,就画这样的场面。

"喜欢吗?画得很好,是吧?"多萝西说。

"非常喜欢。"斯特拉说。她总是把杰克外在的自我和像这样赏心悦目、画风明朗的画作做比较,并从中获得快乐。这个身材矮小、沉默寡言的男人,要是被扔进一群工厂的工人里面,就比如曼彻斯特工厂的工人里面吧,转眼就会消失得无影无踪。

"你呢?"斯特拉问。

"生孩子把我身上一切有创造性的东西都给扼杀了——跟怀孕的时候大不相同喽。"多萝西说,但不是在发牢骚。她怀孕的时候可是像个魔鬼一样疯狂工作的。

"有点儿良心吧。"杰克说,"他可是刚刚生下来。"

"哼,我不在乎。"多萝西说,"这就是好笑的部分,我不在乎。"她说这话的口气很平淡,很无所谓。她似乎又隔着一小段距离,在忧心忡忡地看着他们两个。"你们两个在一起看着真好啊。"她说着,又端过来那把小茶壶。

"喂,喝点茶怎么样?"杰克说,多萝西立即就说,"我一听见汽车响就泡上了。我觉得在里面喝更好,在太阳底下真的不太热。"她说着领头出了花房,她那白色的亚麻连衣裙飘散在上面玻璃窗射下来的一块块菱形的黄色光斑里,这让斯特拉想起杰克的新画作中那游泳者白皙的四肢在阳光下消解掉的情景。这两个人的作品总是让人以各种方式由此人想到彼人,或者由此人的画想到彼人的画:他们两个人的婚姻生活是如此相濡以沫,如此亲密无间。

穿过小木屋门前那片深草地所花的时间就足以说明多萝西所言不差:太阳底下真的是很冷。里面开了两台电暖器,就弥补了寒冷。楼下原先有两个小房间,但他们把中间的界墙推倒,就成了一个漂亮的房间,天花板很低,石头地面,墙面刷白。一张茶几,上面铺着紫色格子桌布,放在离一扇窗户不远的地方,等人们落座,透过干干净净的玻璃窗,花丛和树木一览无余。景色迷人。他们调整一下电暖器,让自己安顿下来,这样,他们就能透过玻璃窗,欣赏英格兰的乡村景色了。斯特拉寻找小宝宝;多萝西说:"在后面的婴儿车里呢。"接着她问:"你的小宝宝那时候哭得厉不厉害?"

斯特拉哈哈一笑,又说:"我看看还能不能想起来哈。"

"你有的是经验,我们希望你多引导,多指导呢。"杰克说。

"据我能想起来的哈,她有三个月简直就是一个小魔鬼,我看不出是什么原因,后来她突然之间就变成文明人儿了。"

"坚持三个月。"杰克说。

"还有六个星期。"多萝西说,拿茶杯的样子无精打采、心不在焉,斯特拉发现这是新情况。

"发现日子很难熬吗?"

"我长这么大还从来没有感觉这么好过。"多萝西立马说,仿佛受到了责备一样。

"你看上去气色不错。"

她看着有点儿疲倦,仅此而已;斯特拉看不出来,杰克有什么理由要警告她。除非他指的是无精打采,关注自我的神情?她那份活泼如今黯然失色,那曾是她不失友好的咄咄逼人,是她头脑活跃的表现。她坐着,身子深深地斜靠在一把扶手椅上,茫然地微笑着,事情都让杰克做。

"过一会儿我就把他抱过来。"她说,倾听着后面阳光灿烂的花园里的一片寂静。

"让他安生会儿吧。"杰克说,"他可是难得安生一会儿。放心吧,老婆,抽支烟。"

他给她点燃一支烟,她还是以那一副茫然的样子接了过来,坐着呼出一口烟,双眼微微闭着。

"你有没有收到菲利普的信?"她问,不是出于礼貌,而是蓦然间一副打破砂锅问到底的架势。

"她当然收到了,她收到一封电报。"杰克说。

"我想知道她有什么感想。"多萝西说,"斯特尔,你有什么感想?"她一直都在听宝宝的动静。

"对什么事的感想?"

"他不回来呀。"

"可他是要回来的,只不过一个月而已。"斯特拉说,而且出乎意料地听出来,她的声音听起来有些尖刻。

"你看吧?"多萝西对杰克说,她指的是那些话,不是话里的尖刻。

看来他们两个早就讨论过她和菲利普,斯特拉先是感到快乐:有两个这么好的朋友理解,是莫大的快乐;接着她想起杰克的警告,又觉得不舒服了。

"看什么?"她微笑着问多萝西。

"这话现在说够了啊。"杰克对妻子说,话音里闪过一丝固执的怒气,交谈已经开始,这一丝怒气一直持续着。

多萝西听从丈夫的指示,安静了一会儿,接着似乎觉得有必要继续谈下去:"我一直在想啊,你丈夫出去一段时间,然后回来,这样肯定是挺好的。你意识到了没有,我和杰克自打结婚就没有分开过?这都十多年了。你难道不觉得两个大人像一对连体双胞胎似的一直腻在一起很可怕吗?"这句话说到最后,变成了真诚地向斯特拉哭诉。

"不觉得,我倒觉得这挺好的。"

"不过,你这么长时间都是一个人,你不介意吗?"

"也没有那么长时间;一年也就两三个月吧。呃,我当然介意了。不过,我喜欢一个人待着,真的。话说回来了,要是我们一直都在一起,我也会喜欢的。我羡慕你们俩。"斯特拉吃惊地发现,一可怜自己,眼睛就湿润了,因为丈夫不在身边,她还要再将就一个月。

"他怎么想?"多萝西不依不饶地问,"菲利普怎么想呢?"

斯特拉说:"是这样,我想他是喜欢时不时地离开一段时间的——是的。他喜欢亲密,他享受其中,可是对他来说,没法儿像我那么自在地享受亲密。"这话她以前从来没有说过,因为她从来没有想到过这一层。她对自己有点恼火,因为她不得不等到多萝西提醒才想到这一层。然而她知道,多萝西现在处于这样一种状态,不管这是什么状态吧,恼火是她不能做的事。她瞥了杰克一眼,求他指点一下,可是他只顾抽他的烟斗。

"啊,我很像菲利普。"多萝西说,"是的。要是杰克有时候离开一下,我会求之不得的。我想,我跟杰克日复一日,年复一年地关在一起,我都要给憋闷死了。"

"谢谢。"杰克说,话不多,但心情很好。

"不,我说的是真话。两个大人,从来是连一秒钟都不走出对方的视线,这是不是有点儿太丢人了。"

"我说,"杰克说,"等保罗长大一点儿了,你就赶紧离开个把月,等你回来你就会更喜欢我喽。"

"并不是说我不喜欢你,压根儿不是那么回事。"多萝西说,语气坚定,几乎是尖叫了,很显然是坐立不安了。她那无精打采的样子完全不见了,胳膊腿儿也扯着,动着。恰在这时,小宝宝仿佛是爸爸一提到他,就受到了触动,哇地哭了一声。杰克站起身,先妻子一步,说:"我去抱他。"

多萝西坐着,倾听着她丈夫去抱孩子的动作,直到他回来。他回来时,孩子趴在他肩膀上,他腾出一只手,像模像样地抱住孩子。他坐下来,让儿子滑到他胸口,说:"乖,好了,你给我闭上嘴,让我们大家伙儿多清净一会儿。"小宝宝抬头看着他的脸,满脸是一个新生儿那惊奇的表情,多萝西坐着,冲着他们爷俩微笑。斯特拉明白了,她坐立不安,她身子不停地扭过来,转过去,都说明她很想——更确切地说,是需要——把孩子抱进她怀里,让他的身体贴着她自己的身体。杰克似乎感觉到了这点,因为斯特拉可以发誓,他站起身,把孩子递到妻子的怀里,靠的不是一个自觉的决定。她的肉体,她的需求,无须言语,就直接言说给他了,而他立即就站起来把她想要的东西交给她。他们夫妻之间这种凭直觉的无言的交谈使得斯特拉疯狂地思念自己的丈夫,满含对命运的憎恨,是命运使他们两人这样经常地分离。她想念菲利普。

与此同时,多萝西呢,这会儿孩子柔软地趴在她胸口,一双小脚丫在她手里,显得非常惬意。斯特拉看着,一些她早已忘得一干二净的往事又涌上心头:她女儿还是个小婴儿的时候,她自己和女儿之间那亲密无间、难分难舍的骨肉亲情。看到多萝西拍着那个小脑袋的样子,她就看出来这份亲情,那小家伙抬头看着妈妈的面庞,脑袋在脖子上一颤一颤的。唉,她想起来了,生下一个新生儿,就宛如坠入了情网。那种种早已遗忘、早就不再使用的直觉,全都在斯特拉身上觉醒了。她点燃一根烟,收敛一下自己的情绪,让自己安静下来,欣赏另一个女人和自己的小宝宝坠入情网的模样,而不是对她心生妒意。

太阳慢慢落进了树林,照在玻璃窗上,一束黄黄的、白白的光线照进屋子里,特别是照到了多萝西那白色的连衣裙上和小宝宝身上。此情此景又使斯特拉想起杰克那幅画,画上那些白胳膊白腿儿的游泳者在阳光普照的海水里游泳。多萝西用手遮住孩子的眼,梦幻般喃喃地说:"这可比任何男人都好,是不是,斯特尔?是不是比任何男人都好呀?"

"呃——不是的。"斯特拉哈哈笑着说,"不是,好不了多长时间。"

"你要是这么说,你应该知道……可是,我怎么都想象不出来……告诉我,斯特尔,你的菲利普出门在外的,有没有外遇?"

"天哪!"杰克说,他生气了。但他克制住,没有发作。

"有啊,我敢肯定他有外遇。"

"你介不介意呢?"多萝西问,她的手掌握住孩子的小脚丫,爱怜地抚摸着。

此时，斯特拉被逼着去回想，回想起自己曾经介意过，介意着，忍受着，回想起她现在已不介意的种种方法。

"我不想这种事儿。"她说。

"嗯，我想我是不会介意的。"多萝西说。

"你让我知道了，我谢谢你。"杰克说，话很短，尽管心里老大不情愿。接着他让自己哈哈笑了起来。

"那你呢，菲利普出门在外的时候，你有没有过外遇？"

"有时候有吧。算不上什么外遇。"

"你知道吗，杰克这个礼拜就对我不忠了。"多萝西说，冲孩子微笑着。

"你有完没完！"杰克说，真的生气了。

"没有，没完，没有完。因为可怕的是，我不在乎。"

"喂，在那种情况下，你怎么会在乎呢？"杰克转向斯特拉，"有一个傻×女人伊迪丝夫人，就住在那块地的对面。有几位真正的活生生的艺术家住在她那条小巷，她就激动得不得了。唉，多萝西很幸运哪，她带着孩子，就有借口不去，可是我呢，就得去参加她那种傻乎乎的聚会。大家都放开了酒量大喝特喝——都是些最不可思议的人物——你知道。假如你在小说中读到他们，你根本就不会相信……可是，过了大约十二点钟我就不大记得了。"

"你知道出什么事儿了吗？"多萝西说，"我当时在给孩子喂奶，天还特别地早。杰克在床上直直地坐起来，说：'天哪，多萝西，我刚刚想起来了，我在伊迪丝夫人那个傻×女人的锦缎沙发上把她给操了。'"

斯特拉哈哈大笑起来。杰克也憋不住笑出声来。多萝西笑着,咯咯笑,笑得肆无忌惮,一副欣赏的样子。笑完了她严肃地说:"可是这问题就在这儿,斯特拉——问题就是,我他妈的一丁点儿都不在乎。"

"可是你干吗要在乎呢?"斯特拉反问道。

"不过,那是他头一回有外遇,我肯定该在乎吧?"

"这种事儿啊,可不要底气太足了。"杰克说着,劲头十足地抽着烟斗,"别底气太足了。"不过这话只是流于形式而已,多萝西心知肚明,她说:"斯特尔,我肯定该在乎吧?"

"不。你和杰克要不是这么美好地在一起,你会在乎的。就像我和菲利普,我也会在乎,要是我们没有……"眼泪顺着她的脸颊流淌下来。她就任其流淌。这些是她的好朋友;再者说了,直觉告诉她,眼泪不是个坏东西,况且,多萝西现在是这种情绪。她抽抽搭搭地说:"菲利普一回到家,头一两天我们俩总会吵上一架,为一点鸡毛蒜皮的小事而大为光火,但真正火的是什么,我们心里都明白,那就是他不管有什么样的外遇,我都嫉妒,反过来也一样。然后我们就会上床,重修旧好。"想到这份幸福,她哭了,哭得很伤心,这幸福要延迟一个月,会继之以他们日常生活中那幸福的较量。

"噢,斯特拉。"杰克说,"斯特尔……"他站起来,掏出一块手绢,轻轻地给她擦眼睛。"好了,宝贝儿,他很快就回来了。"

"是的,我知道。只是你们俩在一起是这么美好,每当我跟你们在一起的时候,我就想念菲利普。"

"哟,我猜我们俩在一起很美好喽?"多萝西说,那口气好像很意外。杰克正弯腰给斯特拉擦眼泪,背对着妻子,他扮了个怪相,算是警告,然后直起腰,转过身,掌控着局面。"快六点了。你最好给保罗喂奶。斯特拉要去做晚饭了。"

"是吗?多好哇。"多萝西说,"斯特拉,厨房里什么都有。有人伺候着,多快乐呀。"

"我带你参观一下我们的大宅子。"杰克说。

楼上是两个白色的小房间。一间是卧室,里面放着他们和小宝宝的东西。另一间是侧翼房,里面塞满了杂七杂八的东西。杰克从那张闲置的大床上拿起一个很大的皮革文件夹,说:"看看这些,斯特尔。"他站在窗前,背对着她,大拇指在摆弄着烟斗,两眼朝花园里望去。斯特拉坐在床上,打开文件夹,立即惊叫起来:"这些东西她是什么时间弄出来的呀?"

"她怀孕的最后三个月。从来没有见过任何像这样的东西,但她就是一张接着一张画出来了。"

有好几百张,都是铅笔画,表现的是两副肉体在平衡、紧张的关系里,摆出的各种姿态。那两副肉体是杰克和多萝西的,大多都没有穿衣服,但不全是。这些画惊世骇俗,不仅仅是因为标志着多萝西的成就真正向前跳跃了一步,更是因为这些画那份大胆的性感。它们是对他们的婚姻的一种颂歌或礼赞。那份本能的亲密,杰克和多萝西之间的那份和谐,从他们做的每个动作都看得出来,不管是他们走向对方,还是离开对方,哪怕他们不在一起,都能看得出来,这份亲密,这份和谐,以诚实而平静的欢欣得到颂扬。

"其中的一些画画得太露骨了。"杰克说,他身上北方劳苦人家的孩子那劲儿复活了,有那么一瞬间显露了清教徒般的禁欲气质。

不过斯特拉哈哈笑了起来,因为这份拘谨掩饰着自豪:其中的一些画是过分暴露的。

系列画的最后几张是这个女人怀孕,肚子鼓胀起来的样子。它们表现出她对丈夫的信赖,丈夫的身体指挥着她的身体,或站或躺,姿势都是那么有力,那么自信。

最后一张,多萝西站着,扭过身背对着丈夫,两只手托着大肚子,而杰克的手放在她肩膀上,保护着她。

"这些画棒极了。"斯特拉说。

"是啊,是棒极了。"

斯特拉哈哈笑着,满含爱意朝杰克望去;她看出来了,他让她看多萝西的画,不仅仅是他对妻子的才华感到骄傲,而且在用这种方式告诉斯特拉,不要把多萝西的情绪太当回事。也是为了让自己振作起来。她冲动地说:"嗯,那么说是没事儿了,对不对?"

"什么?哦,对,我明白你的意思,是的,我想是没事儿了。"

"你知道吗?"斯特拉说着,声音低了下来,"我觉得,多萝西觉得愧疚,因为她觉得她对你不忠。"

"什么?"

"不是,我的意思是,有了孩子,就是这么回事儿。"

他转身面对着她,愁容满面,然后慢慢地绽开了笑容。那份笑容里有着同样丰富而肆无忌惮的欣赏的特质,就像多萝西对丈夫和伊迪丝夫人的事儿那哈哈一笑一样。"你这么想?"他们两个说着都朗声大笑,笑得毫不压抑。

"在笑什么呢?"多萝西大声喊着问。

"我在笑你的画画得这么好。"斯特拉大声说。

"是呀,是画得不错,对不对?"然而,多萝西的话音变得平淡,变得不敢相信:"问题是,我想象不出来我怎么就画出来了,我无法想象我再画一遍,我再也画不出来了。"

"下楼吧。"杰克对斯特拉说,他们下楼,发现多萝西在给孩子喂奶。他把全身的劲儿都用上了,浑身上下动弹个不停。他两个小拳头捶打着多萝西那丰满而美丽的乳房,在全力对付它。杰克朝下看着他们娘儿俩,咧嘴笑了。看着多萝西这副模样,斯特拉想起一只猫,半闭着黄色的眼睛,盯着它的小猫崽们在它身旁吃奶,而它则伸出一只爪子,那些指甲伸出来,再缩回去,在它躺着的地毯上发出轻微的嘶嘶啦啦的声音。

"你是个野蛮的家伙。"斯特拉说着哈哈大笑。

多萝西抬起她那生动的小脸儿,微微一笑。"是的,我就是。"她说罢,两眼越过劲头十足的宝宝,隔着一定的距离,平静地打量着他们两个人。

斯特拉在一间石头搭起的厨房里做晚饭,用的电炉是杰克带来的,这样做饭还算是能忍受得了。她不辞劳苦带来的好吃食,都派上了用场。过了一会儿,饭做好了,然后他们三个人围着一张很大的木头桌子慢慢地吃着。孩子没睡。他在地板上的一张垫子上咕咕哝哝好一会儿了,然后,爸爸抱了他一会儿,然后照他早先的做法,把孩子递给妈妈抱,为的是满足她要孩子依偎着她的需求。

"我应该让他哭上一会儿的。"多萝西说,"可是他为什么要哭呀？如果他是个阿拉伯宝宝或者非洲宝宝,他就会黏在我背上了。"

"那样也很好啊。"杰克说,"我认为他们出来得太早了,太早就来到了光天化日之下；他们就应该在里面待着,待上大约十八个月,那样比到处爬好得多。"

"有点儿良心吧。"多萝西和斯特拉齐声说道,然后就哈哈笑起来；不过,多萝西一本正经地加了一句:"是呀,我一直也这么想。"

他们这顿饭吃的时间很长,自始至终都洋溢着这种美好的气氛。外面光线转凉了,变暗了；而在屋里面,他们并没有开灯,让夏日的暮色缓缓变深。

"我很快就得走了。"斯特拉不无遗憾地说。

"噢,不,你得留下来!"多萝西说,话音有点尖厉了。那个曾使杰克和多萝西关系一度紧张,剑拔弩张的女人归来了,来得那么突然。

"我们都以为菲利普就要回来了。孩子们明天晚上回来,他们一直在度假。"

"那就住到明天再走,我要你留下来。"多萝西说着,使起了性子。

"可是不行啊。"斯特拉说。

"我从来没有想过我会想要另一个女人在身边转,在我的厨房里做饭,照看我,可是我现在这么想了。"多萝西说,很显然是要哭了。

"喂,亲爱的,那你就得忍受我了。"杰克说。

"你会介意吗,斯特尔?"

"介意什么?"斯特拉谨慎地问。

"你有没有发现杰克很有魅力?"

"非常有魅力。"

"嗯,我就知道你发现了。杰克,你有没有发现斯特拉很有魅力呢?"

"考验我呢。"杰克咧嘴笑笑说,但同时给斯特拉使眼色,让她不要上当。

"那就好了!"多萝西说。

"三个人弄一个家庭①?"斯特拉问道,说完哈哈大笑,"那我的菲利普怎么办呢?把他安插在哪儿呢?"

"嗯,要是说到这个问题嘛,我本人是不介意菲利普的。"多萝西说,那浓黑、漂亮的眉毛拧在一起,皱起了眉。

斯特拉想到自己的丈夫那么帅气,就说:"我不责怪你。"

"就一个月,一直到他回来。"多萝西说,"我跟你们讲,这座傻乎乎的小木屋我们不要了,我们一开始就死守在英格兰,一定是疯了。我们三个人,带上小宝宝,这就打点行装,起身去西班牙,或者意大利。"

---

① 原文为法语。

"别的还有什么?"杰克问,不管怎样脾气一直都很好,反正他在抽烟斗,拿烟斗当安全阀。

"是的,我已经打定主意了,我赞成一夫多妻制。"多萝西宣称。她解开衣裙,宝宝又开始吃奶了,这次吃得很安静,放松地依靠着她。她拍拍他的脑袋,拍得很轻很轻,而她的声音却提高了,冲着另外那两个人坚持说:"这件事我以前从来都不明白,但现在明白了。我当大老婆,你们俩可以照顾我。"

"还有别的计划吗?"杰克问,现在生气了,"你只要时不时地光临寒舍,看我和斯特拉一试风情,对吗? 或者你会告诉我们,什么时间可以走开,去干那事儿,恩准我们云雨一番?"

"啊,我才不管你们干什么呢,重点就在这儿。"多萝西说着,叹了口气,然而那语气却透着凄苦悲凉。

杰克和斯特拉坐着,等着,小心着不对视。

"我昨天在报纸上看到个东西,很有感触。"多萝西说,像是在拉家常,"一个男人和两个女人生活在一起——就在这儿,在英格兰。她们两个都是他的老婆,她们认为她们是他的老婆。大老婆生了个孩子,小老婆陪他睡觉——嗯,看情况像是这样,从字里行间读得出来。"

"你最好别再从字里行间读出什么东西了。"杰克说,"这对你没有任何好处。"

"是没有好处,可我想这样。"多萝西坚持道,"我认为我们的婚姻是荒唐的。非洲人,还有类似他们的人,他们才更懂,他们才有理性。"

"我要是真的跟斯特拉做爱了,我倒想看见你的模样。"

杰克说。

"是!"斯特拉说着,哈哈一笑,这笑违背她的意志,笑得满含怨恨。

"可我是不会介意的。"多萝西说,眼泪喷涌而出。

"好了,多萝西,说够了啊。"杰克说。他站起身,接过孩子,孩子这会儿机械地吮吸着奶头。杰克说:"现在你听着,你就上楼,你要睡觉了。这小臭家伙吃得饱饱的了,他会睡上几个钟头的,我敢打赌。"

"我不觉得困。"多萝西抽抽搭搭地说。

"那好,我给你吃一片安眠药。"

接着开始搜寻安眠药。一片也没找到。

"我们过的就是这种日子。"多萝西号啕痛哭,"我们家连一粒安眠药都没有……斯特拉,我希望你留下来,我是真心实意的。你为什么不能留下来呢?"

"斯特拉待会儿就要走了,我要送她去火车站。"杰克说。他往一个玻璃杯里倒了些苏格兰威士忌,递给妻子,说:"喏,把它喝了,亲爱的,这事儿就算完了。听得我越来越烦。"他说话的口气显得不耐烦了。

多萝西顺从地喝了苏格兰威士忌酒,跟跟跄跄地从椅子上站起来,慢腾腾地朝楼上走去。"别让他哭啊。"她命令道,说完就不见人了。

"啊,你个蠢女人!"他在她身后喊,"我什么时候让他哭了?喂,你先抱一下。"他对斯特拉说,把孩子递给了她。他跑上楼去。

斯特拉怀抱着孩子。多萝西最近产生了强烈的占有欲，另一个女人一抱她的孩子，她就感到不自在；自打斯特拉感受到她有多么不自在以来，这几乎是她头一回抱这孩子。她低头看着那张困倦的红扑扑的小脸蛋儿，柔声说："唉，你惹了多少麻烦呀，是不是？"

杰克从楼上大喊："到楼上来一下，斯特拉。"她抱着孩子，来到楼上。多萝西在床上蜷缩着，喝了酒，醉意蒙眬的，床头灯给扭了过去，没有照着她。她看着小宝宝，但杰克把宝宝接了过去。

"杰克说我是个蠢女人。"多萝西对斯特拉说，话里带着歉意。

"嗯，别往心里去，你很快感觉就不一样了。"

"我猜是这样，如果你这么说的话。好了，我是要睡觉了。"多萝西说，声音低低的，带着固执，带着哀伤。她翻过身，背对着他们。在她歇斯底里的最后一次小发作中，她说："你们两个干吗不一起步行去车站呢？这夜色多美好啊！"

"我们就是要步行的。"杰克说，"不用担心。"

她发出一声轻微的笑声，但没有翻身。杰克小心翼翼地把现在已经熟睡的孩子放到床上，离多萝西大约一英尺。她突然扭动身子，直到她那白皙的小脊梁挑衅般地碰到裹着她儿子的毛毯卷。

杰克朝斯特拉扬了扬眉毛；但斯特拉却在看母子俩，她那回忆的神经充满了甜蜜的温馨。这个女人既然拥有这样的快乐，她有什么权利这样子折磨自己的丈夫，折磨自己的朋友？

她有什么权利这样子指望他们体面？

她对自己的这些想法感到吃惊,就走开,下了楼,站在通向花园的门口,紧闭双眼,硬生生地克制着自己不让眼泪流下来。

她感觉到裸露的胳膊上一阵温暖——是杰克的手。她睁开眼睛,看见他低头望着她,满脸的关切。

"我要是真的拉着你到那树丛里去,那就是多萝西活该了……"

"不用硬拉着我。"他说。尽管这话有这种场合所要求的玩笑的成分,但她感觉得到,他那份严肃使他们两个人都陷入了危险的境地。

他手上的暖流滑过她的脊背,她在手掌的压力下转身面向他。他们站在一起,脸颊贴着脸颊,皮肤和头发的芬芳和暖烘烘的青草和树叶的气味混合在一起。

她想:现在要发生的事会把多萝西、杰克,还有那个小宝宝彻底毁了的;我的婚姻也就完了;我会把一切都炸得七零八落。这其中有着几乎是无法控制的快乐。

她看见多萝西、杰克、小宝宝、她丈夫和两个半大的孩子都四散开来,都旋转着从天空中坠下,宛如爆炸之后的无数残片。

杰克的嘴顺着她的脸颊向她的嘴移动,在快乐中要把她整个身心都融化了。她眼睛闭着,脑海中浮现出楼上裹在襁褓里的宝宝,就从这种情景中撤了出来,使劲儿地骂着:"该死的多萝西,她该死,她该死,我想把她给杀了……"

而他呢,在回应中爆发,用低沉的、怒火万丈的声音说:"你们两个该死的女人!我倒想把你们两个那该死的脖子都给拧下来……"

他们两个人的脸相距一英尺的样子,眼睛互相盯视着,充满敌意。她觉得,她要不是脑海中浮现了那个无助的小宝宝,他们两个这会儿恐怕已经在对方的怀抱里了——像一对发电机一样产生出柔情和欲望,她心里暗想,浑身冒着干火,颤抖着。

"我要是不走的话,就赶不上火车了。"她说。

"我去给你拿外套。"他说完,就进屋去了,把她一个人留在空荡荡的花园里,毫无防备。

他出来,把外套裹在她身上,没有碰她,他说:"来吧,我开车送你。"他在她前头走开,朝汽车走过去。她顺从地跟在后面,从疏于修剪的草地上走过。那真是一个美好的夜晚。

一个房间

这套公寓房有四个纸盒一样的小房间,我第一次走进去的时候,卧室粉刷成了浅浅的粉红色,只有壁炉那边的墙不一样,上面贴了一张花里胡哨的粉蓝色的墙纸。木制品是一种深紫色,近乎黑色。这种油漆是伦敦西区一家很大的装潢店卖的,叫"比尔贝里"牌。

在我之前是两个女孩儿住这套房子。一眼就看得出,花不了多少钱,因为地毯上到处是窟窿眼儿,墙壁上贴的是旅游海报。楼上那个女人对我说,她们两个经常举办晚会,一搞就是一个通宵。"不过我喜欢听见她们说话,我喜欢生活中弄出点儿响动来。"她是在责备。我并不经常给她举办晚会。那两个女孩儿沿袭这套房子的老做法,没有留下转寄地址。多年来,还经常有这样的事情发生:门铃响了,有人找"安格斯·福格森——我想他是在这儿住吧?"或者梅特兰一家在这吗?道兰太太呢?年轻的凯茨比夫妇呢?所有这些人,可能还有其他很多人,都在这套房子里住过,然后搬走了,什么东西都没有留下。我对他们一无所知,这栋楼里的其他任何人也都不了解他们,尽管他们当中有些人在这儿住了好些年。

我发现粉红色太过张扬,在白色的墙壁上出了几次差错之后,只留下紫红色,或者叫比尔贝里牌油漆,木制品。刚开始我用的是灰色窗帘,后来换成了蓝色。我的床在窗户下面。有一张书桌,我本意是要在书桌上写作的,可桌子上总是放着杂七杂八的文件。所以,我就在客厅里或者厨房的饭桌上写作。不过呢,我很多时间都是在卧室里度过的。床是看书、思考,或者无所事事最好的地方。它是我的房间;就是在这里我觉得我是活着的,尽管屋内格局很差,好多方面都只能说是丑陋不堪。比方说吧,壁炉是铁的——一个鼓鼓囊囊、疙里疙瘩的装饰性的黑家伙。那两个女孩儿原来就没有管那个壁炉,还是照原样放着,在开阔处使用一架小煤气炉。我油漆了一块挡板,从天花板一直往下刷成了深紫色,这样一来,壁炉以及壁炉上面那个小小的厚板架就会给同化了。由于我没办法把整个墙壁都涂成深紫色,那样的话,到了夜里整面墙壁看上去都是黑黢黢的;所以在那块深紫色挡板的两边,我就留下了两块荒唐的墙纸区,这就使得聪明的人像是装在粉蓝色鸟笼里的鸟。壁炉好像不那么碍眼了,可我的炉子是煤气炉,是个黄铜做的结实的方块,我从原来住的房子里带来的,在那个房子里放着时,这个炉子看上去还不太难看。但在这个房子里放着却一点儿都不搭调。所以整整一面墙都不起作用,这样子涂墙漆并不奏效。

另一面墙,就是我床边的那面墙,也是奇形怪状的。床的上方鼓出来一块粗糙的不规则的突起,直径有两英尺还要多。有人——是安格斯·福格森?还是梅特兰一家?还是道兰太太?——企图把快要掉下来的石膏块换掉,结果却弄得乱七八糟。凸出来这么大一块,任何一个专业的泥水匠都没办法对它置之不理。

整体来看,这面墙给我带来了乐趣:它使我想起了我原来住过的另一座房子,里面凹凸不平的墙壁粉刷了白灰。也许我把这个房间涂成白色,是因为我想让早先那座房子刷了白灰、坑坑洼洼的墙壁再现于伦敦吗?

天花板就是天花板:平平整整,一片白色,十分素净。天花板镶了一道石膏边,这道边对这个房间来说太重了,看样子像很容易脱落下来。整栋楼有一种结结实实的丑陋模样,可是盖得很便宜,一点儿都不结实。比方说吧,墙壁一敲,就发出咚咚的空音;石膏一旦露出来,立即就开始一点一点掉,仿佛这墙壁是用松散的沙土堆起来,然后用墙纸捏合到了一块儿。我头顶上发生什么事儿我都能听得真真切切。楼上住着那个喜欢听到一点儿生活的响动的老太太和她的丈夫。她是瑞典人,教瑞典语课。她打扮得花枝招展的,那模样看上去倒是一个可爱可敬的老人家。不过她却是疯疯癫癫的。她的门在里面装了四把很重的特别装上去的锁,还装有门闩和门插。我要是一敲门,她就把门顺着一条四英寸长的铁链拉开一道缝,透过门缝瞥一眼,确保我(或者他们)不会攻击她。屋里是一片整洁和井井有条的景象。她整天都在打扫卫生,归置房间。当她在房子里再也找不到任何事情做的时候,就在各个楼梯口张贴告示,上写:"凡在楼梯上丢弃垃圾者,将向当局报告!"然后她到每一家门口(上上下下有八套一模一样的房子)挨个儿掏心掏肺地说:"当然了,告示不是针对您的。"

她丈夫在一家出口公司工作,经常出差在外。在她盼他回来的时候,她穿着打扮像新娘子一样上心,然后去接他,满脸绯红的样子。在他出差回来的夜里,床在我头上吱嘎吱嘎响个不停,我听得见他们咯咯地笑。

他们是一对生活很有规律的人,每天夜里十一点上床,每天上午九点起床。至于我本人呢,生活没有外在的规律,我喜欢有他们在楼上住着。有时候我工作很晚,我听见他们起床的声音,就在睡梦之中或者半睡半醒之间想:好啊,这一天已经开始了,是不是?然后又不知不觉地回到似醒非醒的状态,伴着他们的脚步声以及茶杯叮当碰撞的声音。

我有时候下午睡觉,因为下午睡觉比夜里睡更有意思。我下午睡的时候,她也午休。我就想到她,想到我和她一上一下躺着,就像我们在两层隔架上似的。

我午饭后躺下的时候,没有什么事情是未曾计划好的。首先我必须感觉到那份内心的纷扰和警觉。那是由于过分刺激或者有点不舒服或者非常疲乏而造成的。然后,我让屋子暗下来,把所有的门都关上,这样电话响也不会把我惊醒(尽管那遥远的电话铃声可以邀人入梦),接着我小心翼翼地钻进被窝,保持着这种情绪。正是有了这些睡眠,我才能进行工作,我才知道该写什么,我在哪个地方写错了。我见了太多的人,常激动不安、心神不宁,有了这些睡眠,我才能恢复过来。那些下午,我总是饶有兴致地悠悠然进入梦乡,因为走进那未知之地需要漫长的旅程,睡眠很浅,却非同寻常,睡眠带我进入在清醒状态下很难描述的领域。

然而有一个下午,并没有奇异的旅程,也没有于我的工作有用的信息。那次睡眠如此迥异于往常,有一段时间我都以为我是醒着的。

我一直在半明半暗之中躺着,一道道窗帘深蓝色的暗影深浅不一,形成一片不停摆动着的紫色阴影。外面是热闹非凡的午后。我能听见楼下市场上的人声,有愤怒的喊叫声,大概是吵架什么的,一个男人的声音和一个女人的声音。我在看那架壁炉,心里想着它是多么丑陋,搞不明白是哪种人故意选了这么一个黑乎乎、丑陋不堪的铁家伙。尽管当然了,我把它油漆过了。是的,不管我买得起还是买不起,我都必须把这个四方形的黄铜煤气炉处理掉,找一个漂亮点的。我看到那黄铜的形状已经不见了;有一个黑色的小炉格,炉格里有小火苗,还冒着烟。烟钻进屋子里,我两眼给熏得生疼。

房间不一样了。我感到彻骨寒凉。我环顾四周,感到和自己疏离了。墙上有一种壁纸,其总体观感是一种肮脏的棕色,但凑近了看,我看到一种棕黄色的树叶和枯黄的叶茎的小图案。壁纸上污渍斑斑。由于烟熏火燎的,天花板略呈黄色,闪着光。窗边有一缕缕粉棕色的窗帘布条在飘动,其中一道窗帘有一个破洞,所以底边垂落下来了。

我已经不再躺在床上了,而是坐在房间那头的壁炉边,呆呆地凝望着床和窗。外面,尖厉的吵闹还在继续,高一声低一句地不断从大街上传过来。我觉得很冷,我在发抖,两眼盈满泪水。那小小的炉格里放着三小块儿亮闪闪的煤块,凄惨地冒着青烟。我身下是一块坐垫,或者是折叠起来的外套,类似那样的东西。房间似乎要大得多。是的,这是一个很大的房间。一个上了棕色清漆的木头箱子放在床边,床很低,比我的整整低一英尺。有一条红色的军用毛毯,在床脚铺展开。壁炉两边的壁橱下面有浅浅的木头层架,层架上放着叠好的衣服、旧杂志、瓦罐,还有一只棕色茶壶。这些东西传递出一种淡淡的穷酸气。

我独自一个人在房间里,尽管有人住在隔壁。我能听到一些声音,使我闷闷不乐,忧心忡忡。楼上传来一阵笑声,在我听来非常不入耳。是那个瑞典老太太在笑吗?跟谁在笑?是不是她丈夫突然回来了?

我感到无限凄凉,孤独无依,这种孤独永远都无法消解,没有人会来安慰我。我坐着,看着这张床,床上铺着那条廉价的红毛毯,一看就不舒服,我打了个喷嚏,因为烟在撕扯着我的喉头。我是个孩子,我知道。而且还知道,有一场战争,跟战争有关的什么东西,战争和这个梦或者记忆有关系——和谁的梦,谁的记忆?我回到我自己的房间,躺在床上,楼上和隔壁都鸦雀无声。我独自一人在房间里,看着我那柔软的深蓝色窗帘轻轻飘动。我内心充满了痛苦。

我离开我漂亮的小卧室,给自己沏茶;然后回来把窗帘拉开,让光线照进来。我打开煤气炉,一股火苗噌地蹿上来,热热的,红红的,驱散了寒冷的回忆,我透过它那红黄色的火苗朝后面一个炉格看去,里面没有煤,我知道,好些年都没有煤了。

我试图梦想着自己回到另外那个房间,那房间在这个房间的下面,或者在它旁边,在它里面,抑或存在于某个人的记忆之中。那是哪一场战争?那寒冷的贫困是谁的?我想更多地了解那个吓坏了的小孩儿的情况。他(或是她)那时候一定小得不得了,因为那个房间看上去是那么大。直到目前我一直未能如愿。或许正是因为外面大街上的争吵才……才什么?为什么?

英格兰对英格兰

"我想我要走了。"查理说,"我的东西都打点好了。"他早就确保手提箱装好,这样母亲就不用忙活了。"可是天还早呀。"她抗议说。不过,她两只红通通的手已经碰在一起,把手上的水甩掉,然后转过身来道别:她知道,儿子要早早地出门,是不想和父亲见面。然而,这时后门开了,桑顿先生走了进来。查理和他父亲长得很相像:高高的个子,过分瘦削的身材,粗大的骨骼。这位老矿工弯腰驼背,头发已经变成了一绺一绺的灰白色,深陷的双颊宛如煤坑。而这个年轻人依然朝气蓬勃,一头飘逸的浅色头发,一双炯炯有神的眼睛。可是,眼睛下面却有因紧张过度而出现的黑眼圈。

"您是独自一个人呀。"查理不自觉地说。他很高兴,准备重新坐下来。老头子并不是独自一个人。从他身后的光亮里走进来三个男人,那光亮从门那边照进了院子。查理轻声说:"我要走了,爸爸,直到圣诞节才能再见面。"他们一下子挤进小厨房,笑语喧哗,叽叽喳喳的,而这种精气神儿却好似查理他个人的死敌,就像一个又是吵吵闹闹,又是乱扔东西的恶鬼,总是站着,在他右肩的后头某一个地方等着。"这么说你是要回到'梦幻塔尖'①去了。"一个男人一边点头道别,一边说。"要回到'学术的殿堂'里啰。"另一个男人说。两个人都笑眯眯的。话里没有敌意,连妒忌都没有,然而却把查理和他的家人隔离开来,使他和村里人疏远了。第三个男人进一步对村子里最出色的儿子表示敬意,他说:"那样的话,你是要回来跟我们过一个正经八百的圣诞节呢,还是要跟那些个王公贵族们玩耍呢?你现在跟他们可是平起平坐了哟。"

"他会回家来过圣诞节的。"他母亲没好气地厉声说。她转过身背对着他们,把土豆从一个纸袋子里一个一个丢进碗里。

"无论如何,也就一两天。"查理说,顺从母亲的话。"跟那劈柴的和挑水的②在一起待待也就足够了。"第三个男人点点头,仿佛在说:说得没错!然后脑袋往后一仰,放声大笑。父亲和另外两个男人也跟着他狂笑起来。年轻的伦尼又是推,又是搡,给查理鼓劲儿,查理则推搡着回应,与此同时,母亲点点头,看着大家还高声笑着,玩闹着,就点头微笑着。然而他都快一年没有回过家了,所以当他们笑完了,站着等着送他出门的时候,他们那严肃的眼神表明,他们记起了这个事实。

---

① 这里指的是牛津,出自十九世纪英国诗人马修·阿诺德于1866年创作的一首悼亡诗《色希斯》("Thyrsis")中的一句,此句把牛津城比作"梦幻塔尖之城"。
② "劈柴挑水的人"出自《圣经·旧约·约书亚记》9:21,基遍人因欺骗以色列人,而被迫沦为以色列人的奴仆,做"劈柴挑水的人",如今指专做苦力的人。

"对不起啊,儿子,我一直没有很多时间和你在一起。"桑顿先生说,"不过呢,你知道是咋回事。"

这位老矿工原先是工会秘书,而今是工会主席了,他工作了一辈子,都是在当矿工代表,有过十几个职务。他从村子里走过的时候,后门的一个男人,或者一个穿围裙的女人,就会叫他:"等一下,比尔",然后就从后面跟过来。每天晚上桑顿先生都坐在厨房里,电视被孩子们霸占着的时候他就坐在客厅里,就退休金问题、申诉问题、工作纪律问题或津贴问题给人们提建议;填写各式各样的表格;听人们讲烦心事。自打查理记事以来,桑顿先生与其说是他的父亲,倒不如说是村里人的父亲。此刻,那三个矿工去了客厅,桑顿先生把手放到儿子肩膀上,说:"看见你真高兴。"然后点点头,跟着他们进去了。他关门的时候,对妻子说:"老太婆,给我们沏杯茶,好吗?"

"有时间喝上一杯茶的,查理。"母亲说,那意思是说,他没有必要那么匆匆忙忙地出门,这时候也不大可能有更多的邻居过来。查理没有听见。他在看着她往流着水的水龙头下面扔脏兮兮的土豆,溅起一片水花;一只空着的手伸过去提水壶。他去拿雨衣和手提箱,聆听着他很讨厌的内心那个恼人的声音,不过他觉得,这个声音是他免受外面死敌的攻击唯一的保护层:"我爸爸一跟我道歉我就受不了——他刚才为他没能多陪陪我向我道歉了。他要不是现在这个样子,不比村子里其他任何人都更好,我们不是村子里唯一一家真正有书本的家庭的话,那我就不会考上牛津,我在学校也不会成绩优秀,所以这事儿有利有弊。""有利有弊"这话在耳朵内部诡异地轰鸣着,他想吐,仿佛他站着的这片地方在颤动。见到母亲,他两眼看得清楚了。母亲站在他面前,她那双精明的、不做判断的眼神落在他脸上。"呃,孩子,"她说,"我看哪,你脸色可是不太好啊。""我没事儿,"他赶忙说,又吻了吻她,说,"妹妹们回来了,代我向她们问好。"他说完就走了出去,伦尼跟在他身后。

这两个青年人默默地走着,经过五十户人家那灯火通明、拥挤不堪、充满活力的厨房,厨房的门一直开着,矿工们从井下回来,进厨房去喝茶。他们默默地又从五十户人家的门前走过。家家户户的门前都一片漆黑。村子的活力哪怕是此刻,也都在厨房里,那里烧着廉价的煤炭,大火熊熊,整天烧个不停。这个村子是二十世纪三十年代由煤矿公司建成的,而今国有化了。有两千座房子,盖得极其相似,房前都伸出一模一样的一小片地做花园,侍弄得十分精心,还都有一个后院,弄得生机勃勃。几乎每家每户都有电视天线。每根烟囱都冒着黑烟。

在公共汽车站,查理回头看看村子,现在是黑乎乎的一片低空地了,忧郁潮湿的灯光,一条条,一片片,散落各处。他努力想把那片光亮和他自己家隔开,同时想着,他是多么地爱自己的家,又是多么地讨厌这个村子。村子的每一样东西都惹他不高兴,然而,他一踏进自家的厨房,就被拥入了温暖的怀抱。那天早晨,他曾站在门前的台阶上,放眼望去,灰蒙蒙的沥青碎石马路的两边是那一排排泥灰房子,还有那灰不溜秋、丑陋不堪的路灯柱,那灰蒙蒙的树篱墙,再往远处望去,是那灰色的矿顶和井架那整整齐齐的黑色轮廓。

他边看,边倾听,那痛苦的内心的声音教导着:"目之所及,不管在什么地方,都没有一个东西,一幢建筑是漂亮的。一切都是这么地丑陋,这么地猥琐,这么地不雅,应该用推土机推到地底下,从人的记忆中抹去。"连一个电影院都没有。倒是有一个邮政所,附带一个图书室,里面有言情小说和战争故事。有两个供喝酒的矿工俱乐部。有电视。这些就是两千户人家的便利设施了。

桑顿先生站在门前的台阶上,望着远处,自豪地微笑着,把孩子们叫到跟前说:"你们从来没见过一个矿工的小镇会是个啥模样,你们甚至想象不到那各种条件。贫民窟啊,他们过去就是这样的条件,嘿,我们叫那样的日子结束了……是的,我琢磨着你们要去唐克斯特了,去跳舞啊,看电影啊——你们能想到的就是这些。而且你们觉得那都是理所当然的事儿。唉,在我们那个时代……"

所以,查理探家的时候,他总是小心翼翼,那尖酸刻薄的批评话一句都不说出口,因为最重要的是,他不忍心伤父亲的心哪。

一群年轻的矿工赶过来坐公共汽车。他们穿着肩部很帅气的西装,以各种角度歪戴着帽子,围着的围巾两端甩在后面。他们跟伦尼打招呼,看着想弄明白那个陌生人是谁,伦尼说:"这是我哥哥。"他们点点头,很快就转身上公共汽车了。他们上到汽车的第二层,伦尼和查理就在下面一层的前排就座。伦尼看着跟他们很像,头戴一顶结实的布帽子,围一条活泼的围巾。他身材矮小结实、健壮——"那身材生来就是下井的料",桑顿先生说过。可是,伦尼却在唐克斯特的一家铸造厂。没有矿井让他下,他说。他小时候就听见父亲整夜整夜地咳个不停,所以,矿坑不适合他。不过,这话他从来没有跟父亲说过。

伦尼今年二十岁,每个礼拜挣十七英镑,现在想跟一个他追了三年的姑娘结婚。可是,他大哥不上完大学,他是不能结婚的。父亲还在煤矿的掌子面上干活,尽管按年龄,他本应该到地面上工作了,可在掌子面上每个礼拜能多挣四英镑。坐办公室的妹妹原来一心想当老师,但到了做决定的时刻,家里所有多余的钱都需要供查理上大学。他上牛津大学,他们每年额外要花两百英镑。家里没有为查理做出牺牲的家庭成员,只有那个还在上学的小妹妹和母亲。

公共汽车坐了半个小时,查理的肌肉绷得紧紧的,随时准备着应对伦尼可能说出的话,这话肯定要给顶回去。然而他当初回家的时候心里可是想着:唉,最起码这件事儿我可以跟伦尼说说的,我跟他可以实话实说。

此刻,伦尼没大没小地说着,但却不无忧虑、满怀爱意地检视哥哥的脸:"查理小伙儿,你回家跟我们在一起我们是快乐的,可我们得拿什么还你啊?你说你这个周末要回来,你用一根羽毛可就把我们大家给打垮了哟。"

查理没好气地说:"老说什么王公贵族的,烦死人了。"

"呃,"伦尼赶忙说,"他们那话你没必要往心里去,他们可不是故意气你的。"

"我知道他们不是故意的。"

"妈妈说得对。"伦尼说着,很快又瞥了一眼,既焦虑,又赔着小心,"看你脸色可是不太好啊。咋啦?"

"我考试要是考砸了可咋办呢。"查理脱口而出。

"呃,这叫什么话? 你上学可总是拿第一名的。跟谁比你都是最棒的。那你考试咋会考不过呢?"

"有时候我想我会考不过。"查理的话并没有说服力,但他很高兴让这一刻过去了。

伦尼又一次仔细地打量着他,这次是非常坦诚地看着他,做了一个类似耸肩的动作。但这却是两个肩膀要抵挡某一可能的失败而向前倾了倾。他坐着,身子前倾,两只大手放在膝盖上。脸上露出一丝批判的笑意,不是批判查理,一点都不是,而是批判生活。

查理满怀愧疚之情的心跳荡着,他说:"事情没那么糟糕,我会通过考试的。"内心的敌人轻声说:"我会通过考试,然后我会在一家出版社找到一份还算不错的光鲜的工作,跟其他的小屁孩们一起共事,或者我会当上某种文员。或者我会当老师——我可是没有教书的天分,但那又有什么关系呢? 或者我会进入公司的管理层,对伦尼这样的人吆五喝六。但可笑的是,以后好些年伦尼挣的钱都会比我多。"他右肩后面那个敌人满含讽刺地开始敲起丧钟,并缓慢庄重地说:"牛津大学三年级学生查理·桑顿,今早被人发现死在其满是煤气的卧室兼起居室内。他生前学习一直都过于刻苦。死因为自然死亡。"那个敌人说完又很粗鲁地高声来了一句"呸!"这才噤声不语了。但他在等着:查理能感觉到他就在那里等着。

伦尼说:"看过医生没有,查理哥哥?"

"看过了。他说我应该悠着点儿来。所以我就回家来了。"

"为学习把自己累死,不值当的。"

"是,不严重,他只是说我凡事要悠着点儿来。"

伦尼还是一脸凝重。查理知道,他回到家,就会对妈妈说:"我觉得查理心里有事。"他妈妈(一边站着把一片一片土豆片抖进滚油里)会说:"我料想啊,他有时候弄不准,这么辛辛苦苦地上学念书是不是值得。他看到你在挣钱,他没有。"沉默一阵子,他们相互之间小心地交换眼神,然后她就会说:"他来到这儿,一切都不一样了;然后他走了,一切又都不一样了。这对他来说一定很不容易。"

"您不用操心,妈妈。"

"我不是在操心,查理没事儿的。"

内心那个声音焦虑不安地问:"要是她别的话都说到了点儿上,我琢磨她说的最后一点也是对的——我想我是没事儿的?"

然而他右肩后面那个敌人说:"一个男人最好的朋友是他的母亲。什么事情都逃不过她的眼睛。"

去年他曾带珍妮过来度周末,为的是要满足一家人对他这阵子认识的时髦人物的好奇心。珍妮是个穷牧师的女儿,书卷气很浓,有点儿一本正经的样子,不过呢,是个好姑娘。她轻而易举就渡过了那个周末的激流险滩,一家人就等着她

"站队"呢。事后桑顿太太说了一句话,一下就指到了痛处:"那是个很不错的姑娘,很合适。她做你妈妈再合适不过了,这是大实话。"最后这句话批评的倒不是那姑娘,而是查理。此刻,查理不无妒忌地看着伦尼那可靠的侧影,心里暗想:是的,他是个男子汉了。他是男子汉有好些年了,自打离开学校,就是个男子汉了。而我呢,我就是一个十足的小孩儿,而我比他还大两岁呢。

最重要的是,查理他每次回家,都不由得感觉到,这些人,他的亲人,都是一本正经的;而他和那些他现在将与之生活一辈子的人(假如他通过考试的话)不是一本正经的。他不相信这一点。内心那个好说教的声音三下五除二就消除了这样的想法。外部的敌人则会千方百计地戏仿这种想法,还付诸过实践。他的家人对这一套是不相信的,他们为他感到骄傲。然而,他们说的每一句话,做的每一件事,查理都能感觉到这种想法。他们保护着他。他们为他遮风挡雨。最要命的是,他们还为他花钱。父亲像他这么大的时候,在矿井里已经干了八年了。

伦尼明年就要结婚了。他已经谈到要成家的事。他,查理(假如他能通过考试的话),将会跑来跑去,热脸贴人冷屁股,好弄到一份差事,牛津大学文学学士,市场上的滞销货。

他们到了唐克斯特。天在下雨。他们很快就要路过伦尼的女朋友多琳上班的地方了。"你最好在这儿下车吧。"查理说,"你还要费尽周折地从雨地里走回去。""不麻烦,她没事儿的,我陪你走到车站去。"

还要走五分钟的路。"我觉得你做得不对,你那样子惹妈妈生气。"伦尼终于说到点子上去了。

"可是,我他妈的连一个字儿都没说。"查理连想都没想,就转换成了他的另一种口音,中产阶级的口音,这种口音,除了开玩笑,他很谨慎,从来不跟家里人用。伦尼看了他一眼,眼神里是意外,是责备,他说:"那还不是一样的。她感觉到了。"

"可是,真他妈的荒唐。"查理的声音抬高了,"她整天都站在那厨房里,不做家务的时候,或者不用每天跑一百趟弄那些该死的煤的时候,我们的每一个突发奇想,她都迎合我们。"上一次圣诞节放假,查理回家,他在一个旧婴儿车的车架上安了一个桶,想要减轻妈妈的劳动强度。今天早上,他看见他的那个发明创造给弄坏了,里面满是雨水,在后院里扔着。吃了早饭后,伦尼和查理穿着长袖衬衣,坐在餐桌旁边看他们的妈妈干活。门开着,是通向后院的。桑顿太太端着一把十英寸长、九英寸宽的铁锨,从院子里的煤洞那儿,穿过厨房,端进屋子里,来来回回跑了一趟又一趟。每次来到屋里,都有一小块煤挂在铁锨边上,快要掉下来的样子。查理数了数,妈妈从煤洞到厨房火炉那儿,再到屋子的壁炉那儿,来回跑了三十六趟。她走得稳稳当当的,铁锨在前面,就像是两只手里端着支长矛,脸上有意皱着眉头。查理把脑袋垂到胳膊上,无声地笑着,直到他感觉到伦尼在拿眼睛瞪他,笑抽的肩膀才止住不抖了。过了一会儿,他坐起来,绷起了脸。伦尼说:"你干吗要惹妈妈生气呢?"查理说:"我可是啥话都没有说呀。""是没有说,可她还是给惹恼了。你心里咋想的,脸上就咋露出来,你总是这样,查理哥哥。"他说了这话,见查理没有接茬儿——远不止一时的好脾气——伦尼接着说:"老狗不学新花招儿。""老!她五十都还不到呢!"

现在,查理接着早先的话往下说:"她做事儿就像是个老太婆。她啥活儿不干就能把自己累得不得了。她要是能安排得好,所有那些活儿,她几个钟头就能全部干完。或者她要是能有一回告诉我们打哪儿开始干活就好了。"

"那然后呢,她自己干什么去?"

"干什么?嗯,她可以为自己做点什么。看看书啦。见见朋友啦。或者干点儿别的什么。"

"她感觉到了。上一回你走了以后她哭了。"

"她咋了?"查理的愧疚感几乎压得他喘不过气来,但内心那个好说教的声音及时打开,他就通过那个声音说了出来:"我们有什么权利像对待一个该死的奴才一样对待她?贝蒂喜欢把饭菜做成这样子,做成那样子;爸爸呢,这个不吃,那个不吃;而她就站在那儿,讨我们每一个人的欢心——像个奴才似的。"

"昨天晚上是谁说了,不喜欢肉上带肥,跟她换过来了?"伦尼说,脸上倒是挂着笑,但全是责备。

"哦,我只是跟你们大家一样坏罢了。"查理说,话音却是假模假式的,"看到这一点我简直要发疯了。"他说,这次话语却透着真诚。他好说教地说:"村子里所有的女人——她们都以为是理所当然的。要是有人把她们组织起来,让她们偶尔有半天属于自己的时间吧,她们就会觉得受到了侮辱——她们就是放不下手边的活计。就看看妈妈吧。她每个礼拜来唐克斯特包两三次糖果——嗐,打上坐公共汽车的钱,她实际上是赔钱的。我跟她说:'您干那活儿实际上是赔钱的。'她却说:'我喜欢到外面走走,看一点儿生活。'一点儿生活!在一家该死的工厂包糖果。她干吗不能找一个晚上到城里来,寻一点儿乐子,而不必通过包糖果,干他妈的那臭汗淋漓的苦力活赚出钱来?她实际上是赔钱的。干这活儿是没有意义的。她们是人啊,对不对?不只是……"

"不只是啥?"伦尼怒气冲冲地问。他一直在听查理的长篇大论,嘴唇越绷越紧,两眼眯缝了起来。"到站了。"他松了一口气说。他们等年轻的矿工们噔噔下车,走开了,他们自己才朝前走去。"我陪你去你的汽车站点。"查理说;他们穿过黑黢黢、亮闪闪、脏兮兮的大街,来到对面的公共汽车站,伦尼坐上这边的公共汽车就能回到多琳身边。

"老想着我们会变,是没有好处的,查理哥哥。"

"谁说变了?"查理激动地说;但汽车已经来了,伦尼已经呼的一下坐到了后座上。"你遇到麻烦事儿就写信来说。"伦尼说,铃响了一声,他的脸就看不见了,亮着灯的汽车钻进了灯光斑驳、细雨蒙蒙的黑暗之中。

到伦敦的火车还有半个钟头才会发车。查理站着,雨水打在他的肩膀上,两只手伸进口袋里,心里想着要不要追上弟弟,解释——什么呢?他猛地冲过大街,来到火车站附近的那家小酒馆。小酒馆是一个爱尔兰人开的,老板认识他和伦尼。

由于刚刚过了开门的时间,里面还是空的。

"啊,是你呀。"麦克说着,问都不问,就给他倒了一品脱苦啤酒。"是呀,是我。"查理说着,一屁股坐到一张高脚凳上。

"在那伟大的学术海洋里咋样呀?"

"噢,耶稣啊,不!"查理说。那爱尔兰人眨巴眨巴眼,查理赶忙说:"你费那么大劲把这地方装饰得花里胡哨的,何苦呢?"

小酒馆用黑色木板做成了隔间。很丑陋,但很是令人舒服。现在,酒馆里装上了五六张色彩鲜艳的墙纸,有几个地方还油漆得明光发亮,查理的肠胃又动了动,满眼都是亮光,他把胳膊肘使劲放下来,支撑着,下巴搁在两只拳头上。

"小年轻儿喜欢呀,"爱尔兰人说,"不过,隔壁的酒吧还是老样子,没有变,让老人儿去。"

"你应该挂一张告示:上年纪的这边走。"查理说,"我就知道该往哪边走了。"他小心翼翼地从拳头上抬起头来,眯缝着眼睛,挣扎着把墙纸上的五颜六色和油漆的闪光排除掉。

"你气色可是不大好哇。"爱尔兰人说。他个头不高,圆滚滚的,喝点儿酒就乐呵呵的,他跟查理一样,有两副口气。对敌人——就是说,凡是他不当成朋友的英格兰人,即不经常光顾小酒馆的人——他就说一口夸张的爱尔兰土话,他要是坚持说的话,这一说必定招致政治论争,而他对这个乐此不疲。对查理这样的朋友,他就不让自己费那个事了。他这会儿对查理说:"光学习,不玩耍,聪明的查理也变傻。"

"说的不错。"查理说,"我去看医生了。他给我开了点补药,说我的身体本质上没有问题。'你的身体没有问题。'他说。"查理说。为了逗这个爱尔兰人乐,他模仿了一种上等英格兰人的口音。

麦克眨眨眼,算是对这个玩笑的认可,而他那张职业化幽默的脸却依然严肃。"你不能让蜡烛两头儿都烧着。"他一本正经地警告说。

查理笑出声来。"医生也是这么说的。'你不能让蜡烛两头儿都烧着。'他说。"

这一次,当他坐的凳子、凳子下面的地板,都从他身下移走,那闪烁不定的天花板下沉、摇晃时,他眼前一片漆黑,就那么黑着。他闭上眼,紧紧地抓住吧台。他两只眼还闭着,就说起了俏皮话:"这是文化冲突,就是这么回事。这玩意儿晃得我头晕。"他睁开眼,从爱尔兰人的脸上看出,这句话他没有大声说出来。

他大声说:"实际上,医生说得对,他说那话是好意。可是,麦克,我是过不去这道坎儿了,我考试要不及格了。"

"嗐,那也不会是世界的末日。"

"天哪。麦克,我喜欢你就是喜欢你这一点,你看生活的眼界就是宽。"

"我这就回来。"麦克说着,去服务一位客人了。

一个礼拜以前,查理手里拿着一份复印的小册子,去看医生。小册子名叫《本科生精神崩溃数量增加的报告》。他在这段文字下面画了线:

来自工人阶级和中下层家庭、靠奖学金生活的男生,尤其易患此病。对他们而言,获得一个学位显然至关重要。此外,他们始终处于一种压力之下,即要使自己适应中产阶级的标准,而这些标准对他们来讲是陌生的。他们是标准冲突、文化冲突、分裂的忠诚的受害者。

那位医生是个三十来岁的年轻人,作为一种父辈形象,校方领导指派他来,就工作问题、个人问题提供咨询,(正如不无讽刺的他我总是喜欢指出的)也对文化冲突问题提供咨询。他朝那小册子瞥了一眼,又递还回来。小册子就是他写的。这一点查理当然是心知肚明。"你们什么时间考试?"他问。跟妈妈一样,直奔问题的根源,查理肩膀后头那个恶毒的声音说。

"我还有五个月,医生,我是学习学不进,睡觉睡不着。"

"有多久了?"

"这毛病是渐渐有的。"自打我出生就有,那个敌人说。

"当然,我可以给你开些镇静剂和安眠药,可是对真正有病的地方却起不了作用。"

真正有病的地方就是各个阶层不自然地混杂在一起。您知道,不起作用的。人应该懂得自己的地位,并守住这种地位。"我还是想要一些安眠药。"

"你有女朋友吗?"

"有两个。"

医生摆出一副见多识广之人那同情的架势,然后收起笑容,说:"或许有一个会好些?"

要么是我妈妈那样的人,要么是我那位漂亮的性感女郎?"这么说的话,我或许要一个就好了。"

"我可以安排你和一位心理医生谈谈——呃,你要是不想的话,那就不安排。"他赶忙说,因为他我通过查理的嘴唇在纵情大笑中爆发出来,他说:"心理郎中能告诉我什么我不知道的呢?"他哈哈大笑,猛地一抬腿;一只烟灰缸边缘着地满屋子转了起来。查理大笑着,看着烟灰缸,心想:嘿,我一直就知道,在我肩膀后头坐着的是个吵闹鬼。我发誓,我从来就没有碰那只该死的烟灰缸。

医生等着,直到烟灰缸转到他身边,一脚踩住它,捡起来,放回到桌子上。"如果你是这样想的,去看心理医生也没有意义。"

所有的街道都勘察过了,所有的马路都探寻过了。

"呃,这样子,我们看看啊,你最近有没有去看你的家人?"

"去年圣诞节去的。不,医生,不是因为我不想去,而是因为我在那儿根本就没办法学习。"你到唐克斯特去,在一个有工会会议、电视和电影的氛围里学习学习试试。你试一试,医生。另外,我所有的精力都用于不让他们难过了。因为我真的是让他们难过。我亲爱的医生,我们这些靠奖学金生活的学生在班上成绩下降了,痛苦的不是我们,而是我们的家人。我们是一笔开销,医生。另外——写一篇论文吧,我想读一读……题目就叫《奖学金学生对工人阶级或中下阶层家庭的长期影响,他们的存在长久地提醒着:他们只不过是无知的、没文化的傻瓜笨蛋而已》。这个东西写一篇论文怎么样，医生？嘿，我坚信，这篇论文我本人就能写。

"我要是你的话，我就回家待上几天。根本就不要试图学习。去看看电影。该吃吃，该睡睡，就让他们为你操心吧。把我开的这个药方拿走，你回来以后再来找我。"

"谢谢你，医生，我会的。"你真是一片好心啊。

那个爱尔兰人回来，发现查理在旋转一便士硬币，他只顾玩他的游戏，都没有看到他。他先是用右手旋转，逆时针，然后用左手，顺时针旋转。右手代表他那嘲弄的他我。左手是他那好说教的、理性的声音。左手能使硬币闪着亮光旋转，转的时间比右手长得多……

"你左右手都灵活呀？"

"是的，一直都这样。"

爱尔兰人看着这孩子眉头紧皱、咬紧牙关、全神贯注的样子，看了一会儿，把那杯碰都没碰的苦啤酒拿走，给他倒了一杯双份威士忌酒。"你把这个喝完，就上火车睡一觉吧。"

"谢谢，麦克，谢谢。"

"上次跟你一起来的那个女孩儿，可是个好姑娘。"

"我跟她吵架了。或者更准确地说，是她把我一脚给踹了。踹得也是非常正确……"

看过医生后，查理直接去找了珍妮。他拿找医生看病这件事当玩笑，而她就那么坐着，一本正经地听着。接着，他对她进行他最喜欢的说教，讲到不管是谁，也不管是在哪儿出生的，凡是出生于中产阶级的，都是愚鲁的，改也改不了地没有情感。除了珍妮,没有人听过这种说教。最后她说:"你应该去看心理医生。不,难道你看不出来吗,这是不公平的。"

"对谁不公平,对我吗?"

"不是,是对我不公平。你动不动就冲着我吼,有什么用呢?这些东西你应该对心理医生说。"

"什么?"

"哼,你肯定看得到这一点。你把所有的时间都用来对我说教了,查尔斯。"(她总是叫他查尔斯。)

她真正要说的是:"你应该跟我做爱,而不是对我说教。"查理并不真的喜欢和珍妮做爱。只有当她那越来越尖酸刻薄、辄有怨言的样子提醒他,他应该做爱的时候,他才逼着自己做爱。他另外还有一个女友,他并不喜欢她,一个个头高挑、光鲜亮丽的中产阶级家庭出身的姑娘,名叫萨丽。她总是以嘲讽的口吻叫他:查理小哥儿。他当时砰的一声把珍妮的房门摔上,扬长而去,然后就到萨丽那儿去了,硬是上了她的床。跟萨丽做爱的每一个动作都是他对她缓慢而冷漠的征服。那天夜里,当她终于在他身下面乖乖地躺下来的时候,他说:"手长老茧的劳苦大众的儿子靠无法平息的男子气概赢得有钱阶级的美丽千金。她难道不乐意吗。"

"噢,我乐意,查理小哥儿。"

"我啥都不是,就是他妈的性爱对象。"

"呃,"她喃喃地说,她已经镇静下来,把自己挣脱开来,"我对你来说也是一样。"她挑衅般地加了一句,表明她的确是在乎的,而这是查理的错:"我是再在乎不过了。"

"亲爱的萨丽,我喜欢的就是你那美丽的诚实。"

"你喜欢我的就是这一点?我还以为是你把我压在身下的那份刺激呢。"

查理对那个爱尔兰人说:"过去几个礼拜我是见谁跟谁吵。"

"跟你家人也吵架了?"

"没有。"他说着,吃了一惊,而此刻,整个屋子又在他四周晃动起来。"上帝啊,没有。"他以一种不同的口气说——语带感激。他又粗鲁地说了一句:"我怎么能呢?我心里的真实想法我从来都不能跟他们说。"他望着麦克,看看他是不是真的大声把这句话说出来了。他是大声说出来了,因为麦克说:"这下你就知道我是什么感受了。我在这个该死的国家生活了三十年了,你们这些傲慢的家伙要是能有半回懂得我现在正在想什么,那就好了。"

"撒谎。你不管心里想什么,你都说出来,从克伦威尔到黑棕部队①和凯斯门特②,都这样。你从来都没有停止过。不过,这样说出来对你本人并没有伤害。"

"你本人?是吗?"

"是呀。可是这整个都疯了。麦克,你有没有意识到这

---

① 即爱尔兰王室警吏团,1920年7月至1921年7月英国在爱尔兰雇用的镇压共和军的辅助警吏,因衣帽的颜色而得此名。1921年7月英国和爱尔兰签订休战协定后,即将该组织解散。
② 凯斯门特(Sir Roger Casement,1864—1916),英国杰出的公职人员,因叛国罪而被处死,成为爱尔兰反抗英国统治的主要烈士之一。

整个有多么疯狂?就说我父亲吧。工人阶级的擎天玉柱。工党党员,工会会员,等等等等。可是我一直在管住我这张嘴,不说我上个学期一直到处在参与什么运动——他甚至到现在都认为,英国人应该随意驱使外国佬,他觉得这是理所当然的。"

"你们是一个伟大的国家。"那爱尔兰人说,"不过呢,这不是你个人的过错,所以呢,把这杯喝了,再来一杯。"

查理把第一杯苏格兰威士忌喝下去,把第二杯拽到跟前。"你难道还不明白我的意思吗?"他说,嗓门儿激动得越来越高,"你难道看不出来这一切都疯了吗?还有我母亲,我姨妈病了,看上去要死了。有两个孩子,我母亲会都给养起来。他们都是小不点儿啊,一个三岁,一个四岁,这就像是从头再开始组建一个家庭了。这一点她是想都不想。要是有人遇到麻烦事儿了,她就是最容易上当受骗的人,每次都这样。可是她就那么坐着说:'那些少年犯应该挨鞭子抽,直到被抽晕过去。'她在报纸上看到这句话,就念了出来。她把这句话念给我听,我呢,只能把嘴闭得严严的。他们大家都差不多。"

"可是,查理,这种东西你是没有办法改变的,所以,喝你的酒吧。"

酒吧间几英尺开外那边站着一个男人,衣兜里的一张报纸冒了出来。麦克对他说:"介意我借您的报纸看看是谁赢了吗,先生?"

"请便。"

麦克把报纸翻到最后一版。"我今天下了五英镑的赌注。"他说,"输了。那马的膘真是有点儿招人爱,可是我输了。"

"等等。"查理激动地说,他把报纸抻直,好看清楚头版。报纸上写着《衣橱杀人犯又得到一次机会》。"看到这个了吗?"查理说,"内政大臣说,他可以有另外一次机会;他们可以重新审理这个案子,他说。"

那爱尔兰人看了看,一脸冷漠。"这么说他是这么说了。"他说。

"呃,我意思是说呀,还是有一些体面留了下来。我的意思是说,如果这个案子重新审理的话,就表明他们至少还真心关心点什么的。"

"我跟你的看法完全不一样。这就是英格兰对抗英格兰,就是这么回事。到处都是公平的比赛,不过呢,到了指定的日子,他们依旧会把那可怜的家伙给绞死。"他翻过报纸,研究起赛马新闻。

查理等着自己的眼睛能看清了,一只手摁在柜台上让自己坐稳了,喝上了第二杯双份威士忌。他把一张一英镑的钞票推过去,想起来这一英镑要花三天的,还想起来,他现在和珍妮闹翻了,他在伦敦就没地方住了。

"不,是我请你的。"麦克说,"我请你喝的。看见你我就很高兴,查理。小伙子,不要把这全世界的罪过都扛到你自个儿的肩膀上,因为这对任何人都没有任何好处,嘿,你说对不对?"

"麦克,圣诞节再见,谢谢。"

他小心翼翼地走进雨幕里。这天夜里在火车上是不能独处了,于是他选了一个只有一个人的隔间,在一个角落坐下来,这才看看是谁跟他在一起。原来是个姑娘,接着他看到她很漂亮,然后看出来她属于上层阶级。另一个萨丽,他心里暗想,看见那张标致的、傲慢的小脸蛋儿,他觉察出了危险。喂,得,查理,他暗想,你自己要规规矩矩的啊,否则有你受的。他谨慎地给自己定位:他,查理,现在身上暖暖和和的,小肚子让威士忌给弄得舒舒服服,他已经有点儿恶心了。就在肚子上头很近的地方,像是一个无声的高音喇叭一样,是那个威吓的声源。肩膀后头等着他的是一脸狞笑的熟人。他必须把它们分开。他试了试那个好说教的声音:这不是她的错儿,可怜的小妞,阶级制度的受害者,她禁不住把每个地位不如她的人都看成尘土……然而,酒精在强烈地起作用,同时,那熟悉的敌人在算计着:她长相是不错,可是她没办法认出我来。我衣服穿得得体,发型飘逸,可有些东西她是弄不明白的。她在等我开口,然后她就能打定主意。嗜,先搞定她,然后我再说话。

他捕捉到她的眼神,就发出邀请的信号,但那是一个咄咄逼人的邀请信号,弄得她要多难受有多难受。过了些时,她冲他笑了笑。这时,他说起了土话,土到了无法理解的地步,他说:"碰巧你想窗子关上?风啊雨的,啥啥的,咋办呢。"

"什么?"她厉声说,她那张脸拉长到了非常夸张的地步,满脸的惊愕表露无遗,他哈哈大笑起来,之后用毫无瑕疵的英语问:"实际上天很冷,是不是?您愿意把窗户关上吗?"她抓起一本杂志就把他给隔开了,而他看着,咧嘴笑着,血色从她那整齐的领口涌到了头发梢。

门滑开了;两个人走了进来。是一个男人和一个女人,个子都很矮小,脸上和肌肉都是皱巴巴的,为了到伦敦去穿上了最好的衣服。他们一阵子忙乱,把行李箱放到行李架上,因为有这两个高人一等的年轻人在,他们低声说着道歉的话。那个女人在一个角落坐下来后,两眼死死地盯着查理看,他想:真所谓"同声相应,同气相求"啊,她一眼就看出我是什么人了;靠修修剪剪是骗不了她的。他想得不错,因为她很快就用熟悉的口音说:"小伙子,您帮我把窗户拉上去好吗?今儿晚上是少有地冷,没错儿的。"

查理把窗户拉了上去,并没有看那姑娘,她人正藏在杂志后面。这时,女人笑了,男人也笑了,因为她跟这个年轻人很容易打交道。

"他爹,你那样子舒坦不?"她问。

"够舒坦的了。"丈夫说,他咕哝着表示确认,语气中透着坚忍。

"把你的脚放上来,放我身边儿,怎么都行啊。"

"可是我这不好好的嘛,老太婆。"他勇敢地说。接着,为了不辜负老婆的好意,他松开鞋带,让双脚在簇新的鞋子里放松下来,然后放到老婆身边的座位上。

她呢,在摘掉帽子。那是一顶没了型的灰色毡帽,前头缀着一朵粉色玫瑰花。查理的妈妈就有这样一顶象征体面的帽子,一年左右换一顶新的,买的都是减价处理货。她那顶总是带点蓝色毡绒,带一点儿丝带或者一个粗眼纱网,她抛头露面的时候要是不戴着这顶帽子,那还不如死了算了。

那女人坐着,用手指抚弄着稀薄而日渐灰白的头发。不知为什么,一看到她那干净的、粉红的头皮透过那一缕缕灰白的头发闪着亮光,查理就气得不得了。他感到吃惊,又使自己镇静下来,用那好说教的声音说教起来:"这个国家的劳动女性在家里拥有比中产阶级女性更为优越的地位,等等,等等,等等。"这是他最近看到的一篇文章,他继续背这篇文章,直到他意识到,这个声音已经变成了公开的嘲讽,在说着这样的话:"她不仅仅是家庭的情感堡垒,而且还常是养家糊口的人,比如说晚上包糖果,以干苦力换乐子,只要能从幸福的家里出去几个钟头,干什么都行。"

两种声音糅合在一起,内在的声音是满腹怨言,而外在的声音那危险的力量露出冷嘲热讽,这内外融合把查理吓坏了,他赶忙告诫自己:你醉了,就是这么回事;现在,看在上帝的分上,把嘴给我闭上。

那女人在问他:"您感觉好好儿的吧?"

"是呀,我好好儿的。"他谨慎地说。

"这一路是去伦敦?"

"是的,我这一路是去伦敦。"

"要坐很长时间的火车,很烦人。"

"是呀。要坐很长时间的火车,是很烦人。"

在这应声虫式的交谈中,那姑娘把杂志放低一些,用犀利、鄙夷的目光把他上上下下打量了一番。现在,她那张光滑的脸粉嘟嘟的,而她那张粉红的小嘴儿在评判着。

"你有一张玫瑰花蕾一般的小嘴儿。"查理说,听到这些话从他嘴里说出来,他吓了一跳。

那姑娘噌一下把杂志拉了上去。男人用犀利的目光瞪了查理一眼,看看他听得对不对,然后看妻子一眼,寻求指导。妻子怀疑地看查理一眼,查理绝望地、缓慢地朝她眨眨眼。她接受了,朝丈夫点点头:男孩子就是男孩子嘛。他们两个都谨小慎微地朝杂志那亮闪闪的表面瞥了一眼。

"我们也是要去伦敦。"那女人说。

"这么说你们是要去伦敦啰。"

打住,他告诫自己。他感觉到脸上现出吊儿郎当的傻笑,舌头在嘴里越来越厚。他闭上眼睛,试图把查理叫来帮他一把,可是他肚子里在翻江倒海,暖烘烘的,觉得恶心。他点燃一支烟来支撑自己,看着自己的手在动来动去。"手儿纤细白嫩的学问家之子急需修剪指甲。"他耳边一个柔和的声音说道;而且他看到香烟夹在他那熏得发黄的手指间,模仿着一个无赖的姿势,就那么平静地抽着烟,就那么坐着,脸上保留着礼貌的、嘲讽的微笑。

他给吓坏了。他害怕他会从座位上滑下去。他再也不能自持了。

"伦敦对陌生人来说,可是一个大地方啊。"那女人说。

"可是它能给人一种可喜的变化。"查理说,说得很费力。

那女人很高兴正儿八经的交谈终于开始了,她把那颗乱蓬蓬的老脑袋靠在一个皮垫上,说:"是呀,它确实能给人一种可喜的变化。"皮革上的闪光晃得查理两眼模糊,看不清楚;他朝杂志瞥过去,但杂志的亮光似乎也侵犯他的瞳孔。他看着肮脏的地板,说:"人啊,时不时地变一下,挺好的。"

"是啊,我对我丈夫也是这么说的,是不是呀,他爹?咱们时不时地到别的地儿走走,挺好的。我们有一个女儿,成家了,在斯特里特姆①。"

"这是大好事儿啊,有家庭关系。"

"是倒是,只不过要走这么长的路,很烦人。"那男人说,"爱咋说咋说,可的确是这么回事儿。毕竟,我的意思是,说到底。"他顿了顿,脑袋侧向一边,眼神像要争论一番的样子,等着查理接话。

查理说:"这是不容否认的,爱咋说咋说,我的意思是,那是毫无疑问的。"他兴致勃勃地看着那男人,等着他答话。

那女人说:"是的,不过呢,照我的看法,你有时候得走出自我,那样子看问题。"

"很好啊。"丈夫说,带着满意的口气,但有些嘟嘟囔囔的样子,"可是你要是想那样做的话,咳,要开始旅行的话,那可是要一笔开销的。"

"臭钱儿花过了,您要是不再花个好钱儿。"查理一副见多识广的样子,说,"我是说,那还有啥意思呢?"

"是呀,就是这个理儿。"那女人激动地说,那张苍老的脸上大放异彩,"我跟他爹就是这么说的,有时候你要是不放纵一下自己,那还有啥意思嘛?"

---

① 伦敦南部一个区的名字。

"我的意思是,生活已经这么糟糕了。"查理说着,看着那本杂志慢慢地放下来。它被准确无误地放在座位上。此时,那姑娘坐着,两只戴着棕色手套的小手放在姜黄色的粗花呢套装的膝盖上,两眼逼视着他。她那湛蓝色的眼睛火光凛凛,直逼着他,他赶忙把目光移开了。

"嗳,我能把这件事儿看得真真儿的了。"那男人说,"可是话说回来了,你得知道到哪个地方停下来。"

"对呀。"查理说,"你说的实在是太对了。"

"我知道对有些人来说,这没什么。"那男人说,"这一点我是知道的,可是,你要是想做到这一点,你就得考虑考虑了。这就是我的想法。"

"可是他爹啊,你知道你是很喜欢的,一旦你到了那地儿,乔伊斯把你安顿在你那个角落,坐上你自己的椅子,用上你自己的茶杯。"

"啊。"那男人重重地点点头,说,"可是现如今,可不是那么容易啰,是不是呀?嗯,我的意思是,这是明摆着的事儿。"

"啊。"查理摇摇头,觉得脑袋在颈窝上沉重地滚动着,"不过呢,要是全面考虑的话,那又有啥意思呢?我的意思是,我想的是,对一个要出门儿的人来说,这是毫无疑问的。"

那女人犹豫了一下,正要开口说些什么,但还是让她那双明亮的小眼睛躲开了。她脸色开始不好看了。

查理自顾说下去,脑袋像个钟表匠的脑袋一样转动着:"那是你所习惯的东西,我说的就是这个,就是这个意思。呃,还有一件事,毕竟,说到底,你要是想想这个,又想想那个……"

"住口吧你。"那姑娘厉声喝道。

"这是一个原则问题。"查理说。但他的脑袋已经不再晃来晃去,两眼也盯在了一个地方。

"你要是不住口,我就把乘警叫来,把你弄到另一个隔间里去。"姑娘说。然后她用义正词严、无比愤慨的口气对两个老人说:"你们难道没有看出来吗?他是在嘲笑你们呢。你们难道没有看出来吗?"说着她又把杂志举了上去。

两位老人满腹狐疑地看看查理,又将信将疑地互相对望一眼。那女人的脸红扑扑的,两眼明亮亮、热辣辣的。

"我想我要睡上一会儿了。"那男人说,口气听上去有敌意。他放下两只脚,脑袋向后仰着,闭上了眼睛。

查理说:"劳驾。"说着抬起脚,先是迈过那男人的腿,接着迈过女人的腿,朝过道走过去,嘴里还喃喃地说着:"劳驾,劳驾,不好意思啊。"

他站在过道上,背靠着隔间边上移动的木头,有些晃动。他眼睛紧闭,泪水横流。言辞已经不再是清晰地说出来,而是咕哝着,在他身体内部某个地方杂糅着,一连串恐惧的反抗的词语叽里咕噜地说出来。

耳边,木头碰着木头,滑动着,他听到穿着衣服的肉体蹭到木头上那柔柔的响声。

"要是那个臭不要脸的小丫头,我就宰了她。"一个声音说道,声音很小,很静,从他的横膈膜里发出来。

他睁开那双要杀人似的凶巴巴的眼睛,一眼看见了那个女人。她满脸都是关爱。

"对不起。"他说,语气僵硬而阴郁,"对不起,我不是故意……"

"没关系。"她说着,把她那两只红扑扑的手放在他交叉着的、瑟瑟抖动的前臂上。她握住他的两只手腕,轻轻地把他的胳膊放到身体两侧。"别激动啊。"她说,"没事儿的,没事儿的,孩子。"

他肌肉生硬地拒绝着,使得她向后退了一步。但她就此站稳,说:"嗳,你看哪,孩子,那样子激动是没啥意思的,对不对呀?我要说的是,好日子得过,坏日子也得过。看问题呀,没有别的办法。"

她面对着他,等待着,忧心忡忡,却满怀信心。

过了一阵子,查理说:"是的,我想您说的是对的。"

她点点头,微微一笑,走回那个隔间。过了一会儿,查理在她身后跟了过去。

两个陶匠

我在这个国家只认识一个陶匠,玛丽·托尼什,她住在伦敦城外一个村子里,丈夫是一位小学教师。她很少到城里来,而我呢,很少出城,我们就写信。

做陶器可不是我经常能想到的事儿,所以,当我梦见那个老陶匠的时候,自然而然就想到了玛丽。但要给她讲这个梦并不容易;有两种人:做梦的和不做梦的,这两类人往往是你瞧不起我,我瞧不起你;要么就是你宽容我,我也抬举你。别人讲他们的梦的时候,玛丽·托尼什就说,"我这辈子可是从来都不做梦。"并且说,是为了缓和或者安抚吧,"至少我不记得。他们说,这是个记性问题?"

我倒是愿意以为她是一个很爱做梦的人,我说不上来为什么。

一个高个子女人,块头儿挺大,棕色的头发一簇一簇的,亮光闪闪;一双棕色的眼睛总是给人以光亮的印象,尽管从表面上看不出来:那不是"明亮的"或者"亮晶晶的"一瞥。她看着你,笑或者不笑,都是那么沉静,有一种光亮的印象,这似乎是由虹膜颜色的结构而得来,所以,她的眼睛有时候看上去是黄色的,被那光滑的棕色眉毛分开。

一个块头很大、行动迟缓的女人,长着一双慢腾腾的大白手。一个沉默寡言的女人——总是听别人说话。

她的一生是一个系列剧:童年时代随着性情古怪的父母四处漂泊,头一次婚姻很糟糕,有一个孩子还死了,之后有过许多情人,但哪一个也没有长久;然后是第二次婚姻,嫁给了教物理和生物的威廉·托尼什。他是个动作麻利、说话尖刻、言辞激烈的小个子男人,她跟他生了三个孩子,都快长成大人了。

我不止一次讲过她的故事,不带评论,就是要看看那沉默的判断:又是一个不适应环境的人,又是一个不快乐的灵魂,可是最后只看到这位识人断事之辈在见到她的时候一脸惶惑,因为从来没有一个女人生性比她更不适合不和谐或者痛苦。或者显得好像是这么回事。好像她感觉自己是这个样子,因为她不赞成别人的自相矛盾,就好像她自己的生活和她毫无关系似的。

关于那陶匠的第一个梦很简单,很短。很久很久以前……有一个村子,或者是一个定居点,不在英国,这是肯定无疑的,因为那景色一例是赤裸裸的被炙烤着的土红色。那被炙烤着的土地上井然有序地建着一座座低矮的四方形屋子,都完全是用烘烤过的泥土建成,也都是红棕色;然而,由于有的屋子没有屋顶,有的已经摇摇欲坠,有的只盖了一半儿,周遭没有一座房子是盖好的,成形的。极目四望,四面八方,苍茫平原,皆为红土,平原的中间地带是一片定居点,乍一看去，这定居点仿佛是一只巨手用湿泥草草地捏制成形，这手容它在那里晾干，然后把它丢在了那里。此处好像没有人居住，然而，就在一座座小泥屋之间的一片空地上有一个老人，独自一个人，在一架原始的用脚转动的制陶轮盘上劳作。他那略带黄色、满是尘土的身上穿着一件粗糙的麻袋似的衣服。一只光脚踩在我旁边的泥土里，有裂缝的脚指头散开来，卷曲着。几近灰白的头发上沾着一星半点的黄草。

我从这个梦中醒来，感觉神清气爽，兴奋异常，虽然说那片大平原干旱无比，那定居点空荡荡的，尘土飞扬，是个危险的舞台。最后我坐下来给玛丽·托尼什写信，尽管我似乎能清清楚楚地听到她那平淡的评语：啊，这倒是很有意思。我们之间通常是那种叫作"保持联系"式的通信。我先是询问孩子们的情况，然后问威廉的情况，然后我讲了那个梦："不知怎么的，我想到了你。我倒是真的认识一个人，他在非洲做陶器。他打工的那个农场主发现他有烧制陶器的天赋（好像他的部落历来是陶匠），因为他们给农场烧砖的时候，这个名叫伊莱贾的男人就把一些小碟子小碗塞进窑里去，跟砖一起烧。农场主那时候常常会每个礼拜多给他几先令工钱，把那些碟呀碗呀卖给城里的一个商贩。他做的都是很简单的东西，不像你做的。当然了，他没有轮盘。他也不用颜色。因为那个农场是黑黄色土壤，所以他的东西也是那种颜色。总是有一点点单调乏味。而且很容易打碎。你要是到伦敦来，给我打个电话……"

她没有来，但不久我收到她一封信，附言写道："多么有意思的梦呀。谢谢你告诉我。"

我又梦到了那个老陶匠。那里还是平坦无垠、尘土飞扬的红平原,四周是非常遥远的云雾缭绕的青山,远得就像海市蜃楼,或者朵朵白云,或者在低处盘旋的烟雾。定居点还在。在那里,老陶匠坐在他自己的一个倒扣过来的罐子上,一只脚坚定地踩在泥土中,另一只脚转动着轮盘,一只手为陶土塑形,另一只手掌洒着水,水在洒到旋转的湿泥上的过程中,在移动的光线里一闪一闪地发出低低的、阴郁的亮光。他老极了,老眼昏花,眼睛和那远山一样都是不真实的蓝色。在他四周,在一排排铺得薄薄的黄色稻草上晾晒的,是大小不一的陶罐。它们都是圆的。小屋子都是方的,陶罐是圆的。我看着这些泥土表现出的两种不同形态,由形状分开,然后透过小屋之间的空隙朝平原望去。看不到一个人。似乎那里没有一个人住。然而那里坐着这位老人,周围是成百个陶罐和碟子一排排在稻草上晾晒,老人的手蘸进一只硕大的水罐,把一滴滴的水洒过去,水滴洒到泥土上,砸下一个个小坑,闻起来都是清甜的。

我又想到了玛丽。可是,他们两个毫无共同之处,那个贫穷的老陶匠没有一个人买他的陶器,而玛丽呢,把她那颜色古怪的碗和罐子都卖给了伦敦的那些大商店。我好奇老陶匠会如何看玛丽的陶器——尤其是他会如何看我从她那儿买的一个四方形平底盘子,颜色是有点绿的黄色。那四方形好像是经过敲打滑出来的,表面粗糙,上面明显留下了手指印。我在上面放奶酪。老人家的缸用来盛谷子,或者盛酸奶。这一点我是知道的。

我写信给玛丽讲了第二个梦,心想:哎呀,这个梦要是使她感到乏味了,或者生气了,那就太糟糕了。这一次呢,她给我打了个电话。她想让我到其中一家商店去,因为这家商店迟迟没有下新的订单。难道是她的东西卖得不好?她想弄明白。她还加了一句,对那个老陶匠,她感同身受;从他那堆积如山的存货看,他也没有任何主顾。可是,最后证明是,那家商店把玛丽所有的东西都卖掉了,只是忘了追加订单了。

我等着,很有耐心,怀着激动的心情,等着那个梦的后续情节,或者后续展开。

定居点现在有人了,实际上是一派欣欣向荣的景象,而且也大多了。低矮的泥土平房蔓延开去,有好几英里。平房和平房之间此时不再是孤零零的,而是连成片了。我从这种房子的体系中穿行而过。房子大小大致相同,但相互之间朝向各异,这样,站在一座房子里,它就有一扇、两扇、三扇门,通向相应的好几座泥棚房。我在低矮、阴暗的房子里穿行了约莫半英里的样子,一次都不需要穿过一片露天地,等我出来走到太阳底下,就遇到了那位陶匠,他身后是一个集市。但却是一个冷冷清清的集市。离他的那些大缸不远,女人们穿着跟他一样略带黄色的麻袋布一样的衣服,在向满面尘土、个头矮小、无精打采的人们兜售粮食和牛奶。陶匠在火辣辣的太阳底下继续干活,他那一排又一排泥做的器皿在闪着黄色光芒的稻草上晾晒着。一个很小的男孩儿蹲在他身边,观察着他做的每一个动作。我看见水是如何从他那双年老的手指上淋到旋转着的泥罐上,水滴飞过泥罐,溅到那张神情专注、窄小穷命的脸上,脸上那双眯缝起来的眼睛专注地看着。不过,那张脸任水飞溅,无所畏惧,可能根本就没注意到。

定居点以外,是绵延不断的大平原。大平原以外,就是那稀薄的、虚无缥缈的群山。那坦荡无垠的红色大平原的上空飘浮着一个个小小的暗影:它们是一只只巨鸟在时而盘旋、时而斜行、时而转弯时投下来的暗影。

我给玛丽写信,她回信说,她很高兴,老人家终于有一些顾客了,她一直很替他担心来着。至于她呢,她觉得他应该用一些颜色了,一律的红色,太压抑了。她说,她看得出来,定居点缺水,因为我没有提到过一口水井,更不要说一条河流了,只有陶匠那满满当当的一大罐水映照出蓝色的天空、太阳和巨鸟。光吃牛奶和小米是不是对人不好呀?她写到这儿岔开说,她想,所有这一切我都无能为力,这是我的本性,"顺便一说啊,你那贫穷的小村子是不是起码该有一个讲故事的人了?这可怜的情形得多么乏味呀!"

我回信说,定居点是这个样子我也没办法,但要是照我的想法,这故事的背景会设在一丛丛的果树林里,周围是白花花的玉米地,有条河里到处是在玩水的黑不溜秋的孩子们。但我无能为力呀,这地方不管它在哪儿,情况就是这样子。

一天在一家商店里,我看见一架子她的作品,并且注意到,这当中的一些陶器是光滑的,闪着单调光泽的深红色,仿佛是光滑的皮肤——是些坛坛罐罐,以及平底圆盘。我们那位乡村陶匠想必是懂得这些的,这里的什么东西都不会使他感到意外。然而,玛丽器皿的那种简单是有意为之,老陶匠的质朴是浑然天成,两者之间还是有区别的。我看看那些陶器,心想:唉,我的天呐,这样子路是走不远的……可是我原本就该发现,我很难确切地表达出我的意思,实际上,我买了一只盘子和一个陶罐,想到这些陶器里面有玛丽,也有老陶匠,他们通过我的手关联起来,我就从中获得极大的乐趣。

很长时间过去了。我又做梦的时候,整个大平原都有了人。远山更近了,高高耸立,青翠欲滴,直插蓝天,环抱着平原。从高高的山顶看去,一个个定居点就像大平原上一片一片略微鼓起来的表面。我懂得它们的本质和物性,即随处可见的略微鼓起来的土堆,就像雨点打在干燥的尘土上,砸出一个个小坑,然后太阳出来,很快把尘土晒干,由此留下来的不结实的形状。这种干土留下来的又干又脆的硬皮形状——我尽量靠近了看,给我以从高山上看下来,定居点给我的那种感觉。不同之处就在于那突起的硬土皮是四方形的。整个大平原上我都能看到这种小小的四方形状。我让自己从山上下来,穿过那些盘旋、飘荡的巨鸟,向下来到我所熟悉的定居点。那里坐着那个陶匠,他用右手往泥土上轻轻洒水,泥土在他左手下露出曲线。一切都像往常那样进行着——他还在那里,做着他的陶器,我感到心安了。虽然过去了这么长时间,但是并没有什么变化。那低矮、单调的小平房还是那样,尽管自从我上次来这里,有些小平房塌了,成了一堆泥土,而后就在原地隆起,如此循环往复,已经有一百次了。还是没有绿色,没有河流。一条小溪里面满是浮渣,溪边有山羊在吃草,谷子地是这一片,那一片的,散乱地生长,由于干旱,谷子给夷平了,一片枯黄。集市上有粉红色的水果,一堆一堆地放在软软的小米堆旁,堆放在编织的草垫上。我不认识这种水果:小小的,有李子大小,果皮光光的,我觉得它有一种辛辣的果肉味。粉黄色的果皮在尘土地上扔得到处都是。一个男人从我身旁经过,缓慢地扭动着屁股,他那麻袋似的衣服被一个手肘夹在身体一侧,他两眼盯着粉色水果上方,尖利的黄牙咬着那水果。

我写信告诉玛丽,大平原上住的人更多了,然而情况并没有多大改变,只是有了那种水果。可是那东西就像止血药,我自己都不会喜欢它的。

她回信说她很高兴她能睡得十分安稳,要不她就会发现这样的梦使人感到压抑了。

我说这个梦一点都不令人感到压抑。我高兴地进入梦乡,就像在聆听一个讲故事的人说:很久很久以前……

然而下一段梦就很令人沮丧。我醒来感到闷闷不乐。在集市上,我站在老陶匠身边,他头一次两只手没有忙碌,轮盘静止不动。他的目光跟着人们买卖的动作来回移动,嘴里是苦涩的。他身旁,他做的器皿摆成一排又一排,放在那温暖的闪着光芒的稻草上。偶尔会有一个女人走过来,沿着一排排陶器择路而行,弯下腰,眯缝起眼睛看着那些坛坛罐罐。然后她挑上一个,往陶匠的手里丢下一枚硬币,扛到肩膀上就走了。

我就像是钻进了陶匠的心里,知道他在想什么。他说:

"就一回啊,上帝,就一回呀!"他把手放下来,放进轮盘下面的一小片炽热的阴凉处,手掌上放一只小泥兔,举起来,放到地上。他坐着一动不动,抬头看看天空,然后低头看看兔子,祈祷着:"求求您了,上帝,就这一回啊。"然而,什么事情都没有发生。

我给玛丽写信,说那位老人厌倦了在漫长的多个世纪里做寿命极其短暂的陶器了:现在定居点下面的碎罐子堆积起来,高度都升了二十英尺了,而每一个罐子都是出自他的轮盘。他想让上帝对着他的泥兔子吹气,赋予它生命。他原本希望看见它支棱起它那红色血管分明的长耳朵,在他手掌上感受到它那毛茸茸的兔脚,看着它跳下来跑开,钻进巨大的陶罐之间,冲它们吸吸鼻子,抽动着耳朵——在形状不一的泥制物件中,就它一个活物。

玛丽说,这老头子在奢望他得不到的东西。她进一步说:"干吗是一只兔子呢?我真不明白怎么是一只兔子。一只兔子有什么用处呢?你难道没有意识到,除了山羊(你说山羊有奶)和头顶上飞的那些秃鹫,他们根本就没有动物吗?一头母牛难道不会比一只兔子好一些吗?"

我写道:"我在做梦的时候,对那个地方我什么都做不了,可我现在是醒着的,干吗不呢?就在这时,兔子从老人的手上跳下来,跳到地上。它蹲着,抽动鼻子,全身抖动起来,就像所有兔子一样。接着,它缓缓地一纵身子,开始吃起稻草来,老人家喜极而泣。现在,你有什么话说?如果我说有一只兔子,一只兔子就在那儿了。再者说了,经过了这么久,老人家也应该有一只。上帝本来能够做很多的,做这件事花费不了他什么。"

那封信没有回复,我也不再做那个定居点的梦。我知道,这是因为我厚颜无耻地弄出了那只兔子,还把我自己插进故事里去了。好吧,那么……我给玛丽写信:"我一直在想:假定是你梦见了那个陶匠——好了,好了,只是假定啊。现在。第二天早上,你们坐在早餐桌边,你的威廉坐在一端,孩子们坐在你们之间,在吃脆玉米片,喝牛奶。你呢,相当沉默。(当然了,你通常都是沉默的。)你看看丈夫,心想:我要是对他讲我准备干什么,他究竟会说什么呢?你什么话都没说,只是在餐桌上伺候着;饭后你打发孩子们去上学,送丈夫去上课。然后就剩下你一个人了,你洗完盘子,把它们放好,你就悄无声息地走进你那间铺着石头地板的房间,你的轮盘和窑都在那里。你拿了一块泥,捏了一只小兔子,把它放在一个高高的架子上,架子上摆放着几只已经做好的花瓶,你把兔子放在花瓶后晾晒。你不想让任何人看见那只兔子。一个礼拜以后,兔子干了,有一天,你等全家人都出去了,就把你的兔子放到手掌上,朝一片田地里走去,你跪下来,把兔子朝野草放过去,你等待着。你没有祈祷,因为你不信上帝,然而,如果那只兔子的鼻子开始翕动,长长的软耳朵竖起来,你是一丁点都不会感到意外的……"

玛丽写道:"再也没有什么兔子了,你把多发在兔子身上的黏液瘤病忘了吗?实际上,我最近确实做了几只小兔子,给孩子们做的,涂上了蓝色和绿色的釉,因为我突然想到,两个小孩子还没有从图画书之外看过兔子呢。不过我听说,在有些地方还是有兔子回来了。农民们会生气的。"

我写道:"是的,我是忘了。可是……有时候到了傍晚,你走进田野,心里想:要是能看到一只兔子抬起爪子,看着我们,那该有多好啊。你记得几年前那几只正在腐烂的小兔子的尸体吧。你想:我要再试试。同时呢,一想到威廉会说什么,你心里就不踏实,他可是个理性十足的人啊。呃,当然了,我们都很理性,但他甚至假装一下都不愿意。我也许说的不对,不过我觉得你是害怕威廉把你给揭穿了,所以你就小心翼翼的,不被他逮住。一个阳光明媚的上午,你把它拿出来,拿到那片田地里……好了,这样好了,它并没有一蹦一跳地跑开。是把你的泥兔子放在温暖的草丛中(那是一个艳阳高照的日子),让它碎裂成泥呢,还是要在你的窑里烧制出来,你拿不定主意了。你还没有烧制呢,它甚至还是湿漉漉的:老陶匠的那只兔子是湿的,就在他把兔子拿出去,到太阳底下晾晒之前,都还在上面洒水来着,我看见他这么做了。

"后来你决定告诉你丈夫。是出于好奇吗?孩子们就在花园里,你能听到他们嬉闹的声音,而威廉呢,就坐在你对面看报纸。你有一股疯狂的冲动,想说:我今天晚上要把我的兔子带到田里去,向上帝祈祷,求他对兔子吹口仙气,让它活起来,一块田地没了兔子,就空了。然而你却说:'威廉,我昨天夜里做了个梦……'他先是皱了皱眉,很快地皱了皱眉,然后把那双长着沙褐色睫毛的锐利的小眼睛迅速转到你身上,侧耳倾听。使你感到意外的是,他没有说:'我不记得你做过什么梦呀。'他说的是:'玛丽,我不知道你不赞成农民把自己的兔子都杀了。'你说:'我不是不赞成,我想,要是放我身上,我也会这么做。'他并没有照他的性子,上来就是一阵冷嘲热讽,或者是极不耐烦;这样一来,你把那只泥兔子取下来,拿到外面一块田地里,放在一道树篱上,兔子的鼻子对着鲜嫩的青草,这时候,你反倒觉得心中有愧了。那天夜里,威廉随意说了一句:'兔子又回来了。你听到这话很高兴吧。巴兹尔·史密斯在他的地里打死了一只——他说,八年了,这是他打的头一只兔子。嘿,我本人很高兴,这些个小讨饭鬼我还是很想它们的。'你高兴了。你悄悄地溜进寒气逼人、雾气蒙蒙的月亮地,朝那段树篱跑去,那只兔子自然是不见了。你站着,拽着你那条厚厚的绿色披肩围好,天很冷,冷得你直打哆嗦,可是你很高兴,很高兴啊!尽管你心里很清楚,是你的一个孩子,或者是别人家的一个孩子,沿着这道树篱悄悄走,看见了这只兔子,就把它拿去玩了。"

玛丽在回信中写道:"噢,那好吧,你要这么说,那就是吧。但我必须告诉你,你要是对事实感兴趣的话,那唯一发生了的事就是,丹尼斯(中间的那个孩子)想开玩笑,就把他那只蓝色的兔子放在史密斯家大门口附近的一段树篱上,而一天黄昏的时候,巴兹尔·史密斯以为那是一只真兔子,一枪就把它打成了碎片。他原来每年都会因为兔子损失一笔收入,他根本不觉得那是个好笑的笑话。不管怎么说,你干吗不到乡下来,过个周末呢?"

托尼什一家住在村边一座很旧的农家小院里。有一座大花园,种着果树啦,玫瑰花啦——什么都有。有那么大一座房子,还有三个孩子,活多得忙不过来;但玛丽尽量把所有的时间都花在了那间棚屋里,那儿原来是养奶牛的,现在她在里面做陶器。我到的时候,发现他们在厨房里吃午饭呢。玛丽点头示意我坐下。威廉正跟中间的那孩子丹尼斯争执不下,丹尼斯,照另外两个孩子的说法,是在"显摆"。或者准确地说,他是在受着一阵恼人的自我意识的折磨,小男孩儿有时候会因此不堪其扰,他结结巴巴地说着话,痛苦地扭动着身子,同时眼睛骨碌碌地转动,沙褐色的长着雀斑的脸颊通红、凄苦不堪。

"哎我干了我就是干了我就是干了我就是干了我就是干了……"他打住喘口气,眼睛瞪着,他哥哥说:"你没有,你就是没有,就是没有。"

"我干了,我就是干了,干了,干了……"

当爸爸的说得很干脆,但带着怒气:"那么是这样,丹尼斯,把你的面包吃了,你不可能吃了,这是明摆着的,你还没吃。"

"可是我干了我干了我干了我干了……"

"那好,你最好给我出去,直到脑子清醒了,适合跟理性的人们做伴儿了,再回来。"他爸爸说,一副真理在手、胜券在握的样子。

那孩子急着争辩,竟一时噎住,接着号叫着冲进了花园。过了一分钟,老大也跟了过去,表面上是去控制他。

"他干什么啦?"我问。

"谁知道呢?"玛丽说。她坐在那儿,坐在桌首,眼睛明亮,面带微笑,在给大家拿苹果派和蛋奶沙司,在她那生就一头姜黄色头发、长着雀斑的一家人中间是个棕发异类。

她丈夫很快说:"你什么意思?说什么谁知道呢?你知道得清清楚楚。"

"是他跟巴兹尔·史密斯吵架的事儿。"玛丽对我说,"自打巴兹尔·史密斯拿枪打了他那只蓝色的兔子,把它打成了碎片,双方就都怀有敌意。丹尼斯声称,他昨天夜里放火把史密斯家的农舍给烧了。"

"什么?"

玛丽朝一个低矮的窗户指了指,透过窗户,能看到史密斯家的房子,隔着两块地,宛若相框里的一幅画。

威廉说:"他歇斯底里,这个样子可是要不得。"

"喂,"玛丽说,"要是巴兹尔开枪把我的兔子打碎了,我也会想把他的房子放火给烧了。这对我来说是非常合情合理的事情。"

威廉发出一声怒吼,但因为有我在场,就不便发作,他怒气冲冲地环顾四周,然后带着最小的孩子出去了。

"唉,"玛丽说,"唉。"她笑笑,"到我的制陶作坊来吧,我要给你看一样东西。"她沿着一条石头地面的走廊走在前面,一个个子高高的、行动懒洋洋的女人,太阳光照在她那棕色的头发上面,头发闪着光泽。我们经过一扇开着的窗户,一阵吓人的吵闹声、尖叫声、打架声传了过来;我们看见三个孩子在草地上滚作一团,扭打着,威廉在一旁跳着脚吼叫:"别打了,立即住手!"可是根本不管用。孩子们的妈妈呢,很显然根本就不往心里去,照样走她的路,进了制陶作坊。

这个作坊里摆放着制陶设备,许许多多坛坛罐罐、盘子,以及五颜六色、种类繁多的大壶,排放在架子上。她从一个高架子上取下一个小动物,放到我面前。然后她就把我留在那儿,自己则弯下腰侍弄那口窑去了。

它是黄棕色的,一种家兔或者野兔,但耳朵却既不像家兔,也不像野兔——更窄,很尖,很短,就像植物那尖尖的、没有长开的根根新芽儿。口鼻更像狗的,而不像兔子的;看样子是不吃草的——或许是吃昆虫或甲壳虫的?略带黄色的眼睛镶嵌在脑袋的前面。它的后腿没有家兔的腿有劲儿,也没有野兔的腿有劲儿,我看得出它的天赋在于隐藏,而不是在灵活的弹跳之中逃脱敌人的追击。它坐在短粗的后腿上,前爪以一种怪异的、扭曲的、几乎是假模假式的姿势抬起来,脑袋扭向一边;两只耳朵卷叠在一起。它看上去就像一根弹簧,铆足了劲儿,或者松了一半的劲儿。它看上去就像一块奇形怪状的岩石,或者像偶尔长在岩石上的七歪八扭的难看植物。

玛丽回来,站在我身边,脑袋略微扭向一边,脸上带着她标志性的耐心的浅笑,但这笑里也带着一丝温柔的隐忍的火气。

"喏,"她说,"就是它了。"

我犹豫着,因为这不是我在老陶匠手掌上看到的那只兔子。

"在那里,一只英国兔子到底在干什么呢?"她问。

"我没说那是一只英国兔子啊。"

不过当然了,她说的没错:比起我梦到的那只美丽的毛茸茸的兔子来,这只小动物跟那晾干了的泥棚房、那尘土飞扬的大平原要合拍得多。

我冲玛丽笑笑,因为她是在逗我玩儿,就像她逗丈夫玩儿,逗孩子们玩儿一样。不知怎的,我想起了她的第一任丈夫和几个情人,他们当中有两个我都认识。在痛苦的危机时刻,或者是在分手的时刻,她一直都是这样站着的吗?——一个沉静美丽的女子,甜美地发出讥讽的微笑,仿佛在说:"喂,你要大惊小怪,就随你,这跟我可是一丁点儿关系都没有。"如果是这样,我很吃惊他们当中怎么就没有人把她给杀了。

"啊,"我终于说,"谢谢。不管这是什么吧,我可不可以把它拿走?"

"当然可以。我就是给你做的。你必须承认,它也许并不怎么漂亮,但它更有可能是真实的。"

我接受了这个礼物,就像我不得不接受一样。我说:"嗳,谢谢你屈尊降贵到我们这个水平,跟我们玩了这么长时间的游戏。"

听了这话,从她那明亮的眼睛里闪出一道黄色的光,而她面部表情依然严肃,仿佛这种乐趣,或者说对实情的承认,都只能通过她虹膜中光的变化,集中反映出来。

几分钟后,三个男孩儿和他们的爸爸来到房子的这部分,彼此之间吵得正凶。受了委屈的丹尼斯泪流满面,而当爸爸的气得快要发疯了。玛丽在此之前一直都是置身事外的模样,这时她大叫一声,披上一件外套,说:"我受不了了。我这就去跟巴兹尔·史密斯说道说道。"

她出去了,我看着她穿过几片田地,朝另外一处宅院走去。

与此同时,丹尼斯满脸通红,非常难受,他来到制陶作坊里找妈妈。他转了一圈,四处搜寻了一番,然后抓住我那个小动物,说:"是给我的吗?"我说:"不是,是给我的。"但他一把抢了过去;我要他放下来,他只好照做,站着,像个风箱一样呼哧呼哧喘粗气,雀斑像茶叶似的贴在脸上。

"你妈妈去找史密斯先生了。"我说。

"他拿枪打了我的兔子。"他说。

"那不是一只真兔子。"

"可他以为那是只真的。"

"没错,可是你当时就知道,他会这么想,他会朝它开枪。"

"他把兔子给杀了!"

"那是你想让他杀的!"

听了这话,他发出一声尖叫,跳上跳下地像个疯孩子,大叫着:"我没有我没有我没有我没有……"

他爸爸见此情景走了进来,一把抓住他那胡乱挥动的胳膊,逼着这孩子安静下来,他就这么摁着他,狂怒之中说了这一句怀疑常识的话:"我这——辈——子——还从没——听见过——这样的——疯话!"

这时玛丽由史密斯先生陪着进来了,他块头很大,模样英俊、年轻,长着一副可爱的开朗的面孔,但这会儿因为要做他已经答应要做的事,脸色不太好。

"把那孩子放开。"玛丽对丈夫说。丹尼斯一下子摔到地板上,翻了个身,脸朝下趴着,哭得身体一起一伏的。

"把那两个也叫来!"

威廉乖乖地走到窗边,大声叫道:"哈利、约翰,哈利、约翰,赶快到这儿来,你妈妈叫你们呢!"他说完就那么杵着,两只胳膊交叉在胸口,一副被斗败了的哲学家的模样,生气地咧了咧嘴;这时另外两个孩子走了进来,站在门口等着。

"好了,"玛丽说,"站起来,丹尼斯。"

丹尼斯爬起来,一脸的痛苦,满怀希望地看向妈妈。

玛丽看了巴兹尔·史密斯一眼。

史密斯开口了,小心翼翼地把每一个字都说对了:"我很抱歉我杀了你的兔子。"

当爸爸的气得大喘了一口粗气,但妻子瞪了他一眼,他立马安静下来。

丹尼斯的胸腔鼓起来又陷下去——顷刻间又要泪雨滂沱了。

"丹尼斯,"玛丽说,"跟着我说:'史密斯先生,我很抱歉我放火烧了你们家的房子。'"

丹尼斯说得很快,为的是及时把话说出来:"史密斯先生我很抱歉我放火烧了……烧了……你们家……你们家的……"他吸了吸鼻子,呼出一口气,但玛丽坚定地说:"房子,丹尼斯。"

"房子。"丹尼斯说完就痛哭起来。他一下子扑进妈妈怀里,把头埋在她腰间,站着号啕大哭,扭动着身体,她则把一双大手放到他那姜黄色头发上,冲史密斯先生微微一笑。

"亲爱的上帝啊。"她丈夫说着,让交叉着的胳膊猛地垂落下来,现在这场滑稽剧收场了,"巴兹尔,来喝上一杯吧。"

男人们走开了。其他两个孩子站着,一声不吭,感到不好意思,因为丹尼斯有这么激烈的情绪,他们明显觉得是要负部分责任的。之后他们就悄悄地溜出去玩了。整座房子又安静了下来,只有丹尼斯愈来愈小的抽泣声。不久,玛丽就把这孩子抱上楼哄他睡觉了。我待在那间铺着石头地板的偌大的制陶作坊里,看着我那只七歪八扭、奇形怪状的小动物,看着玛丽的作品,五彩斑斓地在四周的墙边摆放着。

晚饭吃得很早,很快就吃完了。男孩子们都默不作声,丹尼斯少气无力的,吃不下饭。床铺是给每个人都铺好的。威廉不断看着妻子,姜黄色八字须下面,嘴巴一动不动,我们肯定能听到他心里想什么:我是设法把他们抚养成理性的人,而你却把他们脑子里装满这种乱七八糟的东西!然而她却回避着他的目光,沉静而疏远地坐着,给大家盛土豆泥和红棕色炖肉。我们洗完了杯盘,她才对他笑了笑——她那种甜甜的、妩媚的微笑。很显然他们两个需要独处。我就说,我想早点儿睡觉,就离开了他们:我还没有走出房间,他就已经走过去抚摸起她来。

第二天,一个暖融融的夏天的礼拜日,大家都很放松,这座老房子静谧安详。那天傍晚,我带着我的泥塑小动物走了,玛丽迁就我,微笑着说:"让我知道你那个地方的情况进展啊,不管那地方在哪儿。"不过,我把她那漂亮的小动物装进我的行李箱了,所以我不介意她迁就我。

那天夜里,在家,我走进那个集市,向那个老陶匠走去,他看见我过来,就停下了手里的轮盘。小男孩儿皱着眉头,一双神情专注的眼睛本来在看着陶匠的手,这时抬起来,冲我笑笑。我伸手把玛丽的小动物递了过去。老人家接过来,眯起眼睛仔细端详了一番,点了点头。他把小兔子放在左手上,用右手往兔子身上洒了些水,手掌翻向堆满垃圾的土堆,那小东西一跃而起,就跳走了,动作轻快,幅度很大,直到穿过一座座小屋,跑出了定居点,才停了下来,背景是一小片露出地面的犬牙交错的棕色岩石。它抬起前爪,以玛丽为它创造出的姿势一动不动。一只可能是雕或鹰的鸟飞过头顶,朝下俯瞰,但没有看见玛丽的小动物,就继续飞翔,向上飞,飞进平坦而干燥的大平原到群山之间那广袤无垠的湛蓝色的天空。我听见轮盘吱扭吱扭转动起来;老人家又回去忙活起来。小男孩儿蹲在那儿,看着,陶匠右手洒的水洒到他正在做的那只碗上,洒到孩子的脸上,那熠熠闪光的水珠洒成一道美丽的弧线。

男人之间

对着门的那把椅子上盖着咖啡色绸缎。莫琳·杰弗里斯下身穿一条深棕色丝绸紧身裤,上身穿一件白色皱边衬衫。坐在那把大靠背椅上,她看上去就像个可爱的小不点儿。然而,她刚刚在椅子上坐下来,就又站起身(脸上带着一丝她自己一定都觉察不到的哀怜的笑容),不那么张牙舞爪地坐到一张黄色长沙发的一角。她在这儿坐了几分钟,心想,她毕竟在邀请函里调侃(她注意到这词句有一种她说不上完全喜欢的淘气的特质):"来和全新的我见面吧。"

所谓全新是指她的发式,她体重也轻了十四磅,肌肤变得细腻,宛如新生(这个词儿她非常喜欢)。毫无疑问,所有这一切,坐在这把棕色大靠背椅上,会展现得更加淋漓尽致:她又换回到了原处。

她第二次挪回那张黄色长沙发上,则是出于体面,一种真诚的友善的深思熟虑。请佩姬·贝利来看她之于她乃英勇之举,她是要把自尊吞下去的。然而这件皱边蕾丝衬衣以及这件衬衣所散发的魅力一下就会把佩姬给比下去,尽管情况势必如此,有鉴于她的种种的优势——她嫁给了贝利教授(她莫琳曾经给贝利教授当了四年情人),嫁得舒舒服服——然而却没有必要拿她莫琳那崭新的、实实在在是不可思议的魅力让她更自惭形秽,尽管这一点通过全新的我这句话宣示过了。

再说,她的魅力是她莫琳再次面对这个世界的所有武器了,干吗不把它展现给贝利教授的夫人呢?贝利教授当初没有娶她本人,而娶了佩姬。尽管(她恶狠狠地、怒气冲冲地悄悄地说给自己)她当初要是像佩姬那样,引汤姆·贝利上钩,给他施加压力,那她就是贝利夫人了……她还是要坐回那把棕色靠背椅。

假如这桩婚姻从一开始贝利就坚持要再买一套房子,供他一个人住,压根儿就不允许她莫琳踏进那房子半步(佩姬的遭遇就是如此),而她又引汤姆上了钩的话,那她就得自作自受了,就像现在,佩姬一定是自作自受一个样,她,莫琳,就会拒绝在这些条件下和他结婚,这事儿她得承认自己办得到;事实上,她坚持要求汤姆对她忠贞不贰,但汤姆生性就是个浪荡鬼,毫无疑问,就是因为这,他才离她而去,投入了佩姬的怀抱。所以,从整体上讲,她并不真的嫉妒佩姬。佩姬都已经快到四十岁了,才跟这个才貌双全的教授结婚,而付出的代价就是,从一开始就知道,她不可能是他生活中唯一的女人;而且心里很清楚,她的婚姻是通过世界上最古老的手段获得的……

想到这一点,莫琳第三次离开那把棕色靠背椅,觉得那张黄色长沙发抢眼,就坐在地板上,整个人受自我厌恶的情绪支配着。她在审视着自己人品变坏,哪怕她无法不对佩姬产生一阵一阵的恶狠狠的想法。过去这六个月半隐居以来,她把自己看了个清清楚楚;同时减重一英石,重获美貌:这两件事实际上就是她的日常。

她办到了:她三十九岁,从来都没有如此楚楚动人。当年那个离开艾奥瓦州的家,到纽约寻求自由的野丫头是那么可爱,正如每个天生美貌的年轻姑娘很可爱一样,可是她现在这个样子却是她自己辛辛苦苦二十年的产物。也是别人辛苦的产物……她长得小巧玲珑,圆圆的脸蛋儿,白皙的皮肤,一双棕色的大眼睛,一头黑色的秀发,活脱脱一个美女,然而她富有同情心,柔情似水,魅力无穷,这些却是和十几个青年才俊谈情说爱造就的结果。不,她一点儿都不羡慕十八岁的自己。可是她确确实实羡慕,一天胜似一天地羡慕那个年轻姑娘真真正正的独立、大气、眼界和勇气。

就在六个月以前,她最近的——她希望是最后一个——情人,杰克·博尔斯离开了她,把她弄得遍体鳞伤。也是在六个月以前,她想到,二十年前——其实仅仅是十年以前——都是她把情人甩了,都是她说:"对不起,原谅我,我要走了。"而今这话却是出自杰克之口——有些尴尬,有些愧疚,但很容易就说得很顺溜了。而,而这才是问题之所在,她从来没有算计过后果,从来没有从哪个男人那儿拿过钱,除了她认为那是她挣的钱,她一直保持着自我。(在她跟杰克相处那段时间,她为了讨好他,表达过种种自己并不认同的意见:他不喜欢女人跟他的意见不一致。)最要命的是,她连一刻都没有想到过人们会怎么说。在杰克跟她风流一度之后,有好几个月报纸都在大肆宣扬此事("著名电影导演和画家莫琳·杰弗里斯在加纳同居")。杰克把她甩了的时候,她首先想到的是:我会成为一个笑柄。她之前见人就说,说得有理有据:他一定会和她结婚的。接着她就想到:可是他跟我待在一起还不到一年呢;以前还没有一个人这么快就对我厌倦了。然后想到:他弃我而去后奔向的那个女人远不及我,她连饭都不会做。接着,又回到了最开始:人们一定在笑话我呢。

自轻自贱害苦了她,尤其是她无法放杰克走,又是打电话,又是写信,又是责骂,又是提醒他,说他答应过要和她结婚的,一个劲儿紧追不舍。她说到她给过他的东西,实际上她最看不上女人做的每一件事她都做了。最重要的是,她还没有离开这套房子,他最近一下子交了五年的房租。到头来这样做的结果就是,他用这套房子的租期打发了她。

她没有拿上自己的衣服立刻从这套房子走出去(那些衣服她肯定是有权拿走的吧?),反而还在这里,把自己弄得美丽动人,战胜恐惧感。

十八岁,她离开父亲的家(他是个邮局的办事员),那时她有的就是她的性别优势和勇气。没有美貌。因为,和许多别的职业美女相比,她根本就毫无美貌可言。所谓职业美女,就是一辈子和男人厮混的女人。她所有的东西就集中在性别优势上了,她知道自己性感,而且浑身上下性感逼人,这好像使她漂亮。而今,二十年过去了,在当过十一个男人的情妇以后她有的依然是性感和勇气。那十一个男人个个出类拔萃,或者至少有出类拔萃的潜质。然而——由于她从来没有把自己的才华,绘画才华,放在首位,而总是把和她同居的男人的事业放在首位,而且出于慷慨的本能——这一点可能是她最好的品质——她现在都不会谋生了。至少是不会以她过去所习惯的方式谋生了。

自从离开家,她就把她的才华,她的温情,还有她的想象力奉献给了一位美术教师(她的第一个情人)、两位演员(那时候默默无闻,而今举世闻名)、一位编舞师;一位作家;又一位作家;然后跨过大西洋来到欧洲,委身于一位电影导演(意大利)、一位演员(法国)、一位作家(伦敦)、汤姆·贝利教授(伦敦)、电影导演杰克·博尔斯(伦敦)。谁能说得出,她主动投怀送抱,她不断地投身到他们的工作中去,所有这一切为他们的功成名就做出了多少贡献呢?(在那暗无天日的时光里,她痛哭着,狠狠地质问自己。)

她现在剩下的是她的同情心,她的魅力,她穿衣服、搞装饰的才华,一点画画的小才华(这并不意味着她是一个对别人的作品没有鉴别力的批评家),她精妙绝伦的厨艺,以及她自知是出类拔萃的床上功夫。

她一旦迈出了这套房子的门槛,她就也迈出了国际金钱和声誉的圈子。到什么地方去?去找她父亲吗?他现在可是住在芝加哥的一间合租房里。不,她唯一的希望就是再找一个男人,一个跟其他几个男人一样出类拔萃,一样耀眼的男人,因为她再也找不起默默无闻的天才,有潜力的艺术家了。这就是她在等待的东西,以及她还住在这套奢华的房子里的原因,得以这套房子当基地;也是如此痛苦不堪地看不起自己的原因;邀请佩姬·贝利来看她的原因。第一,她需要通过见这个女人给自己以力量,因为这个女人的经历(给名人当情妇)和她很相似,而她现在却嫁人了,嫁得很好。第二,她要请她帮忙。她把自己的前任情人们都仔仔细细梳理了一遍,给其中三个人写了信,三个人倒是都回了信,十分友好,但都帮不上忙。她表面上还是汤姆·贝利的一个"朋友",但她很清楚,接近他就会冒犯到他的妻子,除非是有她的恩准。她要请佩姬求汤姆利用他的影响给她找一份工作,那种能使她遇到适合她的那种男人的工作。

门铃响了,她回应过后,赶忙回到那把棕色大靠背椅上,这次是出于虚张声势,甚至是出于诚心诚意。她这是在讨好一个男人的妻子,而她就曾当过这个男人的情妇,闹得满城风雨的情妇,她并不希望是通过让自己看上去不那么楚楚动人而减弱这件事的难度;哪怕佩姬进来的时候,美貌已经荡然无存,因为和贝利教授结婚三年,她已经变成一个通情达理、姿容秀丽的女人。她当初从开普敦来到欧洲,当了个不起眼的小演员,那时候她可是像只猫一样精明,那份工作她早不干了,那份猫一样的精明也早就没有了,她干起了她生来就该干的这份工作。

可是,佩姬·贝利进来的时候,好像是回到了四年前:如果说莫琳小巧玲珑,风情万种,甜美动人,那么,佩姬的风格就是塞壬女妖式的:莫琳猛地站起身来,看见佩姬用一只戴着白色戒指的手把一缕浅发从棕色的脸颊推开,一双绿眼睛冲她嘲讽地一笑。她不由自主地惊呼:"汤姆把你蹬了呀!"

佩姬哈哈大笑——她的嗓音跟莫琳的一样,都是放荡的女人那种沙哑的声音——她说:"你怎么这么会猜!"说到这儿她一转身,臀部一翘,摆出一副模特的姿势,让她那头金发滑落到脸上,炫耀着她那条绿色直筒亚麻连衣裙,这条裙子把她那焕然一新的火辣身材衬托得美妙无比。过去三年那个明事理、身体好的家庭主妇的样子已经荡然无存:她,和莫琳一样,重又回到她那放荡的模样,靠着它搔首弄姿,靠着它摇摆兴奋。

她说:"咱们两个人让人家给蹬了,模样反倒漂亮多了呵!"

现在她充分意识到她有多美丽,就反客为主,一下子蜷缩在那张黄色长沙发上,娇态可人,说:"给我弄一杯喝的,别看着这么大惊小怪的。不管怎么说,我想我本来是能看见这件事会落到我头上的吧?"这是一个问题,说给——一个同谋犯的吗?不。受害者吗?不。工匠同行——对了。莫琳意识到,佩姬和汤姆生活在一起时,她们两个人见面的一大特征就是:敌意一触即发。而这种敌意此刻全然消失了。不过,她对这种流淌在她们之间的那种同病相怜的感情并不满意。她眉头紧皱,从棕色缎面靠背椅上站起身,嘴里笨拙地叼着一根烟。她想起来,皱眉,叼烟卷儿,这都属于一个对男人特有把握的女人的状态;她当时的本能就是,向佩姬撒谎,恰恰是因为哪怕是现在,事情过去这么久了,她依然不喜欢承认她有多么寂寞?她倒了两大杯白兰地,然后问:"他为了谁离开你?"

佩姬说:"是我离开了他。"说话时两只蓝眼睛定定地看着莫琳的脸,让她接受这一点,尽管她在那张脸上看出来的都是不相信。

"不,真的,这事儿是真的——当然了,他一直都有女人,这就是为什么他坚持在切尔西①要一个金屋藏娇的地方……"莫琳听到这儿明显地笑了笑,提醒她她曾经得有多少次不承认要那套房子的原因。那套房子号称是"比尔的书房,他到那里可以躲开枯燥乏味的家务事"。佩姬接受了提醒,诚实地微微一笑,但笑容中带着不耐烦。"嗯,我当然是撒谎了,玩小花招了,难道我们大家不都撒谎,不都玩小花招吗?"——她这笑容说的就是这个意思;莫琳不喜欢自己,这使她大声说了出来,为的是结束她对佩姬满怀怨恨的无声的批评:"嗳,好了吧。可是是你逼着他和你结婚的。"她已经喝了三大口白兰地。在杰克离开她之后的那几个月,她喝酒喝得过多了,而最近几个星期她在节食,禁止饮酒,这样喝酒就不习惯了。她觉得自己已经醉意蒙眬了,于是她说:"我都快要喝醉了,那你一定也是。"

"有两个月,我是每日每夜都喝酒,天天都烂醉如泥。"佩姬说着,又用她那绿色的眼睛平静地看着她,"可是你要是想保持美丽,就不能喝酒。"

莫琳回到那把棕色靠背椅上,透过那缭绕的青烟看着佩

---

① 英国伦敦市西南部一住宅区,位于泰晤士河北岸,曾为艺术家和作家聚居地。

姬,说:"我一直都是烂醉如泥,醉了——好长时间了。那真是叫人恶心。可我就是管不住自己。"

佩姬说:"唉,好了,这件事儿我们就算是说完了。可问题是,别的女人不这样呀——我们结婚的时候,全面讨论了他的性格,还……"她说到这儿停了下来,对莫琳那酸溜溜的笑容表示会意,接着说:"全面讨论那些男人们的性格,这是我们角色的一部分,不是吗?"说到这儿,两个女人眼里都噙满了泪水,又都眨眨眼,把眼泪挡了回去。又一道障碍倒下了。

佩姬说:"我来这儿本来是要炫耀自己的,因为你那封吹嘘的短信——自打我和汤姆结了婚,我一直在看你压制我,我是这么乏味,这么普通——我想让你看到一个全新的我!……天知道为什么一个女人一旦跟定一个男人,就性感全无呢。"

她们两个突然间都咯咯笑了起来,笑得就地打滚儿,佩姬在她那张黄色长沙发上,莫琳在她那把光滑的棕色靠背椅上。而与此同时,她们又都不得不把眼泪憋回去。

"不,"莫琳说着,坐了起来,"我不能哭,噢,不!我已经不哭了,哭是没有任何意义的。"

"那我们就再多喝上几杯吧。"佩姬把酒杯递了过去。

她们两个都已经喝醉了;特别是两人因为节食已经处在崩溃的边缘。

莫琳把两个杯子都倒上半杯,问:"你真的离开他了吗?"

"真的。"

"那你比我有更好的理由喜欢你自己了。我吵过,闹过,现在想想这事……"她喝了一大口白兰地,环顾一下这个昂贵的房间,说:"我现在还是在靠着他生活,糟糕的就在这一点。"

"嗳,别哭了,亲爱的。"佩姬说。喝了那么多白兰地,她话都说不清了,身子也懒得动了。一句亲爱的使莫琳浑身哆嗦了一下。这是戏剧人、电影人挂在嘴边的一个毫无意义的词儿,他们说出这个词儿倒也罢了,甚至是令人愉悦的,但这话只差一步就……

"别。"莫琳说,话语很严厉。佩姬"妩媚"地睁大她那双绿眼睛,接着又恢复正常显露她那诚实的真性情,然后哈哈大笑起来。

"我明白你的意思。"她说,"哎,我们最好是面对它,对不对?我们走得还不算远,是吧?"

"是的。"莫琳说,"我已经把这件事儿仔细想过了。我们要是跟他们结婚了,有了那张结婚证,你知道,那么,我们就感觉理直气壮跟他们要钱,以偿还我们付出的一切,一切,一切!"她垂下脸,嘤嘤啜泣。

"闭嘴。"佩姬说。可是由于她醉意蒙眬的,这话听起来像是"闭——闭上嘴"。

"我不。"莫琳说着,坐起来,吸着鼻子,"这话是真的。我从来都没有拿过钱——我的意思是,除了家务开销,送我的衣服,我从来都没有拿过任何东西——你呢?"佩姬没有看她,于是她接着说:"好吧,但我猜想,汤姆·贝利是你第一个从他那里拿钱或者叫生活费的男人——是不是这么回事?就是因为你跟他结婚了。"

"我想是这样吧。我对自己说过我不会拿他的钱的,可我还是拿了。"

"而且就因为有那张结婚证在,你拿钱并没有觉得不舒服?"

佩姬那长长的柔软的手指夹着玻璃酒杯,晃动着,最后她点点头:我想是这样。

"是的。当然了。我们两个人都曾经嘲笑过那张结婚证。但问题是,你结了婚再拿钱就不会觉得自己像个下贱女人。跟我同居过的所有男人在一起时,我总是不得不跟自己争论,我都说过,嗨,我给他做了这么多——做饭,操持家务,搞室内装饰,还提供建议,他得给我多少钱呀?一大笔啊!所以呢,我住在他的房子里,接受他送的衣服,就没必要觉得不舒服。可我真的总是觉得不舒服。可要是杰克当初和我结婚了,那么住在他妈的这套房子里,就不会让我觉得像他妈的下贱女人了。"她愤怒的眼泪喷涌而出,她控制住自己,深深地吸了一口气,默默地坐着,并深呼吸。然后她站起身,重新把她和佩姬的酒杯斟满,又坐了下来。两个女人就这么坐着,相对无言,直到最后莫琳说:"你为什么要离开他呢?"

"他跟我结婚的时候,我们两个人都以为我怀孕了……不,是真的。我知道你和别的所有人都说了什么,但那却是千真万确。我有三个月没来例假,接着我就病了,病得很厉害;他们说那是流产。"

"他想要孩子?"

"他跟你在一起的时候不想要吗?"

"不想要。"

"那他变了。他现在很想要孩子。"

"杰克连孩子这个词儿都不愿意听,根本就不愿意听人说孩子,可是他把我踹了,找的那个小婊子……我听说你跟他们是很要好的朋友?"她指的是杰克和那个取代了她的姑娘。

佩姬说:"杰克是汤姆的好朋友。"这话说得干巴巴的,莫琳就说:"是的。是的!杰克所有的朋友们——我给他们做饭,我哄他们高兴,可是你知道吗?自打杰克离开了我,他们当中从来没有一个人给我打过电话。他们是他的朋友,不是我的。"

"说的太对了。自从我离开了汤姆,我就再没有见到过杰克,也没有见到过他的新女友。他们都去看汤姆。"

"我猜想是汤姆有一个女朋友怀孕了吧?"

"是的。他就找到我,跟我讲了。我知道我应该做什么,就做了。我说:好吧,你可以离婚。"

"那样你至少得到了自尊。"

佩姬转动着酒杯,朝杯子里看去;酒杯一斜,酒就洒到黄色的亚麻布上。两个女人一动不动,带着浓厚的审美兴趣,看着那橘黄色的酒渍洇开。

"不,我没有。"佩姬说,"因为我说了:'你可以离婚,但是你必须给这么多钱,否则我就告你私通——我有一千多条证据呢。'"

"多少钱?"

佩姬脸红了,她喝了一口白兰地,说:"我每个月会得到四十镑的生活费。这对他来说是很大一笔钱——他只是个教授,不是电影导演。"

"他拿不出这笔钱吗?"

"拿不出。他跟我说,他必须放弃切尔西的那套房子。我说:'太糟糕了。'"

"她长什么样儿?"

"二十七岁。是个学美术的学生。人很标致,很甜,也很傻。"

"可是人家怀上孩子了呀。"

"是呀。"

"你从来都没有过孩子吗?"

"没有啊。不过我打过几次胎,也流产过几次。"

两个女人坦诚地看着对方,都是满脸的苦相。

"我有过。"莫琳说,"我打过五次胎,有一次还是一个老太太帮我做的。我什么东西都不用,我也不怀孕……你觉得杰克的那个新女友怎么样?"

"我那时候挺喜欢她的。"她带着歉意说。

"她是个知识分子。"莫琳说。不过,"知识分子"听起来就像是"知识分丝"。

"是啊。"

"是那么聪明伶俐,见多识广。"莫琳挣扎着要表现出她更好的自我,挣扎成功了,她说,"可是为什么?她是很有魅力,但她只是个女学生;她是一个穿着漂亮鲜艳的小衣裳的聪明美丽的小小女学生。"

佩姬说:"别说了。快别说了。"

"好吧。"莫琳说。然而她还是发自痛苦不堪的内心深处,又说了一句:"可是她连饭都不会做啊!"

佩姬听到这儿哈哈大笑,身子一下子向后仰去,又有一些酒从她那醉醺醺的手上洒了出去。过了一会儿,莫琳也大笑起来。

佩姬说:"我刚才在想啊,老婆们和情人们有多少次这样子说我们俩:佩姬呢,是个无聊透顶的家伙,莫琳简直就是一张透明的纸。"

"我能听见她们这么说:当然了,她们是很标致,她们当然能把自己打扮得漂漂亮亮,她们厨艺很精湛,而且我猜想她们的床上功夫也不错,可是她们得到了什么呢?"

"别说了。"佩姬说。

两个女人这会儿都醉了。天色晚了。屋子里到处是暗影,白色的墙壁颜色渐渐变暗,成了蓝色的高墙;闪着光泽的椅子、桌子、地毯,此刻都发出深沉的光。

"我要不要把灯打开?"

"现在还不要。"佩姬此刻站起身把酒杯斟满。她说:"我希望她还有理智,别把工作弄丢了。"

"谁呀?杰克那个红头发的小婊子吗?"

"还能是谁?汤姆的那个女朋友还好,她实际上已经怀上孩子了。"

"你说的没错。不过我料定她会的,我料定杰克在设法让她把工作辞了。"

"我知道他在这么做。就在我离开汤姆之前——在他把我甩了之前——你的杰克和她过来吃饭。杰克一直都在攻击她写的专栏,整个晚上他都在对她恶语中伤——他说,那是个左翼社团女主人的政治观点。一个左翼的俯视肤浅的观点,他说。"

"他讨厌我画画。"莫琳说,"每次我说我想用一个上午画画的时候,他就对业余画家们大加嘲讽。我伺候他吃了早餐,然后上楼到画室里去。嗨,那就是间空房子而已,真的。他先是冲楼上大喊大叫,说些可笑的笑话,然后会跑上楼来,说他饿了。上午才十一点钟他就开始饿。我要是不下楼做饭的话,他就做爱。然后我们就谈他的作品。我们就谈他那些该死的电影作品,一谈就是一整天,再谈到大半夜……"莫琳放声痛哭起来,"这太不公平,太不公平,太不公平了……他们都是一个样儿。我并不是说我是个多么了不起的画家,但我是有可能干出点儿事儿来的。干出点儿我自己的事儿来的……他们那些个男人除了冷嘲热讽和显得高人一等之外,无所作为……他们都是一个德行,不是这样子就是那样子。当然了,人总是要退让,因为一个人更关心……"

佩姬一直处于半睡半醒状态,在长沙发上趴着,她此时坐起来,说:"别说了,莫琳。说这话有什么用呢?"

"可这都是真话呀。我这辈子花了二十年时间,每天十八个小时,去支持某个男人的野心。唉,这难道不是真的吗?"

"是真的,可还是别说了。都是我们自找的。"

"没错。假如那个傻乎乎的红头发婊子丢了工作,那就是她咎由自取。"

"她就会落得个和我们一样的下场。"

"可是杰克说他会和她结婚的。"

"汤姆倒是跟我结婚了。"

"他是被她那红头发的聪明的小脑瓜给激起了兴趣。所有那些有关政治的漂亮话。可是他现在却在尽一切可能阻止她写专栏。并不是说这对国家会有什么损失,不过她最好是小心着点儿,噢,是的,她最……"莫琳端着白兰地酒杯,在醉意蒙眬的眼前晃来晃去。

"这就是我来看你的另一个原因。"

"你过来不是要看一个全新的我?"

"那是同一回事儿。"

"怎么?"

"你有多少钱?"

"分文没有。"

"这套房子的租期是多久?"莫琳举起一只手,伸出五根手指头,"五年? 那就把租期卖掉。"

"啊,我不能卖。"

"啊,你能卖。我估摸着,这能给你带来两千来镑。我们可以在别的地方租一套不那么贵的房子。"

"我们能吗?"

"我一个月有四十镑的收入呢。嗯,那样的话……"

"嗯,那样的话怎么样?"莫琳实际上是平躺在那把大椅子上,她那白色的花边衬衫拥到胸部,所以,棕色的紧身裤以上露出一段棕色的苗条腰肢和横膈膜处的肌肤。她端着酒杯,在眼前晃来晃去,看着那琥珀色的液体在杯中倾斜。不时有白兰地酒滴洒到她棕色的肚皮上,她就咯咯笑起来。

佩姬说:"我们要是不做点儿什么,我就不得不回到南非的奥茨胡恩①去,回到我父母身边去——他们都是养鸵鸟的农民。我是那个逃离的聪明女孩儿。唉,我永远也成不了一个演员。所以,我就要回去,在甘蔗林和鸵鸟中度过余生。你会去哪儿?"

"一样的,一样的。"此时莫琳把她那柔软的棕色脑袋扭向一边,张开嘴,让白兰地酒滴进嘴里。

"我们要开一家服装店。如果说有一样我们两个真正懂的东西的话,那就是如何穿着打扮。"

"好主意。"

"你喜欢哪个城市?"

"我喜欢巴黎。"

"我们在巴黎是没有竞争力的。"

"是呀,没有竞争力,要是在……罗马怎么样?我原来在罗马有三个情人呢。"

"遇到麻烦的时候他们并没有多大用处。"

"一点儿用处都没有。"

---

① 南非西开普省一城市,位于南非高原上,气候干燥,适合饲养鸵鸟。

"最好还是待在伦敦吧。"

"最好待在伦敦。要再来一杯吗?"

"要。要、要、要。"

"我去、去倒、倒。"

"下一次啊,没有结婚剩(证)我们是不能上床的啊。"

"可能会有这种似(事)儿。"

"但这是违背我的原色(则)的,讨价还价。"

"嗯,我知道,我知道。"

"似(是)。"

"或许我们最好是同生(性)恋者。你觉得怎么样?"

佩姬站起身,艰难地走到莫琳身边,把手放在莫琳裸露的横膈膜处的肌肤上。"对你起扑(不)起作用?"

"一点儿都不起作用。"

"我自己使换(喜欢)的是男人。"佩姬说着,回到她的长沙发上去,砰地坐下来,把酒都震洒了。

"我也是。对我傻(俩)一点好处都没有。"

"下一次我们不放弃工作。我们就守着服装店。"

"似(是)。"

顿了顿。然后佩姬站起身,神情专注。她浑身散发着浓烈的认真之气。"听着,"她说,"不,他妈的,听舍(着),我一直要索(说)的就是这个意思,我真的是认真的。"

"我也是。"

"不。一个男、男、男人头一回出欠(现)的时候不能把工作弄丢了。该死,我喝醉了,可我是认真的⋯⋯不,莫琳,除非是从一开死(始)就说明拍(白)了,否则我是不会该(开)服装店的。这一点,我们皮(必)须统一意见,否色(则),否则的话你知道我们会是一个什么结局。"佩姬一口气把最后一句话说完了,就躺回沙发上,心满意足了。

这时莫琳站起来,非常认真的样子,在努力控制住舌头:"可是……我们两个人都擅长的是……是扶持某个王八蛋天词,天才。"

"再也不会了。噢,再也不了。莫琳,你得答印(应)我。答印(应)我,否色(则)的话……"

"好吧。我答印(应)。"

"很好。"

"要再来一杯吗?"

"多好的白兰地啊,多好、多好、多好的白兰地啊。"

"多好的白兰地……"

目击证人

每天早上，布鲁克先生都把帽子仔细地挂到办公桌上方的钉子上，把烟斗和烟草放到胳膊肘的位置，还常会转过身，对其他人满怀希望地说："今天你们要是看见小扭扭就好了，就刚刚的事儿。它从门阶那儿把我的报纸取了回来，一回也没有掉在地上。"接着他看着那一张张彬彬有礼却并不友好的面孔，发出一阵简短、干巴、紧张的笑声，就埋头看他的文件了。

私人秘书詹金斯小姐养了一只狮子狗，名叫"亲爱的"；她只需提到它，每个人就会侧耳倾听，听完哈哈大笑。至于理查兹呢，他订婚了，别人就这事儿拿他开涮。每一次他的脸都涨得发紫，腿在办公桌下面得意扬扬地扭动。会计艾夫丝小姐是一个说话尖酸刻薄的老姑娘，她独自过着一种骄傲、自负的生活，有一座花园。她一说到树木，全办公室的人就都肃然起敬，一下子安静下来。她在好几次花展上都得过奖。还没有超过她的呢。

八点钟，他们坐下来开始一天的工作；十一点，一杯杯的茶端了过来，茶水溢到托盘上；下午三点钟，他们吃奶油蛋糕——他们总会有些东西可聊。

布鲁克先生买小猎狗扭扭仅仅是为了让他们偶尔注意到他。刚开始买的是一只金丝雀,但他最后认为金丝雀是不可能有趣的。虽说詹金斯小姐的狮子狗除了吃,什么都不做,可是她每天都谈它,而且总是有人听,不过呢,她是个颇有姿色的女孩儿。她要是没有姿色,就当不上老板的私人秘书了。布鲁克先生的狗什么都做。他晚上在房间里教它讨要吃的,平衡身体,等着要糖吃。他过去常常感激地摩挲着它的耳朵,心里想:"我要是跟他们讲,它能安安静静地待上十分钟,他们的身体立马都会坐直。十分钟,那是拿我的手表对出来的。手表是因为我给公司干了二十年,公司奖励我的。"他习惯了自己对自己说那些事儿,很早以前就不再设法吸引他们的注意力了。

而且毕竟,他一直是孤身一人,三十年来都是从八点到下午四点加数字做统计的,总是做些自己赖以为生的事情。他决定把那只金丝雀养下去,因为它不占地方,而且他越来越喜欢它的叫声了。他也继续养狗,因为狗算是一种伴儿吧。金丝雀和狗这两种动物他都不愿意丢弃,真正的原因是,它们都把他的女房东烦得要命,他和女房东经常拌嘴。下班后他常常一边步行回家,一边心里琢磨,吃过晚饭后,他就让狗狂叫,这样一来,她就会进来闹上一番。她闹到最后通常就闹哭了;然后他就会说:"我在这个世界上也是孤苦伶仃的呀,亲爱的。"有时候她去睡觉之前会给他沏一杯茶,幽幽地说:"你要是不自个儿照看自个儿,我想就得有人照看你。不过别让那条该死的狗把地板上拉得到处都是。"

她上床睡觉了,没有机会在走廊上遇见她了,他就从杂志上剪图片,发出邮购订单,发去的地址他都小心翼翼地躲过她那探寻的目光,而且他对自己一丁点儿羞臊的意思都没有。他为此感到自豪;那是一种目中无人的姿态,就像每个礼拜五他都喝得酩酊大醉一样。他选择礼拜五,是因为到了礼拜六上午,他真的不适合工作了,只消说:"我昨天晚上去放纵了一回",就可以把艾夫丝小姐气得火冒三丈。然后呢,几个钟头不知不觉就过去了。一个男人得有点儿什么事儿干干,他不喜欢侍弄花园。

这一周剩余的时间他常常是静静地坐在办公桌前,看着他们在一起交谈,仿佛他根本就没有在那儿似的,暗自希望詹金斯小姐的狗生病了,那样她就会找他讨主意了;或者希望艾夫丝小姐说:"快来帮我弄弄分类账簿吧。我从来没有见过像您这样算得这么快的人";要么希望理查兹和女朋友吵架了,对他倾诉衷肠。他想象着自己说:"女人嘛!当然了!你都不用把什么事儿都告诉我。"

其他时间他站着朝窗户外面看,同时听他身后的交谈,还假装没有在听,假装漠不关心。两层楼的下面是大街,车水马龙奔涌而过。他觉得,他总是在朝窗户外面看着。他常常梦想,楼下两辆汽车相撞,而他是唯一的目击证人。警察会拿着记录本,沿着楼梯腾腾腾地走上楼来;打字员们就热切地问:"到底出什么事了,布鲁克先生?"老板会在他肩膀上啪地拍上一巴掌,说:"这事儿让你看见了,多幸运啊。我不知道,要是没了你我可怎么办。"他想象着自己在法庭上做证的情景:"是的,法官大人,我每天那个时间总会朝窗户外面看。我养成了这么一个习惯。我看见了一切……"

可是从来也没有发生过事故。警察只来过一次,是詹金斯小姐的狮子狗丢了,警察过来找她谈话的;他除了对琼斯先生点点头,几乎就见不到他人影儿。艾夫丝小姐才是他真正的老板。

他常常透过打字员办公室的门缝偷偷看过去,六个姑娘在里面工作,老板每天上午都从里面穿过,他艳羡不已。

琼斯先生块头很大,红红的脸膛,耳朵边头发都已经白了;每天中午吃过午饭,他都一身的酒气。然而,姑娘们却愿意为他做任何事情。他常常轻快地说:"嘿,今天过得怎么样啊?"有时候他会用胳膊搂住最漂亮的姑娘,说:"你太可爱了,在这儿待不长的。你很快就要嫁人了……"他说这话就好像是在发放奖章,是一个人必须要做的事,是他工作的一部分。说这话只会使她们干活更卖力气,布鲁克先生愤愤不平地想着,悄悄地关上门,听到琼斯先生刚一离开,打字员们就开始拼命地噼里啪啦打起字来。还有,他常常到洗手间揽镜自照。他自己没有白发;他是个长得很不赖的男人,他想。可他要是拿胳膊搂住一个姑娘的肩膀,那可是要吃耳光的,这一点他心知肚明。

他五十五岁那一年,到了快要退休的年龄,就在这一年,玛妮·德·科克从学校一毕业直接就来公司上班,当了个普通职员。布鲁克先生不想就这么不上班了。仅靠他那点积蓄是生活不下去的；而且不管怎么说，公司就是他的所有。有几个礼拜，他都是一副闷闷不乐、要垮了的样子；不过琼斯先生什么话都没有说，于是过了一段时间他就又振作起来了。他不想再考虑这件事；而且再者说了，玛妮这么一来，一切都变了。一个上午过后，办公室里就有了一种不同的感觉。

她是个十八岁的姑娘，家住在离这儿有几英里远的某个小村庄，是十个孩子当中最小的一个。她长着一张胖乎乎、有朝气的小脸蛋儿，脸上总是有一种快乐的期待，她嗓音尖锐，富有表现力，身材像鱼一样苗条、灵动。她在办公室跑来跑去，跟员工们交谈，就好像她脑子里从来没有闪现过这样的念头：这世界上会有人不乐意因为她的缘故而浪费时间。她打破了大办公室那神圣的安静，大谈特谈她的家人；一屁股坐到办公桌上，晃荡着两条腿；把一瓶一瓶的鲜花放在电话机之间。连艾夫丝小姐都摘下了眼镜，看着她。他们都看她；尤其是琼斯先生，有事没事就找借口离开办公桌，脸上满是溺爱、逗乐，又有点揶揄的微笑，这是大人看孩子才有的那种微笑，记起来所有那无所畏惧、那迷人的魅力会带来什么。至于布鲁克先生呢，他都无法把目光从她身上移开。有一段时间他害怕说话，因为玛妮和其他人一样，似乎不知道他在那里；而当他一开口说话，她就带着惊讶的不屑看着他，一种他习以为常的表情，尽管这种表情跟他对自己的感觉从哪方面都水火不容。她都可以当我的女儿了，他暗暗替自己辩解；他常常问她跟谁一起去吃午餐，头天晚上看的什么电影，就像一个爱吃醋的情人忍不住要谈自己的情人，感觉哪怕是谈谈她都在做什么事情，也就去除危险，从某个角度讲，这样一来，即使她所过的那与众不同的、美妙的生活离他很远很远，也变成他的生活了。可是，玛妮总是三言两语就说完了，或者皱皱鼻子，根本不搭理他。

甚至那样子他发现也很迷人。她的迷人之处在于她的直率，她反应的简单明了。她对办公室私下里阿谀奉承那一套浑然不知，那些打字员们跟琼斯先生说话一副腔调，跟艾夫丝小姐说话又是一副腔调。她对待每一个人都跟认识了此人一辈子似的。她像孩子一样对谁都不设防，大声读自己的信，家里寄来了包裹，她能高兴得蹦起来，而要是有人温和地建议，有更好的办法做好她的工作，她就会哭起来。

因为她办事效率低下，简直是灾难性的。她本应该学习文档归类的；可事实上她却泡茶，一天偷偷地往马路对面的茶叶店里跑十趟，只是为了买奶油蛋糕，有谁感冒了，她给人提建议；有人要做衣服，她也给人家当参谋。

其他的打字员虽说是她的天敌，却十分出人意料地对她无比地温柔宽容。这是因为没有一个人想得到，她能熬过头一个月。可是，艾夫丝小姐给她开出了第二个月的工资支票，而且还是不小一笔钱呢，艾夫丝小姐给她的脸色很难看，怠慢她，直到把她弄哭。

艾夫丝小姐是天不怕地不怕，正是她，终于走进琼斯先生的办公室，说这孩子简直是没救了，必须立即走人。事实上，那些档案要几个月才能规整好。谁要找什么东西，都找不到。

她回到办公桌前，脸色更加难看，嘴唇哆嗦着。

她气愤地说:"到今年三月份我就干了二十七年了,我从来都没有得到过任何东西。有几个女的有我这样的资历?我应该有一张漂亮的脸蛋儿才对。"说完就泪流满面。这是轻微的歇斯底里发作。布鲁克先生头一个忙着又是端水,又是递手绢。大家谁也没有见艾夫丝小姐哭过。

她为什么事儿哭呢?琼斯先生别的什么也没说,只是说,玛妮是他一个老同学的女儿,他答应过了要照顾她。要是她管档案不行,那就给她一些零碎的活干嘛。

"这到底是一个办公室还是一个慈善机构哇?"艾夫丝小姐质问,"这种事情我从来没有见过,从来都没有。"然后她转向布鲁克先生,而布鲁克正徒劳无益地弯腰面对着她。她说:"还有一些人,也应该走人。我猜想他是你父亲的一个朋友?整天喝得醉醺醺的,胡吃海塞,吃得跟个猪似的。办公桌里头塞着女孩子的照片,在洗手间里往头上抹头油……"

布鲁克先生登时脸色煞白,想找些话说,无助地朝四周看看,向詹金斯小姐和理查兹寻求支持。他们躲过他的目光。他觉得他们都在无形之中打他的耳光。不过,过了一会儿,艾夫丝小姐把手绢放到一旁,以忍耐的架势拿起钢笔,回头去弄她的账本去了。没有一个人看布鲁克先生一眼。

他让自己忘记这件事。她只不过是在歇斯底里,他说。女人什么话都说得出来。从男人们对他讲过的话里他知道,有时候你应该不理她们。还是一个老处女,他恶狠狠地说,他倒是希望能大声说出来,他忘了她也是把自己的软弱变成了一种优势,忘了他伤害她是伤害不了多久的,不会比她伤害他的时间更长。

然而这并不是唯一的一次歇斯底里发作。这些人多年来一起工作,开着同样的玩笑,互相问候对方的身体,互相借东西,然后从一天到第二天,一切都乱了套。真是离奇。

比如说,其中一个打字员因为琼斯先生把一封信退回来要求重打,气得哭了整整一上午。这种事情以前是闻所未闻的。一般来说,这就是他的方式,训斥是和表扬一样地和风细雨。

至于玛妮呢,她就像个小孩子,不知道为什么就让人打了耳光。她在办公室里走来走去,一副凄凄惨惨的模样,小声吸着鼻子,直到琼斯先生碰巧看见她,问她怎么回事。她开始哭,他就把她带进了他的办公室。门关了一个多钟头,害得客户们在外面等着。她出来的时候,默默无语,但是快乐的,而打字员们却故意冷落她。接着她就冲进来,到艾夫丝小姐办公桌前,问她能不能把办公桌搬到大办公室里来,因为别的姑娘们对她很"糟糕"。艾夫丝小姐自然是不同情,她就又哭了,脑袋埋在布鲁克先生办公桌上那一堆文件里。碰巧那堆文件离得最近。

正是吃午饭的时间。除了玛妮和布鲁克先生,大家都离开了。她本来很厌恶这个头发抹得油光水滑却已斑白,一双白手满是皱纹,一双眼睛暧昧又讨人厌的老头子,但由于她此刻处于剧烈的痛苦之中,那份厌恶之情就冰消雪融了。她让他抚摸自己的头发。她伏在他肩膀上痛哭失声,就像她那天上午曾伏在琼斯先生肩膀上哭过一样。

"谁都不喜欢我。"她啜泣着说。

"当然大家都喜欢你了。"

"只有琼斯先生喜欢我。"

"可是琼斯先生是老板呀……"布鲁克先生嗫嚅地说,很是震惊于她那不可思议的率真。他为她感到心痛。他轻轻地像慈父般地抚摸着俯在他办公桌上方的那个满脸泪痕、缩作一团的姑娘,只想安慰她。"你只要能记得这是一个办公室就好了,玛妮。"

"我并不想在办公室工作。我想回家。我想要我妈妈。我想让琼斯先生送我回家。他说我不能回家。他说他会照顾我……"

他们听到楼梯上的脚步声,布鲁克先生心怀鬼胎地溜回他那个角落去了;玛妮站起身来,冷若冰霜、一脸不屑地面对着艾夫丝小姐,艾夫丝小姐没理她。玛妮拖着沉重的脚步从地板上走过,回到打字员办公室。

"我猜想你刚才一直在给她鼓劲儿吧。"艾夫丝小姐说,"需要狠狠敲打她一顿。过不了多久我会亲自收拾她。"

"她那是想家了。"他说。

"那她在那儿的那位后爹呢?"艾夫丝小姐声色俱厉地问,脑袋冲琼斯先生的门口扬了扬。

"他为她感到惋惜。"布鲁克先生说。他对这姑娘刚刚产生了保护欲,他要为这种感情辩护。

"有一些人呐,脑袋上都不长眼睛。"她不高兴地说,"带她去看电影。每天晚上带她去吃饭。我琢磨着,那也算是为她感到惋惜喽?"

"是的,那就是。"布鲁克先生激动地说。可是他感到既哀伤,又生气。他想打艾夫丝小姐,想闯进琼斯先生的办公室揍他一顿,想做一件出格的事。然而他只是在办公桌前坐了下来,开始加那些数字。他和平时一样拖拖拉拉。他看到工作已经堆积如山,而他从来都搞不定的时候,就总是心里嘀咕一番:"办事缓慢却稳妥,我就是这样的人。"但是那天下午艾夫丝小姐把他算好的三张账单退了回来,说:"设法算得更准确些,布鲁克先生,如果您愿意的话。"

四点钟,琼斯先生穿过前面的办公室回家,玛妮等着和他的目光相遇。他停下,笑笑;突然意识到全体员工都在看着,就脸一红,继续走了。

玛妮的嘴唇又哆嗦了。

"又要下雨了。"艾夫丝小姐尖酸刻薄地说。

"我送你去汽车站好吗?"布鲁克先生问,公然对抗艾夫丝小姐。从打字员办公室开着的门里传来哈哈的笑声。那种笑声布鲁克先生听到得太多了,他每次离开房间后,都是如此,这会儿已经满不在乎了。玛妮冲艾夫丝小姐扬了扬头。"我非常乐意。"她娇媚地说。

他们走下楼梯,她在前面冲,他努力往前赶。她似乎是蹦蹦跳跳着来到了大街上;阳光明媚,照在她的秀发上熠熠生辉。布鲁克先生走得气喘吁吁,微微笑着,设法喘过气来说话。他知道,在他们的头上,艾夫丝小姐和其他人正身子侧过窗台,以蔑视的厌恶的脸色看着他们。他不在乎;但当他看见琼斯先生从一家商店里出来,好像是在等玛妮的时候,他心怀鬼胎地停下来,说:"再见,先生。"

琼斯先生点点头,并不看他。他冲玛妮一边温柔地笑着,一边说:"感觉高兴点儿了吗?不要担心,你在办公室干不长的。过不了多久,某个有福气的家伙就会娶了你。"那是他对他的打字员们说的一类话。但现在说出来却别有一番意味。

玛妮哈哈笑了,她跑上去,亲了他脸颊一下。

"嘿!"琼斯先生说着,脸上现出傻乎乎的快乐的表情。他越过玛妮的脑袋朝布鲁克先生瞪了过去,布鲁克先生就像得到了一道命令,头也不转地急忙沿着大街走开了。不一会儿,他听见玛妮在他身后嗒嗒地跟上来。

"你不该那样子做。"他责备地说。

她满脸高兴,天真无邪。"他就像是我爸爸。"她说。

在汽车站,布鲁克先生突然不忍心看着她走。他一把抓住她的胳膊,说:"到我那地方来吧,看看我的小狗扭扭。你会喜欢它的。"

她说:"你知道,我刚开始并不喜欢你。我现在喜欢了。"

"我的狗狗早上会取报纸。"他说,"它从来不会把报纸弄破。"

"我喜欢狗狗。"她推心置腹地说,仿佛这是世界上最惊人的消息似的。

他们到了他的房间,他感到无比自豪,也十分慌张,以至于只会看着她笑。他开锁时两只手哆哆嗦嗦,看见女房东透过窗户偷偷看了过来,还把钥匙都弄掉了。玛妮捡起钥匙,在他前头进了房间,就好像房间是她的。

"多漂亮的房间呀。"她说,"可就是太小了。你要是把床挪一挪……"

她跑到他睡觉的沙发床,把床推到一个角落。然后她拍拍坐垫,挪了挪椅子,转身看着他。"这样就好多了。"她说,"我做这种事儿很在行。我是一个居家女孩儿。这话是我妈妈说的。她并不想让我来公司上班。都是爸爸和琼斯先生撺掇的。"

"你妈妈说的很对。"布鲁克先生诚心诚意地说。

就在这个时候,她停下来朝四周看了看,也就是在这个时候,她脸色变了,布鲁克先生的心慢慢地变冷了。他以她的眼光看见了这个房间,也看见了他自己,这也是她从此以后对他的看法。

那是一个小房间,贴着花纹墙纸,全是玫瑰花和缎带图案。金丝雀挂在窗户上,狗睡觉的筐子在床底下。布鲁克先生住的这间房子,在他以前那么多人都住过,没有任何别的东西别人没有共享过。除了那些画儿,它们把大部分的墙纸都遮盖住了。

玛妮缓缓向前走着,双肩怪怪地耸起,仿佛有阵风吹到了肩头,布鲁克先生走在她身后,下意识地在她背后伸出双手,求她原谅。

"我必须买一些画儿。"他说,努力使说话的口气随意些。

墙上贴满了电影明星、身着泳衣的美女、半裸的女人,有好几十个。

他凭直觉知道,他应该求她怜悯,就像她曾求得他的怜悯一样。他说:"我买不起电影票。"

但当她终于扭过脸来面向他的时候,他知道他的表情一定错了,因为她在他脸上搜寻着,那神情就像她一脚踩上了什么令人不快的东西。

"我把这些个东西都忘了。"他叫道,叫得真诚又绝望。然后他说:"我不是那样子的,玛妮,真不是那样子的。"

她的手猛地挥出来,甩到他脸上。"你个肮脏的老东西。"她说,"你个肮脏、肮脏的老东西。"

她从他房间冲了出去,而她前脚刚走,女房东就进来了。

"老牛吃嫩草呢?"她说,"我告诉过你,你不能在这儿留女人的。"

"她是我女儿。"布鲁克先生说。

门砰的一声关上了。他坐在床上,看着墙壁,一时间觉得苍老、猥琐、渺小。接着他就振作起来,大声地说:"喂,你期望什么呢,就让我一个人孤零零地过吗?"他不仅仅是在对玛妮和女房东讲,也是在对大街上、银幕上见到的,以及旁边桌子上吃饭的一切女人讲的。

"不管怎么样,你都不会留下来的。"他终于喃喃地说。他动手把那些画儿从墙上撕下来。然后,他又慢慢地贴回去。他甚至从一张名叫《巴黎之恋》的报纸上剪下一张新的,立即贴到床头上。这份报纸是因为一则广告让人邮寄过来的。"有了这东西,你就有了点儿念想。"他对女房东说。这时候他听见女房东在隔壁房间里腾腾腾地踱来踱去。接着他出去喝了个酩酊大醉。

第二天早上,他还在洗澡的时候,女房东看见了那张画儿,就告诉他,他必须搬走,否则她就叫警察来。"有伤风化的暴露,就是这个罪名。"她说。

"你以为我在乎呀?"布鲁克先生说。

他走到办公室的时候,还是有点醉。他气势汹汹地走进去,艾夫丝小姐马上吸了吸鼻子,瞪了他一眼。她立即站起身,去了琼斯先生的办公室。琼斯先生跟她出来,说:"你要是再干这种事儿,布鲁克,你就得走人。一切事情都有个限度。"

透过开着的门,布鲁克先生能看见玛妮在琼斯先生那张大椅子上一边吃着糖果,一边转来转去。

到了十点来钟,詹金斯小姐哭了起来,她说:"要么她走,要么我走。"

"别担心。"艾夫丝小姐说。她明显地点了点头,"情况不能这么进行下去。肯定会出事儿,不是这样子就是那样子。事情不能这样继续下去。"詹金斯小姐说她头疼,就回家去了。理查兹有事进琼斯先生办公室,出来时气得说不出话来。隔壁的打字员们都默不作声。除了艾夫丝小姐,没有一个人做任何工作。似乎每一个人都在等待着。

吃午饭的时候,他们其他人都早早地离开了。布鲁克先生待在办公室。他头疼,四肢僵硬,无法应对那两段楼梯。他吃了三明治,然后脑袋枕在桌上就睡了。他醒来的时候还是一个人。他思维不太清楚,有那么一瞬间搞不清楚自己身在何处。接着,他看见苍蝇聚集在他文件上的面包屑周围,就僵直地站起身去拿一个掸子。通向打字员办公室的那扇门关着。他打开几英寸,小心翼翼地朝里面偷偷看去。有那么一瞬间他以为他还在睡梦中,因为里面有玛妮和琼斯先生。他的脸埋在她的头发里,他在说:"求求你,玛妮,求求你,求求你,求求你了……"他就像喝醉了。

布鲁克先生瞪着眼,两只眼艰难地聚焦着。接着,玛妮轻声尖叫,琼斯先生跳了起来,发现了。"偷看!"他怒气冲冲地说。

布鲁克先生上不来气了。他嘴大张着,两手无助地摊开。终于他对玛妮说:"你干吗不扇他耳光?"

她跑过来吼道:"你个肮脏的老东西,你个肮脏的老东西!"

"他比我还老。"

"你闭嘴,布鲁克。"琼斯先生说。

"他孩子都是大人了。他都有孙子了,玛妮。"

琼斯先生举起了拳头;但就在这一刻,玛妮得意扬扬地说:"我就要嫁给他。我这就嫁给他。气死你!"琼斯先生的胳膊落了下来,愤怒的红脸庞缓缓地变成了心满意足、感恩戴德、满含爱意的表情。

布鲁克看得出来,她是第一次说这样的话;他要是没有进来的话,她也许永远也说不出这样的话来。

他看着琼斯先生,从他对自己的了解看,他恨琼斯先生,但是有那么一点点嫉妒,又有一点点羡慕的感觉。他脑子里混乱的想法是:他要是有画儿,他会小心翼翼把它们藏好了。

过了一会儿,他半是可怜、半是带着恶意地说:"你是个傻乎乎的小姑娘。你会后悔的。"说完转过身,扶着墙,摸索着走开了。

那天下午晚些时候,艾夫丝小姐拿给他一张支票。他被解雇了,给了十英镑的补偿金。工作了三十年,十英镑就给打发了!他麻木得都没有注意到那张支票。

"你知道她要嫁给他的事吗?"他问艾夫丝小姐,想看看她被惹怒的样子。

可是她那口气好像还很高兴。"他刚才告诉我们了。"

"他比我还老……"

"她那是活该。"艾夫丝小姐厉声说,"那样的小傻瓜。她就配那样儿。嫁人。这些女孩子想的就是这个。她很快就了解男人是什么东西了。"

她说完把帽子递给他,开始轻轻地把他往门口推。"你最好还是走吧。"她说,但口气并不是不友好,"他不想再见到你了。他是这么说的。你要好自为之。你这把年纪了,可不能那样子去喝酒了。"

接着她就在他身后把门关上了。当他看到就他一个人在过道上的时候,就哈哈大笑起来。有一阵子他笑得歇斯底里。然后他缓缓地、小心翼翼地走下楼梯,一只手拿着帽子,另一只手拿着他的自来水钢笔。他开始沿街道走,但走到拐角又回来了,在楼梯的最下面等着。他想和跟他一起工作了这么久的人们道个别。他能想象出她们在打字员办公室里说："什么！老布鲁克走了,不是吧？很遗憾,在他离开前我都没有机会见他一面。"

二 十 年

一个很大的房间——不,更像一个小厅……装饰着太多石膏压成的酷似模具压出来饰以金边的布丁形状……太多的人们笔挺地站着,每人手里端着一只玻璃杯,一边把"一口大小"的夹鱼子烤面包塞进嘴里,一边交谈着……这是什么?一场鸡尾酒会,这里没有一个人早先没有说过,啊,天哪,我一定要参加,至少待上半个钟头。现在,他们的目光越过他们谈话对象的脑袋,东张西望,看看还有什么人在那里,应该跟谁交谈,或者至少应该注意注意谁。他们尽量不去看手表,因为他们要离开,到餐厅去,或者——天太晚了——要回到位于郊区或者别的市镇的家。一个公司酒会,为的是庆祝一个公司成立半个世纪,一个极其重要的场合,得配上这家金碧辉煌的酒店才行。

一个角落里放了几把椅子,这些人在椅子上坐上一会儿,歇歇脚,积攒力量。

一个女人在那儿坐的时间相当长,或许坐了十五分钟,她在朝人群里凝望着。人头攒动,摩肩接踵的,要使一个人不离开她的视线很不容易。有时候会有整整一分钟或两分钟,那个她似乎在目不转睛地盯着看的人被挡住,看不见了。然而她目的明确,就那么坐着。

她跟那里的大多数人都不一样,不仅仅是因为她年纪大些。她有五十岁了?小六十了?她的穿着——呵,她仪态万方,光鲜亮丽,因为她没有整天耗在办公室上班。

那个在她视线里时而出现,时而不见的男子人到中年,英俊潇洒,却是一脸的倦容,他可能是设计部的一个人物。他的衣服坚持个性化——墨绿色的西装,内搭黑色丝绸高翻领。

人渐渐变少了,人们开始悄悄地溜走,希望不被人注意。此刻她可以看见他了,她就死死地看着他,皱着眉头。他注意到她了吗?他朝她瞥了一眼,又瞥了一眼,但继续和他前面的那个男人交谈,然后视线越过那个男人,朝她的方向又看了过来。他那若有所思的神情和她的神情不无相似,但那表情里有某种被侮辱或者受了委屈的东西。他故意转过身,坚定地对着她站着,他们四目相对,久久地凝望着对方,两个人谁都不试图掩饰对对方的凝望。她坐在原地不动,这会儿不皱眉了,但也没有微笑。过了许久,当他极有可能轻易就——好像是要——干脆走开的时候,他迈开大步,穿过此时已经是稀稀拉拉的人群,几步站到她面前。

"嗨,"他说,"我怎么都不可能想到在这个地方见到你。"

"我看不出来为什么想不到。"

他本有可能轻易走开的,却在另一把椅子上坐了下来。一个女招待端着葡萄酒四处走着,有石榴红色葡萄酒,有黄葡萄酒,她拿了一杯白葡萄酒,他拿了一杯红酒。

"二十年了吧?"她优雅地问,但好像咧嘴笑了笑。

"我想不可能会有二十年那么久吧。"

他们互相看对方的样子,使二十年的时光倏然而去。

然而他们却格外警觉,他比她更警觉。更有防备。注意到这一点她笑了。故意笑了。

"你期望什么呢?肯定不是期望我把酒泼到你脸上吧?"她说完哈哈大笑起来。

"你把酒泼到……"他实实在在感到震惊。一脸的怨气。

"我经常想这么做——或者说做类似那种事情吧。或者更糟糕的事,你一定要知道的话……比方说,杀了你。"

但此刻,仿佛是要看在一个想象中的旁观者的面子上,他对女人的不近情理表现出了男性的大度,收了下巴,扬了扬眉毛,好像是做出一副超然的戏弄的神情。

"你杀了我。"他只是冷冷一笑,就让它过去了。

"唉,那种想法的确变淡了,但还是有不少的残念……我觉得,时光并不会把那种东西弱化那么多,真的不会。"

现在,他的脸失去了那故意的变化莫测。他严肃起来。他仔细打量着她。然后他把酒喝掉一半,摇了摇头,那意思似乎是,酸涩的酒啊,这是!——把酒杯放回一只从身边经过的托盘上。

"任何人都会以为,"他说,"有些事情你一定会原谅我的。"

听到这话,轮到她冲着他冷嘲热讽地哈哈一笑,跟他早前那变幻莫测的冷笑格外般配。

这里有些事情很不合时宜,两个人都看得出来,于是就准备表现出他们看得出来的样子。

"我当时等了你一整天。"他终于说话了,故意的,"我在那家该死的酒店的花园里坐了整整一天。然后,我吃过晚饭又回来,一直待到半夜。就那么等着。天下着雨。"

她的腿变换着姿势,似乎是拒绝他说的话,她本可能凭一时冲动起身走开,这冲动来自于往昔的恩怨,也一样来自于当下的不调和。她叹了口气……"我等你了。我根本就没有走开。我一直待到半夜。然后我在那家酒店要了个房间,第二天早上五点钟就醒了。我等了。在花园里,我们说过在花园里等的。天没有下雨。"

他哈哈一笑,笑得很短,很生气。

她也哈哈一笑,笑得一个样。

"你没有变。"她说,怒气冲冲的样子。

"你这话里话外是不是说,我没有等你整整一天,直到半夜?"

"正如事情发生的那样,是的,我就是那个意思。"

"噢,看在上帝的分儿上,"他肺都气炸了,而她微微一笑,嘴唇绷得紧紧的,那样子他认得出来,因为他带着越来越强烈的怒火说,"你肯定是没有变。反正我说什么话你从来都不信。"

"幸好当年我们没能在同一地点同一时间见上面。"

现在他们四目相对,怒火中烧,带着遗憾,也带着那远没有死去的感情。

"噢,不。"她动了动,振作起来,起身就走。他伸出一只手抓住她。她看着抓着她裸露小臂的那只好看的大手,坐了回去。她闭上眼睛,屏住了呼吸。

"我的上帝啊。"他柔声说。

"还我的上帝呢。"她说。

这时他的手恋恋不舍地丢开了她的胳臂,两个人都叹了口气。

"我听人说你结婚了。"她说。

"你当然也是。"

"为什么是当然呢?"

他没有接茬儿。"我们两个人都已经结婚成家了。"他总结道,嘴唇绷得紧紧的,有点想笑——人生就是这样啊。

"我现在结婚了。"

"我想我现在也是,真的。"他承认。

"怎么那么像你。"她责备道,语带苦涩。

"噢,不,不是那样子的,你错了,事情是这样,是她要……不过都已经没关系了。"

"是的,是没关系了。"她说。

"孩子呢?"

"两个。"她说,"女孩十六了。男孩——十五了。"

"都长大了。"他说,"我有三个。全是女孩。一屋子女人。"

"正是你的风格。"她说,不过说得很温和。她哈哈一笑。

笑得很不温和。

"所以,那天究竟发生了什么?"他问,获得了一种自觉有趣的超然之情。

"那么遥远的一天。"

"明摆着的,并不是那么遥远。"他说。他们又怒目而视。

到了这会儿,大厅里几乎只剩下他们两个了,最后的客人回头看看,注意到这两个人自顾陷入他们剑拔弩张的状态之中。实际上,有个女人哈哈一笑,耸耸肩,很世故也很嫉妒的样子,把这两个人指给她的同伴。一个男人。他咧嘴笑了笑。

"我等你了。"他一口咬定。

"真的吗?"

"是的,是真的。你干吗要怀疑呢?"

她认真地想了想。然后说:"我怀疑是因为——我等了那么久。还因为——唉,它似乎整个就是一个套路……"

"真的? 真的是吗? 我到底做什么事了,会让你以为……我那个时候是那么爱你。"他埋怨她。很激烈。很亲密,他的脸和她的脸离得很近。

"你知道的。"

"那为什么……?"

"我在那儿。"他说。

她闭上了眼睛。她坐着,眼睛闭着,睫毛上沾着泪花。

他看见泪花,呻吟了一下。

她睁开眼。"那么就是把日子搞错了。我们把日子搞错了。"

"肯定没有把酒店搞错。"他说。

"没有。"

"我现在都不能从那家酒店旁边走过,一走过去就感觉很不舒服。"

"是的。事实上我就不在那家酒店旁边走。"

"绿天鹅酒店?"

"是绿天鹅酒店。"

"那么,你为什么不给我打电话?"他问。

"因为——那是骆驼背上最后一根稻草——我受不了了。"她说,"你为什么不给我打电话?"

"我打了。打了两次。后来我想,让她见鬼去吧。"

"你真的给我打电话了?"她不无嘲讽地问,但也带着一种类似希望的东西,希望这是真的。

"是的,我打了。"

她低沉地叫了一声,叫得很美。"唉,覆水难收了。"她站起身,而这会儿他并没有拦她。或许她希望他拦住她。他看着她站在那儿,犹豫不决的样子。他看着她那裸露的棕色小臂,仿佛还把它抓在手里一样。然后他站了起来。

"我不认为我现在还有那种感受了。"他说。一个主张。

她轻轻地摇摇头,牙齿紧紧地咬着下唇。她朝门口走去:走得很笨拙——很盲目。

他就走在她身后。"亲爱的。"他叫道,声音低低的。

她摇摇头,继续走,走得很快。

"你个傻瓜。"他听见她说,很轻柔,很狂野,满是幽怨。"你个可怜的傻瓜。"

他说:"你的意思是,你不相信我在那儿?啊,可怜的宝贝儿,可怜的宝贝儿。"

可是她已经走了。他现在是大厅里最后一位客人了,女招待们在打扫大厅,没有人理会他。但她们都注意到了他,而他也意识到她们知道发生过什么事了,也一直在看他俩。我们一定是上演了一出好戏,我和她,他想。

他快步走出大厅,穿过一条条走廊,然后从酒店的一扇侧门出来,走到一条街上,那里很黑,由于下雨,灯光迷蒙。他站在人行道上,背对着那家酒店。大街上没有一个人。接着,一个年轻女子穿过雨幕朝他走来,她在一把黑伞下面,被遮住了面庞。他就像许多年前一样,死死地盯着:那是她吗?她是不是总算来了?然而她从他身边经过,继续走去,他把注意力转到她来的那条街道的尽头。他透过灰蒙蒙的雨幕,像当年那样死死地盯着。没有人来,一个人都没有。他依旧在落魄的大街上伫立着,苦涩堵住了喉咙,在他看来,以后要活过的那二十个年头仿佛是空荡荡的岁月。那天因为她没有来,她没有赴约,这让他的一生都蒙上了阴影,把他挡在了所有爱情、所有欢乐的大门之外。他无法面对他以后还要度过的岁月,那都是她的错……

这时,蓦然间,他想到,我敢打赌,她这会儿并没有站在雨中的某一个地方,为我肝肠寸断。她连想都不想我。她什么时候他妈的在乎过我一丁点——真的没有……而我却在这里,像个傻瓜一样站着,想着她,而她……

　　一阵清冰的苦涩像电一样击中了他,他内心满怀决断的能量,快步走开,走向他自己的人生。

到十九号房间去

我觉着,这是一个智力失败的故事:罗林斯夫妇的婚姻就是以智力为基础。

他们结婚的时候,比他们那些已婚的朋友们年龄都大:二十七八岁,心智已经成熟。两个人都有过很多次恋爱经历,甜蜜的而不是痛苦的恋爱经历;他们相爱的时候——他们的的确确是相爱的——彼此之间已经了解了一段时间了。他们开玩笑说,他们都为对方保留了"真爱"。他们等了许久(但没有太久),等待这"真爱",这件事本身就是他们那理性的鉴别力的证明。他们的很多朋友年纪轻轻就结婚成家了,而今(他们觉得)可能为失去的机会而后悔不迭呢,而别的朋友呢,还没有结婚的朋友,在他们看来似乎枯燥乏味,自我怀疑,有可能走进绝望的婚姻或者浪漫化的婚姻。

不光是他们,连其他的人,都觉得他们是天生一对:他们的朋友们感到欣喜,是他们幸福的另一个证明。他们在这一群人或者这个组合当中扮演了同样的男人和女人角色,如果这样一个宽泛的、联系松散的、不断变换着的精英群体可以被称为一个组合的话。他们凭着自己的克制、幽默以及由痛苦的经历而得来的节制等美德,成了别人求教的对象。他们过去是,现在也是可以信得过的。他们属于一男一女自我结合的情况,任何人都没想过把他们结合起来,可能因为他们彼此过于相像了。不过这时候大家就惊呼:当然了!真般配啊!我们以前怎么从来就没有想到这一层呢!

他们就这样在众人的欣喜之中结婚了,而且由于他们富于远见,对可能发生的事情有感知,什么东西对他们来说都不意外。

两个人的工作工资都很高。马修在伦敦一家大报任副主编,苏珊在一家广告公司工作。他不是那种当编辑或者经常抛头露面的记者的材料,却远远不止是"一位副主编",是那种不可或缺的背景人物之一,那些在聚光灯下的人物之所以光彩照人,自然少不了他这种背景人物的坚定支持和激励。他对这个职位心满意足。苏珊画广告画很有天赋,她对她所负责的广告很有创意,但她不知怎么的,对这些广告并没有感到极其强烈的好恶。

他们结婚之前,两个人各自有一套公寓,但他们觉得,把哪一套公寓当作婚房都不算明智之举,因为不管搬进谁那一套公寓里,对另一方而言都像是人格上的臣服。他们就搬进了南肯辛顿的一套新公寓,还明白无误地达成共识:一旦他们的婚姻确定下来(这个过程他们都知道不会很长,而且实际上更多是对大众智慧的幽默让步,而不是对他们自己应做之事的妥协),他们就买一座房子,建立一个家庭。

于是就发生了这些事情。他们在他们那套迷人的公寓里住了两年,举办形形色色的聚会,也去参加聚会,成了一对人见人爱的年轻夫妇,然后苏珊怀孕,辞掉工作,他们在里士满买了一座房子。生儿育女也带有这对夫妻的一贯风格:他们先是生了一个儿子,接着生了一个女儿,然后生了一对双胞胎,一儿一女。一切都对,都合适,都是每一个人所向往的,如果可以自愿选择的话。不过话说回来了,人们的确感觉到这两个人是自愿选择的;这个平衡、理性的家庭只做他们应该做的事情,因为他们能准确无误地有意识地做正确的选择。

就这样,他们和他们的四个孩子住在里士满那座带花园的房子里,过着幸福的生活。他们想要的每一样东西,规划的每一件事情,如今都一一实现了。

然而……

嗜,连这也是在意料之中的:肯定有某种平淡乏味……

是的,是的,当然了,他们偶尔会有这样的感觉那也是自然而然的事。什么样的感觉呢?

他们的生活就像是一条蛇在咬自己的尾巴。马修那份工作是为了苏珊、孩子、房子和花园——这一大份家业需要有一份工资很高的工作才能维持。苏珊那讲求实际的聪明才智为的是马修、孩子、房子和花园——一个星期没有了她,任何一方都会垮。

可是如果他们两人之中有谁说:"其余一切都是为了这个",这是没有意义的。为了孩子吗?可是,孩子是不可能成为生活的中心,成为活着的理由的。孩子可以是一千个使人欣喜、非常有趣、令人满意的东西,但是孩子绝不可能成为赖以生存的源泉。孩子也不应该是生存的源泉。这一点，苏珊和马修两个人都心知肚明。

为了马修的工作吗？荒唐。那是一份有趣的工作，但却很难算是一个生活下去的理由。马修这份工作做得很好，他为此感到自豪，然而，几乎不能指望他为那份报纸感到自豪；他所看的报纸，他的报纸，并不是他所供职的那家报社的报纸。

为了他们相互之间的爱情？嗳，这话差不多快说到点子上了。假如这不是一个中心，什么是呢？是的，正是围绕着这一点，他们的爱情，这整个不可思议的架构才转动起来。不可思议，肯定是的。苏珊和马修两个人很多时候都这样想，都看着他们所创造的这个东西：婚姻、四个孩子、大房子、花园、女佣、朋友、汽车……而且这个东西，这个实体，所有这一切说来就来了，就像空穴来风吹出来似的，看到这里，他们暗地里都不敢相信。不可思议。所以，这就是中心点，是源泉。

假如有人觉得这还不够强烈，不够重要，不足以支撑它的全部，那么，这是谁之过呢？当然既不是苏珊的，也不是马修的。这是符合事物的自然属性的，于是他们明智行事，既不自责，也不互相指责。

恰恰相反，他们利用自己的聪明才智保护他们所创造的东西，保护他们从一个痛苦而爆炸的世界所创造出来的东西：他们朝四下里观望，汲取教训。在他们的周围，一桩桩婚姻瓦解、破裂，或者磕磕绊绊勉强维持（甚至更糟糕，他们觉得）。他们可不能犯同样的错误，他们一定不能。

有一个陷阱,他们那么多的朋友都掉进去了,而他们却躲过去了——那就是为了孩子的缘故,在乡下买一座房子,这样一来,丈夫变成了周末丈夫,周末父亲,妻子总是小心翼翼地不问在城里那套公寓里都发生了什么事,他们开玩笑地把那里称为单身公寓。不,马修可是一个全天候的丈夫,全天候的父亲,到了夜里,在那间偌大的婚房里(可以看见迷人的河景)的硕大的婚床上,他们躺在对方身边,说着话,他跟她讲他这一天的事儿,他都干什么啦,跟哪个人见面了;而她也会跟他讲她这一天的事儿(没有那么有意思,可是那不是她的错),他们两个都了解,一个女人要是本来有着自己的生活——最要命的是,已经挣得了自己的生活——而今却要依赖丈夫获得外面的利益和金钱——这时候就会隐隐地心生怨恨,隐隐有种失落感。

苏珊也没有为了自己的独立而找一份工作,从而酿成大错;她要找工作那可是轻而易举的事,因为她原来的公司,一直怀念她那幽默、平衡和理性的素质,经常邀请她回去。孩子们需要母亲会需要到某一个年龄,这一点父母二人心里都清楚,看法也一致;等这四个身体健康、被明智地养大的孩子长到了一定的年龄,苏珊还是要去工作的,因为她知道,他也知道,一个女人到了五十岁,正值精力旺盛,年富力强的盛年,而孩子们已长大成人,不再需要她全心全意地照看的时候,女人会出现什么情况。

所以,这对夫妻就是这样,考验着他们的婚姻,小心呵护着它,对待它就像是对待一只在风雨飘摇的大海上漂荡的小船一样,而船上满是无助的人们。唔,当然了,就这样……人世间的狂风暴雨是很糟糕,但离得并不是太近——这并不是说,他们对这狂风暴雨漠不关心:苏珊和马修两个人可都是见多识广而又很负责任的人。而内心的风暴和流沙他们都理解并能控制。于是一切都相安无事。一切都井井有条。是的,情况在可控范围内。

所以,假如他们感到枯燥乏味了,感到平淡无奇了,那又有什么关系呢?像他们这样的人,饱读书本(心理学的、人类学的、社会学的),几乎不可能对这种枯燥乏味的、能控制的惆怅之感没有丝毫准备,而惆怅之感正是这种智慧婚姻的明显标志。两个人,有文化,有鉴别力,有判断力,自发自愿地结合在一起,一起过着幸福的生活,而且对他人有用——人们到哪儿都能见到他们,人人认识他们,人们甚至自身就处于这类婚姻之中,即这类悲伤之中,因为拥有这么多终究于事无补。这两个人毫不意外,转向对方,更加相敬如宾,恩爱有加:这就是生活,两个人,无论是多么精心地挑选来的,都不可能是对方的一切。事实上,哪怕是说这样的话,这样子想,都是陈词滥调;他们是羞于这么说,这么想的。

于是,发生了这件事也是陈词滥调。一天夜里,马修很晚才回到家,承认他刚刚去参加了一个聚会,把一个女孩儿带回家,跟她睡觉了。苏珊自然是原谅了他。只是"原谅"很难算是精准描述。理解嘛,那倒是的。但是,如果你理解某件事,你并不原谅它,你就是那件事本身:原谅是给你所不理解的东西。他也没有忏悔——忏悔算是哪种词呢?

整件事情并不重要。他们几年前毕竟开玩笑说过:我当然不会一直对你忠实了,谁也不能整整一辈子都对另一个人忠实。(还有忠实这个词——愚蠢啊,所有这些个词,愚蠢啊,是属于一个野蛮的旧世界的。)然而,这件事使得他们动不动就大动肝火。很奇怪,但他们两个人都很易怒,都给惹恼了。关于这件事,有些东西实在是吃不了,咽不下。

那天夜里他回到家之后,他们做爱做得酣畅淋漓,两个人都觉得,迈拉·詹金斯,在一次聚会上遇到的一个漂亮女孩儿,居然能有什么关系,这种想法本身就是滑稽可笑的。他们两个人相亲相爱十多年了,在以后的岁月里也还会相亲相爱。那么,迈拉·詹金斯算老几呢?

只是,苏珊总是有一股无名之火,她心想,那女孩儿原来是(现在也是?)第一个。十年了。所以,要么是十年的忠贞不贰无足轻重,要么就是她无足轻重。(不,不,以这种方式思考,有什么地方不对劲儿,肯定有什么地方不对劲儿。)可是,假如她是无足轻重的,那么可以推测,我和马修那天下午第一次上床,这件事也就无足轻重了。可是,哪怕事到如今,那份快乐(宛如落日时的一道长长的阴影)放下一根长长的、魔杖般的手指在我们身上,令我们回味无穷。(我为什么说了"落日"呢?)唉,如果我们那天下午的感受是无足轻重的,什么都无足轻重了,因为如果不是我们当时有那种感受的话,我们就不会是罗林斯先生和罗林斯太太了,也不会有四个孩子了,如此等等,如此等等。这整件事情都是荒谬的——他回到家对我讲那件事,是荒谬的。他不对我讲那件事,是荒谬的。我为这件事耿耿于怀,或者不耿耿于怀,都是荒谬的……迈拉·詹金斯到底是谁呢?嗐,谁也不是。

只有一件事可以做,当然了,这两个理性十足的人就做了;他们把这件事置诸脑后,而且有意识地置诸脑后,对他们做的事情心知肚明,迈向他们婚姻的一个不同阶段,同时对过去的好运深表感谢。

马修·罗林斯英俊潇洒,一头金发,很有魅力,男子气十足,他去参加一些聚会,而她因为有四个孩子没办法参加,他偶尔受到漂亮女孩儿的引诱(啊,什么词儿啊!)也在所难免;而他呢,偶尔堕落一下(假如可能的话,是一个更令人恶心的词儿)也在所难免;而她呢,一个长相姣好的女人,整日待在里士满那座精心侍弄的大花园里,偶尔会被天上落下来的箭刺中,刺得很痛,也是在所难免。只是这份痛楚来得毫无章法,那就不值一顾。那些随便的女孩子们影响婚姻了吗?她们没有。相反,感受到失败的是她们,因为英俊潇洒的马修·罗林斯与苏珊·罗林斯的婚姻是灵与肉的结合,是牢不可破的。

情况既然如此,苏珊为什么会觉得(尽管幸好,有这种感觉的时间每次都不超过几秒钟)生活仿佛已经变成了一片沙漠,什么事情都无关紧要了,她的孩子也不是她的亲生骨肉了?

同时,她的智力仍然坚信,一切都平安无事。她的马修偶尔有那么一个甜蜜的下午,来一次反常的风流韵事那又怎么了?因为她心里很清楚,除了她感到枯燥乏味的时候,他们是很幸福的,那些风流韵事是不重要的。

或许这就是麻烦之所在?寻欢和作乐都不再属于她了,因为四个孩子和那座大房子都需要这么多的关照,这是符合事物的本质的。可是或许她在暗暗希望,甚至心里清楚她真的希望,春风一度和美丽的艳遇是属于他的。然而他娶了她。她也嫁给了他。他们的结合是无法分开的。因此,诸神是不能用真正的魔法击中他的,真的不能。唉,那么,在他寻欢回到家之后,他的表情更像是不堪扰,而不是获得满足,这难道是苏珊的错?(事实上,她就是这样知道他不忠行为的,因为他那阴郁的样子,他瞟她那眼神,跟她瞟他的眼神很相似:我和这个人有什么共同之处,使所有的快乐都和我隔开了?)可是这里面谁的错都不是。(可是他们所感受到的东西应该是某个人的错吗?)谁的错也不是,什么东西也没有出错,谁也不能责备,谁也不会主动承认,谁也不会安然接受……什么东西都没有出错,只是马修从来都没有真正被快乐之神所击中,而他一直想被快乐之神击中的;而苏珊则越来越受到空虚的威胁。(通常是在花园里,她会受到这种感觉的侵袭:她渐渐地不去花园了,除非有孩子们或者马修跟她在一起。)没有必要使用"不忠""原谅"和其余这些张牙舞爪的词语:智力是不允许用这些词语的。智力也禁止争吵、生闷气、发火、疏远的沉默、指责和眼泪。最重要的是,智力禁止眼泪。

有四个健康的孩子在这座带花园的白色大房子里,为这样一桩幸福的婚姻要付出高昂的代价。

他们是在付出高昂的代价,并且心甘情愿,心里很清楚他们在做什么。当他们在那间文明的大卧室里（从卧室朝楼下望去，能看到那条奔涌不息浑浊不堪的河流）并排躺着，或者胸贴胸躺着的时候，他们常常会哈哈大笑，常常会莫名其妙地哈哈大笑；但他们都知道，个中缘由却是因为这两个小人儿，苏珊和马修，靠他们那聪明的爱情支撑着这么一大份家业。大笑能安慰他们。大笑能挽救他们，但是从什么东西那儿挽救出来，他们并不知道。

他们现在都四十出头了。两个大孩子，一男一女，男孩儿十岁，女孩儿八岁，都上学了。两个双胞胎，六岁了，还在家里。苏珊没有雇保姆或女用人来帮助她：童年是短暂的；她辛勤操持，无怨无悔。她经常感到百无聊赖，因为带小孩子有可能使人百无聊赖；她常感到累，但她毫无悔意。再过十年，她就会把自己变回一个有着自己生活的女性。

不久这两个双胞胎就要上学了，他们从早上九点到下午四点就不会在家。这几个钟头，在苏珊看来，就会是她自己从家庭核心的角色慢慢解放出来，成为一个有着自己生活的女性的准备过程。她已经在计划着孩子们全都"脱手"之后的那自由的几个钟头了。"脱手"，这是个马修、苏珊，以及他们的朋友都使用的短语，指的是最小的孩子离家去上学那一刻。"亲爱的苏珊，他们会脱手，然后你就有你自己的时间了。"马修这么说。这位聪明的丈夫经常赞扬苏珊，安慰苏珊，在精神上鼓励她；那些年，用她的话说，她的灵魂不属于她自己，而是属于孩子们的。

这等于在说苏珊就像二十八岁没有结婚的时候那样看待

自己；然后又在五十岁左右的某个节点时，从她二十年前那个模样的根上开出花来。仿佛那个不可或缺的苏珊给暂时搁置起来，仿佛她处于冷藏状态。一天夜里，马修对苏珊说过类似的话：苏珊说这话不假——她的确是感觉到某种类似的东西。那么，这个不可或缺的苏珊是什么呢？苏珊并不知道。那样子说，听起来就很滑稽，而且她也没有真的感觉到那一层。不管怎么说，他们就这整件事讨论了很久，才在对方的怀中安然入睡。

就这样，两个双胞胎上学去了，两个聪明伶俐、亲密无间的孩子，他们去上学没有任何问题，因为他们的哥哥姐姐在他们之前已经像模像样地踏出这条路来了。现在，这个学期当中的每一天，苏珊都要一个人待在这座大房子里了，除了那个每天过来打扫房间的女人。

正是在这个时候，在这桩婚姻中第一次，出了一件事，这是他们两个人谁都没有预料到的。

事情是这样的。九点半，她开车送两个双胞胎上学后回到家，盼着有七个钟头极其快乐的自由时光。第一天上午，她简直是心神不宁，不放心两个双胞胎，这是"再自然不过"的事，因为这是他们第一天上学。她几乎控制不住自己，直到两个孩子回到家。他们回到家，欢天喜地的，学校的天地让他们激动不已，盼望着第二天再去上学。第二天，苏珊把他们送到学校，放下车，回到家，却发现自己根本不愿意走进她那座漂亮的大房子里，因为仿佛是有什么东西在那里等着她，而她却不希望面对。然而，她理智地把车停在车库，进了家，跟每天来打扫房间的女人帕克斯太太说话,给她讲明她的职责,然后就上楼去了她的卧室。她被一种狂热攫住了,这驱使她又走出房门,走下楼梯,走进厨房,帕克斯太太正在厨房里做蛋糕,并不需要她,于是她就走进花园。在那里,她坐到一张长椅上,两眼看着树木,远远瞥见那浑黄的河流,设法让自己镇静下来。然而她内心满是紧张,就像是恐慌:仿佛一个敌人就在花园里和她待在一起。她严肃地对自己说,像这样:所有这一切都是自然的。首先,我花了我十二年成年的时光工作,过着我自己的生活。然后,我结婚了,从我怀孕的那一刻起,我就把自己,可以这么说,把自己签给了别人。签给了孩子们。十二年来没有一刻我是独自一人,没有一刻属于我自己。所以现在,我得学会重新做自己。就是这么回事。

她去室内帮助帕克斯太太做饭,打扫卫生,找到一些给孩子们缝缝补补的针线活。她每天都让自己忙忙碌碌的。到了第一个学期末,她感到两种相反的感情。第一,暗暗感到震惊和沮丧,在那么多个星期里,家里空荡荡的,没有孩子,但她实际上比孩子们在身边,随时需要她关照的时候更忙(她一直小心翼翼地让自己忙碌起来)。第二,现在她知道,满屋子都会是孩子,五个星期里,她都不能一个人待着了,一想到这件事她就愤愤然。她已经在回头看,在把缝缝补补、做饭(都是她一个人)的那几个钟头看成是一种失去的自由了,而这种自由有五个漫长的星期都不是她的。紧接着那五个星期后的为期两个月的学期向她敞开胸怀,勾魂摄魄——自由啊。然而是什么自由呢——实际上在过去那么多个星期,她难道不是一直在小心翼翼地让自己不自由,干那些零零碎碎的活计吗?她看看自己,苏珊·罗林斯,坐在卧室靠窗的一把大椅子上,缝制衬衣或连衣裙,这些东西她本可以去买的。她看见自己在家里那间偌大的厨房里做蛋糕,一做就是几个钟头:而她通常是买蛋糕的。她看到的是一个独处的女人,这倒是不假,但她并没有感到是在独处。比方说,帕克斯太太总是在屋子里的某一个地方。而她一点儿都不喜欢在花园里待,因为那里和那个敌人离得很近——生气、不安、空虚,不管那敌人是什么吧——她让自己的手占着,这样不知是什么原因,那敌人就不那么危险了。

苏珊并没有把这些想法告诉马修。这都是些胡思乱想。在这些胡思乱想当中她并没有认识自己。她应该对她亲爱的朋友和丈夫马修说什么呢?"我走进花园的时候,就是说,如果孩子们不在那儿,我就觉得好像是有个敌人在那里等着要侵犯我。""什么敌人呀,亲爱的苏珊?""呃,我不知道,真的……""或许你应该去看看医生?"

不,很显然这种话是不应该说出口的。假期开始了,苏珊欢迎假期的到来。四个孩子,生机勃勃,精力充沛,聪明伶俐,不停地要这要那:她一天之中连一小会儿独处的时间都没有。她要是在一个房间里,他们就在隔壁的房间,或者在等着她给他们做什么事;要么很快就到了吃午饭或喝下午茶的时间,或者就该带他们当中的哪个孩子去看牙医。总是有事要做:五个星期都有事要做,谢天谢地。

这么舒心的假期到了第四天,她发现她在对两个双胞胎大发雷霆:两个漂亮的小家伙蜷缩着身子(到了这里她开始检视自己了),手拉手站着,以完全不敢相信的眼睛看着她,一脸的沮丧。这就是他们那娴静的妈妈,竟冲着他们大喊大叫。为了什么呀?他们来找她是想玩某个游戏,某种有点不着调的东西。他们俩你看看我,我看看你,靠得更近些互相支撑着,手拉着手走开了,丢下苏珊手扶着客厅的窗台,深深地呼出一口气,感觉很不舒服。她去躺下来,对两个大孩子说,她头疼。她听见儿子哈利对两个小不点儿说:"没什么,妈妈是头疼了。"她听见没什么这句话,听得心痛。

那天夜里,她对丈夫说:"我今天冲两个小孩子吼了,吼得很没有道理。"那口气听起来凄凄惨惨的。他柔声说:"哦,那又怎么样呢?"

"他们这一上学,要调整,可不像我原先想的那样。"

"可是苏茜①,亲爱的苏茜……"因为她在床上蜷缩着身子,嘤嘤啜泣。他安慰她:"苏珊,这都是怎么回事呀?你冲他们吼了?那又怎么样呢?你就是一天冲他们吼上五十次,这些小鬼头们也是罪有应得。"可是她并没有笑。她哭了。没过多久他就用他的身体安慰她了。她镇静了下来。镇静了,她搞不明白她出了什么毛病,搞不清楚她就算对孩子们那样做没有道理,也就一次,她为什么会如此在意。这件事有多大的关系呢?他们可是早就把这件事忘到九霄云外了:妈妈头疼了,一切也就烟消云散了。

---

① 苏珊的昵称。

过了很长时间以后苏珊才明白,那一夜,她哭了,马修用他那结实高大的身躯把痛苦从她身上驱赶出去,那在他们婚后的生活中是最后一次使用他们的共同语言。甚至这也是一个谎言,因为她真正恐惧的东西,一点儿也没有对他讲。

五个星期过去了,苏珊控制住了自己,和蔼,慈爱,她怀着既恐惧又渴望的混杂的心情盼望着假期结束。期盼着什么,她并不知道。她把两个双胞胎送到学校(两个大孩子自己去上学),然后回到家里,下定决心要面对那个敌人,不管他在哪里,在屋子里,还是在花园里,还是——在哪儿呢?

她又心神不宁了,她心神不宁就像是着了魔一样。她跟以前一样,日复一日地做饭,缝补衣裳,干活,而帕克斯太太则抱怨说:"罗林斯太太,这有什么必要呢?这种事儿我能做,您给我工钱不就是做这些事儿的嘛。"

这非常地不合常情,她就检视自己了。她往往是把汽车放进车库,上楼到卧室里,坐下,双手放到膝盖上,逼自己静下来。她谛听着帕克斯太太在房子里四处走动。她朝窗外花园里望去,看见树枝晃动着树木。她坐着,要战胜心神不宁那个敌人。没着没落。她应该考虑一下自己的生活,考虑一下她自己了。但她没有。或许是她无法考虑吧。她刚一逼迫大脑去想一想苏珊(她想一个人独处,还能有别的什么原因呢?),脑子就走神儿,一下子就跳到奶油或校服这些想法上去。或者脑子就想到了帕克斯太太。她意识到她坐着,在倾听这位打扫卫生的女人的动作,跟踪着她的每一次转身,每一次弯腰,每一个想法。她在脑子里跟着她,从厨房跟到洗澡间,从餐桌跟到炉子,就好像拂尘、抹布、平底锅就在她自己的手里一样。她会听见自己喃喃自语:不,不是这样子的,那东西不要放在那儿……然而,帕克斯太太干什么,她干不干那活儿,她根本就不关心。然而她身不由己,总是觉察得到她的存在,每分钟都觉察得到。是的,她的毛病就出在这儿:她独处的时候,她就需要真真正正地一个人独处,谁也不要在近旁。她知道,过十分钟或者半个钟头,帕克斯太太就会朝楼上喊:"罗林斯太太,没有银器擦亮剂了。太太,我们把面粉用完了。"一想到这些她就无法忍受。

于是她离开屋子,去花园里坐,在那里,几棵大树把她遮蔽起来,就看不到房子了。她等着那魔鬼出现,向她索命,然而他没有出现。

她把他挡在了外面,因为她毕竟还没有把自己的事情安排停当。

她在思谋着如何到某一个地方,帕克斯太太不会端着一杯茶在她身后跟过来,或者要求打个电话(总是很令人恼火,苏珊根本不在乎她给谁打电话,多长时间打一个电话),或者只是就某一件事说几句好听的话。是的,她需要一个地方,或者一种状态,在这么一个地方或状态下,她没必要总是提醒自己:十分钟后我必须给马修打电话,说说……下午三点半我必须早点儿出门去接孩子,因为汽车需要清洗了。明天上午十点我必须记得……每天七个钟头的自由时间(一学期当中每周平时的时间)根本就不自由,她从来就没有自由过,哪怕是一秒钟的自由都没有,摆脱不了时间的压力,不得不记住这件事或那件事。她一想到这些,心里就愤愤不平。她从来都不能忘我;从来都不能真正让自己走进忘我的状态。

愤愤不平。这种情感在毒害着她。(她审视这种情感,觉得它是荒谬的。然而她却感觉得到它。)她是一个囚徒。(她也审视这种想法,告诉自己这是一个荒谬的想法并没有好处。)她必须告诉马修——可是告诉他什么呢?她内心充满了形形色色的情感,而这些情感是彻头彻尾荒谬的,是她所鄙视的,然而她感受如此之强烈,怎么都挥散不去。

学校的假期如约而至,这一次是将近两个月,她有意识地克制自己,做出很得体的样子,而这几乎要把她逼得发疯了。她常常把自己锁在洗澡间,坐在浴缸边上,深呼吸,试图放松,让自己进入某种镇静的状态。要么她就上楼去那间没有人住的房间,通常都是空的,没有人会想到她在那里。她听见孩子们叫着"妈妈,妈妈",却一声不吭,同时感到愧疚。要么她就走到花园的尽头去,独自一个人,看那缓缓流动的浑黄的河流;她看着河流,闭上眼睛,缓缓地深深地吸气,把气吸进她的生命,吸进她的静脉里。

然后她回到家人中间,是妻子也是母亲,满面笑容,尽职尽责,感觉这些人——四个活泼的孩子和她的丈夫——是一个痛苦的重压压在她的皮肤表面,是一只手压迫着她的大脑。假期期间,她一次也没有失控而大为光火,但那就像是在监狱里服刑,在孩子们回到学校之后,她坐在流水潺潺的河边的一块白石头上,心想:从两个小不点儿上学,自从他们脱手(我用了那么愚蠢的字眼,我觉得我到底在表达什么呢?),甚至连一年都还不到,可是我已经成了一个不同的人。我简直不是我自己了。这件事我闹不明白。

然而这件事她必须闹明白。因为她知道,这个架构——那座白色的大房子,分期付款每年还要花掉四百英镑呢;一个丈夫,这么好,这么善良,这么有洞察力;四个孩子,都做得这么好;还有她坐着的这座花园;还有帕克斯太太,那个打扫卫生的女人——所有这一切都靠她,而她呢,却不明白她为什么给这一切做贡献,甚至不明白她给这一切所做的贡献是什么。

在卧室里,她对马修说:"我想我肯定是出了什么毛病了。"

他说:"肯定没有吧,苏珊?你看上去棒极了——你还是那么可爱。"

她看着这个英俊的金发男人,睿智的面庞上一双清澈的蓝眼睛,心想:我为什么不能告诉他呢?为什么不能呢?然而她说出来的却是:"我需要独处,比现在这样子还需要。"

听了这话,他那湛蓝色的目光缓缓地投向她,她看到了她一直都害怕的东西:不可理喻。不敢相信。还有恐惧。那只有陌生人才会流露出的不可理喻的凝视,却是她丈夫的凝视,亲近得如同她自己的呼吸。

他说:"可是,孩子们都已经上学,已经脱手了呀。"

她暗想:我必须逼着自己说:没错,可是你难道没有意识到我从来都没有感觉到自由吗?从来没有一刻我可以对我自己说:我什么事儿都没有,没有必须提醒自己的,半个小时后,或者一个小时后,或者两个小时后我没有任何必须要做的事儿……

可是她却说:"我觉得不舒服。"

他说:"你或许需要一个假期吧。"

她吃了一惊,说:"可是你不去,就必然休不成假,对吧?"因为她无法想象自己不跟他在一起,一个人到别的地方去。然而,他就是这个意思。他看着她的脸,哈哈大笑,伸开双臂,她就钻进了他的怀里,心里想着:是呀,是呀,我干吗不能说出来呢?我要说的是什么话呢?

她设法对他说,说从来都不自由。他听后说:"可是苏珊,你能要的是什么样的自由呢——除了死亡!我自由过吗?我去办公室,十点钟必须赶到那儿——好吧,十点半,有时候。我得做这个,做那个,对不对?然后呢,到了某个钟点儿我就得回家——我不是故意这么说啊,你知道我不是故意的——可是如果我不能六点钟赶到家,我就给你打电话。我什么时候可以对自己说:在接下来的六个小时里,我什么事儿都不用管的?"

听了这话,苏珊懊悔不迭。因为这是实话。这美满的婚姻、大房子、孩子,对他自觉自愿的约束,和对她的约束一样多。可是,为什么他没有觉得受到约束呢?为什么他就没有烦躁不安,心神不宁呢?不,她身上什么地方真的是出毛病了,这就是证明。

还有"约束"这个词——她为什么用了那样一个词呢?她从来都没有觉得婚姻,或者孩子,是一种约束。他也没有,否则的话,他们一定不会在结婚十二年后依然躺在对方的怀抱里,心满意足。

不,她的状态(不管是什么状态)都是无关紧要的,和她真正美好的生活,和她的家庭都毫无关系。她不得不接受这一事实:她终究是一个不理智的人,而且要忍受这个毛病。有些人不得不忍受胳膊残疾、口吃,或者耳聋。知道自己必须忍受一种自己不能掌控的心态,她也不得不活下去。

然而,作为这次和丈夫谈话的结果,接下来的假期有了一项新的规定。

楼顶那间空房间现在挂了一块硬纸板告示牌,上面写着:"私密!请勿打扰!"(父母之间进行过一次讨论,经讨论决定,这在心理上是正确的事,此后,孩子们就用彩色粉笔把这张告示牌画了出来。)一家人和帕克斯太太都知道,这是"妈妈的房间",她有权拥有自己的小天地。马修和孩子们严肃认真地进行了多次谈话,谈到不能把妈妈当成理所当然、天经地义的。苏珊最早是偶然听到了爸爸和大儿子哈利之间的谈话,当时就火了,她对自己发火很是意外。难道她不能在这么大一座房子里的某个地方有一个房间,想进去就进去,而不需要如此兴师动众吗?不需要这么庄严地经过讨论吗?她为什么就不能简单地宣布:"我要把楼顶那个小房间配给我自己用了,我在那个房间的时候,除非是失火,否则不管发生什么事,都不许打扰我?"只消如此,就搞定了;不需要长篇大论认真严肃地讨论来讨论去。她听到哈利和马修给两个双胞胎讲这件事的当口,帕克斯太太正好走了进来——"是呀,呃这个,有时候吧,一家人会对一个女人无能为力"——听到这话她赶紧走开,走到花园的尽头,直到愤怒的魔鬼在她血液里跳完了舞蹈。

不过,现在倒是有了一个房间,只要她愿意,就可以去那里,但她却很少用这个房间:在那里,她感觉比在她的卧室里更像是被囚禁。一天,帕克斯太太不在,她就给十个孩子做午饭,伺候他们吃饭,吃过饭以后,她就上楼去,独自坐了一会儿,朝花园里望过去。她看见孩子们从厨房里蜂拥而出,站着抬头看楼上那扇窗户,而她就坐在窗帘后头。他们大家——她的孩子和他们的小伙伴儿们——都在谈论妈妈的房间。几分钟后,孩子们在玩一个游戏,你追我赶,踩得楼梯嗵嗵直响,跑了上来,但猛然间就停下了,就像是掉进了一条深谷,那么突然就安静了下来。他们想起来她在那儿,在一阵风似的"别出声!嘘——!安静,你们会打扰到她的……"叫声中安静了下来。他们就像是一帮共犯,蹑手蹑脚走下楼去。她下楼给他们沏茶的时候,他们全都连声地道歉。两个双胞胎从前头和后头用胳膊搂着她,以有爱的四肢做成一个人肉囚笼,并且信誓旦旦地说,这种事情再也不会发生了。"我们忘了,妈妈,我们把这件事儿忘了个一干二净!"

这件事最后发展到了这一地步:妈妈的房间,以及她对个人小天地的需求,变成了尊重他人权利的宝贵一课。没过多长时间,苏珊上楼到那个房间去,仅仅是因为那是一节课,放弃怪可惜的。后来她拿着针线活到那儿去,孩子们和帕克斯太太也进进出出的:这个房间变成了另一个全家人的房间。

她叹口气,微微一笑,也就释然了——她拿自己跟马修就这个房间开起了玩笑。也就是说，她从她所喜欢的自身，她所尊重的自身，开这种玩笑。但与此同时，她内心有某种东西极不耐烦地、火冒三丈地号叫着……她害怕了。一天她发现自己跪在床边祷告："亲爱的上帝，让它离我远远的，让他离我远远的。"她指的是那个魔鬼，因为她现在想到它，是把它当成某种魔鬼来想的，并不在乎她是不是不理智。她把他，或者是它，想象成一个有些年轻的男人，或者也许是一个假装年轻的中年人。或者是一个不成熟、面相看着年轻的男人？不管怎么说，她看见那张看着年轻的面庞，她凑近了看，嘴角和眼角都有干巴巴的皱纹。他有点儿瘦，体格精瘦精瘦的。他面色发红，头发姜黄。这就是他——一个发色姜黄、精力充沛的男人，他穿一件发红的、触感不佳的毛外套。

呃，有一天，她看见了他。她当时正站在花园的尽头，看着河水缓缓流过，她一抬眼，就看见了这个人，或者说存在，坐在那个白色的石凳上。他在看着她，咧嘴笑着。他手里是一根弯曲的长木棍，他从地上捡的，或者是从他头顶上的树上折下来的。他心不在焉，出于一种心不在焉或者是异想天开的恶意的冲动，用那根木棍挑弄着一只蛇蜥或者一条草蛇（或者是某种类似蛇的动物：它颜色发白，看着病恹恹的，令人不舒服）那盘起的身体。那条蛇扭来扭去，把那盘起的身体摆过来，摆过去，像是一种舞蹈，反抗那根戏弄地戳它的木棍。

苏珊看着他，心里想着：这个陌生人是谁？他在我们家的花园里干什么？这时，她认出了这个男人，她所有的恐惧都围绕着这个男人而具体化了。她刚刚认出这个男人，他就消失了。她让自己走过去,走到石凳旁。一根树枝的影子落到碧绿的草地上,在高低不平的草地上晃来晃去,她能看出来她刚才为什么把它当成了一条蛇,抽动着,扭动着。她回到屋子里,心想:这就对了,这么说,我是亲眼看见过他了,我就不算是发疯了——我见过他了,所以有危险。他就潜伏在花园里,有时候甚至潜伏在房子里,他想进入我的体内,要了我的命。

她梦想着有一个房间,或者是一个地方,在哪儿都行,她可以到那儿去坐坐,独自一人,谁也不知道她在哪儿。

一次,在维多利亚附近,她发现自己来到一个报刊亭外面,上面有一则"房屋出租"的广告。她决定谁也不告诉,租一个房间。有时候她就可以从里士满坐火车来,在这个房间里独自坐上一两个钟头。可是她怎么能呢?一个房间每个星期要花三四英镑呢,而她是不挣钱的,她怎么跟马修解释她需要这么一笔钱?做什么用?她根本就没有想到,她理所当然是不会告诉他这个房间的事儿的。

唉,租一个房间,这是不可能的事;然而她知道她必须租一个。

一天,这一学期已经走上正轨,孩子们谁也没有得麻疹或生别的什么病,一切似乎都井然有序,她就早早地出来买东西,跟帕克斯太太解释说,她要和一个老同学见面,就乘火车来到维多利亚,找了半天终于找到一家僻静的小旅馆,要了一个白天住的房间。他们白天是不对外租房子的,女老板说着,一脸的狐疑,因为一眼就看得出,苏珊不是那种因不体面的原因而需要房间的女人。苏珊解释了半天,说是身体不好,要是不经常躺下歇歇,就没办法买东西。最后终于同意她租一个房间,但条件是她要付一整夜的租金。女老板和一个女佣带她上楼,两个人都对她的身体状况十分关心……她身体一定是很不好,她家住里士满(她已经在登记处登记了姓名和住址),却要在维多利亚需要一个安身之所。

房间很一般,很不起眼,但正是苏珊所需要的。她往煤气表里投了一先令,在一把脏兮兮的靠背椅上坐下来,背对着一扇脏兮兮的窗户,闭上了眼睛。她是独自一个人了。她是独自一个人了。她是独自一个人了。她能感觉到压力从身上倏然离去。刚开始,马路上车来车往,一片喧嚣;继而喧嚣声似乎消失了;她甚至可能小睡了一会儿。有人敲门;原来是女老板汤森德小姐亲手给她端来一杯茶,苏珊这么长时间都没有动静,可能是病了吧,所以她十分挂念。

汤森德小姐是个五十岁的独身女人,以她所有诚实的操行经营着这家旅馆,她从苏珊身上感觉到,她有可能是一个善解人意的伴儿。她留下聊起天来。苏珊发现自己滔滔不绝地讲起了自己的病,随着她设法使她的病和里士满的那座大房子、有钱的丈夫和四个孩子对上号,得这种病就越来越不可能了。相反,假如她说:汤森德小姐,我来到你的旅馆,是因为我需要独自一个人待上几个钟头,最重要的是完全独自一个人,谁也不知道我在哪儿。这番话她只是心里说说,也在心里看到,汤森德小姐那张老处女的脸上不可避免地现出那种表情。"汤森德小姐,我的四个孩子和我丈夫都快把我逼疯了,这话您理解吗?是的,您眼里闪现出了歇斯底里的光,这种眼神来自于克制着的落寞,但还只是饱含着落寞;从那种眼神里我可以看出,这世界上你所渴盼的一切,我都有了。唉,汤森德小姐,这些东西我都不想要。您可以要,汤森德小姐。我倒是希望我在这个世界上是绝对孤独的,就像您一样,汤森德小姐。我现在是百鬼缠身啊,汤森德小姐,汤森德小姐,就让我在您的旅馆里待着吧,这样那些魔鬼就找不到我了……"这番话她都没有说,她描述了她的贫血症,并且同意试试汤森德小姐的偏方,就是用一块生肝,剁碎了,夹在全麦面包里;并且说,没错,如果她待在家,让一个朋友帮她买东西可能会更好。她给了她钱,离开了旅馆,心情挫败。

回到家,帕克斯太太说她真的不喜欢这样子,是的,真的不喜欢,罗林斯太太上午九点钟离开家,直到下午五点钟才回来。老师从学校打电话来,说琼的牙齿疼得厉害,她不知道该怎么说;还有,下午茶她要给孩子们吃什么,罗林斯太太没有交代。

所有这番话当然都是废话,帕克斯太太发牢骚,是因为苏珊从精神上把自己撇干净了,把这么一个大家业的负担留下来,压在了她的肩上。

苏珊回头看看她那"自由"的一天,结果是跟孤独的汤森德小姐成了朋友,使得帕克斯太太一肚子的意见。然而她却记住了那短暂而极度快乐的一个钟头,独自一人,真真正正是独自一人。她打定主意要安排自己的生活,不管这会付出多大的代价,为的是她能更加经常地享受那份孤独。一种绝对的孤独,其时,谁也不认识她,谁也不在乎她。

可是如何才能办得到呢?她想到对她过去的老板说:我想跟马修撒个谎,想要你支持我一把,就说我在你这里做兼职。实际情况是……可是她也要对他说一番谎话,说什么谎话呢?她不能说:我想到一个租来的房间里去,就我一个人每个星期坐上三四次。再者说了,他认识马修,她不能真的请他替她撒谎,这样他一定会以为,这话意味着她有一个情人。

假定她真的找一份兼职的工作,她很快很高效地就能把活儿干完,好把时间留给自己。找什么工作呢?在信封上写收信人地址?游说选民拉选票吗?

还有帕克斯太太,那个当女用人的寡妇,她准备给这个家什么东西,心里是一清二楚;她凭直觉就知道,她的女主人什么时候从精神上抽身,躲开自己的责任。帕克斯太太是这个世界上一个提供服务的人,但她需要一个服务的对象。她得让罗林斯太太,她的女主人,在顶楼上或者在花园里,这样,她就能过来,从她那儿得到支持:"是啊,这面包可不是我当姑娘那会儿那个样子了……是啊,哈利的胃口好得不得了,不知道他把东西都塞哪儿去了……是啊,幸好这两个双胞胎个头差不多,鞋子可以换着穿,这年头儿日子这么难,倒是能省下点儿钱……没错儿,瑞士进口的樱桃果酱跟波兰的果酱根本没法儿比,可价格却高出三倍……"如此等等,不一而足。帕克斯太太一定得说这种话,天天说,否则她就走,自己都弄不清楚她为什么要走。

苏珊·罗林斯满脑子想着这些想法,蓦然发现她像一只野猫一样,在那片偌大的灌木丛生的花园里四处徘徊:她上楼梯,下楼梯,穿过一个个房间,走进花园,沿着那条浊浪滚滚、奔腾不息的河流走,回来,上楼,穿过整栋屋子,再下楼……帕克斯太太居然没有觉得奇怪,这倒是一个奇迹。然而恰恰相反,罗林斯太太喜欢做什么就做什么,她要是愿意,满可以拿大顶的,只要她在这儿就行。苏珊·罗林斯穿过整栋房子,嘴里念念有词,恼恨帕克斯太太,恼恨可怜的汤森德小姐,梦想着她在汤森德小姐的旅馆那个脏兮兮的房间里那一个钟头体面的孤独,心里非常清楚自己疯了。是的,她疯了。

她对马修说,她必须度假了。马修就同意了。这可不是原来的那种情况——可不是他们原来在那张婚床上躺在对方怀里的样子。她知道,他终于给她诊断出来了,她是不可理喻的。她已经变成他不得不设法管住的在他之外的某个人。他们一同生活在这栋房子里,像两个互相包容的友好的陌生人一样。

她跟帕克斯太太讲了——或者准确地说,是取得了她的应允——就到威尔士徒步旅行,度假去了。她选择了她所了解的最偏远的地方。每天早上孩子们去上学之前都要给她打电话,鼓励她,支持她,就像在"妈妈的房间"那个问题上鼓励她,支持她一样。她每天晚上给他们打电话,轮流跟每一个孩子讲话,然后跟马修讲话。帕克斯太太得到允许,可以打电话请求指示或意见,于是每天吃午饭的时候打电话。下面这种情况发生过三次,那就是罗林斯太太出去到山坡上,帕克斯太太就要求,她在某一个时间回电话,因为没有罗林斯太太的恩准,她对自己正在做的事情就不满意。

苏珊漫步乡野,电话线却像一根项圈一样把她和她的责任拴了起来。她下一次就必须打电话,或者等别人打电话给她,这就像把她钉在了十字架上。那一座座山自身也像是被她的不自由限制得死死的。在山上不管走到哪里,从吃早饭的时间到黄昏时分,她连一个人都碰不到,只是遇到羊群,或者一个牧羊人,她就直面自己的疯癫状态,而她的疯癫病在宽阔的山谷里都会发作,以至于那些山谷显得太小了,或者在一座山顶也会犯,从山顶上,她能看见一百座别的峰峦和山谷,这样一来,这些峰峦和山谷似乎又太低了,太小了,天空压将下来,无限逼近。她常常站着,凝望着一侧山坡,坡上蕨类植物和凤尾草郁郁葱葱,流水潺潺,蹦珠溅玉,她却什么都看不到,只看到她的魔鬼,他懒洋洋地斜靠在一块岩石上,从那里抬起他那没有人性的眼睛,瞪着她,同时用一根带叶子的小树枝在他那双丑陋不堪的黄色靴子上挥过来,扫过去。

她回到家,回到家人中间,心里隐隐约约有一种由威尔士带来的空虚,就像是一个自由的许诺。

她对丈夫说,她想要一个寄宿帮工女。

他们在卧室里,夜已经深了,孩子们都睡了。他穿着衬衣和拖鞋,坐在靠窗的一把椅子上,看着窗外。她坐着梳头,在镜子里观察着他。一幅夫妻卧室内时光被神圣化的场景。他什么话都没有说,而她却听到争吵的声音在进入他的脑子里,只是因为每个人都是理智的,才把这争吵的声音拒之门外。

"现在雇一个好像很奇怪吧;毕竟孩子们一天中大多数时间都在学校。你需要帮手的时间肯定是你白天黑夜都要跟他们黏在一起的时候。你干吗不请帕克斯太太给你做饭呢?她甚至都主动提出来了——你要是给六个人做饭,做烦了,我是能够理解的。可是,你知道,雇一个寄宿帮工女,意味着会有各种各样的问题;那可不像白天的时候用一个普通的女佣……"

他终于小心翼翼地说:"你是不是在考虑回去上班呀?"

"不。"她说,"不是,不是真的想。"她让自己的话听上去含糊不清,很是愚蠢。她继续用刷子梳理着她那黑色的头发,端详着自己,以便不去注意她的马修时不时地不安地瞥她的眼神。"你认为我们雇不起吗?"她含糊其词地接着说,一点儿都不是原来那个能干的苏珊,对他们买得起什么东西知道得一清二楚。

"不是那么回事儿。"他说着,朝窗户外面望去,望着那黑黢黢的树木,这样就不用看她了。同时,她仔细地打量着一张圆圆的、率直的、令人愉悦的面庞,脸上眉毛浓黑,灰眼睛清澈。一张理性的面孔。她梳着浓密健康的黑发,心想:而那就是一个疯女人照在镜子里的样子。多奇怪啊!如果回看我的是那个长着姜黄色头发和绿眼睛的魔鬼干巴巴似笑非笑的模样,那就更切中要害了……马修他为什么不同意呢?说到底,别的他还能干什么呢?她在单方面毁约,而且没有办法逼着她遵守:她的精神,她的灵魂,应该住在这个家,这样,家里面的人就能像水里的植物那样生长,而帕克斯太太也会心满意足地为他们服务。反过来,他就会是一个知冷知热的好丈夫,对孩子们也负责任。唉,有很长一段时间了,什么事儿都不是这个样子,不管是他还是她,都不是这个样子了。他尽职尽责了,但却是敷衍了事的;而她呢,连假装尽职尽责都没有做到。他已经变得跟别的当丈夫的一样,他真正的生活就是在工作上,在他在单位打交道的人身上,而且很有可能有一场货真价实的婚外恋。所有这一切都是她的错。

他终于拉上沉重的窗帘,把树木挡在了外面,转过身,逼着她集中注意力:"苏珊,你真的确定我们需要一个帮工女吗?"但她根本就不想回应他的诉求。她的刷子在头发上梳了又梳,黑云般秀美的头发飞扬起来,嘶嘶啦啦荡起小小的电流。她朝镜子里端详,微微一笑,仿佛是那跟着刷子嘶嘶荡起的头发引她发笑。

"是,我觉得整体上看,那会是一个不错的想法。"她凭着一个疯女人的狡黠,躲避着问题的关键。

在镜子里她能看见马修仰面躺着,两只手垫在脑后,两眼朝上呆望着,板着脸,满面忧愁。她觉得她的心(苏珊·罗林斯过去的那颗心)软了,向他呼唤了。但她还是让那颗心无动于衷。

他说:"苏珊,孩子们呢?"那是一个几乎说到她心坎儿里的请求。他张开双臂,手掌朝上高高举着,两手空空。她只消跑过去,投进他的怀抱,靠上他那坚硬温暖的胸膛,就能让自己融化,融化成苏珊。但她不能。她不愿意看见他那高高举起的双臂。她含含糊糊地说:"嗯,这样子肯定对他们更好吧?我们就请一个法国或德国女孩儿,他们就还学习语言。"

在黑暗中,她躺在他身边,觉得冷冰冰的,是个陌生人。

她感觉好像苏珊已经被悄悄地给带走了。她非常不喜欢这个躺在这里的女人,躺在一个痛苦不堪的男人身边,冷冰冰的,无动于衷,然而她却无法改变她。

第二天上午她就着手找一个帮工女,过了没多久,索菲·特劳布就来了,她是汉堡人,是个二十岁的姑娘,很爱笑,身体健康,蓝眼睛,打算学习英语。实际上她已经能讲不少了。她住在这里——"妈妈的房间"里,吃在这里,作为交换,她做些简单的饭菜,罗林斯太太要求的时候,她跟孩子们在一起。她是个聪明伶俐的姑娘,对于主人的需求一点就透。苏珊说:"我有时候出去,上午或者整个白天出去——呃,孩子们有时候从学校跑回来,或者打电话,或者老师打来电话。我应该在这儿的,说真的。还有这个天天要来的女佣……"索菲那少女的笑圆润深沉,一笑就露出细密洁白的牙齿,现出两个酒窝,她说:"您有时候想要有个人扮演女主人的角色,是不是这么回事?"

"是的,就是这么回事。"苏珊说,语气不由自主地有点儿干巴巴的,心里暗自恐惧地想,这件事是多么容易啊,比她想的要接近目标多了。身体健康的特劳布小姐立即就理解了他们的现状,证明这的确是真的。

这个寄宿帮工女,由于她自己的常识,或者(正如苏珊自己心里想的,想到这里自己心里又哆嗦了一下)是因为苏珊的精准挑选,跟每一个人都很合得来,孩子们喜欢她,帕克斯太太几乎立即就忘了她是德国人,马修发现"家里有她在,挺好的"。因为他现在是既来之,则安之,从生活的表面看,他作为丈夫,作为父亲,是从家庭事务中撤了出来。

一天,苏珊看见索菲和帕克斯太太在厨房里有说有笑,她就说,她要出去,喝下午茶的时候才回来。她确切地知道她要去哪儿,要找什么。她坐上地铁区域线到南肯辛顿,换乘环线,在帕丁顿站下车,四处转悠看那些小一点的旅馆,直到她看见那家窗玻璃上刷着"弗雷德旅馆"字样的旅馆,这才满意了。窗玻璃需要擦洗了,外墙是褪了色的明晃晃的黄色,恰似不健康的皮肤。一条走廊尽头的门上写着她必须敲门;她敲敲门,弗雷德就出来了。他那长相一点儿都说不过去,从哪方面看都说不过去,有点儿肥胖,邋里邋遢的,穿一件毫无品位的条纹西装。一张皱巴巴的白脸上长着一双犀利的小眼睛,他非常乐意让琼斯太太(她盯得他不敢与她对视,故意选了个可笑的名字)租一个房间,每星期三天,上午十点到下午六点。当然了,假如她每次来的时候提前付款?苏珊掏出十五先令(他之前没定过价钱),递过去,两眼还是大胆地一眨不眨,死死地盯着他,这种挑衅的劲儿直到这时她才知道可以愿意怎么用就怎么用。他依然看着她,用大拇指和食指从她手掌上拈起一张十先令的钞票,搓弄了一下;然后狡猾地掂量那两枚半克朗共五先令的硬币,把他自己的手掌伸出去,上面展示着这些零钱,还让他凝视的目光沉思地看着那点儿钱。他们站在走廊上,头顶上是一盏带红色灯罩的灯,下面是裸露的木板,浓烈的地板蜡的气味从他们四周升腾起来。他猛地抬眼盯着她看,示意她注意那依然伸着的手掌,微微一笑,似乎要说:你把我这儿当成什么地方了?"我不会,"苏珊说,"为赚钱的目的用这个房间的。"他依然等着。她又加了五先令，他这才点点头，说："您交钱，我就什么问题都不问。""很好。"苏珊说。这会儿他从她身边走过，朝楼梯走去，在那儿等了一会儿：街门上的灯照进她的眼睛，使她一时间看不见他了。她这才看清一个穿着朴素的西装、面色白皙、白发谢顶的小个子男人，像服务生一样快步朝楼上走去，她在他身后跟着。他们一句话也没有，就走到这座房子的楼上去，什么问题都没有问——弗雷德旅馆，能给来客提供可怜的汤森德小姐无法提供的自由。房间难看得要死。只有一扇窗户，挂着薄薄的绿色锦缎窗帘，一张1.2米宽、1.9米长的床，上面铺着一块廉价的绿色缎面床罩，一架烧煤气的壁炉，旁边带一个投币咪表，一张五斗橱，还有一把绿色的柳条扶手椅。

"谢谢你。"苏珊说，心里知道弗雷德（假如这是弗雷德的话，而不是乔治、赫伯特或查理）在看着她，倒不是带着多大的好奇心，由于职业的缘故，他是不会有这种情感的，而是出于一种何为合适的哲学意识。他收了她的钱，把她领上了楼，一切都谈妥了，可他显然不喜欢她到这里来。她压根儿就不属于这儿，他的表情说明了这一切。（然而她知道，已经知道了，这儿就是属于她的天地：这个房间一直在等着她入住呢。）"请你五点钟派人来叫我，好吗？"他点点头，下了楼。

时间是中午十二点。她是自由的。她坐在扶手椅上，就那么坐着，她闭上眼睛，坐着，让自己处于独处的状态。她是独自一人的，没有人知道她在哪儿。门外传来敲门声，她很恼火，准备表现出来了：然而来人是弗雷德本人；已经是下午五点钟了,他是按照吩咐来叫她的。他那双犀利的小眼睛快速扫过整个房间——首先是床铺。床铺连碰都没有碰。她或许根本就没有在这个房间吧。她谢了他,说她后天再来,就离开了。她准时回到家,做饭,安顿孩子们上床睡觉,后来又给丈夫和她自己做了一顿晚餐。迎接索菲看电影回来,她跟一个朋友去看电影了。所有这些事情她都干得很开心,很自愿。但她一直都在想着那个旅馆房间;她整个身心都在渴望着那个房间。

每星期三次。十点钟她准时赶到,直视弗雷德的眼睛,给他二十先令,跟他上楼梯,进入房间,他刚一离开她就关门,温和而坚定。至于弗雷德呢,虽然他一点儿都不喜欢她到这里来,但不喜欢归不喜欢,他还是乐意表现出友好,至少要表现出陪伴的样子,假如她愿意让他这么做的话。不过,她点点头打发他走,他手里拿着二十先令,还是心满意足的。

她在扶手椅上坐下,闭上眼睛。

她在房间里都干什么呢?嗐,根本就什么都不干。在椅子上坐够了,就从那儿走到窗户边,伸展开胳臂,微微笑着,对她不为人所知的状态格外珍惜,朝窗外看去。她不再是苏珊·罗林斯,四个孩子的母亲,马修的妻子,帕克斯太太和索菲·特劳布的雇主,与朋友、学校的老师、生意人有这样那样的关系。她不再是那座白色大房子和那座花园的女主人,参加这个那个场合都有合适的衣服穿。她是琼斯太太,她就独身一人,她没有过去,也没有未来。我就在这里,她想,结过婚,生了几个孩子,扮演了承担责任的种种角色,过了这么多年以后——我还是那样。然而有时候我会想,除了和当马修·罗林斯太太相关的种种角色,根本就没有我的存在。是的,我现在在这儿,假如我再也不见我的家人,我还会在这里……这一切是多么奇怪啊!她斜靠着窗台,朝大街上看去,爱着走过去的男男女女,因为她不认识他们。她看看踩在脚下的大街上那一幢幢大楼,再看看天空,湿漉漉、脏兮兮的,间或是蓝莹莹的,她就觉得以前从来没有见过大楼或天空。然后她坐回空椅子上,她脑子里也一片空白。她有时候大声说话,什么都不说——一声感叹,毫无意义,接着又对那薄薄的地毯上的花纹或者绿色缎面床罩上的一个污点品评一番。大多数时间她都是胡思乱想——描述这件事有什么词呢?——沉思默想,浮想联翩,彻底沉寂,感觉空虚就像血液的流动一样,在她的静脉里畅快地流淌着。

和她住的大房子相比,这个房间变得更是她的了。一天上午,她发现弗雷德带她上楼,比平时多上了一段楼梯。她停住脚步,拒绝往上走,要求住她平时住的那一间,十九号房。"呃,那么您就得等上半个钟头。"他说。她心甘情愿下楼去,到那散发着消毒水气味的阴暗的大厅里,坐着等,直到两个人,一男一女,从楼梯上下来,匆匆地、冷冷地瞥了她几眼,然后他们就在门口分手,急急忙忙到大街上去了。她上楼到房间去,她的房间,他们刚刚腾出来。它仍然是她的,尽管窗户开得很大,她进来的时候,一个女仆在抻平床单。

经过了这么多天的独处,扮演妻子和母亲的角色就很容易了,也很困难——因为太容易了:她觉得自己就是个冒牌货。她觉得仿佛她的躯壳移到了这里,带着她的家人,有人叫妈妈,叫母亲,叫苏珊,叫罗林斯太太她都答应。她很惊讶居然没有人看穿她,她并没有让人当作赝品给赶出门去。恰恰相反,好像孩子们更爱她了;马修跟她"相处"得非常愉快,帕克斯太太在索菲·特劳布手下(必须承认,大多数都是在她手下)干活干得非常开心。夜里她躺在丈夫身边,他们又做爱了,很显然跟他们过去,真正过婚姻生活的时候一样。然而她,苏珊,或者别人一叫苏珊这个名字就忙不迭地令人难以置信地答应的那个人,并不在那儿:她在帕丁顿,在弗雷德的旅馆里,等着那轻松自在的独处的几个小时开始。

不久她就给弗雷德和索菲做了一项新的安排。每星期五天。至于钱,五英镑,她跟马修要就是了。她看出来她甚至都不害怕他会问干什么用的:他会给她,这一点她是知道的,然而,事情是这个样子,才是令人恐怖的,因为这对亲密的夫妻,这对伴侣,原来对他们必须花的每一先令,都是知道去向的。他同意每星期给她五英镑。她就要这么多,一个便士也不多要。听他那口气,他对这件事似乎漠不关心。这就像他在付钱给她,她心想:付钱给她把她支走——是的,就是这么回事。她明白了这一层,一时间恐惧感又回来了,但她让这种感觉平静下来:事情已经走得太远了。现在,每个星期,到了周日晚上,他交给她五英镑,这笔交易做完,眼神都还没有来得及碰一下,他就转过身去。至于索菲·特劳布呢,她必须在这座房子里或者附近的某个地方,一直待到晚上六点,之后她就没事儿了。她不用做饭,不用打扫卫生;她只要在那儿就可以。于是她就收拾花园,做些针线活,她是一个注定有很多朋友的人,于是她就请朋友们过来。如果孩子们病了,她就照看他们。如果老师打电话了,她就接电话,接得有条有理。一个星期上学的五个白天,她完完全全成了这个家的女主人。

一天晚上在卧室里,马修问:"苏珊,我并不想干涉啊——请别这么想——不过,你确定你身体没有问题吗?"

她当时正拿着刷子对着镜子梳理头发。她在脑袋两边又各梳了一下,然后才回答说:"是啊,亲爱的,我确定我身体没有问题。"

他又仰面躺着,一头金发的脑袋枕在手上,两个胳膊肘朝上弯着,部分遮住了他的脸。他说:"那么苏珊,我就不得不问这个问题了,但你必须明白,我不是在给你施加任何压力。"(苏珊听见"压力"这个词,感觉不悦,因为这是不可避免的;当然她不能这样继续下去。)"事情要一直这样子发展下去了吗?"

"嗯,"她说,先是含糊其词,继而轻描淡写,再就是装傻,为的是逃避,"嗯,我看不出来为什么不这样子。"

他把胳膊肘抬上去,放下来,要么是生气了,要么就是很痛苦,她看着他,发现他瘦了,甚至憔悴了;他不安地怒气冲冲地动来动去,她记忆中他可没有这样子过。他说:"你想离婚,是不是这么回事?"

听到这话,苏珊费了最大的劲儿才让自己没笑出来:她会听见她有可能发出爽朗的银铃般的笑声,如果她让自己那么笑的话。他指的只能是一件事:她有一个情人,这就是为什么她几天都在伦敦过,倾心于他,就像是消失到另一个大陆上一样。

接着重又感到一阵小小的惊慌:她明白了,他希望她真的有一个情人,他在乞求她这样说,因为否则的话,就太令人恐惧了。

她梳理着头发,看着那细密的黑发向上飞起,形成一小朵一小朵带电的云,嘶啦,嘶啦,嘶啦,她把此事彻底想了想。她脑袋后面,房间那一侧,是一堵蓝色的墙。她意识到她在全神贯注地观察黑发衬托着那蓝色,形成各种形状。她应该回应他。"你想离婚吗,马修?"

他说:"那肯定不是问题的关键,对吧?"

"是你提出来的,我可没提。"她说,说得很聪明,把那毫无意义的银铃般的笑声压了下去。

第二天,她问弗雷德:"是不是有人来打听我了?"

他犹豫不决,她就说:"我现在来这儿已经一年了。我从不惹是生非,我每天都交钱。我有被告知的权利。"

"事实上,琼斯太太,是有一个男人来打听了。"

"从侦探事务所来的吗?"

"唔,他有可能是,对不对?"

"我在问你哪……呃,你跟他说什么了?"

"我跟他说,一位琼斯太太星期一到星期五每天上午十点到下午五点或六点,都会独自一人待在十九号房间。"

"描述我的长相了没有?"

"哎呀,琼斯太太,我别无选择呀。把您放到我的位置想想看。"

"按理说,你提供了情报,那人给你的那份我应该扣掉吧。"

他抬起震惊的眼睛:她可不是那种这样子开玩笑的人哪!然后他选择了哈哈大笑;两眼形成的一道发红的泪汪汪的缝出现在他那皱巴巴的白脸上:他的眼睛一个劲儿地求她一笑了之,否则的话他就有可能要损失一些钱了。她还是一脸严肃地看着他。

他止住笑,说:"您现在想上楼去吗?"——恢复到相熟、相帮的领地,在这块领地上,什么问题都不问,(他知道)她完全依靠这一点。

她到楼上坐在那把柳条编的扶手椅上。然而感觉已经不一样了。她丈夫已经把她搜查出来了。(这个世界已经把她搜查出来了。)种种压力向她压了下来。她来这里是得到了他的默许。他随时都可能走进来,来到这里,来到十九号房间。她想象得出侦探事务所的报告:"一位自称琼斯太太的女性,符合尊太太长相之描述(等等,等等,等等),整日独自住在十九号房间。她坚持只要此房,如有人使用,就等房间空出来。据旅馆老板所知,她不接待客人,无论男女。"一份像这样几行文字的报告马修一定已经收到。

唉,他当然是对的:事情不能这样子进行下去了。他这一派侦探跟踪她,就把这件事给了结了。

她设法让自己缩回这个房间的庇护之下,就像一只蜗牛被啄出躯壳,而今又要设法蠕动着身躯缩将回去。然而这个房间的宁静已经一去不复返了。她有意识地设法恢复那份宁静,试图放松,进入那种她在这里找到的黑暗而具有创造性的恍惚状态(或者不管是什么状态)。没用,然而她却十分渴望得到它,她就像突然之间被剥夺了毒瘾一样不舒服。

有好几次她回到这个房间,想在那里寻找自己,但她找到的却是那个无以名状的心神不宁的灵魂,一种刺痛般跃动的狂热渴望,一种恼人的自我意识,这使她的大脑感觉仿佛里面有几只彩灯忽明忽灭。现在等着她的不是那一份柔和的幽暗,这原本是这个房间里的氛围,而是她的魔鬼,使她盲目地窜来窜去,嘴里含混不清地骂着仇恨的话;她驱使着自己从一个点到另一个点,宛如一只蛾子将身子扑向玻璃窗,滑到最下边,振动着已经断掉的翅膀晃晃悠悠飞起来,然后又撞上那看不见的屏障。一次又一次。不久她精疲力竭了,她对弗雷德讲,这一段时间她不需要那个房间,她要去度假了。她回家了,回到河畔那座白色的大房子里。时值一个工作日的中午,这时候人们料不到她会回家,所以她回到自己的家反而觉得心里有愧。她站在没有人看得见她的地方,透过厨房窗户朝里面看。帕克斯太太穿着苏珊扔掉的一条花罩衫,正弯腰往烤炉里塞什么东西。索菲两只胳膊交叉在胸前,身子斜靠着一个橱柜,一个苏珊以前没有见过的女孩儿讲了个笑话,索菲正哈哈大笑呢。这是一个长着黑头发的外国女孩儿,索菲的客人。莫莉是双胞胎中的一个,她在一把扶手椅上蜷着身子,吮着大拇指,看着那些大人们。她一定是得了什么病,才没有去上学。孩子那无精打采的面容,那黑眼圈,都叫苏珊心疼:

莫莉看这三个大人干着活,说着话,就跟苏珊透过厨房窗户看那四个人的样子一模一样:她是遥不可及的,被排除在她们之外的。

然而这时,正当苏珊想象着自己走进去,把小姑娘抱起,跟她坐在一把扶手椅上,摸摸她那可能在发烧的额头的时候,索菲做的正是这件事:她一条腿站着,另一条腿膝盖弯曲,脚顶着墙。这会儿,她让那只穿系着丝带的红鞋子的脚沿着墙滑下来,两只脚稳稳地站着,她在身前身后拍巴掌,用德语唱了几句歌词,这样,那孩子就抬起沉重的眼皮看她一眼,笑了起来。这时,她与其说是朝孩子走了过去,倒不如说是跳了过去,一把把她扔起来,与此同时她自己坐下来,让孩子落到她大腿上。她说:"唉呀!唉呀!莫莉……"开始抚摸那颗不干净的小黑脑袋,莫莉把脑袋放在她肩膀上寻求安慰。

唉……苏珊眨眨眼,把告别的泪水从眼里挤出来,她悄悄地上楼,向她的卧室走去。她坐在那儿,透过那几棵树看着那条河。她觉得很平静,然而从某个角度讲,那份平静之于她却是新鲜的。她不想动,不想说话,什么事都不想做。原先来闹这个大房子,闹这座花园的魔鬼不在那儿了;但她知道,那是因为她的灵魂在弗雷德旅馆,在十九号房间;她根本就没有真的在这儿。这是一种原本很吓人的感觉:坐在她自己的卧室的窗边,倾听着索菲那浑厚的嗓音给她的孩子唱德国童谣,倾听着帕克斯太太在楼下发出咔嗒咔嗒的声音和走动的声响,知道所有这一切和她丝毫没有关系:她已经是个局外人了。

后来,她还是让自己下楼,说她回来了:到了家不说一声是不公平的。她和帕克斯太太、索菲、索菲的意大利朋友玛丽亚,还有她女儿莫莉一起吃午饭,觉得自己像个客人。

几天后,在睡觉的时候,马修说:"这是你那五英镑。"说着给她推了过来。然而他肯定已经知道了,她压根儿就没有离开过家。

她摇摇头,把钱还给他,解释而不是指责地说:"你一弄清楚我在哪儿,就没有意义了。"

他点点头,并没有看她。他转过身去,背对着她:她知道,他心里在想怎样对付这个把他吓得不轻的妻子才是最好的。

他说:"我并不是要设法……只是我很担心。"

"是的,我知道。"

"我必须承认我开始怀疑……"

"你以为我有一个情人?"

"是的,恐怕我是怀疑了。"

她知道他倒是但愿她有一个情人。她坐着,琢磨着怎么说:"到现在一年了,我所有的白天都是在一个污秽不堪的旅馆房间里度过的。只有在那个房间里我才是快乐的。事实上,没有了它,我就不存在了。"她听见自己在说这番话,然而心里明白,她要是这么说了,他会吓成什么样子。于是她这样说:"唉,你说的大概也不算错得太离谱。"

可能马修会以为旅馆的老板没说真话:他会愿意这么认为的。

"啊,"他说,于是她听见他的声音抬高了,可以这么说,是松了一口气,"照这么说,我必须承认,我自己这边呢,有那么一小段婚外情。"

她表现得既超脱,又感兴趣,说:"真的吗?她是谁呀?"然后看出,由于这种反应,马修那吃惊的表情。

"是菲尔。菲尔·亨特。"

她早在没有结婚的时候就认识菲尔·亨特。她在思忖着:不,她是不行的,她太神经质,也太难相处。她还从来都没有幸福过。索菲就好多了。唉,马修这么理性的人,这一点他自己会看出来的。

这一条思维线是在沉默之中进行的,她大声说出口的却是:"跟你讲我的那位是没有意义的,因为你不认识他。"

快点,快点,编呀,她想。记得你是怎么给汤森德小姐编那一套胡说八道的说辞的吧。

她缓缓地开始了,小心翼翼别给自己说穿帮了:"他的名字叫迈克尔"——(迈克尔什么呢?)——"迈克尔·普兰特。"(多么愚蠢的名字!)"他跟你很像——长得像,我说的是。"事实上,她只能想象得出自己被马修抚摸的情形,别的人她谁也想象不出来。"他是一个出版商。"(真的吗?为什么?)"他已经有老婆了,还有两个孩子。"

她编造出这一番想象的东西,为自己感到自豪。

马修说:"你们两个在考虑结婚的事儿了吗?"

她还没来得及阻止自己,就脱口而出:"天呐,没有!"

她意识到,如果马修想和菲尔·亨特结婚的话,这语气就太重了,不过,很显然这没什么关系,因为他说话时,那口气听着像是松了一口气:"想象自己跟别的任何人结婚,都是有点儿不可能的,对不对?"说着,他把她拉到身边,这样她的脑袋就靠上了他的肩头。她扭过脸去,面对着他那处在阴影里的肌肉,聆听着血液轰隆隆地流过耳际,说着:我很孤独,我很孤独,我很孤独。

清晨,苏珊还躺在床上,而他已经穿好衣服了。

他一夜里都在把事情想透彻了,因为他说:"苏珊,我们干吗不搞一个四人聚会呢?"

当然了,她暗想,他当然一定会那样说的。如果一个人是理性的,如果一个人是理智的,如果一个人从来不允许自己有一种卑鄙的想法或者嫉妒的感情,自然就会说:我们搞一个四人聚会吧!

"干吗不呢?"她说。

"我们大家可以见个面,吃顿午饭。我的意思是,你偷偷地溜出去到肮脏不堪的旅馆去,我呢,待在办公室里熬夜,而每个人都还不得不说一套谎话。这很滑稽。"

我究竟说他叫什么来着?——她慌了,接着她说:"我想这是个好主意,不过呢,迈克尔这会儿出差了。等他回来的时候——我相信你们两个都会喜欢对方的。"

"他出差了啊,是不是?这么说,难怪你一直在……"她丈夫把手放在领带打结的地方,那姿势是男人式的卖弄风情,这种姿势她以前是不会和他联系在一起的;他弯下腰去亲吻她的脸颊,那表情配着这句话:啊,你个淘气的小丫头!而她感觉到那回应的表情,淘气而腼腆,也出现在她脸上。

在内心深处,她在瓦解,惊恐于他们两人如今这样,惊恐于他们两人已经从坦诚的感情陷落得有多远。

这么说,她现在是有一个情夫,他有一个情妇了!多么平常,多么使人安心,多么令人高兴啊!而现在,他们还要搞一个四人聚会了,四处逛,去看戏,下馆子了。这种事情,罗林斯夫妻毕竟还是花得起这个钱的,按理说出版商迈克尔·普兰特给他自己和他的情妇花这笔钱也是小菜一碟。不,没有什么东西能阻止他们四个人发展那种最微妙的文明包容的关系,一切都包裹在秋日激情那迷人的余晖里。他们或许要一起出去度假了?她原来就认识这样做的人。说不定马修会以此为底线?可是,假如他能说出来"四人聚会"这样的话,他为什么要有此底线呢?

她躺在空空的卧室里,静听着马修坐在汽车里,开走,去上班了。接着,她听见孩子们伴随着索菲那快乐的银铃般的嗓音,喊喊喳喳地上学去了。她一出溜进了空空的被窝,为自己的无关紧要寻找庇护之所。她伸出手,伸到丈夫的身体躺着的那片空地方,但在那里没有找到安慰:他不是她丈夫了。她把自己的身子在衣服下面蜷缩成一个紧紧的小球:她可以待在这里,待一整天,一整个星期,事实上,可以待上一辈子。

可是,过几天她就必须弄出个迈克尔·普兰特来,还要——可是怎么弄呢?想来她必须找到某个合意的男人,准备充当一个名叫迈克尔·普兰特的出版商。作为交换,她就要——什么?啊,有一件事就是他们要做爱。这个想法使她想痛哭一场,哭他个精疲力竭。噢,不,这种事儿她早就够了——证明就是"做爱"这两个字,或者甚至想象一下,仅仅是努力恢复床笫之欢的快乐,更不要说爱恋,或者爱情了,就使得她想跑开,隐藏起来,躲开做那种事儿的努力……天哪,到底为什么要做爱呢?为什么要和某个人做爱呢?你要是想做爱,跟谁做爱又有多大关系呢?她为什么就不该走到大街上,捡一个男人,就跟他来一场激情尖叫的性事?为什么不?甚至可以跟弗雷德?这又有什么不一样呢?

然而,她让自己陷入了这件事里——一段无休无止的时间,有一个情人,一个名叫迈克尔·普兰特的情人,作为一场堂而皇之、文明的四人聚会的一员。唉,她不能,她不愿意。

她起床,穿好衣服,下楼找到帕克斯太太,问她借了一英镑,她说,马修忘了给她留钱了。她跟帕克斯太太就天底下丈夫们都是一样的这个话题交换各种看法,他们就是不动脑子,跟索菲一句话都没有说,可以听到她在楼上打电话说话的声音;她走到地铁站,去了南肯辛顿,换乘内环线,在帕丁顿出来,走到弗雷德旅馆。在那里,她对弗雷德说,她终究还是不想去度假了,她需要那个房间。那她得等一个钟头,弗雷德说。她就去了不远处一家人声鼎沸的茶餐厅,坐着观看人们从门里拥进拥出,推得那扇门开了关,关了开,看着人们混合,融合,然后分开,她感觉自己被裹进人流,跟他们一起动了起来。那一个小时过完了,她为买的那壶茶留下半克朗,也不回头看一眼就离开了,正如她离开她的家,离开那座漂亮的白色大房子一样,再没有看上一眼,只是默默地把它献给了索菲。她回到弗雷德那儿,接过十九号房间的钥匙,房间现在空出来了,就缓缓地走上了那肮脏的楼梯,让一层层楼落在她下面,双眼始终向上看,这样,那一层楼接着一层楼就从她的视线向下滑去,滑落到她的视线之外。

十九号还是那样。她以敏锐、严格、审视的目光把一切都看了一遍:那锦缎床罩闪着廉价的光,那是两个身体在床罩下面折腾完之后漫不经心地换过了;五斗橱上的玻璃杯身上留有香粉的痕迹;窗帘叠在一起,形成一片浓绿的阴影。她站在窗边,朝下看,看着人们过去、过去、过去,直到她的大脑从这川流不息之中变得幽暗起来。这时她坐在柳条扶手椅上,让自己松弛下来。可是她必须小心,因为今天她可不想五点钟弗雷德敲门的时候给弄得大吃一惊。

魔鬼们并没有在这里。它们已经永远消失了,因为她在从它们那儿买她的自由。她已经在滑进那幽暗而肥沃的梦乡了,那梦乡似乎从内里爱抚着她,宛若她血液的流动……可是,她首先必须想想马修。她应不应该给法医留下一封信?可是她应该说什么呢?她倒是愿意这样离开他:他脸上还是她今天早上看到的那副表情——不得不承认,还是老样子,但至少可以相信是健康的。唉,这是不可能的,一个人老婆自杀死了,看上去不会是那副神情。可是怎么离开他,让他相信她是因为一个男人——因为那个迷人的出版商迈克尔·普兰特而死的呢?哦,多么滑稽!多么荒唐!多么丢人!然而她打定主意不这么麻烦了,干脆不想活着的人算了。如果他想相信她有一个情人,他就会相信。而且他是想相信来着。甚至当他发现伦敦根本就没有一个名叫迈克尔·普兰特的出版商,他也会想:噢,可怜的苏珊,她那是害怕把他的真名给我。

他是跟菲尔·亨特结婚还是跟索菲结婚,这又有什么关系呢?尽管应该是索菲,她已经是那些孩子们的母亲了……她没有精力活在人世了,她就要离开他们了,却还坐在这儿,为孩子们操心,是多么虚情假意啊。

她有大约四个钟头的时间。这几个钟头她过得快乐,幽暗,甜蜜,让自己轻轻地柔柔地滑向那条河的河边。然后,她意识里几乎没有任何停留,就站起身,把那条薄薄的地毯推过去顶着门,确保窗户都关紧了,往咪表里投了两先令,打开了煤气。自从她来到这个房间,她第一次躺到那张硬硬的床上,床上散发着馊味儿,散发着汗味儿和性的气味。

她仰面躺在绿色的床罩上,但她的腿很冷。她起身,在五斗橱最下层找到一条折叠着的毛毯,仔细地把毛毯盖到自己腿上。她躺在那儿,心满意足了,倾听着煤气那似有似无轻轻柔柔的嘶嘶响声,煤气灌进房间,灌进她的肺叶,灌进她的大脑,她轻轻地飘走,飘进那条幽暗的河流。

说　明

　　《另外那个女人》首次刊于《利立浦特》杂志;《穿过岩洞》首次刊于《英国佬》杂志;《恋爱的习惯》《快乐》《酒》《他》《天堂里上帝的眼睛》和《目击证人》首次收录于《恋爱的习惯》;《不愿意上短名单的女人》《楼顶上的女人》《最终,我是如何丢掉了我的心》《一个男人和两个女人》《一个房间》《英格兰对英格兰》《两个陶匠》《男人之间》和《到十九号房间去》首次收录于《一个男人和两个女人》。《二十年》1994年首次刊于《每日电讯报》。

　　《恋爱的习惯》《女人》《穿过岩洞》《快乐》《酒》《他》《天堂里上帝的眼睛》和《目击证人》曾收录于平装本《恋爱的习惯》;余下故事曾收录于平装本《一个男人和两个女人》。

2007年诺贝尔文学奖颁奖词[*]

国王陛下、王后陛下、诸位殿下、尊敬的诺贝尔奖得主、女士们、先生们:

多丽丝·莱辛既是文学史的一部分,也是当代文学史的一部分。她为改变我们的世界观做出了贡献。很可能还没有别的诺贝尔文学奖得主积累了如此卷帙浩繁的著作。我们倘徉在她的著作构成的那座巨大的图书馆里,在那里,所有的部分都没有标注,所有的体裁分类都毫无意义。在那一部部或宽或窄的书脊背后蕴藏着生命和运动,它们抵制分门别类,反对强迫的排序。

莱辛和十九世纪伟大的叙事传统相连,但我们同样可以把她的作品当作二十世纪行为模式的教材来使用,尤其是从中可以发现许多人的思维方式——抑或是错误的思维方式——这是人类历史上最为动荡不安的历史时期之一,战争一场接着一场,殖民主义被揭去了假面具。

[*] 2007年12月10日,诺贝尔文学奖评委会主席、瑞典学院院士、作家佩尔·韦斯特贝里发表于斯德哥尔摩音乐厅。

她揭露了极权主义的诱惑,向我们展示了非教条的人道主义的力量。她对普罗大众几乎是寄予了无限的同情,对于每种形式的人类行为都不含偏见。她很早就认识到全球环境威胁以及第三世界的贫困和腐败问题。她表达出沉默者以及我们这个世纪里那些难民和无家可归者的心声——从阿富汗到津巴布韦。她是二十世纪妇女作用的化身,发挥的作用抵得上她的寥寥无几。

她使我们惊呼:"她怎么会知道?"因为别人还未发声的事情,她常常是第一个讲出来。在她看来,没有什么东西是无足轻重或微不足道的,正因为如此,她才不断地敲击着我们的心。不过,尽管她初看颇似一块无法探索的大陆,但她从来都不同意这一观点:这个世界太过复杂,而无法搞清楚。

她从不灰心丧气,她会朝布满苔藓的石头下面和发霉的油地毡下凝视良久,什么都不回避,因此她帮助并支持了无数人。就像《最甜美的梦》里面的弗朗西丝那样,她照顾每一个人,一位好客的大地母亲——后来给每一个来看望她的人都编写出了极具洞察力的个案研究。

多丽丝·莱辛只要一息尚存,就写作不止——以便更加接近我们生存的各种考验和启示。她不愿意戴着有保护作用的手套,抓住我们的现实就像抓住一棵还带着泥的根茎类蔬菜;有些经历我们没有意识到我们能够接触,但她把这些经历揭示出来了。通过成千个详尽的细节,并通过那用小写字母写出来的文字——我们敢把这些称为女性化吗?——她提出了我们如何活着、为何活着这些永恒的问题。

在写出几部自传体小说后,她写了两部从罗德西亚到伦敦的回忆录:《在我的皮肤下》和《在绿荫下漫步》。它们和有切实感受的生活产生共鸣,成功用望远镜一样的后视镜出奇严厉地聚焦过去,无情地挖掘社会批评,并能够毫无畏惧地审视内心世界。莱辛和她的父母对抗,尤其是她的母亲对抗,一直对抗到老年,为我们提供了一幅幅无情的母亲形象。从一开始,这个女孩儿浑身上下就涌动着思想、行动和感情,这使她成为她那个时代一个不留情面的见证者,一个当权者的敌人,在她看来,皇帝一直都没有穿衣服。

《在绿荫下漫步》写到1962年,其时《金色笔记本》已使整整一代妇女茅塞顿开。在莱辛这部最具实验性的小说中,创作的愿望和爱的渴望交织在一起,打得难解难分。作品为一位女性寻求独立和爱情勾画出了重重障碍,因为如果没有爱,她的自由就是不完整的,而反过来,如果有了爱,就会破坏她的自由。莱辛表明,前进道路上的陈规陋习和其他陷阱如何使一个敏感而富有激情的女性无法过上真实而丰富的生活,如何使她无法瞥见第五本金色笔记本。

感情常常使莱辛小说中的女主人公变得盲目而误入歧途,从而使她们的自由意志陷入危险的境地。《暴力的孩子》是有关玛莎·奎斯特的五部书的总称。玛莎·奎斯特就是莱辛的另一个自我,她在从殖民地的生存状态转到英国的等级制度的过程中,被她的梦想和原始的本能横扫而去。

一般说来,女性读者认同玛莎·奎斯特对自由的渴望以及对伪善和虚假的厌恶。多丽丝·莱辛曾是富有社会里的一个穷人,男人当中的一个女人,黑人当中的一个白人,她努力使自己成为一名独立的知识分子。她揭示了奉献于乌托邦和倾心于一个集体的诱惑力,说明了一个胜利的意识形态如何能用虚假的救赎方式欺骗我们。她描述了幻想的破灭,描写了乌托邦的虚假,描述了各种灾难,描述之清晰,令人毛骨悚然。

莱辛有能力自由地走进自己的内心,也能自由地走出自身,能闯进内心去,成为一位看不见的居住者。她常常一开始就观察她的人物的内心,然后再转到他们的外部,从一个客观的距离剥掉他们的幻想。在《天黑前的夏天》《第五个孩子》《好人恐怖分子》里,我们都能感受到这一吓人的过程。《第五个孩子》是一部讲述一个怪孩子的寓言式心理惊悚小说,《好人恐怖分子》则深刻讲述了完全依靠女性牺牲的极端左翼的非法居住屋文化。

在莱辛后来的作品里,她推翻了一长串的基本价值观。剩下的只有亲情之网和友情之网了,当然还有猫,以及女祖先和接生婆,这些女祖先和接生婆们不管从哪个意义上说都喜欢承担责任,而且总是承担太多的责任。在今年出版的长篇小说《裂缝》里,她给我们讲述了人类蒙昧时期的一个寓言——当时还没有产生爱的感情。正是在这里,跻身猎人和采集野果的人们中间,远离预示着无序和崩溃的当代文化,她显得最为惬意。

多丽丝·莱辛那史诗般的风景从诚实的现实主义转向象征性的寓言,从自我实现的心理小说转到传奇和神话。她用直觉的透镜,描绘出了从帝国的衰落一直到被原子弹战争摧残的未来地球的种种变化。在《玛拉和丹恩历险记》这部生态寓言小说里,玛拉和丹恩从一个新的冰川时代逃往曾叫非洲的某个落脚之地。在那部巨著《南船座中的老人星》中,她让来自另一个太阳系的观察者报告我们这个文明终结的阶段。她不用提高嗓门儿,就自由自在地跨越了幻想那广袤的领地;她拒绝世界末日的传教士们那一套花言巧语。

莱辛自1950年以悲剧性的非洲小说《野草在歌唱》登上文坛以来,从来不管界限那一套:道德、题材或是习惯的界限。孤独和社会排斥一直是她的主题黏合剂。

但是,当她偶尔把爱情和政治做类比的时候,那是因为这两者都代表了我们必须试图坚守的希望,如果生活还值得过的话。

亲爱的多丽丝·莱辛:年龄在文学上不是个问题。您永远都年轻而睿智,年老而叛逆。您在所有的小说家中最不趋炎奉迎。您和命运及现实的搏斗一直都是重量级的;什么东西都不能诱使您离开这个拳击场。在过去的五十八年里,您的作品温暖过也激怒过全世界的人们,并手挽手引导着他们。您帮助我们应对我们这个时代的一些重要问题,您还为未来创造了一个文本,让未来可以带上一个时代的味道、偏见和生存策略、日常琐事和快乐前行。

如今,您一生的工作和您那开创性的努力尚未完成,但您已经戴上了您早就当之无愧的诺贝尔文学奖的皇冠。瑞典学院向您表示最热烈的祝贺。

论没有获得诺贝尔文学奖

——多丽丝·莱辛2007年诺贝尔文学奖受奖词*

我站在一个门口,看着那乌云般翻滚的尘土,就在这里,有人告诉我说,还有未被砍伐的森林。昨天,我在树桩和大火烧过的灰烬中间驱车数英里,这里在1956年曾是我见过的最漂亮的森林,现在全毁掉了。人们得吃饭。他们得有柴烧火。

这是八十年代初的津巴布韦西北部,我在看望一个朋友,他曾在伦敦的一所学校里当教师。他在这里,用我们的话说,是"援助非洲"。他是个温和的理想主义者,他在这里这所学校所看到的一幕,使他感到震惊,让他陷入抑郁。他很难从这种抑郁中缓过劲儿来。这所学校和独立后建的所有学校一样。有四间宽敞的砖房,一间挨着一间,直接在泥土上盖了起来,一、二、三、四,其中一头儿有半间屋子,算是图书室。这些教室里有黑板,可是我的朋友把粉笔装在衣袋里,否则的话,就会有人把粉笔偷走。学校里没有地图册,也没有地球仪,没

---

* 发表于2007年12月7日。英国《卫报》曾在同一天以《渴望读书》("A Hunger for Books")为题刊登本文。

有课本、练习册,也没有圆珠笔。图书室里没有那种学生愿意读的书,都是些从美国大学里弄来的大部头,拿起来都沉甸甸的,还有白人图书馆不要的书,以及《巴黎的周末》或是《幸福寻找爱情》之类书名的小说。

有一只山羊试图在一些老草里觅食。校长挪用了学校的资金,被停职了,从而引发了我们大家都很熟悉,但所处环境却通常更加严峻的问题:这些人明明知道大家的眼睛都在盯着他们,怎么还做出这种事情来?

我的朋友什么钱都没有,因为一发工资,不管是学生还是老师,大家都找他借钱,而且可能永远也不还他。学生的年龄从六岁到二十六岁不等,因为有的学生早年没有上学,现在来这里补习了。有些学生不管是雨天还是晴天,每天早上都要走许多英里的路,蹚过几条河。他们没办法做作业,因为村子里没有电,而趁着燃烧的木棍那点儿亮光学习是不容易的。女孩子们放学回家后和上学之前还要挑水做饭。

我和朋友在他的房间里坐着时,人们不好意思地来串门,所有人都来要书看。"您回到伦敦后,请给我们寄些书来吧。"一个男子说,"他们教我们读书,可是我们没有书啊。"我遇到的每一个人,每一个人都向我要书。

我在那里待了几天。风卷着尘土刮个不停。水泵坏了,女人们就得从河里汲水了。另外一位从英国来的教师也是理想主义者,他看到这所"学校"的面貌之后就生病了,病得很厉害。

到了最后一天,他们宰了一只山羊。他们把山羊切成一块一块,在一个大锡罐里煮。大家都眼巴巴地盼着这顿期末盛宴:煮山羊肉,喝粥。盛宴还在进行的时候,我就开车走了,在那烧焦的灰烬和森林里的树桩中间穿行回去。

我认为,这所学校不会有很多学生获奖。

隔天我要去伦敦北边的一所学校演讲,这是一所非常好的学校,学校的名字我们大家都知道。这是一所男校。大楼、花园都建得很漂亮。

这些学生每星期都会有某个名人来访,这些名人可能就是这些学生的父亲、亲戚,甚至母亲,这自然也在情理之中。名人来访对他们来说,不是什么非同小可的大事情。

我给他们讲话的时候,脑子里还在想津巴布韦西北部那所尘土飞扬的学校,我看着那一张张温和地期待着的面孔,试图给他们讲一讲我上一个星期所见到的东西。教室里没有书籍,没有课本,没有地图册,甚至墙上都没有钉上一张地图。在这所学校里,老师们求我给他们寄些能教他们如何教学的书籍,他们自己也才十八九岁。我对这些英国的男同学讲,每一个人如何向我要书读:"请给我们寄些书来吧。"我敢肯定,任何做过演讲的人都知道那一刻,其时你看着的那一张张面孔一脸的茫然。你的听众听不懂你所讲的事情,他们头脑里没有相应图像,来和你给他们讲的东西对上号儿——在这种情况下,讲一所学校矗立在乌云般翻滚的尘土中,那里缺水,那里到了学期末,杀一头山羊在一口大锅里煮煮吃了,就算是期末的盛宴。

这些养尊处优的学生,是真的不可能想象出这样的赤贫状态吗?

我尽了最大努力。他们都彬彬有礼。

我敢肯定,他们当中有些人将来有一天会获得各种奖项。

然后,演讲就结束了。之后我问老师们图书馆怎么样,学生们读不读书。在这所名校,我听到了我去这类学校甚至是去这样的大学时总是听到的话。

"您知道是怎么一回事。"其中一个老师说,"这些男学生当中,有许多人压根儿是一点儿书都不读,图书馆利用率只有一半。"

是的,我们的确知道是怎么一回事。我们大家都知道。

我们生活在一种支离破碎的文化当中,哪怕是几十年前我们认为肯定无疑的东西,现在遭到了质疑;而青年男女上了很多年学,到头来却对这个世界一无所知,什么书都没有读过,只对某一个专业比如说计算机,有所了解,这已经是司空见惯了。

发生在我们身上的是惊人的发明——计算机、互联网和电视机。这是一场革命。这不是人类所经历过的第一次革命。印刷革命,不是在短短几十个年头就进行了的,其进行的时间要长得多;这场革命改变了我们的思想以及思维方式。我们这群盲从者,和过去一样,对这场革命全盘接收,从来不问一问"有了这种印刷的发明,我们会怎么样?"同样道理,我们从来都没有想到要问一问,互联网会怎样改变我们的生活,改变我们的思维方式;互联网这种东西利用它的空虚浅薄引诱了整整一代人,连相当理性的人都会承认,一旦连了网,就很难切断,他们会发现,上上博客什么的,一整天说过去就过去了。

就在不久前,任何一个人,哪怕是有一点点文化的人,都敬重学问,敬重教育,对我们那巨大的文学宝库心怀敬意。当然了,我们大家都知道,我们处在那个快乐的状态之中时,人们会装作看书,装作敬重学问。然而有据可查的是,劳动人民向往书籍,劳动人民的图书馆、教育机构以及十八、十九世纪的学院的建立都可以证明这一点。

曾几何时,阅读、书籍就是通识教育的一部分。

老一辈人和年轻人谈话时,必须明白教育要读多少书,因为年轻人知道的要少得多。如果孩子们不会读书的话,那是因为他们还没有读过书。

我们都知道这个悲哀的故事。

然而我们却不知道这个故事的结局。

我们想到了那句古老的格言:"读书使人充实"①——就不要提那些和吃多了有关系的笑话了——读书可以使人充分掌握信息,了解历史,学到各种各样的知识。

然而我们西方人并不是世界上仅有的人。不久前,有一个去过津巴布韦的朋友告诉我,那里有一个村子,他们三天都没有吃饭了,但是他们依然在谈论书籍,在谈论怎么样才能获得书籍,在谈论教育。

---

① 十六世纪英国文艺复兴时期的散文家、哲学家培根《论读书》中的名言。原文中的"full"一词可以理解为"充实",也可以理解为"吃饱",所以有后面那个"和吃多了有关系的笑话"。

我参加了一个组织,建立这个组织的初衷就是把书籍运到这些村子里。还有一班人马,通过另一条线路,走访了津巴布韦的草根阶层。他们对我讲,这些村子里到处都是聪明人,有退休教师,有在休假的教师,有放了假的孩子们,还有老人。这跟报道的情况根本不是一回事。我自己出资做了个小小的调查,想发现津巴布韦的人们想读什么书,发现结果和一份瑞典调查的结果一样。这份调查我原先并不知情。我们欧洲人想读什么书,那些人就想读什么书——各式各样的长篇小说、科幻小说、诗歌、侦探小说、戏剧,还有如何开立银行账户之类的自己动手的书籍。还有莎士比亚所有的作品。村民们找书的一个问题是,他们不知道能获得哪些书,所以一本学校指定的书像《卡斯特桥市长》①很受欢迎,只是因为那里碰巧有这本书。《动物农场》②在所有的小说里最受追捧,其原因不言自明。

　　我们那个组织一开始得到了挪威的帮助,然后是瑞典的帮助。没有这种支持,我们的书籍来源早就枯竭了。不管从哪儿能搞到书,我们就搞。要记住,一本从英国寄来的平装本在津巴布韦可是要花上一个月的工资的:那还是穆加贝③的

---

① 英国小说家托马斯·哈代的长篇小说。
② 英国小说家乔治·奥威尔的长篇小说。
③ 罗伯特·加布里埃尔·穆加贝(Robert Gabriel Mugabe,1924—2019),非洲民族解放运动先驱。1980年,津巴布韦独立,当选总理。1987年津改行总统制,担任总统,并于1990年、1996年、2002年、2008年和2013年连任。2017年,辞去总统职务。在任期间实行的土地改革纵容黑人退伍士兵与政府官员抢夺白人土地,后白人农场主集体逃离,国家粮食生产陷入崩溃,最终出现通货膨胀。

恐怖统治之前的情况。现在有通货膨胀，一本书要花上几年的工资。然而带了一箱书到一个村子里去——要记住汽油可是短缺得厉害着——我告诉诸位，人们满含热泪迎接那箱书。图书馆可能就是一棵树下放在一块块砖上的一块木板。一个星期之内就会开一个扫盲班——识字的教那些不识字的，叫公民班——在一个偏远的村庄，由于没有用汤加文写的长篇小说，有几个小伙子就坐下来用汤加文写小说。津巴布韦大约有六种主要语言，这六种语言的小说都有，内容有暴力，有乱伦，充满了犯罪和谋杀。

据说，一个民族值得什么样的政府，就会得到什么样的政府，但是我认为津巴布韦的情况并非如此。我们必须记住，这种对书籍的敬重和渴望之情，并非始于穆加贝的统治，而是在此之前的白人统治时期。这是一种令人震惊的现象，这种对书籍的渴望之情，这种现象从肯尼亚到好望角，随处可见。

这使人联想到一个事实，尽管是不大可能的联想：我是在一个实实在在的泥棚房、茅草屋里长大的。这种房子总是到处都有，哪里有芦苇或茅草、适当的泥巴和砌墙用的杆子，哪里就有这种房子。比如说萨克逊英格兰。我长大的那座房子有四间屋子，一间挨着一间，里面堆满了书籍。我父母不仅把书籍从英国带到了非洲，我母亲还从英国给她的孩子们邮购书籍。那一大包一大包牛皮纸包着的书籍来了，它们是我童年生活的乐趣。一座泥棚房，但是堆满了书。

甚至到了今天，我还会收到住在村子里的人们写来的信，那个村子可能没有电，没有自来水，就像我们一家人当初住在一长排泥棚房里一样。"我也要当一个作家。"他们说,"因为我住的房子和您过去住的那种房子一模一样。"

然而难就难在这儿,不是吗?

没有书籍的房子里是出不了作品,也出不了作家的。

这里面有鸿沟。有困难。

我在看最近几年获得诺贝尔文学奖的作家的演讲。以成就辉煌的帕慕克为例。他说,他父亲有五百册书。他的才华并非空穴来风,他是和伟大的传统联系着的。

再以 V.S. 奈保尔为例。他提到,他的家族都对印度的《吠陀经》①记忆犹新。他父亲曾鼓励他写作。他到了英国,常常光顾大英图书馆。所以他贴近伟大的传统。

让我们再以约翰·库切为例。他不仅贴近伟大的传统,他就是这个传统:他曾在开普敦教授文学。多么遗憾啊,我从来没有上过他的课,那些课都是由那十分勇敢、大胆的头脑教授的。

要写作,要搞文学,就必须和图书馆、书籍有密切的联系,就必须和那个传统有密切的联系。

我有一个津巴布韦的朋友,一位黑人作家。他靠阅读果酱瓶、水果罐头上的标签自己学会了阅读。他在一个我曾经开车经过的地区长大,这是一个农村黑人居住的地区。土壤是细砾石,只是稀稀疏疏地长着些低矮的灌木丛。那些小屋是贫穷的,一点儿都不像有钱人家那些收拾得干干净净的小

---

① 印度最古老的宗教文献和文学作品的总称。

屋。有一所学校——但是就像我描述过的那所学校一样。他在一个垃圾堆上发现一本别人扔掉的儿童百科全书,就从中自学起来。

津巴布韦1980年刚一独立,就有一批很好的作家,真正是一窝歌唱的鸟儿。他们是在以前的南罗德西亚白人统治下培养出来的——他们上教会学校,更好的学校。津巴布韦现在是培养不出作家的。是不容易培养出作家的,在穆加贝的统治下是培养不出作家的。

所有的作家别说当上作家,在识字的道路上都困难重重。我要说,靠阅读印在果酱瓶上的标签和别人扔掉的百科全书学会阅读,这种事并不稀奇。我们在谈论这些人,他们渴望达到教育的标准,达到他们可望而不可即的标准,他们住在里面有许多孩子的几间小屋里——有个劳累过度的母亲,还为吃为穿而苦苦挣扎。

然而,尽管有这重重困难,作家们还是诞生了。我们也应该牢记,这是津巴布韦,不到一百年前被征服过的津巴布韦。这些人的祖父祖母可能曾经是他们氏族的讲故事能手,在口头文学的传统中创作。经历了一两代人,那些记住的故事传承下来,从口头过渡到印刷,过渡到书籍。多么巨大的成就。

书籍,根本就是从垃圾堆和白人世界风化的沙砾堆上夺来的。不过一捆稿纸是一回事,一本出版的书是另外一回事。我有好几份别人给我寄来的材料,讲到非洲的出版情况。即使在像北非那些比较优越的地方,有着不同的传统,谈出版情况也只是一个可能实现的梦想。

我在这里谈论的是从来没有写出来的书,谈论的是那些没成为作家的作家们,因为出版商们不在那里。他们的声音没人听到。要评估这人才、这潜力的巨大浪费是不可能的。一本书的创作需要出版商,需要预付稿酬,需要有人鼓励,但是在这一阶段之前,还有别的东西是缺失的。

经常有人问作家们:您是怎么创作的?是用文字处理机?电动打字机?鹅毛笔?还是用普通书写?然而核心的问题是:"你是不是找到了一个空间,那个空空荡荡的空间,当你写作的时候,那个空间环绕着你?"那个空间就像一种聆听的形式,一种注意力的形式,进入了那个空间,那些话语就会来了,你的人物要说的话语,想法——灵感——就都会来了。

倘若作家找不到这个空间,那诗歌和故事就只会胎死腹中。

作家们互相交谈的时候,他们讨论的话题总是和这个想象的空间有关,和另外一个时间有关。"这个空间你找到了吗?你在牢牢抓住这个空间吗?"

现在,让我们跳到一个显然不同的场景。我们在伦敦,一个大城市里。出现了一位新作家。我们就不无嘲讽地问:她长得标致吗?如果是位男作家,就问他是不是魅力超群?他帅不帅呀?我们是在开玩笑,但这不是个玩笑。

这位作家新秀受到追捧,可能会给他很多钱。狗仔们开始在他们可怜的耳边嗡嗡作响。有人宴请他们,有人赞美他们,让他们迅速地周游世界。所有这些东西,我们这些老作家们都经见过,我们为这个新入行的作家感到难过。此人不知道真正在发生什么事情。

他/她受到阿谀奉承,感到很是受用。

但是一年后问问他/她在想什么——我听他们说:"这很可能是发生在我身上的最糟糕的事情。"

一些被媒体频频曝光的作家再没有写过东西,或者没有写他们原先想写的东西,或者写的不是他们本来想写的东西。

而我们这些老家伙们,想在那些天真的耳朵边悄声说:"你还有你的空间吗?你的灵魂,你自己的必不可少的地方,在那里,你自己的声音可以和你讲话,你独自一人,你在那里可以梦想。哦,抓住它,别让它跑了。"

我心里充满了对非洲的绝妙的回忆,不管我何时想要,我都能激活这些回忆,看到这些回忆。那落日的余晖如今怎么样了,金色的、紫色的、橘黄色的,傍晚时分在天空中散开。卡拉哈里沙漠中芬芳馥郁的灌木丛中,那飞舞的蝴蝶、蛾子和蜜蜂怎么样了?或者,坐在赞比西河河岸上,河水在那芳草萋萋的浅色河岸间滚滚流过,河水幽暗,波光粼粼,非洲所有的鸟儿都四处翱翔。是的,大象、长颈鹿、狮子和别的动物,这些动物比比皆是,不过,那夜空怎么样了,依然是纤尘不染,幽暗深邃,美妙无比,漫天星斗闪烁不定。

还有一些别的回忆。一个年轻的非洲男孩儿,或许有十八岁吧,满含热泪站在他希望会成为他的"图书馆"的地方。一个来访的美国人看见他的图书馆没有书籍,就寄来一板条箱的书。这个年轻人虔敬地把每一本书都拿出来,用塑料皮包好。"可是,"我们说,"这些书寄过来就是让阅读的,不是吗?"他回答说:"不,它们会弄脏的,我从哪儿才能弄到更多的书呢?"

这位年轻人要我们从英国给他寄书,作教学指南用。"我只读过四年高中。"他说,"可是他们从没有教过我教学。"

有一所学校没有教材,在黑板上写字连一根粉笔都没有。我在那所学校里见到一位老师,他教班上六岁到十八岁的学生,一边在尘土里用石头写字,一边嘴里念念有词"二乘二等于……"如此等等。我还见过一个女孩儿,大概有二十来岁吧,同样是缺少教材、练习册和圆珠笔,我见过她用一根木棍在地上划出 ABC,这样教学生学写字母,而头顶上骄阳似火,地面上尘土飞舞。

我们在这里目睹着非洲对教育那巨大的渴望,在第三世界的任何地方,或者随便是世界各地我们叫什么的地方,在那里,父母渴望让他们的孩子接受教育,并借此使他们摆脱贫困。

我想让各位想象一下,想象自己在非洲南部的某一个地方,在一个贫穷的地区,适逢严重的旱灾,你们站在一家印度人开的店铺里。人们排着队,大都是妇女,拿着五花八门的盛水器具。这家商店每天下午从镇上弄来一大车宝贵的水,人们在这儿等着。

那个印度人站着,两只手掌的根部摁在柜台上,他在打量一个黑人妇女,她低着头看一沓纸,这沓纸看着好像是从一本书里扯下来的。她在读《安娜·卡列宁娜》。

她读得很慢,嘴里边念念有词。那本书看着很难读。这个年轻女子带着两个孩子,他们抓着她的腿。她怀孕了。这位印度人感到悲伤,因为这位女子的头巾本来是白色的,但是现在,尘土把它弄成了土黄色。她胸脯上、胳膊上,都是尘土。这个人感到难过,还因为这些排队的人都很渴。而他没有足够多的水给他们。他很生气,因为他知道,过了那片尘土飞扬的地方,那里有人快要渴死了。本来一直是他的哥哥负责这里,可是他说他需要休息一段时间,就进城去了,由于干旱,他真的病得不轻。

这个人很好奇。他对这位女子说:"你在看什么呢?"

"是讲俄罗斯的。"这女子说。

"你知道俄罗斯在哪儿吗?"他自己都算不上知道。

这位年轻的女子两眼直视着他,尽管两眼被风沙吹得通红,但满含着尊严:"我那时候是班上最好的。我老师说,我是最好的。"

这年轻的女子接着读了下去。她想把这一段读完。

这个印度人看看那两个小孩子,就拿了些芬达饮料,可是那位母亲说:"她们喝了芬达,会更渴。"

这个印度人知道他不该这么做,但他还是弯下腰去拿他身边的一个大塑料壶,塑料壶就在柜台后面。他倒了两大茶缸水,递给那两个孩子。那女子看她的孩子们喝水的时候,她的嘴在动。印度人看在眼里,就给了她一茶缸水。看着她喝水的模样,他感到心痛,她渴坏了。

现在,她把她自己那盛水的大塑料罐递给他,他装满水。年轻女子和孩子们紧紧地盯着他,这样他一滴水都不会洒出来。

她又埋头看那本书了。她看得很慢,那一段很是使她着迷,她又看了一遍。

> 瓦莲卡的黑发上包着一条白头纱,身边环绕着一群孩子,正和蔼而快活地为他们忙着,而且显然因为她所喜欢的男子可能向她求婚而非常兴奋,她的样子十分动人。谢尔盖·伊万诺维奇和她并肩走着,不住地欣赏她。望着她,他回忆起听见她说过的一切动人的话,他所知道的她的一切优点,他越来越感觉到,他对她所抱着的感情是一种很罕有的感情,这种感情他在好久好久以前,只在他的青年时代感到过一次。接近她所产生的快感不断加强,一直达到这样的地步,当他把他采到的一只细茎、菌边往上翻的大桦树菌放到她的提篮里的时候,他望着她的眼睛,看到她满脸的那种激动又惊又喜的红晕,他自己也张皇失措了,默默地、含情脉脉地向她微微一笑。①

这一团印刷品躺在柜台上,旁边是一些旧杂志,一些报纸的部分版面,上面印着穿比基尼的姑娘们的照片。

这个女子该离开印度人店铺这个避风港了,动身走四英里路,回到她的村庄去。外面,排队等候的妇女们都吵着闹着提意见了。然而那个印度人还在踌躇。他知道,这个女子带着两个缠人的孩子,走回家去,要付出多大代价。他想把那段如此吸引她的文字送给她,可是他并不真的相信,这个腆着大肚子的身子单薄的女子会真正理解这一段。

---

① 出自列夫·托尔斯泰《安娜·卡列宁娜》第六部第四章,周扬、谢素台译,人民文学出版社出版。

这本或许只有三分之一的《安娜·卡列宁娜》怎么会流落到一家偏远的印度店铺的柜台上呢？事情是这样的。

事有凑巧。某位联合国的高官在他要出差穿越几大海几大洋的时候，在书店买了这本小说。在飞机上，他在商务舱的座位上坐下来后，就把这本书撕成三份。他一边撕，一边看他周围的乘客，他知道他会看到震惊的、好奇的表情，但也会看到一些好笑的表情。他坐了下来，系紧安全带，大声说，说话的声音任谁都能听见："我长途旅行的时候，总是这么做。你可不想手里边捧着一本沉甸甸的大部头。"小说是平装的，不过说的没错，那是一本长小说。此君很习惯于他讲话的时候，别人都听着。"旅行的时候，我总是这么做。"他透露，"这年头儿出门旅行，是真的苦。"人们刚安顿下来，他就打开那一部分《安娜·卡列宁娜》，看了起来。当人们朝他这边看的时候，不管是不是出于好奇，他都对他们吐露秘密："不，这真的是旅行的唯一方式。"他熟悉这部小说，喜欢这部小说，这一独创的阅读方式也的确给这部毕竟是名著的作品增添了趣味。

他读完这部书的一部分，就把空姐叫过来，把那一部分送回他的秘书那里，他的秘书坐的是经济舱。每次，这部伟大的俄国小说的一部分送过来，撕毁了，但还可以看，送回飞机的后舱，都会引起极大的兴趣、指责，肯定还有好奇心。总之，这一聪明的阅读《安娜·卡列宁娜》的方式给人留下了深刻的印象，那里的每个人可能都会永远不忘。

与此同时，在印度人开的店铺里，那年轻的女子手抓着柜台,她的小孩拽着她的裙裾。她穿着牛仔裤,因为她是个现代女性,然而在牛仔裤外面,她穿着厚厚的毛料裙子,这是她那个民族的人穿的传统服装,她的孩子们轻而易举就可以拽住厚厚的裙褶。

她向那个印度人报以感激的眼神,她知道,他喜欢她,为她感到惋惜,她出了店铺,走进飞扬的尘土中。

孩子们走过去,哭闹个不停,他们的嗓子里灌满了沙尘。

这很难,啊,是的,是很难,这样一步又一步地走着,穿过尘土,踩在脚下那松软的沙土堆里深一脚浅一脚。是难,但是她对苦难已经习以为常了,不是吗?她的脑子里想的还是她刚刚看的那个故事。她在想:她和我一模一样,头上包着白头巾,也在照看孩子们。我可以是她,那个俄罗斯女孩儿。那里的那个男人,他爱她,会求她嫁给他。除了那一段,其他部分她还没有看。是的,一个男人将会为我而来,带我离开所有这一切,带着我和孩子们,是的,他会爱我,呵护我。

她继续赶路。那罐水压在她肩膀上,很重。她继续走。孩子们听见水从罐子里溅出来的声音,走到半路,她停下来,把水罐放了下来。

她的孩子们在呜呜地哭,在摸水罐。她想她不能打开水罐,因为灰尘会吹进去。只有到了家,她才能打开水罐。

"等一等。"她对孩子们讲,"等一等吧。"

她不得不振作精神,继续赶路。

她想,我老师说过,有一座图书馆,比超市还大,是一座很大的大楼，里面满满当当的全是书。这年轻的女子一边走，一边微笑，风沙吹打着她的面庞。我很聪明，她心想。老师说我很聪明。是全学校最聪明的——她说我是最聪明的。我的孩子们像我，也会很聪明。我会带他们去图书馆，那个满是书的地方，他们会上学，将来当老师——我老师对我说过，我是能当老师的。我的孩子们会离开这里，到很远的地方，挣钱。他们会住在那个大图书馆的附近，过上很好的生活。

诸位可能会问，那一部分俄国小说最后怎么落在印度人店铺的柜台上的？

那会是一段美好的故事。或许有人会讲这个故事。

那个可怜的女子继续赶路，想到一回家，她就能给孩子们喝水，她自己也能喝上一点儿，就不由得挺直了腰板。她继续走，穿过一场非洲旱灾里那可怖的尘土。

我们是一群疲惫不堪的人，处在我们这个遭受威胁的世界上。我们动辄就讽刺甚至是冷嘲热讽。有些词语和思想我们几乎不用，它们已经变得如此陈腐过时。然而我们也许可以恢复一些已经失去力量的词语。

我们有一座文学宝库，这座宝库可以追溯到古希腊人、古埃及人、古罗马人。它一直存在着，这一文学的财富，不管是谁幸运之至，接触了它，都会一次又一次地发现它。无价之宝。假如它不复存在了。我们将会变得多么一贫如洗，多么空虚。

我们拥有一份语言、诗歌和历史的遗产，这份遗产是取之不尽、用之不竭的。它就在那儿，总在那儿。

我们有一份故事的财产,由老一代讲故事的人传下来的故事,这些讲故事的人的名字,有的我们知道,有的我们不知道。这些讲故事的人往过去走啊,走啊,一直走回林间的一片空地,空地上点燃着熊熊大火,萨满教的老巫师们在跳舞,唱歌,因为我们故事的遗产是在篝火、魔法、灵异世界里开始的。如今,这一遗产还在那里保留着。

问一问当今讲故事的人,他们都会说,总是有那么一刻,他们见了火会受触动,我们现在喜欢把这火叫作灵感。这一点可以往回走啊,走啊,一直走回我们种族的源头,走回那狂风之中,这一阵阵的狂风塑造了我们,塑造了我们的世界。

这个讲故事的人在我们每一个人的心灵深处。编故事的人总是和我们在一起。让我们假设我们的世界受到了战争的蹂躏,受到了恐怖活动的破坏,这些我们大家都容易想象得到。让我们假设洪水淹没了我们的城市,海平面上升。然而这个讲故事的人会在那里,因为塑造我们、供养我们、创造我们的,是我们的想象力,不管对我们是好是坏。当我们遭到蹂躏,受到伤害,甚至遭到毁灭的时候,使我们得以重生的,正是我们的故事。这讲故事的人,编织梦想的人,创造神话的人,才是我们的凤凰,使我们得以最辉煌的表现,使我们生发出最大的创造力。

那个在尘土飞扬的土路上跋涉的可怜女子,那个梦想着让她的孩子受到教育的可怜女子,我们觉得我们比她强吗?——我们倒是饱食终日,穿衣无忧,但是我们在我们吃不完用不完的东西中,感到透不过气来。

　　我认为,正是这个女子,还有那些三天没有吃饭,却在谈论书籍和教育的妇女们,才有可能定义我们。